大飞机风云

莫然 著

成都时代出版社
CHENGDU TIMES PRESS

图书在版编目（CIP）数据

大飞机风云 / 莫然著 . -- 成都 ：成都时代出版社，2024. 9. -- ISBN 978-7-5464-3512-1

I. I247.5

中国国家版本馆 CIP 数据核字第 20247VC842 号

大飞机风云

DAFEIJI FENGYUN

莫然 / 著

出品人 达 海

责任编辑 张 旭 周 慧

责任校对 程艳艳

责任印制 黄 鑫 曾译乐

封面设计 昕远文化

装帧设计 成都九天众和

出版发行 成都时代出版社

电 话 （028）86621237（编辑部）

（028）86615250（发行部）

印 刷 四川五洲彩印有限责任公司

规 格 170mm × 240mm

印 张 25.5

字 数 460 千

版 次 2024 年 9 月第 1 版

印 次 2024 年 9 月第 1 次印刷

书 号 ISBN 978-7-5464-3512-1

定 价 98.00 元

谨以此书献给

我的母校——培养出了众多航空精英的西北工业大学

我的同学和同事——为祖国航空事业而努力工作的人

也献给我们这一代航空人已经逝去的青春!

还要献给为大飞机研制奋斗几十年的飞机设计师

忠诚使命，敢于担当，坚守不渝，永不放弃!

以及中国的民机试飞员和试飞工程师

蓝天试剑，勇者无畏，大国重器，以命铸之!

前 言

大飞机一般指起飞总质量超过100吨的运输类飞机，包括军用民用大型喷气运输机和150座以上的喷气式干线客机。大飞机是航空喷气时代的产物，回顾几个历史瞬间令人震撼：

1952年5月2日，世界上第一种亚声速民用喷气客机彗星号客机开启首航，从伦敦起飞，两小时后抵达罗马，引起巨大轰动。它采用密封座舱，其平稳舒适前所未有。

1957年12月20日，同样是亚声速的波音707首飞，在万众瞩目中冉冉升空。其后很快投入使用，并被选为美国总统专机“空军一号”，成为一颗耀眼的新星。

1968年12月31日和1969年3月2日，苏联的超声速客机图-144和英法联合研制的超声速客机协和号分别进行了首飞，并取得成功。这是一个巨大的飞跃。

1970年1月22日，宽体客机波音747载客324名第一次从纽约飞抵伦敦只用了6小时10分钟。这又是一次飞机设计上的革命，其基本型机身宽6.70米，一排10个座位，双通道。截至2002年，共有1261架波音747飞机投入运营。

2007年10月25日，世界上最大的宽体客机A380搭载471位乘客，自新加坡飞抵悉尼，仅用了9小时。其设计公司为法国空中客车公司，在飞机主结构上大量采用新型轻质材料，使A380的座英里成本比目前效率最高的飞机还要低15%到20%，燃油率比波音747还低13%。而且绿色环保，大大减少了废气排放，噪音也很低。其最大起飞重量达500吨以上，最多可搭乘871名乘客。机身内分为三层，各种设施齐全，充分体现了全新的空中旅行理念。

回顾世界航空发展史，大飞机横空出世七十余年，其激荡人心的迅猛发展时期，充满了扼腕叹息与击节赞赏。因为新型大飞机的问世之旅，总是伴随着人类的艰辛探索，在漫长的研制征程中人们历尽沧桑的同时仍屡挫屡败，最终才会闪耀出流光溢彩并笑傲蓝天。其间演绎的风云故事更是跌宕起伏：有巨大的成功和耀眼的光环，也有黯然神伤的灾难与失败，这些成与败都离不开形形色色奋斗不息的航空人，始终为大飞机事业推波助澜的领导者，终其一生留下诸多遗憾的科研探路先锋和矢志不渝投身设计并最终实现巨大技术跨越的飞机设计师……他们都活跃在大飞机发展史的舞台上，留下了极其难忘的可贵的身影。

大飞机的未来，更是令人充满了期待。

——摘自孙礼鹏、周日新主编的同名文集

目 录

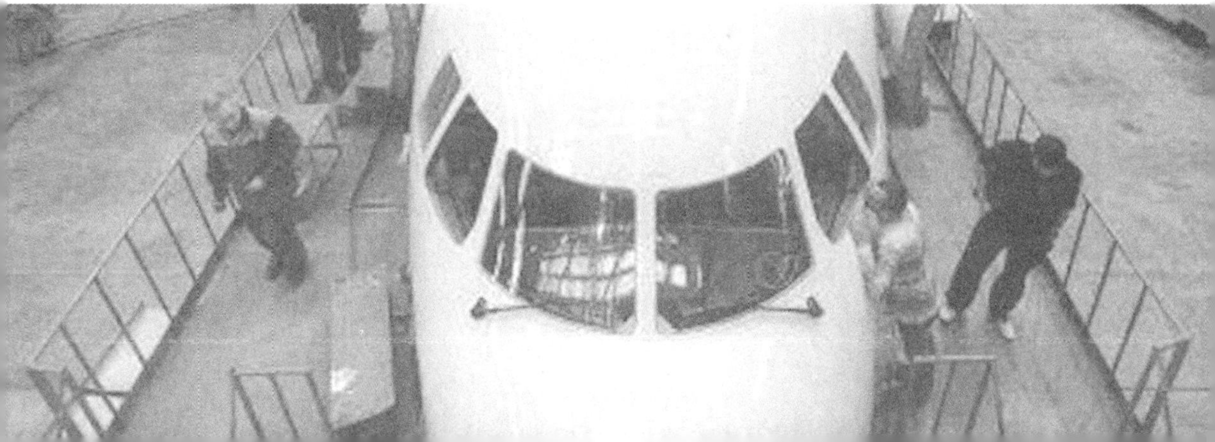

引　子

好飞机是飞出来的。

好飞行员是历经生死考验出来的！

那么好的飞机设计师呢？尤其是女设计师，是否更要历经磨难，方成大器？

长达半个世纪，凌丽都在思索这个问题，并且用自己的一生去践行。

凌丽的生日正逢大寒，一年中最冷的一天。但她从在母胎里孕育那天算起，就喜逢了新中国成立的日子，可以说她是与中华人民共和国同龄的人。

父亲凌大志1949年之前是原中航公司的飞机修理师。那时龙华机场位于蜿蜒而流的黄浦江边，巍峨古朴的龙华塔下，几十架旧飞机停在草坪深处的跑道上，看上去破败不堪。

凌大志经常望着那个破机场，极不甘心地跟好友江胜田说："什么时候我们才能有自己的好飞机，那种能比声音传播速度飞得更快的大飞机？"

"超音速？"江胜田不由得惊呼，"你可真敢想！"

江胜田虽是从修理工混到机械师的能工巧匠，身上却背负着血海深仇。因他一家人都死于日机轰炸中，提起这事他们便同仇敌忾。他们说这话时，总是坐在那片荒草有半人高的草坪中，从这里走向不算宽阔的机场跑道，草丛早被飞行员和机械师们踩出了一条深深的小道。

几个破衣烂衫的机场清扫工也正背着笤帚和一些清扫工具沿着这条路走来，经过他们身边时，凌大志不由得多看了几眼，不承想竟成就了一段姻缘——其中一个长相清瘦的年轻女子，几个月后成了凌大志的妻子。那时凌大志已经跟着父亲一道加入了地下党，正值上海临近解放，地下党交给凌家父子的任务，就是保护好这龙华机场和那些旧飞机。但在中华人民共和国成立前夕，隆隆的炮声已经响彻黄浦江两岸，能飞的几十架民用飞机都被中航公司总经理刘河带到了香港。接着凌大志的父亲消失了几个月后，凌大志才从接管机场的军代表陶伟川口中得知，身为龙华机场工程师的父亲凌文轩，是被上级领导秘密派去香港搞策反工作了！

“爹爹为啥不带我去？”凌大志当场激动地叫起来，“我怎么也能帮他一把！”

陶伟川笑眯眯地看着他，说：“听说你妻子怀孕了？你要当父亲了！”

凌大志这才记起，父亲听说儿媳怀孕那天很高兴，还喝了一通酒，说希望有个孙子，今后能当飞机设计师。凌大志当时也很激动，但又觉得这梦想好远好远，他忍不住慨叹：“刚成立的新中国百废待兴，航空业更是远远落后于其他行业，下一代能实现这个梦想吗？”

“一定能！”凌文轩慷慨激昂地说，“祖国的蓝天上，一定要飞起中国人自己的飞机！”

俗话说打虎亲兄弟，上阵父子兵。父亲去执行一项危险的秘密任务，竟没带着儿子同行。难道就是为了这个还没出生的孙儿？他是怕孙儿生下来就没有父亲！

凌大志这么一想，更担心父亲的安危。他焦急地等候了几个月，每一天都度日如年。终于在寒冬即将来临时，等来个好消息。陶伟川一声令下：“准备迎接‘两航起义’人员。”原中国航空公司和中央航空公司的留沪人员纷纷出动，奔到快被荒草淹没的龙华机场清扫停机坪。新成立的工会送来了花篮和锣鼓，又扯起一面面红旗，人们都欢欣鼓舞，翘首蓝天。

凌大志更是心焦，不断看天色。上海深秋的天空多数阴沉，今天难得透出一线光芒，预示着美好的希望。阵阵风儿刮来，大朵白云渐渐飘散，太阳就要露出笑脸……

江胜田最懂他心意，连忙安慰说：“你爸机智勇敢，一定会没事。”

凌大志叹道：“可是香港离这儿航程遥远，航线未定，很难飞到啊！”

“放心，上级领导定有安排。”江胜田有意岔开话题，“你老婆几时生？”

凌大志果然开怀笑起来：“还有两个月……也不知是男是女。”

江胜田却说：“女孩也一样。”

他妻子生了个男孩，名叫江树森，已经会满地爬了。

凌大志便笑着打趣：“嗨，你们江家已有传承人……”

“说正经的。”江胜田扯了他一下，“如果你老婆生个小囡，咱俩家就搭亲。”

凌大志推了他一把，说：“现在什么时候？你竟然说这些！”

这几天在香港，果然情况危急。刚迁到香港的两航公司又被威逼着迁往台北。刘河总经理无奈地正欲签字下令，办公室里冲进来两个人，正是凌文轩及同伴徐温华。徐温华是飞行教官，刘河的学生，也奉地下党之命与凌文轩一同赴港，劝说和组织两航人员起义。

“你们来干什么？”刘河认识凌文轩，却不知他是地下党员，见他突然现身很意外。

“我们来帮你做选择！”凌文轩凛然说，“刘总，你哪儿也不能去，回祖国才是正道！”

“胡闹！”刘河气恼地一拍桌子，“这是董事会的决定，我能不执行吗？”

凌文轩拿出一份材料拍在桌上，说：“这是我们员工的决定，你更应该执行。”

刘河看了很吃惊，那是两航赴港员工的签字书。在凌文轩长达几个月的动员说服下，员工成立了总工会，都愿起义回到祖国怀抱。面对上千人的热血，刘河感动了，犹豫了……

凌文轩又说：“今天凌晨，央航一架飞机已经单机起义回内地，我们也赶快行动吧！”

徐温华又借学生之名参与劝说，刘河终于同意起义，准备签字。

“不行！不准签字！”一个姓王的副总突然破门而入，持枪冲进来，大喊大叫，“上峰有令，让刘总立刻去董事会述职。所有飞机明早飞往台北！”

“这个王副总是军统特务！”徐温华小声对凌文轩说，“恐怕有些麻烦……”

凌文轩知道单机起义事发，坚决劝阻道：“刘总，别去董事会，他们会扣留你！”

刘河犹豫一阵，才表态说：“好的，我留在香港待命。”

王副总见势不妙，举枪瞄准刘河射击，凌文轩不顾一切挡在刘河胸前，胳膊中弹。此时门开了，冲进来一群进步员工，抓住了王副总。凌文轩命令把他关起来，包扎伤口后又跟刘河商议起义之事。事已至此，刘河总经理只好答应提前起义，时间就定在次日。

起义刻不容缓，他们立刻行动起来。虽然凌文轩等人事先早有筹划和安排，但准备首批起义的十二架飞机，要在严密监视下同时行动，仍然十分困难。凌文轩采取了“障眼法”，安排了两套排班表，假称这十二架飞机是飞往台北和昆明等地，试图“瞒天过海”。他们甚至出售了机票，然后又打电话去通知说，飞机故障取消航班。凌文轩安排好航线，又组织人员将所需器材装上起义飞机，暂时留港的70架飞机则被拆除关键部件，以防敌人强行劫持。

经过数十个小时的积极准备，次日黎明，两航公司的两位总经理如约来到启德机场。清晨的空气清新而凛冽，香港上空还能隐约看见几颗星星。机场已是灯光通亮，照得远山轮廓分明。在那阴暗的天幕上，朝阳即将射出万缕金光……

凌文轩虽等候已久，难掩倦意，却仍然沉着地上前与两位总经理握手，又鼓励了他们一番。

“恭喜你们！”他沉稳地说，“从此你们将踏上正确的坦途，投身新中国即将开启的伟大的航空事业当中！”

二人听了倍感亲切，心潮难抑，随后激动地登上了一架“空中行宫”号。凌文轩至此才长舒一口气，示意徐温华也登机，稳住两位老总后，自己又去各处巡察。

不料遇到突发情况：原为防止塔台和外界联系而剪断的电话线，被一个英籍飞行员格兰特发现了！他不在起义名单上，不知此事。他看见机场上的人们忙忙碌碌，有些飞机上的蒙布也被揭开，情况有异，连忙冲回办公室要报告。有人发现了他的行为，立即通知凌文轩。凌文轩觉得事关重大，立刻带人冲过去，抓住格兰特，跟他摊牌，问他想不想一同走？格兰特不愿起义，但承诺不会报告。凌文轩一念之慈放过了他，只把他捆起来丢在了办公室里。

塔台这边并无觉察，起义飞机在其指挥下一架架起飞，冲上云霄。飞机迅速越过香港上空，机舱里的人热烈鼓掌，兴奋异常。两位总经理欲通电起义，却被凌文轩挥手制止。

“别忙。”他说，“我们这十来架飞机都要飞上好几个小时，才能回到指定地点。而且没有导航，没有地面指挥，提前宣布起义，只怕引来敌机拦截。”

此时又出现突发情况，那个英籍飞行员格兰特挣脱了绳索，打电话报告了警戒部门。他还冲到塔台中心去大喊大叫：“他们要叛逃！快拦住他们！”

塔台指挥吓坏了，得知已有十一架飞机起飞，只剩最后一架飞机还在滑行。塔台指挥连忙下令其返航，谎称机舱门尚未关好。这架飞机的飞行员也发现情况有异，又报告了“空中行宫”号。

“不准返航！”凌文轩见两位总经理惊慌失措，连忙抢过话机，坚决地下令说，“十二架飞机必须全部起飞！”

随后这架飞机也飞到空中，塔台指挥无奈地只好派人向上级报告。警戒部门接到报告冲到机场，见飞机全都已经起飞，他们只能向天鸣枪，却无济于事。

十二架飞机穿云破雾而去，起义成功了！机舱里一片欢腾……

一轮红日升起，闪动万点光芒，映照得机身通体红亮，机翼也被镀上了一层金辉。机舱里的人个个都容光焕发、生机勃勃，虽然眉宇尚有倦意，眼睛却兴奋地发着光。

凌文轩虽也激动得心跳不已，但他仍然悬着心。果然他们飞了一阵，便风云突变。得知敌机竟要赶来拦截，两位总经理不免惊恐，凌文轩见状连忙安慰他们。

“别慌！”他镇定地说，“敌机是从台北起飞，他们的油不够，不可能追上。”

两位总经理不禁相视而笑，异口同声地说：“你判断得对，他们追不上了！”

凌文轩松了一口气，这才让两位总经理就在飞机上通电宣布起义。

因为事起匆忙，这十二架飞机都没有导航，只能艰难地摸索着航线，穿过茫茫云雾，朝北飞去。极目四望高远开阔，这批机群就像大海上的几叶孤舟，无依无靠。两个总经理交换着灼人的眼色，又有些慌神。凌文轩尽力控制自己，也很焦急。他从舷窗朝下看去，只见他们这架飞机在辽阔的天空中飞行，如同宇宙中移动的一粒微尘……

正当他们因不明方向而焦虑不安时，突然得到了空中传来的一个信号：“这里是北京广播电台……”凌文轩心里的石头这才完全落地，他知道这是内地有意安排，给他们指明航向。最终“空中行宫”号降落北京，另外十一架飞机降落在天津。

凌大志等人仍在焦急等候，天黑时分还没有动静。陶伟川跟他们商议，结论是两航公司起义不可能直飞上海，也不知道降落何处了？陶伟川一再劝阻，凌大志只得回家等消息。难熬的一夜过去，他们终于得知了起义成功的消息，龙华机场迎来一片欢腾。

凌文轩等人在北京受到国家领导人和有关部门的热烈欢迎，随后又驾机飞回上海。凌大志看见父亲出现在舷梯上，不禁热泪盈眶。留沪的两航员工也都欢呼雀跃，冲上前跟起义人员热烈握手，亲切拥抱。驻沪部队和各界人士纷纷赶来，鞭炮锣鼓齐鸣，共同庆祝。

凌文轩在鲜花簇拥下，握紧了跑上前来的儿子的手。他得知儿媳即将临产，深感欣慰地说：“我们凌家有后了！中国的航空事业有希望了！”

两个月后，正逢大寒那一天，凌大志的妻子腹痛加剧，被送往医院。凌大志目送妻子进了产房，又跟父亲一同赶往龙华机场。这段时间他们都在修理以前留下的破飞机，那是美式C-46机型，但在新中国却被当成了宝，因为根本没有多少可用的飞机。陶伟川从两航公司的在沪员工中挑选人才，组成一个飞机修理大队，凌家父子都是重要成员。此时离上海不远的一些群岛还没解放，敌机经常飞到上海来捣乱，时常都来轰炸龙华机场，想炸毁机场设施。修理大队要冒着敌人的轰炸和扫射，不顾生命危险地抢修飞机。

今天要修复的飞机被命名为“上海解放一号”，机身两侧都喷了红字，闪闪发亮。他们在冰雪交加中猛干了一阵，凌文轩挂念儿媳生产，让儿子快去医院照顾，有好消息再通知他。凌大志恋恋不舍地走了，回身只见飞机被取下伪装保护网，完全暴露在刺眼的阳光下，很是担心。但修理大队却人人精神抖擞，紧张地投入工作，因为今天这架飞机就要试飞。

不料，敌机又飞来投弹和扫射（那时的低空飞机上有机关枪射手）。凌文轩正在进行地面试车，江胜田在机翼下帮助他。陶伟川赶来，连忙指挥众人隐蔽，凌文轩却坚持了十分钟的试车，然后才忙着拉开伪装网，想罩在飞机上进行保护，江胜田明白过来，也扑上去帮助他。一阵子弹打来，江胜田捂着眼睛倒在地上，满脸是血，昏死过去。凌文轩仍趴在飞机上，拼命拉着防护网。见敌机低空飞来，他不顾一切地扑在驾驶舱上，保护着最贵重的仪表。他背后几处中弹，鲜血染红了飞机，机身上的几个大字更加鲜艳夺目……

敌机走后，人们把奄奄一息的凌文轩抬下飞机，准备送往医院抢救。

“不！不……”凌文轩坚决不肯，挣扎着说，“我要亲眼看见，飞机上天……”

陶伟川热泪盈眶，明白了凌文轩的心思——他是怕试飞不成功，死不瞑目啊！

部队首长带着飞行员赶来了，他们在凌文轩面前悲壮地行了军礼，然后飞行员驾驶着“上海解放一号”飞上了蓝天。原本阴沉沉的天，好似蒙了一层白纱，突然云开雾散，露出了晴朗的天空，红日放射出万缕金光，照耀山河。人们的鼓掌声和叫好声响彻云天……

凌大志赶来了，他见父亲满身是血，惊呼着扑上前，叫道：“爹爹！”

凌文轩的眼睛正要欣慰地闭上，见了儿子又勉力支撑着，似有心事未了……

凌大志泪流满面，连忙告诉父亲，妻子生了个女儿，取名叫凌丽。

凌文轩好似回光返照，精神立刻为之一振。他紧紧握住儿子的手，吃力地大声说：“好！让她长大后，当飞机设计师……我们中国，一定要有自己的、自己的飞机！”

凌文轩牺牲了，在场的人都流下眼泪。凌大志抬起一双泪目望向天空，只见那架“上海解放一号”仍在空中翱翔，时而呼啸着掠过头顶，时而直插九霄，银色的身影分外骄人……

陶伟川走到凌大志身边，含着热泪向人们宣布：“大家听着，从今天起，龙华机场的修理大队正式更名为‘中国空军飞机修理厂’。”

人们听了都拼命鼓掌。呐喊叫好，兴奋不已……

上海航空工业史翻开了崭新的一页，这里最终成为中国航空事业的奠基地。

第一章

日月如梭，光阴似箭。二十年后，空军修理厂有了很大发展，重新修建了高阔的厂房，机场跑道也如镜面般平滑。两边的荒草依旧痴长着，掩盖了峥嵘岁月。无论是炎热的夏天，还是寒冷的冬天，它都照样生机勃勃，郁郁葱葱。

凌文轩牺牲后，凌大志被派到清华大学进修，回厂便成为技术科的骨干。妻子十几年后去世，女儿凌丽从空军技校毕业，也进厂在机加车间当车工。江胜田因失明早就离开了工作岗位，虽然厂里对他有补贴，但日子过得艰难。他唯一的儿子江树森下到上海郊区当知青，只有妻子照顾他。凌家父女常去帮助江家，两家关系很好。江胜田暗暗期望儿子能跟凌丽成亲，他眼睛看不见，心里却明亮，知道儿女之事不能强求，所以从不提起，只跟妻子闲聊罢了。

1970 年春天，厂里在停产几年后迎来了新任务：修理和改装米格 –15 飞机。这是飞机厂一次历史性的转折：由修理的螺旋桨飞机提升为高速喷气式歼击机，全厂员工都很积极。但技术跟不上，事故频繁，凌大志忧心忡忡，四处奔波，成天“扑火”……

这天下班后，他回来很晚，凌丽把简单的饭菜热了又热，后来干脆一锅烩了。

“爸，你干吗这么积极努力？”凌丽愤慨地说，“没准儿还会背上一个罪名！”

凌大志一边吃饭，一边叹着气：“我今天才发现啊，已经出厂的那四十余架米格飞机，居然都存在一个隐患。起落架上的铜活塞可能因连接不好会脱落，那将造成可怕的事故……如今人心涣散啊！我不想办法，谁来管这事儿？等到机毁人亡可就晚了！”

事关重大，凌丽不好再说什么，只问父亲，应该怎么办？

凌大志抹抹嘴巴，丢下饭碗就站起来：“必须想办法，我去找‘革委会’……”

凌丽怔了怔，才跟出房门，叫道：“爸，你别去！”

凌大志不解地回身望着她：“丽丽，怎么了？”

凌丽犹豫着没说出口。厂“革委会”主任在北京学习班，而车间里有些人居然横行霸道！尤其是青工杨本和，提起此人，凌大志也很不屑，一个不懂技术的人，居然钻到车间里去指手画脚，给生产带来了严重恶果。他不知道此人还在追求自己的女儿。

杨本和原在食堂搞炊事，很会溜须拍马，深得领导欢心。他掌勺给职工打菜，多点少点全随心意。透过打饭的小方孔，他看上了青春貌美的凌丽，便往她碗里盛满了菜，期许她能回报青睐，凌丽却不理不睬。后来杨本和居然跻身机加车间当了一个小头头，更是无所顾忌，便公开追求凌丽，带着几个小青年在厂门口堵了几次。凌丽没敢告诉父亲。凌大志一心扑在米格飞机上，凌丽只怕给父亲添堵，就想冷处理。

凌大志没读出女儿的心事，直奔厂办公室。碰巧杨本和值班，正在偷听芭蕾舞剧《天鹅湖》。这套唱片是他从招待所的小楼里收缴来的，那里曾经住过苏联专家，资产阶级一套一套的！这个跟食堂柴火有关的“司机”也太逗了，居然能让男人不穿裤子、女人踮起脚尖跳舞……杨本和正听得有滋有味，凌大志就推门进屋了。

杨本和忙不迭关上唱机，大声说：“我在批判封资修，你怎么不敲门就闯进来？”

凌大志不愿跟他多话，只简单说明了一下情况，又问他怎么办？

杨本和哪有什么好主意？便歪头瞪着他：“那你说，该怎么办？”

“立即派人去各地空军，检查米格飞机。”凌大志斩钉截铁地说，“看是否需要返厂更换？”

“你要走？”杨本和眼珠一转很高兴地说，“好吧，你带几个人去，不完成任务别回来！”

凌大志也很高兴，原以为有阻碍，不料这次挺痛快。他没想到杨本和另有打算。

凌大志带人下部队，杨本和就常去凌丽的车床旁骚扰，她烦不胜烦，其他师傅们也敢怒不敢言。有一天，凌丽正在打磨一件长长的拉杆，杨本和又来到她跟前，死皮赖脸地说：“今天下班后，我们去看电影吧？《奇袭白虎团》，保准你喜欢。”

凌丽的确喜欢那个英俊的男主角，还喜欢《智取威虎山》里身姿潇洒、唱做俱佳的杨子荣。但跟此人一起去电影院？想想就头皮发麻，浑身起鸡皮疙瘩。

“我没空去看样板戏！”凌丽一口回绝，“让开，别挡光线，我在打磨零件。”

杨本和继续嬉皮笑脸：“哎，只要你叫我一声杨大哥，我立马给你调工作……”

凌丽气得手一抖，长长的拉杆就被拧断了。

“你给我滚！”凌丽不顾一切地嚷道，“滚得远远的！我不想看见你！”

杨本和也吓得身子一抖，再拿眼四下一瞅，车间里众人都在怒视他。

“好！好！”他也气得口不择言，手指着凌丽，“小丫头，你听着！你也知道我心思，你如不肯嫁给我，以后将麻烦不断，你都无法在这个厂子里待下去！”

凌丽轻蔑地冷笑着：“是吗？我还就不信了！”

杨本和一边往后退，一边朝她挥了挥拳头：“好，那你就等着……”

女孩子总是脸皮薄，被这么一闹，零件又被弄坏了，师父虽没责怪她，但凌丽当晚回家却哭了一场。她望着这个陈设简朴的家，突然觉得很孤独。母亲生病去世，父亲又出差，竟无人来保护她。凌家也算书香门第，凌丽从小就爱看书，尤其爱看言情小说。她刚上小学就读了《红楼梦》，她并不喜欢软弱可欺的宝哥哥。后来她又读了《林海雪原》，对二零三首长这类又高又帅威武有力的英雄人物挺崇拜。外国童话更是她的心头爱，但传说中的白马王子又在哪儿？他何时才能骑着马、挥着剑，杀进城楼要塞，来救她这个落难的公主？

果然此后，车间里就事故频发：零件打坏，软管破裂，油路堵塞，还经常停电……凌丽不敢相信这些事故都是杨本和为追求她所致，只能急切盼望父亲尽快回厂。

凌大志终于回来了，他在部队对米格飞机的起落架铜活塞采用了一种喷涂尼龙的新工艺，避免了四十余架飞机返厂更换。但他刚进厂门就被杨本和带着一群人抓走，说是他破坏“抓革命、促生产”，机加车间那些事故都是他不负责任造成的。凌大志一头雾水地被关押，谁也不知道他被关在哪里？凌丽听说后，肺都快气炸了！她不顾几个女师傅的阻拦，愤怒地去找杨本和，让他放出凌大志，至少让她去给父亲送饭……

“你终于来了？”杨本和幸灾乐祸地说，“看来为了你父亲，你什么都肯做？”

“我爸在哪儿？”凌丽气得双肩直抖，“就算关牛棚，也得让我给他送饭！”

杨本和恬不知耻地说：“你若不肯嫁给我，你爸就只能饿死！”

凌丽愤怒地打了他一耳光，不等杨本和叫人来抓她，她就跑出办公室，跑出厂房，跑到机场边，痛哭着倒在草地上。四野茫茫，那片荒草立刻淹没了她，温柔地呵护着她。

此时一架专机正冲破云天飞来，机上坐着上海空军首长陶伟川、从沈阳调来的总工程师封钟庆，还有北京某部空军技术人员陆天放，飞行员则是执行特别任务的乔兴剑。他们此行带来一份中央军委的命令，也是一项重要任务，要在这家飞机厂研制第一架中国人自己设计的客机“运 10”，又称为“708 工程”。众人都很兴奋，在飞机上七嘴八舌聊个不停。

“太好了！”陶伟川说，“咱们等了二十年，才等来这个好消息！”

封钟庆不无羡慕地说：“这样的好事，总是给了上海……”

“哎，我们五湖四海，都要一起上嘛！”陶伟川不以为然地说，“你们沈阳不也在搞另一款教练机嘛，当然了，那可不能跟这款民用飞机相比。”

陆天放自信地说：“上海的工业基础好嘛！这‘708 工程’，一定能成功。”

“是啊！”封钟庆又感慨地说，“新中国成立二十年，居然没有一架自己的飞机，国家领导人出访，都得去其他国家租借飞机，在国际上颇受歧视……咱航空人真是丢脸啊！”

陶伟川也郑重地说：“还差点儿遭遇‘克什米尔公主号’的敌特爆炸，总理都险遭罹难，想想真可怕……我们怎能不快马加鞭，赶紧研制出自己的大飞机！”

“请首长放心！”陆天放坚决地握紧了拳头，“我们一定努力！”

乔兴剑是空军部队执行特别任务的技术尖子，飞行技能过硬，思想也很敏锐。他虽在空中全程戴着耳机，没听到机上大家的谈话，却明白此次任务重大。他稳稳地把飞机停在跑道上，等首长和工程师们下了飞机，又跟地勤人员沟通了一阵，才稳步下机。

他独自走在荒草齐腰高的机场小路上，郊外新鲜的空气迎面扑来，还夹杂着野花的芬芳。他深深地呼吸着，忽然听见不远处，隐约传来一阵压抑着的哭泣声。他警惕地站住了，稍等片刻又悄悄走过去，只见草地里伏着一个披头散发的女子，她穿一件红格衬衫，下着工装裤，瘦弱的两肩随着哭声耸动，身上已被露水浸湿……

这是机场，谁在此地哭泣？又有什么隐情？乔兴剑联想到飞来的首长和此次的机密行动，不再思考下去，立刻拔出手枪对准她，低声喝问：“你是谁？在这儿干什么？”

那女子抬起头，原来是一个眉目清秀的姑娘。她抽泣着说：“你、你管得着吗？”

凌丽沉浸在自己的悲伤与愤怒中，根本没看清来人是谁。如果她看清对方魁伟的身形，气宇轩昂，看到那身深色皮夹克，准会猜知他是飞行员，或许就没有后面的事了！

乔兴剑后退一步，又喝问一遍："快说，你是谁？怎么会在这儿？"

凌丽根本不理他，爬起来，拍打了一下身上，就像一头小鹿似的拔腿欲跑……

乔兴剑伸手拦住她："不说清楚，你别走！"

凌丽狠狠瞪了他一眼，什么话都不说，又转身想跑。乔兴剑情急之中抓住了她的手，那是一只微微颤动的小手，似乎能从手心的潮湿中传达出一缕世事艰辛。乔兴剑感到一阵寒流袭涌全身，这是他从不曾体验过的悲悯，他不禁愣住了，却没放开这只手……

"放开我！"凌丽挣扎着，"你放开我……"

"别放她走！"说话间，一群五大三粗的男人追来，带头的是个矮胖子。

姑娘还想挣脱，乔兴剑却拉得更紧了："你别走，有什么话好好说……"

凌丽甩着一头湿淋淋的短发，怒目瞪着他："你到底是谁？为什么拉着我？"

乔兴剑也说不清自己为何不放手？或许是因为她眼睛里那异样的光芒？似乎有一股惊涛骇浪即将冲来，而他竟然想搂住这姑娘的肩头，甚至把她抱在怀里抚慰，让她慢慢安静下来。或者，他宁愿跟她一起承受？他们素不相识，刚谋面，这真是一种奇异的感觉！

倏忽之间，那群人已经赶到，矮胖子伸手挡开乔兴剑，甚至没看他一眼，似乎当他不存在，一把抓住凌丽狞笑着："你跑呀！跑吧！我看你能不能跑出我的手心……把她带走！"

凌丽被带走前，狠狠瞪了乔兴剑一眼，厉声说："助纣为虐，你会后悔的！"

就在那个瞬间，乔兴剑似乎读懂了她，理解了她那执拗的性格。她的身影吸引着他，她踩在荒草小路上的脚印，几乎跟他的脚印叠加在了一起。

第二章

陶伟川和飞机厂“革委会”见面洽谈，传达了中央下令研制“运 10”的文件，让厂里立刻组织优秀人才进行攻关。“运 10”的研制来源于中央的想法。从 20 世纪 60 年代起，因我国没有自己研制的大飞机，总理出国都是坐外国飞机。外电评论：“中国是一只没有翅膀的鹰。”总理针锋相对地说：“中国有了自己的大型喷气客机，一定邀请各国记者来乘坐。”因此这项目的初始目标就是为国家领导人研制出国访问的专机，借此在外交场合树立大国形象。

“革委会”主任去北京学习班学习还没回来，其他“革委会”成员都很兴奋，但谈到具体人选就缄默无言。封钟庆提出的第一个人选，正是技术科的凌大志，众人便看着杨本和不语——他在“革委会”编造了凌大志很多罪名，众人虽不太相信，但在那个年代都想明哲保身。

杨本和索性无耻地撒谎：“凌大志不在厂里，下部队解决技术难题去了，还没回来。”

封钟庆跟凌大志早就相识，立刻激动地说：“对对，他就喜欢解决技术难题！”

“看来是个好样的！”陆天放眼睛一亮，“我们需要他。”

陶伟川忙说：“你们立刻给部队打电话，召凌大志回来，这个攻关任务离不开他！”

杨本和只好假装说：“请首长放心，我们坚决执行。”

散会后，他热情地把陶伟川一行人送到厂招待所，又叮嘱食堂做点好菜，备点好酒。在席间他还自告奋勇，殷勤敬酒，劝陶伟川等人痛饮一番，想把他们灌醉，以免再提那个名字。但封钟庆滴酒不沾，陆天放只抿了一小口，陶伟川虽是豪饮，却不忘提醒他，赶紧去打电话把凌大志召回来。杨本和见他们不松口，很是头痛。

凌丽被抓回来后，因为没个正式罪名，杨本和只得巧立名目说她对抗“革委会”，把她关在工厂的“牛棚”里。那是个废弃的仓库，墙上没窗户，上了门锁，无人看守，到了夜里格外清冷。墙外的高音喇叭传来一首凌丽喜欢的歌：“东海扬波旭日升，南岭起舞飘彩云，珠穆朗玛雪峰献哈达，草原上赞歌唱不尽……”但她却又饿又冷，这番凌辱有谁知？

凌丽愤恨不已，甚至痛恨起机场那个不知名的陌生军人，好像是他出卖了自己。临走时她才发现对方居然穿着让人肃敬的飞行服，难道他是个飞行员？但哪怕是天外飞来的神，也没资格扣住她不放，以至于她落在坏人手里，还不知道是个什么结局？

仓库里没开灯，但外面有路灯，一抹光线正好投照在顶棚的天窗上。凌丽抬头看时，突然发现天窗的玻璃框边趴着一个男人，正是那位穿皮衣的飞行员。

乔兴剑出身河北农村，在家是独子，前面有几位姐姐，靠彩礼得来几笔钱，让他上了县上的中学。毕业后他参军到空军部队，从那里选飞当上飞行员。农民子弟的淳朴忠厚、飞行员的细腻大胆、革命军人的忠诚勇敢、男子汉的责任担当，都在他身上集中体现。特别是他因各方面条件优越，曾被选为歼击机试飞员，后又被调去专机部队，执行特殊任务，使他的性格动中有静，在倒海翻江的气魄中别有一份细致和冷静。

他见凌丽被抓走，虽不明缘由，却感到歉疚，便一直跟踪在后面，找到了这个仓库。他想一个年轻女孩有什么罪？竟会被关押在这里！他顾不上吃晚饭，一直守在这里，四处探寻，最后果断地爬到屋顶上，往下观察她。只见仓库里很凌乱，到处堆满了东西。凌丽倚在一堆物品袋上，头发已经梳理整齐，身姿挺拔，具有一股不可侵犯的气质。乔兴剑不由得对她肃然起敬：一个小女子身陷囹圄，竟能一丝不乱，也算得上豪情满怀。

凌丽抬头看见他，情不自禁地骂起来：“又是你！还是个军人，竟为虎作伥！”

乔兴剑沉思着问：“你一直这么说，难道他们，那些抓你的人是……”

凌丽不好意思说明原委，只好说：“他们是整人的坏人！厂里大家都知道……”

乔兴剑见她眼里闪着泪光，话里有难言之隐，也明白了大概，更加深感歉意。

“对不起！”他忙说，“看来我是好心做坏事了……现在怎么办？”

凌丽没好气地说：“大错已铸成，难道你还能救我出去？”

乔兴剑看了看仓库屋顶，都是厚实的钢板，自己身手矫健，爬上爬下没问题，女孩子可怎么行？他用手试着推了推，玻璃窗户倒是推开了，但屋顶离地约有十米高，他也不敢保证自己跳下去会不会受伤？那个特殊任务还没完成呢！何况凌丽又怎能攀上来？

凌丽见他在屋顶忙乱一阵没成功，丧气道："算了，我就那么一说，你有啥办法？"

乔兴剑灵机一动，连忙转移话题："你还没吃饭吧？饿不饿？"

"废话！"凌丽嗔道："闹腾到这会儿，谁不饿呀？"

"哎，这个我有办法。"乔兴剑连忙掏出随身携带的巧克力和苹果，从窗口扔下去，笑道，"这些东西你快吃吧，就算是给你……给你赔礼道歉了！"

凌丽捡起这些花花绿绿的食品，有些不好意思地抬头望他："你是飞行员？"

"你看出来了？"乔兴剑和善地微笑着，"要不，我们怎么会在机场路上相遇？"

凌丽剥开一块巧克力吃起来，嘴角唇尖都泛起浓浓的甜香。她虽然出身名门，但也没尝过这类美食。须知那时候，这可是飞行员才有的特殊待遇！

"对不起……"她喃喃地说，"我误会你了！"

"没关系。"乔兴剑亲切地问，"现在误会消除，你可以告诉我吗？发生了什么事？"

女孩子都脸皮薄，凌丽欲言又止，还是没把烦恼自己的事告诉他。乔兴剑正想追问下去，仓库门口一阵钥匙乱响，似乎有人来了。

"有人来了，快把东西藏好。"他忙说，"别怕，我就在你头上，我会保护你！"

凌丽收起小食品，抬头悄声说："好，你也快藏起来……"

仓库门打开了，杨本和走进来，把一盒蛋糕提到凌丽面前，诡笑道："喜欢吗？这是给你的，女孩子都喜欢吃甜食嘛！"

凌丽气愤地说："滚开！我才不吃你的臭东西……"

"你想饿死自己吗？饿死也顶个对抗'革委会'的罪名！"杨本和有些恼怒。

"放屁！你能代表'革委会'吗？"凌丽气得口不择言。

"主任不在，我做主嘛！"杨本和不知道乔兴剑在屋顶上，便直言不讳，"别犟了！只要你肯嫁给我，我马上放出你和你爸，让他参加那个，那个叫什么'运10'的研制……"

凌丽怔了怔："什么'运10'？"

"是上面派人来，点名要你爸去参加'708工程'，应该是一架新款飞机吧。"

凌丽浑身一震，不禁嚷道："那我爸呢，你该放他出去了！"

“哪有那么容易？别以为他们是外来的和尚会念经，这里的山大王还是我呢！”杨本和冷笑道，“你不同意嫁给我，我就不发话放你爸出来！”

“你胆大包天！”凌丽愤怒地骂道：“上面的话也不听了？你真要造反啊？”

“是啊！”杨本和气势汹汹地逼问，“说吧，你愿不愿意嫁给我？”

凌丽气恼地抄起蛋糕盒，朝他砸过去：“你就死了这条心吧！”

杨本和眼明手快接住蛋糕盒，恼怒地说：“好，有骨气，你和你爸就等着被饿死吧！”

他羞恼地转身离去，凌丽见他又锁上门，不禁倒在物品袋上哭泣起来。刚才那个英勇的女战士不见了，她顿时还原成一个无助的小女孩，惶恐不安，不知所措……

乔兴剑在屋顶上观看了全过程，愤慨不已地叫起来：“怎能这样！太不像话了！”

凌丽这才想起他，连忙抬头看着他：“你都知道了？你说，我该怎么办？”

乔兴剑虽然又气又急，但他性格沉稳，斟酌了一番才慎重地说：“地方上的事我不懂，但没有这么欺负人的，何况还牵涉你爸……对了，你爸叫什么？”

“我爸叫凌大志。”凌丽忙说，“他是厂里的技术骨干，也被关起来了！”

“凌大志？”乔兴剑沉吟着，“我好像听到过这个名字……”

凌丽似乎明白了，急切地望着他：“同志，你来这儿就是……”

乔兴剑已经明白，凌大志正是陶伟川他们需要的人，忙说：“我叫乔兴剑，今天是我驾驶专机，送陶副司令他们来这儿，就是为了刚才他所说的‘708 工程’——那个‘运 10’飞机……你放心吧，我会把你爸的事报告陶副司令，让他们把你爸放出来！”

“陶副司令？他是不是叫陶伟川？”凌丽眼睛一亮，“我听我爸说过他……”

“你爸认识陶副司令？那更好了！”乔兴剑欲走开，又不放心地问，“哎，你叫什么？”

凌丽羞怯地把名字告诉他，又满怀期待地望着他离去，竟有些不舍。天更黑了，外面的路灯如果熄灭，这间宽大的仓库里将一片漆黑，但现在凌丽不怕了，因为她知道，有个“解放军叔叔”会保护她……哎，他不就是那个解救公主的白马王子吗？凌丽当晚啃着苹果进入梦乡，在梦里又见到了他。他穿一身皮衣，威武帅气，穿过荒草向她走来。

在陶伟川的强硬措施下，飞机厂的“运 10”攻关小组次日就成立了，封钟庆担任总设计师，陆天放是他的助手。但凌大志一直不见踪影，大家都很着急。吃早饭时，乔兴剑向陶伟川汇报，说凌大志根本没出差，是被“革委会”关押了，众人听了都很吃惊。

“竟有这种事。”封钟庆愤愤不平，“无论给老凌安上什么罪名，他肯定是无辜的！”

陆天放是军人，说话很谨慎：“我看这事得慎重，但凌大志是我们需要的人……陶司令，能不能以‘708 工程’的名义，先让他们把人放出来？”

陶伟川听说凌大志遭此劫难，也很吃惊，他跟凌家父子早有渊源，这十几年虽然没联系，他何尝不知凌大志的为人，但仔细一想，又有些为难，便说：“部队有规定，不能干预地方事务。何况‘708工程’事关重大，我们情况不明，可不能轻举妄动。”

他又问乔兴剑如何得知此事？乔兴剑不愿把凌丽扯进来，只说他在厂区散步时偶尔听人提起。他还建议道：“要不，先把厂‘革委会’的人找来，问明情况？”

陶伟川点点头：“也只好这样了。”

他立刻拨通了厂“革委会”的电话，接电话的正是杨本和。他很机灵，善于窥测风向，只怕凌大志的事东窗事发对自己不利，这几天都窝在厂“革委会”。他态度谦和，忙问首长什么事？陶伟川开门见山，严厉询问凌大志是否被关押？杨本和一口否定，说根本没这回事。他又大胆谎称，说凌大志此刻正在回程路上。那时交通不便，一时被耽搁也有可能……

陶伟川无奈，只得吩咐他：“那你们一定要想办法，尽快召回凌大志。”

“好好，请首长放心！”杨本和放下电话很郁闷，他自以为此事做得机密，连“革委会”成员都不大清楚，陶副司令怎么知道的？他还想阳奉阴违，但时间紧迫，也很难拖下去了。

陶伟川更是难以决断，情知此事必有蹊跷，但谁都不清楚凌大志被关在何处？只有按下不提。晚上在餐厅吃饭时，乔兴剑首次正面接触杨本和，发现他就是那个矮胖子，试图用色香味俱全的一桌宴席打动这批“钦差”。封钟庆和陆天放不动声色，陶副司令却毫不客气，又严厉敦促杨本和。杨本和唯唯诺诺，一对小眼睛滴溜溜转。乔兴剑在旁察言观色，立刻机智地断定，杨本和在这番打压下，今晚必有所为。他决定晚饭后再去跟踪杨本和。

杨本和把众人送回招待所，见他们又聚在一处商讨科研计划，便悄然退下。乔兴剑偷偷跟在他身后，杨本和毫无觉察。这天晚上没有星月，厂区只亮着几盏路灯。因为生产任务一直不饱和，厂里早就取消了夜班，每到晚上就显得挺凄凉。乔兴剑见杨本和潜回食堂，心中很诧异。他倚在一棵大树的黑影中等了一阵，才见杨本和又出来，手里提着一个饭盒。此人心思并不细，径直走去居然头都不回，乔兴剑很容易就跟着他，再不用掩藏。沿着一条厂区的内部铁轨线走了一阵，乔兴剑又感到紧张，他觉得这条铁轨线就是凌大志的救命索，也是一根系着凌丽的生命线，而她那充满希望的眼光正一直跟随着自己……

走了一阵，铁轨旁出现一座小山，杨本和走到山脚下的一道小铁门前，摸出钥匙打开了门，原来这是一个偏僻的防空洞，凌大志就被关在里面！洞里也亮着一盏昏暗的灯，凌大志无力地坐在一张破方桌边，他两天没吃饭，饿得饥肠辘辘。突然见杨本和打开铁门走进来，把一个饭盒打开放在桌上，热气腾腾的香味直扑鼻子，竟是一盒鸡蛋挂面。

"你想干什么？"凌大志有气无力地问着，知道对方绝对没安好心。

"我喜欢凌丽。"杨本和此时无奈，只得道出实情，"凌工，你如肯把女儿嫁给我，我立刻放你出去，参加一个新款飞机'运10'的研制项目，又叫什么'708工程'？"

"运10"？凌大志又惊又喜，前不久西安飞机厂传来消息，他们正在研制"运7"，没想到这么快，"运10"就要上马了！看来中国的航空业又要腾飞了！

"怎么样？"杨本和见他踌躇不语，不免得意扬扬，"今后我做你女婿，肯定能派上用场。你还不快答应？以你的技术本领，今后这飞机厂，还不是我们翁婿俩说了算。"

"你放屁！"凌大志气得不行，顺手抄起那盆热汤面，全都倾倒在杨本和身上。

杨本和满头满脸都挂着面条，汤汤水水流了一身，也气恼得跳起来："你疯了！你想干啥？你要弄清楚，你这条小命，还捏在本大爷手里！"

"哼！士可杀不可辱！"凌大志凛然有几分士大夫的气势。

杨本和也气得不行，他顺手往下搂着面条，一边跺脚往后退，一边狠狠嚷道："好啊，你们父女俩都一样，死臭死硬……你们等着，我可不是好惹的！"

凌大志急了，上前一步抓住他："你把丽丽怎么了？"

杨本和得意地掰开他的手："哼，她的小命也捏在我手里，全凭大爷我一句话！"

凌大志恼怒地说：“你这个王八蛋！不得好死！”

杨本和连忙一边溜出山洞，一边说：“那咱们走着瞧……”

乔兴剑躲在暗处看清了这一切，他见杨本和一脸狠毒，知道他会想办法报复，遭殃的肯定是凌丽那个弱女子。他顾不得凌大志，急忙跑出山洞，沿着铁轨摸回招待所。一屋的人正在讨论如何攻关，乔兴剑闯进去就说，他知道凌大志被关在哪儿了。

听说了详情，众人立刻大哗，都是又气又恼，愤慨不已……

封钟庆忍不住拍案而起，怒喝一句：“太不像话了，他竟敢这样！”

陆天放也对陶伟川说：“陶司令，事关重大，应该让他们赶紧放人！”

陶伟川却在沉吟，想了想，又打电话找来几个“革委会”的人盘问，众人一直受杨本和蒙蔽，只说凌大志犯了错，致使厂里事故频发。封钟庆根本不相信，忙说据他了解，凌大志绝非那样的人。陶伟川更加踌躇，他此行责任重大，不愿去干涉地方上的事。

乔兴剑见首长犹豫不决，焦急而无奈。他突然想到什么，连忙跑出去。天空中飘起了雨点，还刮起一阵阵小风，等他找到那座仓库，已经是风声大作，雨也下得很大了。狂风暴雨厮打着孤零零的破仓库，乔兴剑似乎看到那间仓库在颤抖、在摇晃……乔兴剑害怕了，他平生第一次产生了害怕的感觉——他害怕一样珍贵的东西会在这风雨中破碎。

仓库里也在下小雨。原来是屋顶漏了，雨水一滴一滴掉下来，凌丽无处躲藏，雨水渐渐打湿了她的衣衫。风也在撼动着那扇门，它似乎经受不住这番风雨的摔打。凌丽倚在物资袋上不住流泪，这一整天她的眼泪就没干过。她觉得自己被遗弃在这里了，陪伴着她的只有恐惧和孤独。连续两天的折磨让她苦不堪言，她只能无助地在心里呼喊着：爸爸！你在哪里？快来救救我啊！

她又想到那个“解放军叔叔”，心情才渐渐平复，眼神不再恐惧，充满了希望。她在心里祈祷着：既然风雨都来了，只能坦然面对，总有云开日出的时候……

突然，仓库门锁咣当一响，杨本和气呼呼冲进来，两眼闪着凶光，朝凌丽扑去。此人连续被凌家父女拒绝，恼羞成怒，决定示强。他回宿舍换了衣服，就直奔这里。

凌丽看见他，连忙闪开，尖叫起来：“你想干什么？！”

“我想吃了你！”杨本和狞笑着，伸手抓住了欲跑开的凌丽，“你的肉一定很香！”

黑暗中，两人的脸挨得很近，凌丽发抖了，挣扎着想逃开，杨本和却使劲抓住她，撕扯着她的衣服，竟想强暴她！凌丽拼命反抗，渐渐体力不支，被他拖倒在地……

“你滚！快滚！”凌丽声嘶力竭地叫道，“我要喊人了！”

“你喊吧！”杨本和得意地笑着，“在这个鬼地方，没人能听见你的喊声……”

凌丽绝望了，她只能拼命地可怜巴巴地挥着两手去打杨本和，不让那张肮脏的脸靠近自己。但她已被对方按在地上，想逃逃不掉，想躲躲不开，不知还能抵抗多久……

杨本和正欲霸王硬上弓，突然脑后的头发被一只强硬的手揪住，然后就像一只小鸡似的被人拎起来，摔在地上。原来是乔兴剑尾随而至，冲上前来，摔倒了他。浑身颤抖的凌丽睁开泪水模糊的双眼，见是乔兴剑冲进来相助，感动不已，泪流满面……

乔兴剑连忙扶起她，亲切又温和地问：“你没事吧？他没把你怎么样吧？”

凌丽使劲摇摇头，哽咽着：“幸亏你赶来了……”

杨本和被打倒在地，回身一看是那个威武的军人，也慌了，想逃走，又被乔兴剑揪住。他厉声喊道：“你往哪里跑？跟我去见首长！”

凌丽也冲上前去，打了杨本和两耳光，骂道：“你这个禽兽！”

风雨交加中，他俩合力把杨本和揪出仓库，带到厂办公室。事情闹大了，厂“革委会”的成员和陶伟川等人都来了。凌丽痛诉杨本和想强暴她，在那个年代，这是最不可饶恕的罪名，即使未遂，杨本和还是被当场撤去“革委会”一切职务，勒令他回食堂去听候处理。紧接着，乔兴剑又带凌丽和众人赶往防空洞，救出了被饿得奄奄一息的凌大志。

“爸！”凌丽哭喊着扑到父亲怀里，泪水止不住地倾泻而下。

“女儿，你跟着爸受委屈了！”凌大志似乎明白了一切，心疼地抚摸着她的头发。

封钟庆激动地上前握着凌大志的手：“老伙计，你还记得我吗？”

“记得，当然记得！”凌大志激动地拥抱了封钟庆，又看向众人，发现了陶伟川，连忙踉跄着上前，抓住了他的手，“陶司令，你们，你们是来研制新飞机的？”

“对，是一款新飞机，中央命令，国家任务！”陆天放在旁边好奇地打量凌大志。

“太好了！”凌大志握紧了陶伟川的手，“陶司令，我一定要参加！”

陶伟川望着他殷切而热烈的眼神，自己也是热泪盈眶，使劲拍拍他的手，说："你现在什么都别说了，快去吃点东西填填肚子吧……以后有你干的！"

在食堂里，吃着热乎乎的鸡蛋面条，听凌丽介绍了面前那个伟岸的年轻人，就是想办法救出了自己和女儿的空军飞行员。凌大志只是感激地朝乔兴剑点点头，表情沉静而淡漠，也没跟他说什么。他的心完全被新任务抓住了，根本没有心思来管别的。

在陶伟川的干预下，凌大志头上那些莫须有的罪名很快被一一撇清，他被任命为"运 10"副总设计师。凌丽也高兴地回到车间，愉快地加工起零件。她并不喜欢干车工，只因初中毕业那年，一场运动来临，学校都停课了，接着知识青年上山下乡，父亲便让她去读空军技校，幸运地被分到厂里。但她不想当工人，她的理想也与工人无关。此时经历一番磨难，再投身这间高大的厂房，她突然觉得自己视野开阔，心胸博大了。以前她并不喜欢的机床隆隆声响，现在听来竟别有新意，让她心里油然产生了一种劳动者的庄严感。

"难道是因为我认识了他？因为我干的一切都与飞机有关？"凌丽在心里暗暗诧异。

不知不觉地，她就想起了乔兴剑，那个高大魁梧的飞行员，她忘不了他那双神采奕奕的眼睛。她不得不承认，这是一个非凡的男人，他显然很能吸引女孩子……

这时她听到一个消息：乔兴剑要离开工厂，回部队了！

告诉她这件事的是陆天放，他刚认识凌丽，于是含蓄而谨慎地说，由于乔兴剑行为冒失，干预了地方上的事，陶司令命令他立即回部队去做检讨，暂时停飞。

"不，他都是为了我！"凌丽一听，就失声叫道，"怎么能这样？"

陆天放笑了笑："我知道他救了你们父女俩，所以才来告诉你，让你去送送他。"

打听到乔兴剑的飞机很快就要起飞，凌丽不顾一切地停下机床，奔向机场。她慌不择路，在半人高的荒草里深一脚浅一脚地跑着，上气不接下气。跑到机场，看见一架飞机停在跑道上，旁边却空无一人。凌丽正在忐忑不安，突然看见乔兴剑的身影从机身后闪出来，他仍是穿着那一身飞行皮衣，显得比平时更威武高大。凌丽看见他立刻长吐一口气，紧接着又不禁后退一步，差点跌倒，似乎被自己的行为吓坏了……

乔兴剑连忙冲过去，握住凌丽的手，连连问："你怎么啦？你怎么来了？"

“我来送送你，不应该吗？”凌丽稳住神，冲他一笑，“你要走？怎么也不告诉我？”

“我怕影响你工作。”乔兴剑见她跑得两颊绯红，眼睛湿润，也不禁感动。

凌丽又松了一口气，指指飞机，说：“那是你要开的飞机？”

乔兴剑笑起来：“不，那是我要搭乘的飞机，也是你们厂里刚修好的。”

凌丽这才想起来，他已被停飞，于是愤愤不平地说道：“领导怎么能这样处理你？”

“别说了！”乔兴剑谨慎地看看四周，“飞机还有一小时起飞，我们去走走吧……”

两人离开跑道，在齐腰深的野草里漫步着，都不知说什么才好。凌丽第一次跟一个高大的男人走在一起，竟有些惶惶不安。她能感觉到一股热腾腾的气息，正从身边那个伟岸的躯体里不断散发出来，使自己对他产生了一种亲切感，却不清楚那是什么？其实这就是男性对女性的吸引，那是一股阳刚之气，青春勃发，坚实有力。凌丽刚满二十岁，情窦初开，对这种朦胧初恋，有一种并不确切的情愫。她只是感到一种苦恼，因为她不想离开这个男人，她甚至想每天都能看见他！但她也不知道自己到底怎么了。不知道这就是在那个年代里，青年男女接触后便可能发生的事——她和他已经不可避免地相互吸引了。

作为一个飞行员，乔兴剑心地善良，性格爽朗，毕竟涉世早，心智要比凌丽成熟得多，他见凌丽一直不说话，就微笑着问她：“这些天，你过得还好吗？”

凌丽怔怔地望着他，发了一阵呆，才点头说：“我很好……你呢？听说你是为了我和我爸，才被调回部队的？我觉得这很不公平，我找陶司令去！”

乔兴剑连忙拉住她：“别去，我应该回部队了，我本来就不是专机飞行员，而是试飞员。”

“试飞员？”凌丽听说过这种职业，但并不很清楚，“听说那都是飞行尖子？”

“是的，我 21 岁就当上了试飞员，在我们试飞团，飞行技术也是一流的。”乔兴剑像是在给凌丽打气，又像在鼓励自己，他两眼望着天空说，“不少人都认为，干这一行挺危险，但我喜欢。试飞事业考验我们的意志、胆量和品德，更考验我们的信念、智慧和忠诚。让我们以科学的态度、无畏的勇气、献身的精神，来为每一代飞机试航，这不挺有意思吗？”

“天哪！这有多危险……你就不怕摔飞机吗？”凌丽不禁缩了缩脖子。

乔兴剑幽默地笑了笑，说：“人类的理想，就是像鸟儿一样拥有翅膀，可以自由地在天空中飞翔。虽然天空中没有留下翅膀的痕迹，但我已经飞过……”

“后两句是泰戈尔的诗！”凌丽眼睛闪亮地看着他，“没想到你竟然读过他的诗。”

“怎么？你以为我们当兵的，都是没文化的老粗？”乔兴剑诙谐地看着她。

凌丽有些不好意思，就走到一边去：“我也喜欢诗，还写过几首……”

“哦，读来听听。”乔兴剑走近她，突然闻到一股淡淡的幽香，还夹着一丝甜味，虽然只是随风飘过，但他却敏锐地抓住了，就像他在天空中能抓到鸟儿飞过的痕迹一般。

他身体微微一震，哦，那是少女的体香……是清香，真正纯粹的清香啊！

乔兴剑不禁望了凌丽一眼，见她脸庞清秀明丽，身姿娉婷婉约，内心又是一动。两人的眼光在空中交汇了，凌丽不好意思地低下头去。她也是心中一动，猛地灵感勃发，望着身边的荒草、浩渺的天空、远处的飞机，突然就有了一种诗情画意。

“龙思深海，雕盼青天，须眉志，巾帼愿。行前已觉试飞险，去后更知创业难。雕塑生死，点缀人间，山长水阔情宽。此身不与时光老，壮心永随征程远。”

凌丽缓缓念道，似乎这首词早已在她心中酝酿完成，现在只是脱口而出而已。

乔兴剑完全呆住了，沉默半晌才说：“好诗！真是好诗，太棒了！”

“这不是诗，而是一首词，名字叫作鹊桥仙。”凌丽心思灵动，又含有深意地问，“你知道鹊桥吗？听说过牛郎织女的故事吗？”

乔兴剑怔了怔，突然明白了一切。年轻人的恋爱就这样简单，尤其是初恋。一两句话，几道眼神，加速的心跳，再加上年龄容貌又相当，这事儿就明确了！但乔兴剑又当别论。他是试飞团的飞行尖子，重点培养的对象，为了这样一个人才，国家投入了很多，可以说他是金子堆出来的。而他的回报应该是一直在蓝天飞翔，天仙下凡也不能打动他。直到 30 岁，才能由组织上给他介绍一个其貌不扬、但政治上可靠的女人成家。他现在刚满 23 岁，至少还有七八年才能谈恋爱。但眼前这个年轻姑娘，分明是他渐渐心仪的人……

凌丽见他沉默不语，似乎也明白了他的心思。之前她在那个破旧的仓库里，被狂风暴雨侵袭了一夜，又被孤寂恐惧折磨了一夜，还让泪水滋润了一夜，思念陪伴了一夜，盼的不就是眼前这个伟岸的男子吗？如今雨过天晴，风和日丽，她有什么话不能对他讲呢？但她什么也不敢说，因为她还不习惯冒昧地向一个男子开口，于是也只好沉默着……

机场路荒草萋萋，天地间晴空万里。两人都在希冀着什么，可又不知该怎么开口。

还是乔兴剑爽快，他没有转弯抹角，而是直截了当地说："在我看来，你就是天上的仙女。你愿意给我写信吗？让我们用一封封书信，搭成一座鹊桥吧？"

凌丽又惊又喜，顿时满脸通红，欢快地笑起来："好吧，我们通信。"

乔兴剑点点头，又郑重地说："我还希望我们下次见面时，你们的'运 10'飞机已经研制出来。那我一定会要求领导，让我去试飞这一款新飞机！"

"可是，我只是一个小小的车工啊！"凌丽张口结舌了一阵，才不好意思地说。

乔兴剑似乎明白她的心思，又笑道："看来，你对自己的工作并不满意？"

凌丽强自镇定，不好意思地问："你都看出来了？是的，我一直想干点别的……"

"别干那些，就干飞机！"乔兴剑用一个飞行员特有的坚定语气说，"相信我，在这个世界上，最值得干的就是这件事——让人类插上翅膀，飞向蓝天。我们中国，需要有自己的飞机。我也在期盼着，等待着，能飞上你们研制出来的飞机！"

凌丽震惊地看着他，这是她第一次仔细端详他的脸庞。她发现这张脸除了英气之外，还有一点她不熟悉的坚定信念。她猛然想到，如果真有那一天，他能试飞本厂研制的飞机，该是怎样的光荣！但现实却严峻地摆在他们面前——她目前只是个小车工，而他呢，已经面临停飞，这是对一个飞行员最严厉的惩罚，他这一生可能就毁了，他居然还在说这些，难道对他来说，飞行比什么都重要？或者是他这一生，都将把事业凌驾于一切之上？

她还想跟他谈下去，但时间紧迫，顾不上再诉说衷肠。乔兴剑看看手表，起飞时间快到了。凌丽也知道，他们分手的时刻来到了！于是一阵痛苦袭来——她不知道今后还会不会再见到他。他们什么时候才能见面？前途难测的未来，如一层层薄雾将她缠绕……

乔兴剑却能沉住气，他后退一步，严肃地给她敬了一个军礼，然后大步离去。

凌丽深受感染，似乎已被他的憧憬打动，但不知这话能否应验？她默默目送乔兴剑走开，抬头望着不远处的青山，两句小诗又涌上心头："且等明朝再相见，携手重登峻岭上！”

她迅速奔到跑道上，只想亲眼看着那架飞机离开。就在震耳欲聋的发动机轰鸣声中，这只巨大的飞鸟即将腾空离去的那一刻，凌丽突然明白，她不仅爱上了这个飞行员，也因此爱上了飞行事业！也许从此她这一生，都将跟祖国的航空工业结缘。

第三章

空军飞机修理厂承担了研制“运 10”的任务，全厂很快动员起来。该厂虽然走过了二十年的历程，从修理到改装，也曾研制过一些小型飞机，积累了一定的经验，拥有一支懂理论、会技术的科研队伍，也拥有相当的技术装备，但要研制这种大型的喷气客机，在我国还是第一次。它对设计、设备、工艺、材料与管理，包括厂房和跑道都提出了新要求。

作为“708 工程”的负责人之一，会战攻关的副总设计师凌大志每天都忙到深夜才回家。封钟庆和陆天放都是从外厂调来的，对本厂情况不熟悉，所以初期筹建的工作基本都是他一肩挑。他们采取边设计边施工的办法，既要扩建厂房，延长跑道，还要另辟总装车间，包括动力、仓库等设备改造。凌大志调兵遣将，忙得不可开交。这天晚上他又是深夜才回家，进门就大吃一惊，只见屋里被翻得乱七八糟，凌丽正在翻箱倒柜地找东西……

“哎，你东翻西找地干什么？”凌大志一边去厨房里找吃的，一边问。

“我在找爷爷留下的书籍和资料。”凌丽手忙脚乱地奔到厨房，一边抢先去给父亲热饭菜，一边照例抱怨道，“爸，你再忙也得注意身体啊！我说给你送饭，你还不同意。”

“你也有自己的工作嘛！”凌大志肚子太饿了，先去喝了几口热开水暖暖胃，又思索着说，“丽丽，告诉你一件事，我们准备从本厂选拔一批有理论水平和实践经验的工人，搞几个短期工艺人员培训班，作为以后车间工艺人员的主体力量，你想不想参加？”

凌丽眼中一亮，说：“是参加研制‘运 10’吗？太好了！我当然要参加。”

她把热好的饭菜端上桌，凌大志边吃边说：“可你不是不想当工人吗？以前你总说自己喜欢文学，想写诗，还想当作家……”

凌丽在父亲身边坐下，脸颊红红地说：“爸，我现在明白了，爷爷说得对！咱凌家也算航空世家，虽然我是女子，但也要奋发图强。我还要争取上大学，当个飞机设计师！”

凌大志高兴地说：“好啊！你幡然醒悟，愿意学习理工科，这是好事啊！”

“还不是因为这个‘708 工程’要上马！”凌丽有些不好意思地说，“全厂都干得热火朝天，想努力争取早点把‘运 10’送上天，我怎么能置身事外。”

“不但你该这么想，全国航空人都会动起来！”凌大志用筷子指点着女儿，“各地航空企业抽了几百人进咱厂，陶司令今天接见了第一批，鼓励他们当好参谋、设计好图纸。”

“哎呀，能当飞机设计师可真好！”凌丽向往地卷着自己的短发，羡慕不已。

凌大志放下碗筷，有些不解：“女儿，你这变化太快，可让老爸吃惊了！”

凌丽连忙解释：‘哎呀，人家也想参加‘运 10’研制，可是文化不高，基础太差嘛！”

“可惜大学都停课了。”凌大志想了想，“我还留着一些课本，我给你安排学习吧。”

凌丽高兴地扑过去，搂住了他的脖子：“太好了！谢谢爸。”

凌大志走进小客厅，问道：“你爷爷留下了一些书籍资料，你刚才找到没有？”

凌丽跑到书柜旁，拿起几本旧书，说：“只找到这几本，真遗憾。”

“运动初期，都给一把火烧了……”凌大志顺手捧起书柜格子上的一个镜框，“你爷爷真是好样的！他为了保护飞机而牺牲，我们这个厂，该为他立个碑啊！”

凌丽偎依在父亲身边看着这镜框，里面的照片已经发黄，但能隐约看清三个男人站在一架飞机旁边，那是她的爷爷、父亲，还有江伯。

“我们该找个时间，去看江伯了。”她不由得说。

“今天陶司令去看他了。”凌大志放回镜框，发愁地说，“你江伯的日子过得难啊！”

女儿回自己卧室了，凌大志在简陋的书桌前坐下，开始每晚的研究工作。在这点上他一丝不苟，还是大学进修时养成的好习惯。他在清华大学进修航空业，头两年是基础课，包括材料力学。当时航空馆旁边的空地上，搁置了一些飞机的残骸，凌大志常去参观研究，借此观察飞机结构的每一个细节。后两年学习航空专业知识，包括飞机空气动力学、飞机结构学和飞行力学。这些学科都直接关系着飞机设计，凌大志更是发奋努力，刻苦学习，遇到难题便冥思苦想地深究，还常去图书馆寻找资料，或者跟老师探讨问题。他在进修的同学中年龄最大，为了加深印象，又带领大家制作一些简单的飞机模型，以便更好地掌握飞机构造。

那时很多同学都认为，中国的航空业极其落后，学这一行没有前途。凌大志也知道自己回厂后的工作只是修理飞机，对于以后的航空工业将怎样发展？他也不清楚。但他却跟父亲一样，心里一直装着那个设计飞机的远大梦想。父亲曾经说过："祖国的蓝天上，一定要飞起中国人自己的飞机！"可是这个梦想能实现吗？他那时全然不知。

他回厂后搞了十几年的飞机修理，只在20世纪60年代试制过一款水上飞机，此外大多是试修和改装一些机型。他不得不承认，我国的民用飞机研制处于落后状态，最多搞一些仿制的教练机或轰炸机，尚无可能研制大型喷气客机。对此状况他内心焦急，只盼着父辈的愿望能早日实现。没想到党和国家领导人更为着急，他们曾来上海视察，关心航空业的发展和民用机生产，多次询问上海能不能搞大型飞机？上海空军领导也与有关部门多次开会商议，终于在1970年8月，促成了这个"708工程"，并报请中央批准了"运10"飞机的研制。

凌大志得知这个消息虽是喜不自胜，但头脑冷静下来，便知前途未卜，研制民用飞机的艰辛非常人所知。民用飞机又称商用飞机，是现代工业科技皇冠上的明珠，建立在所有的工业基础和科研成果上，是一个国家综合实力的体现。目前能制造大型商用飞机的国家，按150座级以上来计算，只有美国和法国，苏联都没完全达到这个高度。而这些西方国家就代表着当今世界制造业的最高水平，代表着世界先进的科学技术水平。因此，只有大国和强国才能进行商用飞机的制造，我们中国目前的现状，能行吗？

"能行！我们一定能行！"凌大志想到这里，又捧起自己和父亲的那张合照，宣誓一般地说，"爹爹，你放心吧，我们一定要让自己的飞机，飞上祖国的蓝天！"

他又望向照片上的第三个人，感慨万千地说："可惜啊，老伙计，我们就要有自己的新飞机了，当年我跟你说过的愿望就要实现了，你却看不到了！"

江胜田也住在厂区宿舍里，但因他眼睛失明，走路不便，厂里把他安置在食堂背后的两间平房。这里很背静，少有人走动，江胜田也时常觉得，自己已被遗弃了。

没想到这天晚上，家里却来了一位尊贵的客人，是厂"革委会"成员陪着陶伟川来看望他。陶伟川跟江胜田也是老熟人，十几年没再见过面。江胜田激动万分，连忙吩咐妻子好生招待，可惜家里贫寒，除了一壶开水，什么像样的东西也拿不出来，就连茶叶都没有。

“哎呀真是怠慢了，对不起……”江胜田握着老领导的手，浑浊的眼里流出几滴热泪。

陶伟川却不知道说什么好。他看看四周，这间破旧的屋子可以说是家徒四壁，除了一张破桌子、几张烂椅子，其他什么都没有。床上的棉被都是补丁累补丁。

“老江，你可是咱飞机厂的大功臣啊！”陶伟川自责地说，“没想到你的生活如此艰难……我们有责任，是我们没有安排好。”

那几个厂“革委会”的人也连声说：“是我们的责任，没有照顾好……”

江胜田感慨地摇摇头：“这不算什么。想着那些死去的功臣，我们能活下来就好！”

“是啊，幸亏老凌有个好儿子，志向远大，堪当重任。”陶伟川欣慰地说，“你知道吗？大志他现在是厂里攻关会战的负责人，我们‘运 10’飞机的副总设计师。”

“运 10？”江胜田皱纹满布的脸上展开了笑颜，“这是我们自己的新飞机？”

“是啊！我们厂又要搞新飞机了！”“革委会”的人纷纷说。

江胜田激动得一跺脚，说：“嗨！可惜我这眼睛不争气，要不，我肯定能帮他一把！”

陶伟川心里一热，连忙握住他的手，说：“没关系，老江，你眼睛看不见，心里却明亮，你一定会为这新飞机加油，我们也一定会成功！”

“那是当然，当然……”江胜田激动得不知说什么好。

陶伟川拉他坐在一把椅子上，自己和众人仍是站着，因为不知道那些椅子还能不能坐。看到这个家如此寒酸，江胜田对此还毫无怨言，那几个“革委会”的人心里也不好受。他们多数人都还年轻，是最近几年才坐“火箭”升上来的，有些人甚至不知道这个老革命的存在。

陶伟川也想到了这点，并不责怪他们，只是连连问江胜田还有什么困难？提出来请厂里解决。江胜田却连连推辞，说自己现在很好，厂里一直在给他发退休工资，钱也够用了……

“老江你别客气，有什么要求都提出来，厂里会尽量满足。”陶伟川说。

那几个人也说：“我们也该关心职工生活，你有要求都提出来，一定能满足。”

见江胜田还在推辞，旁边的江婶却急了，她一直有个心愿，现在不提更待何时？

陶伟川看出来了，鼓励地说：“嫂子，有什么想法，你也可以提出来嘛！”

“好啊！”江婶忙说，“那你们就把我唯一的儿子调回来，让他进厂工作吧！”

江胜田的独生儿子江树森，已经下到上海郊区甘家村当农民很久了。本来几年前，厂里曾招收过一些职工子弟进技校，凌丽就是那时进去的。但江胜田消息闭塞，连同妻儿都不知此事。恰好凌大志又出差在外，便错过这一良机。接着上山下乡的大潮涌来，江树森也不能幸免。此时江婶提出这一愿望，陶伟川立刻答应了，顺理成章地让厂里“革委会”的人去办。

上海郊外处处是水乡，一派江南的田园风光。甘家村位于一条大河旁，村落古朴，河流婉转，还有一个树荫浓郁的泊船小码头。码头上那棵千年大榕树，张开巨大的手臂抚慰着村民们。河边的几块青石上，人影摇曳暗香浮动，是妇女们常去洗衣服的地方。

今天蹲在大石上洗衣的甘素芬却心不在焉，甚至有点魂不守舍。刚才会计的老婆庄嫂告诉她，上海的飞机厂寄来一封信，询问下乡知青江树森的情况，可能要把他调回厂里。甘素芬一听就急了！江树森下乡之初就住在她家，那时知青点还没安排好，甘素芬的父亲甘长生正是本村党支书，他觉得江树森这个后生忠实可靠，也挺喜欢他，处处都很照顾他，不让他干脏活、重活。但江树森却是个憨小子，偏偏重活、脏活都抢着干，一来二去就成了知青模范，还去县里开大会，领了一套奖品——《毛泽东选集》。江树森搬到知青点后，甘长生又经常家里家外地夸奖他，说这小子勤恳耐劳，不怕吃苦、吃亏，将来必成大器，我们村留不住他……

这话甘素芬可不爱听。她是甘长生的独生女儿，在村里读过小学。因母亲总爱唠叨，说一个女囡读书有啥用，将来还不是要嫁人生娃？她毕业后就没去县里读中学。由于满村男青年她没看上一个，父亲又总在耳边叨念江树森的好，这个男青年身材挺拔、五官端正，在村里也真是鹤立鸡群。尽管甘素芬也属于“小母鸡”一只，还是不禁爱上了这只“鹤”。现在听说仙鹤要飞走，怎能不惊慌？甘素芬想来想去，决定不顾一切去找江树森，问他何去何从？

她推说自己有事，把没洗完的衣服交给庄嫂保管，就飞也似的跑开了。

“哎，她不好好洗衣服，还有别的什么事？”庄嫂莫名其妙地问旁边的人。

几个妇女都哈哈笑起来：“这还不明白，她去找那个姓江的后生了。”

还没到下午晨光，太阳就被乌云吞没，天空阴沉，水色变暗，进入秋季的田野飘起了阵阵寒气。知青们借口天冷，一个个都回去了，只剩下江树森独自干活。他们今天的任务是开一片水田，这是最苦的活儿，从大清早干到下午，中午饭只啃了几个玉米馍馍，也确实乏了。但他不肯松劲，还是努力干着，干得浑身出汗，于是脱去上衣，光着膀子，仍是一头一脸的汗水。江树森的性格就是这样，他干什么都一丝不苟，从来都是坚定不移。

甘素芬爬上小山坡，远远望见一个奋力挥镐的身影隐没在飘起的细雨中，心头顿时涌起一股温突突的暖流。自从明确爱上了这个上海青年，甘素芬就格外关注江树森，经常给他送好吃的，在众人面前也不避讳这份感情，知青们都看出一点眉目，经常打趣江树森，他却不以为意，从不接招。甘素芬也不知道他心里是怎么想的，今天正好问个明白。

江树森正干得起劲，突然有人从背后给他擦汗，他猛吃一惊，回头看是支书的女儿，曾挤在他的竹床下、听他讲城里新闻的农村姑娘甘素芬，几乎就明白了一切。他性格稳重，少年老成，面对一个火辣辣的村姑，一直退避三舍。江树森当然明白甘素芬对他的情意，但他也清楚自己的感情取向。他心里早就有一个人，那是从小一起长大青梅竹马形同兄妹的凌丽，据说两家也曾有过结娃娃亲的愿望。虽然他从没对凌丽表白过，但他的心已经属于她——那个灵巧秀气的女孩子，才是他一直心仪的对象。

“哎，你在干什么？”他退后几步，用脖子上的毛巾擦着汗。

甘素芬把他放在田坎上的破外套扔过去，说道：“看你出了一身汗，别着凉了！”

江树森连忙披上外衣，又问：“都快下工了，你来这儿干啥？”

甘素芬并不傻，她也看出来了，江树森一直避免跟自己正面交往、单独接触。于是她机灵地问：“我是来看看，怎么其他知青都回去了，你还在这儿一个人干？”

“我要挣工分，要吃饭，要养活自己啊！”江树森叹了一口气。

甘素芬不假思索地脱口而出：“你用不着挣工分，飞机厂写信来，要调你回上海。”

“真的？有这种事？”江树森兴奋了，他在困顿中精神一振，眼里也放出光彩。

甘素芬突然醒过味来，几乎想咬掉自己的舌头！但话一出口就收不回了，她只得怏怏地问：“看来你早就想离开我们甘家村，回你那个繁华的大城市了？”

江树森抹了一把汗淋淋的发梢，昂起头望着天边。透过清凉的水雾，他似乎看见了父亲那眼窝枯干的面容，还有他从小就熟悉并一直向往的工厂。他的眼里射出了理想的火花，这火花经过几年的磨难，几乎就要泯灭在这山岗田野上了，如今却又喷放出来……

“不，我是想回到我们飞机厂，我想当工人，从小就想！”

甘素芬不由得气急败坏，更加懊悔刚才说了实话。她咬了咬嘴唇，觉得事到如今，也顾不得女孩子的脸面了，只有对他道出真情，看他肯不肯为了自己而留下来？

“难道，你就不愿留下来……为了，为了我？”

江树森感到吃惊，年轻人还不会隐藏自己的情绪，于是他生硬地反问：“这怎么可能？我为什么要为了你而留下来？我们……我们是什么关系？什么都不是吧？”

他没注意到甘素芬早已眼泪汪汪，听江树森说出这样无情的话，她再也忍不住，气得扭着手绢跑开。江树森望着她的背影反而轻松了，对方的表白并没打动他，他不会娶农村姑娘，他的家一定是安在上海，安在自己钟爱的工厂里，他对这点深信不疑。

甘长生的家在村子尽头，院里除了种菜，还栽有花木，一年四季都花草繁茂，别有一番情趣。他在树下捣蒜，帮妻子做饭，突然看见女儿眼红红地跑进来，似乎刚哭过，他正莫名其妙，女儿已经跑进自己的小屋，接着，屋里就传来一阵痛哭声……

甘长生诧异地走过去，推开小门朝里张望：“小囡，谁欺负你了？哭得这么伤心？”

甘素芬是直性子，对父亲更不隐瞒，只把头钻进枕头里，大声说：“江树森！”

“是他？”甘长生奇怪地走进屋，坐在床边又问，“我看这小子还算厚道嘛！”

甘素芬猛地坐起来，满脸泪水地嚷道：“他要回上海，想去当工人！”

“哦？是了，我们接到了上海一个工厂的来信。”甘长生的脸色阴郁起来。

他对女儿的心意早有几分觉察，他也喜欢那个敦厚诚恳的小伙子，何况江树森干练又机灵，在知青中真是难得的人才。但甘长生也认为，一个大城市来的年轻人跟本地姑娘结合基本不可能，知青们迟早都要回城，他们不属于这里。于是父亲耐心地劝解了女儿一番，希望她能回心转意，就跟一个本地的男子结亲，别让这事儿惹得人家笑话……

甘素芬不听，反而带着满腹怨恨和委屈嚷道：“他又没别的女人，为啥不要我？”

“你怎么知道，他没有别的女人？”甘长生怔了怔，反问道。

甘素芬也愣住了，无言以对，便抓住父亲的胳臂使劲摇：“爹，你一定要帮我。人家就是喜欢他嘛！不想让他回上海！我要他留在甘家村，陪我一辈子！”

“你呀，尽整那些没影的事儿！”甘长生恨铁不成钢地指着她。

站在门口听了一阵的甘婶，这时忍不住说：“小囡喜欢他，你就帮帮小囡吧！”

“你说怎么帮？”甘长生回身瞪她一眼，“我总不能像戏里唱的那样，去抢新郎吧！”

甘婶眼珠子一转，说：“你可以跟那小子谈谈呀，问他肯不肯？”

“对啊！”甘素芬又抓住父亲的胳膊使劲摇，“爹是村支书，说话管用，你就帮帮我嘛！”

甘长生想了想，叹了口气：“小囡呀，爹明白你的心意，只是爹觉得不可能。既然你都这样了，为了你，爹只好试试……至少我能帮你去问问他，有没有别的女人？”

母女俩相视而笑，似乎都松了一口气。

甘长生又瞪着妻子，说：“快，你去杀只鸡，做一席饭，今晚我请江树森那小子来喝酒。”

母女俩忙碌之际，江树森扛着铁镐回到知青点。这是一间破草房，土炕上铺着草，可以睡五六个人。此时其他知青都在玩扑克，江树森放下工具躺在炕上，开始想心事。

从他懂事起，父亲已经失明在家。他问过母亲，爹爹以前是干啥的？回答是修飞机的。父亲心情好时，也要给他摆谈飞机，讲起来眉飞色舞，全然忘了自己的不幸。他长到五六岁，父亲就把他带到机场，跟当年的徒弟说好，让他坐上了飞机的翅膀，有时还让他触摸一下机舱。江树森很骄傲，在大多数同龄小孩都无法走近飞机时，他却能攀上机翼，在飞机翅膀上翘首蓝天。江胜田很少夸耀自己，江树森却听叔叔们讲了父亲的英雄事迹——他是为了保护飞机而致残！想象着父辈当年的业绩，他难以置信，却又十分敬佩。不知不觉地，对航空事业的向往便深入了他的骨髓。每当看见飞机起飞，他都有一种说不出的震撼，觉得自己这辈子就该献给这个大家伙！他没有当飞机设计师的梦想，只是想成为飞机厂的一员，哪怕是让他当车工或者机工也行。这就是江树森的飞机情结——他只想参与到父亲曾干过的这一行里，成为这个伟大行业的一员。按理说他进厂工作也是顺理成章，但命运偏偏做了这样的安排。江树森没有怨天尤人，但他却很不甘心。他只有走进飞机厂，看见一架架飞机腾空而起，冲上云霄，才能心里踏实，睡得安稳。这就是他此生的最大梦想了！

江树森正在土炕上做着航空梦，突然接到一个乡亲的口信，让他去一趟甘家，说老支书要请他吃饭。知青们又羡慕得起哄，江树森却知道甘长生有话要说，便坦然赴宴。

摆在院里的晚宴很丰盛，有过年剩下的腊肉、香干烩豆筋、炒土豆片，还有那只炖好的鸡，在土钵里冒着喷香的热气。江树森此时才局促不安，知道这是村里最好的饭菜，一般都是用来招待娇客，即女婿的。如此大摆宴席，甘支书要跟他说的话也轻不了。甘长生热情招呼他坐下，甘素芬也像没事人一样，羞涩地挨着他坐下，甘婶则忙前忙后地给他盛饭。事到如今客气也没用，肚子早饿了，他便大口吃起来。甘素芬还在旁边不断给他夹菜。甘长生又拿出一坛酒，那酒不知道怎么样，但装酒的小坛子却是当地烧的一种窑器。甘长生给江树森倒了一杯酒，摆在他面前，江树森连忙摇摇头，说他不会喝酒。

甘长生也不劝酒，只举起坛子问他：“你知道这是什么酒吗？这就是女儿红。”

江树森的脸红起来，他似乎听说过这种事，却硬着头皮说：“我不知道。”

甘长生笑道：“我们这里的人啊，一旦生了个女儿，就要把一坛酒埋在地里，直到女儿嫁人时才取出来招待客人，所以叫女儿红。这酒清纯甘冽，喝了不伤人，你该来一杯。”

江树森大惊失色，连连摆手道：“这酒是你用来嫁女儿的，我不该喝啊！”

甘长生看了甘素芬一眼，她把头埋得很低，但作为父亲他知道，女儿脖子都红了。甘长生暗暗一跺脚，什么都不顾了，便直截了当地问：“树森，你老实说，你有没有意中人？”

江树森愣住了，他的心事从未跟凌丽提起过，现在只好摇头否认。

甘长生高兴地笑了，又爽快地说：“那好，我膝下只有一个女儿，就是素芬，她长得还不错，人也勤快……我想把女儿嫁给你，所以请你来喝这女儿红，你可愿意？”

江树森更加心惊，转身看见甘素芬正抬起头来，期待地望着他，心里很不安，不禁轻轻皱了一下眉头。他一向赞赏甘支书的为人，但对他女儿确实没感觉，两人之间也缺乏共鸣。甘长生见江树森犹豫着不说话，眼光由温和变为锐利，在这严峻眼光的逼视下，江树森不禁汗颜了。他来甘家赴宴，本想问问飞机厂来信的事，现在却如何说得出口。

初秋的夜晚已经转凉，一阵冷风穿过院子，小桌边的三个人都觉得很难堪。

江树森知道这种事躲不过，只好委婉地说：“甘支书，目前我还不愿想这种事……”

甘长生长叹一声，举起杯子喝干酒，仍是爽快地说：“你可能知道了，飞机厂来信，要招你回厂当工人。我也知道你的心早就飞回去了，村里不会刁难，肯定放行。”

江树森大为震惊，继而满心欢喜，忙说：“谢谢支书！谢谢支书！”

甘素芬一听，却冲动地站起来嚷道：“不，我不同意！”

甘长生和江树森还想说什么，甘素芬已经大哭起来，抹着泪水跑出了小院。

江树森不知所措，甘婶失声叫起来，甘长生也焦急跺脚，喊道：“快去追她呀！”

江树森只好追出去。天气有点冷，空中又飘起小雨，小路依稀难辨，江树森隐约看清甘素芬是往小码头跑去，他在大榕树下追上甘素芬，赶紧拉住她，已经气喘吁吁。

“你追我干啥？”甘素芬含泪挣扎着，“你既然不想要我，为啥还追来？”

江树森觉得跟她解释不清，只好歉意地说：“对不起，我要回上海，不能娶你。”

甘素芬羞涩地扭捏了一下，轻声说：“我也可以跟你走，一起回上海……”

“哎呀，不行！”江树森吓了一跳，忙说，“我回厂是当工人，你能干啥？”

甘素芬气愤地质问：“这么说，你是嫌弃我农民出身，文化不高？”

江树森无法回答，他不愿说谎，但事实正是如此。作为一个农村女性，甘素芬确实勇敢豪爽，但要当一个哪怕是普通工人的妻子，她还缺少点什么？最重要的是，他心里有人了。甘素芬见他沉默不语，似乎有些明白了。她走到河边，坐在自己常洗衣服的一块大石上，揪下旁边的一棵小草，在手指上缠过来绕过去，似乎想说什么又无法开口……

江树森看着她的举动，心里突然升起一丝对她的同情。农村女子的命运，不就像这些小草一般，只能任人拉扯着，即使再坚韧，也会被扯断……

他走过去扶起她，温和地说：“走吧，我送你回家。”

“不！”甘素芬扔掉小草，发狠一般地说，“你送我回家，就是断了我的念想，让我这辈子跟我姆妈一样，做个农村妇女，生娃劳碌……我不想那样，我喜欢你，要跟你走！”

江树森没想到甘素芬如此大胆，居然表白了自己的感情。他连忙望望四周，幸亏天冷，没人在场听见这番话。但他见甘素芬呼吸急促，异常激动，更加不安，生怕她再做出什么大胆的举动来。江树森至此只能下定决心，说出实话，好断了对方的一切念想。

“真的对不起。”他咬咬牙，说，“我已经有意中人了，不可能接受你……”

“啊？”甘素芬大吃一惊，愤怒地指着他，“你、你刚才居然骗我爹！骗我！”

“我当时，这……”江树森言语失措，不知说什么好。

甘素芬绝望之下，什么都听不见了。她只觉得自己就像那棵小草，已经轻易地被人扔掉。不知不觉地，她的身子也轻飘飘地倒下去，不知有意还是无意，坠落水中。

江树森大吃一惊，不料甘素芬竟想轻生，突然就跳下河去。他连忙大声呼救，然后不顾一切地也跳下河去捞她。冰冷而汹涌的河水立刻包围了他们……

第四章

“运 10”的研制在紧锣密鼓地进行，中央从全国各地约 40 个单位调集了 300 多名技术人员组成科研队伍。这些来自各个飞机设计所、飞机工厂、航空部门的技术人员及航空院校的老师齐聚上海，为“708 工程”而攻关。此时工厂的各方面设施都不全，条件非常艰苦。由于崇尚“先生产、后生活”的原则，很多外地来支援的科研人员居无定所，吃住都成问题，随行家属也得不到妥善安置。但他们却不管不顾，一心都扑到了工作上。

相比之下，凌大志的情况要好些。他也不眠不休，经常连夜伏在简陋的写字台上设计图纸。他负责气动力设计和计算机，封钟庆负责总体设计。凌大志建议所有设计方案的确定都要用答辩形式，每个人都要对自己的设计做出论证；答辩如通过，每个人都要签字，答辩通不过，修改后重来。封钟庆和陆天放都很支持。陆天放负责大部件的设计图，也要求采用集体审查的办法。大型飞机的设计在国内虽是开天辟地第一次，但与设计人员以前搞过的飞机仍有许多共同之处。所有参与这项研制工作的人都积极努力，他们一边在“运 10”设计中学习，一边运用自己的所学，原有知识都得到了前所未有的扩展。

陶伟川也很关心此事，经常来视察，还特地从各个航空院校请来几位著名教授担任顾问。他们为设计人员做学术报告，带来许多全新的理念和新开辟的领域，比如自动控制理论和电子计算机的软件工程，还有各种新工艺，让人茅塞顿开。

凌大志作为副总设计师，还需处理各种各样的问题，协调设计的各个局部。凌丽参加了工人培训班，机械加工的技术也得到了提高。她见父亲日夜操劳，很心疼也挺理解，只能想方设法做些好吃的，给父亲补补身子。但那个年代物资缺乏，每人一个月只有四两油、半斤肉，她只能省下自己那一份留给父亲，而凌大志却沉浸在工作中全然不知。

凌丽在工作之余，最大的乐趣就是跟乔兴剑通信。她总是运用自己的文学天赋，洋洋洒洒写下每一封信，兴之所至还在信的末尾画上一些飞机的插图，弄得很花哨。

她每周写一封信，乔兴剑却很少回信。偶尔一封，便会让她开心一整天。她渐渐明白，飞行员的信都要经过检查，她只能在通信中隐晦地表达自己的心曲。乔兴剑也用一个飞行员的机智，巧妙地给予答复。两人在字里行间渐渐陷入热恋。

在离西安一百多公里的地方，有个小城镇名叫阎良。自从这里建立了一个飞机设计所、一个大型飞机厂和一个试飞站，原本荒僻的地方就变得热闹起来。小小的阎良翻开了新的篇章，被航空人誉为“中国的西雅图”。

试飞站占地很大，没有人知道它的详细面积。阎良人只知道那是一片被高高的围墙封起来的军事重地，门口有哨兵站岗，不容靠近。乔兴剑每次走进试飞站，总是心跳加速，有种自豪感。他热爱飞行事业，更青睐试飞这一行，觉得那是在刀尖上跳舞，令所有仰望天空心怀梦想的人都为之向往。在哨兵和警戒线组成的多层安全带之内，越过一片芳草萋萋的草坪，他能看见那些养在深闺人未识的新飞机，不加修饰素面朝天地停放在跑道上。他也能想象若干年后，这些经过定型的飞机就将威风凛凛地亮剑长空！而正是他们中国试飞员甘洒热血，用性命开路，让全世界都擦亮眼睛，不敢藐视这些新飞机的惊世容颜！

然而他从上海回到试飞站，却接受了上级的批评。他所在的试飞大队领导还严厉地盘问他：“你跟那个上海姑娘是怎么回事？现在你们俩到底是什么关系？”

乔兴剑第一次对组织上说了假话：“什么关系也没有，我们只是偶然相识。”

“那就好。”大队长更加严肃地说，“你还年轻，现在不能谈恋爱。何况你即使要谈恋爱，组织上也会对你的恋爱对象查三代。飞行员的婚姻要求很严格，试飞员就更严格。”

“我会接受组织上的审查。”乔兴剑连忙说，心里却存有侥幸。

领导没再往下深究，只说，因为他是飞行尖子，将恢复试飞歼击机。

乔兴剑从办公楼里出来，似乎松了一口气。他伫立在楼前翠绿的草坪上，抬头仰望蓝天，只见白云轻飘，又是一个好天气。乔兴剑站在阳光下，青春勃发，脸庞坚毅，两眼熠熠有神。他深情地遥望着心爱的蓝天，相信自己能在事业与爱情中找到平衡点。

新的一年开始了。春节前，江树森回上海探亲，还没进飞机厂就看见大门口挂着一条写着“大干快上，运10飞天！”的横幅。他知道厂里正在加紧研制新飞机，很是欣慰。从小生活在飞机厂，江树森的愿望并不高，只想当个工人，却没能如愿。

那天晚上甘素芬顺水漂流，江树森好不容易抓住她，把她拖上岸。见甘素芬已经没有声息，江树森急了，连忙伏在她湿淋淋的身子上做人工呼吸。村民们打着火把闻讯赶来，看见这一幕都很吃惊，认定是江树森想强暴甘素芬，江树森连忙辩解，村民却抓住他不放。甘素芬醒过来，只是哭，什么都不肯说。甘长生似乎明白了，就让人把江树森带回去。

这一夜，甘家人和被关在村里的江树森都无眠。江树森很气愤，没想到事情会发展成这样，他预感到这次回不了厂了。甘素芬哭了一晚，甘长生一直在抽烟，甘婶揪心不已，说女儿名声被毁，以后怎么嫁得出去？第二天甘长生去见江树森，跟他提出交换意见，说不送他去派出所，也不报案，但他不能离开甘家村了。江树森坚决否认“强暴”之事，甘长生却为难地说，其实他也明白实情，但他如不这样处理，女儿在村里就待不下去了。就当此事没发生，以后如有机会一定放行。江树森无可奈何，又念及甘长生的舐犊之情，只得答应。

江树森错失良机不能回上海，又因“强暴”一事在村里遭到歧视，知青也都唾弃、嘲笑他，说他竟为一个村姑而丢面子。江树森并不申辩，默默无语，反而甘素芬一直躲着不敢来见他。江树森倒觉得清闲，只求村里派些单独的活儿给他干。甘长生派他去看守瓜田，他乐得自在，每晚都在瓜棚里就着汽灯看书。秋天蚊子还很多，有人悄悄送来一盘点燃的土蚊香，他知道是甘素芬所为，也不推辞就用起来。母亲托人给他来信，埋怨他错过了这次进厂的机会，说“运 10”上马，全厂都热火朝天。江树森虽深感遗憾，但他并不抱怨。入冬后，他仍在知青点阅读理工科书籍，相信终有一天会用得上。

这次江树森回到久别的家中，带回一些农产品和一筐鸡蛋，让江婶看了喜不自胜。

“哎呀，儿子，你回来就好，妈都想死你了，这就给你去做好吃的！”

她在厨房里忙碌开了，江树森问父亲：“家里还有什么好吃的。”

“这次过新年，厂里给科研人员分了点猪肉。你凌叔也送给我们一些，你妈就腌制好留着，说要等你回来吃。”江胜田哆哆嗦嗦地说，“你拿回家的鸡蛋，也给他们送点。”

“我也这么想。”江树森急不可耐地问，“爸，厂里‘运 10’上马，干得怎么样了？”

江胜田叹道：“这么大的事，你爸瞎了眼睛，怎么会清楚？一会儿你去问凌叔吧！”

江树森心急如火，等母亲端上饭菜，匆匆吃了几口，就提起小半筐鸡蛋出了门。江婶忍不住抱怨，江胜田知道儿子是急着想去见凌丽。这确实是江树森的心愿，苦于甘素芬的纠缠，他在甘家村更加思念凌丽，做梦都能看见她那活泼灵巧的身影。这次回厂，他决定向心爱的姑娘表白。他兴冲冲地走着，一路想象着凌丽的答复，觉得她不会拒绝。但他到了凌家后才知道凌丽今晚不在，轮到她上夜班。江树森有些沮丧。

这天晚上凌大志也不得空闲，他正在设计“运 10”的机翼。“运 10”虽然在飞行中的大部分时间，都是在“高亚音速”区域，但这样大吨位的飞机，却是在通常的喷气客机跑道上起降，因此机翼的设计要比小型飞机复杂太多，操纵系统也有所改变……

江树森看见写字台上铺满了纸张，地上也散着一些设计图，羡慕不已。

“凌叔，你真辛苦，但也真幸福！有事情做真好，何况是一件伟大的事。”

凌大志发现他的沮丧，不仅仅是因为没见上凌丽，似乎还有别的原因。他也听说江树森没能回厂，便拉他坐下详问缘由。江树森很坦率，并不隐瞒，一一道出实情……

“太不像话了！”凌大志一拳打在桌上，“这姓甘的姑娘还要不要脸？！她爹也真是……”

江树森忙说：“其实他们都是好人，这甘支书对我一向都挺照顾。”

凌大志欣赏地看着他，说：“树森，你是个好孩子，他们对你这样，你还替他们说话。不管怎么样，正因为他们的干扰，你没能回厂参加工作，我和你爸都很遗憾啊！”

“是啊，我也挺遗憾……”江树森难过得皱起眉头。

凌大志亲切地拍拍他的肩，鼓励道：“树森，没关系‘运10’研制需要很长时间，我们都不能一蹴而就。你在农村好好学习，知识就是一生的积蓄和力量，总能用得上。”

江树森点点头，见天已晚了，凌丽还没回来，凌大志又在忙，便放下鸡蛋告辞。他一夜没睡好，为了自己的不公正命运，也为了心中的姑娘。次日天刚亮，他就赶到厂门口，正好碰见一群下夜班的工人。他们不论男女老少，个个神采飞扬，因为他们知道，自己正在用一双勤劳的手创立新世界。江树森羡慕地看着他们，他回来就是想加入这个战斗行列，就像一滴水跳进江流，溶入波涛，激起浪花，想想都感到兴奋无比……

这时，他突然看见了凌丽，她拿着一封航空信，脸上也是光彩照人。在红日映照下，那是一幅美好的情景——面前这个女孩子似乎高瞻远瞩，眼前也有了广阔的未来。

江树森连忙迎上前，激动地叫道："丽丽，我回来了！"

凌丽有些惊诧地看着他，说："树森，是你？你这么早就起床了？"

"是啊！"江树森激动地说，"你知道我没有工作证，不能进厂参观，就想来这儿看看，看看你们这些斗志昂扬的工人们……我真羡慕你们啊！"

凌丽从小跟江树森一起长大，他总像个大哥哥似的带着自己玩，她也就把他当成了两小无猜的兄长。此时她跟江树森一番交谈后得知他没能回厂的原因，也替他惋惜。

"没关系。"她又安慰他说，"厂里在研制'运 10'，需要人，你以后还有机会。"

江树森觉得凌丽有点心不在焉，她似乎急着要走，可能是想避开他，独自去拆看手上那封信。江树森不禁起了好奇心，他们分开几年，这个小妹妹长大成人，也有一份心事了？

"这是谁给你来的信？"江树森假装不在意地问，心里却很紧张。

凌丽也假装不在意地说："没什么，是一个朋友……"

"是普通朋友？还是带引号那种？"江树森连忙追问，满心巴望她否认。

凌丽却把头一低，脸上泛起了红潮："随便你怎么想吧……"

江树森不由一怔，凌丽已经飞快地跑开，竟然头也没回。江树森望着她灵巧的身影，心里涌出一种难以言说的酸酸的感觉——他立刻猜知，凌丽爱上了别的男子！

回到家中，他快快不乐，干什么都不起劲。江婶似乎明白儿子的心情，就安慰他说："咱家境困难，我身体不好，你爹的眼睛又瞎，别找那些中看不中用一心忙工作的人，要找一个能勤俭持家，照顾我和你爸的人，这样你才能放下心来，去干自己想干的事情。"江树森觉得不无道理，他又是一夜无眠，甘素芬的影子不知不觉地飘进了他的心。

凌丽这一晚却是心花怒放，她每次接到乔兴剑的来信都是这样，似乎心儿插上了翅膀，只想飞到那个西部航空城，亲眼看见心爱的人如何驾着飞机搏击蓝天。这次乔兴剑还给她寄来一张照片，那是几乎每个飞行员都会拍下的影像——他穿一身飞行皮衣，站在亮闪闪的机翼上，手扶驾驶舱，仰望天空，眼里颇有神采，正是那个年代里最美的男子形象。

凌丽为此美了一个晚上，直到第二天下班后，才想起江树森，觉得人家好不容易回家探亲，自己待他未免太凉薄。于是跑到江家，硬把江树森拉出来，说要带他去一个地方。

江树森本来意兴阑珊，但见凌丽一片好意，只得问道：“那是什么地方？”

“工人培训班。”凌丽热情地说，“厂里办了好几期，我都毕业了。今晚有北航老师的讲座，我带你去听听。你不是想当工人吗？未雨绸缪，先学点工业知识，总是好的。”

江树森浑身一机灵，感激地说：“你真说到我心坎上了，走！”

培训班所在地是厂子弟校，白天孩子们用，晚上空出来的教室就给工人上课用。这天晚上寒凝大地，天空中虽飘起了轻扬的小雪花，但赶来听讲座的工人还是不少。江树森羡慕地看着他们，却坚持不进教室，说他不是厂里的工人，被人发现了不好。凌丽说不动这个执拗的兄长，只得陪他站在窗外旁听。江树森穿一件上海刚兴起的“棉猴”，头戴一顶帽子，可以遮住雪花。那是江婶攒了不少布票给儿子买的。他见凌丽穿一身绿格子棉衣，用一条大红羊毛围巾遮住半个脸，两只眼睛闪闪发亮，睫毛上沾着几颗小雪花，不禁怦然心动。

“瞧你这样子，就像个白雪公主！”他打趣道。

“别说这些。”凌丽爽快地拉住他的手，“你看厂里的工人多积极呀！他们只想奋发图强，群策群力，早日攻克技术难关，研制出‘运10’飞机，为我们国家争气！”

“是啊，我也想成为他们当中的一员！”江树森叹道，“可惜呀……”

“可惜什么？”一个人朝他们走来，大声说，“这个飞机厂就要展翅腾飞了！”

陆天放是设计师中最年轻的。他精明能干，思想活跃，很爱听讲座，甚至养成一种癖好，每次都要参加。他发现窗外站着两个人影，不禁好奇地走过去。打听到缘由，他就拍拍江树森的肩膀说：“我们这就算认识了，你既然想听讲座，为何不进去听？”

“可是，我还不是飞机厂的工人啊！”江树森局促地搓着两只冻红的手。

“这没关系。”陆天放鼓励道，“研制‘运10’的道路很漫长，也许我们会同行。”

“说得好！”又有一个人走来，原来是凌大志。

他这几天虽忙，但也惦念江树森。这孩子是他看着长大的，朴实可靠，不能进厂很可惜，他想给这孩子提供个机会。见女儿和江树森来旁听，突然想起一件事。他知道江树森动手能力强，而他正想做一架 1 ∶ 10 尺寸的木质样机，进一步验证设计的合理性。厂里有个木工车间，几年没招工了，正缺乏技术工人。凌大志征得封钟庆同意，就让江树森进厂当这个临时工。江树森喜不自胜，立刻热火朝天地投入进去，跟木工一起精心打造这架木质飞机。

杨本和虽被撤掉了“革委会”小头头的职务，回食堂工作，但他很会钻营，不久又担任了后勤组长。他见凌大志受到重用，自己追求凌丽又失败了，哪肯甘心。每当他蹲在食堂一角，看着饭锅里青烟袅袅，或是在窗口卖菜，见工人们兴高采烈来吃饭，都是气不打一处来，心想我决不能在这柴米油盐中打发一生！他特别爱偷窥凌丽，因凌家父女很少来食堂打饭，杨本和的跟踪就延展到厂内外。他终于发现凌丽最近通信繁忙，在门卫室里，每隔十天半月就会有一封蓝色航空信等着她。有一天，杨本和想方设法支开门卫，窃得乔兴剑给凌丽的信，拆开一看顿时明白，大为妒忌，便心生恶意，歪歪扭扭写了一封匿名信，上交给刚进驻的军管会，诬蔑乔兴剑和凌丽乱搞男女关系。军管会的人都来自空军部队，他们听了杨本和的谗言，打电话去阎良试飞站查询。试飞大队长得知很生气，又叫来乔兴剑严厉盘问。

“上次组织找你谈话，你不是说跟那个上海姑娘不是恋爱关系吗？”

乔兴剑见东窗事发，只好勇敢应对，坦然承认说：“我的确是在跟凌丽恋爱。”

“太不像话了！”大队长气得直拍桌子，“乔兴剑，你是飞行尖子，如果到了结婚年龄，领导自会关心你的婚事。但现在你还年轻，不到规定年龄，组织上怕你会分心啊！”

“谁说谈恋爱就一定会分心？”乔兴剑大胆地坚持说，“男人到了二十郎当岁，没有不想姑娘的！我们飞行员也是人，晚上在宿舍里聊天，谈的都是这种事……”

“什么？”领导大为吃惊，“看来真得好好整顿一下思想了！”

乔兴剑跟大队长顶起牛来，领导强调“狠斗私字一闪念”，他却说，早点定下婚事更利于革命工作。他刚满 24 岁，虽然离规定谈恋爱的年龄还有几年，但组织上爱惜这个飞行尖子，不想强迫他跟凌丽断掉，背上这个思想包袱，影响情绪，不利试飞。于是打电话给飞机厂军管会，调查凌丽的出身。当时飞行员结婚，对象必须“查三代”。军管会先调查凌大志和凌丽，两人都没问题。这时他们又收到一封匿名信，还是歪歪扭扭的字体，揭露出凌丽的爷爷凌文轩的事，说他去香港策反两航员工时，曾经当过叛徒。军管会半信半疑，又无法去香港搞外调，只好以此为疑点，回复试飞站说，凌丽查三代有问题，她不能跟乔兴剑结合。

这一天晴空万里，乔兴剑驾驶着一架新型战机腾空而起，直插云天。到达万米高空时，飞机突然发出几声异响，随即飞机的无线电通信失效，所有设备指示灯全部熄灭，只有报警灯发出可怕的红光。乔兴剑与地面完全失去了联系，情况万分紧急！

他迅速镇定下来，打开了应急动力系统。但飞机仍然直线下降，再有几秒钟，飞机就将坠落地面。在这生死存亡之际，乔兴剑的脸上沁出了汗珠……

突然，奇迹发生了，只听一声轰响，机翼下的发动机重新喷出耀眼的火光——飞机空中启动成功！这架新型战机再次冲上九霄云外……

乔兴剑下了飞机，涌上来的人群把他团团围起，几十双手举着他，把他举过了人们的头顶，欢呼声和祝贺声响成一片。原来这是新机的首次空中停车，他却化险为夷。

次日清晨，乔兴剑被叫到试飞大队部。他以为是领导要嘉奖他，不料大队长脸色凝重，背对着他，半天没说话。办公室里的空气很紧张，乔兴剑不禁吓出了汗。

“大队长，你叫我来有什么事？”乔兴剑沉不住气地发问，“是不是昨天，我……”

“昨天你很好！”大队长回头看着他，脸上绽出了笑意，“你在那样危急的时刻，还能控制住飞机，避免了机毁人亡的事故，而且事后又完整地叙述了机舱里的一切情况，为进一步改善这款飞机，提供了重要数据，领导要表扬你！”

“哦。”乔兴剑松了一口气，“那么大队长你……”

“我是想告诉你，一名试飞员的生命价值，就体现在每一个瞬间里。”大队长叹息着说，“可是你能不能保证，今后试飞的每一个瞬间，都会像昨天那样精神集中、不出差错？”

“我能保证！”乔兴剑一个立正，身体站得笔直。

大队长突然收起笑容，眼神锐利地瞪着他，说：“如果组织上不同意你跟那个凌丽谈恋爱呢？你是不是还能在试飞中静下心来，心无旁骛，做到千钧一发地处理好各种事故？这不但关系到你的生命，还关系到国家的巨大财产啊！”

“这……”乔兴剑怔住了，喃喃地说，“这什么意思？”

大队长把一个卷宗扔在桌上。“你自己看吧，她查三代不合格！”

乔兴剑大吃一惊，连忙打开卷宗看。里面只有寥寥数语，却决定了他的命运。

“这不可能！”乔兴剑控制不住地站起来，大声说，“她是飞机厂的工人，她父亲是‘运 10’的副总设计师！他们家应该没问题，否则怎么可能参加新飞机的研制？”

“可是他爷爷呢？难道你还不相信组织上的结论？”大队长恼怒地敲着桌子，“你要搞清楚，飞机厂的军管会，正是我们空军部队，这还能有错？”

乔兴剑愣了愣，只好分辩道：“可她爷爷死的时候，她刚出生，两人没见过面……”

“够了！别再说了！”大队长斩钉截铁地说，“地方上的事情我们不清楚，但我们试飞大队有自己的规定。你必须跟凌丽分手，否则就要停飞！”

“什么？”乔兴剑失声叫起来，“又要停飞？！”

“是啊！”大队长惋惜地摇摇头，“你是个优秀的试飞员，但我们这样做是对你负责。其他不多说了，这件事没有丝毫的回旋余地，你自己选择吧……”

“不，我无法做这个选择。”乔兴剑坚定地说，“事业和爱情，我两者都要！”

“这不可能！”大队长生气地吼道，“怎么？你还敢跟组织叫板？！”

乔兴剑走出大队部，心情很沉重。他望向心爱的蓝天，不知道怎么办才好。

他 21 岁就是歼击机的试飞尖子，后来又改为试飞运输机，中途还作为专机驾驶员，飞过特别任务。试飞员都明白，中国的航空业尚处于起步阶段，歼击机系列工程率先发力，而国产运输机的发展则相对滞后，民用客机领域就更是空白。因此试飞任务不饱和，试飞员免不了坐冷板凳。即便如此，他也从没动过念头要改行，或者转业去民航工作，尽管民航的待遇要优厚得多！因为乔兴剑一直有个梦想，他希望能当中国大飞机的首飞试飞员。尤其是“运 10”上马，这个梦想更令人向往。然而他没想到，实现这一梦想不仅需要大无畏的精神与赤子之心，还要放弃个人的一切需求。试飞员这一生真正的艰难，不仅在于跟死神对决，还要在心爱的姑娘和热爱的飞行事业中做出选择，于是他陷入了两难的境地。

不知不觉地，乔兴剑来到机场旁边的草坪上。早春的太阳虽然还是那么火红，但传到地面上的温度并不高。一阵冷风嗖嗖地吹来，刮得他脸上生痛。他突然看见一队试飞员跑来，那是他们每天必有的科目——体能训练。乔兴剑站在一边，看着战友从自己身边跑过，他们的面孔都是那么红润，喊声都是那么干脆响亮，那一股火热的冲天豪情，似乎感觉不出一点寒意。跑过他身边时，战友们又纷纷朝他挥手致意，似乎在鼓励他一道前行。乔兴剑顿时深受鼓舞，他的心跟着加速跳动，不禁热血沸腾，也朝战友们竖起大拇指……

这时，一个身穿蓝色工作服的男人走到他面前，叫道："兴剑，是你？"

乔兴剑转头看他，不禁乐了，伸手就给了他一拳，说："天放，是你啊？你怎么来了？"

陆天放高兴地笑道："我是来你们试飞站调研，征求第一个使用者——试飞员对新飞机的要求和意见啊！你还不了解我们封总？他一向倡导讲求实效的工作作风。"

"太好了！"乔兴剑兴奋地拉着他，"那你快说说'运 10'研制的情况吧！"

"是不是还有凌总和他……"陆天放风趣地指指他，"他女儿的情况？"

乔兴剑笑了，他确实想打听凌家父女的情况，陆天放也早就有点明白他跟凌丽的关系，心中暗许。作为一名飞机设计师，陆天放对这些以命相搏的试飞员有着极其崇高的敬仰之情和热切的关怀。若没有试飞员为了每一款新飞机而不惜流血牺牲，他设计的飞机是不可能上天的。试飞员的工作不但危险，而且很艰苦，他们长年累月战斗在这空旷的无遮盖的机场上，经受着风雪严寒的侵袭和酷暑烈日的暴晒，却以苦为乐。陆天放很愿意为他们做些什么，于是两人交谈甚欢。乔兴剑得知"运10"的工作进展也很兴奋，而且很快就给出了一些建设性的意见。此后陆天放每天都来试飞站，两人经常在一起讨论"运 10"的设计意图……

这一个多月，乔兴剑仍处于巨大压力下，领导又给他做工作，让他放弃所爱，说他如不肯，就会被停飞，发落去地勤保养飞机。乔兴剑很为难，也无法选择，又不知怎么跟凌丽诉说，这一阵都没给她写信。凌丽在上海感到莫名其妙，也不知发生了什么事。她每天都跑传达室，总收不到乔兴剑的信。她坐立不安，茶饭不思，又猜测不定，却不知是杨本和在暗中搞鬼。她想起陆天放也在试飞站，便给他写了一封信，请他回信说说乔兴剑的情况。

正好陆天放做完调研工作，要离开试飞站回上海了，临走的前一天傍晚去跟乔兴剑辞别。这时起风了，初春的黄昏又转凉，空气好似冻得被凝固了，机场路面寒冷而坚硬。陆天放四处都找不到乔兴剑，经过几番打听，才发现他脱去飞行服，卷起衣袖，站在一架飞机的机身下，拿着扳手仰面朝上，迅速旋着几个巨大的螺丝钉。他神情专注，似乎这个不该他来完成的如此简单的工作，也需要一心一意，需要顽强的毅力和坚强的斗志……

“喂，你在干什么？”陆天放惊讶地走过去问，“怎么干起地勤了？”

“我在学着干地勤，也许有一天用得上。”乔兴剑钻出来，兴奋地说，“这样我才更加深刻地认识到，这些长年累月战斗在机场上的机务人员，是如何把心贴到飞机上的。”

陆天放拉着他就近坐在草坪上，关心地问：“我看你这人啊，不会是无意为之吧？”

乔兴剑望向天边，两眼闪着诙谐的光，说：“也许我干这一行，才能跟凌丽更靠近。”

陆天放连忙追问详情，乔兴剑本不想说，得知陆天放次日就离开，他脑子里闪过凌丽的倩影，不由得叹口气，便把详情和盘托出。陆天放听说凌丽的爷爷被怀疑为特务，又惊讶又愤慨。但在那个特殊时期，他是个谨慎之人，什么也不敢说。两人坐在草坪上，看着远处快要落山的夕阳，目睹一架架战机凯旋，感觉机场上到处呈现出那种紧张而又欢乐的气氛，似乎周围的温度也一下子上升了好几度。他们的心也都热烈地沸腾起来，好似听到敲响的战鼓，还有不断激励自己的进行曲……

陆天放转身看着乔兴剑有些消瘦的脸庞，关心地问：“你最近瘦多了，知道吗？”

“怎么不知道。”乔兴剑摸摸自己的下巴，“仅因为这个，我就挨了批！”

陆天放又回头看向天边那一架架还在上空盘旋的战机，感慨地说：“这人跟人就是不一样啊！你们这些试飞员，是国家用金子打造出来的，你可要珍惜啊！”

乔兴剑哑然一笑，转头问他：“天放，你年纪不小了，谈过恋爱吗？”

“当然谈过。”陆天放平静地说，“她在东北边境的一个电话连当副连长。我们都快结婚了。但有一次风雪交加，电话线断了，她带人冒着暴风雪去接电话线，冻得昏倒了，再没醒来……我痛定思痛，下定决心，这辈子都不想再结婚了！”

乔兴剑既惊讶又内疚地说道：“对不起，我不该问这个。”

“没关系。”陆天放站起身来，望向天边，“兴剑啊，我们每个人都有年轻的时候，都想追逐自己的爱情，但思想境界却不同。有的人如同立于高山之巅，放眼世界，海阔天空。也有人却像蹲在山谷中，只能看见巴掌大的一块天。你应该是前者而不是后者啊！”

乔兴剑也敏捷地爬起来，苦笑道：“你是在给我做思想工作，让我放弃凌丽？”

陆天放拍拍他的肩，笑道：“你是个优秀的试飞员，你的思想工作不该我来做，你自然会想通。如同你飞行在万米高空，视线开阔，胸怀宽广，思想也长出翅膀，上升到一个新的高度。在那浩瀚如大海的无垠长空里，你该如何为自己操纵好那每一杆？每一舵？”

“最近我的脑袋里有些故障。”乔兴剑坦诚地说，“老兄，正该你来帮我把把舵。”

“那我就直说了！”陆天放又拉着他挨肩坐下，诚恳地说，“老弟，男人还是以事业为重。何况你和凌丽都很年轻，以后情况好转了，还有机会，何必急在这一时呢？”

乔兴剑思索着说：“你这话有理。其实在我心中，还是飞行事业高于爱情。倘若我去干地勤，每天目睹心爱的战鹰飞上蓝天，自己却有劲无处使，那还不把人给憋死！”

“所以啊老弟，何必把自己逼到一条绝路上去。”陆天放又拍拍他的肩。

“那么凌丽呢？我该如何对她说？”乔兴剑有些激动，“我不能对不起她……”

陆天放想起凌丽的来信，也深思着说：“这事儿只有你自己找机会去对她说，旁人帮不了你们。但我相信，只要跟她把话说清楚，让她再等你几年，你们俩以后肯定能结合。”

乔兴剑感激地紧紧握住他的手。“好，你说得对，我过去可能为自己想得多了一点……我立刻去向领导汇报，就说我想通了，愿意放弃这份爱，继续当试飞员。”

陆天放欣慰地点点头，两人的目光又转向机场上空。只见一架战机在天上盘旋了几圈之后，果断地冲向地面，带着巨大的轰鸣声安全落地，机尾腾出一团信号光……

乔兴剑觉得自己那迷惑多日的心终于透亮了。陆天放心里却在想，在崇山峻岭的那一面，隔着上千公里的大上海，凌丽会不会理解自己的这一片苦心？陆天放看好乔兴剑这个优秀的试飞员，他也希望自己参与研制的“运10”，能让乔兴剑来首飞。

第五章

凌大志走出宾馆会议室，心里很气恼。他没想到方案论证会竟开成这样！

“708 工程”研制“运 10”，其初始目标是为国家领导人生产出国访问的专机，100 人客座和 8000 公里航程是基本设计要求。此时世界喷气航空技术已经开始了 15 年，各方面的经验很多，设计师们要先为“运 10”选择合适的发动机。然后是确定发动机安装的位置：是像苏联图 -104 那样的翼根式？还是英国“三叉戟”采用的尾吊式？或是美国波音采用的翼吊式？凌大志率领的设计组一直在为此争论不休，而他本人则希望采用翼吊式。经过几个月的努力工作，他率领手下的设计人员已经根据三面图纸，完成了几架 1 ∶ 20 的飞机模型，准备送到外地的风洞研究所，去进行风洞试验。

航空工业部对此也很重视，派了一个局级干部下来主持方案论证。此人正是当年跟凌大志的父亲凌文轩一起去香港策反的徐温华。他刚满五十岁，本该年富力强，但与飞机厂的几位主要设计师交谈下来，凌大志却发现他思想有些保守，对此颇为担心。果然，设计组展开了几天几夜的方案之争。徐温华坚持说，自己是研究外国大型喷气飞机技术的专家，应该听他的，走苏联的道路，采用尾吊，而绝不能采用美式的翼吊。

“不能采用翼吊布局，那样不保险。”他坚持说，“这方案不能出一点差错。”

凌大志早有预料，便跟封钟庆交换了一个眼神，站起来说：“但是尾吊方案缺陷太多。第一，重心太靠后。第二，尾吊发动机有深失速问题。第三，还有操纵性等问题……”

“这些都可以想办法解决。”徐温华又强调说，“你们拿出的翼吊方案也不完善，我看是四不像，别搞出个不三不四的飞机，有损你们上海的声誉，也无法向中央交代啊！”

“徐局长言重了！”封钟庆带上了情绪，“我虽不算上海飞机厂的人，但我要替他们说句公道话。这方案我们还可以再修改再完善，请徐局长别伤害飞机厂设计人员的积极性。”

徐温华听他如此说，只好按下火气，让大家继续讨论。设计组甚至回厂去发动群众研究，又拿出几套修改方案。徐温华强调说：“第一要保证安全和质量；第二要有中国人的风格，要能飞国际航线；第三要有一些超过外国同类飞机的地方。”众人都挺赞同……

不料今天下午，可能是争论得累了，徐温华也气恼了，居然直截了当地提议道：“干脆，你们放弃‘运 10’的总体设计方案，来测绘和仿制一种外国的飞机，那样简单得多！”

封钟庆和凌大志愣住了，两人心里都很不安。他们知道长期以来，中国航空业就有“设计派”和“仿制派”之争，两者的矛盾一直水火不相容。

封钟庆见状，只好建议暂时休会，第二天再接着研讨，凌大志也机智地赞成。

此时凌大志正在气恼，封钟庆追上来问：“凌总，听说这徐局长，当年曾跟您父亲一起去香港搞策反，也是‘两航起义’的大功臣。没想到，他怎么会这样保守？”

“是啊！我也没想到。”凌大志忧虑地说，“他也曾经是个斗士啊！是不是年纪大了，经历多了，才变得这么保守？”

“不见得吧。”封钟庆皱紧了眉头，“我看这位徐局长不简单，他摆出一副视察的样子，所有问题都要向他汇报。他还对你搞木质模型不满，好像戴着有色眼镜在看人。”

提起这事，凌大志更有气。原来陆天放把乔兴剑等人提的意见反馈回厂，凌大志根据这些意见修改了设计数据，再交给木工车间，并与江树森他们反复讨论，加以修改，同伴们争分夺秒，日夜奋战。眼看在较短时间内就要完成这架木质的飞机模型了，不料碰上徐温华来视察，他问了设计组的情况，又下车间，看到即将大功告成的木质飞机模型，很是不悦，指责凌大志等人胆大妄为，居然不请示领导，就擅自做主搞这个模型，设计有问题，思想也有问题！他下令立刻拆掉这架模型，江树森和工人们瞠目结舌，无言以对。凌大志据理抗争，说这是从试飞站搞到的第一手资料。徐温华更生气，责怪他们居然去试飞站搞资料。他气得扭头就走，当时凌大志就预感到有麻烦，结果真是如此！

封钟庆猜知他的心情，叹道：“反对派来了，研制工作必然会遇到极大障碍。”

“反正我们一直在努力工作，问心无愧。”凌大志坦然地说，却不无担忧。

“老伙计，我们还是聪明点，矛盾上交，去向陶司令汇报吧！”封钟庆苦笑道。

凌大志慨然答应，当晚两人就去了陶伟川位于空军基地的家，受到陶司令的热情接待。这位上海空军的首长虽然一直关注此事，并尽自己的最大力量给予设计人员支持，但他不懂技术，面对航空工业部来的上级领导，也不能轻易说个“不”字，只好保持中立态度。

“不管怎么说，徐局长的话有一定道理。”他说，“这架飞机搞出来，要世界各地都能去。你们应该兼虚谨慎，反骄破满，尊重使用单位和上级领导对设计方案的意见。”

封钟庆的性格比较温和，他忙说：“我们也不是要对抗上级领导，只是飞机厂全体上下都热火朝天，龙腾虎跃，这徐局长否定了我们的方案，会不会挫伤大家的积极性？”

“可能不会吧。”陶伟川思索着说，“我的直觉是，这‘运10’各项指标的设定，还是要考虑以美、英为主，不足部分再按苏联的规范来补充。这样安全可靠，简单准确。”

“有陶司令的指示，我们就好办了。”凌大志高兴地说，“设计组一直坚持博采众长、为我所用的路线，要创立具有中国自主知识产权的思想。哪怕来自上面的压力再大，我们也要挺住，说服徐局长放弃那个‘唯某种外国飞机论’，不让仿制派的产品出炉！”

陶伟川见他意气风发，对此不无担心。但他沉吟了一阵，并没把这担心说出来。封钟庆也很担心，他怕事情发展下去，凌大志与父亲当年的老战友会势成水火！

不料，徐温华果然对凌大志很恼怒。他年轻时曾在英美学飞行，因在“两航起义”中有功，又被派到苏联去学习飞机设计，回来后一直在航空工业部工作，自认为是个内行的领导。不料第一次来上海，却遭到下级部门的坚决抵制。这让他颇感意外，回到厂招待所后，他怏怏不快，站在窗前抽了几支烟，直到天黑尽了，才去厂里的食堂吃晚饭。按照规定他可以吃小灶，他笑纳了，但拒绝厂领导陪同，每天都独自去吃饭，已经跟食堂管理员杨本和混熟了。他发现此人对自己异常热情，虽有点媚俗，却让他甚感温暖。有时他也跟杨本和随便聊聊，这天晚上他有心事，又找不到人吐露，于是杨本和便知道了他与凌大志的矛盾。

“哎，杨师傅，你来听听。这‘运 10’飞机可是我国第一次按发达国家的适航标准，作为设计规范来打造的新飞机。仅它的平尾面积，就比凌大志他们过去研制过的歼教机机翼面积大了好多倍，他凌大志一个普通设计师，凭什么跟我叫板？不听部里的意见。”

“凌大志呀？”杨本和顿时来劲了，“他在我们厂从来都任意妄为，谁也管不了他！”

杨本和一直暗暗恼恨凌家父女，正想报复他们，接近徐温华也是为了这个目的。

“哦，你认识他？”徐温华沉吟着，“说说看，这是为什么？”

杨本和连忙看看四周，他们是在食堂后面的一个小空间里，几扇屏风隔断了大厅的嘈杂，也没人能偷听到这番谈话。他便大胆下谗言，想在这个部领导心里再放一把火。

“因为他父亲凌文轩是‘两航起义’的功臣，又是为了保护飞机而牺牲……”

“什么？原来这凌大志是凌文轩的儿子！”

徐温华大吃一惊，没想到跟自己作对的凌大志竟是老战友的儿子！他望望面前的杨本和，看来他也不知道当年正是自己与凌文轩一起去香港策反，还在这儿透露“机密”。

“你知道吗？有人向军管会反映，凌文轩在香港策反‘两航起义’时，曾当过叛徒！”

“啊？”徐温华忍不住站起来，一拍桌子，“这是谁说的？简直是污蔑！”

杨本和很愚钝，还没反应过来，仍在无中生有、添枝加叶地说个不停。

“是我们厂的一批革命群众啊！他们在运动中深挖细究，终于发现在‘两航起义’中，凌文轩曾经一度叛变革命，甚至想过跟中航公司的总经理刘河飞台湾。后来他见两航员工都想回来，竟有上千人签字，才又投机革命，重新回到革命队伍中……”

徐温华见杨本和振振有词，突然一阵恶心，觉得此人面目可憎，真是个卑鄙小人！在香港的起义策反他最有发言权。当时凌文轩冒着被台湾特务抓捕的危险，拉着他一道串街走巷，去游说住得很分散的两航员工，并制订了详细的起义计划。若没有这个好战友，两航的老总可能会犹豫不决，坐失良机。不料二十年过去，这一切都湮没在历史的尘埃中，竟有人指鹿为马，黑白颠倒，把革命志士污蔑为叛徒！

徐温华望着面前那张肮脏的嘴脸，只想使劲抽上一记耳光！但他强行忍住了，暗自揣度：这个杨本和可能有背景，或者后面有人指使？目前还是特殊时期，很多事都说不清道不明。他也是初来乍到，两眼一抹黑，何必惹火烧身。于是他没再往下聊，而是当即离去，倒弄得杨本和莫名其妙。

当晚徐温华彻夜难眠，在道义和感情上难以抉择。他恼恨凌大志不听指挥，想把他一脚踢开，不让他再参加“运 10”研制。但听凭杨本和这种人栽赃陷害，他又觉得对不起当年的革命伙伴。如今站出来澄清事实，他也怕牵连到自己。最后徐温华决定袖手旁观，任随杨本和去折腾。

杨本和早有准备，见时机合适，又以革命群众的名义，写了一封匿名信给军管会，说凌大志是叛徒的儿子，不能搞科研，更不配给党和国家领导人设计飞机。这个罪名太大了，又无法去香港搞外调，于是军管会在徐温华默许下，停了凌大志的职，让他去钣金车间劳动。这对凌大志来说是晴天霹雳！他被排斥在“运 10”的研制之外，回到家很生气。

凌丽却并不知情，她把饭菜端上桌，拉着父亲坐下来，给他倒了一杯酒，把酒杯塞在他手里。这时一阵怒火冲上来，凌大志愤恨满腔，再也忍不住站起身，摔了手中的酒杯……

“现在哪有心情吃喝！”他恼怒地说，“我连工作的权利都没有了！”

“爸，你在说什么？”凌丽一头雾水，“谁会不让你工作？”

“我被停职了，不让参加‘运 10’研制。”凌大志叹道，“他们还污蔑说，你爷爷是叛徒！”

“啊？”凌丽大为震惊，怔了怔，就愤怒地冲向门口，“我找军管会评理去！”

“别去！”凌大志连忙拉住女儿，“肯定是有小人作怪，军管会也是受蒙蔽。”

凌丽连连跺脚，恼恨地说：“可是爸，你不是干得好好的？他们为啥要这样做？”

凌大志重新坐下，思索着。“可能是我坚持自主设计，得罪了上面的仿制派……”

这时有人敲门进来，正是封钟庆和陆天放。凌丽连忙请他们在桌边坐下，给他们添了两个酒杯。但两位客人的神情都很懊恼，一起摆手说，他们不想喝酒。

陆天放率先说：“凌总，我们是来看你，为你鸣不平的！”

封钟庆也叹道：“有什么办法？我身为‘运10’总设计师，也无力制止这种事……”

凌大志见他很痛苦，深知他是知识分子性格，不擅长与人斗争，反倒去安慰他：“封总，没关系，只要你和小陆还坚守在‘运 10’的岗位上，我受点委屈不算啥。”

“不！这不行！”凌丽忍不住站起来，愤怒地挥着手说，“不管怎么样，我爷爷的问题必须搞清楚，还他老人家一个清白！”

“这事太棘手了！”凌大志无可奈何地说，“现在也没法去香港搞调查啊！”

“这事太蹊跷，怎么正好在这节骨眼上？”陆天放思索着，“是不是有人陷害？”

封钟庆忙说：“我也猜到了，可这是谁呢？难道是徐温华？”

“他不会干这事儿！”凌大志忙说，“他还不至于那么卑鄙！”

或者就是杨本和？凌丽也暗暗猜测，但她没有证据，不能说出口。

这晚封钟庆跟凌大志谈了很久，想尽量把他的思路弄清楚，以便在他停职期间不让设计工作受损失。凌大志最担心飞机的结构设计，许多概念和方法都是新的挑战。他英语不错，又学会了用计算机来辅助设计，已经编写出多项应用程序，跟试验结果很相近……

“你放心吧！”封钟庆最后拍拍凌大志的肩，“我一定尽力，让你早点回来工作。”

此时凌丽却忐忑不安地把陆天放拉到自己卧室，详细询问乔兴剑的情况。陆天放的心情也很沉重，他回厂后几次想跟凌丽谈到此事，却不知如何开口。乔兴剑为了事业将忍辱负重，暂时放弃爱情的事，凌丽会不会理解？这间卧室很小，光线也比较黯淡，陆天放看不清年轻姑娘的脸，只能分辨出她的声音在颤抖，猜知她是如何期盼着一个好消息。可是很遗憾，陆天放只能给她带来新一轮的痛苦与烦恼！陆天放的心情也变得复杂与矛盾，他甚至在一阵沮丧中替这两个恋人感到愤懑不平——为什么爱情与事业的天平如此难以掌控？

“哎，到底情况怎么样啊？”凌丽等得不耐烦了，“你倒是快说啊！”

陆天放思索再三，仍不肯道出实情，他怕自己说不清楚，也怕随之而来的震惊、恼怒与悲痛会像一阵旋风似的，把这个年轻姑娘的思绪打乱，让她做出不理智的判断。他希望乔兴剑那可敬可爱的形象永远留存在凌丽的心中，以便在今后的岁月中去陪伴她，而不想让眼前的麻烦与苦恼，粉碎了他自己曾预言过的那份美好的明天……

陆天放又迟疑了片刻，终于坦率地说："我说不清楚，让他自己跟你解释吧！"

这话也让凌丽深感忧虑了。她许久没接到乔兴剑的来信，一直很着急。乔兴剑在她心中的形象是那么高大英武，犹如在阳光下闪闪发光，他不会把一丝阴影带进他们的关系中吧？幸亏没过多久，她便接到陆天放的一个口信，说乔兴剑探亲回家，将绕道上海，在火车站停留一小时，想跟她见个面。凌丽很高兴，连忙换了一身新买的连衣裙，奔向火车站。

乔兴剑在陆天放的来信中得知凌大志被停职，明白事情更严重，没有挽回余地。恰好领导批了他的探亲假，但不许他去上海见凌丽，只准他写一封断交信。乔兴剑知道这样不行，不跟凌丽见面就断绝这份爱，谁都受不了。但领导的话又不能违逆，于是他绕道上海，打电话给陆天放，请他带话给凌丽，然后急切地在火车站等着见她。

那时的上海火车站还很脏乱差，到处熙熙攘攘挤满了人。天空中飘起小雨，凌丽在陆天放的指点下，来到站旁的一条小巷里，在屋檐下看见一个高大的身影。夜色浓重，她的心也突然变得沉重，腿都软了，似乎支撑不住身体。她感到一种从未有过的惶恐不安——乔兴剑长达几个月没给她写信，陆天放又吞吞吐吐不肯说出实情，到底发生了什么事啊？

乔兴剑是个善于解决难题的人，他用军人那种刻不容缓又不容置疑的口气，一上来就掐住了凌丽的心。"对不起，我没去工厂找你，而是迫不得已托陆天放带话，这样来见你。因为我只有一小时的时间，我的火车马上就要开了，我们只能长话短说！"

凌丽愣了愣，随即叫道："那你为啥不给我写信？我一直在等你的信，你知道吗？"

"我怕在信里说不清楚，想当面对你说，你明白吗？"乔兴剑直视凌丽，目光灼人。

"为什么？"凌丽张口结舌，继而连连问，"你我之间，还有什么事说不清楚？"

乔兴剑见到凌丽百感交集，恨不得把她搂在怀里，告诉她自己爱她。但他是个军人，也是个飞行员，意志很坚定，已经决定的事就不会再更改。

"我是借探亲为名来见你，要告诉你一件重要的事。"他叹息着说，"不过，你一定要相信我，相信我们的爱情，它是纯粹的！可是人生道路上有很多暂时迈不过去的坎，这几乎是每个人都绕不过去的，我也同样，这需要我们去理性地客观地对待……”

见他语言委婉，眼神暧昧，凌丽有些明白了：肯定是他们的恋爱在部队不被允许，或者他又受到了领导的批评。这在她看来真是不可思议，青年男女相识了，恋爱了，这是最自然不过的事儿，为啥会有人不赞成？何况她也是飞机厂的工人，领导有什么不放心啊？

“哎呀，你快说吧，到底什么事？”她焦虑不安地抓住了乔兴剑的手。

“是一件你听了可能会不高兴的事。”乔兴剑立刻紧紧握住这只汗湿的小手，它传达给他的也是紧张不安的心情。但是他咬咬牙，时间不等人，只有实话实说了。“我们可能得暂时分手一段时间，等过了这段时间，我们俩才能走得更近，走得更远……”

“为什么？”疑虑被证实了，凌丽不禁叫起来，担忧和愤慨在她心里翻腾。

乔兴剑看了看手表，又皱了皱眉，凌丽没有放过这个细节，她想起上次分手的情景，更加不快——难道她跟这个男人的会面，每次都要在争分夺秒中进行？由于火车快开了，乔兴剑也顾不上凌丽的情绪，虽然他目睹着心爱的姑娘从惊愕焦虑到震惊绝望，她甚至把他的手抓得更紧，另一只手还揪住了他的袖子，似乎怕他突然离去，而且不断无奈地摇着头。他还是小心翼翼一点一点将实情和盘托出——他不能再欺骗她。他何尝不知，让她放弃所爱几乎不可能！尽管他也跟她一样感同身受、心力交瘁，想跟她一道悲痛欲绝、泪水汹涌……

事情很快弄清楚了，原来他果然是被逼的，与此同时，他又告诉她这是迫不得已，让她相信他们以后还会有未来，只要她愿意等下去……凌丽如遭雷击，勃然大怒！联想到父亲被停职、爷爷被污蔑，她怎能忍受下去？怎能接受这盆泼下来的脏水？

“这么说，你是妥协了！”她甩开他的手，大声说，“天放让我来见你，我还以为你是要对我表白，没想到你却提出跟我分手！你、你居然背叛了我们的爱情！”

“不，不是这样的！”乔兴剑忙说，“这只是暂时的，以后我们有机会，还能复合。”

凌丽泪流满面地打断他：“可是我不能了！我们的感情已经死了！你明白吗？在你说出那些话的那一刻，它就死了！我跟你，再也无法回到过去……”

乔兴剑愣住了，震惊地看着她，一时无语。这是他没有想到的答复，眼前这个女孩子是那么青涩，又那么要强，总是一腔热情。他想慢慢说服她，想理性地告诉她真正的爱不经风雨，怎能见彩虹？他想请求她理解自己，明白他不可能放弃事业，放弃试飞。他已经努力过了！但他受国家培养多年，必须对得起国家，也要对得起部队。他还想跟她详细解释：爱情要继续，事业也要继续，选择试飞并不等于放弃爱情。他也同样珍惜这份爱，想看到他们最终能结合的美好前景，更想看到她脸上浮现美丽的笑容……但时间不允许，火车就要开了！他无法表述清楚自己的心声，更不可能在短时间内就打开她的心结。

乔兴剑只好又抓住凌丽的手，急切地说："丽丽，你千万要谅解我，千万别误会我啊！我可以明确告诉你，我今生今世要娶的姑娘就是你，也只会是你，明白吗？"

凌丽同样无言以对，不知说啥好。他们通信半年多，而两人单独在一起相处的时间，加起来也只有一个多小时。或者只有那种历久弥坚的感情才能经得起这样的磨难。她突然想到，或许她并不了解面前这个男人，或许这只是生活给她开了一个很大的玩笑，或许生活正该如此？总之她和他之间的一切，看来都该结束了……

于是她冷冷地说："这又何必呢？你何必再冒险？如果部队知道了，肯定又会停飞！"

"是啊，这次我回家探亲，部队也不放心，还想派一个人跟着，是我不同意。"乔兴剑也激动起来，又坚决地说，"我不怕停飞，我只是要来见到你，把事情说个清楚明白。天放也答应帮我们，他会帮我保密，以后还会帮我们转信，只要你愿意……"

"可是我不愿意！"凌丽甩甩头，也坚决地说，"我不想跟你偷偷摸摸地谈恋爱！"

她目光尖锐地正视着乔兴剑，这才发现他的失望无助和束手无策。对于一个高大魁梧的军人来说，那样子甚至让人不忍目睹。凌丽当然同情他，但也气恼他。或者这是个误会？或者她是在赌气？或者是她对命运不服？甚至可以说是一个恋爱中的女子在对自己喜欢的人撒娇？她竟把凌家受到的屈辱和不公正待遇都转移到心爱的男子身上了……总之，她不愿当一个偷偷与人幽会、没有主张、任人宰割的小姑娘！她清楚地感觉到自己的心境在渐渐改变，她要为自己、为父亲、为爷爷伸张正义！也许许多年之后，她将后悔今晚所做的决定。但现在她却有自己的选择，而且要清楚地申明这一点——绝不动摇！

于是她坚定地补充道："我、我爸和我爷爷都是清白的！什么查三代不合格？

都是强加给我们凌家的罪名！除非你们部队接受我，我才能正大光明地接受你的爱。否则不行！”

乔兴剑已经明白这一点，明白了凌丽的那份倔强。但她的要求眼下他却做不到，而凌丽又不愿跟他一起守望明天。他脸上的汗水如雨下，不，他也分不清那是汗水、雨水还是眼泪，他是在哀悼自己有可能会失去的爱情。

恰在此时，火车站那边的笛声响了，眼看他就要错过这趟列车。乔兴剑毕竟是个非同寻常的青年，他立即克制住自己，冷静下来，沉着地戴上军帽，向凌丽伸出一只手：“好吧，我尊重你的意见，我们只好暂时分手了！”

凌丽脑子里一片空白，机械地握住了那只大手，这手温暖有力，只紧紧一握便放开了。乔兴剑转身走向站台，没再回头。凌丽目送他的身影，突然感到一阵掏心撕肺的痛苦。她心烦意乱地想：不知他此行会不会被部队发现？他今后的前途又会怎样？但这一切似乎都与她毫不相关了。载着他的火车已经驶离站台，周围的一切都笼罩在灰蒙蒙的雨幕里。那道火车笛声好似奏响了告别的曲子，她也该向幼稚的爱情告别，向性任的青春告别了……

乔兴剑上车后，没有立刻回到车厢里，而是待在过道上，目送着眼前掠过的上海夜景。因为那个心爱的姑娘，这座大城市曾让他感到亲切。他曾想过有一天，他会骑着一辆单车，带着凌丽在大街小巷转悠，那些新鲜的景致定会让他们乐而忘返……但现在这一切都不可能了！他不知道自己回到河北家乡后，怅惘的心情会不会平息下来？但他明白自己需要冷静，凌丽也需要自我调整，争取把这场灾难性的离别风险控制到最低。在人生的大道上，他们都不能让坎坷削弱了斗志。

第二天，乔兴剑在家乡的小县城下了火车，立刻去邮局给陆天放打长途电话，让他想办法劝凌丽，继续跟他通信或保持联系。陆天放搁下电话就去找凌丽，正好她下班，在车间门口推出自行车准备回家。陆天放见她脸色从容而自信，暗暗称奇，心想这个女孩子不简单，居然失恋了也不沮丧，让人钦佩！他的任务是来劝说她，但一时还没想好说辞……

凌丽见到他就明白了一切，反而先开口：“天放，你不用来给乔兴剑当说客了，我不是对他有意见，是对他们部队的做法很不满！不同意我们谈恋爱就算了，为啥要给我们凌家扣那些罪名？我就是不服，我立志要在事业上做出一番成就，让他们对我刮目相看！”

她说完就一偏腿跨上自行车，扬长而去。陆天放见她腰身纤细，背影楚楚动人，暗暗点头。心想这样的好姑娘，何愁没有幸福的明天？他相信这段面临夭折的感情也会感染和鼓励着凌丽，让她事业成功。而他们俩的关系也会转危为安，最终圆满。

在徐温华的干预下，快要做好的木质模型不光被停工了，还差点被拆掉，在江树森的拼命维护下才得以保存。但木工组却被解散，江树森的临时工身份也丢了，他只好回农村去。

凌大志被下放到钣金车间，工作是把铝合金料加工成各种飞机零件，劳动强度很大，每天都要站八个小时，身体有些吃不消，只能咬牙坚持。凌丽见父亲如此辛苦，更加愤愤不平，为了减少他的忧虑，就没把自己的事告诉他。凌大志也不知道女儿和乔兴剑经历了感情上的磨难。父女俩都在默默坚持，凌丽只能在工休日多做些好吃的，慰劳父亲。

封钟庆暗暗关心着凌家父女，时常派陆天放来看望他们。凌大志对自己的遭遇很淡定，对“运 10”的研制受阻却很痛心。幸亏封钟庆和陆天放还在坚持，但他们谁也左右不了形势，只得眼睁睁看着一些工作受损失。凌大志下决心用实际行动来弥补，正好钣金车间搞技术革新，他便大展身手，就地取废品材料来搞创造，相继发明了“气动剪”和“气动锤”，赢得工人们的尊敬和爱戴。凌大志也结交了不少正直的工人，他又利用业余时间给他们上课，还带青工去参观滑翔机厂，回来又指点他们做飞机模型，点燃了他们对航空事业的热爱。

夏去秋来，又一个严冬降临，凌大志的境遇仍不见好转。但“运 10”的研制并未停顿，徐温华因故被召回北京，封钟庆的工作更加努力而大胆起来。他在陆天放的支持下，坚持一切经过科学试验的原则，组织设计人员合理选定了上百项必做的地面试验。他还在当时流体力学技术刚起步的情况下，设计了几十套飞机模型，在全国多个风洞中进行了若干次气动力试验，为“运 10”的研制奠定了成功的坚实基础。凌大志看在眼里，一直在为老朋友叫好。他深刻地体会到这一代航空人的执着——他们的一生都与飞机结下了不解之缘。

时间倏忽而过，1972 年的春天来临了。缠绵的细雨悄然而至，这座海边的城市沐浴在春雨中，尘埃被洗涤，处处繁花似锦。飞机厂那一栋栋简陋的宿舍楼外，一片片青草春意盎然，新鲜的气息滋润着人们的耳鼻。凌丽每当走进这些错落有致的宿舍楼，心里总会生出一线生机，觉得总有那么一天，她跟父亲也会洗去冤屈，扬眉吐气！

杨本和看见凌家父女虽遭受各种磨难却坦然承受，心里很不甘。正好郊外春耕忙，厂里要派人去支农，杨本和便利用军管会领导在小食堂吃饭之际，提出让知识分子下乡去改造。于是凌大志又被厂里派去农村参加劳动，开展为时一个月的旱田锄草和水田插秧。

凌大志得到通知，感到空前的失落与迷茫，不知道自己还能不能回到飞机设计的岗位上。他当晚默默收拾行装，还是把那些设计图和参考书都放进了行囊……

“爸，你还拿这些资料去干啥？”凌丽在旁边看着，眼泪都快掉下来了，“我真不理解，事情怎么会这样？竟让一名飞机设计师去支农！我们的新飞机还搞不搞了？”

凌大志沉默了一阵，才缓慢而坚定地说：“要搞！一定要搞……现在美国、英国、法国，还有日本这些先进国家，都在搞民用飞机，我们中国怎么能落后？”

“爸，我理解你，哪怕受尽磨难，也会毅然坚守，这就是你们这一代人的梦想啊！”凌丽含泪哽咽着，“可是为什么没人替你说话？包括陶叔叔，他也没有站出来啊！”

凌大志怔了怔才说：“好了，孩子，别想那么多。你陶叔可能也有难处……”

第二天，他背起简单的行李走到厂门口，正准备爬上那辆送他们下乡的大卡车，突然发现一辆吉普车已经停在厂门口，车旁站着披了一件军大衣的陶伟川。

“陶司令！”凌大志又高兴又难过，差点掉下泪来。

陶伟川迈着军人的步子走上前，把军大衣披到他身上，亲切地说：“是小陆通知我的，我当时就说，一定要亲自来为你送行，把这件衣服给你……现在乡下还冷啊！”

凌大志披好军大衣，激动得热泪盈眶，忙说：“谢谢陶司令！”

陶伟川却感慨地说：“谢什么？要怪我，没有保护好你们这些设计师啊！”

“是啊，没想到在中国搞民用飞机，还要经历这么多人为的磨难。”凌大志情不自禁地感叹着，“昨晚女儿问我，中国还需不需要搞大飞机，我几乎答不上来……”

“哎，你怎么能没信心呢？不应该啊！”陶伟川连连拍着他的肩，“中国大飞机的研制兼有政治、经济、国防、技术这四重意义，其重要性不亚于‘两弹一星’

啊！”

“是啊，我也这么想。”凌大志激动地说，“我也认为，大飞机能够反映一个民族、一个国家的能力，在鼓舞民族精神、提高国力等方面都意义深远！可是……”

“没那么多可是！”陶伟川深情地凝望着他，“大志，你父亲给你起这个名字，也是意义深远啊！你不能经受一点挫折就打退堂鼓。中国的蓝天上，怎能没有自己的飞机？”

“我知道啊，这是我父亲，还有无数国人的期望。”凌大志忙说，“陶司令，你也知道，我对‘运10’的感情有多深！我多么希望能回去继续搞这项研制……可是，能办到吗？”

陶伟川流露出叱咤风云的豪情，大声说：“你放心，一定能办到！”

第六章

甘家村的春天是美丽的，天空比上海市区更晴朗，每逢黄昏，总会有几朵金色的晚霞游移在天边，混合着浮现在村子里的一缕缕炊烟，愈加衬出田野的秀美、山坡的青苍、河水的明澈，也烘托出天地的剔透和空灵。

沿着那条蜿蜒的河流，上了临岸的一处斜坡，一棵枝丫弯曲的大树旁有一座简陋的茅草房，那就是江树森的知青点。春节前几个知青都回城了，有的装病去医院开证明，有的索性躲着不肯下乡，只留下他一人。恰好凌大志下乡劳动被分到甘家村，便与江树森吃住在一起。他们白天劳动晚上学习，凌大志带来很多书，江树森如饥似渴地看着。凌大志也深受影响，就想把自己的设计经验都写下来，取名为《柳暗花明集》，其中记载了世界各种型号飞机为解决问题而采取的各种技术手段，江树森看了深受鼓舞。

寂静的山村夜晚杳无人烟，只能听到河水流淌的声音，似乎这河水已经流到峡谷出口，汹涌澎湃，憋足了劲要冲决而去。山坡上的这间茅草房子，也成了凌大志和江树森的精神家园，这一老一少在艰难的日子里，每晚都在设想与憧憬着中国的新飞机。凌大志更是在睡梦中都构想着它的每一个细节，追忆着飞机技术的每一个环节，包括它的机翼、机身、梁、柱、肋、框……它们就是他最深沉最美好的梦。

甘素芬在江树森刚回来的时候，根本不敢去见他。父母看出了她的心思，知道女儿仍爱着那个上海青年，于是想方设法做些好吃的，让甘素芬送去。她悄悄来到茅草屋外，却不敢进去，而是趴在木框窗口上朝里张望，那煤油灯下的空间便是她的天堂。这时她总是激动得心跳加速，两眼也兴奋得闪闪发亮。然而一听到江树森来开门的脚步声，她便慌张跑开，把父母精心做好的饭菜丢在门外的石桌上，任他们自行拿取……

有天晚上，江树森终于忍不住，朝着她的背影喊道：“喂，你回来！”

甘素芬却头也不回，蹦蹦跳跳踩着青石板阶梯，跑得飞快，似乎怕他追上去。

“这姑娘是谁？为啥总给我们送好吃的？”凌大志被这喊声惊扰，也走出门来。

江树森一边端着饭菜往屋里走，一边说："别管她，咱们吃咱们的……"

凌大志也猜到几分。他瞧那姑娘的背影活泼健壮，心想江树森这样的好小伙，在乡下还怕没人爱？但他若娶了哪位村姑，今后回城工作就更难了。他始终觉得对不起江家父子，很想帮他们说说情，让厂里特招江树森回去。但他自己还陷在这里，又怎能顾得上？

正值春寒料峭，有一天降温，晚上屋里更冷，凌大志本想写那本书，却发现墨水都冻成冰坨化不开了。他发愁得不知道怎么办才好，只好念叨着，如果有盆火就好了。江树森正想出门去找柴草生火，突然发现门外有人伸头探脑，仔细一看，又是甘素芬。

"哎，你又来干啥？"他没好气地说，"来了又不进门，在外面做什么？"

甘素芬伸了伸舌头，这才小心翼翼地进门。原来她提了一个竹编的烘笼，里面烘着一堆火炭。屋里立刻升腾起一股热气，温暖与明亮了许多。

"这烘笼编得挺好。"江树森惊讶地问，"可是你家哪儿来的火炭？"

"烘笼是我爹编的，还能上集市卖呢！"甘素芬大着胆目不转睛地盯着江树森看，"这火炭嘛，你不知道离村子不远有个小煤矿，我们冬天都会去拣一些小煤块来烤火用。"

凌大志接过烘笼，连忙去烤那坨墨水冻成的冰块，又转头深深地看了那姑娘一眼：她皮肤比较黑，显然是在风吹日晒中留下的印迹。她的眉毛倒是弯弯的，很疏淡，两只细长的眼睛，把这张平凡的脸衬托得多了几分清秀……

江树森发现凌大志在打量甘素芬，就毫不客气地对她说："好了，你可以走了。"

甘素芬却像变戏法似的，又从身后拿出一卷纸来："这个给你们，可能用得着。"

江树森接过来看了一下，正面密密麻麻写满了字，背后还算光洁，便有些诧异："这是……"

"这是我去小学校，搜集来的一些废纸，背面还能写，给你们当稿纸用。"甘素芬忙说，"我每次来，都看见凌叔趴在小桌上写什么，我想你们肯定需要……"

"不错，你还真细心呢！"江树森的脸上露出笑意，"谢谢你。"

甘素芬终于得到她所期望的表扬，高兴得把两条长辫子一甩，跑出门去。

“农村姑娘就是淳朴。”凌大志忍不住问，“这女孩子是谁啊？”

江树森想了想才说：“她就是甘支书的女儿……我们别搭理她，怕招惹麻烦。”

“原来就是她呀！”凌大志听说过江树森被村民诬陷的事，觉得不可思议，“这姑娘看上去不错嘛！没想到她为了一份爱，居然会发疯？”

江树森淡淡一笑。“她本来还好，但那次他们甘家算是把我降住了……不管怎么样，我总不能在这村里待一辈子啊，我也不可能娶她，所以只能离她远点儿。”

凌大志也希望江树森走出农村，投身更加伟大的事业中去，不能在这里憋屈一辈子。但他又同情那个农村姑娘，于是沉吟了一阵，忍不住对江树森说：“其实这是个好姑娘，说不定你爸妈更希望你娶她。她如果跟你回城进厂，也会好好照顾你爸妈的。”

江树森听了只是摇头，他很想告诉凌大志，他爱的是他女儿，但他又不敢，他知道凌丽的心已经离他而去。他也会时常想，凌丽到底爱上了哪个男人？什么样的男子才会令她倾心？

凌丽一直想请假去看父亲。凌大志下放劳动不止一个月了，厂里却没有召回他。凌大志也沉不住气了，就写信让女儿五一节放假时过去。天气变得有些炎热，凌丽看见父亲还是大吃一惊：他跟江树森赤脚站在一片水田里劳作，浑身泥水。凌丽也不知道他们在干啥？但她还是震惊了——父亲应该站在大飞机的机翼上，而不是泥水里！

“爸，你们快出来呀！”她惊呼呐喊着，“水还凉呢，别得了关节炎。”

“哇，是你啊！”江树森快活地朝她挥挥手，“待会儿请你喝鱼汤。”

凌丽这才知道，父亲虽没下过乡，但懂一点农业常识，就在水田里养起了鱼。甘书记虽然认为这是“资本主义尾巴”，但他向来敬重有知识的人，于是默许了，只是没敢张扬。不一会儿，江树森就提着两条鲤鱼上了田坎，这时他才看到甘素芬远去的身影，却没在意。

知青点的土灶不好烧，等江树森把鲜美的鱼汤端上桌，凌丽已经沉沉睡去。江树森见她脑袋斜枕着胳膊肘伏在小桌上，一缕刘海轻轻落到脸颊，实在可爱！那时还没有“厂花”这一说，但凌丽在他心中就是全厂最漂亮的姑娘！他对着沉睡的意中人沉思默想，凌大志在旁边看得分明，也觉得这两个年轻人挺合适，但他跟江胜田一样，只想随缘。他们喝了鱼汤，就去准备铺盖，让凌丽凑合住一晚。好在土炕宽大，不成问题。凌丽坐在桌边，看他们忙碌，又觉得心酸。父亲白天劳作辛苦，晚上也只能缩在农村这个偏僻的角落里，让她愤愤不平。父亲是一朵杰出的浪花，应该投入那波澜壮阔的工业海洋里去。

“爸，你不能这样！”她霍地站起来，“我回厂后，一定要为你和爷爷申冤！”

一石激起千层浪，凌大志也无法平静心绪。他走到窗口旁，解开胸前的衬衫领口，只想迎着山风吹一吹，以此冷却一下头脑，也想想办法，应该如何对付眼下的局面？

“爸，你说话呀！你不能这样下去了！”凌丽扑过去，头贴着父亲的背，落下泪来，“全厂上下都在研制新飞机，盼望‘运 10’赶快生产出来！又怕没人掌舵，心血白费。400 多人的科研队伍，封伯伯年纪大了，怎么顾得过来？而你是副总设计师，是领军人物啊！”

“丽丽说得对！”江树森在旁边大声说，“凌叔，你要想办法为自己申冤！尽快回到工厂去。研制‘运 10’这千年难得的机遇，不能没有你笔下的那张设计图！”

凌大志心神激荡，难以平静。他听见外面的江风吹打着波涛，似乎那静谧的河水也蕴藏着惊涛骇浪，心想无论以后的生活掀起多大风浪，自己也该如礁石一般坚定不移。

“好吧。”他转过身看着两个年轻人，端了端鼻梁上的眼镜，“我本来不想去找那个人，因为他肯不肯站出来为你爷爷做证，还得打个大问号！但我现在也顾不得了……”

凌丽听说那人正是徐温华，当年就是他跟爷爷一道去香港策反，不由得惊呆了。

“是他啊？他不是……”凌丽疑惑地叫起来，“他会站出来给爷爷做证吗？”

“是啊！”江树森提起此人就愤愤不平，“他还想拆我们的木质模型！”

“你们真不会看人。”凌大志不禁笑起来，“我相信此人的心地并不坏，他当初跟我爹去香港策反，也没干过什么坏事啊！现在是特殊时期，一时糊涂站错队也是有的。”

两个小字辈当然相信他的话，从凌大志那高高的开阔的额头看来，他就是一个聪明人，他不会看错人。

这一夜他们都没有睡意，聊个不停。坡下的风吹打着波涛，水声喋喋不休。直到次日清晨，爽朗的笑声又迎来了树下的鸟鸣。朝阳冉冉升起时，凌丽要回上海了，江树森去送她。阳光当头照射下来，映得满坡树叶好似彩霞，河面上也闪动着万点金光。江树森转头看看身边的姑娘，只见她也是红光满面，被滟滟水波映照得分外美丽……

江树森心里一动，竟然觉得有满腹话想对凌丽讲。他生平大胆了一次，拉着她的手站在小渡口那棵树下，正欲说什么，突然见甘素芬挑着一个担子走来，便收住了口。

甘素芬不是个聪明姑娘，但对情事却很敏感。昨晚在水田边，她就发现江树森对这个女孩子不一般。现在见他居然拉着对方的手，以她的性子哪能忍住。她妒忌心大起，非得做点什么来发泄心中的不满。她见江树森悄然放开了姑娘的手，便假装没看见，只是泰然走到那片水石旁，把两只水桶都放进河里取水。接着捞起来，用那根黄木扁担挑在肩上。她走过凌丽身边时，忽然身体摇晃，借机把桶里的水都泼到凌丽身上……

“哎呀，你怎么这样！”江树森措手不及地去拉甘素芬的水桶，差点儿摔倒。

甘素芬看了心中更有气，于是也“哎呀”一声，假装站立不稳，把凌丽推下了河。幸亏水石边这片河滩是女人们常洗衣服的地方，河水并不深，凌丽只是站立不稳倾斜着身子跌进水里，激起了成串的水珠。她努力站住脚跟，一只脚踏上水面的石阶，另一只脚就趁势踩上岸边。但她的衣裤鞋袜全湿了，头发也被激起的浪花打湿一片……

江树森连忙去拉她，急切地问：“你怎么样？有没有伤着？怎么都湿了？”

凌丽忙说：“没事儿，就是沾了点水，头发也打湿了……”

她挺直腰身，仰头一摆，把短发抖开，让晨风吹拂。她身姿挺拔，相貌出众，一头短发浓密黑亮，在朝阳下闪耀着光泽，甘素芬不由得看呆了。

凌丽不知道甘素芬的心事，以为是意外，江树森却恨得牙痒痒。他把凌丽拉上斜坡，又转身对甘素芬恨恨地小声说：“就是全世界的姑娘都死光了，我也不会要你！”

“你认识她？”凌丽莫名其妙地指指甘素芬，又恍悟地说，“你们是一个村的……”

“别管她了，我们走！”

江树森说完，就愤愤地拉着浑身湿透的凌丽走开了。红日放射出万缕金光，照耀着他们的背影，甘素芬望着江树森和凌丽离去，越发觉得自己卑微和不堪，便哭出声来。

凌丽回厂后才知道，徐温华已经回北京。她在陆天放的帮助下，给部里打长途电话才找到徐温华，请求他出面给凌文轩做证，证明她爷爷在香港策反时没有背叛过。徐温华起初不肯，还说他并不知道凌大志是凌文轩的儿子。凌丽在陆天放的提醒下又去找陶伟川，陶伟川得知此事大怒，不顾一切地打电话给徐温华，毫不留情义正词严地责骂了他一通，说他不该违背自己的良心。徐温华羞愧无比，只好去电话给军管会，为凌文轩做证，说他并非叛徒。陶伟川也给军管会打电话，为凌大志说情。他毕竟是将军，军管会也不能不听。

这天傍晚凌大志劳动回来，已是黄昏时分。明月当空，晴朗无云，夜色澄清如水。他今天跟江树森挖河泥，两人都累得半死。突然看见一辆军车停在村道上，接着陆天放走下车来迎接他，在黑暗中发出高亢与爽朗的笑声……

凌大志又惊又喜地抢上前，一把抓住他的手："天放，怎么是你？"

"哈哈！"陆天放笑道，"我来传达陶司令的一句话——你的希望实现了！"

"你说什么？"凌大志简直不敢相信自己的耳朵，"你再说一遍！"

陆天放凑近他的耳边说："你没听错，我是说，你又可以回去搞'运 10'了！"

这话像火种播撒在凌大志的心田，他顿时热泪盈眶，情不自禁地看着旁边的江树森，只见他也是眼睛明亮、闪闪发光，不断朝他用力点着头，好似舒畅地出了一口气。

"祝贺你，凌叔！"江树森握紧了他的手。

"是陶司令派我来接你，你赶紧收拾好，我们就上车吧。"陆天放在旁边说。

江树森很快帮凌大志收拾好行李，提到吉普车旁。分开时，凌大志才想起要对这个陪伴了自己几个月的青年说些什么。他把还没整理完的《柳暗花明集》交给江树森，嘱他抽空多看，以后再给他带回去，并意味深长地说："熟读唐诗三百首，你也可以！"

江树森会心地点点头，接过这本书稿，内心也燃起无限的希望。

凌大志回到飞机厂，继续担任"运 10"副总设计师。他发现封钟庆也叮嘱过设计师，让他们多看参考资料，熟悉世界上各种机型，才能设计出好飞机。凌大志还欣慰地发现，他原先设计的数据并没丢失太多，而令他魂牵梦绕的木质样机终于形象威武地立起来了，每一根线条都是那么可爱！他激动地跟封钟庆拥抱在一起，觉得这一切都弥足珍贵。

“运 10”的设计分为三个阶段：总体设计，打样设计和产品设计。此时已完成前两部分。陶伟川奉上级指示，在上海召开“‘运 10’总体设计方案审查会”，历时二十天，全国各地航空业的权威专家都来了，总计有两三百人，对此进行审核。“运 10”的设计规模和各项性能指标都经过严格讨论，要求必须安全可靠。由于这架飞机最初是为了给国家领导人出访使用而研制，在会上也出现很多杂音。其中徐温华最可笑，他见到凌大志有些尴尬，竟然一反常态，由“保守派”变为异常“积极派”，说既然飞机是给国家领导人设计的，发动机越多就越安全，四台不够，要五台！凌大志和封钟庆都颇感意外，觉得不可思议，其他人虽不敢反对，但也无人附和，徐温华深感郁闷。

又有人矫枉过正地提出，既然要加快研制进度，那就无须再做风洞试验了！凌大志很生气，驳斥他们说：“我们还是要坚持科学的理论依据。”封钟庆也说：“细节决定成败，不能忽略任何细节。”最终决定采用四台翼吊国产 915 发动机，并审查通过，专家们认为“运 10”的整体设计合理，基本可行，应该投入研制了。

审查会后，陶伟川才告诉封钟庆和凌大志，上级有新命令，飞机厂将改变隶属关系，脱离空军编制，交由上海地方管理，业务归口属于航空工业部。望他们加紧配合，要有雄心壮志，尽早研制出“运 10”。凌大志和封钟庆都挺遗憾，说他们离不开陶副司令的正确领导。陶伟川笑道，上海空军还要管此事，只是会减轻飞机厂的飞机修理任务，让他们着重抓研制工作。陶伟川又说，“运 10”的技术力量还不够，研制工作刻不容缓，陆天放也将奉命转业到飞机厂，力保这项工作能顺利进行。凌、封二人听了又深感欣慰，觉得后继有人。陆天放是陶伟川的老部下，当过他秘书，又被保送到哈军工去学习航空知识。其女友在暴风雪中牺牲，如今好几年过去，他都快三十了，始终没成家。

陆天放后来去试飞站调研，去机场看望乔兴剑时，他正在进行地面训练，发疯般地转“飞轮”。陆天放得知他复飞了，还是替他高兴。但听说在领导压力下，他已跟凌丽断绝关系，也无法给她写信。陆天放便把自己跟凌丽的谈话告诉了他，说凌丽性格好强，可能不会原谅他。乔兴剑对着蓝天出了一会儿神，轻声说，但愿我们的牺牲都值得。陆天放也觉得自己肩上的担子很重，他必须跟两个总设计师一道，让“运10”飞上蓝天，才对得起这份情。

凌丽已在机加车间当了三年车工，车床上的零件仿佛永远车不完。她有时上班也会想着自己与乔兴剑的事，心里七上八下，失魂落魄。她虽从小爱好文学，是个感情至上者，但也明白感情是两个人的事，单相思没有丝毫意义。可她跟乔兴剑是怎么回事？她也想不明白。他们显然彼此相爱，却把对方放逐到天际！也许他们都明白，激情四射的爱情固然美好，但这种关系若要他们去苦苦维持，那么这短暂的欢乐后面不是无尽的忧愁，就是令人伤心的背叛！凌丽不能原谅乔兴剑那晚在火车站所说的话，她是一个纯真的女孩子，容不得半点欺骗和虚假。

杨本和又来纠缠凌丽。有一天晚上，厂礼堂放电影《小兵张嘎》，凌丽拿着买好的票去看，发现旁边竟坐着杨本和。她心里很厌恶，但为了这部想看的电影，不便起身离开。杨本和居然挨挨挤挤，摩摩擦擦，在黑暗中用“咸猪手”摸她大腿！

凌丽愤怒地站起来，但是羞于当众揭露他，竟说不出一句话，只好断然离开。

杨本和却小声喊道：“走什么？还不等着你的兵嘎子，在天上给你撒情书？”

凌丽不想理他，但却大吃一惊，心想他怎么会知道自己跟一个飞行员的事？

有一次她上夜班，杨本和带着食堂的人来送夜餐饭，趁机凑到她的车床前。自从厂里研制“运10”，食堂也挺积极，经常送饭到车间，杨本和就顺道去追女孩子。

“喂，你在想什么？是不是还惦记着你的兵嘎子？”他嬉皮涎脸地问凌丽。

“你说什么？谁是我的兵嘎子？”

凌丽脱口而出地反问，厌恶地看了他一眼，心想此人肯定知道了她的感情秘密！

“就是天上飞的那一个！”杨本和的眼神变得邪恶起来，“不过你要明白，我是个报复心很重的人。谁不让我舒服了，我也不会让她的日子好过。”

凌丽丢下车床就走开，跑到厕所里，差点吐出来。她终于明白，为什么试飞站会派人来调查她，并且说她爷爷是叛徒，查三代不合格，原来都是这个小丑在作怪！一阵冲动下，她想跑到军管会去告发杨本和，但她没有依据，军管会也不一定会听她的。

凌丽下班回到家，已是午夜时分，凌大志还没睡觉，仍在伏案画设计图。图纸太多了，桌上铺不开，也摆不下，于是一张张飘落在地面上，满屋子都是……

“爸，你还要不要自己的身体了？”凌丽一进屋，一边连忙去拣那满地的图纸，一边不快地发泄着，“列宁可是说过，不会休息就不会工作！”

“爸明白。”凌大志伸伸懒腰站起来，“爸是在等你，想告诉你一个好消息，今年大学要招收工农兵学员了！我们飞机厂分到五个名额，听说你们机加车间也有一个……”

“真的？太好了！”凌丽高兴得快要跳起来，此前的郁闷一扫而光。

她一直想上大学，已在父亲辅导下自学了一些理工科知识，于是她感到踌躇满志。尽管她还在为乔兴剑的事烦恼，但是若能去上大学，便可脱离苦海，抛却这些无谓的苦闷。招生的消息很快在厂里传开，有志青年虽然都想去上大学，但必须经过车间工人的投票选举。与此同时，一些流言蜚语也在厂里传开。凌丽发现有工人给她起外号，叫她“标准件”，这个外号的含义是她长得漂亮。但凌丽觉得此外号并非善意，怀疑是杨本和在搞鬼。

果然，车间里有几个调皮的青工见到她，就一唱一和地问：“哎，你的兵嘎子在哪儿？哦，是在天上飞呢……”

“还给你撒情书？我们怎么没捡着？那飞机可别掉下来了！”

凌丽气坏了，她认定是杨本和在背后指使，不顾一切地冲到食堂去质问他。

食堂的大灶旁，杨本和正在指挥一个炊事员炒菜。他在食堂干得还不错，饭菜谱经常有翻新，一周之内不会重样，时常得到领导的欢心和军管会的表扬。

此时凌丽见他用一双长筷子，捞起菜锅里的一块肥肉嚼着，又感到一阵恶心。

杨本和看见她，笑嘻嘻地说：“你来了，闻到大肉的香味了？快来吃一块……”

凌丽伸手打掉他的筷子，愤怒地吼道：“我嫌这肥肉腻味！杨本和，你是不是拆过我的信？否则你总在胡说八道些什么？拆信可是违法的！”

“你别胡说啊！”杨本和笑得很诡异，“告诉你吧，我有对象了，要回老家去结婚。你就等着你的兵嘎子吧！现在厂里谁不知道，你跟他也是违法谈恋爱，你查三代不合格，他们领导不同意，他只能在天上给你撒情书。还有，你别想去上大学，我不会让你如愿！”

“真是你这个狗东西！”

凌丽气得抓起一个大铁勺子扔过去，砸在杨本和的脸上，打断了他的鼻梁骨。

杨本和鼻子流血，冲到厨房外大叫起来：“快来人啊，她非法谈恋爱，还打我……”

此时食堂地面上铺满了图纸——“运 10”的设计共有 14 余万张八开大小的标准图纸,工作量相当于一个歼击机的七倍!这些图纸的所有设计尺寸都需一一核实,办公场所不够用,凌大志和一些设计师就把图纸和纸张带到食堂里,铺在地上进行核算。有的设计组情绪高涨,干脆就在食堂里画图,等吃饭时再收起来,甚是方便。有时会议室被占用,一些大型技术讨论会也在食堂召开。人们斗志昂扬、争分夺秒、不分昼夜地工作。正是通过这一支生机勃勃、求实创新的技术队伍的不懈努力,“运 10”的设计方案迈上了一个又一个新台阶,眼看理想与现实就将完美结合,我国第一架民用飞机即将脱颖而出!正值设计的结尾部分,也是图纸出成果的关键时刻,凌大志非常兴奋,一心投入工作,颇不情愿被打扰,却突然遭到杨本和的胡搅蛮缠,还从他嘴里听到女儿跟一个飞行员的恋爱故事……

“凌总的女儿不顾部队上的规定,跟一个飞行员谈恋爱,还跑到食堂来打人!”杨本和见众人都好奇地围过来,索性添油加醋地说,“他们写的信可黄色了!”

从杨本和嘴里吐出的话是那么肮脏,凌家父女都被气得浑身发抖。凌丽听他随意颠倒是非,正欲声辩,凌大志却怒火上升,不分青红皂白,当着众人的面就打了女儿一记耳光!

凌丽捂着脸,震惊地看了父亲一眼,气得流着眼泪,哭着跑开。凌大志也懊恼万分,恨恨地瞪着杨本和,后者见目的达到,便心满意足地缩回厨房……

晚上凌大志回到家,不出所料,女儿没回来,屋里冷锅冷灶。凌大志捂着脸倒在床上,连心尖子都在抽着痛。女儿就是他的心尖子,他从没打过她。妻子去世后,凌丽更是成了他的掌上明珠。他当然知道杨本和是个卑鄙小人,但女儿瞒着他跟一个飞行员谈恋爱更让他伤心。这会儿他心烦意乱,甚至勾起了心中那些已经遥远的往事:妻子的生产,父亲的牺牲,幼女的成长,生活艰难啊……

他不由得感慨万分。他的确很气凌丽,那么多年他又当爹又当妈,宝贝女儿好不容易长大成才,可不能任人凌辱,谁知她今天却让人看了笑话。

陆天放敲门进来,只见屋里一片黑暗,当即明白了几分,便去拉他起来。“事情我都听说了,凌总,我陪你去找凌丽,路上再把我知道的都告诉你。”

夏日的夜晚热气腾腾,工厂里也是热闹非凡,到处都能看见挑灯夜战的技术员和工人。在习习凉风的吹拂下,凌大志冷静下来,听陆天放徐徐道出实情,他才知道那个飞行员乔兴剑还救过女儿，对自己也有恩。他早就原谅了凌丽，现在只想尽快找到她，抚慰她那颗受伤的心。可是女儿在哪里？一直走到静寂无人的仓库区，凌大志才反应过来。

“快，我知道她在哪儿了！”

他们跑到曾经关押凌丽的地方，推开那道沉重的铁门，果然看见凌丽独自坐在那堆物品上，低垂着头，似乎在悼念什么。那一缕刘海耷拉下来，遮住了她的脸。凌大志轻轻走上前，不想惊动她似的慢慢伸手去把这缕头发往她额上撩。凌丽这才抬起头，深深地看着父亲，眼睛里还带着湿润的亮光，似乎心有余悸，不敢把手交给父亲。凌大志突然感觉女儿很娇弱，忙把她抱在怀里。这一刻，凌大志想到了自己的父亲——凌文轩从未见过这个孙女，却叮嘱他，要让凌丽当飞机设计师。寄予了多大的希望啊！从今往后，他对女儿的前途应该做严肃的打算了。她的父辈从血与火中走来，她也应该是块钢！

“丽丽，原谅我。”他抚摸着女儿汗湿的头发，喃喃地说，“你是我的女儿，可‘运10’也是我的孩子。你不该用自己的私事来打扰它……对，好钢就要用在刀刃上！”

凌丽也冷静下来，她明白父亲并非思绪不清，前言不搭后语，而是要对自己说的话太多。她也知道自己不该冲动，此刻她心里翻江倒海，只想去追波逐浪、扬帆远航……

果然，这场“食堂事件”被流传甚广，甚嚣尘上，因为凌丽在厂里是有名的漂亮姑娘，最后以讹传讹，成了一个争风吃醋的笑话。她也因此失去了上大学的资格，只能眼睁睁看着厂里的几个年轻人，戴上大红花，爬上了送他们去火车站的卡车。

陆天放也在欢送的人群中，见到凌丽，便不失时机地把乔兴剑的情况告诉了她。她听说心爱的人已经复飞，便决定要努力工作，争取明年再去上大学。

“我一定要继承爷爷的遗志，当上飞机设计师。”凌丽发誓一般地说。

陆天放连忙问：“那你能不能悄悄跟乔兴剑通信？我可以帮你们转信。”

“不用了，我也不愿耽误他的前程！”凌丽转身走开，拒绝得也很坚定，“我们都有自己的前程要奔，双方都该一心一意，暂时别再想其他事……”

她说时眼睛闪亮，陆天放从中看出，那是一种由坚决的意志而闪射出来的光芒。他目送着这个女孩子走开，再次佩服她的信心和决心。她那一头短短的黑发飘扬在空中，就如同一面倔强的旗帜。陆天放只好写信给乔兴剑，把这个姑娘的坚韧性格描述给他。

这一天，乔兴剑再次奉命试飞那架新款歼击机，又是一番生死搏斗。试飞员就是这样，每天都在刀尖上行走，甚至不知道自己起飞后，还能不能顺利归来。

那天晴空万里，试飞本来进行得很顺利。当飞机爬升到300米高空时，突然一群大鸟向飞机迎头撞来，还没等他反应过来，飞机就发生了剧烈的抖动，接着一股强烈的气流如巨浪般冲击着机翼，左边的发动机立刻停车。

乔兴剑知道发生了最坏的事——肯定是一只大鸟冲进发动机，被搅死在里面了，飞机立刻急剧下降，乔兴剑只好顶着刀子一般的强气流，奋力操纵着飞机。他先是加大右发动机油门，好让单发的飞机不再掉高度，接着将左发动机顺桨，减小飞机阻力。他本来还想再爬升，但由于载重量接近饱和，飞机升高很困难，只得向地面请示返回机场。

乔兴剑驾驶着摇摇欲坠的飞机安全降落，遵从塔台的指挥命令，将飞机停在跑道上，先立刻关掉发动机，切断了所有的电路与油路，然后揭开机舱盖，准备下飞机。这时所有的救护车、消防车、拖车等，都已跑过来，停在飞机周围，准备抢救……

幸好，一切灾难都未发生。

经历了这场空中惊魂，乔兴剑又一次接受了机组的欢迎。这种事对一名试飞员来说本是平常。乔兴剑刚哼着一首优美的曲子回到试飞大队的队部，便接到陆天放的来信。

金秋骄阳似火，乔兴剑读完信，就站在阳光下，看着眼前的一切。明亮的光线有些刺目，一阵阵小风从他身边吹过，两旁的青草在风中摇晃。远处那灰白色的跑道中间，碾压出了一道深深的黑色印迹，插在草坪上的一面黄色标志旗，预告着又一场试飞即将进行——这一切是多么熟悉又多么亲切，哪怕生死难测，可他怎能放弃？

乔兴剑抬头看着碧空如洗的蓝天，只希望心爱的姑娘也能得偿心愿。

第七章

提起辉煌千年的“锦官城”，世人皆知那是成都的别名。历代文人墨客都曾生花妙笔、淋漓尽致地描写过它的旖旎风光和人文景致。李白的“九天开出一成都，万户千门入画图”、杜甫的“窗含西岭千秋雪，门泊东吴万里船”、刘禹锡的“濯锦江边两岸花，春风吹浪正淘沙”都是被广为传颂的诗句。它们为这座城市增添了文化底蕴，共同谱写了这座古都的绮丽篇章。

凌丽从小喜欢这些诗篇，也向往过这座城市。不料在她的人生跌入低谷时，居然梦想成真——她被厂里派往成都去参加为期三个月的培训班。成都并非奢华之都，它是西部大开发的重镇，工业很发达，因有一个飞机设计所、一个飞机制造厂和一个飞机发动机厂，成为航空工业部麾下的又一个重要基地。其中飞机制造厂在黄田坝，是个万人大厂。

自从“运 10”进入紧张的研制阶段，上海的飞机厂为了给生产制造做准备，除了加宽跑道、扩建厂房，还要组织各车间的生产骨干，对主要技术方案和设计图纸进行工艺审查，包括工艺流程的准备工作。凌丽参加的这个培训班，据父亲讲尤为重要，回厂后可能会以工代干，担任车间工艺员，因此她本人也挺重视。

成都飞机厂的培训班是由航空工业部主办的，汇集了天南海北各厂的青年精英，也算一个短期的理论提高班。凌丽住在厂招待所，离培训中心很近，每天都去得早。后来她发现一个戴眼镜的男青年来得比她还早，总是摆好桌子板凳后就去打开水。有一天凌丽下决心赶在他前头，但提着水瓶却找不到锅炉房。这时眼镜青年来了，为她指路。凌丽有些不好意思，等她打水回来，眼镜青年又在擦桌子、扫地，忙里忙外，她对他更生好感。

“哎，这位女同志，你不是我们厂的吧？”他见凌丽卷起袖子去擦黑板，便问。

凌丽点点头，转身见他态度温和而有礼貌，也不禁问：“你呢？哪个厂的？”

“我就是这个厂的工人，名叫郑义良。”他沉静地笑道，“我们这就算认识了。”

郑义良出身知识分子家庭，父母都是厂子弟校的教师。他因故没下乡，进厂当了工人。他积极求学，刻苦努力，知识面的储备已超常人。他跟别的青工不一样，他不抽烟、不喝酒、不打牌，手上总是拿着书本和钢笔，显得文质彬彬。凌丽对他的好感日益加深，尤其当她在学习中遇到难题，郑义良总是主动帮助她。在培训班里有几次考试，那时叫测验，郑义良回回都是第一个交卷，而且总是第一名。凌丽还发现他在自学英语，这在那个年代里简直是奇葩！凌丽给父亲写信时提到这个青年，凌大志也很欣赏，还让女儿好好向他学习。

三个月时间一晃而过，又一个春节即将来临，培训班也结束了，凌丽提早买好火车票要回家过年。临走前一晚，郑义良约凌丽去看电影《沙家浜》，她欣然答应了。电影散场后，郑义良又约凌丽去散步，说成都的夜晚很美。凌丽意识到他有话要讲，便没拒绝。

这里的天气不太冷，虽有阵阵寒风席卷，但街上还是很热闹。有意无意，郑义良把她带到一条河边，两人沿着静悄悄的河岸走了很久。路灯微弱地照着，河水静静地流淌，泛着暗淡的光泽，犹如一条宽大的暗褐色绸子。凌丽想到那些美丽的诗句，觉得成都真是名不虚传，让她感觉很温馨，也很惬意……

“这地方叫百花潭。”郑义良突然说，“我喜欢水，有水的城市都很美。上海也是一座有水的城市，真希望以后，我也能去那儿看看，我想，我一定会喜欢它。”

凌丽终于意识到，有什么事要发生了，而那是她所不情愿的……

她想了想，便暗有所指地说：“是啊，我喜欢上海，所以不会再去喜欢别的城市。”

“那么成都呢？”郑义良有些热切地说，“这座城市可是很多人来了就不想走的……”

“成都的确不错，千年古都，文化深厚，那些古诗句让它更美。相比之下，上海没有多少年历史……但上海也有优势，工业基础强，所以‘运10’这样的好项目就给了我们上海，而没给你们这样的大飞机厂。”凌丽强调说，“要知道，我们厂只是一个飞机修理厂。”

郑义良轻轻笑起来，似乎无言以对。他沉默一阵，又换了一个话题，说道：“哎，你看那些样板戏都不错，但里面的女人都是单身。就阿庆嫂有老公，还在外面跑单帮！”

凌丽哈哈笑起来：“原来你看样板戏，就是看这个啊？”

郑义良理直气壮地说："女人就该有男人，因为女人是男人身上的一根肋骨嘛！"

他愉快地讲起来，于是凌丽第一次听说了伊甸园的故事。她觉得很新奇，看来郑义良也读了不少书，而且他并非卖弄，讲得很有深意。凌丽想到这点很不安。她跟乔兴剑的关系仍然胶着，但她心里清楚，自己选择放手是想成全心爱的人。没有哪对恋人相爱不是奔着永久去的，但她跟乔兴剑还有未来吗？试飞员的婚姻要求那么严格，即使她爷爷的问题搞清楚了，也许又会有别的问题钻出来。而乔兴剑显然也明白，仅有爱情是不够的，男人还需要事业和别的东西，所以他才暂时妥协了。正是这一点让凌丽对他不满——她是宁折不弯的性格，岂容别人来贬低和污蔑她心中神圣的爱情？她的爱不是过眼烟云，也不沾人间烟火。她知道柴米油盐里容不下高尚的爱情，但她还是想努力把这份爱维持得纯洁一点……

郑义良不知道她在想什么，仍在微笑着侃侃而谈："有一种说法，男人和女人为了寻找自己的另一半，会在这个世界上苦苦流浪……凌丽，你懂我的意思吗？"

凌丽的心在隐隐颤抖，她忽然明白了郑义良的意思。她知道郑义良是个好青年，也可能会是一个好丈夫、好爸爸。可她能给他什么回报？她对他当然有好感，但那不是爱！爱是两性在刹那间就会擦出的火花，源于两性间强烈的互相吸引。而他们之间却没有……

郑义良还在用深情的目光望着她，似乎在等待一个他所期望的回答。头上的路灯突然放射出绚丽的光华，然后又猝然熄灭了。原来，那就是它的昙花一现，犹如生命的光华。凌丽深深感觉到，温文尔雅的郑义良和威武雄壮的乔兴剑是多么不同啊！

她在一阵难言的激动中，冲口而出："你别说了，我已经有男朋友了！"

说完她就跑开，跑向不远处的公交站。郑义良望着她的背影，深感懊丧。眼前的河水还在川流不息地流着，郑义良拣了一个小石子扔向河中，河水立刻泛起细碎的波纹，奔腾着向前。郑义良觉得，凌丽的话就像千波万浪翻滚在他心头……

凌丽回到飞机厂的家中，江树森也回来了，他变得又黑又瘦，显然在农村吃了不少苦。他的父亲和母亲很高兴，想给他做点好吃的，但每个人的肉票就那么多，他们过年连肉饺子都吃不上。凌大志去给老朋友送一瓶酒，知道这事儿，连忙赶回家，见凌丽正在包饺子，就让凌丽给江家送一些去，江胜田却执意不收。凌大志听说后，怕他再拒绝，干脆让凌丽端去自己做好的饭菜，说我们两家一起过年，热热闹闹。江家父母求之不得，他们看着凌丽从小长大，也曾希望儿子能娶她。两家人凑在一起过年，乐乐呵呵。

饭后江树森约着凌丽去放鞭炮，这是他们小时候常在一起玩的，凌丽也欣然答应。他们就在江家门口放鞭炮，这里没有人，很僻静。鞭炮是江树森早就准备好的，但不知道为什么手一直发抖，居然接连擦断了几根火柴，才点着鞭炮。

"哎呀，你真笨！"凌丽看着这一切，不禁拍手笑起来，心情很不错。

鞭炮噼里啪啦地响着，不时燃起点点花火，飞到空中，照亮了一个个瞬间。在火光的映照中，那张亲切熟悉的脸庞变得很艳丽，甚至显得生机蓬勃。江树森也在这一个个瞬间里，把凌丽和甘素芬比较了一番，而且找出很大的差别来。他又想把自己的心事说出口……

凌丽却抢先对他说："我喜欢在放鞭炮的时候许愿，我们来许个愿吧！"

"好啊！"江树森随口问，"你想许什么愿？"

"我想在这新的一年里，能去上大学。"凌丽双手合十，望向深邃的夜空。

江树森眼睛一亮，忙说："我也有这个心愿，不过，很难实现……"

"所以才叫许愿啊！"凌丽欢快地拉着他，"让我们对老天祈祷，希望它能实现！"

江树森不再说话，这时四周又传来清脆的鞭炮声。进入1973年的人们，都在祈求一个美好的前程。江树森终究没把自己的心愿说出口，他怕会遭到凌丽拒绝，也不愿耽搁她的前程。毕竟自己身在农村，而凌丽是国有企业的工人，两人的处境相差很远。当晚江树森又是翻来覆去睡不着，他知道自己在跟凌丽一次次错过。他只好下定决心，不仅要想办法上大学，而且要上航空院校。这样才能改变命运，让他得偿心愿。但怎么可能？他感到迷茫。

春节过后，"运10"的部分设备投入生产。因其原准机是波音型，需要先进工艺水平，而飞机厂的加工能力还有很大差距。厂里为了生产大部件，买了一些新设备，都是由有力气的大个头男工来操作，凌丽想表现也轮不到她。还有些零部件是外加工，凌丽所在的生产车间只能用原有的小设备进行"雕刻"式加工。车间里涌现出不少能工巧匠，凌丽也是其中之一。

她回厂后，并没有以工代干去当工艺员，起初有小小的沮丧。后来在父亲的鼓励下，日夜钻研技术，甚至常把自己的手都磨出血来，终于攻克了她最胆怯的磨刀技术。在一次技术革新的尝试中，她大胆提出跟师傅打擂台，用“雕刻”式加工，在最短时间内车出了一个溜光的圆形铁球，博得工人交口称赞。曾经的流言蜚语，也在人们心中渐渐被淡忘。

半年后她被评为“先进工作者”，接着车间里大家全票通过，送她去位于西安市的西北工业大学就读飞机设计系，凌丽终于如愿以偿。

与此同时，身在农村的江树森也觉得天上掉馅饼，居然砸到他头上！

这天他跟一群村民在修水田，村民们扛多大石头，他也扛多大。他的性格就是不服输，跟村民一起挑水粪时，扁担也不换肩，有着不屈不挠一干到底的精神。休息时，党支书甘长生拉他坐在半干的田坎上，他也没犹豫，坐下去就把裤子打湿了。甘长生哈哈笑起来，他喜欢江树森，觉得他宁折不弯，是个好后生。“可惜，甘家村留不住这个小伙子了！”

江树森听了他这话，有些莫名其妙：“甘书记，你说什么？”

“我是来问你，咱村有个上大学的名额，是西北什么大学的飞机设计，你想去吗？”

江树森完全震惊了，反应过来后，却不敢答应，怕甘长生会提出他无法接受的条件。

甘长生见他不吱声，就指着面前的水田叹道：“看，你把这水田展得又平又直。我知道你以后的路也会这样走下去。甘家村留不住你了！我们怎能耽搁你的大好前程。”

江树森见他如此爽快，真是意料之外，一时竟泪眼模糊，忙说：“谢谢你！”

甘长生深深叹了一口气，拍拍他的肩站起来。“不谢，你别忘了甘家村就行。”

村里很快就给江树森办好了手续，他做梦一般收拾好简单的行李，不无留恋地离开知青点，快步下了石阶。在渡口的那棵大榕树下，他看见甘素芬默默站在那里，似乎想来送他，却一个字都不说，只是流着泪。江树森也不知道说什么好，给她鞠了一躬就匆匆走掉。

在甘家院里，小方桌上又摆出一席好酒菜，是甘长生让妻子准备的，他让女儿去请江树森。甘素芬却没开这个口，竟然独自返回。甘长生见江树森没跟来，不禁长叹一声，打开桌上那半坛女儿红，自己喝起来。甘婶唠叨不已，甘素芬又跑回房间去哭泣……

甘长生发火地扔下酒杯，生气地吼道："你们哭啥？唠叨啥？是不是都在埋怨我，不该放江树森走？你们懂什么？我小时候读私塾，里面有一句话始终记得，大概的意思就是我送你一个桃子，你就会还我一个李子……"

甘婶听不懂，甘素芬却明白了，急忙冲到门外，含泪问："爹，他真的会吗？"

甘长生沉默良久，才说："如果他是一个好男人，他就会。"

凌丽来到火车站，她曾在这里送别心爱的人，如今轮到自己远行。凌大志忙，没来送她，凌丽提着行李找到那列火车，意外地竟然碰上江树森，这才知道他也要去读西工大！凌丽很高兴，送行的江家父母更高兴，不断叮嘱儿子要照顾好凌丽，连几个同去西安上大学的人都看出苗头来。

列车徐徐开动，驶向新的征程，车厢里又热又闷，凌丽和江树森都没回自己座位上，而是挤在车厢门口，闻着那清新刺鼻的气息，望着不断跳入眼帘的月光下美好的旷野。火车在黑暗中向前疾驰，车头雪亮的光柱给人一股振奋人心的感觉……

"真没想到，我们都是读飞机设计系，以后就是同班同学了！"凌丽兴奋地说。

江树森也很高兴："看来春节时我们的许愿，老天都听见了，才有这个安排。"

但他想到甘素芬一家时，心里又很歉疚，觉得欠了他们的情。凌丽也想起了乔兴剑，她觉得自己去学飞机设计，就离蓝天近了几分，离心上人更近了。江树森觉察到凌丽有心事，想问又不敢问。他生性老成稳重，只想跟凌丽保持从小的友谊，并不觉得这样做，两人反而疏远了几分。但在这飞驰的列车上，他们俩同时觉得有一股不可抗拒、无法阻挡的生命的激流，正带着爱情的旋涡，饱含了青春的热浪，在向前飞驰着……

1973 年 9 月，一个金色的季节，西工大校园里迎来了一批豪情满怀的新生，他们堪称当时最优秀的青年，将在这里度过三年半的学习时间。全国航空院校只有三座，分别是北京航空学院、南京航空学院和西北工业大学。后者大部分师资力量均来自"文革"前的哈尔滨军事工程学院航空系，学术地位并不低。虽然是工农兵大学生，但 73 届也是精英荟萃，让学校和老师很期盼，"文革"中只有这一届学员经过了文化考试。尽管考题稀松平常，而且被一个交白卷的生产队长搅了局，但仍有不少佼佼者跨进了校门。在那个天高云淡的季节里，走在绿树环绕的校园中，眼看身边云集了如此众多满怀凌云壮志的莘莘学子，凌丽兴奋而不安，不知道自己要经过怎样的努力，才能在其中崭露头角。

第一天上课，凌丽欣喜地发现郑义良也跟她同班。郑义良见到凌丽更是喜出望外，也觉得这是老天的安排。此后的基础课上，郑义良常跟凌丽同桌而坐，对她热情得不避嫌。江树森觉察到郑义良对凌丽颇有好感，似乎想追求她。但学校禁止学生谈恋爱，虽然他们都到了可以恋爱的年纪，为了心中的理想，还是自觉遵守，男女同学之间的关系都很单纯。凌丽、江树森和郑义良在一起，更多时候是大家互相激励，说要发奋努力、好好学习。

在上海飞机厂，被称为“708 工程”的“运 10”研制仍在紧张进行，凌大志的工作也越来越多。因为采用大量新工艺，厂里又成立了攻关小组，凌大志任组长，陆天放任副组长，对所有零部件都要通过一系列工艺试验，经鉴定许可才能装机使用。

徐温华又来视察，他现在受极左思潮的影响，一改往昔的态度，竟想走极端，居然强调：“要打破航空工业的框框！”提出为了抢时间，尽快生产出“运 10”01 号机，想用一种铸铝的材料来代替铝锻件，用到旅客观察窗的井字框上去。还扬言说：“铸铝不行就用铸铜。”凌大志觉得很荒谬，坚决抵制，封钟庆却不动声色。

在一次方案审查会上，徐温华更是大放厥词，竟说“运 10”的设计方案既然没有大问题，就不用去做风洞试验了，也不用去做静力试验……

“不行！我不同意！”封钟庆终于忍不住站起来，愤怒地摔掉了水杯。

“你！你们……”徐温华也恼怒地指着他，“上级领导的话也敢不听？”

“对不起，这是学术讨论会。”凌大志冷静地说，“为了国家利益，为了我们的第一架新飞机，有什么问题就要指出来，不存在个人的虚荣心，请徐局长理解。”

“是啊，搞飞机设计居然不做风洞试验，这不是荒唐吗？”陆天放也小声嘀咕。

徐温华瞪了他一眼，又去拍桌子。“上次开会讨论发动机位置，你们说我太保守，现在又说我荒唐。我这个部里派来的干部，在你们眼里成了什么，笑柄吗？！”

其他人连忙站起来，劝徐温华冷静，但他仍是坚持说，为了节约经费，为了加快进度，能不做风洞试验的就尽量不做。只要产品质量符合国际标准，能合格就行……

封钟庆更加气恼，又不顾一切地站起来，指着徐温华斥责道：“徐局长确实需要好好冷静，甚至需要去理发店吹吹风。而我还是要去做风洞试验，谁也不能阻拦！”

会议室里先是一片沉寂，继而就爆发出热烈的掌声。人们见这个上了年纪的总工程师不畏强权，不惧高官，敢于坚持自己的正确主张，都从心底里发出佩服的赞叹。

其后封钟庆在陆天放的帮助和凌大志的支持下，又设计和制造了上百套飞机模型，在全国八个风洞中进行了多次试验，吹风累计上万次，为“运 10”取得了可靠的数据。

时间倏忽而过，秋末冬至，西北的艳阳仍是明丽灿烂。大学里每天下午都有政治学习读报时间，同学们喜欢走出阴暗的教室，到阳光下去感受那融融暖意，顺便谈谈新鲜的话题。凌丽跟同班女生夏青成了好朋友，她是北京来的高干子女，据说父亲是部级领导，但她下乡当知青却在陕北延安，养成了朴素的生活作风。

这天她们手拉手地在湖边逛了一阵后爬上假山，见郑义良独自坐在石椅上看一本书。凌丽以为他看的是专业书，拿过来一瞧，竟是自己看过的一部外国小说《简爱》。

“你们看过没有？喜欢这本书吗？”郑义良眼睛闪闪发亮地问。

凌丽点点头：“当然看过了，还挺喜欢呢！”

“这本书中的爱情是多么美好！”郑义良深深地盯住她，加重语气地问，“那你说说看，这部小说的精华是什么？或者说女主人公一直信奉的爱情宣言是什么？”

“这还用问？”夏青在旁边不假思索地回答，“就是爱情呗！”

凌丽却说：“应该是……在爱情面前，人人平等！”

郑义良立刻激动起来说：“我也是这么想的，人人都有追求爱情的权利嘛！”

凌丽和夏青相视对看，窃笑不止，都觉得他有些书生气。郑义良还想大谈爱情，她们俩却拉着手悄悄跑掉，郑义良很懊恼，知道凌丽没把自己放在心上。

走下假山，夏青若有所思地问：“对了，凌丽，你有男朋友吗？”

凌丽默默无语，她望向无垠的蓝天，沉思了一阵才说：“好像有，又好像没有。”

夏青仔细观察她，发现一滴泪珠在她眼眶里凝停闪烁，便不再问下去。

凌丽不但没有忘记乔兴剑，而且一想起他就热血沸腾，仿佛她的生活也充满了丰富的内容。那个试飞员生命力旺盛，胸襟开阔，就像一块磁石强烈地吸引着她。但她为何还不给他写信？凌丽在倔强性格的驱使下，很不甘心被试飞站那帮人给左右。她其实非常珍惜自己和乔兴剑的爱情，所以才希望他不怕被打压，能够一心一意地爱她。

几乎同一时刻，乔兴剑正在试飞一款新型战斗机，飞机价值上亿元。这款刚研制出来的样机腾空而起，呼啸着直冲云天。机舱内，他手握驾驶杆，精神集中，不敢松懈。这款飞机此前频出事故，今天他将在空中查找事故原因，否则这款飞机便无法进行设计定型。带着问题驾机上天，需要比天还大的勇气！凝结着设计师心血的战机需要被认可，但意外情况随时可能出现，他是在跟死神搏击，是以生命为代价，去奔赴这一场“死亡之约”。

飞机刚达到 1.5 倍音速时，发动机就停车了。因为速度太快，气流不畅，飞机像一头发怒的疯牛，在高空中横冲直撞、左冲右突。在剧烈的冲击和颠簸中，座舱里乔兴剑像皮球一样被抛来甩去，身体剧烈疼痛，似乎快要被撕裂了。尽管他戴着头盔，脑袋还是被撞出了鲜血，竟至血流满面。眼球肿胀得几乎要蹦出眼眶，情绪也快要不能控制……

指挥所得知情况很担心，让他立刻跳伞逃生。但哪怕只有一线希望也不能放弃，这正是试飞员必备的特殊品质。乔兴剑在生死一线中做出选择，坚持要把这架失去动力的贵重样机开回来。为此必须立刻控制住飞机，稳住再稳住！他要尽量避免在高空被震晕，那是极度危险的事。他死死抓住驾驶杆，用力蹬舵，拼命稳住飞机，嘴唇都咬出血来……

终于，乔兴剑以惊人的毅力控制住了飞机，采取一系列紧急措施后，使空停的飞机减弱了振动，慢慢恢复常态。他也再一次摆脱了死神的纠缠，驾驶着飞机安全落地。

这惊天一幕震撼全场，此刻，他却满脸鲜血，疲惫不堪。地勤人员打开座舱盖时，发现舱内板壁上到处血迹斑斑。乔兴剑走出机舱时，一名飞机设计师就冲了过来，激动地热烈拥抱他。

“感谢你挽救了飞机和重要数据，创造了航空史上的奇迹！”他说。

飞机损坏虽不大，但乔兴剑却头部受伤严重，被送到空军医院治疗。他的英雄事迹已在空军部队传扬开来，医生护士见了他，都竖起大拇指。乔兴剑不以为意，只想早日养好伤归队。

有一天他感觉稍好，便在医院的花园里散步，阳光下的一切都是那么明丽鲜妍，温馨无限。这时女护士钱忆宁找到他，拉他回去打针。两人边走边聊，都心情大好。

“我听说了你的英雄事迹，有点不明白。”钱忆宁问，“你当时为啥不跳伞？”

乔兴剑笑着说：“遇到险情就跳伞，那飞机摔了，试验数据也没了，多可惜。”

“可是一名试飞员的生命如果没了，难道不可惜？”钱忆宁歪着头，好奇地追问。

“这么跟你说吧，如果当时摔了飞机，潜在的危险仍然存在，还需要我们试飞员再去试飞。否则，这个型号的飞机就只好宣布永远放弃。”乔兴剑耐心解释着，“但若我处置成功，化危为安，飞机的设计完善工作就可大大跨进一步。这种进步与完善，本就是以巨大的风险为代价，生与死，也是一念之间。否则，还要我们试飞员干什么？”

“那，你如果这次找不到故障呢？”钱忆宁偏要追根究底。

“那我还会飞第二次、第三次，直到找到为止。”乔兴剑毫不犹豫地说，“作为一名试飞员，我们决不能把潜藏着风险的飞机交给部队使用。”

钱忆宁不禁笑起来：“你一口一个试飞员，看来很满意这个危险的职业。”

“危险的职业总要有人去干啊！”乔兴剑干脆地说。

这时他无意识地回头看了女护士一眼，发现钱忆宁长相平常，肤色较黑，一头自然卷的头发被梳成短辫，刘海毛茸茸地围着脸颊，倒也挺可爱。住院十几天，乔兴剑已经觉察到这个姑娘对自己有好感，但他心里装着凌丽，对此没有任何回应。他不知道命运这只无形的手，已经毫无悬念地把这个女子指引到他身边，让他此生都注定绕不开……

快放寒假时，学校通知大家去听试飞英雄的报告。凌丽和夏青一起去了。坐进大礼堂的座位，她们仔细一看，只见鲜花与红旗簇拥着一个神采奕奕的青年男子，他虽然身穿普通的空军军服，却掩盖不住那一身勃勃英气，原来做报告的人竟然是乔兴剑！

台下的男生都由衷地叫道：“喝，他真神气！”

台下的女生也情不自禁地小声说：“哇，他好英俊！”

凌丽的眼泪夺眶而出。她明白，这些赞誉之词形容的不是乔兴剑的容貌，而是他的飞行技术和空中搏击的勇气！她相信过不了多久，这个名字就会在同学们心中如雷贯耳，甚至在全球的航空界，都会传扬他的英雄事迹。唯独她却没有心思去听他的光荣历程。本来学校让她去给乔兴剑献花，她连忙把那束花塞给夏青，跑出了礼堂。但她还想再看心上人一眼，于是整个报告期间，她就独自站在礼堂外流泪。当报告会结束后，乔兴剑手捧鲜花，在同学们的簇拥下走出礼堂，他们俩的眼光终于相碰了……

“是你？你怎么在这儿？”乔兴剑又惊又喜，情不自禁地朝她迈近了一步。

此时人声嘈杂，群情激动，除了夏青，大家都没觉察这一切，凌丽连忙跑开。

当晚她虽人在图书馆自修，却心乱如麻。江树森坐在她身边，发现她简直坐立不安。

“你怎么了？”他关切地问，“是不是不舒服啊？那就回宿舍休息吧。”

凌丽面对这个兄长一般的老朋友，只想哭出声来，她怎能跟他说，自己是为了突然见到心上人而苦恼。白天她虽没去听他做报告，但她知道他会讲些什么。她正在学习飞机设计，比以往更清楚试飞员的工作——他们驾驶着高速的飞行器，在万里长空纵横驰骋，猝不及防的死亡威胁，时刻笼罩在他们头上，千钧一发之际，他们却能坦然自若，叱咤风云。他们是为蓝天铸剑的试飞英雄，值得每个人敬仰钦佩，而她却拒绝了这样的好男人！

她不知道乔兴剑此时在什么地方？但他也一定思念着她……

这时夏青疾步走进来，拉着凌丽说，学校正在放露天电影《智取威虎山》，让她陪她去看。凌丽很爱看这部电影，喜欢那个身姿潇洒、唱做俱佳的杨子荣。但今天她却不太情愿，因为没心情。看在好友的情面，她还是收拾书本跟着离开了。不料图书馆外，在一簇雪松下站着一个身姿挺拔的男子，正是乔兴剑。虽然路灯昏暗，但她还是一眼就认出了他，因为他身材伟岸，在个头瘦小的试飞员中很少见。他的性格也是沉稳而敦厚，此刻他控制不住地冲过来，紧紧握住了凌丽的手，让她又吃惊又不安。

“你是怎么找到我的？”她迟疑了一阵，才问。

夏青在旁边笑道：“人家可是费老劲了，好不容易找到我，才又找到了你。”

凌丽在礼堂里骤然离去，夏青曾经追上去几步，恰巧被乔兴剑看见了。乔兴剑当晚住在学校招待所里，凭着这些蛛丝马迹才辗转打听到她。经过一番深情陈述，才让夏青了解自己，甘愿带他来找凌丽。凌丽听了这个过程也不禁感动。

夏青离开后，剩下他俩在校园里漫步，他俩心潮起伏，不知说什么好。

校园的夜晚很热闹，路边、树下、楼前，到处灯光耀眼，流光溢彩。师生们在光海中川流不息，就像五彩的鱼儿来回游动。凌丽回身看了乔兴剑一眼，见他前额光洁，眉目闪亮，线条清晰的下巴，透出一股坚决的神情，不觉笑出声来，心情也渐渐变得开朗……

“笑什么？”乔兴剑短促有力地说，“你就是钻地洞，我也要把你挖出来！”

凌丽听了又很不快。“你有这本事算什么？你们领导知道了，还会让你停飞！”

“不说这个了，丽丽，真没想到会在大学见到你！”乔兴剑又去拉她的手，惊喜地说，“太好了，你果然如我说的那样来搞飞机了！以后我们也算是同行了……”

“是啊，我在学校里努力刻苦拼命学习，就是想毕业后，能做一名合格的飞机设计师。”凌丽赌气般地说，“到那时我才能坦坦荡荡去见你们领导，对他们说，你们反对一名试飞员跟一名飞机设计师谈恋爱，那真是最大的错误！”

“好大的胆子，你还在赌这口气？”乔兴剑不禁笑道，“那你为何不听我的报告？”

“有什么好听的？无非是牺牲与奉献。对我们普通人来说，实在有些遥远……”

“可那些对我们试飞员来说，却是每个飞行日，甚至每个飞行时刻都要面对的现实。”乔兴剑巧妙地扭转话题，“对了，‘运 10’现在研制得怎么样？你毕业后回厂能赶上吗？”

谈到“运 10”，凌丽只能尽力让自己的思想沉淀下来。“听我爸来信说，进展得还不错。研制生产一架新型民用飞机，总得有七八年时间吧。我们应该赶得上……”

她说到这里，也是话头一转：“天晚了，我要回宿舍了，明早还有课呢。”

乔兴剑却拉着她的手不放，说：“丽丽，我今晚想尽办法去找你，只怕你不肯见我，又让我留下遗憾……还好，终于见着了！明天我就要走了，你愿不愿意给我写信？”

凌丽望着他期待的眼神，思想斗争了很久，最终还是摇摇头：“没必要吧？你们那边要求严，这些通信都要经过检查，我们什么都不敢说，何必呢？”

“丽丽！你听说我……”乔兴剑握紧了她的手，还想劝服她。

凌丽无意间一回头，恍然看见江树森站在旁边的树荫下，一脸绝望地看着他们，人也似乎憔悴了许多。凌丽使劲甩甩头，片刻的沉默后，她终于挣脱他的手，无言地离去。

乔兴剑独自留在流光溢彩的路灯下，表情也瞬间凝聚。此时在他内心里，有一股狂野而澎湃的力量让他热血沸腾，真想冲过去抓住那姑娘。但他大脑中却有一种内敛而冷峻的思维，让他面对人生的风云也能沉静下来，脸上还是那种云淡风轻的模样。

看来凌丽不肯原谅他了，他们也许终生错过了，这或许是个令人欣慰的蜕变——不是简单的化茧为蝶，而是冲入云霄的凤凰涅槃！

第八章

当晚凌丽回宿舍时，夏青正等着她，得知详情后，把她好一通埋怨，说你的男朋友原来是个试飞英雄，而你却对他这样，真是太不像话了！

事情很快就传开．班上同学都听说了，凌丽对来做报告的试飞英雄，居然不屑一顾，这是个多么骄傲的女孩子！班上几位对她有好感的男同学，都自觉地退避三舍。江树森心情最复杂，当晚他无意中看到了那一幕，发现凌丽的恋人竟如此优秀，自己跟她肯定无缘了。只有郑义良照常与凌丽来往，他刻苦努力又用功，学习成绩一直很好，也常帮助凌丽。同学们都知道他在追求凌丽，但凌丽浑然不觉。

陆天放接到乔兴剑的信，知道他与凌丽在西工大见面，却没淡拢，再次错过。便写信安慰他说，凌文轩的问题已搞清，凌丽查三代没问题，你们迟早会走到一起。

陆天放所在的研制小组也遇到了难题：设计生活设备的小组提出，由于飞机厂从没生产过民用飞机，希望调拨一个三叉戟或伊尔－18的机载马桶做样品，供他们参考设计。这又惹恼了徐温华，他一直窝着火，见到设计人员就讪讪的，最后召开会议公开指责说："为什么不能用火车上的马桶？难道外国人的屁股大，中国人的屁股小？"

他让陆天放做检讨，陆天放只好去向封钟庆汇报，他正在跟凌大志商议，两人都有些哭笑不得。他们讨论了很久，误了开饭时间，去食堂买饭，只剩下一些残菜冷饭。

杨本和已从徐温华那里听说此事。凌丽上大学后，他一直气不顺，便用筷子敲着饭碗，嘲笑他们三人："这时才来吃饭，是不是外国人的胃口大，中国人的胃口小？"

陆天放愤怒地冲过去，指着他骂道："你这小子，真是狗仗人势！"

凌大志连忙拉住他，说："别跟这个人争论了，他懂什么？"

他们回到办公室，封钟庆毅然提起笔，立刻把马桶加入要求提供的样品清单中。

陶伟川听说了这个"马桶事件"，周末专门把他们三个人请到家里，让厨师做了一桌好菜，说要慰劳“运 10”的功臣，让他们感动得差点流下泪来。陶伟川觉得徐温华的思想很有问题，又跟他在电话里长谈了一次，让他给予设计人员应有的支持。徐温华觉得他们三人在告御状，很不高兴，便在电话里来了个一百八十度大转弯，对“运 10”提出质疑说：“我敢打赌，中国人要想造出自己的民用飞机，难于上青天！”

陶伟川也生气了，又打电话给封钟庆他们说：“你们好好努力，我们的飞机就是要冲上青天，让那些保守派都看一看！”

凌大志等人得知了徐温华的态度，也很愤慨，决心要让“运 10”尽快生产出来。

但大飞机不是小飞机的简单放大，机翼的阻力系数有所改变，需要重新找到解决途径。凌大志和陆天放废寝忘食、夜以继日地守在车间里，跟工人们一起研究，把每一片机翼的问题都设想到了。最后风洞试验证明，效果良好。在操纵系统上，过去小型飞机通用的是硬式操纵系统，他们又改用了车加式主起落架。而整个机身都是密封的客舱，也需大面积采用玻璃棉来隔热……他们克服了一系列新的设计问题，在研制上取得了很大突破。

学校放寒假了，凌丽和江树森回到上海，发现江婶身体虚弱。她连续感冒，最后转成肺炎，在春节前去世了。江树森过了一个凄惨冷清的春节，只有跟父亲相依为命。

这一天，凌大志让凌丽做了一道红烧肉给江家送去，自己又大老远地端了一个火盆上门，说要陪老朋友喝酒，好好安慰他。夜里很冷，窗外都结了冰。江家四壁空空，火盆放在小屋当中，火焰红通通的，给这个支离破碎的寒室带来了温暖，江家父子的脸色都变得红润了。他们感激地围在小桌旁，吃着凌丽带来的饭菜，气氛也挺热烈。凌丽做的红烧肉堪称一绝，她不用酱油，只放盐和红糖，烧出来的肉红亮，汁少化渣，酥烂而有嚼头。

“老伴就爱吃丽丽烧的红烧肉，可惜她走了……”江胜田哽咽着，难以下咽了。

“爸，你也吃一口吧。”江树森体贴地夹了一块半肥瘦的肉，放在他碗里，“这还是过年分肉时，凌叔他们省下自己那一份，给咱们送来的。”

“是啊，老伙计，老伴走了，你可要注意身体啊！”凌大志观察着江胜田消瘦的脸庞，关切地说，“有什么不适就说出来，丽丽和树森虽然过几天回学校了，可是还有我呢！”

“我不回学校了。”江树森突然说，“我爸这个情况，家里不能没有人。我只有放弃学业，想办法在厂里找个工作，好留在家里照顾他。”

凌家父女都惊讶地看着他，一时不知道说什么才好。

“不行！”江胜田怔了怔，就哆哆嗦嗦地站起来，把手里的碗朝地上一扔，大声说，“我坚决不同意！你好不容易上大学，必须得去，不毕业就别回来见我！”

“爸！”江树森也站起来，激动地说，“你这样子，我怎能放心走嘛。”

“你不去也得去，不吃包子争口气！”江胜田语调深沉地说，“我跟你说过多少遍，那一年淞沪抗战，日本的飞机飞来轰炸上海，我们家的人都来不及隐蔽，那炸弹就落下来了。好可怕啊，一家数口除了我，全都倒在血泊中，死的死，伤的伤……受伤的人后来无钱医治，也都送了命。从那一刻起，我就在心里盼望着，什么时候咱中国人也有自己的飞机？所以我才跑到这飞机厂来打工，指望着有一天，能为咱中国的飞机保驾护航。可是我这眼睛，又被反动派的飞机机枪给射瞎了。我们这一代是指望不上了，我就全靠你了，儿子！”

老头子好些年没说过这么多话了，火盆的红光映照着他激动的脸庞。闪着星星白光的头发和胡子，还有那深凹下去的眼眶上跳动的眼睫毛，此刻都被烤得热烘烘，似乎渗出了汗珠。那份激昂的情绪也深深感染了屋里的人，尤其是凌大志，仿佛那久远的回忆、艰苦的历程，还有战友们受伤、牺牲的惨烈场面，那惊心动魄、永难磨灭的一幕重新出现在他眼前……

凌大志也激动得站起来，浑身热血沸腾地在屋子里急速地踱着步，一边挥着手一边说：“树森，你爸说得好啊！我们永远不能忘记那些洒满了鲜血和热泪的苦难，我们航空人是背负着民族的希望，才走上这条研制大飞机之路。你们这一代身上也寄托着我们前辈的希望，就为了这个，你也不能放弃自己的责任，哪怕再难，也得往前走啊！”

凌丽收拾了碗碟，拿起火钳捅着火盆里的火，让它燃烧得更旺。她看着迸发的火星，也很发愁地说：“可是爸，如果树森走了，他家真的很困难，江叔没人照顾也不行啊！”

“这个我跟厂里说说，总能想到办法……”凌大志皱起眉头想了想，沉思地说，“树森，你放心走吧，你爸为保护飞机而致残，对厂里有功，我们会照顾他。”

江树森知道凌家父女都是头脑冷静、待人真诚之人，怕父亲气得又摔碗，只好点头同意说：“好吧，我可以回学校去，凌叔，这个家就只有丢给你了……”

凌大志点点头，这时屋里已经被火盆烤得热起来，为了换换空气，他走过去推开窗户，一股清新的气息顿时如清泉般流进来。他深深地望着不远处，眼睛闪光地说：“放心吧，关心老工人的生活，就是关心今天的战斗。你们快来看看，我们的工厂多热闹！”

凌丽和江树森都走过去，围在他身边望着窗外，那是一派挑灯夜战的场景：一处处厂房的灯光映红了半边天，呈现出无数颤动的光圈。厂区马路上通宵运货的车辆都打着灯，如同一条闪光的银链，串起了各个车间。而更多的光环逐渐汇聚，横竖交叉，辐射着夜空，形成了一个巨大的光带，笼罩着整个工厂……

江树森不由得赞叹：“这是多么光彩的一个厂子！”

凌丽也悄声说：“这是我们的厂子，研制大飞机的工厂……”

凌大志对着窗外把手一挥，更加豪迈地说：“这不是一般的厂，而是一座战斗城堡！”

话虽如此，几天后江树森和凌丽一起坐上回西安的火车时，仍然忧虑地牵挂着老父亲。凌丽见他心事重重，不断地安慰他，却也想不出一个好办法。

这一年甘家也祸事不断，先是甘长生病重无钱医治，然后是甘婶去采药，掉下悬崖身亡。甘素芬束手无策想去找江树森帮忙，但是以什么身份呢？何况他在西安，无法找到他。甘长生也不同意女儿这么做，他说大家都难，我这是绝症，就别给人家添堵了。

春节过后，甘长生病逝了。他临死前，挣扎着对女儿说：“素芬，如果你在这村里，实在待不下去了，那就只有去上海找江树森……或者他会帮助你。”

甘素芬在父母坟前痛哭一场，回到家中，只觉得凄凄惨惨。村里收入不好，日子本就过得艰难。甘长生在任时难免得罪了一些人，他死后剩下一个孤女，就有人想报复。起初是在户外骚扰，每晚都有人来敲窗或者出言恐吓。有一晚竟有人上门，想欺负甘素芬。她奋力反抗才脱身，非常后怕。次日一早她就收拾出门，要离开甘家村另寻活路。但世界之大，又能去哪儿呢？别无他法，她只有听从父亲的话，去飞机厂找江树森。

凌大志听门卫说，有个农村姑娘怯怯地守在厂门口，似乎在等候谁？赶她也不走，后来才说要找江树森。凌大志赶到厂门口，甘素芬正绝望地欲离开。

凌大志认出了她，连忙上前问："这不是素芬吗？你来找树森啊？"

甘素芬也认出他，激动地哭诉起来："凌叔，我家家破人亡，现如今我无家可归了！"

凌大志亲切地拍拍她的肩。"别哭，你找到厂里来，见到我，就是见到亲人了！"

甘素芬感激地点点头，一边哭一边诉说，把自己的绝境告诉了他。凌大志问明缘由，听说她父母双亡，也很同情她。突然想到江胜田无人照顾，便去找封钟庆汇报。他们又请示了厂领导，决定把甘素芬留下来当江胜田的保姆，工资由江家出一半，厂里补贴一半。

甘素芬见厂里如此安排，感激不尽，心甘情愿地留下来照顾江树森的父亲，却不肯让江胜田请人写信告诉江树森，说不想影响他的学习。这一回她可真是变聪明了。

江树森虽然记挂着家里，但凌丽收到父亲的来信后告诉他，工厂已经妥善安排，有专人在江家照顾他父亲，江树森也就安心了不少。他本是初中毕业，基础在同学里算是中等。他并非聪明绝顶，但却刻苦努力，成绩也算中上。在学习方面他很佩服郑义良，因为他在班上总是独占鳌头。不过郑义良却是个书呆子，学校组织运动会，他从不参加。江树森和凌丽都喜欢运动，经常在操场上大显身手，深得体育老师欢心。

这一届运动会，凌丽又是短跑冠军。她获奖后就来给江树森加油，他是学校的跳高冠军，大家都希望他这次能打破高校纪录，跳出一个新高度。江树森虽不负众望，但他落地时却崴了脚，伤得不轻，只好住进学校医院去治疗。

这天下课后，凌丽和夏青去看他，给他带去一大碗蒸饺，香气扑鼻……

江树森很感动，又挺好奇地问："你们从哪儿弄来的？"

"学校后门就是边家村，那里有个小吃店，我们去那里买的。"凌丽说。

夏青笑道："凌丽是带工资上学，她有钱，你不吃白不吃啊！"

江树森感激地看了凌丽一眼，大口吃起来，心里有一种说不出的快意。他胸怀开阔，性情坦荡，虽然那晚发现凌丽的意中人是个飞行员，但也毫不嫉恨。如今凌丽带着吃食来看他，让他心情更美好。他觉得只要能跟凌丽一起学习，日后一起工作，就是最开心的事了。

夏青好似发现了他的思想暗流，看看他又看看凌丽，突然笑道："江树森，你那天跳高时，凌丽见你落地摔倒，脸色都变了，她是真的关心你啊！"

凌丽听出她话里有话，忙说：“夏青你别乱讲，我们大家都很关心他嘛！”

江树森却不动声色，慢吞吞地说：“我们从小一起长大，情同兄妹嘛！”

“是啊，你们可是青梅竹马，怎么……”夏青欲言又止，含义深长。

凌丽也笑笑说：“我们永远是好朋友！”

江树森轻轻皱了一下眉，也接着说：“是啊，这种关系最稳定……”

夏青还想说什么，凌丽连忙把她拉走了。

他们在医院门口碰见了郑义良，三个人都愣了一下，然后夏青挥手说：“你是去看江树森吧？快进去，他好多了。”

郑义良走进病房，发现江树森坐在床前，眼光望着窗外的绿荫，似乎他的思想已经长了翅膀，正在任意飞翔。见有人进来，他好不容易才把思绪拉回来，目光落到郑义良身上。

郑义良坐到病床前，关切地问他：“树森，你的脚好些了吗？”

江树森望着他，高高兴兴地回答：“好多了，感谢你们来看我。”

郑义良犹豫了一下，才说：“我刚才碰见凌丽和夏青了……看来凌丽才是真关心你！”

“是啊，我跟凌丽是从小一起长大的好朋友。”江树森爽快地说。

郑义良的眼神迷惘了，他小心地问：“那么，你是不是跟凌丽好了？”

江树森没想到他这么直截了当，不觉怔了怔，只得说：“我们形同兄妹……”

郑义良松了一口气，顿时变得轻快起来：“那，我就要去追求凌丽了！”

江树森愣住了，他见郑义良说时一本正经，显然不是在开玩笑，看来说的是真话了。而他却无法反对。江树森渐渐收起脸上的笑容，眉毛也慢慢拧成了结。他看了看郑义良，发现他眼睛闪亮，显然被一种感情滋润着。江树森又释然了，他想凌丽是个好姑娘，有人爱她也挺正常。但郑义良难道不知凌丽跟那个试飞员在恋爱？江树森从不是个多事的人，何况这种关系都是隐秘的，还是让凌丽自己去说吧……

于是他冲郑义良坦然一笑，“这是你们自己的事。”

大学校园是美丽的，有着宏伟壮观的教学楼、幽雅安静的图书馆、树木浓郁的园区路、宽敞明亮的大教室，还有一座小巧玲珑的假山，山下是一个精致得如同五朵梅花镶嵌而成的喷水池。大学生活也是美好的，生命的华彩在学生们眼前徐徐展开，希望的旋律渗入了每一个年轻的心灵，似乎所有漫长、寂寥的日子，都是一个爱情故事的美好铺垫。

这天晚上，学校放露天电影《杜鹃山》，凌丽便和夏青一起去看。这部电影尽管她看过好几遍，但为了消遣只好再去看。两人边看边聊天，凌丽瞥见银幕上柯湘的英姿，又想起郑义良说过的话：样板戏里的男女都不谈爱情。于是笑起来。夏青问她笑什么？凌丽就把郑义良的话告诉了她，还说没想到这书呆子竟会说这个！

夏青却严肃地说："难道你没发现，郑义良这些话都是含有深意？他喜欢你！"

"这个我知道。"凌丽满不在意地说，"但是我跟他绝不可能！"

"那你跟江树森呢？"夏青语气真挚，"他是个好男人，你跟他的关系就不能进一步？"

"我跟他也不可能，太熟了……"凌丽趁机反问，"你呢？有没有男朋友？"

"我呀，没有、没有……"夏青连连摆手，"我这辈子都不打算结婚！"

凌丽很惊讶。她突然想到，夏青跟陆天放倒挺合适，两人年纪都不小了，她可以去当这个红娘。但没想到，她刚提及此，夏青就拼命摇头，似乎触动心事。凌丽有所觉察，便等她自己开口。风把那块幕布吹得像一面鼓胀的风帆，屏幕上的人物如同变了形似的扭曲着脸，高亢的乐曲声灌满在天地之间。夏青终于敞开了自己的心扉……

这件事班上无人知晓：夏青在延安插队时，有一次劳动回来很晚，摸黑去打水，竟失足掉进了井里。井水并不深，还没淹到胸前，她在井里呼喊救命却无人来应，便在冷水中浸泡了一夜。直到次日清晨有人来打水才发现她，赶紧把她救起来。此后她就经常腰疼，回北京后去医院治疗，医生说受寒严重，气血两亏，以后生育很困难。上大学后她已满 28 岁，父母都催她赶快找对象结婚，她却不肯。后来她慢慢把此事告诉了母亲，母亲抱着她痛哭一场，又帮她找医生，吃了不少中药，却不见效。所以凌丽给她介绍陆天放，她也不肯。

凌丽抱着夏青的肩头，很替她伤心了一阵，但又觉得陆天放这个人，可能不会把生儿育女的事看得那么重。但夏青还是怕人家不答应，想到自己没生育能力，本就很沮丧，又何必去拖累别人。那晚她跟凌丽聊了很久，两人都觉得爱情与婚姻，实在是最折磨人的事。

凌丽一直在与父亲和陆天放通信。凌大志很少给女儿回信，陆天放却常在回信中提到厂里的情况。"运 10"研制是中国第一次造大飞机，可谓开天辟地。在生产过程中不断遇到新问题，甚至要推翻设计重来。最常见的就是重量问题，这是每一款新飞机都会遇到的难题。凌大志负责的总体设计组经常需要处理各种问题，协调整个设计方案。为此，他带领部下到每个设计组去检查重量，帮助他们重新设计数据来减重，并且严格控制设计过程中的重量增加，还建立了重量通报小组，定期印发数据情况简报，向全体设计人员通报重量控制的工作进展。他还经常召开会议，强调重量在飞机设计中的重要性，说这是设计质量的一面镜子，直接反映了我们“运10”设计的优劣。封钟庆非常欣赏他的做法，让全体设计人员都参加了这些会议。在全面而细致的工作和反复推敲下，重量问题终于得到了解决，陶伟川也高度赞扬了此事。

这学期快结束时，学校组织飞机设计系的同学去阎良试飞站“学军”，跟地勤人员一起保养和维护飞机。凌丽听说此事心里直打鼓，立刻想到乔兴剑——他不是就在这个试飞站吗？她此去会不会遇见他？他们又该怎样相处？进了飞机场她却很兴奋，甚至感到有点解气——试飞站的领导不是想让她远离乔兴剑吗？可她现在偏要实现自己的航空梦了！

飞机设计师跟试飞员本就密不可分，正是通过一次次试飞实践，才能把设计师的天才灵感、奇妙设想、宏伟蓝图和他们笔下各种各样千变万化的零部件，真正化为飞翔的翅膀。蓝天探险也是世界公认的极富冒险性的职业，几乎每一款新飞机试飞成功前，都要摔上若干架。试飞员的飞天之路就是一条血路。而他们现在就要走近这群直面生死的英雄群体了！

到达阎良的第二天早上，通红的朝阳刚刚升起，同学们就集合来到试飞站。只见机场上空笼罩着一片华丽的彩霞，阳光洒在笔直的跑道上。发动机的轰鸣声不断传来，突然，一架飞机划过一道漂亮的弧线，从他们头顶掠过，接着下降高度，贴着地面飞行，最后如蜻蜓点水般轻巧落地。观望的同学都情不自禁地拍掌叫好！

那天他们难抑热烈翻腾的情绪，在骄阳似火的蓝天下，在地勤人员的指点中，东摸西搞一直干到夕阳西下，只能算是对飞机有个初步的接触和认识。这时夕阳犹如一只巨大的火轮，已经自天边缓缓而下。机场上，发动机的轰鸣停止，空气振动也消失了。水银般空旷的跑道上，突然有一队飞行员威武雄壮地走来，他们都穿着翻领的飞行服，脚踩长筒皮靴，步子迈得很大，一张张晒成古铜色的脸庞上，线条坚毅，目光如剑……

“哇！好棒！”同学们忍不住热烈地鼓掌叫好。

凌丽一眼就瞧见了乔兴剑，他走在队列最前头，身材高大，非常抢眼。

同学们也都认出了乔兴剑，纷纷指着他嚷道：“瞧，那不是来我们学校做报告的试飞英雄吗？”

“对啊，就是他！”

“你们说的是乔兴剑吗？”一个地勤人员插嘴说，“他现在担任了中队长。”

凌丽听了众人的言论，感慨不已。如今她学了飞机设计，更知道试飞员的风险。一架飞机单单设计出来不管用，必须飞上天才行。而试飞员就是飞“边界”，飞“包线”，每天都在生死边缘上徘徊，可谓向死而生。她现在更理解乔兴剑的工作了，也时刻为他担心。

乔兴剑却没认出穿地勤服的凌丽，他听说有一群大学生来学军，也没在意。过了几天，领导通知他组织几个试飞员，去跟女大学生打排球。隔着临时拉起的排球网，他才发现了凌丽，惊诧不已，一个球砸到他头上，他也浑然不觉。西工大的体育课重点就是打排球，除了凌丽是校排球队主力外，班上的女生也都会。她们在场上瞎吵吵，又吼又嚷，少女们的尖叫声响成一片，试飞员们听了很来劲儿，在球网另一面又是扣球又是逶球，也打得挺热火。场边观看的男同学和战士们更是掌声如雷，谁输谁赢都不重要了……

打完排球，试飞员们热情地招呼女大学生去宿舍玩儿，还拿出自己的水果和巧克力来招待她们。凌丽却犹豫着没去，她对此也算有点经验，只怕此事会太出格。她去洗澡，在澡堂里遇到夏青，原来她也没去，她因身体不大好，从来都不上体育课。

“你怎么不去吃飞行员的苹果和巧克力？”夏青在热腾腾的水龙头下问凌丽。

“我怕出事儿。”凌丽仰面朝上，任热水流过全身，苦笑着，“据我所知，部队对这些试飞员会严加保护，岂容你们这群小女生去搅扰？”

“是啊，我也听说过这句话，‘巧克力好吃，小寡妇难当’。”夏青把热水撩向凌丽，笑道，“你呢，就算不吃巧克力，怎么也不去见见你的大英雄？难道也怕当小寡妇？”

“我傻呀！自己找上门去，授人以柄……”凌丽也把热水撩向夏青。

在沁人人心的热水中，夏青知道了凌丽跟乔兴剑早逝的爱情，不免扼腕叹息。

“多美好啊！这不能怪乔兴剑，我看你们在这试飞站重逢，也是老天的安排。”

她埋怨凌丽，便怂恿着她，“你还是快去见他吧，把你爷爷的事说清楚，跟他重归于好。”

这话激发了凌丽，她沐浴着热水，感到浑身都热气腾腾，好似心里燃烧着一片火焰。回到临时住处，她换了一身干净的衣裙就跑出去，正欲赶到试飞员的宿舍，却见乔兴剑站在门外的一根灯柱下，整个身形都在耀眼的光辉下晶晶闪亮，好似在等她？

凌丽心里突然淌出一股感情的暖流，情不自禁地走向他：“你来了多久？”

“我想在这里站一辈子，只要能等到你！”乔兴剑走近她，身形隐没在迷蒙的黑暗中。

凌丽活泼地笑起来，说：“你舍得飞行事业，不怕停飞了？”

乔兴剑见她情绪热烈，又惊又喜地说：“没那么严重，就是老朋友见面嘛！”

他抬头看看天空，这是一个没有月亮也没有星星的夜晚，于是提议：“我们到机场去走走吧，那里最清静，也很凉快，肯定没有人。”

“我看你呀，还是离不开你的飞机。”凌丽笑声朗朗，心情愉悦。

“你也舍不得飞机呀，这不就追来了？”乔兴剑也快活地笑着。

他们很快来到宽阔无垠的机场，两人并肩散着步，心中都是无限感慨。在幽蓝色的天幕下，他们的思想好似张开了翅膀在飞翔，彼此无拘无束地聊着天。乔兴剑小心翼翼地问起凌丽的生活近况，又对凌丽解释了当年的情形，说当初的分手完全是违心，他对她的爱从来就没改变过。在这温馨的气氛中，凌丽也从心底里原谅了他……

“你知道我们为什么怕停飞？”乔兴剑眼中闪动着沉思的光彩，望向深远的夜空，“作为一名试飞员，我们必须时刻把航空事业放在心上。而试飞员的飞行生命也有时限，一天不飞行，我们就无谓地浪费了一天的飞行时限，那也是一个无法估量的巨大损失啊！”

“难道你们就没有恐惧和沮丧的时候？”凌丽笑起来，“哦，你是试飞英雄嘛！”

“什么英雄啊，我们试飞大队个个都是人中龙、人中凤，勇敢奉献不怕牺牲！”乔兴剑忙说，“我在其中绝对不算最优秀的，也就只是过了几道生死关而已。”

凌丽抬起头来注视着他，这个男人在过去的几年中更成熟了，他还是那么奔放、刚强、锋芒毕露，同时又沉着、冷静、含蓄稳健。尽管在无边的暗夜中，她却能逼真地看见他那被太阳晒黑的面孔、被风沙磨得粗糙的额头，还有那双利剑一般的眼睛……跟这样的男人在一起，还怕什么生活的风浪？她心里顿时充满了希望，浑身都拥有了一种力量。

乔兴剑也不时俯身看着凌丽，碰撞到她那亲切的目光，立刻也感到暖洋洋的。机场上的风不断刮来，把她的头发吹乱了，他举起手替她抿了抿发梢，声音深沉地问："告诉我，你愿意跟我在一起吗？不管遇到天大的困难，我们都在一起？"

"好吧，我们在一起。"凌丽也激动地回答，"永远在一起！"

他们面对面地站着，乔兴剑看见凌丽的眼睛里充满了光芒，于是紧紧握住她的手。

然而次日就风云突变！试飞员和女大学生的聚会被领导发现，试飞员都受到严厉批评，人人被要求上纲上线地做检查，乔兴剑作为中队长也受到严厉斥责，说试飞员绝不能跟女大学生有任何瓜葛，否则就是违反纪律！凌丽因在试飞站有记录，嫌疑最大，便被叫去盘问。

这是一次让凌丽永生难忘的谈话，她什么时候想起来都是倍感屈辱。

办公室的门关紧后，一个干部模样的人大大咧咧坐在她对面，开门见山地发问："你就是凌丽吗？你和乔兴剑的事情我们已经知道了，这是部队不允许的！"

凌丽本来对此不抱什么希望，但对方的语调如此不客气，让她难以忍受，便反问："为什么？听说你们要查三代，可我爸爸、我爷爷都没有问题呀！"

"那可说不定。"干部冷笑着，"你爸爸被工厂停职过，你爷爷的问题也没搞清楚。"

"那都是莫须有的罪名！"凌丽气愤地说，"你们不相信，可以去搞外调啊！"

另一个干部慢悠悠地说："外调当然要搞，但有些事也调查不清楚，只能挂起来。"

"你们这是不负责任的态度！"凌丽也强硬起来，"对我就算了，可是对乔兴剑……"

"我们正是对乔兴剑负责任，才不让你俩再接触……"头一个干部仍是冷笑着，又转头对他的同事轻蔑地说，"小乔不知道我们的态度，昨天晚上还悄悄去跟她幽会呢！"

"哼，就是，他自恃技术好，不怕被停飞。"另一个干部冷冷地说，"可是他不知道，档案上会给他记一笔，在这方面让他永世不得翻身！"

凌丽明白这些话都是故意说给她听的，又忍不住叫起来："就算你们部队有规定，也不能强行拆散我们！而且我不是你们试飞站的人，我怎么做，你们可管不着！”

她站起来走向门口，那个干部一拍桌子，喝问：“你走了，就不怕牵连乔兴剑吗？”

凌丽愣住了，一时不知说什么才好，心中不由得怦怦跳着，有些慌乱……

另一个干部悠悠闲闲走到她面前，微笑着说：“我看你倒是个明白人，也是真爱乔兴剑，那你就要替他想想了。如果你硬要不顾领导反对去跟他好，他能有什么好果子吃吗？就算他是飞行技术的尖子，但他的前程可就被你给毁了，这是你愿意看到的结果吗？”

凌丽答不出话来，心里像一锅翻滚的开水，灼热炙烫地翻搅着，无法品出是个什么滋味。她回身看着这两个不近人情的干部，觉得他们尽管面目可憎，但也代表了一级组织，所以他们才能那样不客气地对自己说话，那么冷的态度，那么硬的措辞，说明他们根本就不在乎她，也不看好她跟乔兴剑的恋爱关系。那她该怎么办？暂时答应他们？以后再反转？估计行不通。贸然硬顶，非要跟乔兴剑好？那更不行，没准会给他一个处分。那么放下身段，低三下四去求他们，或者让他们再去调查爷爷和父亲的问题？那样可能于事无补，反而引起别人的鄙视，凌丽心里好比十五个吊桶打水，七上八下地折腾着，却想不出该如何应付此事。她脸颊煞白，浑身的血液似乎都凝聚到心脏上，让她承受不住几欲昏倒……

两个干部交换了一个脸色，似乎对她的心境已然明了。在“打一个保一个”的方针中，他们当然要保乔兴剑，那可是试飞员里的不二人选呀！他们早就商量妥当，最好是让这姑娘自己退出，乔兴剑那边就好办多了。于是他们轮番上场，苦口婆心地劝说凌丽，滔滔不绝、有条不紊，甚至掰开揉碎地讲了许多大道理，并且一再指明：只有她自己离开乔兴剑，主动跟他断绝恋爱关系，这事才算了结，乔兴剑也才不被牵连。凌丽一声不吭地听着，心里明白这场谈话在所难免，还当真是自己送上门去的！她心里仍是乱作一团，甚至火烧火燎，眼神却似溺水濒死的人，在无情的水火中绝望地挣扎着，窒息得透不过气来……

那两个干部看她六神无主的样子，得意地交换着眼色。凌丽看清这一点，知道自己和乔兴剑的命运就是握在这些人手里，不禁打了一个寒战。那瘆人的冷气一直浸入她的脊背。她的头脑也因此冷却下来，那原本刚被点燃的爱之火焰，又一点一点地熄灭了……

“怎么样？你想通了吗？”厉害的干部首先问，“要知道为了保护飞行员，我们从来都是不择手段的！你可以恨我们，但要知道，我们也是为了乔兴剑的前程才这样做的。”

“你最好答应我们，主动跟他分手。”温和一点的干部说，“否则这事就会没完没了，你永远达不到目的，我们不会同意你跟他在一起！我们也知道乔兴剑很爱你，但如果你主动提出分手，而且显得无情无义，他也没有理由再去纠缠你了，这事就算完结了！”

好吧，凌丽苦恼地想，至少这样做可以解脱他一个人，否则事情可能就更糟了！她跟乔兴剑本是一根联结紧密的链条，但那致命的一端却落在这些人手上，他们是不会放过她的。她痛苦地想，这般强硬的干预，已经带着无限威胁，事实上已经堵住两个人交往的通道，她跟乔兴剑自以为幸福而实则很危险的感情不得不断裂了。

没有开灯的屋里一直阴沉沉的，那两个人见她微微点点头，脸上便泛起红光，甚至愉快地抽起烟来。凌丽见那烟头一闪一闪的，心里稍感慰藉，心想他们也是为了乔兴剑才如此煞费苦心。不料这两人又问起昨晚试飞员和女大学生的聚会，这话就像一把尖利的锥子刺进了凌丽的心坎，她心中陡然升起了一腔怒火，不顾一切地只想发泄一番……

“我连试飞员的宿舍门朝哪儿开都不知道，也没去吃他们的巧克力和大苹果！”她无法控制地大声吼道，“这下你们总该满意了吧！！！”

两个干部见凌丽愤怒地嚷嚷，便相视一笑，只说这是试飞站的规定，就放她走了。

凌丽周身燥热，满腔愤慨地穿过草坪往回走，她无暇顾及仍被阳光照射着的机场，此时此刻，哪怕是短短一瞥，也只会给她带来烦恼而不是欢愉。她回到住处，虽正逢午休，但同学们却没在铺上睡觉，看来女生都被此事吓坏了，叽叽喳喳说个不停，又个个不服气，包括夏青在内，还想去找部队讨说法……

“你们别去了！”凌丽苦笑着拦住她们，“那些试飞员身负重任，都是不能碰的！”

“可是不止试飞员啊！”夏青忙说，“地勤人员也受到牵连，那几个对我们热情一点的，帮我们干这干那的，还有几个看排球的，在球场边上拍巴掌最热情高涨的，听说都要挨处分，说不定还会被复员处理呢！他们的命运居然与此事有关，与我们学军有关！”

凌丽也是敢怒而不敢言——特殊时期，很多人思想偏激，部队又管得严，出了这种事也无处讲理。她很想现身说法，把自己刚刚承受的事情讲给她们听，但又觉得无从说起。夏青发现她脸色不好，有些明白了，就安抚地抱住了她的肩，她忍不住终于哭出声来……

几天后，乔兴剑托一个地勤给凌丽带来口信，说领导不准他们接触，让凌丽耐心等候佳音。凌丽本有满腔话要对他倾吐和发泄，只好窝了一肚子火憋回去。

又过了几天，突然发生意外。他们正在机场忙碌，突然天空中传来一阵飞机轰鸣，地勤人员都觉得不妙，立刻跑过去看，大学生们起初只是好奇，后来觉得大事不好，也跟过去看，只见一架歼击机歪歪斜斜地朝跑道跌去，最终摔落地面，腾起一团火光……

试飞发生一等事故，试飞员壮烈牺牲！

人们都疯了似的朝那个方向跑去，各种机车也都冲过去，但烈焰仍熊熊燃烧。

烈火熄灭后，试飞员的尸骨已被烧成几块焦骸……

几个女同学看了当场呕吐，回来饭都吃不下。凌丽也受到极大震撼。

这款飞机发生了机毁人亡的惨烈事故，乔兴剑的亲密战友唐云牺牲了。

当时在空中，飞机严重失控，无法进行操纵，塔台命令唐云立即跳伞，他却坚持不肯，还想迫降，强行把飞机驾驶回来。不料临近地面时，才发现一侧的起落架也失灵了，机腹贴地滑行一段后完全失控，飞机反扣，驾驶舱与坚硬的地面摩擦，几乎被磨平！

唐云壮烈牺牲，现场异常惨烈。

在场的人都是大恸，为试飞员的牺牲洒下了热泪……

此后家属要见遗体，却只见到用纱布包裹的一段人形，顿时哭得昏过去。

乔兴剑也在现场，他强忍眼泪走出来，一直走到那段跑道上，只见笔直的跑道仍在阳光下泛着灰白的光，烈士牺牲时那触目惊心的黑色焦痕尚未被抹去。这条跑道见证了一代代试飞员的成长和牺牲，跑道两边的青草那么茂盛——那是英雄的血肉滋养出来的！

乔兴剑不由得热泪盈眶，泪眼模糊，内心也是一阵酸楚。战友间生死与共的往事历历在目，他充满深情地自语着："好哥儿们，我会永远怀念你！"

他没去吃午饭，悄然来到机场，独自坐在草坪上，从下午到傍晚，他看着空空的天际，看着天边的彩霞渐渐消散。俊鸟飞离，战友远去，乔兴剑不知道凌丽如果经历这样的事，会不会也悲伤昏倒？暮云四合，一个人轻巧地走到他身边，他知道是谁，却没有抬头。这几天他一直在等着她，等到这一刻后，却不知道将来是个什么结局？

“我总算找到你了！”凌丽在他身边坐下，却很长时间没说话。

“你们都知道了？”乔兴剑伸手拍拍她的手，“他结婚才两年，儿子还不满一岁……”

凌丽忍了很久，终于流下泪来，失态地说：“兴剑，你别当试飞员了，太危险了。”

乔兴剑颇感意外，也有些不悦，忙说：“这是我的工作，再难再险也不能退缩。”

凌丽思绪纷乱，不知该如何表达，想了想，就站起身来要离开……

“你别走！”乔兴剑一下子跳起来，拉住她紧紧不放，还想抱住她，好好安抚。

凌丽挣脱开，任泪水长流，不禁吼道：“我承认我爱你！即使有许多障碍，我都不愿失去你！但没想到你们试飞员，竟然会这样……我怕自己，经受不起这种生死的折磨！”

“有什么办法？人类要造飞机，需要你们设计师，更离不了我们试飞员！”乔兴剑慷慨激昂地说，“你是知道的，飞机的各个系统不光要经过无数次试验，还必须在飞行中完成。可飞机是机器，总会出故障，而我们却不是神仙，没有回天之术。战友牺牲了，我们都很悲痛。但一个真正的试飞员，绝不会在风险和死亡面前当逃兵！”

凌丽怔住了，明白他的话有理，但她心里真的很难受，简直喘不过气来。联想到几天前在办公室的难堪境遇，还有那两个干部的无理要求，就更是气不顺，便愤愤地说：“既然这样，你们试飞员的婚姻，为啥还有这么严苛的规定？哪个女人有勇气嫁给你们就不错了！因为你们首先属于天空，然后才属于妻子，对不对？”

乔兴剑感叹地说：“试飞员每天都在生死线上，领导怕我们出意外，才有这些严苛的规定。做一名试飞员的妻子也确实不容易，不是有那句话吗？巧克力好吃……”

“别说了！”凌丽踮起脚尖，去捂他的嘴，突然间心痛难忍。

乔兴剑拉下她的手，深情地望着她说：“丽丽，我想你能理解我们，也会做一个好妻子。”

“即使那样，又有什么用？”凌丽含泪说，“你应该知道吧。在这次事故之前，你们领导找我谈话了，不让我们接触……我们再相处下去，你又要受处分。”

乔兴剑紧紧握住她的两只手，贴在自己胸前，坚决地说：“即使这样，难道你就放弃这份爱了？我们的感情也不算啥了？丽丽，我们还年轻，只要心相连，以后还有机会。”

“是啊，我们还年轻，都有自己的理想和奋斗目标，谁都不愿放弃自己的事业……”凌丽心潮起伏地感叹着，“但是我们感情好又有啥用？你能给我什么保证？如果我今天答应跟你好了，明天你又有特殊任务，或者你们领导让你为了某项规定，而必须抛弃这份爱，你会怎么做？我又该怎么办？你能不能保证不离开我？你能给我一个承诺吗？”

乔兴剑听了这话不禁语塞。他当年暂时放弃这份爱，就是为了试飞工作，以后也不敢说，不会再发生这样的事。虽然他深爱着凌丽，却不能放弃自己的事业。

他沉默良久，只能徐徐放开她的手，平静地说：“你说得对，其实我不能给你任何保证和承诺。你是一个好女孩，值得与更好的人相配。而我只是一个普通飞行员，没有钱，没有房子，甚至连最平凡的生活都不能许诺给你……你如果想分手，我也能理解。”

凌丽明白他又一次放弃自己了，不禁泪如雨下，气愤地大声说：“乔兴剑，你不能这样！一时想跟我复合，一时又跟我分手，我经不起这样的折腾！你明白吗？！不，你什么都不知道，你不懂……我虽然爱你，但却要放弃你！”

她哭着跑开了，心里还有一句话没说出来：有时候分手不是因为不爱，而是爱不起！乔兴剑，也许我们可以相爱一辈子，但却无法永远在一起！

乔兴剑望着她的背影在暮色中渐行渐远，没去追她。他头脑里也回响着一句令自己冷静下来的话：没有谁付出爱情，是不求回报的，而我们试飞员只能回报国家。

他抬头望着天上，天空快要被阴霾遮没。此刻有一只鹰在云端展翅欲飞，就像一架战机那样翱翔天际。他深情地望着那只鹰，望向深邃的天际，喃喃地说：“战友，你放心走吧！尽管她离我而去了，我还是要展翅高飞！”

第九章

学军结束，凌丽和江树森坐同一列车回家。凌丽一路上发疯似的帮列车员服务，打扫卫生，端茶送饭。江树森一边帮忙，一边观察她，知道她有心事。

快到上海时，凌丽终于消停地回到座位上，江树森则下决心要对她吐露心思。他知道凌丽的恋爱对象就是那个试飞员，这次她跟他在试飞站相遇真是天赐良机，他们一定见过面了。但凌丽的情绪为何这么感伤，如此失落。看来他们没谈好，否则凌丽不会一路上都失魂落魄，似乎那颗心无处安放的样子。这样说来，他还有戏？江树森也清楚，自己决定摊牌的行为何止冒昧，简直就是悲壮！但后有追兵，郑义良也跟他摊牌了，他怎能再拖下去。

江树森削了一个苹果递给凌丽，关切地说："你这一路上累了，快休息一下吧。"

凌丽接过苹果，不知道对他说什么好，于是大大地咬了一口……

"在试飞站的时候，飞行员请你们女生吃苹果和巧克力，你去了吗？"江树森巧妙地发问，忍不住幽默地打趣，"机场的地勤人员都说，巧克力好吃，小寡妇难当！"

凌丽第三次听人这么说，而且正中要害，她哪里忍得住，顿时勃然大怒，把苹果往小桌上一扔，情绪很激动地说："你也这么说，难道你还不了解试飞员的牺牲！"

江树森发现自己说错了话，只好连连道歉："对不起，我不该这么说。"

但一石激起千层浪，凌丽心里已是悲愤交加。她转头望着窗外的田野，想象着关中平原那块热土，回忆着试飞员们激越昂扬、逐梦蓝天的雄壮步伐，突然觉得自己那晚实在对不起乔兴剑。她想起这事便懊悔不已，又难以对人启齿，才在火车上拼命折磨自己……

"你在想什么？"江树森歉意地问，恨不得收回自己刚才的话。

"我想起那个牺牲的试飞员了。"凌丽已经平静下来，"纵死犹闻侠骨香！"

"是啊，他们都是好样的！"江树森感叹地说，"他们都知道，自己屁股底下坐着一两个亿，随便拎出来一架飞机，都是值钱的国家财产，所以他们才在生死存亡的紧急关头，哪怕选择牺牲，也要保住飞机。我佩服他们！”

凌丽听他说得这般生动有趣，又不禁笑起来：“你说得对，所以我们今后回厂，当上飞机设计师，也要拼命工作，努力造出好飞机，让他们这些勇敢的人少一点牺牲……”

江树森凛然一惊，突然想到自己的未来并不确定。当时大学不包分配，原则是从哪里来还回哪里去，难道让他这个学高端技术的人，回到那个无用武之地的甘家村？不无可能啊！特殊年代，无奇不有！江树森这一想便彻底噤声了，内心反而有一丝坦然：看来他跟凌丽真是无缘，而飞机正是设计师与试飞员之间的桥梁，她跟那个试飞员一定能成！

一席交谈，两人虽没闹僵，但空气凝结到冰点，凌丽本想把自己与乔兴剑的事告诉江树森，却难以开口。两人都满怀心事，相对无言，眼看着火车徐徐开进了上海……

江树森一手提着行李，一手拉着凌丽的手一起下车，这时听到一声呼唤：“树森！”

他回头看去，大吃一惊，竟是甘素芬跑到面前，欢快地接过他肩上的旅行袋。

“怎么会是你？”他惊讶地问，“你怎么会来这儿？”

“是江伯告诉我，你今天坐这趟火车回来……”甘素芬见到凌丽有些不悦，但她很快压下了情绪，仍然欢快地拉着江树森不放，“是你爸让我来接你回家！”

江树森这才听说了她的现状，也很惊讶：“原来是凌叔安排的。”

“是呀，咱们快走吧，江伯还在家等着呢！”甘素芬拉着他往前走，故意不看凌丽。

“等等。”江树森连忙把凌丽推到她面前，“认识一下吧，这就是凌叔的女儿凌丽。”

甘素芬听他如此说有些不快，但想到凌叔是自己的大恩人，又释然了。凌丽虽对他们的关系不甚明了，但见甘素芬对江树森这么热情，又回忆起在甘家村，这姑娘是如何把自己推下河的，就明白了几分。她暗暗摇头，替江树森担着心，跟他们一路坐公交车回到厂里。

江树森回到家中，发现瞎眼的老父亲被照顾得很好，家中一切都井井有条。江胜田交口称赞甘素芬的贤良与能干，江树森本想埋怨她不该来找自己，此时却无言以对。

凌丽回家后就去买菜做饭，当晚一席好菜上了桌，却没等到父亲回来。

此时在“运 10”研制中，开始大规模启动计算机辅助设计，由于计算量大，计算时间都安排在夜间，设计人员经常通宵达旦地工作。凌大志和手下的设计师先后开发出了 100 多个应用程序，可以用在计算高难度水面迫降的水平线上。也便于在飞机试飞时，用水系统灵活准确地调整全机重心。凌大志虽知道女儿今天回来，却忙得顾不上回家。

凌丽等不到父亲回家，想起夏青的婚事，便去找陆天放，想把这个好朋友介绍给他。没在宿舍找到陆天放，她转去办公室，发现此人也正忙得不可开交。夏天的上海酷热难当，但“运 10”的研制工作仍是热火朝天。为防止蚊虫叮咬，陆天放就用报纸包裹住自己肘部和腿部，继续绘图作业……

凌丽找见陆天放，看见他这个样子，不禁笑弯了腰，说：“你这样不被热死、闷死啊？”

“那也比被蚊子咬死强，我特招蚊子。”陆天放钻出纸堆，抹着满脸的汗水，“你们上海真热啊！这时候我可真想咱们东北，夏天那叫一凉爽，也没有蚊虫叮咬……”

虽然热得满头大汗，但他却是一副生机勃勃的样子。凌丽突然明白自己为什么要给他介绍夏青——这么好的男人，应该有姑娘爱上他！但她面对着挑灯夜战的陆天放，又说不出这件事来。在这样的场合，似乎说任何个人私事都是不合时宜的，只能等以后再找机会开口了。

陆天放不知道凌丽在想什么，就问她：“你想不想看看别的技术人员在干什么？”

“好啊！”凌丽也是兴致勃勃，“向你们学习嘛！”

于是陆天放带着凌丽到处参观，只见飞机厂成了不夜城，处处灯火通明，人们川流不息：有人在食堂里开技术讨论会；有人在楼顶上研究方案；有人在走廊上画设计图；还有人把空包装箱开了窗，拉进电线，摆上桌子，做成简易的工作室……虽是五花八门，但群情激奋，斗志昂扬！凌丽看了非常感动，觉得这真是一支能打胜仗的队伍。

“你们真了不起！”她赞道，“这么大工程，你和封总还有我爸，指挥得有条不紊！”

“你爸比我们都辛苦，他每晚都熬夜加班，很晚才回家，精神头就像个小伙子！”陆天放也赞道，“你爸就像一块火红炽热的钢，我们都受他影响，斗志昂扬！”

凌丽感叹道：“真好！我真想快点毕业，好回来加入你们的队伍……”

陆天放这才想起来："对了，你写信说要去试飞站学军，见到乔兴剑了吗？怎么样？"

凌丽心里不由得一震，随即一腔感伤，不知说什么才好。她嘴唇微微颤动了几下，才感慨地说："天放，身处这么激烈的工作现场，我们都不谈私事好吗？我现在想的只有一件事，就是怎样好好学习，赶紧毕业，尽快回到飞机厂，跟你们一起搞'运 10'！"

陆天放已从乔兴剑的来信中知道了大概。此时他心里虽明澈如镜，却没说出自己的想法。他理解凌丽的心情，知道她现在的心思全在"运 10"研制上。他也明白这一对恋人的关系，将跟大飞机的命运紧紧联系在一起。他相信他们俩的心也是紧紧贴在一起的。

凌大志天亮才回家，女儿已经伏在饭桌旁睡着了。凌大志轻手轻脚，还是惊醒了她。

"爸，你才回来啊，早饭晚饭一起吃吧，我做了鱼。"凌丽忙去给父亲热饭。

父女俩一起坐下来吃饭，亲热地聊起来。凌大志很关心女儿的学业，特地问她："你的英语怎么样？'运 10'是我国第一次按欧美的适航标准来设计的飞机，需要直接参考大量的外国资料，以后没有过硬的英语，可不行啊！"

"爸，你就放心吧！"凌丽笑道，"我还是英语科代表呢！"

"那就好。"凌大志又说，"你爷爷的英语就挺棒，我也对你要求严，希望你们毕业后，好回厂来一起干啊！我们'运 10'的研制，还真需要年轻人呢！"

凌丽突然想起来，忙说："我们还有一年半就毕业，爸，树森的工作你可要考虑啊！"

"你放心。我都跟厂里说好了，西工大培养的人才怎能不要？"凌大志笑道。

他说时眼皮开始打架，毕竟一晚上没睡觉。凌丽连忙收拾碗筷，逼着父亲去休息。

"爸，你年纪不轻了，要注意身体啊！别总是熬夜了……"

凌大志一边打着哈欠走向卧室，一边说："嘿，老将自有龙马精神，累不倒！"

凌丽望着他的背影，一股浓浓的亲情涌上心头。父亲就像厂里的一棵大树，根深叶茂，枝叶遮挡着严寒风霜，他必须恢复好精力，才能投入更加艰苦的工作中。

这天夜里，江树森从梦中醒来，只见父亲坐在床前，哆哆嗦嗦地用手抚摸着他……

"爸，你也不多睡会儿……"他拉下父亲瘦弱的大手，心里一酸，差点落泪。

"我老了，睡不着啦！"江胜田高兴地说，"昨晚你先睡了，素芬把一切都告诉我了，她喜欢你！你也老大不小了，依我的意思，你干脆娶了她，这样家里也好有个照应。"

"那怎么行？"江树森立刻从床上跳起来，"我还没毕业呢，再说我……"

"再说什么？你不喜欢她，是不是？"江胜田板起脸来，"树森啊，咱家的情况你也清楚，你为了照顾我，差点放弃上学。我一个人在家也确实难，多亏你凌叔把素芬领来了。她心眼好，干活勤快，对我很孝顺……一个媳妇家应该有的她都有了，你还要啥？"

江树森不停摇头地说："不行，光有这些不行！我不同意啊……"

"你，你！"江胜田摸索着站在地上，跺起脚来，"你这孩子，怎么不知足啊！"

江树森无法跟父亲说，他要一个有爱的婚姻。父亲那一辈不讲这些，也不懂这些。父母虽不是包办婚姻，但两家从小是邻居，也没谈过恋爱，两家老人一说就成了，在一起几十年从没红过脸。他不要这样的婚姻，他要的是两情相悦。他虽不算浪漫的人，但也不希望那个自己不曾喜欢的女子，一进家门就完成了从保姆到儿媳的转换——这也太夸张了！

"不行，我不能，我坚决不答应……"他只能对父亲这么说。

"为什么？你要告诉我是为什么？！"江胜田倔巴巴地问，干枯的眼窝里流下泪来。

江树森不愿跟父亲争执，只能说太突然，太仓促了……自己也知道这都不是理由。

甘素芬一直躲在厨房偷听父子俩的谈话。她听江树森这么说，虽是意料之中，仍然很伤心，不禁哭起来，于是提着早已准备好的行李走出来，默默无言地走向门口……

江胜田眼睛瞎了，耳朵很灵，听出她的脚步声，立刻叫起来："素芬，你要走？"

"江伯，我走了，免得你们父子俩为我吵架……"她泪盈盈地说。

"不行！你不能走！"江胜田又叫道，"儿子，赶紧的，你快留下她啊！"

江树森想到开学后自己回西工大，瞎眼的父亲又将无人照顾，真是无可奈何。他只得默默上前，夺过甘素芬的行李。甘素芬抹着眼泪，心里悄悄笑了，觉得自己有了新的希望。

"树森，你开学后就放心地走吧。"她轻快地走向厨房，"这个家的活儿我都包了……”

江树森望着她在厨房里忙碌的身影，心里也涌上一股感激之情。他深深地叹了口气，不再坚持了。何况，他还另有一件烦恼的事，要等着父亲去帮忙解决呢！

虽身处幽冥的黑暗中，江胜田的心却如明镜一般。他知道儿子即将毕业，不管学校如何分配，他都只想回飞机厂工作。这天中午，江胜田便提了一瓶酒去找凌大志，要他帮儿子说项，让儿子毕业后能分到厂里。凌大志刚睡醒，就让凌丽炒了几盘菜，跟老伙伴喝了一通酒，又保证说，鉴于他这种情况，厂里会向西工大说明，把江树森给要回来……

江胜田很高兴，他用手抓了几颗花生米扔进嘴，又说起儿子与甘素芬的事。

“老凌，你带来的那个姑娘不错，我看她做我儿媳正合适，想让树森娶她。”

凌大志吃惊地说：“老江，你别管这事了，素芬是个农村姑娘，配不上你儿子。”

“怎么配不上？”江胜田恼了，红着脖子说，“素芬都讲给我听了，若不是她爹，树森也不能上大学。做人就该知恩图报，何况素芬还这么贤良能干，树森必须娶她！”

凌大志一看老伙伴急了，连忙举起酒杯说：“好，只要树森同意……来，我们喝酒！”

凌丽在厨房里炒菜，两位长辈的话飘进了她耳朵。她听了悚然一惊，接着就颇费思量，替江树森难过起来。凌丽虽早就明白江树森对她的情意，但成年后两人一直分开，后来乔兴剑又出现了，她就没再考虑他。如今她斩断了与乔兴剑的关系，回头想想自己的婚事，认真考量，情思浮动，各种顾虑一旦打消，才发现江树森的确是个合适人选。以前可能是两个人太熟了，竟找不到一丁点爱的感觉。她当然明白婚姻中不能没有爱，她也绝非朝秦暮楚的女子，但现在冷静想来，既然跟乔兴剑不可能，江树森也是个不错的婚姻伴侣……

凌大志似乎明白女儿的心思，江胜田走后，他走进厨房，劈头就问洗碗的女儿：“丽丽，你觉得树森娶那个农村姑娘，合适不合适啊？”

凌丽有些不安，只得含糊说：“只要他自己觉得合适就行……”

“我觉得他俩不合适。”凌大志摇摇头，索性点明，“我一直觉得奇怪，你年纪也不小了，为何谈恋爱竟没考虑过江树森？反而跟那个相处不久的飞行员好上了！”

“爸，别说了！”凌丽有些不好意思，“告诉你吧，我跟那个飞行员已经吹了……”

凌大志早就从陆天放嘴里得知一二，对此也有些气恼，不想让女儿再深陷其中。这时就说：“吹了好，吹了好。既然如此，你也该考虑一下树森啊，论长相、品性、家境……你们样样都般配。你真不该放过这么好的对象，当然现在谈也不晚！”

“爸，你啥意思？”凌丽脸又红了，“江叔都已经选中那个农村姑娘了！”

“哎，你江叔的想法不算数，要树森自己来敲定。”凌大志鼓励地说，“女儿啊，我看这事你要主动争取，赶紧去摸清树森的心思。如他对你有意，你就不能错过啊！”

凌丽直到傍晚才在机场找到江树森，他坐在草地上，望着白云飘浮的蓝天，下意识地拔着四周的青草，心情难以平静，有什么事让他颇费神思，无法决断……

“你在这儿，让我好找！”凌丽坐下来，也是直截了当，“你爸今天来过我家了。”

她把江胜田要让儿子娶甘素芬的话告诉了江树森，他却一直沉默，没有反应。

凌丽激动地说：“哎，那个保姆跟你不般配，她是农村姑娘，你是大学生！”

“但我爸已认定甘素芬，我不得不娶她。”江树森顿了顿，冷静地说。

凌丽急得跳起来，“不行，我爸都说不行……你爸那是一时糊涂！他怎么能包办儿子的婚事！你也是，自己的婚姻应该由你自己做主，自己决定啊！”

“但是我们家的情况，你都知道了。”江树森摇摇头，“我爸现在一刻也离不开她！”

“那她就单纯当保姆好了，为什么要赔上你的婚姻？”凌丽气愤地说。

“这事没那么简单。”江树森叹道，“今早我爸一说，我就拒绝了，她立刻要走……”

“什么？她还有恃无恐了，竟敢拿这事来要挟你！”凌丽的情绪更加激动。

“也不尽然吧，她也是无可奈何、无家可归了，只想留在我家……”

江树森把甘素芬的情况说了说。他在机场待了一下午，总算把这事想明白了。如果说他的生活有什么缺口，那么甘素芬一来，就正好把这个缺口给补上了，不能说是不圆满。看来这姑娘正是他人生的楔子，恰好在这个切合点到来，也只能说是老天的安排。

凌丽再也坐不住了，出于她极为自信的猜想，便把这句话冲口而出：“不！我们从小一起长大，我俩才应该在一起，我们两人才是最般配的！”

江树森听了很惊讶，也很激动。他望着凌丽，发现在暮色中看去，她简直就是女性纯洁美的化身：她上身穿一件白色衬衫，下身是一条下摆撒开的绿色碎花绸子裙，她那黑油油的短发、高高隆起的鼻梁、沉吟时便抿紧的薄薄的嘴唇，与其他比例协调的五官搭配起来使她看上去异常俊美。跟家中的甘素芬比起来，她少了一份粗俗，多了一份高雅。仅此一点就够了，何况她的神情中还闪烁着一份罕有的睿智，让他怎能不动心？

但他仔细想想，又望着晚霞堆积的天空摇摇头，毫不迟疑甚至是慷慨地回答：“如果你在火车上这么说，我会高兴得跳起来。但现在晚了！看来这是天注定的事，如今人力已经无法改变。有些事情就是这么怪，可能错过一点都不行，我们却错过了好多次……丽丽，你我都不得不承认，我们两个是有缘无分啊！”

凌丽也明白，自己深爱的还是乔兴剑，她这个举动不过是勇于献身，为了挽救少年伙伴的命运，她才热心和积极地献出自己。不料她越是坚持己见，江树森就越是拒绝，两人在机场坐了整整一晚。凌丽一直耐心说服江树森，他却始终不答应。江树森很有责任心，还把甘家的故事讲给凌丽听，希望她能明白，自己对甘素芬也负有一份责任。江树森和凌丽都没想到，原本顺理成章的事，现在却成为不可能。江树森虽然一直喜欢凌丽，但也知道她事业心很重，今后不可能在家照顾老爸。更何况她跟那个试飞员的事还没搞清呢！凌丽也没想到江树森竟这么固执，在感情上能如此理性……

这天晚上，甘素芬一直在灯下给江树森做鞋垫。她的针线活儿不怎么样，但想着总比城里人强，于是就大胆地在鞋垫上绣起花来。她绣的是苔花，她父亲生前喜欢在院里种几盆，那白色的花朵如米粒般大小，色彩纯净，盎然盛开。她曾嘲笑父亲说，这么小的花养它做甚？父亲却说：苔花如米小，也学牡丹开。此时甘素芬觉得，自己正像这盆苔花一样悄然绽放。她用细细密密的针脚悉心地绣出了这苔花，它真是好看！那千针万线，千花万朵，显叶不显花，显绿不显白，白也是绿，绿也是白，淳朴而美好，让人看了很温馨。她绣好鞋垫，想去塞在江树森床边，让他起来就穿上。男人靠一双脚顶天立地，这脚最受不得委屈。来到他床前才发现，江树森不在屋里。他去哪儿了？甘素芬立刻就慌了！

天亮时，太阳升起来，凌丽遗憾地起身走开。江树森也遗憾地看着这个心爱的姑娘走出自己的视线。他觉得很痛苦，但不会改变主意。此时他们都不知道，因江树森一夜未归，甘素芬正好来找他，看见这一幕，更加认定凌丽是情敌。她跑回家里，拿着那双鞋垫就哭起来，然后抄起一把剪刀想把它毁了，却被赶回来的江树森一把夺过去。

“这是给我做的鞋垫？”他假装没看见甘素芬的泪痕，笑道，“挺好看嘛！”

“但是你可能不需要……”甘素芬低头扯着自己的衣角，仍是一脸委屈。

“谁说我不需要？我穿给你看看！”江树森说着就把鞋垫装进自己的球鞋里，然后踩在地上走了几步，“你看，这不是挺好嘛，正合适。没想到你的手还这么巧！”

甘素芬生平第一次见江树森待自己如此，况且还高度赞扬和肯定了自己，高兴得不知道说啥好。转头见江胜田正笑眯眯地站在旁边听着，她顿时脸红了，有些不好意思。于是她逼着江树森把鞋脱下来，说这鞋又脏又臭，必须拿出去洗洗。这回她又学聪明了，不去盘问江树森和凌丽的事。上次把人家推下河，她就发现了，凌丽有一股神圣不可侵犯的气质。

江树森目送她走到门外去，不禁大大地叹了一口气。

瞎眼父亲摸索着走到他跟前，笑着拍拍他的肩。“这就对了，树森，你想通就好。也是你这个臭小子有福，才能遇上这样的好姑娘。我早就说过，各人有各人的命啊！”

江树森也不禁笑起来。他毕竟是个务实的年轻人，他的眼睛可比父亲敞亮得多。他走到窗口，望向外面的工厂，朝阳的光芒已经染红了高大的厂房，那里又将是忙碌的一天。

凌丽却有些气闷。她回家没跟父亲谈这一夜的情况，凌大志也忙得顾不上问她。

假期结束，凌丽没约江树森一起走，独自回到学校。夏青比她回来得还早，已经钻进图书馆去看参考书了。凌丽把她拉回无人的宿舍，说了自己跟乔兴剑和江树森的事……

“真遗憾！”夏青感叹着评价，“乔兴剑是个少见的男子汉，但他重任在肩，既然部队不同意，你跟他很难善终。江树森踏实可靠，以后准会是个好丈夫！”

“可是我跟江树森无缘啊！我倒不觉得遗憾，因为我的心不在他身上。”凌丽苦笑着，“你也知道我爱乔兴剑，但组织上都跟我谈过话了，我还能怎么办，只好抽刀断水。”

夏青拧了一把她的脸蛋，说：“谁让你长得如花似玉呢，还会有男人扑上前来的！”

凌丽明白她说的是谁，却不接嘴，反而岔开去，说了她去见陆天放的事。暑假长达一个月，凌丽去了厂里好多次，却始终找不到合适的机会，跟他提介绍夏青的事……

“这倒不急。”夏青沉吟着说，“我还要想想，要不要跟这陆天放在一起。他除非是个了不起的男人，才会不把传宗接代的事放在心上，接纳我这个没有生育能力的女人……”

“我想，陆天放就是个了不起的男人！”凌丽肯定地说。

“你呀，还是先把自己的稀饭吹凉吧！”夏青不禁笑起来。

尽管怀有各自的心事，两个姑娘还是倒在床上乐开了，在这凉爽宜人的夏夜，宿舍里响起了她们银铃般清脆的笑声，还散发着少女发梢特有的馥郁芬芳。这些都是青春的象征。青春就是无敌！无论是一时的烦恼，还是永久的伤痛，都会消逝于无形。

此后的日子里，凌丽经常想起夏青的话，到底又有谁会扑上来打破这平静？

果然，在这一学期快要结束时，同学们都买好车票，准备回家过年了，郑义良找到夏青，请她帮忙去把凌丽约出来，说自己有事要跟她谈谈。

“你可真是书生气！”夏青嘲笑地说，“你跟她同班，自己约她不就得了。”

郑义良郑重地说：“我怕她拒绝。只好请你帮忙。”

夏青见他一脸诚恳，不禁心动，晚饭后便撒了个谎，说是想去散步，把凌丽拉到校门外。西工大的校门外栽了两排雪松，夹成了一条隐蔽安静的小道。雪松应该是该校的名树，校园内外和道路旁到处可见伞形的高大雪松，尤其在下雪的时候，宽大尖利的叶片上落满了雪花，看上去就像西方的圣诞树一般。凌丽喜欢雪松，也喜欢在校门外那两排雪松之间的小道上散步。但今天到了这个地方，只见郑义良局促不安地在那两排雪松间徘徊，凌丽立刻明白了一切，便打了夏青一拳，说：“你这么爱撒谎，以后谁敢信你？”

“快去吧，说不定你今后还会感谢我呢！”夏青推了她一把，就笑着跑开了。

凌丽叹了口气，只好走进那条小道，影影绰绰的，雪花纷纷扬扬飘过来，很快就沾满了他们一身。地上早结了薄冰，踩上去咯吱作响。郑义良头戴一顶棉帽，穿着黑色呢子长大衣，这一身黑使他的身形在雪花中很鲜明，皮肤也被衬托得白皙，比往日多了几分俊气。他向来态度谦和，此时便绅士般地伸出手，做了个邀请的姿势，说是请凌丽在冬日假期的最后一天出来散散步。凌丽只好表示同意。两人走在这条小道上，雪松在身边挺立，雪花在头顶飘落，凌丽的心情渐渐畅快爽朗起来……

郑义良转头看着凌丽，她的面庞在白雪的映衬下，五官显得更为精致美丽。郑义良喜欢她的性格，她热情泼辣，敢作敢为，其作风与温吞水的自己恰好相反。她身上还有一股青春的力量，不断地鼓励着他，使他感到她的世界永远都是那么新鲜美好，生机勃勃。她温暖了自己那颗原本有些死气沉沉的心，使他更有力量去勇敢地热爱生活，所以他爱她。

“你老看着我干什么？”凌丽觉察到这一切，有些不安地问。

郑义良断然走到她面前，替她拂落头发上的雪花，又捧起她的脸深情地注视着说：“凌丽，你应该知道，我早就爱上了你！但我一直把这份爱藏在心头，没说出口……现在眼看快毕业了，我们可能会被分到两地。我不能再忍下去了，只好早点表明心迹，希望学校也能照顾。”

凌丽吓得连忙挣开，后退了几步。她虽然早有心理准备，却没想到郑义良果然在今晚向她表白。这让她既尴尬又不情愿——经历了乔兴剑和江树森这两件事，她觉得自己应该冷静一下，再考虑婚姻大事。她对郑义良也有好感，但后者却不知道自己选错了时间。

“不，不行！”凌丽生硬地拒绝了，“我对你没有感情，我们不可能在一起……”

郑义良还想继续表白，凌丽却已经踩着雪花跑开了。郑义良望着她的背影并不沮丧，他在感情上很单纯，而且很专一，正是所谓的“一根筋”。尽管他听说过凌丽和一名试飞员的故事，但他却不相信。他觉得只要自己再接再厉和不屈不挠，凌丽总有一天会在这顽强的爱情面前低头，最终接纳自己。小道上人影俱无，一切都是静悄悄的。郑义良抬头望着皎洁的月亮，在心里暗暗发誓，他有信心赢得这个姑娘，并且被自己的信心感动得泪花闪烁。

一年后，凌丽这一届大学生毕业了。分手前一晚，同学们都在互赠礼物。最通常的就是一个笔记本，里面写着一些祝福的话。凌丽送给郑义良一个笔记本，不但写了那些祝福的话，还留下了自己的通信地址。郑义良原本以为毕业后，他跟心爱的姑娘便会各奔东西，而凌丽毕业后更是鱼游大海，鸟飞长空，甚至有可能杳无音信。收到这个笔记本，郑义良激动得热泪盈眶，一夜无眠，在房间里走来走去，跟同室的江树森讨论着此事。

“凌丽给了我这个笔记本，又留下她的地址，说明她想跟我通信，那么我还有希望！”郑义良满脸通红，激动地挥舞着两只手，“老江，你最了解她，你说对不对？”

江树森无法回答，他自己的稀饭刚吹凉，觉得女人的心思好难猜——在老爸的催促下，他跟甘素芬的关系算是确定了，准备毕业后就结婚。一个农村姑娘夙愿得偿，应该很高兴吧。但甘素芬却常在他面前提起凌丽，言谈之下酸溜溜的，让他很不好受。他对凌丽和那个试飞员的关系也猜测不定，不知究竟怎么回事。但他认为郑义良还不错，也希望他俩能结合，所以经常给他出谋划策。他从没把凌丽跟自己在工厂的那一晚告诉任何人，一份遗憾从此埋于心间。

“凌丽是个能干的姑娘，能干的姑娘就很难被俘获。”他笑着说，“但如果你目标坚定，坚持追下去，也许她会动心。我祝贺你们两个老同学，今后能开出一朵并蒂莲！”

郑义良这下彻底放心了，因为他对凌丽和江树森的关系也猜测不定。两人在一个学习小组，住同一间宿舍，他却不知道江树森的心事，也不愿去多想。现在对方这样祝福他，他高兴地欢笑着，露出两排洁白的牙齿，发誓般地说：“我一定会坚持到底！”

飞机厂给西工大去了信，江树森便如愿以偿被分到厂里，凌丽自然也回飞机厂，两人又一起回上海。虽然有过那些往事，但他们都是坦荡之人，也不难相处。江树森诚恳地提起郑义良，说：“他是个好人，你如对他有意，就别折磨他了，干脆答应吧！”凌丽没吭声，突然想起了自己跟江树森的事。江树森对此也有感觉，在一阵静默中，两人都不再说话。凌丽转头望着窗外的风景，听着火车的轰鸣，突然觉得整个心胸都明光透亮起来——她跟江树森就像脚下的两条铁轨，虽是同路，但他们的命运却永远无法再交叉。

第十章

1976年12月底，凌丽和江树森回飞机厂报到，均被分到设计室实习。1977年元旦节，大家都过得喜气洋洋。江树森和甘素芬结婚了，甘素芬心满意足地侍候公公与丈夫，江树森也一心一意扑在工作上，对这个婚姻还算满意。比他们高一届的西工大校友方强当了总装车间副主任，便把江树森要去当工艺员，他勤恳工作，从无差错。

凌丽留在设计室，就在父亲手下工作。杨本和进了市里的学习班，三个月后他才回来，仍在食堂做炊事员，为人变得很低调，对所有人都挺热情。凌丽头一遭去食堂打饭碰见他，连忙掉头走开，心里很厌烦。杨本和追出来向她真诚道歉，说自己以前做错了，对不起她。凌丽虽然恨他捣鬼，破坏了自己跟乔兴剑的婚姻，但见他痛哭流涕，也不好再说什么。

1977年，飞机厂的工作突飞猛进，“运10”研制进入第四个阶段，即制造装配阶段。第一架样机已经铆装结束，被送去阎良做静力试验。凌丽和江树森也都跟去了。他们在静力试验所见到了被分配到中国民用航空总局的夏青，同学们见面都分外高兴。凌丽见好朋友的工作尘埃落定，又想到她的婚事，恰巧陆天放也在阎良，正好介绍他俩见面。不久夏青便喜气洋洋地告诉凌丽，这事毫无悬念，她跟陆天放都很满意对方，大家听了都热烈祝贺她。

凌丽等人再次以工作身份来到阎良，都有一番感慨，因为静力试验所就在试飞站隔壁，不由得让他们想到那次学军。凌丽有时候去静力试验所，会在试验所门口碰见一些试飞员顺路走过，他们穿着普通的空军军服，但并排走在大街上总有个共同的特征，那就是他们都身材匀称，行动敏捷，脸庞黑红，气宇轩昂。这时同事们总会钦佩地挤在街边指指点点，凌丽并没有从中发现那张熟悉的面孔。她只是听说试飞员的一些丰功伟绩：他们又以超人的胆量和技艺，飞出了一款又一款新的歼击机，飞出了中国军人的志气！

凌丽有时站在墙这边，都能听到试飞站那边的跑道上传来巨大的轰鸣声，仿佛震得这边的空气也在抖动，甚至透过抖动的空气看过去，所有的景物都是曲面的。凌丽由此看到了自己那颗被扭曲的心灵——她尽管忘不了乔兴剑，但她永远忘不了自己在大墙那边所受到的屈辱，为此，她也不会再去接近心爱的男人。

“你真的下定决心，永远不再理那个试飞员了吗？”夏青多次这么问她。

“不是我不想理他，而是我们之间没有那个缘分……”凌丽总是叹道。

“也不尽然吧。”夏青思索着说，“那些极左思潮已经过去，你们或许有这可能。”

“不想他了！坚决不再想了！”凌丽总会摆摆手，“现在我心里只有‘运10’！”

“哈，我知道了，‘运10’就是你现在的爱人！”夏青如此打趣她。

“运10”01号样机的第一次静力试验很成功，但也发现不少问题。凌丽他们撤回上海，又进行重新处理后，再来进行试验，前后进行了两年。02和03号样机也在抓紧生产，02号样机是试飞机，对质量要求更严。在此期间，夏青和陆天放结了婚。因两人工作性质不同，结婚后一直两地分居，他俩对此都很淡然，从没想过要调到一起。

试飞站接到由空军试飞员执飞“运10”的重要任务，领导考虑还是乔兴剑最合适。但他快三十岁了还没结婚，婚姻生活的安定也是考察飞行员的因素，领导便提出要给乔兴剑解决个人问题。他自从跟凌丽分手后，对自己的婚姻就心灰意冷。虽然听说“运10”来做静力试验，也想过凌丽是否跟来阎良了？但哪怕见到陆天放，他都没打听过凌丽的消息，甚至闭口不提她的名字，反让后者为之惋惜……

领导此番提出的结婚对象正是钱忆宁，她在空军医院当助理员，查三代没有任何问题，爷爷是贫农，父亲钱一夫正是陕西空军的一位首长。钱忆宁对乔兴剑颇有好感，回家提起这位试飞英雄，父亲也没意见，只说要见见他。钱一夫让秘书给试飞站打了电话，乔兴剑只好奉领导之命，跟钱忆宁回西安，去与她父亲见面。

钱忆宁在火车上很兴奋，不断打探乔兴剑的情况，问三问四，竟让他感到有点厌烦。后来钱忆宁又热情地捧出一手心剥了壳的瓜子，说要给试飞英雄吃。他吃下这些瓜子，又喝了一杯她奉上的凉茶，这才觉得心里凉丝丝的挺舒适。出身北方农家的乔兴剑在生活上很粗犷，跟凌丽见面的机会虽不多，但每次都是惊涛骇浪、激流汹涌，哪见过女儿家的温柔和细腻。这一对比，他便对钱忆宁有了一丝好感。他坐在火车上，望着窗外渐渐落山的夕阳，以及被晚霞染成通红的关中平原，思前想后，心潮澎湃，觉得自己为试飞牺牲了许多，不能再失去“运10”首飞这个机会。到了首长家，也别再固执了，还是让大家都满意吧！

钱一夫的家在空军院里，房子很宽大，上下两层，所有家具都是公家发的，沙发都蒙上了一层蓝色的罩布，算不得温馨，也没有居家的感觉，倒像是一个办公场所。

钱忆宁高兴地领着乔兴剑进了家，见父亲在客厅沙发上看报纸，母亲在厨房敦促炊事员做菜，她便脆生生地叫了一声：“爸、妈、有客人来了。”

钱一夫一边起身迎接，一边笑道：“好，欢迎咱们的试飞英雄。”

他跟乔兴剑紧紧握手，又招呼妻子出来见客。钱夫人的态度却有些矜持，只是礼貌地笑笑说：“老钱一大早就吩咐厨师，做了一桌好菜，他要跟试飞英雄好好喝一杯。”

他们一口一个“试飞英雄”，乔兴剑反而有些不好意思。转念一想，钱忆宁是大首长的女儿，他这也算高攀了。于是调整好心态，神情也变得轻快。钱一夫问了一些试飞站的情况，乔兴剑毕恭毕敬地回答，不料钱一夫突感疲劳，便赶紧去吃药。钱夫人慌忙跑出来，跟女儿张罗着要送老头子上医院。钱忆宁去打电话，钱一夫却不肯，说他没事。就在这一刻，乔兴剑居然找到一点亲近的感觉，觉得首长也是平常人，也会生病和衰老……

钱忆宁见父亲安稳下来，又去为客人剥瓜子，还笑道：“他喜欢这一口。”

“女儿有眼光，小乔不错，我喜欢……”钱一夫也笑起来，用首长的口吻明确地说，“刚才你们都看出来，我老了，忆宁你也不小了，你们的婚姻大事就赶快解决吧！”

乔兴剑听了这话有些迟疑，觉得太快了，就淡淡地说：“我跟忆宁刚认识……”

“哎，你那次受伤住院，我们不是在一起好多天。”钱忆宁快人快语地说，“其实我早有这个打算，就怕你觉得太快，不会答应，没想到咱爸先说出来。”

“是啊，都一个部队的，彼此了解，还拖什么。”钱一夫爽快地说，“我看行。”

钱夫人也从厨房里跑出来，干脆地说：“咱家就忆宁一个女儿，我看也是早点结婚好，你们婚后如果有了孩子，怕耽搁工作，我们来给你们带！”

乔兴剑没想到第一次来钱家，首长夫妇就逼婚，看来他们对他这个女婿颇为满意。也许军人的婚姻就是如此，哪有那么多计较。钱忆宁见他沉思不语，似乎了解他的心思，就说回去后再请个探亲假，跟他回河北老家去看看二老，也可以在那里成亲。

乔兴剑不禁问她："哎，你不觉得这样太快了吗？我们相处还不久……"

"那次你来住院，躺在病床上，我就爱上了你……"钱忆宁深情地注视着他，"怎么你现在还不明白我的心？你们飞行员不是挺干脆吗？任务又重，还拖什么？"

乔兴剑确实有担心，觉得钱忆宁是高干子女，怕她有小姐脾气，便推托自己确实配不上，让她再理智地好好想想。钱忆宁也很敏感，瞬间明白他的心思不在自己身上，就移坐到他身边，热情地跟他聊起来。乔兴剑听她说的都是她自己的往事，心里也渐渐明白了。看来钱忆宁在婚姻上一直很挑剔，所以多年来高不成低不就。如今有了他这个理想的对象，怎么会放过。乔兴剑想到自己跟凌丽已经再无联系，他也不可能娶到心爱的女人了！他甚至觉得自己失去了恋爱的资格，现在还挑拣什么？于是默默地点了点头，算是答应了。钱忆宁看他有这个态度，当然很高兴，连忙去厨房招呼上菜……

钱一夫也抚着胸口哈哈大笑。"好，今天这顿饭，算是你们俩的订婚酒了！"

回到部队，乔兴剑就请了探亲假，携钱忆宁回河北老家。父母看见儿子带着一个城市闺女回来，都是又惊又喜，听说是首长的女儿，更有些不知所措。钱忆宁却泰然处之，也没对生活艰苦的准婆家提出任何要求。从老家回来，乔兴剑便跟钱忆宁结了婚，家就安在试飞站，钱忆宁也被调到试飞站做家属工作。同事都来庆贺乔兴剑，他却暗自愁闷不乐。

婚后不久，乔兴剑奉命率五个优秀的空勤人员组成试飞组，赴上海执行试飞任务，准备试飞工艺及试飞科目。到达上海，陶伟川设宴接见，问他们有没有信心完成这个任务？乔兴剑代表试飞组表态说："我们是革命军人，坚决执行国家任务。"陶伟川又关心地说："你们要重视试飞工作，抓紧时间去飞。但要注意安全第一。必须做好准备工作，还要检查仔细。"

试飞员都知道民用飞机不比战斗机，倘若试飞出了重大事故，尤其是机毁人亡，那就等于判了这款新型飞机的死刑！所以他们格外认真，下厂后每天都去生产车间学习观察，想预先了解一些把握不准的问题，尽快摸清"运 10"的特点，搞明白它的安全性能。

凌丽在设计室工作，也常去总装车间。这一天她意外看到乔兴剑，不觉心儿怦怦直跳，连忙闪身躲到工艺室。江树森正在看图纸，她一把抓住他就问：“他怎么会在这儿？”

江树森第一次在车间里看到乔兴剑，就认出了他——乔兴剑来西工大做过报告嘛！正是凌丽心中的试飞英雄。乔兴剑也觉得江树森有点面熟，毕竟在试飞站学过军嘛！他主动上前，递给江树森一支红塔山。这种香烟对工人来说太贵了，只有高薪水的飞行员才抽得起。江树森盛情难却，接过来就点燃了，却连连咳嗽不止，暴露了行藏……

“原来你不会抽烟！”乔兴剑指着他笑起来，“我也不抽，是专门给师傅准备的。”

凭此一点，江树森就认定他是个真心诚意的人。此后他们又接触几次，都是乔兴剑拿着笔记本来找他请教技术问题，他总是平静、安然，脸上挂着笑容，让人顿生好感。

江树森见凌丽毫不隐瞒，直抒胸臆，也坦然地说：“你是问乔兴剑？他就是空军派来的‘运10’试飞组长。真巧，你俩又在厂里相遇，而且都能参与这项研制，应该高兴才是。”

“什么？他当上试飞组长了？那可真是巧得很啊！”凌丽说完，转身就走。

她走到车间外才停下来，望着头上湛蓝无云的天空，不知该喜还是该悲——她心爱的男人终于如愿以偿，当上“运10”试飞组长，毫无疑问也将是首席试飞员，这将给他的事业带来一个新高度、拓展一个新天地！但是她呢？至少意难平吧。甚至感到心里酸痛难忍……分手好几年，她突然很想知道乔兴剑的近况：他有没有女朋友？结婚了吗？这一次她算是躲过了，但难以想象，两人下一次碰面又会怎么样？

结果怕什么，来什么。厂里要为试飞组安排培训学习，恰好派凌丽去给他们上空气动力课。凌丽毕业回厂两三年，已成为厂里的技术骨干，对此当仁不让。这个培训班设在子弟校，学校想办法挤出了一间教室给他们用。教室门外是一片操场，操场边上有一根高大的旗杆，一面鲜红的国旗在蓝天下迎风飘扬。

这天清晨，凌丽在旗杆下等着，只见五个试飞组成员鱼贯而来，在她面前一溜站定，全都庄严地举起手来，向她头上那面国旗，隆重地敬了一个标准的军礼。

凌丽好整以暇，却忍俊不禁：“你们是在向我敬礼？还是在向国旗敬礼？”

“向你敬礼，也向国旗敬礼。”试飞组长严肃地说。

他深情地看了她一眼，似乎并不感到意外，继而望着那面国旗，内心激荡，神情豪迈。进了上海这家飞机厂，必然会碰见心上人，乔兴剑对此早有准备。昨晚江树森告诉他，凌丽也是培训班的老师，他就等不及地想见她了。此刻见面，他神情释然——他已结婚，两人不再有情感纠葛。他也找到了理想的奋斗目标，算是个美好的结局吧。

凌丽却不同，她面对着初恋情人，情感流露，难以自抑，几乎要掉下泪来。

“咱们快进教室，开始学习吧！”她努力控制自己，连忙转身走开。

乔兴剑深深吸口气，尾随她走进教室。他见到凌丽惊喜交集，觉得能拜心上人为师，真是苍天有眼，今生无憾了！

此后两个月的培训中，他们俩尽管天天见面，却很少交谈，也没人知道他们曾经是一对恋人。凌丽教课热心又尽力，乔兴剑听课认真而刻苦，他找凌老师请教时总要先行个军礼，态度坦诚而生疏，似乎他们就是陌生人。凌丽的心为此颤动不已，她很佩服乔兴剑的自制力。培训结束后有一次考试，试飞组全体及格，乔兴剑还得了满分。

考试结束后，凌丽终于控制不住情绪上的波动，决定留下来等着乔兴剑。子弟校地处偏僻，傍晚放学后校园几乎没人。春末夏至，空气虽有些燥热，但仍是昼短夜长，暮色流荡在四周，身边很快就昏暗下来。凌丽暗暗庆幸，这样她就不用面对试飞组的其他人了。

这优美的夏夜同样吸引了乔兴剑，他看到凌丽站在校门外，就明白了一切，于是回头对组员说：“你们先回去吧，我要请凌老师带我去参观整个厂区。”

这显然是他的借口，凌丽听了却很欢喜，迫不及待地点点头，带着乔兴剑走向厂区。她对工厂当然很熟悉，于是如数家珍，流畅地介绍起来：“这是机械加工车间，这是仪表车间，这是总装车间，这是液压车间……”

她说着说着深感自豪，乔兴剑跟着开了眼界。

“这是我第二次来你们厂，没想到工厂这么大，车间这么多。”他好奇地说。

“当然了，要不怎么会把‘运10’的项目交给我们……”凌丽嗓音清亮地笑起来。

天色已暗，但厂区却灯火通明，人们又在挑灯夜战。云开月出，皎洁的月光流淌在他们身上，不远处突然传来一阵忽隐忽现的歌声：“年轻的朋友们，我们再相会……”

凌丽深深吸了一口气，不愿再敷衍下去，就直截了当地问：“喂，你还好吗？”

“我很好。”乔兴剑平静地笑道，“好几年没见了，你呢？还好吗？”

“我就那个样。”凌丽意味深长、慢吞吞地说，“跟以前没什么不同……”

她在暗示什么？乔兴剑似乎明白了，却无法接招。他回头看着凌丽，心爱的姑娘还是那么年轻美丽、生机勃勃。她的短发在风中飘动，眼睛含情脉脉地望着他，期盼得到一个心仪的回答，但他已经失去了回答的资格。好在他们重逢在一个美好的事件中——他们将跟成千上万的人一道，携手创造一个航空界的奇迹，这点足以令他们慰藉平生了！

于是他尽量声音低沉地说：“我结婚了……”

“什么？你……”凌丽顿时心乱如麻，如遭雷击。

“丽丽，你听我说。”乔兴剑拉起她的手，“是组织安排的，这样才能让我试飞‘运10’！”

“好！很好！”凌丽反应过来，就挣脱他的手，咬牙切齿地说，“这样你就可以上天去摘星星了，说不定还能摘月亮呢！我恭喜你……”

她没说完就一阵心酸，不禁泪如雨下，不等乔兴剑再说什么，便转身跑开。

她的态度显然在预料之中，乔兴剑没去追她，只是仰起头，不让眼泪流下来。他想起自己那个行业的一句话：所有的等待、积累和准备都不会白费，只为了达到那个预定的目标。很好，他达到了！因为那是他梦寐以求的！但是他快乐吗？他望向厂区的灯海，似乎要从那里得到什么。那灯海犹如一条颜色鲜艳的江河，波涛滚滚，壮阔无边……

凌丽却是意气消沉、悲伤无比，眼泪一路流成了河。她回到家就一头扎到床上痛哭起来。凌丽知道是自己主动推开了乔兴剑，虽然他们之间有障碍，组织上一直不同意，但若两个人齐心，原本能越过。那又是什么原因隔断了一对有情人？凌丽承认自己太敏感、太脆弱，因为不满当时所受的屈辱，也因为一名试飞员的牺牲吓坏了她！作为一名飞机设计师，真的害怕心爱的人去从事危险的试飞工作。她因为爱他才怕失去他，可现在她真正失去了他！凌丽这才发现，其实自己根本不配做一名试飞员的妻子！那个用生命叱咤蓝天的人本就无与伦比，她却没有汇集起自己的全部青春、心血和力量，倾其所有地去爱他……

“你哭什么？怎么那么伤心？”一只手温柔地扳过她的身子，原来是凌大志回来了。

“爸！我错了……”她扑到父亲怀里，索性放声大哭。

凌大志详细询问一番，才知道事情的原委。他也不禁感叹道："丽丽呀，不是爸批评你，试飞员都是金子做的，你却放弃了嫁给一个黄金好男人的机会……"

"当初不是你也反对吗？"凌丽委屈地说，"他们领导一直不同意，让我怎么办？"

凌大志站起身来，在屋里踱着步："那是我不了解他。最近我常听树森提起他，才知道这个乔兴剑是多么优秀，否则领导不会派他来试飞'运 10'……唉，真是可惜了！"

"爸，别说这些了！"凌丽坐起身来，抹着眼泪，"现在我又该怎么办？"

"你呀，也不小了，今年都 28 了！"凌大志慈爱地看着女儿，"你错过了两个好男人，现在也该慎重考虑一下自己的婚姻大事了！可不能一错再错，一误再误啊！"

凌丽听父亲一言中的，不禁愣住了，同时体会到亲人的关切和长辈的睿智。她虽很有个性，但也挺聪慧，父亲说得在理，她就听进去了。当晚她辗转无眠，反复思索。她想一个女人迟早要成家，同学们都结婚了，现在好男人还剩下一个，她再也不能错过。只有解决了这个私人的问题，她才能毫无牵挂地投身到工作中，和同事们一起去征服蓝天。

一个月后，凌丽坐着一架"伊尔 –14"，航行在蓝天上。

这架民航飞机是飞往成都的，凌丽将去那里跟郑义良成婚。两人商量婚事的过程极为简捷。因为郑义良一直在跟凌丽通信，几乎每周一封。凌丽就在一次回信中，问他还愿不愿意娶她？郑义良见信简直高兴坏了，等不及回信，就拍了一封电报到上海，只有简单的几个字："请即来成都结婚。"他不顾电报员好奇的目光，又在后面添上了两个字："吻你！"凌丽接到电报后，也只回了几个字："即日启程。"郑义良接到电报，又跑到市中心的电信大楼去给凌丽挂长途电话，坚决要求她坐飞机来成都。

"你是来结婚的，别委屈了自己。"他急切又热诚地说，"我要我的新娘坐飞机来成亲，算是对我们搞飞机的人一个大大的回报。别心疼钱，我为此攒了不少……"

凌丽忍不住笑起来，看来他早知道自己将回心转意。"好吧，就依你。"

她去厂里开了两封介绍信，一封买机票，一封用来登记结婚。此刻她坐在飞机上，透过舷窗望着外面：湛蓝纯净的天空好比蔚蓝色的海洋，雪白的云朵犹如浪花堆积的海岸，这景象在艳如金波的阳光照射下，绽放出了别致的图案，使天幕也变得神秘莫测……

凌丽的心情却凝重起来：这般闪电式结婚，后果又将如何？

郑义良毕业后被分回成都飞机厂当技术员，年龄不小了还没结婚，给他介绍的人挺多，他都不答应，坚持等着凌丽。

他在机场接到心上人，就不顾一切地冲向前："丽丽！"

凌丽提着行李走出来，看见郑义良有些吃惊：他似乎疲惫至极，脸色憔悴，瘦了一圈，衣服脏兮兮地穿在身上，显得有点邋遢。难道未婚男人都这样？可他以前并非如此啊！

"你怎么啦？是不是生病了？"凌丽观察着他。

"没有，我高兴着呢！"郑义良不管不顾，当众抱着她转了几个圈，又附在她耳边亲热地说，"谢谢你能嫁给我，而且千山万水地赶来，我就是死了，也心甘情愿！"

"你说什么呀？大喜的日子，怎么死呀活的！"凌丽有些生气地打了他一拳。

"哎哟！"郑义良叫起来，"你打着我的腰了，最近那里总是疼，可能有点劳损……"

"那你还来接我？"凌丽埋怨地看着他，"要不要上医院？"

"哪能呢？我们还要去看新房。"郑义良的声音听来似乎松了一口气。

呼吸着南方潮湿清新的空气，凌丽跟着郑义良上了机场大巴，心里有些感动。其实凌丽也不理解自己为啥这样做。尽管自己并不爱他，但两人历经波折还是走到了一起。难道女人非要嫁一个男人？想起郑义良说过的伊甸园，难道她就是他胸中的那根肋骨？如果他知道自己始终爱的是乔兴剑又该怎么办？他那么纯朴的人会不会伤心至死呀？这让凌丽很不安，虽然郑义良并非她心中理想的男子，但她知道，郑义良会是一个好丈夫。然而郑义良对此并不清楚，他肯定认为凌丽答应嫁给他就是爱上了他！

她不得不承认，这就是女人的小性子。正如江树森所说，这是在折磨男人。但她真是百喙难辩，因为一个人的感情就是这么复杂啊！这会儿连她自己也迷惑了——她该不该这么做？该不该嫁给郑义良？她应该知道男女之间的关系：若是爱，便燃烧；若不是，就平淡。这不是玩弄男人，而是她无法轻易投入……这一切，郑义良会不会明白呀？

天快黑了，进了成都飞机厂，他们操小路去家属区，不断有人跟郑义良打招呼。凌丽转头看他，只见他穿着白色衬衫，蓝色工装裤，在黑暗中显得魁梧、沉稳。凌丽心中一喜——她要嫁的人就是他吗？为何来到低海拔的四川盆地，他又突然变得如此高大？恰好此时，郑义良也转头看着她，两眼放光，晶莹闪亮。他们分别了两三年，竟像是过去了一辈子。如今都脱胎换骨，经历了冬日的严酷，终于迎来充满希望和欢悦的人生的春天……

成都飞机厂的家属房很紧张，郑义良恰好有个朋友，两口子都出差了，屋子空着，他便借来一用。朋友痛快地把钥匙交给他，但屋子很脏，他自己打扫了一番，所以才弄了一身灰。郑义良一边解释，一边把新娘子带到一间朴素的平房前。他掏出钥匙打开门，一股霉味儿便迎面扑来。郑义良和凌丽走进去，放下行李，有些不好意思。

“对不起，委屈你了！我们蜜月期间只能住在这儿……”

“还不错，挺安静。”凌丽环视了一下四周，“我的要求也不高。”

“是呀，只要能跟你在一起，我也什么都不在乎……”郑义良走到她面前，激动地望着她，“我这几天都没睡好，只想快点见到你……”

“别别！”凌丽退后一步，坐在床上，有点儿心慌意乱，“你先别过来……”

郑义良僵直地站住了，一动也不动，那张由于疲乏而显得苍白的脸上，肌肉绷得紧紧的，似乎每根线条、每道皱纹都表现出一种极端的克制和不能爆发的热情……

他们就这样静静地对立了一阵，似乎都忘了时间，直至双方平静下来。

“唉！”凌丽终于发出一声沉闷的呻吟，“现在你可以亲我了……”

郑义良犹豫着没有走向她。凌丽来之前，他心里总有一些不踏实的感觉，一种隐隐约约的不安，不知道自己答应娶她，究竟做对了还是做错了？她不是另有恋人吗？她不是一直在拒绝自己吗？现在怎么会痛快地愿意嫁过来？是不是遇到了天大的难事？但他后来又释然了——也许是他们两人真有缘吧。虽然他们分隔两地，毕业后再没见过面，但若她遇到困难就向自己伸出手来，他们也能互相支援。这种感觉真是美好，肯定会温暖他们一生……

“你紧张什么？没关系，是我自己要嫁给你！”凌丽说着，那种陌生感陡然消失。

郑义良这才咧嘴笑了，兴高采烈地说：“好，我们都该相信，以后一定会幸福！”

他们这才毫无芥蒂地拥抱在一起。次日两人就毫不耽搁地去登记。婚后第三天，凌丽回到上海，同事们听说后都去祝贺她，她也给大家发喜糖，觉得自己找到了幸福。

第十一章

“运 10”研制即将进入最后阶段——试飞阶段。首先要对试飞的 02 号样机在地面进行若干次检查，厂里为此精心配备了技术力量，凌家父女和江树森都在其中。凌丽的工作是编制试飞工艺文件，包括各种试飞科目。江树森的工作是进行飞机上天前的一系列重大试验，包括地面共振和发动机开启等。试飞员团队也是精心挑选，试飞是先易后难，他们要在飞机厂开始进行地面滑行、起落飞行和空域飞行，首飞后才能把飞机平安顺利开到阎良试飞站，正式开展为期两年的试飞工作。那时还没有适航证这个说法，大家都心中无数，很多空中运动特性都以试飞员的感觉为主，少量测试为辅。乔兴剑等人于是被当作宝贝一般看待。

为了让试飞有章可循，编写飞行员使用的文件，必须时常跟试飞员接触，一起商量试飞科目。凌丽每天都会见到乔兴剑，他们不是挤在“运 10”机舱狭小的驾驶舱里，就是在一架波音 707 的飞行模拟器上耳鬓厮磨。那一刻对于凌丽来说简直是“度秒如年”！她又闻到乔兴剑身上那吸引自己的男儿气，那热腾腾的性感的力量一直在把她拉向他，使她只想投入他的怀抱。她当然不允许自己这样做，只能拼命克制。模拟器里十分安静，只有仪表灯在闪闪发亮，各种仪表都在不断转动。然而他们两人都知道，每过一秒钟，这些仪表都会发生危险的变化，飞机的状态更是瞬间就会改变。他俩都是全神贯注地盯着自己那一部分工作，全身心地投入，调动起自己的每一个细胞，去感觉飞机极其细微的变化，无暇顾及私人情感。为了尽快取得飞机主要飞行品质的数据，还要做系统功能、可靠性与协调性的验证试飞。紧张的工作使他们忘记了自我，两人的关系也得到了缓解。

闲暇时，凌丽心里又在想：乔兴剑是否知道她已结婚？应该知道了吧？但他却从没问起过。

婚后凌丽和郑义良过着两地分居的生活。半年后，郑义良请了探亲假来上海过春节，就住在凌家，江树森等人来看他们，还打趣郑义良说，他算是捡了一个宝，要好好对待凌丽，郑义良也憨厚地笑着。凌丽做了很多菜，大家欢聚一堂，其乐融融。

夏青也请探亲假回来了，陆天放拉着她一起加入这个家宴中。凌丽发现夏青脸色不好，精神不佳，男人们在喝酒，凌丽把夏青拉到自己卧室，问她怎么了？

夏青却流下泪来，说她婚后又去做检查，医生还是那个说法：因她在井里泡了一夜凉水，身体受寒，气血两亏，很难生育。

陆天放一直安慰她说："没孩子不要紧，可以全身心地投入工作。"

夏青却知道他心里也不好受。

凌丽抚慰地抱住夏青说："那就领养一个吧。"

夏青坚决地说："不是亲生的不要，谁知道那领养的孩子什么血统？"

凌丽知道夏青难免有高干子女的怪癖，就不说了。

夏青又问她有没有孩子，凌丽摇摇头，夏青怀着复杂的心情说："赶紧生一个吧！"

凌丽又问她："陆天放会不会在意？"

夏青欣慰地说："他很豁达，表示没孩子也一样过。"凌丽这才放心。

江树森回到家中，甘素芬又跟她生了一场气。甘素芬恼他不带自己参加这个家庭聚会，说："你是不想让我见到凌丽？或者你觉得我是乡下女子，带出去丢了你的脸？"江树森说她拎不清。甘素芬伤心地哭起来，惊动了老父亲。

甘素芬没工作，精心照顾公公，江胜田对她很满意，就责骂儿子说："你们结婚这么久没孩子，都因为你对素芬不好。"江树森只好承认妻子是无辜的。甘素芬也在想，有孩子才能拴住丈夫的心。

节后郑义良回成都。试飞工作更加繁忙，有一天凌丽和乔兴剑在模拟器上做起落架的应急收放试验，来回几次后，凌丽突然感到恶心，连忙跑到机舱外去呕吐……

正好江树森走来看见，就问："丽丽，你是不是怀孕了？我陪你去医院检查吧。"

"怎么会呢？不可能吧。"

凌丽既惊喜又懊恼，心想难道这次丈夫回来，她就怀上了？正值"运 10"试飞的重要阶段，如果有孩子可真麻烦。她拒绝了江树森，自己到厂区医院检查，医生果然说她怀孕了。

凌丽坐在医院的走廊上，心里一片茫然，周围的嘈杂声充耳不闻，她在想今后怎么办。母亲死得早，父亲拉扯着她，一边工作一边带孩子的情景浮上心头，那是怎样的艰难和辛酸！现在郑义良也不在身边，父亲的生活状况，她同样会经历。但她的性格脾气都不如父亲细腻温和，她能做好这一切吗？不行，她做不到，决不能要这个孩子！

她决定去打胎，付了费，走到手术室门外，却被赶来的江树森拉住。

“你怎么会在这儿？”他看见鲜红的“手术室”几个大字，立刻铁青了脸，“你想打胎？不！你不能这么做！我们辛苦工作为了啥？不就是为了孩子们！你要把他好好生下来！”

“可这孩子，来得不是时候！”凌丽看着兄长般亲切的老朋友，不禁流下泪来。

江树森不由分说地扶着她往外走：“如果有困难，我们都会帮你！”

凌丽想到江树森跟甘素芬结婚好几年没有孩子，又想到夏青不能生育的苦楚，不由得抚摸着自己的肚子，突然有种温馨的感觉……看来这孩子得留下！她默默点头同意了。

走出医院，江树森突然站住了，似乎有话要说。初春的天空很阴沉，又起了一阵小风，凌丽身上有些冷。她明白江树森想跟她说什么，只能盼望他千万别开口……

但江树森还是开口了，他阴沉着脸，郑重其事地问：“丽丽，我从来没问过，你跟那个试飞员乔兴剑，究竟是什么关系？他似乎很关心你，刚才是他让我跟来的……”

凌丽不禁怔住了，她望着江树森，好一阵说不出话来。后者也固执而沉默地盯住她，一副下决心要弄清原委的样子。

凌丽不得不说真话了：“你还不明白？乔兴剑就是我的初恋……”

江树森还没听完，立刻发怒了，他愤慨地吼道：“我早就猜到了，还真是这么回事。哎，你既然爱着他，为什么要嫁给郑义良？你这样做会害了三个人，明白吗？”

凌丽心里隐隐作痛，眼睛也被泪水浸湿了。她生气地吼道：“是你自己不明白！在这个世界上，相爱的人不一定能在一起……算了，我的事不要你管！”

江树森瞠目结舌，也说不出话来。他的眼睛也模糊了，心里酸酸的……是啊，他跟凌丽不也这样嘛。他突然有些明白了，而且很心痛这一对优秀的朋友。

凌丽气得跑回家，倒在床上哭泣，她哭得昏天黑地，不能自抑，甚至想到：这孩子如果是乔兴剑的该有多好，肯定会是一个很棒的儿子，帅得出奇……

晚上凌大志回来了，他已从江树森的电话中知道女儿怀孕，便精心给她做了一碗鸡蛋面，端到床前。凌丽坐起来也不说话，边哭边吃，边吃边哭……

“孩子，你怎么了？”凌大志莫名其妙地问，“你有身孕了，这不是好事吗？”

凌丽抹着眼泪说：“可他来得不是时候，我怕影响工作……”

“什么话，别傻了。”凌大志打断她，“正是时候，让他跟我们的新飞机一同高飞！”

凌丽怔住了，深受鼓舞，半晌才说：“爸，我也想好了，要留下这个孩子。”

“这就对了。”凌大志拍拍她的肩，“但你要答应我，好好保养身体。”

凌丽点点头，情绪也激昂起来，心想我和郑义良虽然不算龙中龙、凤中凤，但我们这个孩子一定会非同凡响！在这场酣畅淋漓的痛哭中，凌丽好比经历了一场生死蜕变，她过去的感情似乎清零了，死亡了！那些原本刻骨铭心的情爱已成历史，现在的感情将重新开始。从此她要好好去爱自己的丈夫，爱这个还没出生的孩子。哪怕前路坎坷，咬牙也要把他抚养成人，让所有的艰难，都成为人生最美丽的风景……

第二天上班，凌丽夹着一堆飞行文件欲进模拟器的机舱，乔兴剑却拦住了她。

“不行！你不能进去。”他说，“你有了身孕，应该回家好好休息。”

凌丽哭笑不得，不耐烦地说：“你别大惊小怪，怀孕不算什么，我照常可以工作。”

乔兴剑突然发起火来，他把凌丽拉到平台的一边，冲她低声吼道：“丽丽，你为什么要这样？为什么嫁给另一个男人，还要怀上他的孩子？我们为什么会错过？你说啊！”

凌丽由震惊变为平静，冷笑道：“这是老天的安排。再说你比我先结婚……”

“那是因为你没给我一点希望！”乔兴剑气恼地在平台上直打转，他指着旁边的模拟器说，“我就是为了参加这‘运10’的试飞，才听从上级安排结了婚！”

凌丽倍感心痛，愤慨难忍，也恨恨地说：“都怪你们部队领导，掐断了我们的感情。否则我肚里的孩子就该是你的……所以，我这一辈子都不想再进你们试飞站了！”

乔兴剑怔了怔，才说：“那是特殊年代……现在，如果‘运10’需要呢？”

凌丽也怔了怔，一时间回肠荡气，不知说什么才好。她顿了顿，不禁流下泪来，哽咽着问：“难道真是为了‘运 10’，你才牺牲了我们的感情？你觉得这样做，值得吗？”

乔兴剑毫不犹豫地说：“值得，人生能有几回搏？生命诚可贵，爱情价更高……”

“若为事业故，二者皆可抛！”凌丽也振奋起来，毅然一甩头，“好，进去做试验吧。”

她率先进了模拟机舱，乔兴剑却心潮涌动，几乎掉下泪来。随后他平静了心情，也跟着走进狭小沉闷的机舱。两人全神贯注地做试验，又回到那忘我的境界中。

两个月后，乔兴剑开着“运10”02号样机，在工厂的机场进行了首次低速滑行的试验，顺利通过。那天很热闹，全体设计人员都去了，大家都热泪盈眶，就像看着自己的孩子在蹒跚学步一般。当“运10”抬起前轮离开地面时，众人拼命鼓掌，热烈欢呼，激情澎湃。凌丽摸着自己的肚子，默默念着：“孩子，也许你出生那天，就是我们的‘运10’首飞之日！”

凌丽一直没把怀孕的事告诉郑义良，起初是因她主意未定，甚至又想过，要不要去打掉孩子。后来工作太忙顾不上，她就想索性给丈夫一个惊喜，反正他不在身边，无法照顾自己。凌大志频频催促女儿给郑义良写信，凌丽却顾不上。直到人生的这一环被生生扯断！

原来就在这时候，郑义良突然遭遇了前所未有的打击：他最近时常腰痛，有时竟然都直不起腰来。去医院看病，经历了一系列检查，结论让他如雷轰顶！报告说，他脊柱的第七节和第八节都有裂痕，可能跟过去的旧伤有关。现在引发了脊髓炎，发炎脓肿，要做手术，闹不好还会瘫痪。郑义良失魂落魄地回到住所，不知怎么办才好……

他这一生都很不幸：他出身书香门第，父母都是子弟校的教员，却在特殊年代中不堪折磨，双双自杀。他也受到牵连，挨了打，才有那些旧伤。而他没有兄弟姐妹，遇到任何事都只能自己扛。他想到新婚妻子凌丽，他那么爱她，对她一见钟情，好不容易才抱得美人归。凌丽出身航空世家，跟大飞机有不解之缘，甘愿为此付出她的一生。而自己的下半辈子可能都要在轮椅上度过了。他怎能拖累她，影响她的事业和生活？

郑义良想了整整一晚，通宵失眠。次日他就独自住进医院，接受了长达数小时的手术。但术后情况不太好，医生说他注定要瘫痪，只剩下几个月的时间可以站立。郑义良向来优柔寡断，这次却前所未有地果断，他决定什么都不告诉凌丽，一切都自己扛。

他以这个病为理由，说需要亲属照顾，要求调回老家东北的沈阳飞机厂。厂领导知道他是技术骨干，不想挽留，但他态度坚决，只好放行。郑义良通过熟人联系好那边，很快就办完调动手续。这时他才坐下来给凌丽写信，提起笔就热泪满腔，不由得大哭一场。他从不抽烟，这晚却抽了一夜的烟。最后他在面前的纸上写下了“离婚协议书”几个字。

凌丽一直没空给郑义良写信。这天她做完试验，满心高兴地回到家，发现桌上放着一封丈夫的来信，是凌大志从传达室拿回来的。凌丽拆开一看，犹如晴天霹雳！

郑义良居然提出离婚！而且没有任何理由！

凌丽如堕五里雾中，简直不敢相信，又把这封离婚协议书从头到尾仔仔细细看了一遍。郑义良的字跟他往日不同，写得歪歪扭扭，那一行行字在灯光下看去，就像一些蜿蜒爬行的小虫，不忍目睹。她反复看了几遍，怎么也想不通……

晚上凌大志回家，发现女儿再次倒在床上哭泣，连忙上前问：“又怎么了？”

“爸，你自己看吧……”凌丽含泪把那封信扔给父亲。

凌大志连忙戴上眼镜，目光疾扫，很快看完了信，也觉得如遭雷击，他摘下眼镜，不禁叫起来：“这孩子疯了吧？怎么会无缘无故提出离婚？他不是在开玩笑吧？”

“怎么会呢？”凌丽的眼泪成串往下掉，“谁会拿离婚的事开玩笑？还写在纸上。”

“女儿，别哭，让我再看看……”凌大志又戴上眼镜，一面抓起信笺反复看着，想从字里行间找到一些问题，一面仍是反复嘀咕着，“这是怎么回事啊？他会不会无意中写错了？”

“怎么可能！”凌丽不由得啼笑皆非，“这种事还会有错吗？谁提出离婚不是正经八百，考虑了又考虑？可是理由呢？他为什么要离婚？躲躲闪闪没有正面说出来……”

“是啊！是啊！”凌大志丢下信纸，在屋里踱步，帮女儿分析着，“可能是你们两地分居，感情生疏了？或者是他在生你的气？假意提出离婚？甚至他有可能爱上了别人？”

“哎呀，爸，这些都不可能！郑义良真心爱我，他不是这样的人啊……”

凌丽反驳着，但心里却装满了无数个疑问。

凌大志终于停留在女儿的床前，严肃地说：“我觉得这事很奇怪、很蹊跷，不排除另有隐情……丽丽，我看你现在应该尽快去成都找到他，问问他究竟怎么回事？如果他是出于认真的考虑，你也该把怀孕的事告诉他，再跟他商量一下，以后的日子该怎么过？”

凌丽起身走到窗前，望着厂区那个不夜城，似乎在那片灯光的海洋背后，看到了逐渐加重的夜色，这使她心中有了一种不祥的预感……

“好，爸，我听你的，立刻去成都，找他问问怎么回事。”

正巧厂里有架飞机要到成都飞机厂，凌大志赶紧帮女儿联系好，送她上了飞机。和大半年前的情景相同，凌丽从舷窗里望着外面的天空，只见阴云密布，不断出现的浮云吞噬着天边的彩霞，让那美丽的晚景犹如昙花一现，她心里的预兆更是不妙。接着飞机开始颠簸，在猛烈的气流中，飞机好比汹涌波涛中的一只小船，凌丽忍不住吐了……

飞机降落在成都的太平寺机场，这里离飞机厂还有半个城市的距离。凌丽只好搭公交车去黄田坝，一路上又颠得七荤八素。在这陌生的城市里，她突然感到好孤单，只想尽快找到郑义良，问个清楚明白。不料她到了成飞厂一问，郑义良已经被调到沈阳飞机厂，而且没有留下只言片语。凌丽由着急上火变为气恼万分，心想他有什么权利这么做！孩子就要生下来了，却没有父亲！她给凌大志打电话，忍不住哭起来。凌大志也焦心如焚，猜想郑义良肯定出了什么大事。他只好劝说女儿去沈阳飞机厂，务必要找到郑义良，弄清楚事实真相。

凌丽也想这么做，但她连日奔波，身体出现了状况。她在炎炎烈日下排队买火车票时，突然昏倒了。在医院里醒来后，医生告诉她，要立刻回家休息，否则胎儿可能不保。凌丽流下泪来，在病床上思索良久，虽觉得事发突然，但自己跟郑义良的感情本就不深，嫁给他也很勉强。可能他也清楚这一点，明白自己爱的不是他，所以才提出离婚。这一想，她便释然了，觉得那样也好，她已经失去了最爱，现在不怕再失去丈夫。

她抚摸着自己的肚子，小声对腹中的胎儿说：“没关系，我撑得住！妈妈一个人也要把你抚养大！”

凌丽在医院里住了两天，待自己情况稳定，就平静地在那份离婚协议书上签了字，然后回到成飞厂，托厂领导转交。她坐飞机回上海后，简单地对父亲说明了情况，便一头扎到工作中。她虽没有张扬此事，但几个好朋友还是知道了，个个都很诧异。凌丽也不加以说明，别人便不好多问，只能在心里嘀咕。江树森虽然心疼她，也只能叫甘素芬做点好吃的送去。甘素芬得知凌丽离了婚，倒是有些慌乱，更加紧了“造人计划”，但还是没怀上。

半年后，“运 10”首飞的日子终于确定，凌丽也快生产了。就在“运 10”首飞的前一晚，她仍是不顾自己的大肚子，一直忙到很晚才回家。凌大志也在伏案工作，检查次日的首飞事项。这是个无眠之夜，当晚不知道飞机厂有多少人兴奋得睡不着觉，又有多少人还在检查自己手上的工作，唯恐出半点差错，有半点纰漏，就会影响次日的首飞……

凌丽推门进来，不禁呻吟了一下，她的身子已经很重了，不小心碰到哪里都麻烦。

凌大志听到女儿的声音，连忙推开椅子站起来，埋怨道：“丽丽，我正要去厂里找你呢。你怎么不顾自己的身体啊！都快临产了，还要忙到这么晚才回来。”

“没关系，预产期还有十多天……”凌丽辩白了几句，突感有些不适，但还是坚持着进了厨房，“爸，你没吃晚饭吧？我也没吃，咱们煮点挂面吧。”

“你别动，我来吧！”凌大志连忙冲到厨房里，把女儿扶到一边。

凌丽还想说什么，正巧江树森推门进来，手上提着一个多层的铝制饭盒，笑着说：“你们别做饭了，看看我带来了什么？是素芬给丽丽做的醪糟蛋，又香又甜啊！”

自从凌丽怀孕，江树森就经常让甘素芬给她做好吃的，补补身体，有时候凌大志也一起享用了。这天晚上凌家父女围在桌边吃醪糟蛋，跟江树森一起说说笑笑，畅想着次日一早“运 10’首飞的事，互相鼓励了一番，都是豪情满怀，心情愉快。江树森等他们吃完了，收拾起饭盒正要离开，凌丽突然说她肚子疼起来了，似乎立刻就要生产。

“快，树森，我们送她上医院。”凌大志说着，庆幸江树森正好在场。

江树森二话不说，就帮着凌大志扶凌丽下楼，又送他们上了最后一班公交车去医院。凌丽被推进产房待产，凌大志兴奋地等着，听见产房里传出女儿的呻吟声，他很着急，婴儿久久没有生出来，他想起次日还有更重要的事，留下相关信息便赶回厂里去了。

第二天正是 1980 年 9 月 26 日，中国第一架自主研制的大型喷气式客机“运 10”首飞，在国内外都引起轰动，媒体争相采访，宾客如云。飞机厂的技术员和工人更是兴奋不已，群情激昂，处处人头攒动，高大厂房的顶棚上也站满了人。跑道一旁摆了几排座椅，一群贵宾坐在那里，其中有外国航空公司的代表，也有中国航空工业和上海市的领导。还有一位白发苍苍的老工程师做了手术没几天就执意要来，观看自己曾做出贡献的大飞机“首秀”。

当红彤彤的彩霞照亮天边时，巨大的机库门便被推开，一辆牵引车缓缓从机库里驶出，随之出现了一具庞大的流线型机头，驾驶舱的前挡风玻璃闪闪发亮，引人注目。再后面是一对宽大的翅膀，整个身躯在艳阳的照耀下璀璨夺目……

人们早已忍不住拍起手来，掌声雷动。这就是中国航空工业史上造出的第一架规模最大的飞机——“运 10”。牵引车拉着这架飞机徐徐转了个弯，潇洒自如地展示着它那优美的曲线，炫耀着它那闪亮的色彩和机尾上的五星红旗。此时艳阳高照，人流如潮，谁也不愿错过这一幕，都想看到自己亲手打造的国之重器翱翔天空，它身上的每一根线条都倾注了无数设计人员和工人师傅十年的心血，在场的人们无不心潮澎湃、欢呼雀跃……

驾驶舱里的乔兴剑也激动无比，他早就想象过这一刻，并且引以为傲——担任我国第一架自主研制的大型喷气式飞机的试飞员，这是他一生中最光荣的任务！他驾驶着飞机脱离了牵引车，驶上跑道，慢慢地滑行。随着发动机隆隆作响，滑行的速度越来越快，终于滑行到跑道尽头，好似一只雄鹰般展翅高飞，冲向蓝色的天空……

“好啊！它飞起来了！飞起来了！”

“为祖国骄傲，为我们自豪！“

人们大声欢呼，互相拥抱，激动不已，喜极而泣，掌声如雷，直冲九霄……

乔兴剑驾驶着“运 10”昂首展翅飞向蓝天，畅游空中。地面上的封钟庆、凌大志和陆天放一直仰首追寻，只见天空如此广阔、辽远、清澈，这架飞机在阳光下闪闪发亮，好似一只晶莹透亮的鹰。江树森跟他们并肩站着，也是热泪盈眶，他们互相看了看，然后一同举起拳头，向天空中挥舞——他们都知道，接下来的任务会更艰巨。

陶伟川今天负责主持首飞，他身边坐着波音公司的代表，当飞机滑行、加速、升空时，此人一直认真看着，然后转头对他说："好啊！中国的飞机设计师毕业了，波音公司只不过比你们早毕业几年。但在航空领域，我们再不能把你们视为一个落后国家了！"

在厂外的田野上，江胜田由儿媳甘素芬陪着，拄着拐杖也在倾听，当飞机越过头顶时，他笑得合不拢嘴，不断喃喃地说："好啊，好啊！我看不到，却听到了！听到了飞机在我头上盘旋……中国人有自己的飞机了，我们终于扬眉吐气了！"

乔兴剑驾驶着"运10"飞机在空中翱翔一圈，完成了首飞任务，驾机返回了机场。他和机组人员在欢呼声与鲜花的簇拥中走下了舷梯，大家都是满脸笑容，如同晨光般灿烂。乔兴剑取下头盔，任风吹动着他的蓝色飞行服，急切地在人群中寻找着，却没看见那张花朵般的脸。他将目光收回，内心感到一丝遗憾。首飞任务已经顺利完成，其他的一切，生与死，爱与恨，荣和辱，都不在话下了！

他大步走到那排座椅前，英姿飒爽、目光清亮地向主持首飞的陶伟川汇报情况："报告首长，'运10'02号样机，顺利完成首飞任务！"

"太好了！"旁边的封钟庆情不自禁地抢着发问，"你在飞行中感觉如何？"

"太棒了！"乔兴剑也不禁眉飞色舞，"这么大一架飞机，在空中飞起来却是机动灵活，生龙活虎，让我们飞得好过瘾！"

"好啊！"陶伟川激动地说，"以后你们除了常规试飞一些科目外，还要去北京，去各处飞行表演，让全国人民都看看咱们自己生产的大飞机，是怎样生龙活虎！"

机场外的草坪上，工厂的技术人员也欢聚一堂，庆贺"运 10"首飞成功。他们来自五湖四海，各自捧出家乡特产，有哈尔滨红肠、南京板鸭、四川腊肉、北京啤酒……食堂炊事员也送来了工作午餐。杨本和从学习班回来后，决心脱胎换骨，痛改前非，他工作积极，重新当上食堂管理员，今天还特意做了几道拿手好菜。

凌大志高高举起酒杯，含泪大声说："有了'运 10'，我们中国的天空将不再寂寞！"

陆天放此时默默走到一边，拉起了他带来的小提琴。人们渐渐安静下来，发现他拉的曲子竟是一首《红旗颂》，慷慨激昂的琴声把他对祖国的热爱，对航空事业的忠诚完美地倾诉出来。人们都含着眼泪围上来倾听，心中也涌动着一股强烈的爱国激情，以及对党的事业的无比忠诚与向往之情。他们共同期盼着，中国的大飞机从此能在祖国的蓝天上骄傲地飞翔！

凌大志想起女儿还在医院生产，连忙从庆贺的人群中撤离，匆匆赶到医院。凌丽生下一个健康的男婴，凌大志很高兴。陆天放、江树森和从北京回来的夏青也赶到医院，看到母子平安都表示祝贺。凌大志把女儿和外孙接回家，临时请了一个保姆来照顾，又告诉女儿“运 10”首飞的事。凌丽听说首席试飞员果然是乔兴剑，不免感伤一番。她没有赶去目睹首飞，心里也有些气闷，甚至暗恨这孩子来得不是时候。但看见婴儿那亮晶晶的黑眼珠，她感到释然了，觉得儿子无形中投给她的都是鼓励和信任的目光。凌大志要给外孙取名，凌丽的脑子里只想到一个“翔”字，并坚持要冠自己的姓，于是这个男孩就叫凌翔。

这时工厂情况好转，技术人员都住进市区的公租房，是一片石库门住宅区，在复兴路 345 弄。江树森和凌丽住在一栋楼里，甘素芬听到婴儿的哭声很感伤，悲叹自己还没怀上。江胜田去看婴儿，摸着孩子的小手小脚，回来后不言语，神情也挺郁闷。甘素芬怯怯的，只怕丈夫抱怨自己。江树森却安慰她说：“没关系，该来的自然会来。”

夏青在家也很郁闷，默默做好了晚饭。她厨艺并不高明，只会炒鸡蛋、拌豆腐和煮青菜。跟凌丽在阎良学军时，有一次放假，她去菜市场买了鸡蛋，在宿舍用借来的煤气炉炒了十二个，吃得凌丽恶心胃疼，好长时间不想再吃鸡蛋。陆天放对此却很宽容，从不计较。他下班后回家吃饭，见桌上又摆着这老三样，也并不在意，立刻大口吃起来。

夏青在旁边看着他吃饭，并不开口。陆天放觉得奇怪，抬头一看，夏青居然在掉泪！

“你怎么啦？”陆天放觉得莫名其妙，“谁惹你不高兴了？”

夏青罕见地哭起来，抽泣着说：“天放，我们离婚吧……”

陆天放更是惊讶无比，妻子在他心中是个女强人，轻易不会伤感流泪，这是怎么啦？他知道夏青身体不好，他早听凌丽说过，也有思想准备，觉得两个人只要合得来就行。

“到底发生了什么事？”他放下筷子，温和地问，“你能不能告诉我？”

夏青知道陆天放的工作作风一向强硬，不料他在家待妻子却挺温柔，对这个婚姻本来很满意，现在却有话说不出口，只是沉默不语。陆天放猜知她有心结，又款语温言地抚慰了一番，说无论发生什么事，作为丈夫，自己都会跟她一起扛。夏青见他坐在饭桌旁，显得沉着而果断，更是暗暗心酸，心想凌丽给她介绍了一个好丈夫，她却承受不起……

陆天放有些担心了，他把拳头暗暗使劲地放在桌上，目光温柔地望着妻子，声音清晰而有力地说："你说吧，没关系，我只是不想跟凌丽那样，莫名其妙地被离婚！"

夏青浑身一震，深受触动，只好压抑住情绪，低声说："我不是为了自己才提出来……天放，你们陆家是单传，东北人特别讲究这个——我没生育能力，对不起你们陆家。"

"原来为了这个？你是因为你的老同学凌丽生了个儿子，才这么伤感？"陆天放松了一口气，微笑着轻轻摇摇头，"你用不着那样。我们没有孩子，一样能过得好。"

夏青暗地里松了口气，但目光仍是闪烁不安地说："可是天放，你父母那边……"

"你放心吧，我会做工作。"陆天放忙说，"他们都是有知识有文化的人，他们会说，顺其自然。他们还会说，有没有孩子不要紧，各有各的人生。"

夏青知道丈夫这么说是在安慰自己，心里虽然很熨贴，但仍是眉头不展，郁郁难解，沉了口气，又说："就算你父母理解，别人也会说闲话，毕竟无后为大……"

"别再说下去了！"陆天放坚决制止道，"有些人心胸狭窄，爱管闲事，我们何必计较。反正我告诉你一点，我不会跟你离婚！我们好好过日子吧！"

他隔着桌子握紧了妻子的手，想传达给她一股坚强的力量。夏青的身体微微震颤，心里却很感动。自从嫁给这个男人，她渐渐恢复了青春活力，便不再说什么。

"饭凉了，我去给你热热。"她起身进厨房，借此掩饰自己又要掉下来的眼泪。

几天后夏青回到北京，陷入日常繁忙的事务中。陆天放常跟她通电话，想办法开导她，让她觉得很温馨。她脸色虽还是那么苍白，但精神抖擞，工作也越来越起劲。她觉得这个丈夫正是自己需要的人，他们将在人生路上一直携手同行，这点斜风细雨又算什么。

第十二章

“运 10”虽然首飞成功，但没拿到适航证，在国际上也有非议。这天飞机厂接待了一位美国航空学院的教授，他就用英语大声质疑说：“‘运 10’不过是一架仿造波音的‘仿制品’，所以迟迟拿不到适航证。”技术人员都很气愤，但他们的英语不行，无法驳斥对方。在场的人中只有凌大志英语特别好，他立刻挺身而出，引用了很多航空术语来反驳。

他说：“‘运 10’的设计不是波音的翻版，它是我国完全自主研发、独一无二、具有中国知识产权的大飞机，也是我国发展大型喷气客机长达十年之久的工作成果……”

他侃侃而谈，委婉坚定，还回答了这位教授提出的很多问题。使教授心服口服，于是他想了想，又激动地大声说：“我宣布，刚才我说过的话全部作废！我不知道中国飞机设计师这么棒，取得了这么大成就！他们设计出来的飞机肯定能行！”

现场顿时响起热烈的掌声，凌丽也为父亲骄傲。凌大志已经六十多岁，即将退休，但他那明朗爽快的作风，体现了我国科研人员一贯追求真理、实事求是的精神。

可是就这样一架为中国航空事业争光的大飞机，此后的境遇却让人心寒：尽管生产出两架样机用于试飞，但“运 10”仍没拿到适航证，也没单位来购买。眼看第三架样机因缺少资金而面临停产，封钟庆和凌大志却退休了，只能在家干着急。新任飞机厂技术科长的陆天放不甘心，他跟新任副厂长方强都属于少壮派，年轻激进，就上北京去争取资金，但空手而归。徐温华已升为部级领导，对“运 10”并不看好，而且耿耿于怀，说中国民航是开放的市场，能购买更先进的波音 737，还不够成熟的“运 10”谁肯要？流言蜚语一起，又被“仿制派”和“保守派”抓住不放，不断设置障碍，“运 10”竟然面临被下马的危机！

陶伟川知道后更着急，他也退休了，但是同样不甘心，又把封钟庆和凌大志召集到一起，说我们要当好下一代的参谋，在背后为他们出主意想办法。

在他们的支持和建议下，陆天放决定背水一战，这天晚上便带着全厂的技术人员在食堂开大会，公开讨论此事。议题一经宣布，立刻群情激昂。有人主张给中央领导写信，有人提出要重新搞论证……

这时谁也没想到，乔兴剑居然风尘仆仆地赶来了！他进来就坐在食堂僻静的角落里，灯光很昏暗，很多人都没认出他，凌丽却发现了，禁不住心潮激荡。人们还在热烈讨论，凌丽的目光却一直停留在乔兴剑的身上和脸上，仿佛想360度无死角地观察他。在她的脑海中，他们相识的一幕幕都跃然涌现，热泪无声地滑落在她脸上，与其说是心酸，不如说是自豪——她爱上的这个男人没有变，还是那么神采奕奕，目光炯炯，明亮的眼睛里闪烁着智慧的光芒。他手上拿着一封信，看样子很激动，但脸上的表情却很沉稳，似乎在酝酿发言……

凌丽不由自主地站起来，大声说："首席试飞员乔兴剑来了，看他有啥话说。"

在人们的掌声中，乔兴剑感激地看了凌丽一眼，就慨然站起来，举起手中那封信说："我是想来告诉大家，我已经就'运10'研制一事，给中央有关部门写了信，也得到回音！"

"什么？你给中央写信了？"有人叫起来。

"快说说，上面是怎么回复的？"有人赶紧问。

乔兴剑这才详细解释：原来他在信中专门提到了研制和生产"运10"的事，还前瞻性地建议成立上海飞机制造公司，想集中优势力量，再生产几架"运10"。不愧是一直在生产前线的试飞员，他的信有理有据，思路敏捷，条理清晰。

然而有关部门却给他回复说："运10"搞了十年才生产出来，如今属于淘汰机型，不宜再生产。

乔兴剑不服，拿着这回信来到厂里，想跟大家一起商量办法。众人听到这里都很沮丧，却想不出任何主意……

乔兴剑见大家不说话，又笑道："别丧气啊！咱们厂当初研制'运10'，可是充满信心！我作为试飞员，也充满信心地去飞了，而且成功了。谁说我们不行？就算这款飞机过时了，我们也要再飞出一批数据来，这样才能为我们今后的工作积累经验嘛！"

"就是这点难办。"陆天放泄气地说，"我们厂现在根本拿不出经费来继续试飞。"

"这个并不难，我们一起想办法，正道不行，就走别的道！"乔兴剑慷慨激昂地说，“这样做当然有风险，但我们是为了航空工业的发展在贡献力量，相信上级也会支持！”

大家都信服地点头赞同。他这话说得很坦然，也很悲壮，是融入事业后对自身使命的认知。试飞员不是设计师和工程师，但他们同样肩负着发展航空工业的重任，而且是架起大地与天空的桥梁，也是梦想与现实之间的桥梁。其使命感同样关乎国运！

乔兴剑掷地有声的发言惊动了杨本和，他正在伙房里洗锅灶，准备次日的饭食。这伙房就是他自由的领地，这也是他一天中最轻松的时候，可以哼着歌自娱自乐。突然听到外面响起一道脆亮的男中音，他略感自卑地住了嘴，朝外一张望，顿时惊讶地愣住了，眼睛一眨不眨地看着乔兴剑：灯光下的那个年轻男人身穿空军制服，形象魁伟，线条硬朗，浑身上下都透出胸有成竹的沉稳和自信……

首席试飞员的名字，全厂上下谁人不知？但此时杨本和又把眼光瞟向凌丽，猛地一机灵：只见她也正望着那个飞行员，脸上的仰慕表情一览无余。难道这个飞行员，就是凌丽的初恋情人？杨本和不禁战栗了：这一对可真是好搭配，却生生被自己给搅了！

杨本和经过一番灵魂的洗礼后，不由得生出对自己的无限鄙视……

在这种无地自容中，他本该离去，但杨本和也是个聪明人，或者说，他总有办法显示自己的聪明。于是他灵机一动，就挥舞着一把大饭勺跳出门来，突然插嘴说：“哎，人饿了要吃饭，这大飞机也一样嘛！你们就多从这方面来想一想吧！”

在凌丽嫌恶的目光中，他赶紧缩回伙房。但陆天放眼睛一亮，突然想到西藏。此时民航部门的运输机不足一百架，很多地方都需要运输机。

散会后已经很晚了，陆天放立刻带着乔兴剑去陶家，提出这个方案。正好陶司令的智囊班子都在，陆天放开口便说：“我们能不能让还未取得适航证的‘运10’，加入国内短缺的长途航线货运？”

陶伟川也觉得眼前一亮，连忙点点头：“我看这是个好办法，可以试试。”

“我觉得有困难。”封钟庆却很担心，皱紧了眉头，“那些高原航线有几座海拔5000至6000米的雪山，净空条件很差，民航飞机都不敢飞，‘运10’能行吗？”

凌大志颇有信心地说：“事在人为，一定能行。”

“只要让我飞，保证完成任务！”乔兴剑也拍着胸脯说。

在老首长那里达成一致意见后，陆天放次日又带着乔兴剑来到厂办公室，把这意见汇报给方强。方强刚从北京回来，一无所获，一脸疲惫，就摇头说，这很难，得跟民航部门协调，他们不一定同意。陆天放积极地说，咱们可以争取啊！方强却不情愿再跑北京，想到夏青在中国民航总局工作，就对陆天放说，还是去找你老婆帮忙吧？陆天放想想也是，只好答应。

陆天放很快飞到北京，夏青听了此事，也说很难，但愿意帮忙。接连好几天，她带着陆天放跑了几个部门都没有回应。陆天放很生气，觉得民航不支持自己的大飞机，竟然跟夏青也嚷嚷起来。夏青理解丈夫的心情，又让他回去多准备资料，还陪他回到上海。

陆天放这一路可谓马不停蹄地连轴转，他让妻子先回家，自己又赶到厂里取资料。路过一间办公室，从门口瞥见一个两岁大小的男孩在里面不停地哭闹，其他人都手忙脚乱地安抚他，个个焦头烂额……

陆天放一时好奇心起，便走进去问："这是怎么啦？他是谁的孩子？"

他一边问，一边盯着那孩子看，只见他一身破烂，一头乱发，已经哭花了脸，但仔细瞧来，却是相貌俊朗，五官端正，两只眼睛乌黑晶亮，滴溜溜转个不停，似乎知道自己遭遇不测，不甘命运的捉弄，竟要使出小小年纪的最大勇气，来拼命抗争！

陆天放从不喜欢孩子，自从知道妻子没有生育能力后，更是碰见了孩子也不多看一眼。这时却鬼使神差，被一个素未谋面的小男孩吸引住了。他情不自禁地上前搂住这孩子，拍着他的小肩膀，温言细语地安抚他。孩子可能也哭累了，在他温暖的怀抱中慢慢安静下来，只是抽泣个不停。陆天放一问才知，这是本厂一个职工的儿子。这人是在农村结的婚，妻子生这个儿子时，因难产而死，他只好把儿子丢给寡居的老母亲照管。前不久母亲也去世了，这个职工回家办丧事，想把孩子接回厂里。但他办好了手续，临走之前下河洗澡，却意外溺水身亡。这下孩子成了孤儿，村里也不管，说他的户口已经迁走，硬要让厂里来办丧事的人把他带走。厂里派去的人虽觉得这事太蹊跷，但死者为大，不能再计较，只好把男孩接回来，准备送孤儿院。孩子可能知道发生了什么事，一路哭啼，谁也劝不住……

陆天放听说此事倍感唏嘘，见这孩子小小年纪就遭此不幸，不禁起了恻隐之心，便把桌上一个"运 10"的模型递给他，想哄哄他。男孩接过飞机模型顿感好奇，翻来覆去地把玩，居然停止哭泣。众人都同情地看着他说，这孩子真不幸，父母去世，无人帮助，去了孤儿院还不知会怎样？有人领养他就好了。陆天放听了，心里有所触动。

正在此时，孤儿院的人来了，要接孩子走。孩子却不情愿，居然依偎在陆天放膝下，似乎在寻找依靠和支撑。来人强行抱走他，他又哭闹起来，还不断回头看陆天放，朝他挥着手，似乎不愿离开他……

陆天放的心也随之往下一沉，仿佛心底的一缕柔情被突然唤起。他怔了怔，连忙冲下楼去。孩子已被抱上车，一面哭个不停，一面从后车窗里朝他招手……

陆天放一阵冲动，连忙跑上前，想把这孩子抱下来。但车已发动开走。

陆天放不知道哪根筋被揪住了，便狂奔着追赶上去，不断叫喊："快停下！停下来！我有话说……"

车上的人终于发现他在追赶，连忙停下车来。陆天放冲上前去，拉开车门，一把抱下了孩子，孩子立刻紧紧靠在他胸前，无声地停止了哭泣。

这时涌来不少人，都感动地看着这一幕，纷纷说："看来这孩子跟他有缘啊！"

"是啊，一见到他，这孩子就不哭不闹了。"

也有人干脆地说："老陆，你没孩子，不如收养了他。"

陆天放的胸中涌动着一股激情，他低头看着孩子，孩子也正仰起头来，略带诧异地望着他，那目光充满了无限信任，似乎带着一股奇异的力量吸引住了他。接着，孩子又像一头小鹿似的投入他的怀抱，令他很快就找到了做父亲的感觉。

陆天放决心领养这个孩子，在厂办和孤儿院的帮助下，他很快办好了领养手续。他问清孩子原没有大名，小名叫石头，就给他起了名字叫陆云飞，还对他说："以后我就是你爸了！"

小男孩没开口叫他爸，只是紧紧依着他，小手也紧紧拉着陆天放的手，从这微微颤动的手心里，陆天放感到了一种奔腾全身的热潮，让他更是平添了一种舐犊之情。

陆天放怕夏青感到意外，决定回家慢慢告诉她。

夏青看到孩子，果真皱起眉头说："这是谁的孩子呀？脏兮兮的，你居然领回家了？"她跟很多没孩子的人一样，有点逆反心理，不愿见到别人的孩子。

陆天放便拉她坐下来，把事情详细地告诉了她。

夏青果然不乐意，立刻反对说："我可不愿带别人的孩子！谁知道他是什么血统？”

陆天放知道高干子女都讲究血统，便不再说什么，就拉着孩子进了卫生间，给他洗头洗脸，又去找邻居家借了一套小孩子的服装，给那孩子穿上。他一直忙到很晚，夏青在旁边看着，始终沉默不语……

当晚两个大人都没睡好。陆天放半夜起来好几次，去看独自睡在客厅沙发上的孩子。

突然听到夏青在他身后说：“明天就把这孩子送孤儿院吧……”

陆天放回头望着她，觉得陡感陌生，不禁问：“你真要这么做？”

“你不是说过吗？咱们没有孩子，也一样能过得好。”夏青不悦地反问。

陆天放打了个寒战，知道无法再坚持。否则敏感的妻子就会认定，自己是因她不能生孩子而嫌弃她！陆天放扶着夏青回卧室，却再难入睡，一直焦虑不安。他跟夏青结合得仓促，似乎两人都不愿浪费时间多接触，觉得合适就在一起了。婚后为了各自的工作，他们又很少在一起。但陆天放是个内心细腻的人，他觉得自己能懂夏青，理解她，并且了解她那像火一样喷射的性格，知道她眼里揉不得沙子。看来这孩子，他无法留下……

不料次日起床，他发现孩子早醒了，正在悄悄玩那个飞机模型，只见他抓着那个模型上下起伏地挥舞着，嘴里还“呜呜呜”地叫着，玩儿得挺起劲。陆天放身不由己地看着他，心里实在很喜欢。这时那孩子转头看见了他，居然开口叫了一声：“爸！”

陆天放再也忍不住，上前就抱住他，把他小小的身子拥在怀里，感到很欣慰。

夏青走出卧室，正好看见这一幕，发现丈夫搂着那孩子，眼里颇有神采……

“怎么啦？你又不送他走了？”夏青很不高兴。

“我确实想把这孩子留下！他父母双亡，实在可怜，进了孤儿院，命运堪忧！”陆天放沉思着说，“这孩子喜欢飞机，日后必有出息。我已经给他起名叫陆云飞，也对他有了感情，觉得他就应该是我的儿子……夏青，我不愿送走他，你就答应留下他吧！”

夏青更不快，干脆地说：“你若留下他，我就回北京，再也不回来！”

正好凌丽进门，笑道：“我的姑奶奶，你又在发什么脾气？”

夏青有些不好意思，陆天放却抢着道出缘由。凌丽说厂里都传开了，陆天放收养了一个儿子。她摸摸孩子的头，劝导闺蜜说：“这不挺好的事儿吗？你别小肚鸡肠了，还无法容纳一个孩子？”

夏青只好找借口说：“天放要工作，这孩子太小，谁来带啊？”

陆天放忙说：“孩子先留下，这事以后再说。”

凌丽却笑称她有办法。原来甘素芬一直没孩子，可她偏偏很喜欢孩子，凌丽的儿子凌翔快一岁了，也是她在帮忙带。凌丽就说，把这孩子也送过去吧，多一个没关系。

夏青只得答应，心里却盘算着，下次回来再把陆云飞送孤儿院。

他们把孩子送到江家，甘素芬果然很喜欢，说：“孩子多不怕，我们老家有句话，这才能引得咱家凤凰来！”

江家父子也很高兴，江胜田说：“你们都是厂里骨干，为了不影响工作，就把孩子送来，我们帮着照料。”

陆云飞和凌翔两个男孩立刻玩到了一起，陆云飞仍是拿着那个“运 10”的飞机模型，凌翔伸手想要，陆云飞就慷慨地送给了他。

陆天放很高兴，对凌丽说：“男孩子独自长大未免孤傲，要让他们从小就结成好伙伴，长大后遇事也多一个帮手。”他又自豪地对妻子说：“我们今后多了一个任务，要把咱家的孩子培养成才！”

夏青回北京了，为落实“运10”参加民航货运的事，陆天放也要进京做工作，继续疏通民航部门。方强劝他放弃，说他的想法根本不现实。

陆天放先给妻子打电话，夏青也很为难，还问丈夫：“何时把陆云飞送孤儿院？”陆天放才知夏青并没放弃这个想法，夫妻间为此还会发生矛盾。陆天放硬着头皮进京，想缓和两人的关系。但一提到陆云飞，空气便紧张起来。

夏青说：“你再不把那个男孩送走，我就不回家！”

陆天放觉得自己跟陆云飞已经血肉相连难以分割，宁肯忍受夏青提出的任何条件，也不愿送走陆云飞。

夏青更加生气，但她毕竟是高层干部之女，能分清轻重，于是她还是帮着陆天放在有关部门奔走，使“运10”参加支线运输的试飞方案终获批准。

乔兴剑听到这个消息很高兴，不料也跟妻子发生矛盾。钱忆宁被调到试飞站做家属工作后，遇到几次机毁人亡的一等事故。有些平时关系好的朋友邻居，转眼化为碎片，葬身在蓝天，尸骨无存，令亲属痛不欲生。听说丈夫要驾驶“运 10”，从成都转场进军西藏，她坚决不同意。高原试飞都很危险，机场大多是建在群山环绕的深谷里，四面均是高耸的山峰，飞机常常临近机场还看不到跑道。有时山峰被云层遮蔽，弄不好飞机就会撞山焚毁！

“兴剑，不行！那太危险了！”钱忆宁生气地说，“你们是在搏命！”

乔兴剑只好耐心劝导她：“忆宁，你还不太了解商用飞机。这种飞机因为要载人，安全系数很高，历史上大飞机出事的概率，比战斗机要低很多倍，危险系数并不大。”

“你别来蒙我了。”钱忆宁伤心地说，“飞机固然是安全的通行工具，但一出事就是机毁人亡，那份惨烈想都不敢想！还记得你的亲密战友大刘吗？白发人送黑发人，出殡那天，他的老父亲受不了这强烈刺激，也倒在儿子身边了。还有你的好朋友小王，他牺牲后，你给他守了两天两夜的灵，回来倒头便睡，我看见你在悄悄流泪……这些你都忘了？”

乔兴剑有些不耐烦，但也挺理解。妻子被调来后处理了几次重大事故，既要安抚家属，还要做善后工作，回来后总是伤感不已，泪水长流。那些家属悲痛欲绝的样子时常在她眼前出现，挥之不去，只要战友牺牲，他们家里就会有很长一段时间空气紧张，两人都轻松不起来。

钱忆宁不想让丈夫再当试飞员，多次劝乔兴剑改行去民航，说那里工作稳定，收入高。

乔兴剑却不同意，说：“这项工作总要有人做，否则商用大飞机也不可能上天。”

夫妻俩多次争论，钱忆宁很不快。乔兴剑也想安慰妻子，但他明白，钱忆宁不需要他的安慰，她要他永远离开这个岗位，他又做不到。当年为了凌丽，他尚且不能如此。如今战友牺牲了，他更得加把劲，去接过他们的接力棒，完成他们没有完成的试飞事业。而这一切，妻子又不能理解……

钱忆宁见他不说话，又生气地说：“我还不知道你。你是不怕牺牲，想当英雄嘛！”

她竟然如此理解，乔兴剑也气上心头，便生硬地说：“那不是牺牲，只是死亡的一种方式。每个人都有离开人世的时候，只不过离开的意义不一样。我希望死得有价值！”

“我说不过你！”钱忆宁气急败坏，“我改变不了你，只好改变自己的命运了。”

她摔门而去，乔兴剑知道她去图书馆学英语了。最近钱忆宁一直说，她想出国留学。乔兴剑也不愿拖妻子后腿，就给她留下了一封遗书，把财产全部留给她，然后悄然离开，去了试飞站的宿舍。钱忆宁当晚回家，看了这封遗书，又气又急，但却无可奈何。

陶伟川一直很支持这件事，他出面与成都空军协调，那边同意配合，做好了一切准备。乔兴剑于是带着五人试飞组，在 02 号样机上商载了 8 吨物资，勇敢地飞赴拉萨。这条航线在二战后被视为“空中禁区”，对飞机的动力特性及许多参数都有很高要求，历来被认为是国内最难飞的航线。

当飞越那几座海拔 5000 至 6000 米的雪山时，虽然大家戴着氧气面罩，乔兴剑仍是有点头昏眼花。他知道这是一种“缺氧”的心理在影响自己，就以坚强的意志控制着驾驶仪，他知道，这架飞机一定不能出事，否则“运 10”就完了，凌丽他们这些年全都白辛苦了！他在净空条件较差，海拔 3500 米的贡嘎机场着陆，引起一片欢呼。

乔兴剑下了飞机，抬眼远望，只见机场两边果然都是一排排锯齿般的山峰，山势无比险峻，那些棱角好比是刀砍斧劈出来的，旁边就是奔腾的雅鲁藏布江。乔兴剑不放心地围绕着飞机转了一圈，看看有没有什么地方受损。还好，一切正常。他紧张的心情这才放松下来，但他突然感到一阵晕眩，原来是真的缺氧了。他猛吸了几口气，才缓过劲来……

一个当地的机务人员笑着问他：“你没事儿吧？下次还会飞来吗？”

“当然要来！”乔兴剑斩钉截铁地回答，“我还要飞十次八次呢。”

“运 10”商载成功，飞越天险，创造了我国民航工业史上的又一奇迹，也标志着“运 10”的设计已达到相当水平。此后乔兴剑又驾着“运 10”在成都与拉萨之间往返飞行 6 次，共运物资 46 吨。西藏自治区领导给机组送锦旗，当地民众拍手高呼，欢迎“神鹰”。

眼看“运 10”取得辉煌成绩，设计人员欢欣鼓舞，觉得中国大飞机前程似锦，试飞员也感到光荣和骄傲。可与此同时，方强却从北京败兴而归，说 03 号样机的生产需要 3000 万元，徐温华从中作梗，拖了很久，各方面都没有明确答复。飞机厂原本给上面打报告，希望 5 年内生产 20 架“运 10”，用于国内干线运输，也未获批准。陆天放从妻子那里得知，民航客机大多是从美国进口，波音就占了 60%。

至此，“运 10”不得不停产。

项目停产，飞机厂没有生产任务，职工情绪波动，都很失望。生产不景气，资金短缺，工资发放困难，各方面都陷入困境。飞机设计师更是无事可做，凌丽、陆天放、江树森等主要技术骨干，面对安静的车间心急如焚。

厂领导召开全厂大会，要求大家一起想办法，共渡难关。陆天放和江树森经常凑在方强家商量，陆天放提出应该找上级部门调一些军品来生产，包括维修飞机，飞机厂有这个能力。江树森却说，应该开发民品，天上飞的，陆地跑的，家里用的，五花八门都能生产。两人吵得不可开交。

方强赞赏他们这种主人翁态度，最后高屋建瓴地说：“不管大饼油条还是麻花，只要能填饱肚子，让我们这个六千人的国企发得起工资，都可以上马！”

全厂职工也纷纷行动，访亲问友，四处奔波。江树森通过中学同学找来一项生产金鱼缸的任务，陆天放气得跟江树森大吵，说：“我们是生产飞机的大厂！你搞什么呀？！”

江树森理直气壮地说：“工人要吃饭，养家糊口呀！”

陆天放气得不想理他，便去找方强。方强却不在厂里，他为了找活儿干正四处奔波，请客吃饭，终于找来一些军品任务。陆天放这才高兴起来，干劲十足地带着设计师绘制图纸。

江树森说：“我知道你不情愿小打小闹，但工人不能没活儿干，机器不能停下来，这是最重要的！”陆天放承认江树森说得对，比自己更接地气。

从此，厂里大上民品，生产电风扇、绞肉机、面包箱……还搞了一条螺帽标准件的生产线，暂时解决了经济困难。尽管大家干得不亦乐乎，但凌丽却不以为然，她对父亲说：“中国飞机设计师真是命苦，怎么想搞大飞机就是没出路？”

凌大志安慰女儿说：“我们在做技术准备，机会来了就大干快上。”

凌丽说：“这些民品虽让厂里缓了口气，但我们的航空事业不能停止脚步！”同事们都觉得她这是在钻牛角尖，凌丽却固执地说：“我的热情只为大飞机而燃烧！”

后来，甘素芬终于怀孕了。厂里办了幼儿园，两个男孩都被送进去了。凌翔跟陆云飞一直是好朋友，但其他小朋友却不爱跟陆云飞玩，骂他是“野种”，陆云飞气得跟他们打起来。甘素芬生下一对乖巧可爱的双胞胎女儿，江胜田大喜，给小姐妹取名江小凤和江小妹。

飞机厂的民品生产逐渐走上正轨，后面还生产出液压自动升降楼梯、干洗机、沐浴房等大型系列产品。但一个六千人的大厂仅靠生产民品仍然吃不饱，方强还是经常发愁。

这天早晨上班，他走进办公室，发现凌丽正等着，便惊讶地问："你有事找我？"

"是啊，咱们都是西工大校友，你进步最快，现在是厂领导了，"凌丽爽快地说，"我来问你，我们飞机厂不造飞机，民品生产得再好有啥用？何况这只是权宜之计！"

"可我有啥办法，就算我是巧媳妇，也无米下锅啊！"方强带气地抱怨道，"如果你有本事，就去北京跑跑，找个大飞机项目来我们厂，我给你发奖金！"

凌丽确实有备而来。她跟夏青一直保持联系，知道一些内部消息，于是娓娓道来："最近国务院成立了民用飞机领导小组，几位国家领导人都对发展大飞机有明确意见，说我们的旅客怕国内飞机不安全，可以先搞货运。但我们这么大的国家，不能长期靠买飞机来发展航空事业。尤其是民航的一个领导因贪腐被抓，继任者也改变了对国产飞机的态度。对此西安飞机厂已有所行动，西安飞机厂位于号称'中国西雅图'的阎良，我国最早的大型运输机、远程轰炸机，以及'运7'都在那里起步。最近西飞厂和西飞设计所正在跟韩国大宇公司合作，探讨开发一种新型支线飞机AF-100，又名'亚洲空中快车'。国家领导人与韩国总统在互访中达成共识，要加强在商用飞机领域的合作，由双方提供资金，共同研制。目前西飞正在高歌猛进，招兵买马，与咱们厂的不景气形成了鲜明对比……"

听凌丽说起这些近况，方强却是气不打一处来，叹气道："哎，你难道不知道，我们厂和西安飞机厂长期以来，就存在东西之争和项目之争！你现在说这个，又打算如何？"

凌丽干脆地说："如果咱们厂再不搞大飞机，我就申请调到西安去！"

正巧技术员张鸿奎走进来，听见了这句话。他跟方强是同学好友，在厂里却不得志，最喜欢发牢骚，而且口无遮拦，胡说八道，跟凌丽又不太对付，便冷笑起来说道："好啊！咱们厂，不，是咱们国家终于出了一个航空界的花木兰，真是巾帼不让须眉啊！方厂长，既然人家有这凌云壮志，我看你也别拦着，就让她如愿吧！虽然咱们厂少了个人才，可西飞那边多了个人才啊！也许中国大飞机就在她手里产生，也未可知啊！"

“你！”凌丽气愤地瞪着他，“少说风凉话，我是不想在咱们厂没事干，丢了专业。”

“瞧瞧！听听！”张鸿奎又对方强说，“人家前途无量，咱可别挡了她的道！”

方强正值气头上，在此人居心不良的煽动下，就对凌丽说：“如果那边要人，我们就放！”

“好，咱们一言为定！”凌丽不看张鸿奎一眼，昂然出门。

她早有准备，立刻通过夏青联系西飞厂。那边很快有了答复，说项目上马，正需要飞机设计师。方强也痛快地同意了凌丽的请调，她立刻交代工作，准备离开上海。

凌大志退休后，一直在为出版自己的《柳暗花明集》而奔忙，听说女儿要被调走，他未加阻拦，只说：“你不能带走凌翔，让他跟我做伴，他在上海读书也好些。”

凌翔快要上小学了，凌丽舍不得离开儿子，但想想自己单身一人去阎良，也不方便带孩子，只好答应父亲。

众多同事听说凌丽要被调走都很惊讶，觉得不可思议，因为不管从哪个方面来讲，西安都不如上海，上海人绝不会轻易离开这座大城市。江树森约了陆天放去劝阻凌丽，他们到了凌家，凌丽正在收拾东西，衣物摆了一地。五岁的凌翔就坐在地上独自玩，他是个安静的孩子，几乎从不哭闹。凌大志则坐在一边看报纸，一副事不关己、若无其事的样子。

“瞧这一家子！”陆天放先笑起来。他对凌家父女一直是尊重和欣赏的。

江树森却感到一种离别的怅惘，跟凌丽相处这么多年，他脑海里有无数值得回忆的画面。他深深知道凌丽是个喜欢打硬仗的女人，具有不屈不挠的精神和顽强作战的性格。目前本厂的情况不尽如人意，她怎能不转移战场？她那颗仍然年轻的心，还在幻想着一飞冲天呢！但他还是想劝阻这个战友离开，他觉得本厂也有那么一天，又会冲上云霄。

“别走了，丽丽，留下来跟我们一起干吧。”他说，“中国已经成为全球最大的民机市场，世界航空企业都想来占领。听说我们飞机厂就要跟美国麦道公司合作了……”

“我也听说了。”凌丽摇摇头，“这些谈判都很难，何时才能谈成？我等不及了！”

“可西安比上海的生活差远了！”江树森说，“你又是单身一人去，何必呢？”

凌丽笑道：“我知道你喜欢上海，不想离开。我也同样，但为了大飞机，我可以。”

江树森只好叹道：“丽丽，你就是为大飞机而生！”

凌丽的心在激烈跳动着，朋友对她的挽留是多么温暖人心，让她感动啊！但她身上的每一个细胞都牢固地跟大飞机紧密相连，就像树根长在岩石上，血肉长在骨头上，钢铁焊在铁架上，即使强烈的地震也不能震裂，百年一遇的洪水也不能冲垮。何况人生苦短，来日无多，她必须全力以赴，每一步都走得很扎实，所以她只能寄希望于西北——在那个飞机城，现在有多少人正在为中国大飞机而努力奋斗，谁能说，那不是未来航空业的希望呢？

“我必须去！”她郑重地说，“就算我是到西安取经吧，也许有一天我还会回来。”

“对！”陆天放豁达地说，“三十年河东，三十年河西，我也相信我们会重聚。”

江树森也豁然开朗了，笑道：“好吧，我们也许还会走到一起。”

屋里的气氛变得热烈而活跃，凌大志也加入了进来，激荡的心潮在众人心里起伏，谈笑风生中，他们都把期待的目光投向阎良——那里是否又将诞生一个中国大飞机的基地？

“运 10”的试飞停止后，乔兴剑只好回试飞站。他先去河北老家探望父母，父母都提出孩子问题，说：“你结婚几年了，早该生了，我们也想抱孙子！”乔兴剑事业心很重，总想为中国大飞机再努力，眼前却使不上劲。他只好答应父母，回去就跟钱忆宁商量，尽快要孩子。

不料此事遭到钱忆宁拒绝，她已转业到外贸部门，只想出国留学，暂时不能要孩子。夫妻俩争吵起来，双方都意志坚决，谁也不能勉强谁。最后达成协议，钱忆宁出国三年，回来再生。钱忆宁不久便办好手续出国，临走时也给乔兴剑留下一封信，说：“你我是道不同，不相为谋。”

乔兴剑跟妻子处得不和谐，试飞站的任务也不多，他觉得挺郁闷。有个周末他请假外出，去试飞员的墓地悼念战友。那是一座雄伟的烈士陵园，坐落在郊外的一座小山坡上，有两头威武的狮子雕像守卫着墓群。进门后，迎面是一座高大的纪念碑，上书“中国飞行试验研究站烈士公墓”，纪念碑的顶部是一只雄鹰的雕塑，在它身后，是几十名为中国航空工业发展而在试飞中献出宝贵生命的英烈，他们静静地安眠在这里。乔兴剑在门外的野地采摘了一束小小的黄花，沿着青砖小路往里走，两边的松柏郁郁葱葱，四处悄无一人，静默无声。他沿着一个一个肃穆耸立的烈士墓走去，不时虔诚地停下来，与黑灰色墓碑上的照片沉默对望。他把采来的野花一枝枝摆在熟悉的战友面前，又朝不熟悉的战友深深地鞠了一躬，然后才悄然走开。风儿轻轻吹打着他的脸，他的心在隐隐作痛，泪水也浸湿了他的双眼……

他爬到墓地后面的小山上去看风景，似乎站在这里高瞻远瞩，更能看到战友们生龙活虎的身影。他从不抽烟，这会却带来一支香烟点燃，祭奠着战友，在青烟缭绕中，心情逐渐开朗。山坡上种着几棵松柏，枝干峥嵘，树叶青翠，四季常青，春意盎然，勾起了他心头的万千思绪。他自从当上试飞员，也经过几次生死的考验，幸运的是他都活下来了！但这千般挫折，万般磨炼，他都能坦然接受，唯有这次“运10”的研制横遭腰斩，让他痛心不已！

想起前一阵飞越青藏高原，不觉心潮澎湃，难以自禁。他在山坡上站立了很久，遥望阳光下明丽的无限江山，万千思绪好比滚滚波涛奔腾在心头……

他想，无论如何，中国大飞机还是要搞！不管碰到什么天大的困难，只要那些飞机设计师的雄心壮志还在，就能重振宏图！

他调整好心绪正要下山，突然看见旁边不远处也有一个白衣女子站在山顶，长久地驻足，似在远眺。他走近一看，竟是凌丽，不觉惊喜万分地叫出口：“怎么是你？”

凌丽转头见到他，也很惊喜，于是微笑道：“我申请调到西安飞机设计所了……”

“太好了！”乔兴剑疾步上前，欢欣地抓住了她的手，“我们又见面了！”

凌丽被调到阎良，就预感会碰上乔兴剑。她如今更了解这个男人了，觉得他那坚强的意志和坚定的信念，就像在天水茫茫中竖起的风帆，会一直支撑自己越过激流险滩，直达胜利的彼岸，所以对他们的见面她也抱着美好的期待。此刻她抽回手，打量着心仪的男人。只见他晒黑了，也瘦多了，额前的皱纹增加了不少，但眼神还是那么刚毅，表情还是那么乐观，似乎天大的困难也压不倒。她抿唇笑起来，又对他点了点头。

乔兴剑也深情地注视着心爱的女人，刹那间就回忆起他们的青春岁月，还有她当年的动人模样。现在她额前的那一缕头发，还是那么倔强地翘起，她的眼睛却比以往更加明亮，闪耀着一种深沉的智慧的光，好比钢刀磨出了刃，她变得更加锋利和成熟了。

他不禁感慨地说：“你被调到这里，肯定还想搞大飞机，那你就来对了！”

“是啊，大家都说，我是为大飞机而活。我不会放弃。”凌丽笑声清亮。

乔兴剑请她坐自己的车回阎良，说要带她去看一个地方。凌丽也不推辞，慨然答应。他们一路交谈，都很愉快。乔兴剑把车开回试飞站后，把凌丽带到办公楼前的一堵雕塑墙前，这面墙雕塑着一幅大型图画，一端是位手握纸笔的飞机设计师，另一端是位拿着头盔的试飞员。凌丽明白了乔兴剑的意思，她感动地望着这幅雕塑图，阳光下，两端的人像都在朝她灿然微笑，她好比游子回到母亲身边，心头感到重聚的欢乐，浮想联翩……

“是的，我来对了！”她喃喃自语着，“我又回到研制飞机的队伍里了。”

“丽丽，你看，你们飞机设计师和我们试飞员真是密不可分。”乔兴剑指着那幅雕塑图，深情地望着她，“我们永远都是并肩工作的战友！”

凌丽也笑道：“是啊，我被调到这儿来设计大飞机，我们又在一条战线上了。”

乔兴剑高兴地向她伸出一只手，兴奋地说：“好啊！你来设计，我来试飞，让我们中国的大飞机，尽快飞上祖国的蓝天！”

凌丽迟疑了一下，就紧紧握住他的手。她望着他那亲切的目光，觉得心里充满了希望，浑身也感到更有力量。这么多年来，他们虽然被迫分离，甚至天各一方，但他们的心每时每刻都是紧贴在一起的！他们永远都会是好朋友，好战友，好同事。

第十三章

时代在进步，科技在发展，航空业的有关部门终于认识到，中国必须生产自己的大飞机，否则这么大的民航市场全部依赖进口，出口十亿条牛仔裤才能换回一架空客320，实在不值！此时世界航空市场正是美国的波音、麦道与法国空客三足鼎立的时期，这三家航空企业都想与上海航空业合作，飞机厂也一直在为此努力。最后麦道开出了较为优惠的条件，厂里有意接受，麦道便派出一个专家组来厂调研，陆天放和方强都是负责接待的工作人员。美方参观调查并了解“运10”的研制情况，凌大志英语好，被请回来陪同做解答，美方专家组组长很满意。方强等厂领导也认识到，通过国际合作方式来取得技术是一条新路。

1985年，经过长达数年反复几轮的艰苦谈判，飞机厂终于跟美国麦道公司签订了协议，合作生产大型客机MD-82。因生产规模较大，员工很振奋，觉得这下可有活儿干了！

陆天放把陆云飞交给凌大志代管，随专家组去美国谈判细节，江树森留在厂里参加主型架工程。因场地不够用，有人提出要拆“运10”的型架，为麦道飞机腾地方。对于“运10”的启动，厂领导早已不抱任何希望，方强听了汇报，把牙一咬说：“那就拆了吧！”

江树森知道后坚决反对，顽强抵制。那天他正好在总装车间，一群工人要去拆型架，他就跳上型架大声疾呼：“不准拆！除非你们从我身上踩过去！”

“你糊涂了吧！”一个工人说，“这是要腾地方，好生产麦道飞机呀！”

“你们只知道装美国飞机赚大钱，怎么就没想到，那毕竟是美国人的飞机！”江树森愤愤地说，“如果有一天，我们要生产自己的飞机，这型架被拆掉了又怎么办？”

众人都笑起来，纷纷劝他说：“别傻了！你快丢掉幻想吧，我们现在是赶紧拼命，要吃饭呀……”

江树森仍坚持不让拆，工人们只好通知厂领导。方强赶来劝说，江树森慨然说：“‘运10’代表着我们厂的光荣历史、辉煌成绩。如果拆了这型架，那就等于一切归零了！再说‘运10’不明不白地停止生产，说不定上面会重新启动，到那时你该如何交代？”

“‘运 10’不可能上马了，现在我们厂要找饭吃……你快让开，这型架必须拆！”

方强见江树森一直阻挠，也不禁生气了，下令工人强拆。江树森却坚决不让，双方僵持，几乎动起手来。

这时凌大志扶着病重的封钟庆来了，他颤抖着说：“不能拆呀！不能拆！‘运10’是我们国家生产的第一款民用客机，留着这型架，我们中国航空业就还有希望，它就是大飞机的一个象征啊！”

众人只好停下来，只见退休的总工憔悴不堪，大家知道他已病入膏肓，都不禁热泪盈眶——这是他在生命最后阶段发出的呐喊啊！方强讪讪的，只好暂停安装麦道型架。

江树森走过去感谢封钟庆，封钟庆紧紧握住他的手，含泪说：“‘运 10’就这样停产了，空客仅仅比我们早起步两年，如今已与波音平分天下，我心里不甘呀！总有一天，我们还要让自己的大飞机重新飞起来！希望就在你们这一代身上了……”

江树森忍不住泪流满面，含泪点点头，算是对他的一种慰藉。

不久，封钟庆在医院里病逝，死前一直对旁边的人喃喃细语：“大飞机，大飞机，我们中国的大飞机何时才能起飞？”

凌大志和江树森忍不住潸然泪下——这就是一名飞机设计师的遗愿呀！

但“运 10”型架最终还是被拆了！因为有关方面直接下指示，必须这么做，好为改装新引进的麦道飞机腾地方。于是工人们用瓦斯切割，三下两下，就把一具具优美的“运 10”型架化为废钢烂铁。夜幕降临时，这堆钢铁尸骸的上空乌鸦盘旋，江树森等人不忍目睹……

陆天放半年后回到上海，带来明确的合作意向，厂里又是一片欢腾，工人都很振奋，一下子准备工作堆积如山。上级部门从四面八方调人来支援，一些美国专家沉不住气了，质疑上海飞机厂能不能按时开工？厂领导召开动员大会，工人们发狠要准时完成生产任务。江树森的总装车间组织了精兵强将，他们吃住都在现场，通宵达旦地抢装出一台台 MD–82 的型架，让美国专家忍不住连连称奇。

陆天放率领技术员和设计师整理图纸，那是从大洋彼岸运来，重量以吨计的图纸。陆天放等人夜以继日地翻译、晒图、复印、装订、分发，仍然忙不过来。他拼命工作，无法照顾养子，陆云飞已经读小学，每天放学后就在凌家做作业、吃晚饭，有时还睡在凌家，由凌大志照看，他跟凌翔更加亲密，两人相处和睦，犹如亲兄弟。

江家的一对双生姐妹也长大了，甘素芬想找工作贴补家用，方强同意她去当炊事员。后勤部门也很忙碌，因为外援增多，食堂每天从早忙到黑，要做几顿饭分批次送出。杨本和更是积极，经常让炊事员做好许多吃食，深夜带去慰问加班加点的工人们。

有一天晚饭，甘素芬不小心没炒熟豆角。陆云飞恰好吃了，当晚就上吐下泻。凌大志连忙通知陆天放，他知道后吓坏了，抱起养子就往医院跑。医生说是吃豆角中了毒，虽不严重，也要输液。陆天放一直守在陆云飞身边，天亮后睡着了，醒来时发现身边站着夏青。她出差回上海，听说此事就赶来了。这几年她很少回来，跟丈夫也很少通电话，两人似乎在冷战。这时她见陆天放疲倦不堪，不禁想起一些往事，想到自己如何爱上了这个男人，就因为他有强烈的责任心。夏青有些自责，觉得自己太自私，正如凌丽说的缺乏爱心……

她从背后抱住陆天放，温柔地说："等云飞好了，我们带他一起回家吧！"

陆天放的眼睛湿润了。妻子从没叫过养子的名字，他知道她终于接纳了陆云飞。

经过一段时间的抢拼和不懈努力，首架 MD–82 飞机终于按期举行了隆重的开工仪式，有关领导都来参加。江树森率领工人们在铝合金机身上钻出了第一个孔，现场欢声雷动，中美双方互相致贺。一些曾经有过质疑的美国专家，也不得不对飞机厂的工作表示赞赏和佩服。此后飞机厂又完成了一个个成功的对接，攻克了一道道难关。食堂每天花样翻新，把可口的饭菜送到工作现场。甘素芬忙得不亦乐乎，只能抽空回去照看公公。江小凤有些贪玩，江小妹却很懂事，知道在家帮妈妈照顾爷爷，或者去给父亲送饭，江胜田最疼爱她。

这年夏天温度特别高，烈日照在机场上酷热难当。陆天放和江树森却很高兴，因为这一天是 MD–82 试飞的好日子！机场两旁红旗飘扬，鲜花似锦，人们都涌来观看、助威。试飞员是麦道公司从美国请来的，名叫迈克尔，他经验丰富，号称为美国总统驾驶过专机。尽管天气很热，他脸上已汗水淋淋，却不断微笑着朝大家挥手，一副信心满满的样子。信号灯闪烁，马达立刻轰鸣。这架样机在跑道上稍作滑行，便昂起机头，跃向天空，很快隐入晴空灿烂的天边云际。四个小时后，飞机才安全返场，成功完成了这次首飞。迈克尔打开驾驶舱门，满面笑容地步下舷梯，向欢呼着迎向他的人群不断挥手，然后用英语大声说：“祝贺你们，这是一架性能良好的飞机，非常棒！”

机场又沸腾了！众人都沉浸在喜悦和自豪中，似乎看到了中国大飞机的一片坦途。

陆天放和江树森更是高兴，决定在江家一道欢庆。夕阳西下，阳光懒散，天气也凉快起来。陆天放带来一瓶老白干，江胜田和凌大志开怀畅饮，两个老人都喝了不少酒。

“太好了！几年的辛苦努力，克服了无数的艰难险阻，只为了这一刻飞机腾空的瞬间！”凌大志笑道，“虽然是美国设计的飞机，但却是我们生产出来的，还是要庆贺！”

“是啊，要庆贺！”江胜田干枯的眼睛又开始流泪，或许是浓烈的酒精刺激的，也可能是激动的泪水涌出，“树森，天放，你们也来喝一口！你们这一代会比我们更棒！”

江树森欢笑着高高举起酒杯，说：“是啊，应该庆祝我们试飞成功！”

“你们两位长辈就等着吧！”陆天放也举起酒杯，高兴地说，“我们还会设计出更多更好的飞机，祖国的万里长空，应该属于我们自己。”

在他们身边，那两个男孩——陆云飞和凌翔与一对双生姐妹也玩得很好。

“看看他们四个。”江胜田经常这么说，“正好两对娃娃亲！”

甘素芬却不愿意了，居然反驳公公说：“我的两个女儿，可不能轻易嫁人……”

凌大志每次听她这么说，都会笑起来：“素芬真是把这对双生子当成宝啊！”

“今天就缺凌丽了，不知她在西飞干得怎么样？”江树森连忙转移话题。

陆天放感慨地舒了口气：“用不着担心她，她一定会干得很好！”

凌丽在西安工作确实努力，亚洲空中快车 AE-100 得到正式批准，她经过培训后便成为技术骨干。西飞同时还在设计另一款飞机：与德国合作的 MPC-75 支线飞机，这算是中国大飞机的第二次启动，航空部领导统一了思想，决定让西飞研制支线飞机，上海就干大的，即干线飞机。凌丽干劲十足，与同事们一起热火朝天地工作着。乔兴剑常给凌丽打电话，了解研制的进程。有时周末休息，他就开着一辆吉普车，带着凌丽出去玩，还带她去吃陕西小吃肉夹馍。他们无话不谈，但乔兴剑不知道凌丽离了婚，凌丽也不知道他已经跟妻子分居。

又是几年过去，MD-82 试飞成功，进入适航取证的阶段，这说明飞机厂经过几年努力，成功地消化和吸收了麦道公司生产飞机的先进技术与管理经验。这个项目被国际航空界誉为高科技合作的成功范例。飞机厂实力大增，已经具备了上海航空基地的雏形。MD-82终于通过了美国FAA（美国联邦航空管理局）的“影子”审定，消息传出，飞机厂的工人们都很激动、振奋。

在中国大飞机的第二次艰难启动中，孩子们渐渐长大。凌翔成绩很好，凌丽在西飞忙于工作，很少回上海，所以她坚持让儿子去阎良读高中。陆云飞也读高中二年级了，他生性不拘，我行我素，有些偏科，只喜工科，而不喜理科和文科。陆天放工作繁忙，夏青又极少回来，陆云飞这些年基本是在凌大志膝下长大，就好比他的另一个孙子。他们三家本是世交，甘素芬却因凌丽的关系不太喜欢凌翔，也不看好陆云飞。陆天放住在公寓的三层顶楼，晒台上有个窄小的格子间，摆满了各种航模和工具，是陆云飞的乐园，江家姐妹也常来玩。陆云飞跟陆天放的关系有些奇特，不如他跟凌大志亲密。他从小就知道自己并非陆天放亲生，但他很尊敬养父，陆天放也采取成人教育，对他很平等，两人如同朋友一般相处。

1997年，上海飞机厂与麦道的合作又遭突变。

麦道近年来在国际航空市场上节节败退，销售份额不断减少，最终被波音公司兼并。但麦道在收购前却恶意封锁消息，还给飞机厂发来一些废弃的设备与零部件。工人们都以为厂子还有大发展，欢欣鼓舞，干劲十足。已升任总装车间副主任的江树森却发现情况有异：一个飞机只用一个钢索压接端头，麦道竟然发来几个货箱，好多年也用不完！

他连忙找来副总工程师陆天放，两人反复确认许多设备都不能使用，立即上报厂里。厂长一直病休，方强多年担任副厂长，便派他俩去美国麦道公司交涉此事。

经过多次电话联系，陆天放和江树森得以赴美国要求麦道索赔，对方却一再推诿。他们无奈之下，在等待期间抽空去了位于西雅图的波音公司参观，只见生产线状况良好，值得学习，都感慨不已。陆天放说中国一定要搞自己的大飞机，否则我此生都不甘心！江树森也说，我不相信外国人能干成的事，中国人就干不成！他们遇到一个波音高层，详谈下才知波音兼并麦道一事。两人大惊，连忙飞回麦道公司所在地，发现已无人生产。电视屏幕上正在播放波音总裁的讲话，宣布关闭所有麦道生产线。

陆天放和江树森怕本厂也受影响，连忙打电话告知国内，而后不敢滞留，立即回国。正值年底的圣诞节，他们强压内心的郁闷，还是给家人买了一些新年礼物。

过年前，上海也兴起商品抢购潮，甘素芬乐此不疲。这天她又去商场抢购日用品，偶然走到电器部，瞅着那些五颜六色的电视机便走不动了，内心羡慕不已。

这时一个女邻居走来，看见她就说："素芬，你还不回家？你们老江回来了，还带回一台大电视。"

甘素芬高兴坏了，连忙抱着一堆东西跑回家，只见江树森正在摆弄一台大电视。江家的住房面积不大，只有两间卧室，以前是夫妻睡一间，双胞胎女儿跟爷爷住一间。现在女孩子大了，江胜田就搬到客厅里去睡沙发。在这狭小的客厅里，大电视俨然成了庞然大物。

"太好了！"甘素芬高兴地叫起来，"我就想有个大电视，这下邻居们该羡慕了。"

对于妻子的小市民言行，江树森一向不满，时常痛下针砭。这时便瞪了甘素芬一眼，说："你这人就是太物质，又去抢购日用品了？你十年前抢购的肥皂和盐还没用完呢。"

甘素芬喜悦之下也不辩解，只是笑道："世事难料嘛，谁想麦道也会下马？"

一句话勾起江家父子的不快，江树森闷头坐在地上，叹道："又要过苦日子了……"

"是啊，厂里又吃不起饭了。"江胜田眼睛看不见，但心里明亮，就大声说，"树森，快关上电视，别看了！你去美国没完成任务，还带回来一个大件，影响多不好！"

"为什么？"甘素芬又不满地嚷嚷，"这事儿我们树森也没办法……"

"我说不看就不看。"江胜田斩钉截铁地说，"全家都不准看！"

江树森理解老爷子的心情，就把电视机放回箱子，搬到角落，还不让妻子告诉女儿。

陆天放也给养子带回来一个微型计算器、一架航模。陆云飞惊喜万分，把计算器丢一边，带着江家两个小姐妹，在晒台上放起了航模。养子从小喜欢航模，陆天放很支持，这次看了却有些不爽，刚才老师从学校打电话给他，说陆云飞成绩下降，扬言不想上大学，要去当工人。老师说："你儿子有个性能吃苦，但缺少定力，应该磨炼他，才能成大器。"

陆天放让小凤、小妹回家去，说要跟云飞好好谈谈。小凤有些不舍，被懂事的妹妹拉走。陆云飞悉心收好航模，把它放进格子间，他读高中后，就执意要单独住进这间小阁楼。

“爸，你想跟我谈什么？”陆云飞是个聪明的孩子，看出养父有心事。

陆天放沉了沉，望着面前几乎长到跟自己一样高的养子，发现他的唇上已经长出了细细的小绒毛，不禁笑了。“云飞，你快毕业了，告诉我，你为何不想上大学？”

“我毕业后要进咱们厂，自己造飞机！”陆云飞干脆地说。

陆天放看见养子的眼里有一缕光闪过，又欣慰地笑着说：“原来如此。”

陆云飞却敏感地问：“爸，你这次去美国，是不是有什么不顺心的事？”

陆天放叹了口气，这才原原本本把麦道被兼并和停产的事告诉了养子……

“只怕我们飞机厂的处境也会不好，中国航空业又将面临劣境。”他皱眉说。

“那，你和江叔又该怎么办？”陆云飞关心地问。

陆天放在晒台上踱了一圈又一圈，始终想不出什么好办法。这个困难比天还大，难道他还能逆天不成？但他不得不忧虑工厂的处境和工人的出路，实在是忧心忡忡啊！

他站住了，望着养子，声音低沉地说：“是啊，我们厂遇到了前所未有的困难，现实很严酷，我们国家的航空工业也将遭受磨难……但我们一定要想办法渡过这个难关，不能让厂子几十年的成果和心血付之东流，我们厂的命运，一定要工人们自己来决定！”

陆云飞跟养父面对面站着，晒台上吹来一阵寒风，把陆天放有点花白的头发吹乱了。但夕阳的映照，给养父的面庞染上了一层金色。陆云飞早就知道，养父在飞机厂的位置举足轻重，他曾经带领千军万马去研制大飞机，也一定能战胜眼下的困难。

陆云飞心里突然激起了一股豪情壮志，他大声说：“爸，我今后跟你们一起干！”

“好！”陆天放稍感安慰，又拍拍他的肩，“那你要好好学习，高中毕业后考北航，或者考西工大。制造大飞机需要很多知识和学问，当一个工人怎么够呢？”

陆云飞有些担心地看着他，说道：“还有半年多就高考了，我再使劲加油，功课也赶不上吧？”

“只要你肯努力，爸可以帮你复习功课。”陆天放高兴地说，“还有凌爷爷呢！”

他趁机讲了凌家两代人的故事，包括凌文轩在“两航起义”中的丰功伟绩。陆云飞听了先辈的事迹深受感动，在内心发誓，要努力加油，觉得自己找到了人生道路上的目标。随后父子俩一起动手，把那个航模送上天，也算是为中国的航空事业祈福。

但新年过后，传来的都是坏消息：波音为壮大自己的品牌，决定停产麦道，而中国面对这空中对决的竞争态势束手无措，无法应对，上级部门只好下令，让上海飞机厂生产的麦道飞机也同步下马。厂里因那批废弃设备背上了沉重债务，连工资都发不起！

陆天放和江树森都给方强提建议，要跟麦道打国际官司。飞机厂也提起诉讼，但一时解决不了工资问题。正逢国企改制，“民进国退”，工人们发现自己的铁饭碗早被打破了，都想另寻生路，纷纷跳槽转行，只剩下一些人还在默默坚持……

为了生存，方强决定转产民品。陆天放和江树森都反对此事，但方强很坚持，说否则厂子办不下去，也没钱给工人发工资。后来飞机厂转产的高压锅因市场饱和，销路不畅，产品积压。方强下令让工人上街去推销，中层干部必须带头。

江树森无奈，只好率领工人站在街头推销高压锅。市民都涌来参观，纷纷掏钱购买，还称赞说，这锅确实做得好！江树森却一腔悲愤袭来，不禁扇了自己一记耳光。他说：“我们是生产大飞机的工厂，却来生产高压锅，哪怕再好也丢人！”

陆云飞放学路过，见此情形也很惊心，并为之深思，更抓紧了学习。

与他们处境相反，西飞似乎一片光明。凌丽奉命去北京，与各路同人共同探讨AE–100的最终方案。中航总公司为减小项目风险，向全世界的飞机制造商发出了寻求合作伙伴的消息。随后波音意向同意将AE–100作为737飞机系列的延伸，但中韩两国必须为此支付高达十亿美元的费用，中航总公司断然拒绝。而韩国却态度暧昧，似乎有些举棋不定。此后中韩两国的合作关系也发生了微妙变化。凌丽看在眼里，十分焦急，唯恐有所不测。

凌翔在阎良准备高考，凌丽在北京却顾不上，凌大志虽牵挂孙子，但也使不上劲。凌丽托乔兴剑照顾儿子，他很喜欢凌翔，常开车带凌翔出去玩儿，讲讲试飞员的故事，想无形地影响他。凌翔有了自己的英雄梦，只是不知道母亲是否赞成。

凌翔经常会想起他八岁时来阎良探望母亲，第一次见到乔叔的情景：那天家里来了一个威武的男人，他穿着皮夹克，那样子真是光芒万丈！母亲说，这个叔叔是飞行员，他会开着母亲设计的飞机，飞上万里高空，在云中翱翔。凌翔简直听呆了，没想到世界上还有这样的职业。接着乔叔送给他一盒巧克力，那是孩子们心中的奢侈品，连包装纸都那么漂亮：在蓝色的天空上有一架小飞机。以后这架小飞机经常出现在凌翔的脑海里，让他想入非非。第二次见面更惊艳，乔叔直接送给他一架歼击机的小模型。这种精巧的飞机模型他小时候见过，是儿时伙伴陆云飞送给他的，早被他玩烂了。听乔叔说，以后还会送给他这种飞机模型，凌翔就更高兴了，时常盼着乔叔来家，还喜欢坐上他的吉普车去郊外兜风。

凌翔十二岁上初中那年，又去阎良看母亲，如愿以偿地坐着乔叔的车出去玩。他们在一个农家饱饱地吃了一顿羊肉泡馍，突然看见一架银色的飞机掠过头顶，巨大的轰鸣声把凌翔给震惊了。这架好比放大的飞机模型，令凌翔心向往之，目不转睛！

乔叔突然问他："你长大以后，想当飞行员吗？"

"想！"凌翔眼睛都不眨地说，"我想跟乔叔一样，吃巧克力，穿皮夹克！"

"当飞行员可没那么简单！"乔兴剑放声笑起来，"这样吧，从明天开始，你每天都跑一万米，跑三年，跑到你读高中时，你再来阎良，我告诉你怎么当上飞行员。"

凌翔回到上海，就在爷爷的支持下开始晨跑。他每天跑着去学校，放学后又跑着回家，这样既不耽搁时间，也完成了既定目标。他坚持了一年，风雨无阻，越跑越快，身体也越来越好。之后他又在学校操场跑，每天跑几十圈，汗水涔涔，痛快无比。他尝到了意志坚强的甜头，跑步也锻炼了他的体格，使他更加健壮。

他读高中时转到阎良上学，在乔叔的影响下，要当飞行员的梦想更加成熟了。这个决定至关重要，因为乔叔曾告诉过他，说母亲可能不会同意他当飞行员。乔兴剑想起自己与凌丽错过的事，对她儿子的人生走向不禁左右为难。但他却不知道，自己在这个小伙子成长的关键时刻，给了他良好的影响和榜样的力量，这些影响及力量都是无穷的，做母亲的也未必能改变。何况凌翔经过艰苦磨炼，已经有了自己的主张，他在性格特征上已拥有飞行员的一些特质，这奇迹般的变化让乔兴剑看了也很欣喜。

学校也注意到凌翔的成长，尤其他的成绩一直都很优秀。有一天，老师通知凌翔去选飞，说是四川广汉的航空学院来提前招生。凌翔连忙告诉乔兴剑，说母亲不在，他想去报考，但需要家长签名，问他能不能帮忙。乔兴剑说，一定要你母亲同意才行。凌翔却不顾一切地报了名，为此凌丽竟不知情。

"如果你母亲不同意你当飞行员，你怎么办？"乔兴剑不得不这么问。

凌翔目光坚定地回答："妈妈一定会同意，让我去飞她设计的飞机！"

他对此毫不犹豫，如果让他填报十个高考志愿，他也只会填飞行专业，这个梦想已经在他心中萦绕多年。乔兴剑听了这个回答就认定，凌翔今后一定是个优秀的飞行员。

与此同时，陆云飞也是说到做到，一反常态地奋发图强，拼命复习。老师又打电话给陆天放，表扬他儿子好似变了一个人，学习态度端正，成绩也节节攀升。凌大志虽渐渐老迈，身体有疾，但仍支撑着病体，去菜市场买鸡鸭鱼肉，给陆云飞炖汤补养身子。他的英语、数学都很好，辅导陆云飞后，短时间就提升了他这两科的成绩。陆云飞很感动，更觉得应该考上大学，把父辈的期望与自己的爱好结合起来。他曾疯狂迷恋机械，把邻居的东西拆了重装。邻居都说他叛逆，如今却刮目相看，只是不相信他能很快把成绩赶上去。

江树森决心与大飞机同呼吸共命运，愤而不去搞民品，独自坚守在岗位上。但总装车间已经空荡荡，没有飞机可造。江树森就找了一块飞机蒙皮来，独自练习打铆钉，空旷的车间里响着这道孤独的铆枪声。陆云飞来看江叔叔，见他如此凄凉，也很惊讶。

他踩着铁架，攀上平台，眼巴巴地看着江树森。“江叔，怎么就你一个人啊？”

“就我一个人，也要耐得住寂寞。”江树森坚定地说，“我不能眼睁睁看着同事下岗，工厂倒闭！我就不相信咱们中国的大飞机，再也不能上天了！”

陆云飞点点头，又问：“看来江叔，你是觉得咱们中国大飞机，还有希望？”

“当然有希望，大有希望！”江树森慷慨激昂地说，“就算咱们这一代不行了，不是还有你们那一代吗？咱们一代一代地搞下去，还能不成功？”

陆云飞深受鼓舞，感到振奋，他也跟着江树森学习打铆钉，天黑才准备回家。

他们路过厂里一个材料仓库，忽见人影晃动，两个人用衣服抱着一团东西出来。

江树森敏感地叫道：“不好，有人偷材料！”

如今工厂陷入困境，人心浮动，监管不力，总有人趁机偷航空器材出去卖。

陆云飞立刻赶上去，抓住其中一人扭打起来，呵斥他放下材料。江树森也抓住另一个人。第三个人躲在仓库外抽烟，看见他们怕走不脱，心慌意乱，烟头掉地，突然引发了火灾！江树森看见火光，连忙丢开那个人，对陆云飞喊道：“快救仓库！”

陆云飞也丢下那人，赶快跑去救火。但风助火势，越烧越旺，仓库里都是易燃材料，顿时火光冲天！陆云飞不顾一切地冲进燃烧的仓库，抱出救火瓶去喷泡沫，江树森也抱出另一瓶来救火。那三个人想逃跑，却被赶来的工人抓住。大家齐心合力地扑灭了火，只见陆云飞的头发都被烧着，还沾了一身的泡沫，所幸无恙，没有大碍。

大家纷纷赞扬他。有认识他的人就说：“真行啊，陆总的儿子果然不一般！”

江树森也感动地抱住他，赞道：“是个好孩子！今后肯定是个好工人！”

陆云飞激动地说：“不，我要考北航，当一名飞机设计师！”

高考的日子终于到了，陆云飞起个大早，要去参加。他看见床边放了一身新衣服，桌上摆着丰盛的早餐，很是感动，知道养父对自己寄予厚望，只能以优良成绩来回报。临走时又见门口放着一双时尚的回力球鞋，是凌大志发现他的球鞋快掉跟了，特意买来送给他的。陆云飞激动得热泪盈眶，决心考上北航，让亲人们脸上有光，让邻居另眼相看。

他考得很轻松，该做的题都做完了，老师估分也不差，是个好兆头。

考完试，正值周末休息，陆天放又给养子新买了一辆自行车，带他去郊外放航模。两人骑着自行车在田野上奔驰，头顶上飞着那个精巧的飞机模型，很是壮观。小路两旁都是荷花池塘，绿叶粉蕊，风吹草动。父子俩心情愉快，从这儿戏中玩出了一种庄严的仪式感，似乎他们头顶上飞的，正是自己设计的中国大飞机。

陆天放把养子带到废旧的龙华机场，再次回顾了“两航起义”的故事。他们又去龙华公墓，找到封钟庆的墓地，追忆着流逝的年华、昔日的辉煌，想用这个“运10”总设计师的遗愿来激励自己。那曾是他们共同的事业、共同的梦想，也承载了他们大半生的岁月……

在老同事的墓前，陆天放恳切地对养子说：“云飞，一代人有一代人的使命，而航空人更要代代相传。因为特殊时期人才流失导致现在最缺中间一代的设计师。研制大飞机确实很难，我们这一代可能都看不到曙光，你们下一代要去完成我们未竟的事业，所以你一定要好好学习。如果你能考上北航，哪怕是读制造专业，也要做一个有文化的工匠。中国大飞机需要你们！”

“放心，爸。”陆云飞宣誓般地举起拳头，“我一定不辜负你的期望！”

陆天放望着他乌黑闪亮的眼睛，郑重其事地点点头。似乎从养子的身上，看到了中国大飞机复苏的希望。他抬头望着那架仍在飞翔的航模，相信总有一天，他们自己设计的大飞机也会这样翱翔，载着航空人不灭的梦想，飞在祖国的蓝天上。

第十四章

1998年夏天，凌丽和各地科研人员齐聚北京，研制一款新飞机MPC–75。但不久这个中德民机合作的项目便宣告终止。这是一款75座的支线飞机，本拟采用很多新技术，但这款飞机因完成预发展的工作后，中方承担的份额较少、桨扇发动机技术不成熟、75座的市场前景不佳等因素而被迫下马。此时中国民用飞机的希望都寄托在AE–100上，这也是当时航空工业的最大合作项目，但中韩两国始终在总装之地上争执不断，双方都希望设在本土，以至于错失良机。不久，空客宣布将研制109座的支线飞机A318，并已获得100多架订单。业内人士都知道，此事不但与波音737–500形成竞争，也给萌芽中的AE–100猛烈一击。有关部门只好沉痛宣布，AE–100被中止下马了！

陆天放从妻子那里得到消息，不相信事情发展到这种地步，立刻请探亲假去了北京。他跟夏青不常聚首，但感情很好，只在陆云飞身上有隔阂。夏青虽承认了这个养子，却跟他感情生疏。陆云飞也对她疏离，不肯叫她“妈妈”，长大后才找到合适的称谓“夏老师”。

夏青见到丈夫很高兴，她已自民航分得一套住房，在北三环附近。从机场接到陆天放，她就把丈夫拉到这套新居。房间的装修很简单，但家具挺考究，符合单身女人的一切要求。夏青也经常觉得自己就是单身。从十六楼的高层望出去，小半个北京城尽在眼底。

“怎么样？”夏青指着窗外有些得意，“这里阳光明媚，比你们阴沉沉的上海强吧？”

北京的夏天，阳光甚是强烈，光线映照在玻璃窗上，艳如金波在流动。

陆天放也望着窗外，觉得妻子别有用心。“你什么意思？”

“我是说，你该调到北京来，就在我们民航工作，你们航空工业没指望了。”

“你说什么？我坚决不同意啊！”陆天放不想跟妻子争执，但他的脾气也上来了。“我还想让你调回上海，跟我一起搞大飞机呢！你不是学飞机设计吗？可别丢了专业。”

“那怎么行？我是北京人，这里有很多朋友发小，在民航部门也如鱼得水。”夏青很小资地低头修着指甲，“再说你们大飞机没戏了，我们民航不愿买，这才是重点。”

陆天放被戳到痛处，呆怔无语，继而才发狠地说：“总有一天，要让你们承认我们。”

“别盲目乐观啊！看你们眼前的难关怎么过？”夏青伤感而叹服。

陆天放也是心急如焚，一刻也不耽搁，当晚就拉着妻子去见凌丽。他们到了科研人员住的招待所，在餐厅里找到凌丽，她正跟这个项目的设计师在喝“分手酒”。众人都悲愤难抑，情绪极其悲壮。项目解散，前途未卜，谁的心情都不好受，不少人潸然泪下……

陆天放不知该如何安慰他们，只好一一向他们敬酒，感慨地说：“你们辛苦了！”

“这点辛苦算什么。但没想到，我们又一次失败了！”凌丽悲痛无比，“我们离成功仅仅只有一步之遥，却丧失了关键的发展机遇，多么可惜啊！”

“是啊，100座的飞机是个非常敏感的机型，正是大型飞机与支线飞机的衔接点，竞争很激烈。这是空客与波音联合起来打压我们，我们晚了一步，便在劫难逃！”陆天放也敏锐地说，“我们‘运10’的元老封总临死前，也很关注他为之献出毕生精力的航空事业，曾专门嘱托亲属说，我们的大飞机上天后，可别忘了烧纸告诉我，我在地下也会深感欣慰的！”

设计人员听了全都泪奔，凌丽忍不住抱着夏青流泪。凌丽不乏小资情调，擦干眼泪，建议大家喝完酒后去户外，在祖国的星空下拥抱告别。

这晚天气晴朗，云淡天高，深邃的天幕碧蓝如洗，犹如苍穹般覆盖着大地。

众人仰望夜空，只见月色皎洁，群星璀璨，使人浮想联翩，真不知道那高空之上，有着什么样的奥秘？人类还应该如何去探索？

此情此景，让人伤感而不甘，许多人掩面痛哭，泪飞如雨……

有人不禁悲叹：“我们这一辈子，恐怕是再也别想研制商用民机了！”

还有人愤愤地说：“祖国的蓝天上，怎么就飞不起来我们自己的飞机？”

夏青也不禁感慨万端。她刚调到新成立的适航处当副处长，预感今后的工作对这群执着的飞机设计师还有帮助，便不再坚持把丈夫调到民航部门。她在黑暗中悄悄撕碎了请调报告，看着白色的纸片像蝴蝶般在空中飘舞，心里也填满了悲怆的情怀。

这个坏消息不胫而走，很快就传到了上海的飞机厂，无异于雪上加霜，工人们立刻炸开了锅！都说航空工业面临危机，中国的飞机厂快要关门破产了，赶紧自寻出路吧！

这一天，江树森仍是独自在车间里打铆钉，同时也担心着工厂的前途和命运。令他没想到的是，继上次“运 10”型架发生冲突后，他又为了麦道型架与人相争。

一群外厂的人恶狠狠地闯进来，他们个个都拿着工具，显然来者不善！

“你们是谁？想干什么？”江树森抬起头，震惊地发问。

“我们是你们厂的协作关系户，也算是债主吧。”一个打头的人不悦地说。

其他人也是满脸不快，愤愤不平，跟着七嘴八舌：“是啊，你们厂欠了我们的钱不还，害得我们也发不起工资了！”

“这种三角债目前很常见，你们去找上级领导吧。”江树森还想温言劝解。

“那不管用！”带头的人说，“我们要拆掉这个飞机型架，卖了这堆烂钢铁还债。”

“不行！”江树森如遭雷击，立刻猛虎一般跳起来，喝问，“这是麦道的飞机型架，让你们拆了成什么话。以后我们厂还怎么造飞机？”

“得了吧，别说大话了。”有人冷笑道，“你们厂都要垮了，还造什么飞机？”

“这位兄弟，我们也是无奈，才出此下策。”有人也劝道，“你何必多管闲事？”

“这不是闲事，这型架是我们厂工人吃饭的家伙，决不能让你们拆了！”

江树森一边说一边看着四周，期盼有人来相助。但一个人也没看见，工人们都不来上班了。他大步奔到车间门口，想去关上大门，好把这群人赶走。不料那道铁栏杆大门已经很破烂，下面的滑轮也生锈了，怎么都关不上……

那群人看着江树森费劲使力，都不禁笑起来，纷纷起哄：“瞧他那傻劲儿！”

江树森正感悲愤无助时，一群本厂的工人终于闻讯赶来，他们呐喊助威，说这是厂里的事，轮不到你们来做主！这才把那些同样无奈的债主们一个个轰出去……

“幸亏你们及时赶来，否则这型架又保不住了！”江树森感激地说，“我得谢谢你们。”

“先别谢我们，我们也有话要讲！”一个工人板着脸说。

“是啊，江主任，我们要去汽车厂打工，希望你能放行……”

原来在航空业走投无路之际，汽车业却方兴未艾，上海成立了汽车集团公司，他们特别需要有技术的工人，就纷纷来飞机厂招兵买马。其他车间有不少人已经去上工了，总装车间因技术特殊，前阵子没人要，现在也成了香饽饽，于是工人们强烈要求江树森放行。他听后震惊万分，悲愤难抑，含泪希望大家都能留下来，跟他一起坚守，直到航空事业的复兴。但人们已失去信心，双方坚持不下，谁都不肯让步，竟然面对面地僵持住了。

陆云飞恰好在这一天，收到了北京航空学院飞机设计专业的录取通知书。他在耀眼的阳光下，把这份录取通知书看了又看，高兴万分。因养父不在，他就去找江叔，想告诉他这个好消息。他进了总装车间，遭遇这个情景很吃惊，在旁边听了一阵，便忍不住站出来，劝导那些工人说："大叔、大哥，你们可不能走啊，这飞机厂没有工人，那怎么行？"

工人中有认识他的，就说："小子，你不是厂里的人，别站着说话不腰疼！"

还有人不耐烦地冲他挥挥手，吼道："你算哪棵葱啊！别来插嘴，快走快走！"

陆云飞一气之下，情不自禁地大声说："我今天不是厂里的人，兴许明天就是了！"

"你什么意思？"江树森在旁边不解地问，"你不是要读大学吗？"

"这个，江叔，我还没拿到录取通知书呢……"陆云飞连忙撒了一个谎，他想了想，又大声说，"就算拿到通知书了，我也可以不上，就进咱厂当工人，坚守中国的大飞机之梦！"

"瞧这后生，说的什么话？"工人们纷纷说，"是啊，谁信？"

江树森却受此鼓舞，又大声对工人们说："哎，人家小伙子说得对啊！我们生是飞机厂的人，死是飞机厂的鬼，工人离开了自己的厂，那厂就是死路一条！"

工人们却嚷嚷说："这厂快倒闭了，大家都要走光了，我们留下来死守有啥用？"

这时有人挥手招呼说，别理他了，咱们自己走。其他人听了，也都纷纷跟着往外走。江树森急得不行，连忙上前拦阻，陆云飞也去帮他。但他们拉住一个，另一个又挣脱，工人们都灰心泄气，沮丧不堪，纷纷离开，他们俩却不知道该怎么说服工人留下。

"你们别走啊！别走……"江树森伤心地说，几乎是在哀求，"大家都留下来好不好？你们走了，咱们厂就空了，中国的大飞机就更没指望了！"

他近乎祈求哀告的声音，还是打动了几个工人，那都是他的老部下，平时跟他最贴心，工作上也是傍着一起干的。他们见车间主任如此伤感，都有了同感。他们中的许多人都在这个厂里干了好多年，不是到了生死存亡的关头，谁又舍得离开。

“好吧，江主任。”一个工人想给他出难题，便指着陆云飞说，“这孩子不算，除非你的孩子也进厂来干，我们才有信心和你一道坚守。”

江树森毫不犹豫，当即回答：“好，就让我女儿进厂当工人，以表明我的决心！”

工人们面面相觑，谁都知道他有一对双生女，还没长大成人，却已如花似玉，被她们的母亲宠成一对宝！如今高中没毕业，怎么可能进厂当工人？

江树森回家找女儿，陆云飞跟上他，悄悄告诉他，自己已拿到北航通知书，但想放弃不读，进厂当工人，跟他一起坚守。江树森急了，说：“这怎么行？你考上北航不容易，你爸也希望你上大学，你不去读太可惜。我让两个女儿都进厂当工人，叫他们无话可说！”

陆云飞跟着江树森到了江家。甘素芬正在计划如何富养女儿，公公却不支持，说咱是工人世家，还是让她们当工人吧。甘素芬不便与江胜田争吵，心里很郁闷。今早起来，江小凤说她要去考空乘，甘素芬简直乐坏了，一百个赞成，还让她把妹妹也拉去。江家姐妹虽是双生，但同胞不同卵，样貌略有不同，个性爱好也截然不同。江小凤从小爱慕虚荣，长相甜美。江小妹虽自小生活在姐姐的阴影下，但她极有个性，为了区别于姐姐，就素面朝天，时常穿着母亲改过的父亲的工作服，把自己打扮成男孩子模样。江小凤嘲笑妹妹是“假小子”，妹妹也看不惯姐姐贪恋虚荣，偶尔痛下针砭。她尽管不赞同姐姐考空乘，但今天却被姐姐强行拉去陪考……

江树森得知她们背着自己考空姐，怕女儿不愿进厂，便生气地说，要好好教训她们！陆云飞不放心，怕他们一家吵起来，就来到街口等候。

两姐妹很晚才回来，江小凤拉着妹妹考空乘，她通过面试，进入复赛。江小妹却没报名，她颇有主见，小小年纪便深藏不露。江小妹从小跟陆云飞最合得来，是他的小跟班，也想考大学，跟他比翼齐飞。

陆云飞看见她们姐妹俩回来，正要迎上去，街口突然出现一群小流氓，嬉皮笑脸拦住两姐妹。

“哎，听说你们这对双生花，今天去考空姐了？怎么考的，让我们瞧瞧。”

“是啊，过不了我们这一关，你们怎么考得上空姐？”

小流氓们嘻嘻哈哈，围住了两姐妹。江小凤被吓得尖叫，江小妹忙把她拉到身后。

“你们想干什么？”她怒斥道，“光天化日之下，竟敢耍流氓？”

小流氓岂是她能喝住的？他们立刻围过去，就想动手动脚……

“你们住手！不许碰她们！”

突然一声断喝，陆云飞冲了过来。他把两姐妹扯到身后，不顾一切地跟小流氓们打了起来。对方人多，三拳四脚一起袭来，陆云飞虽然英勇，好比初生牛犊不怕虎，但也被打得头破血流。幸亏这时，一群警察闻讯赶来，抓住了这群流氓。警察都称赞陆云飞的行为，说他是见义勇为，否则姑娘们就会受害。两姐妹见到陆云飞的勇敢行为，对他心生崇敬。江小妹更是感动，非要送陆云飞去医院治疗，或拉他到家里，好给他上药，均被陆云飞拒绝。他怕江叔知道自己负伤，心里不好受，坚持要回自己家处理。

正好陆天放从北京回家，一腔郁闷没去上班。见陆云飞衣服被撕破，脸上受伤流血，连忙去给他上药。得知了详情，又埋怨他太鲁莽，万一警察没赶到咋办？

“那我就一个人跟他们打到底！”陆云飞满不在乎，“我是路见不平，拔刀相助。”

“你是热血青年，奋不顾身！”陆天放笑起来，“听门卫说，你收到录取通知书了？”

陆云飞这才想起来，连忙拿出通知书递给他：“是啊，我考上北航了！”

陆天放看着通知书，又惊又喜道：“好小子，真有你的！没让你爸失望啊！”

“可是我接下来，就要让你失望了……”陆云飞嘟囔着。

他讲了今天总装车间的事，又说自己不想上大学了，要进厂当工人，和江叔一起坚守大飞机梦想。陆天放出乎意外，更加吃惊，他又气又急，不禁指责养子说：“你这样做太轻率了！刻苦努力几个月，好不容易考上大学，怎能轻言放弃？”

“我也不想放弃啊！”陆云飞心情复杂地说，“我不但想上北航，还想考研考博，一直读下去呢！但我从小的梦想就是造大飞机，如果厂里的工人都跑光了，谁来造飞机？江叔要让女儿进厂当工人，以表示他的决心，好挽留住工人，我要跟他们在一起。”

陆天放急得口不择言：“就算你有理，但这大学你非上不可，否则你就不是我儿子！”

陆云飞也急了，不觉脱口而出：“我本来就不是你儿子，是你捡来的……”

这话戳到陆天放的心窝，他一气之下，就扬手给了陆云飞一记耳光。父子俩都愣住了！平时他们相处和睦，很少有矛盾冲突，陆云飞从未挨过养父的打，知道他被气坏了！但陆云飞也是犟性子，他一时冲动，为了表示反抗，竟然撕碎了通知书！陆天放也有些后悔，正欲再说服养子去上大学，厂里却派人来叫他，说有重要的事。陆云飞趁机跑出去了。

江家姐妹回到家，也跟父母爆发争吵。江树森教训两个女儿，责怪她们不该去考空乘，惹来一群小流氓。甘素芬偏爱大女儿，听说小凤报上名了，就说小妹肯定没通过面试。

“妈，你怎么总是瞧不起我？”江小妹气愤地说，“我知道跟姐姐这个骄傲的天鹅比，我在妈的眼里就是一只丑小鸭。但我也有志气，不会跟着姐姐有样学样。告诉你们吧，我根本没去报考空姐，我要向云飞学习，争取考上北航，以后当个女飞机设计师！”

甘素芬讪讪无语，江树森却大吃一惊，没想到小女儿竟有如此志气。

他想起自己对工人的承诺，只好说：“不行！你们姐妹俩什么也别干，也别再上学了，老爸这边需要人，你们俩都进厂当工人，帮着老爸一道，坚守航空业！”

“不行、不行，我们不同意！”姐妹俩这次异口同声地拒绝道。

“我是一家之主，我说了算！”江树森在家很少强硬，今天却拍了桌子。

甘素芬见状连忙妥协道：“这样吧，小凤肯定要当空姐，就让小妹去当工人……”

江小妹一听，母亲显然又在偏袒姐姐，她什么也不说，就生气地冲出家门。

陆天放被方强叫到厂办公室，听到一个可怕的消息：北京飞重庆的航班发生了空难，死了十一位科研人员，都是跟凌丽一起在北京研发大飞机回程的同行。陆天放悲痛难抑，详细打听，才知是因出事飞机“伊尔－18”的机龄过长，导致了空难。他心潮澎湃意难平，突然想到凌丽，不知这次空难人员里有没有她？他连忙给阎良飞机厂打电话，那边办公室回复说，凌丽已经回厂，明天会来上班，陆天放这才放下心。

陆云飞气冲冲地跑到凌家，把事情原原本本地告诉了凌爷爷。凌大志听了突然觉得心绞痛，连忙抚着胸口坐下来，在陆云飞的帮助下吃了两片药，才颤巍巍地批评他：“孩子，就算你有过硬的理由，也要听听你爸的意见。当年‘运 10’下马，风传飞机厂要解散，技术员和工人纷纷跳槽，流失到汽车厂，去造摩天轮和超级秋千。你爸很着急，就怕人才有断层，航空业将后继无人。如今你考上北航不去读，有何脸面见父老乡亲？还有，你怎么能跟你爸说，你是捡来的。你知道他一个人带着你，还要忙工作，日子过得有多难。他对你寄托了多大的希望啊！你这么说他，不是拿刀子去戳你爸的心吗？”

陆云飞深受感动，羞愧难言，想了想才说：“凌爷爷，我错了！我听你的。”

凌大志艰难地支撑着自己说下去：“那你赶紧回家，去把通知书补好……”

陆云飞回到家，江小妹也赶来了，她捡起地上的碎纸片，问陆云飞为何这样做？

“为了你爸。”陆云飞有些不好意思，“一个人贵在坚持，你爸就是我的榜样。”

“这种品格当然好，但是云飞哥，你脑子比我灵，可以做更大的事。我想去上大学还不行呢，别让你爸的心血白费！”江小妹拉着他，“走，咱们去把通知书补好。”

陆云飞感动地点点头，两人上到晒台小阁楼，找到胶水，很快补好了通知书。陆云飞取出一架航模，写了一条字幅挂在航模下，放上天空。

正巧陆天放回来，只见一架航模飞在头顶，下面拉着一条“爸爸，我爱你！”的字幅，他顿时心中一暖，明白了一切。

江树森随后赶来，赞赏陆云飞说到做到，敢作敢为，救了他两个女儿，也责怪他鲁莽，不该撕了通知书，让大家伤心。

陆天放心情沉重地告诉他们空难的事，又对养子说：“云飞，航空业发展迅速，我国购买的大飞机竟不够用，市场还很大，我们决不能停止研发大飞机！你们这一代任重道远，爸希望你将来成为飞机设计师，所以从小就对你耳濡目染、悉心培养……孩子，你不去上大学，对得起谁呀！”

“爸，我知道自己错了。”陆云飞忙说，“你看，这通知书都补好了。”

江小妹把通知书递给他：“你好好去读书吧！我跟爸进厂当工人，坚守大飞机梦想。”

“你们放心，我会不负众望，学成归来！”陆云飞郑重接过通知书，豪情满腔。

陆天放又对江树森说：“我在北京伤心绝望，以为大飞机没指望了。但是看见你们的坚守，又觉得希望还没破灭。我就不相信，祖国的蓝天上飞不起来我们自己的飞机！”

凌丽前天晚上才回到阎良，还不知道发生了那场空难。她次日上班，走到工厂门口，发现这个万人大厂因为停止飞机研制，也与上海的飞机厂一同陷入了绝境，当地摆摊的小菜贩正在抱怨说："飞机不响，菜价不涨。"她走进设计工作室，同事们正商量着，想集体调到西安一家机械厂。因为工资短缺，有些人家里几乎断粮。看见她，大家的眼光都变得异样。这时厂领导来了，凌丽这才得知噩耗，竟有十余位她认识的同事遇难了。

凌丽悲痛欲绝，跑出办公室，一直跑到试飞站那壁墙跟前去痛哭。她泪眼模糊地看着试飞员和设计师的塑像，似乎看到了无数为中国航空业发展献出宝贵生命的英雄们，心里激起了巨大的波澜。这时有人把手绢递给她，抬头一看，竟是乔兴剑。

"你今天没去飞啊？"凌丽惊讶地问。

乔兴剑拉着她在一条长椅上坐下，说："空难发生，大家都心情不好，今天就取消了飞行。"

"是啊！"凌丽喃喃说，又不禁泪流满面，"一场空难，会影响全世界……"

乔兴剑点点头，心情沉重地说："MPC-75 和 AE-100 下马的事，我也知道了。"

凌丽热泪盈眶，两人都沉默了，许多往事回到心间。他们望着万里晴空的蓝天，今天本是个飞行的好日子，但跑道上却没有飘动信号旗，天空中也看不到任何风云变幻，他们的心里都不平静，同时想到了自己正在逝去的青春岁月……

乔兴剑突然说："若不是为了'运 10'，也许我们早就在一起了。没想到我们牺牲了那么多，'运 10'却折翼断臂，再也无法上天……中国的大飞机真是多灾多难！"

凌丽觉得自己也有难言之隐，那件事至今瞒着乔兴剑。

"我已经离婚了……"

乔兴剑仿佛被狠狠刺了一刀，痛得他捂住胸口，冲动地问："你为啥不早点告诉我？"

原来他跟妻子的三年之约已经过去，钱忆宁如今拿到新加坡绿卡，还想让丈夫也走出国门。这几天她正好回到阎良，两人为此说得极不愉快，几乎闹翻……

凌丽听他细说详情，也很是不快。她跟乔兴剑的爱情就像一根刺，早就深深扎在她心间，此刻已长成一棵大树，快要从她心里撑出来了。

于是她尖刻地问："我告诉你又能怎么样？难道你还会跟她离婚，再娶我？"

乔兴剑坚决地说："我正想这么做！"

凌丽听他口气坚决，不知所措，乔兴剑已经大步离开，决心回家去跟妻子摊牌。

钱忆宁在新加坡搞金融投资，那是个新兴市场，她做得风生水起。听说新加坡航空局缺少优秀的飞行员，她就想让丈夫转业出国去当民机飞行员。乔兴剑坚决不肯，原本还想劝妻子回来，说不愿生孩子也没关系。他父母都已去世，始终没抱成孙子。钱忆宁也爱乔兴剑，却不想回国，两人说不到一起。这天钱忆宁正好路过试飞站，透过丛丛绿树，看见乔兴剑与一个流泪的女子坐在一起，不禁大惑。接着乔兴剑就回来，居然跟她提出离婚。

钱忆宁似乎明白了，立刻盘问："刚才我都看见了，跟你在一起的那个女人是谁？"

"她是我的初恋，我一直爱着她！"乔兴剑很坦荡。

钱忆宁大受刺激，气得叫起来："那你为何没跟她在一起，反而跟我结婚？"

"那是领导安排的。你也明白，我并不爱你。"乔兴剑平静而坦然。

钱忆宁知道飞行员都是一根筋，丈夫显然在说实话。但她个性极强不肯相让，事业和家庭都想抓住，便跟乔兴剑大吵大闹，还说："我不同意！也不会让你们好过！"

钱忆宁立刻把此事报告给试飞站领导，领导略经调查便知对方是凌丽，因为早就备了案。试飞员比金子还宝贵，离婚是大事，组织上轻易不会批准。乔兴剑虽已经担任试飞站副站长，但领导还是批评了他，又通过飞机厂向凌丽发出警告，不准她再去接触乔兴剑。

凌丽很郁闷，没想到改革开放了还会这样，便转而气恼乔兴剑，觉得他没把事情处理好。正在烦恼，她又接到一个电话，竟是钱忆宁打来的，说她决不会跟乔兴剑离婚，让凌丽死了这条心。凌丽也愤慨地说："你放心吧，我这辈子都不想再见他了！"

她说到做到，从此不接乔兴剑的电话，也不听他任何解释，乔兴剑无可奈何。

凌翔正在此时收到了录取通知书。他一直品学兼优，高考成绩不错，半年前就被四川广汉航校看上。接到航校寄来的通知书，凌翔高兴得跳起来，恨不得立刻插翅飞走。这天晚上凌丽回来，他就把通知书递给母亲，得意地说："妈，我要去当飞行员了！"

"我怎么不知道这件事？"凌丽大吃一惊，"我这当妈的还没签字呢。"

"我高考那阵，你不是在北京吗？"凌翔忙说，"是乔叔帮我签的字……"

凌丽大怒，愤愤地说：“这怎么可以？你们俩不该背着我，决定这件大事。”

“这是我自己的事。”凌翔忙说，“我都十八岁了，人生的路要自己走。”

凌丽更加生气，再加上乔兴剑离婚不成的刺激，凌丽突然有个强烈心愿，不想让儿子去当飞行员！她情绪冲动，拿起那份通知书便欲撕碎，却被凌翔一把抢走……

“给我！我不同意你去读这个航校！”凌丽生气地说，“依我看啊，飞行员是世界上最不好的职业！如果你去学飞行，我将日夜担心，睡不好觉，怕你出事……”

“妈，你还不知道？飞机是最安全的交通工具，出事概率极低。”凌翔忙说。

“但一出事就是机毁人亡，放在谁身上都是百分之百的概率！”凌丽斩钉截铁地说。

其实她内心是因为乔兴剑的事，不愿儿子重蹈覆辙。当个飞行员，弄不好连自己的婚事都不能做主，有啥意思。凌翔跟母亲争执，说他要向乔叔学习，志在蓝天，热爱飞行，何况凌家也是航空世家。凌丽听了更不情愿，居然后悔让儿子跟乔兴剑走得太近。凌翔情绪低落，倍感沮丧。凌丽见此情形也很苦恼，她知道自己这样做，等于抹去了儿子生活中的一道阳光。但她孑然一身，儿子就是她的全部希望和依靠，她不想让儿子有任何闪失。

这个晚上母子俩争吵起来，发生了激烈冲突，后来凌翔也失望地冲出家门，一夜未回。凌丽猜到儿子是去上海求外公，连忙坐火车赶去，谁料进门就见到父亲的遗像。凌大志去世了！他早就得了绝症，但因女儿在北京研制新飞机，孙子又面临高考，便没将自己的病情告诉他们。那天陆云飞走后，他突然心力衰竭，被送到医院，没能抢救回来……

凌丽悲痛欲绝，哭倒在父亲遗像前。

陆天放和江树森等人都来了，他们知道凌大志的死对凌家母子打击很大，前来安慰他们。凌丽听说父亲走得安详，而且陆天放等人都守在身边，稍感欣慰。

凌翔果然也在这里，陆天放对他说，凌大志知道外孙长大成人，即将被四川广汉航校录取，便叮嘱他好好学习，还要变得坚强，才能面对人生的苦难……

凌丽拿着父亲新出版的《柳暗花明集》，呆立在父亲遗像前。凌翔走近她身边，也望着外公遗像，两人都是热泪盈眶，无语凝噎。

良久，凌翔才郑重地说：“站在外公遗像前，我才能恳求妈妈，让我去读航校吧！外公和外祖都把自己献给中国的航空事业，我此生也只有一个愿望，那就是不改初心，志在蓝天。我热爱飞行，还想飞咱中国自己的大飞机。如果妈妈能答应，我这辈子就心满意足了。”

凌丽经历这一番生死轮回，早就想通了，她对儿子说：“这也许是你们凌家男儿的命吧。好，只要你今后不当试飞员，不去以命相搏，妈就答应你，可以去读航校。”

凌翔激动地拥抱母亲。凌丽又对众人说：“我还要回阎良，在飞机设计所干下去，不但想研制出咱们自己的大飞机，也为了跟我儿子在一条战线上，并肩作战啊！”

大家听了都含泪鼓掌，事情至此，方得圆满。

第十五章

凌丽母子要回阎良，陆云飞要上北航，江小凤也考上空乘，要去北京培训。江树森和陆天放提议就在江家聚会，给他们饯行。

此时在晒台上，弄堂里的小伙伴要为陆云飞开一个欢送会。江小妹买了一盆苔花，悄然来到晒台上，听见陆云飞正在跟同学陈大宝聊天。陈大宝问陆云飞喜欢江家姐妹的哪一个？陆云飞对这种感情还很陌生，只是隐约觉察到自己更喜欢与江小妹相处，但甘素芬必然反对，也会让江叔为难。于是他笑笑说，他年纪还小，只把她们当妹妹。江小妹听到这话暗暗点头，觉得自己就该在陆云飞身边不显山不露水，默默无闻地关心他。

这时拉着一堆鲜艳气球的江小凤，跟捧着一堆零食的田萍萍和其他几个女孩子来了，大家有说有笑地热闹起来。江小凤把那堆气球放上天，小伙伴们轰然叫好。陆云飞在晒台一角发现了那盆苔花，白色的花朵虽如米粒般大小，但色彩纯净，盎然盛开……

“这是谁送的？”江小凤跟过去嘲笑道，“这礼物也太普通了。”

“我送的。”江小妹平静地说，“苔花如米小，也学牡丹开。”

“过去我妈常这么说。”江小凤有些讪讪的，心里却不以为然。

陆云飞不禁笑了，他觉得江小妹正像这盆苔花一样，在身边悄然绽放，心里很温馨。

这天傍晚，他跟着姐妹俩一起来到江家，意外地看见了少年时的小伙伴凌翔。

“翔子！”陆云飞立刻冲过去，兴奋地跟他拥抱，“听我爸说，你考上航校，要去当飞行员了？好啊！你飞得很高，但我的路却在脚下，我是去读北航……”

“我也听我妈说了，你这次高考成绩不错，终于冲上来了！”凌翔亲昵地打了他一拳，“咱俩都好好念书，今后你设计飞机，我来开。”

两个年轻人热情奔放，开怀大笑。几个大人看见这两个男孩情谊深厚，也挺高兴。他们原本觉得大飞机前途渺茫，但现在看到下一代的努力，又有了新的希望。

凌丽见到江家的两个女孩子，也夸赞说：“这一对双生花，都长得挺漂亮！”

甘素芬在厨房做菜，听了这话很欣慰，但看见凌丽又想起往事，难免心生醋意。江小妹从小跟凌翔也很亲密，就走过去打了他一拳，像个好兄弟一般。江小凤跟凌翔分别好几年，此时仔细打量他，只见他个子不高，约有一米七三，但脸庞轮廓端正，五官极其精致，显然继承了母亲的优点，是个帅气大男孩。她便主动坐在凌翔身边，跟他谈笑风生，愉快地回忆过去。江小凤从小就如公主般傲娇，总想让男孩子俯首称臣，凌翔最吃她这一套，甘愿唯她马首是瞻。两个母亲见他们这么亲热，心里都有些不快，因为谁也不愿跟对方结亲家。陆天放和江树森发现了这一点，相视一笑。男人心胸开阔，不跟女人们计较。

这场家宴很热闹，长辈有许多祝福，青梅竹马的下一代也大有收获：江小凤发现自己喜欢凌翔，江小妹也觉得心中有了陆云飞的位置，两姐妹似乎都找到了感情的归宿。

客人走后，江小妹便跟父亲讨价还价，说她书读少了，以后工作搞不好。江树森觉得小女儿说得有理，也愿妥协，就让她先进厂办的技术学校，读两年技校再进厂当工人。

江小妹很高兴，又开始织这几天都在连夜赶工的一件毛衣。这是她给陆云飞织的，陆云飞比凌翔长得更魁梧，个子也更高大。他从小在养父身边长大，养母很少关心他。江小妹想到他要去寒冷的北方读书，衣物可能准备不足，就用零花钱买了这堆深蓝色毛线，要给陆云飞织一件御寒的毛衣。她一边织，一边想起一个外国童话，那是说一个女孩的七个兄弟被魔法变成了天鹅，必须穿上女孩给他们织的毛衣才能重新变回人，但条件是这七件毛衣没织好之前，她不能说一句话，否则就会失效。女孩已经贵为皇后，仍是日夜不停地织，而且闭口不言，差点上了断头台……

她想到这里就笑起来，因为没有人逼她。

甘素芬在旁边发现了，忍不住发问："小妹，你在给谁织毛衣啊。"

江小妹想起那个童话，决定不开口。

江小凤却帮她回答："给陆云飞织的。"

"是他？"甘素芬立刻追问，"小妹，你跟他什么关系啊？还给他织毛衣。"

见女儿仍不回答，甘素芬就像当年自己的母亲那样叨叨开了。

"女囡喜欢谁才会给谁织毛衣。依我说啊，这嫁人就要高攀！我是农村人，若不嫁给你爸，怎能来上海。"

江小妹听得不耐烦，只好开口了："妈，你不觉得自己太势利了？"

"什么势利呀？那就是利益。"甘素芬说，"人不可能平等，狗还分品种呢。"

江小妹更不耐烦了，便大声宣布，她就是喜欢陆云飞！姐姐也来嘲笑她，说陆云飞那个傻小子，怎么会有凌翔帅？甘素芬更生气，又呵斥小凤说，你也没见识，居然看上他。你去北京当空姐，见了大世面就要后悔。江小凤听了直点头，又惹得江小妹生气，也劝告姐姐说，喜欢一个人就要拿定主意，别朝三暮四。江小凤有些心虚，只好答应……

江树森在旁边听到这一幕，笑得直喘气："你们呀，真是三个女人一台戏！"

江胜田虽老，耳朵却灵，最享受这一幕，还说这就是人间烟火、天伦之乐。

当晚陆云飞回家就忙着收拾行装。陆天放在旁边看了，爱意顿生。

"你要上大学了，爸送你一个礼物。"他说着，递给陆云飞一块贵重的手表。

陆云飞接过来看看，又还给他，感叹地说："爸，我不想要礼物，我只想知道，自己的亲生父母到底怎么回事？为何从小到大，街坊邻居还有人说我是野种。"

"那是胡说！"陆天放正色道，"你父亲也是一个堂堂正正的工人。只是他出身农村，没多少文化。我不认识他，但我也不相信别人所说，什么龙生龙、凤生凤，老鼠儿子只会打洞……我就不信！何况现在我才是你父亲，我要把你培养成一个出色的飞机设计师！"

陆云飞深受感动，也激昂地说："我会以实际行动来证明，我就是您的儿子！"

陆天放忍不住跟养子拥抱在一起，两人都很欣慰，这一刻，他们父子心连心。

陆云飞离开上海那天，太阳早早地悬在空中，天气热得都快凝固了。陆天放去火车站送他，江小妹已静静等在那里，手上抱着那件她熬了几个夜晚才打好的厚厚的毛线衣。

"这是什么？这么厚的毛衣。"陆云飞一时没反应过来。

"云飞，北京冷，让它温暖你的心……"江小妹含羞地把毛衣交给他。

陆云飞这才明白，感动地问："这是你织的？谢谢了！"

他收好毛衣，心里升起一种特别的感情。他望着这个从小一起长大的伙伴，发现她虽然穿着普通的白衫衣，没有特别打扮自己，但相貌清秀，五官端正，更重要的是有一颗美丽的心。陆云飞在心里暗暗祝福这个邻家小妹，在离别的日子里也能迅速成长。

朝阳的光芒笼罩着整个车站，陆天放一直在旁边默默观察两个小儿女，欣慰地觉察到，他们都已长大成人。他摘下眼镜来擦拭着，掩藏自己快要流下来的泪水。

凌丽回到阎良，也在这一天送儿子去火车站，西北不像上海那么炎热，但阳光也洒满了站台。她突然发现乔兴剑正快步朝他们母子走来，风儿吹动着他的衣角……

凌翔见母亲的脸色都变了，忙说："妈，是我通知乔叔的，他也想来送我。"

乔兴剑走到凌翔面前，把一支钢笔塞给他："这是英雄牌钢笔，送给你，你要好好学习飞行。记住，要大胆，更要细心。还要保护好自己，别让你妈妈担心。"

凌翔高兴地拥抱了乔叔，又俏皮地说："有了这支英雄牌钢笔，我还要学着当英雄！"

"调皮鬼。"乔兴剑爱抚地揉了揉他的一头短发。

凌翔朝他眨眨眼，悄声对一直没开腔的母亲说："我从小没父亲，一直觉得乔叔像我父亲……他是个好人，妈，我走后，你要对他好一点。"

凌丽竟无语凝噎，她眼里闪着泪花，目送儿子坐的火车开走。

随后她想走开，却被乔兴剑一把拉住，说："坐我的车走，我有话要对你说。"

他的口吻是命令式的，接着他不由分说，拉着凌丽上了自己的吉普车。凌丽也不想挣脱，似乎被一种无声的魔力所牵引，她不由自主地被乔兴剑拉到试飞站的那面塑像前。阳光映照在雕塑上的试飞员和设计师的脸上，整面塑像一片血红。蓝天无云，高空沉寂，只有时间在他们身边静静地流动，如同白云苍狗……

乔兴剑直截了当地问凌丽："我们的握手还作不作数？你们的大飞机还搞不搞？"

凌丽从没见过他这样锋利，不禁愣住了，只想听听他下面怎么说。

乔兴剑坚决地说："如果你们不搞大飞机了，我就请求转业，跟她离婚，再跟你结婚。如果你们还要上马，我就不能离开试飞站。我还不到退休年龄，还能飞五年……"

凌丽怔住了，知道这个选择已经无法避免。他的领导给自己打过招呼，他的妻子也给自己打过电话，可见事情闹得有多么大。但是她也能从中看出，这个男人对自己的爱有多么深！他是始终不移的，只要能跟自己在一起，他什么都不怕。唯独这一点，他无法放弃——他仍然想当中国大飞机的试飞员，他对此也是坚定不移。

凌丽似乎受到这个男人的信念所催促，在这一刻，她忘掉了一切，忘掉了自己对他的爱，也忘掉了自己的青春岁月。她此时丝毫没有考虑这些，只是想对他坚定地传达出自己心中的信念。她说：“我相信祖国的蓝天上，一定能飞起我们设计的大飞机！”

乔兴剑朝她微微一笑，说道：“好，我再等你五年。五年后我们再相见！”

他转身走开，没有回头。凌丽热泪盈眶，知道他又一次放弃了她。但他这个行动也激发出她浑身的斗志，甚至赋予了她一种胸怀开阔和高瞻远瞩的情操。她也再次感觉到，自己爱上的这个男人，魅力是这样大，心灵是这样美……

凌丽回到设计室，一言不发地毅然拿起笔，一笔笔勾画着一架新飞机的蓝图。

同事们又在商量调到西安机械厂的事。这时工厂面临极大的生存危机，连职工的工资发放都成问题。为了完整保留设计队伍，所里决定实行半天工制，以便节约经费。设计师们抱怨纷纷，只想走人！其他人见她居然如此，都有些惊讶。

一个女同事走来劝她：“别干了，我们都要调走了，离开了……”

凌丽头也不抬地说：“你们都走了，我一个人也要留下来，一个人设计新飞机！”

在北京时，她头脑里就始终萦绕着这些线条和图表，似乎它们已在她心里扎下了根。她曾跟同事们说过，早就想推出一种支线飞机，采用70座级，窄机身，2+2的布局。现在这些草图又在她脑子里呈现，她一笔一笔地绘着，全神贯注，心无旁骛……

同事们见凌丽如此执着，都深受感动，于是谁也不再提调离的事，纷纷拿起笔，跟她一同画起了设计图。短短一天过去，桌上已经堆满了各种图纸。

这一天，陆天放和江树森正在方强的办公室，跟他谈得很不愉快。

经有关部门调停，飞机厂的外债暂时还清了，麦道的飞机型架也保住了。在江树森的女儿放弃高中而进工厂技校的影响下，一些工人也不走了。余下的问题是如何在厂里没活干的情况下，安排好这批工人。江树森想了很久，才想出一个不是办法的办法：利用他的人际关系，把这些技术工人都派到新加坡和美国去打工。这样既保存了技术力量，又让工人有活儿干，有钱拿，有大件可买。他跟陆天放商量，后者很赞成，方强听了却不同意。

“真是异想天开！闻所未闻！”他冷笑道，“亏你们想出这个馊主意。”

“哎，这是可行的。”江树森还想说服他，“我有关系，保证能行得通……”

方强知道他在厂里生产麦道飞机时，跟协作方建立了良好的关系，但仍是不情愿。

陆天放又帮腔说："目前厂里的困难只是暂时的，我们最重要的，是防止技术人才流失。否则今后再上大飞机，你到哪儿去找这些技术好又有经验的工人？"

方强仍有顾虑地说："不行啊，就算这样做行得通，但从此厂里人心涣散，大家都想去国外，反而更不好办……你们别说了，反正我是不能同意。"

陆天放和江树森见他态度坚决，也是情绪低落。正要走，他们听到有人给方强打电话，是一个朋友来劝方强，赶紧另寻出路。方强怕他们听见难堪，连忙捂住电话，挥手让他俩快走，但他们已经从听来的只言片语中得知了大概，两个人都很吃惊和苦恼。

回到江家，甘素芬正在忙着做饭，听他们说了这个情况，就庆幸地说："哎，幸亏我是个厨子，再饿我不死锅边人。"

陆天放只得苦笑，甘素芬还在工厂食堂当炊事员，估计也干不了多久。

"我们厂日子难过，大家都走投无路，你这做饭的也会失业！"江树森呵斥妻子。

江胜田颤巍巍地说："国营大厂都情况不妙，民营企业反而风生水起。"

"老爷子眼瞎，却心里明亮啊！"陆天放叹道。

甘素芬把饭菜端上桌，又不甘心地在旁边叨叨说："树森，你也赶快想办法，要不，你也调到上海汽车厂去？你有这么好的技术，那边一定会重用你。"

江树森听得火起，吼道："哪怕全厂的人都跑光了，我和老陆也会留下来坚守！"

他说到做到，已经让小女儿不再读高中，直接进厂技校去学习，以后当工人。

这个技校离飞机厂不远，仍然属于空军编制，所以不缺经费。江小妹进校的第一天，在教学楼的台阶前碰上一个坐轮椅的男人，正努力想把轮椅驶上阶梯旁的斜道……

"老师，我来帮你。"江小妹上前推着轮椅。她很机灵，见那个男人脸庞消瘦，约有五十岁的样子，就猜测他是技校的老师，否则他不会如此不便，还想进这教学楼。

"谢谢你。"那男人彬彬有礼地点头说，"我叫朱杰，是英语教师。"

江小妹后来才知道，朱老师刚从东北调来，还是单身，因患脊髓炎而瘫痪。他不但英语特棒，专业知识也挺强，一来就在技校挑大梁，学生们都喜欢他。此后江小妹就跟着朱老师学习，也处处照顾他。朱杰讲课嘴干舌燥，她就给他熬红糖水喝。朱杰也特别关照江小妹，除了授课，还告诉她一些人生哲理，希望她成为有文化的工人。

但江小妹在课余时常感到惆怅，弄堂里的小伙伴都风吹云散了：陈大宝看见飞机厂的窘况不想当工人，去做纺织品辅料的小生意；田萍萍在家跟母亲学苏绣。江小妹时常跑到晒台上，独自痴痴地想念陆云飞，陆天放看在眼里，猜知她爱上了自己的儿子。

陆云飞在北航勤奋读书，大学课程挺难，他努力啃下来，成为班上最好的学生。他是个热爱生活的人，青春的力量鼓舞着他，尽管学校的生活有些艰苦，吃住都不理想，他却很满意，感到周围的世界永远是那么新鲜和美好。陆天放和江小妹都常给他来信，也能感受到他那股生机勃勃的劲头。陆云飞每逢周末就去机场打工，顺便看望江小凤。江小凤穿上空乘制服神采飞扬，她在培训班里成绩最好。她告诉陆云飞，要争取第一个上机值乘。

凌翔在航校也很努力。他身体虽有韧劲，但平衡机能较差，体能训练把他难住了。那是一些罕见的体育器械：走荡木如同走钢丝，他几次上去都被甩下来，摔得鼻青脸肿。同学嘲笑他，他不服气，半夜三更去练，终于如履平地。接下来是旋梯，要在空中旋转 360 度。凌翔不敢吃东西，常饿着肚子去旋转，还是把胆水都吐出来了，这才知道当一个飞行员有多不容易！最绝的是旋转秋千，新学员都不敢上，没有几个人能通关。凌翔给乔叔写信请教，听从他的意见，每天坚持跑上万米再去锻炼体能。身体强壮了，又掌握了技巧，最后才过关。他在专业知识上更努力，经常挑灯夜读，刻苦钻研，学习成绩一直名列前茅。

此时上海的飞机厂又陷入绝境，工人工资减半，生活清苦，连买煤过冬的钱都拿不出来，企业生存也成问题。方强无奈之下解散了后勤部门，让仓库保管员和炊事员都下岗分流，自寻出路。甘素芬下岗了，成天在家抱怨，江树森只好安抚她。食堂发生了恶性事件：杨本和看病却无法报销医药费，听说下岗，生活无着，激怒之下用菜刀砍伤了方强。

杨本和被判刑入牢，方强受伤住院，厂里乱成一团，无人管理。陆天放和江树森听到传闻说方强也要走，他俩急了，在医院没找到方强，又赶到厂部，方强正在收拾东西。

“怎么？你也要走？离开我们厂？”陆天放连忙上前问。

“是啊！”方强叹着气，“大家都在找出路，我也想去下海经商。”

“方厂长，别走啊！”江树森着急地说，“请你留下来，跟工厂一起渡过难关。”

方强感叹道："你们都知道我受伤的事，再不走，我这个副厂长就没命了！"

"那是个别现象，杨本和就是个混蛋！"陆天放忙说，"他也受到惩罚了……"

"可是我老婆听说此事，吓得要命，坚决要求我离开这个厂。"方强皱眉说，"恰好她有个朋友，投资办了一家汽车修理厂，想让我去当厂长……"

"不不不，你不能走！"江树森恨不得给方强跪下来，他动情地说，"我求求你，别走啊！厂子这个情况，我们还想再跟你商量，那个海外打工的事呢！"

"那事就别提了，我已经打了辞职报告。"方强苦笑着，"我还想把你俩都带走呢！怎么样，跟我去汽车修理厂吧，对我们修飞机的人来说，那就是小菜一碟！"

陆天放和江树森异口同声地拒绝："谢谢！我们不去……"

方强有些不好意思，只好感慨地说："咱们搞大飞机，真是生不逢时啊！中国的现状确实是自己生产不如买，买不如租。以前我不信，现在我信了！"

厂领导走了，扔下工人群龙无首，飞机厂乱成一团。工人们眼看厂子要倒闭，都纷纷叫苦，走投无路。陆天放和江树森到处奔走，希望上级部门来解决。与此同时，上海汽车集团公司却有意将飞机厂和飞机研究所按编制接收。陆天放在江树森的支持下，给中央有关部门写了一封信，让夏青转送，引起高层重视，才叫停了这个方案。

江小凤正式上机值乘，是从成都到上海的航班。她第一天上岗，难免紧张。偏巧遇到一个中年乘客，在飞机离开地面后不久，便突然把她叫去，说发动机声音有异常，他要立刻跟机长通话！江小凤不知怎么办才好，乘务长却果断地拨了机长电话。这时又传来砰的一声巨响，乘客们都吓坏了。中年人忙说，肯定是发动机出现故障。机长也不知该如何处置。中年人果断地说："立刻返回机场着陆。"机长在他的指挥下沉着应对，把飞机降落在成都机场。机舱内掌声雷动，中年乘客悄然下了飞机，又赶下一趟航班飞往上海。

他正是原成都飞机厂的厂长潘重，被调去上海加强领导，担任飞机厂厂长。

潘重进厂那天，刚巧方强也回来了。他那家汽车修理厂开工，生意很好，但缺少技术骨干，就想回厂拉人。正值下班人多，他站在厂门口鼓动说："航空业没指望了，再不可能搞新飞机了，你们还是跟我走吧，我那里工资待遇从优，比国有企业高得多！"

许多工人听进去了，正在谋生无望，便要跟他走。

这时陆天放和江树森闻讯赶来了。陆天放连忙上前制止道：“方强，你是飞机厂的老领导，怎么来挖我们的墙角？”

“别这么说。”方强振振有词，“我是在给老部下找出路嘛！”

江树森也激动地对工人们说：“大家不能走！上级不会不管我们的！”

工人们却不信，纷纷说：“大飞机没指望了，我们还要吃饭，不跟他走，难道等死吗？”

混乱之际，潘重现身了，他正好来到飞机厂门口，看见这一幕，决定亮出身份。

“工人同志们好！”他站在一个高处，舞动手臂说，“我叫潘重，是上级部门派来担任这个飞机厂的厂长。上面并没抛弃我们，我们还有希望，大家都别走啊！”

工人们乍一听，全都激动起来，议论纷纷：“这是真的？”

“哎呀，太好了！”

方强不好意思地悄悄溜走。他认识潘重，见他来接自己的班，怎么有脸留下来。潘重惋惜地看着他离开，没上前打招呼。他理解前任的心情，还不知道自己结局将如何。

陆天放和江树森热泪盈眶地拉住潘重的手，同声说：“我们可等到了！”

潘重内心也很震撼，没想到领导干部都对中国航空业失去信心时，仍有人在坚守。他大力握着陆天放和江树森的手，也很激动地说：“谢谢你们的坚守，谢谢！”

潘重连夜跟他俩彻谈，了解工厂情况，商议解决方案。次日跟其他厂领导见面后，他立刻召集全厂员工大会，郑重表态，说他一定会跟大家共同坚守，也让众人群策群力，把企业引出困境。江树森萌发希望，重提海外打工一事。潘重召开中层干部开了几次会，决定接纳这个方案，同意派人去国外打工，拟用劳务输出的办法储备技术力量，将最好的技术工人留存下来，他们挣的钱一律归自己，条件是工厂开始制造大飞机时，他们必须立刻回来。

江树森很快就跟位于美国西雅图的波音公司联系好，那边同意他带人去打工。江树森办好出国手续，带队出发。临走时，潘重和陆天放都问他还回不回来？

“我一定回来。”江树森宣誓般地说，“回来为中国制造自己的飞机。”

父亲走后，江小妹成为家里的顶梁柱。江胜田很老了，但精神头还好，每天都要去厂房外的田野上散步。他干枯的眼里噙满了泪水，不断喃喃地说：“我再也听不到飞机的声音了！难道我们的飞机再也飞不起来了？”

江小妹傍晚放学，来扶他回家，正巧遇见潘重坐车经过，他又去为厂里找出路，四处奔走。他听说此事很感慨，觉得江胜田对中国大飞机的期盼和渴望，也代表了中国人的心愿，他更不能放弃。

陆天放去北京探亲，特地告诉陆云飞，让他也到家里来吃饭。夏青跟养子的关系一直生疏，现在年纪大了，也希望感受亲情，便热情接待，还在家里做了一些饭菜。陆云飞去了束手束脚，夏青让他周末来家玩，陆云飞不愿受拘束，一口拒绝，夏青很不高兴。

陆云飞走后，她就对陆天放抱怨说："云飞身上那股叛逆劲儿，到底像谁啊？"

陆天放正色道："没啥，后天养育更重要，我们要把他身上那股劲引入正道。"

"抱来的孩子就是不亲，别指望他给我们养老送终。"夏青又叹道。

陆天放坦然说："只要他能成为优秀的飞机设计师，我就不后悔抱养了他。"

夏青低头想了想，不禁笑道："好吧，我承认你比我宽容，以后我也得注意……"

此后她就常给陆云飞打电话，有时还去学校看望他，两人关系有所缓解。

学校放假了，陆云飞没回上海，又去机场打工。

这天台风刮来，许多航班延误。在台风间隙，有个航班要起飞，正是江小凤她们当值。陆云飞是行李工，跟着行李车驶到机场，大风猛劲刮来，致使行李车失控，飞快向前冲去。陆云飞被摔到地上，发现迎面一群空姐正顶风走来，江小凤在最前面。他迅速跳起来，冲过去想挡住行李车。行李车侧翻了，江小凤没受伤，陆云飞却被重重撞了腰、送进医院。经诊断，他是轻微脑震荡，手部挫伤，腰椎也有受损。医生让陆云飞卧床休息，但学校就要开学了，陆云飞撕掉诊断书，独自悄悄出了院。

江小凤很感谢陆云飞，带着几个空姐去医院送花，却只看见一张空床……

江小凤不觉有些怅然，一个空姐便问她："这个常来看你又救了你的傻小子是谁？"

"他是我邻居，两次救了我……"江小凤说，"哎，他打架时也挺帅。"

空姐们不屑地起哄："算了吧，就是个穷小子，还理他干啥？赶快一脚踢开！"

江小凤原本有点虚荣，加入空姐队伍后思想变化更大。有些空姐成天谈论自己的追求者，都是些成功人士，至少都是富二代。江小凤也受影响，觉得陆云飞身份卑微，以后对他就很冷淡。至于凌翔，她曾钟情于他，但现在她眼界也变高了。

江小妹却常给陆云飞写信，同学们知道后，打趣陆云飞说："这邻家小妹是喜欢你吧？"

陆云飞穿着那件厚厚的毛衣，也猜到江小妹喜欢他。但他已把这份爱当作习惯，很少给江小妹回信。他深知若跟江家姐妹恋爱，甘素芬那边必有阻力，从小甘姨就不待见他，江叔也会为难。何况自己还年轻，不想这么早考虑感情问题，便只把江小妹当普通朋友。

凌翔这个假期也没回家，凌丽抽空到航校去看儿子，正逢乔兴剑被请来给学生们做报告，讲试飞英雄的故事。乔兴剑没讲自己，只讲了许多同事的英雄故事。凌丽走进航校大礼堂，只见讲台上鲜花簇拥，乔兴剑身后飘扬着一面鲜艳的军旗，把他衬托得红光满面、神采奕奕。凌丽情不自禁地坐下来，去听这个她二十年前曾错过的报告。那些故事都感染着她，让她很激动，对乔兴剑的工作也更加理解——即使自己和同事们再努力地去设计飞机，最后的成果都要靠他们这些试飞英雄，去一飞冲天地试飞来做出鉴定。

会后乔兴剑被学生们簇拥着走出来，青春的热血在激荡，这些准飞行员都纷纷要求乔兴剑签字留念。直到众人散开，他才看见凌丽，于是两人情不自禁走到一起，在学校操场漫无目的地走着，并且感慨万千地聊起了往事。他们谈两人的相识、相恋、分手与错过，也谈到凌翔的成长和新一代飞行员的状况……

空旷的操场上小风阵阵，天气凉爽而晴朗。临近黄昏时，他们看到了美丽的夕阳。当他指给她看那天边的火烧云时，他终于在她脸上看到了艳如晚霞的笑容。虽然只有短短一瞬，却让他明白了，她始终是爱他的！

于是他握住她的手，语调深沉地说：“丽丽，我不后悔我们这些年的错过。因为有时候事业与爱情确实无法共存。我选择事业并不等于放弃了爱情，事实证明，我们从自己的工作中获取的欢乐与成功的价值更高！你呢,你后悔自己的选择吗？”

“我后悔过,现在依然后悔。”凌丽直言不讳,“人家都说我强势,其实我很胆小,也很自私。我是飞机设计师，却不愿嫁给试飞员，也不想让儿子去当飞行员。”

乔兴剑更加握紧了她的手，深情地说：“你是太爱我们了！但在人生的道路上,有时会出现这样的机遇。我们最终都会殊途同归，而且会走得更远，更好。”

凌丽思索着他这番话，觉得另有深意。难道他妻子同意离婚了？她想问，却没开口。凌丽还是那么矜持，她并不清楚内情，一切只靠猜测，以至于两人的误会越来越深。

正巧凌翔来找母亲，他站在操场边，无意中看到凌丽与乔叔在一起，又被顺风飘来的几句话灌进耳朵，得知了两人的恋情。

晚上在招待所，一向乖巧孝顺的凌翔发作了。他直率地质问母亲：“妈，我想知道，我父亲究竟是谁？乔兴剑是不是我父亲？”

凌丽愣住了，她一直对儿子说，他父亲死了，凌翔从没细问过。她觉得儿子大了，应该跟儿子说真话。

“不，他不是你父亲。在我怀孕的时候，你父亲抛弃了我们……”

她说了详情，凌翔听了更生气，又问母亲：“既然如此，妈你当年为何不去找父亲问个明白？问他为啥要离婚？还有，你为何要编瞎话来骗我？说我父亲死了？”

凌丽怔住了，只好喃喃地说：“我，我是不想让你对自己的父亲失望……”

凌翔也顿了顿，干脆地问：“妈，你为何跟乔叔有感情，却没走到一起？”

“我们那个年代发生的事，你们这一代根本不明白。”凌丽被触到痛处，也很生气。

凌翔见母亲生气了，也气闷地冲出房间，发现乔兴剑就站在门外。他不能对乔叔发火，只好郁闷地离开。其实他内心一直都希望，乔叔就是自己的父亲。

凌丽跑出来，看见乔兴剑很不好意思，此时她心力交瘁，对儿子的提问感同身受——她也好希望凌翔就是乔兴剑的亲骨肉，希望他就是自己的丈夫。他脸上不断增加的自信和从容让她认识到，他才应该是她的“真命天子”！但造化弄人，命运却让他们一再错过。

两人不约而同地漫步到操场上，在星光下打量着对方，发现若干年过去，心爱的人一点都不显老：他仍然面庞刚毅，身姿挺拔，矫健有力；她也依然肤色白皙，头发黑亮，楚楚动人。他们都心潮澎湃，想刻意营造一种轻松愉快的谈话气氛……

“你都看到了，下一代可真任性！所以我希望，他以后只当飞行员，别当试飞员！”凌丽缓缓开了口，“你今天讲的故事很感人，但也很可怕！没有一个母亲想让儿子干这行，那是在刀尖上行走，用生命去开拓事业。尽管我是飞机设计师，也不希望这样。”

乔兴剑摇摇头说：“我不同意你的说法，我相信你心里也不会真这么想，你知道试飞对于研制飞机的重要性，也知道我跟你都是为了大飞机而活的，否则我们早就在一起了！”

凌丽硬着头皮，咬着牙说：“就算你说得对，但这事也不可能。何况我早就发过誓，再也不去你们试飞站了！那是个是非之地，我怎么会让儿子进去！”

“你再不去试飞站了？”乔兴剑笑起来，“那不可能，那就意味着你再也不搞大飞机了！别忘了我们的约定，飞机设计师和试飞员密不可分，好飞机都是飞出来的！”

凌丽不禁无语，愣了一下才说：“好吧，就算你说对了，我们都是为大飞机而活的。但那是我自己，不是我儿子。他可以去走另一条路，比如当民航飞行员。”

“他的路让他自己选，你可别为难孩子。”乔兴剑忙说，“我也喜欢凌翔，他差一点就是我儿子！他身上有一种大无畏的精神，正是试飞员的品质。你有没有想过？你儿子可能会跟我们一样，今后也是为了大飞机而活？好飞机是飞出来的，好男人也是。”

“不行，我还是不同意，但现在说这个尚早……”凌丽生气地把他推开，想了想，又回头说，“不过，你等着吧，我迟早要让你飞我设计的飞机，否则我们都白活了！”

乔兴剑在月光下看着她柔美皎洁的脸庞，声音低沉而有力地说：“是啊，我们必须这么做，否则我们就白白牺牲了自己的爱，还有青春年华……”

凌丽眼里涌出泪来，她又朝他走了几步，两人离得很近，她能清楚听到他平和的心跳、均匀的呼吸。他们久别重逢，诉说离情，心潮起伏，情难自抑，而他还是那么镇静自若，没有一丝对生活的埋怨和对前途未卜的担忧。这正是一名试飞员的节操，是她在精神上永远的爱人，她怎能不为他骄傲？

她尽量平静了心绪，跟他告别。心想：既然我们都没抛弃对方，也许有一天，我们还会重聚？乔兴剑望着她的背影，也露出微笑。

乔兴剑又在学院待了几天，手把手地教凌翔在教练机上飞，严格帮助他进行体能训练。凌翔也跟乔叔促膝谈心，好希望能知道父辈的爱情故事，乔兴剑却不愿跟他说，让他去问他母亲。凌翔不好意思对凌丽启齿，只把乔兴剑当作自己的人生楷模，决心要做他那样的人。于是凌翔也如乔兴剑一般，越来越严谨和一丝不苟，包括饮食有节，滴酒不沾，控制体重，按时作息。每天早起晨跑，雷打不动。他还经常打球，加强体能，提高肌肉的灵活性。在学校的各项高能和复杂的训练科目中，也始终保持清醒的头脑、敏锐的反应和有效的控制，乔兴剑看了大感欣慰，觉得这孩子真是成熟了。

第十六章

大飞机项目一个个流产，飞机制造业几乎完全停顿，人才流失严重，飞机厂的处境更加艰难，厂领导想了很多办法来安顿技术人员。在潘重的协调下，成都飞机厂把原本自己生产的波音 737 一部分任务交给了上海，让他们生产水平尾翼。但波音公司既想利用中国廉价的制造业，又要控制甚至卡住中国航空业的发展，他们坚持直接提供翼尖，但每次只提供一定批量，最终导致上海飞机厂生产任务不饱和，工人们大部分下岗，或者只领一部分工资。潘重也无可奈何，与陆天放商量，让飞机设计人员去编制上海地图手册，然后满大街去叫卖。后来通过潘重的努力，飞机厂又接了一些军机维修的活儿，才能让剩下的工人勉强糊口。

江小妹技校毕业后，被分配到总装车间的机头填充班，负责线缆的端接装配工作。实际操作很难，对工人的精细和耐心是一大考验，需要借助图纸参考插头的位置，还要对上万条线缆进行整理和捆扎，向来是男工的活儿，倔强的江小妹却能胜任。她天性乐观，作风泼辣，干起活来又很爽利，颇受大家喜爱，人也出落得漂亮，竟被青工封为“厂花”。

两年后，陆云飞因成绩优良直升研究生，兴奋地跑去告诉养母，夏青很高兴。陆云飞见她不爱做饭，饮食马虎，就给她做了一个拿手菜“鱼香肉丝”，夏青很惊讶。

陆云飞自嘲地说：“我经常在学校吃食堂，就好这一口！”

夏青发现了他隐藏在倔强与孤傲之后的脆弱，突然对他生出母爱之情。

凌翔从航校毕业后，被新成立的成都航空公司要去，经过一段时间的特殊培训，成为最年轻的副机长。江小凤被调去飞支线，正巧跟凌翔一个航班。江小凤也成长为合格的空姐了，微笑甜美，仪态大方，颇受乘客赞扬。她惊讶地发现，空姐都想得到凌翔的青睐。他们本是青梅竹马，自然比别人更亲近一层。

凌翔回家看望母亲，说了很多支线飞行的事，凌丽听了很振奋，又去跟同事商量。此前他们就在设计那款支线飞机，凌丽虽认为上天风险极大，但她心爱的两个男人都选择了飞行，她也无法抑制内心的冲动，很想为儿子设计一架性能最好的飞机。

她对同事们说："我国新开通了许多支线，正需要一款新的民用飞机。"

同事都很赞成，在他们协助下，凌丽日夜勤奋地绘制设计图，拿出了完整的 ARJ 外形设计蓝图——中国第一架支线飞机的雏形，就这样顺理成章、瓜熟蒂落地诞生了。

陆云飞大学毕业考上研究生那年，回上海过的春节。陆天放带他进厂参观，江小妹已升任总装车间检验员，在飞机上爬上爬下，一身油污，笑容满面。

陆云飞也攀上机翼，愉快地跟她打招呼："小妹，我回来了！"

"云飞哥，是你！"江小妹热切地跟他握手，又仔细打量他，发现他个子更高了，脸庞也宽大了，唇边长起了细细的胡须，完全是个男子汉了，"真高兴见到你！"

"不错嘛！"陆云飞也仔细打量她，"听说你当检验员了？又进步了？"

"还好，没被你落下……"江小妹爽朗地笑起来，"下班后我带你去一个地方。"

傍晚时分，她领着陆云飞来到复兴路弄堂里的一家小饭店"甘家村"。这里是甘素芬开的，成了年轻人聚会的场所。陈大宝和田萍萍听说陆云飞回来了，都来看他。陆云飞得知他们各有所为，也很高兴。众人点了许多菜，甘素芬宣称今晚不收他们的钱，是自己请客。陆云飞是她从小带大的，虽然以前不待见，如今听说他考上研究生，理当刮目相看。小伙伴都知道江小妹喜欢陆云飞，也很关心他们俩，言谈中都来打听此事，陆云飞却宣称顾不上，说他要发奋读研，当上飞机设计师再考虑婚姻大事。江小妹一听此言，便失落地离去了。

"小妹！我有话说……"陆云飞知道自己伤害了她，连忙追出来。

"你要说什么？"江小妹惊喜地回过头，目光充满期待地望着他。

陆云飞走近她，眼睛炯炯发光，浑身热气腾腾，脑子思考着，不知道自己该说什么。虽然刚才甘姨对他很热情，让他有了一线希望，但冷静分析后他还是觉得目前不谈这事为好。有时他也常想，因为跟江家姐妹一起长大，似乎理不清自己跟她们的感情。

"我是想来谢谢，嗯，谢谢你给我织的毛衣，这几年过冬，我都穿着它……"

江小妹见他言语支吾，有些失望。"这都多少年的事了，你还记着呢！"

陆云飞用力点点头道："我是想告诉你，我没忘了这件事……"

"好吧。"江小妹干脆地问，"那么这几年，你为啥很少给我回信？"

陆云飞深深地吸了一口夜晚清凉的空气，又挠了挠头，显然在寻找措辞。"因为，因为我很忙，真的，经常忙得没时间写信。对我爸也一样……"

"算了吧！"江小妹不悦地打断他，"不会编谎就别编。"

她没再说下去，转身走开。陆云飞望着她窈窕的背影，不由得松了一口气。他不禁去想，人的感情为何这么怪？若他简单接受江小妹，未来的生活也会变得很简单。但他却是一根筋，凡事都要想明白才去做，不弄清自己的感情，他不会回应这个邻家小妹。还有一点，陆云飞发现自己也跟养父一样，对中国大飞机有着高度的使命感。他希望自己学成归来，也能加入这个宏伟的事业，成为整部机器中不可缺少的一环。哪怕做一颗小小的螺丝钉，也不能滑丝，不能松扣，要拧得紧紧的，使这部机器运转得更快，争取早日研制出大飞机。他还太年轻，这时候怎么能去考虑自己的婚姻问题？

江小妹郁闷地去看朱老师，他独自住在另一条弄堂里，因他的轮椅上不了楼，只好住在公寓的底层，屋子有些潮湿发霉。每次去看朱老师，江小妹的第一个动作就是把窗户敞得更开，让新鲜的空气透进来。今天她心事重重，坐在椅子上不吭声。朱杰劳累了一天，精力有些透支，他发现学生不开心，就去煮了一壶好茶，给她斟了一杯。

“老师，我正想问问你，人的情意是怎么回事？”江小妹喝着茶，闷闷地问。

“这个我可说不准。”朱杰表达含蓄，“有些人的情意就像一杯白开水，相处再久也无味。而有些人的情意却像在品茶，会越品越有味，历久弥新呢！”

江小妹有所触动，皱起清秀的眉毛，暗自想：“不知道我跟他，属于哪种情况？”

她走到窗口，望着外面的夜色，思绪如同游丝浮荡在月光下。今天她跟陆云飞久别重逢，已感觉到他的变化之大，他正在迅速成长为一个有责任感的男子汉。而她对他的爱慕之情，也在短短时光里就胜过了以前的好几年。那是一种奇妙又陌生的感情，如今她也是个待嫁的年轻姑娘了，她总会不由自主地想，自己的后半生应该托付给谁？

朱杰望着她矫健的背影，看见她被风吹乱的短发，心里又焦急又纳闷。沉了沉，只好不动声色地问：“你遇到了什么人？什么事？可以告诉我这个当老师的吗？”

江小妹以为自己会难以启齿，不料她转身看见老师那双清澈的眼睛，那刻着智慧线条的前额，立刻脱口而出，吐露了对陆云飞的感情。说完后，两人都陷入沉思……

过了一阵，朱杰才问：“你们是青梅竹马，你为何不跟他勇敢地表白？”

“我怕他会拒绝，更怕他会为了自己的事业而拒绝我。”

江小妹把陆云飞的话告诉了朱杰，他听了似乎有所触动，又沉默一阵，才告诫她说：“其实爱情与事业并不矛盾，幸福要主动去争取……这是我过了半辈子才想通的。”

江小妹大受启发，但觉得老师这么说必有原因，正想问问，却见朱杰转动着轮椅，背对着她。她立刻明白了，老师并不想加以说明。在突然降临的静默中，两个人都想着自己的心事。江小妹看着窗外荡漾的月色清辉，更是觉得整个心胸都透亮了。此刻她已经理解了陆云飞——只要他在人生路上竖立起了方向标，他就会勇往直前。而自己只要跟他目标一致，也就不会迷路，他们最终必然会走到一起。

江小妹没再惊动老师，悄然离开。她走后，朱杰也回忆往事，沉浸在伤感中。

朱杰就是郑义良！当年为了成全凌丽的大飞机梦，他果断提出离婚，给深爱的女人以自由，自己隐姓埋名调回东北老家。后来他因病早退，受不了北方严寒，就搬到温暖的南方来居住，想让自己的后半生离心爱的女人近一点。不料凌丽又被调到阎良了。他感叹两个人的失之交臂，他并不后悔自己的选择。如今时光荏苒，他又何必去追悔那一切。

朱杰也把轮椅转到窗口前，在洒下的月光中，回忆着自己的青春年华。他虽然身体残疾了，但每当回忆起那些难忘的岁月，他的心就如同一只高飞的风筝，仍然在温暖的春风里荡漾着。而执线轴的那个人，就是他心爱的女子，她已经把自己拴牢了……

邻居们得知陆云飞考上研究生，都改变了当年对他的态度，纷纷来恭贺，陆天放高兴之余也想过养子的婚事。他看好江小妹，觉得她是个会过日子的好姑娘。他也知道江小妹心中有陆云飞，便拿话试探养子。陆云飞爽快地说他要继续读研，现在不想结婚。陆天放很支持，又说搞大飞机需要高科技人才，学历越高越好。陆云飞谈到夏青的生活状况，陆天放很担心。陆云飞问他们为啥不调到一起？反而长期分居。陆天放感叹地说，他们都有自己的一份事业，谁也很难勉强谁。陆云飞更加深刻地感到老一代航空人精神的可贵。陆天放给妻子打电话，逼她做出承诺，必须搞好自己的饮食，夏青得知是陆云飞的意见，微笑着答应了。

江小妹偶然对陆云飞说，她有个很好的导师，陆云飞便想去认识朱杰。他们买了一些吃食和日用品，提着网袋，走在落日的金光中。陆云飞见江小妹神采焕发，很是快活。他很想如同一个兄长似的，过去理一理她那被风吹乱的头发，好不容易才忍住……

“看来你是找到了一个好导师！”他说，“也算掌握生活的真理了！”

“是啊！”江小妹笑时，露出了两排雪白整齐的牙齿，“你也会喜欢他。”

他们到了弄堂口，发现朱杰坐着轮椅，正在门口晒夕阳，一群鸽子在蓝天上翩翩飞翔，他闭上眼睛，好似在倾听那悦耳的鸽哨声。陆云飞突然有一阵心疼的感觉……

“朱老师，我带他来看您了！”江小妹连忙上前说。

朱杰睁开眼睛，看见一个健壮的男青年站在面前，脸上分明露出一种怜悯的神情。他也是心里一疼，便笑道：“看来我这个残废人吓住你了！”

陆云飞惊讶于他的敏感和坦率，连忙做了个鬼脸，调皮地说：“是我这小学生，要来见您这位老师，吓得不知所措了……其实一个人是否残废，在于精神，而不在于肉体。”

朱杰细心地洞察到他的心思，于是笑道：“我在这里晒太阳，没惊着你吧？”

“必定是老师的房子朝向阴暗，太潮湿了吧？”陆云飞朝里张望着。

江小妹深悔自己没更好地关心老师，不由得直跺脚：“哎呀都怪我，没想到这点！”

“没关系，今天天气好，你们来得巧，再帮我把一样东西拿出来晒晒。”朱杰说。

两个年轻人都没想到，朱杰让他们从床底翻出一个箱子，里面全是崭新的鞋，有五六双，让他们把这些鞋子也拿去晒。陆云飞很惊讶，朱杰下肢残疾，却要买这么多鞋。

“是啊！”朱杰感叹地说，“哪怕是个残废，也有对美好生活的向往。”

两个年轻人见他如此伤感，都变得小心翼翼。江小妹忙着去晒鞋，陆云飞则拿起扫帚，把屋里清扫得干干净净。直到阳光变为朦胧的暮色，江小妹把带来的酒菜都收拾好，陆云飞才推着朱杰进了屋。他们挨着小方桌边吃边谈，气氛变得很融洽。朱杰见自己那个纯朴、刻苦又勤劳的女学生，在这个大男孩身边立刻变得小鸟依人，脸上也是喜气盈盈，不觉笑了。朱杰很喜欢陆云飞，看见他，不禁想起自己的青年时光……

他们喝了点酒，三个人都面红耳赤，谈话也变得无所顾忌。陆云飞小心地问朱老师为何不成家？朱杰伤感地说他有过爱人，但他得知自己患病要瘫痪，便忍痛提出分手。他说那姑娘聪明能干，有极强的事业心，会成为优秀的飞机设计师，他不能耽误她。朱杰谈起往事心酸而自豪，让陆云飞和江小妹都受益匪浅。他们却不知道，那姑娘就是凌丽。

朱杰见他俩激情振奋，又鼓励他们说：“你们可千万别学我，把爱情与事业对立起来，要正确选择，否则会跟心爱的人错过，辜负这段情。”

陆云飞雄心壮志地说：“他不当上飞机设计师就不谈恋爱。”

朱杰只好赞道：“真是好样的！”事后他对江小妹说：“这个男孩值得你爱。但你还年轻，若能在事业上跟他比翼齐飞，他会更接受你。”江小妹也深受启发。

江小凤回来过春节，高兴地对母亲和妹妹说：“我现在跟凌翔飞一个航班，他太牛了，那么年轻就当上副机长。我见到他时都不敢认了，他穿上那身制服，真是太帅了！”

“好啊！”江小妹也高兴地拍手，“凌翔是个正派好青年，你该跟他多接触。”

“我反对啊！”甘素芬忙说，“我可不愿跟凌丽搭亲家……”

“为什么？”两姐妹一起问，都觉得很奇怪。

“你们别问了！”甘素芬难以说出口，“总之，小凤，我不同意你跟凌翔好！”

正巧陆云飞听说江小凤回来了，也来看望她。江小凤一向喜欢把这些童年的男性伙伴玩弄于股掌之上，于是就故意抬高凌翔，以此来贬低陆云飞。

“云飞，你的好朋友现在都是副机长了，在天上飞呢！”

“是吗？”陆云飞浑然不觉，反而深感欣慰，“凌翔好棒！我真为他高兴！”

江小凤继续刺激他：“你不是要当飞机设计师吗？告诉你吧，凌翔的妈凌阿姨更厉害，听说她正在为她儿子设计一款新的支线飞机！”

“哇！他们母子俩真是太棒了！我要好好向他们学习。”

陆云飞觉得这是一股激励的力量，他也要尽快返校读研，毕业后就回飞机厂工作。

陆天放在养子收拾行装回校时，才得知这个新情况：原来凌丽在搞支线飞机！陆天放如获至宝，忙去找潘重商议，说阎良的设计团队在搞支线飞机。潘重打电话了解情况，得知凌丽等人果真在自行设计支线飞机 ARJ，还绘制出部分蓝图。潘重和陆天放都为之一振，看到了新的希望。陆天放是个有心人，查过很多资料，说 2001 年美国“9・11”事件后，全球航空事业萎缩，各国都在竞相研制小成本的支线飞机，美国、法国和巴西也在大力发展支线航空，形成了激烈的“空中对决”。潘重听了更觉得，中国也该抓住先机，抢占这个市场。

潘重召开中层干部会讨论此事，大家都挺振奋，说西安同行出了成绩，咱们也要迎头赶上。设计室主任张鸿奎却不同意，说要搞就搞150座以上的大飞机，小打小闹没意思。别的设计师也犹豫不决，说在中国大飞机发展史上，曾有过“支线与干线之争”，张鸿奎的意见值得考虑。

潘重却说：“我们要总结‘运10’的失败，除了资金问题，更重要的也有市场问题。如果飞机设计不能结合市场需要，设计出来的飞机就会没人要。”

张鸿奎很生气，说：“‘运10’都飞到西藏去运货了，你还不肯承认它？”

陆天放对“运10”有着更深厚的感情，不容任何人诋毁。潘重拿“运10”来说事，让他觉得很委屈，张鸿奎又从中挑拨，这个会便不欢而散。潘重认为知识分子都有书生意气，陆天放也未能幸免，很难说服他们。于是潘重决定先去摸底。

西安的飞机厂就设在阎良，与试飞站一墙之隔，也是个万人大厂，规模比上海的飞机厂大很多。这个厂一直生产和研制大型运输机，在中国航空业的地位甚至超过了上海的飞机厂。在研制“运10”和MD-82时，西飞作为兄弟老厂，给予了上海很大支持。但在中国大飞机的发展史上，也有过“东（上海）西（阎良）之争”，这两个厂既是竞争对手，又是合作伙伴，对于谁在项目中担任总设计和总装配，总是相争不下，南辕北辙，难以走到一起。由于西飞地处“三线”，实力较强，又号称“中国西雅图”，相比之下，优势略胜一筹。

潘重独自去阎良考察，他进了厂子就东瞧西看，点点滴滴都不放过。他觉得这里的厂房设施虽也比较陈旧，看来航空业的大厂日子都不好过，但无论在道路上还是在车间旁，到处都是与飞机有关的标志、标识、标语口号，甚至还有栩栩如生的雕塑，让人看了心潮澎湃，不得不为之叫好。潘重相信，这里的设计团队必然是一支坚守执着、技术精湛、责任心强、素质很高的队伍，不禁暗暗羡慕。

西飞的设计室和飞机设计所是两个牌子、一套人马，办公场所虽在厂区，却很安静，两旁绿树环绕，只能隐隐听到发动机的声响。他打听到凌丽的办公室，一边走去一边想，这是个什么样的女人呢？他早就听说过她很多事——埋头苦干、精明好胜、追求完美、业务能力强……他也一直为自己的厂失去这个人才而感到遗憾。

很巧，凌丽正好独自一人在设计室，只见她俯身在绘图板上，旁边很高一叠图纸堆积案头，让潘重看了很感动。他走过去一瞧，原来她是脸靠着绘图板睡着了。她握在手里的铅笔尖正落在面前那张图纸上，把纸都戳破了，但她却没醒来，可见她有多累……

潘重不知道怎么办才好，只得低低咳嗽一声，惊醒了这个辛劳的女设计师。

凌丽立刻醒来，抬头看见他，沉了沉，才问："对不起，你是谁？"

"我从上海来，是你的同行！"潘重热情地伸手给她，笑道，"这次见面很让人感动啊，佩服你坚韧刻苦的精神，但你也要注意身体，别把自己累垮了。"

凌丽没去握他的手，看了看被戳破的图纸，不好意思地笑了，说："怎么会睡着了？竟把这图纸弄破了！真可惜，还得再花时间重新绘制。"

潘重郑重其事地说："我相信对你来说，几寸长的铅笔也是重千斤哪！"

凌丽这才认真打量他，跟他热情地攀谈起来。潘重满心欢喜地说明了来意，凌丽听说他是飞机厂的新任厂长，上海要跟西飞一起搞支线飞机，立刻表示不赞成。

"这不行吧？"她说，"这可是我们西飞人的心血啊！"

"可你也曾经是我们飞机厂的人啊！"潘重早有准备，侃侃而谈，想说服凌丽。"不管上飞还是西飞，都是中国航空工业的一分子。为了研制大飞机，我们这几个飞机厂包括成都和沈阳，都是分久必合，合久必分。再说我们这么多年设计了多少飞机？那些最终没有飞起来的飞机，应该给我们一个教训了——如不集合全国航空业之力，不抓住支线开发的契机，这场空中对决我们就输定了，世界航空领域将永远没有中国的一席之地！"

凌丽被他说得心里热乎乎，她望着窗外那棵挺拔的绿树，发现春天又来临了，那棵树上的叶子青翠、碧绿、鲜嫩，微风吹来，叶片飘动，显得那么生机盎然……

她情不自禁地想：上海来了一个好厂长，看来我们航空业的春天也来临了。

他们又谈了一阵，凌丽便彻底被潘重说服，她心里也升起一股豪迈的激情，决定要用自己手中那支笔，为中国的大飞机研制画下最重要的那一笔。

正好西飞发起了由 17000 名自然人和 5 名法人设立的"西飞国际股份公司"，要为中国大飞机放手一搏！在凌丽的牵线搭桥下，潘重率上海的飞机厂也加入其中，并且联络哈飞公司等六家航空企业，各投资十万元成立了研发团队，形成了一个"民间研制联盟"。他们发誓："赴汤同往，蹈火同行！"即使国家不投入，自己贷款也要干下去！

张鸿奎也是西工大飞机设计系毕业的，是方强的同班同学。他虽不乏小聪明，脑筋会拐弯，但有私心，看重个人名利，爱说怪话、发杂音，还喜欢搞小动作。他不满这个“民间草莽行为”，居然偷偷给上面打报告。正逢中央另有想法，六厂合作便被叫停，“西飞国际股份公司”也被解散。两边的设计师不能理解，悲愤之余，都分别给中央写信，纷纷叫屈。

潘重第一个醒悟过来。他立刻召开厂委会，对大家说：“是我们做错了，不应该搞民间行为，要把这个大飞机的方案和项目变为国家意志，争取上面的支持。”

众人都同意这个做法，陆天放率先在互联网上发表文章《千古奇冤叹‘运10’》，博得潘重赏同。接着凌丽在阎良遥相呼应，也找了几个同事，分别在互联网上发表了两篇文章《高处不胜寒》和《望断南飞雁》，探讨“运10”的成功与失败，呼吁国家安排大飞机研制，影响甚广，引起中央及各方面重视。国务院的一些重要会议都提到大飞机项目，专家院士联名建议国家将航空工业置于战略产业的高度，第三次吹响了大飞机进军的号角。

2003年，中国大飞机的又一个研发项目“ARJ21-700”终获国务院批准，这个新型的涡扇支线飞机被列入国家“十五大”计划的十二大高科技工程之一。上海和阎良飞机厂的员工都欣喜若狂，跃跃欲试。潘重高瞻远瞩、未雨绸缪，叫陆天放给江树森打长途，让他赶紧回国。

众所周知，美国的波音公司研制出了世界上第一架成功的喷气客机，开启了人类远距离旅行的创新时代，波音飞机在世界航空史上具有最令人激动的篇章和闪烁光辉的重要一页。公司基地在西雅图的华盛顿湖边，一池碧蓝色的湖水环绕厂房，背靠着白雪皑皑的瑞尼尔火山，天水交映，风景优美，在这里工作的人可以说是幸运儿。江树森率领田一民、李金山等技术工人在这里干了好几年，也时常觉得自己受到了命运的眷顾。

这里的每一个环节都是严谨的，每一个细节都考虑到了飞行安全，从而形成了综合的技术优势。江树森等人踏实工作，任劳任怨，学到很多东西。有些人英语不过关，全靠手势交流，也掌握了不少先进技术，还跟波音的技术人员建立了良好友谊，常被邀请到他们家里或农庄去做客。工人见他们的房舍如此漂亮，都羡慕不已。江树森尤其深得美方青睐和信任，波音高层一再许愿，要给他申请绿卡，均被他拒绝，因为他始终心系自己的祖国。

江树森接到陆天放的越洋电话，得知大飞机即将上马，欣喜万分，立刻通知他带来的工人，准备启程回国。消息传开，波音公司如临大敌。因为几年过去，这批工人已成为波音的主力干将，他们全都熟悉了波音制定的许多生产标准，虽然重要机密与核心技术尚未被他们掌握，但这批工人回到中国，无异于是放虎归山，于是波音不愿放他们走。

一个美丽的秋日，晴空万里，波音高管在蔚蓝色湖边的一栋豪华别墅平台上布置了十几张餐桌，摆满了美味佳肴，桌上的玻璃酒杯和水晶餐具闪闪发亮。波音高管在这里邀请江树森和工人吃饭，想把他们留下来。江树森当然知道对方的用意，但他还是带着工人们来了。他说如此盛景一生难得，不去白不去，不吃白不吃，以后该干什么还干什么！

“江，待会儿这里有个飞行表演，会让你们看了赏心悦目。”一位高管说。

江树森很吃惊，没想到人家还安排了这样的特别节目，肯定是想阻碍他们回国。江树森深谙工人对于工厂的重要性，否则他当年也不会坚决要求来海外打工。但若最后他没能把这批工人带回去，那就得不偿失，鸡飞蛋打一场空，他也不会原谅自己。

工人们已经吃喝上了。对他们中的很多人来说，生存永远是第一位的。江树森也深知，他不能要求工人都跟他一样，有那么强烈的爱国心和责任感。因此他心里火烧火燎很着急，生怕待会儿波音公司的新款飞机笑傲蓝天，将把工人的心也带上九天云……

这一天正是波音 777 试航的日子。就在一周前，英国航空公司的三架“协和”超声速大型客机，满载着各路名人和工作人员，接连在伦敦希思罗机场降落，结束了自己的使命。至此，曾在世界航空界显赫一时的这款飞机，终于走完了它 27 年的光辉历程。原因是产量太少，无人买单。所以有评论说，“协和”是被平民化时代抛弃的贵族高新技术。与之相反，波音这一年却名声大振，生产的 737 和 747 分别拿到了 5300 架和 1400 架订单。

一位高管把这件事告诉江树森，得意地说：“我们走的是国家营销的道路。”

“是啊！”另一位高管也对他说，“美国国会甚至声称，没有波音，就没有美国。波音就是美国。现在，江，你愿不愿意成为我们中间的一员？我们可以给你办绿卡。”

“你带来的人都可以留下。”又一位高管许诺说。

尽管他们坐在平台一角，这些谈话还是被工人听去了。江树森见他们神态各异，心里更加着急。谁都知道留在美国，无疑比国内的条件好很多，难免有人会动心。

此时在华盛顿湖旁边的跑道上，也聚集了不少航空界人士和各地名流。自波音737系列飞机1968年投入运营以来，全球共有四千多架这款飞机在飞行，占全球客机总量的四分之一，堪称人类航空史上最畅销的喷气商务飞机！现在波音又推出了777系列，这样的飞机真是天之骄子！

傍晚时分，天边彩霞缤纷，湖面碧波荡漾，一架身姿修长的波音777远程飞机，在连飞22小时42分钟后，终于跨越太平洋、北美洲和大西洋，飞回西雅图，航程达21601千米，相当于绕地球半周，创下了飞行史上不着陆飞行的长距离纪录。

目睹飞机安全地降落，在跑道上、湖边、山顶的所有观众都爆发出热烈的掌声。

“太好了！”一位高管挥手大嚷，“世界变得越来越小了！”

另一位高管也说：“这证明了我们波音飞机的优越品质，无人能挡！”

另一位高管转向江树森，略带轻蔑地笑道：“现在，你还想回中国吗？你们再搞五十年，也赶不上我们波音，永远赶不上。因为成功有必备的条件，并非幸运与偶然。”

江树森坚定地说：“我们起步比较晚，向你们学习。但我们还是要回国，尽量拉近我们两国研制大飞机的距离。任何一件美好的事，我们都应该努力去做，你说是吗？”

那位高管耸了耸肩，两手一摊，好像在说：你随便吧，可是你的人，未必……

当晚在工人宿舍里，果真分成了两派意见，大多数都想留下来赚钱，只有田一民和李金山几个人支持江树森，愿意回国。江树森问他们为什么？很多工人都说，想拥有湖边别墅那样的豪宅，再不济，在上海总要有一间房吧？江树森急了，直接给潘重挂长途，让他去做家属的工作。

潘重也知道这批工人是厂里的宝，要上大飞机项目，离了他们可不行。他跟陆天放去做工人家访，发现飞机厂工人的居住条件确实很差。潘重对家属们许愿说：“大河有水小河满，我们厂上了大飞机项目，会给工人盖新宿舍！”这番话传到美国，工人们深受鼓舞，一些原本不打算回来的工人也动心了，结果一个都没留下，全部回来了！

临离开时，工人们跟波音的底层员工一起在湖边和厂房前合影，难舍难分。美国的一些技术人员也交口称赞他们说：“你们已经毕业了，应该回家了。”

但江树森却被移民局扣留，说波音给他办的绿卡已经批准，他必须在美国待够六个月。江树森心急如焚，一刻也待不住了。在中国大使馆的帮助下，他宣誓放弃绿卡，毅然飞回祖国。潘重得知江树森回到上海，立刻赶到他家去看望，可江树森已经去了厂里。

此时此刻，江树森在总装车间里却难过至极，原来当初他以命相搏要留下来的麦道飞机型架，为了给波音 737 的水平尾翼生产让道，已被拆成了一堆废铜烂铁。

潘重出现在他身后，坚定地说："我们再重新造！"

江树森回头看见他，紧紧握住他的手，说："潘厂长，这次我们可不能错过良机。"

"说得对！这个项目，我们必须去北京争取。"陆天放也赶来了，热切地对他俩说，"研发 ARJ21-700 支线飞机是中国飞机制造业的生死机会，最后一搏，上级部门对此很重视。项目最终落户谁家？也关系到每个航空人的命运，大家都挺关心，我们不能放过啊！"

"你们放心吧。有了这批工人，我心里有底了，明天就去北京。"潘重思忖着，"不过这项目的原始蓝图，是凌丽带着西飞的人搞出来的，她会不会对此有意见？"

"我看呀，按她的性格，她也会跑去北京争取。"江树森笑道。

"潘厂长，你别有顾虑。"陆天放坚定地说，"我们要搞五湖四海，最终不管花落谁家，都是为了中国大飞机的研制。我觉得，凌丽她会想通的！"

第十七章

潘重在此之前审时度势，已经频频往北京跑，想把项目争取到上海。起初陆天放却不太同意潘重的做法，觉得这款支线飞机的蓝图，是凌丽她们阎良的飞机设计师绘制的，上海去争取这个项目有些霸道，显得不近人情。陆天放这一代飞机设计师承上启下，都有大而全的想法。张鸿奎反对搞支线飞机，陆天放也劝潘重放弃，让阎良去做，说我们上海就搞干线飞机。潘重知道陆天放心里有疙瘩，就说："现在搞干线飞机条件不成熟，而支线飞机却生逢其时。项目都批下来了，成败在此一举，我们要背水一战去力争！我还指望你去做老张的工作。"陆天放又被他说服，虽然张鸿奎还在嘀咕，也被陆天放派去准备资料，争取项目。

西飞的科研人员，尤其是西飞设计所的设计师们知道了都很生气，也公推凌丽去北京找上级部门，说这个支线飞机的项目是咱们推出的，应该落户到西飞。凌丽请求所领导批准，也飞往北京。于是她跟潘重就在部里的招待所门厅不期而遇了。

"哎，你也来北京了？"潘重看见凌丽很热情，连忙上前跟她握手，"太好了！"

"好什么？"凌丽对这次碰面很不悦，不去握他的手，反而生气地说，"潘厂长，早知道你要跟我们抢项目，当初我就不该答应跟你们上海合作。"

"你可别这么想。"潘重恳切地说，"这个支线项目是中国大飞机的一个重要机会，我们应该想办法再次携手，甚至联络全国各地的飞机企业，来共同会战。"

"算了！不跟你说。"凌丽赌气道，"我们西飞不会放掉这个项目，肯定要争到手！"

她气得转身走开，潘重心想，他也不会放弃。论研制大飞机的技术能力，上海目前比不过阎良，尤其跟凌丽为首的精明实干的西飞设计团队比，上海的设计团队包括陆云飞在内，都难免有点缩手缩脚。但要论综合实力，上海工业又技高一筹，花落谁家真不好说。他们俩话不投机，又去各自找人脉关系，积极陈述自己的理由，都想争取到这个项目。

凌丽来到北京，当然要去看大学时代的闺蜜夏青。她轻车熟路来到夏家，夏青并没起身迎接她，而是早就把门锁打开，自己躺在沙发上呻吟着，脸色很不好看……

“夏青，你怎么啦？”凌丽扔下手提包扑过去，扶住她问，“要不要去医院？”

“不用了，老毛病。”夏青按着自己的腹部，轻声说，“就是胃疼。不吃东西又饿，吃一点就不舒服。去医院看过好多次，也没见效，只有自己忍忍吧，一会儿就好了！”

凌丽起身看看屋里，只见四白落地，陈设寡味，不禁笑道：“你这里就像宝姐姐的屋子，还是那么清淡！我可不是贾母，没法给你变出许多好东西来！”

夏青拉她坐下，淡然笑道：“我常年一个人，工作忙，也顾不上……”

“你呀，一个人过了几十年，太不会照顾自己！”凌丽心疼地说，“瞧你身体状况又不好，这都怪陆天放，也怪我——就不该让你嫁给他！”

“有什么办法？他不肯调到北京，我又不想去上海，我们都在为大飞机付出……”夏青苦笑道，“对了，还说我呢，你不也是单身一人在阎良？”

凌丽也苦笑道：“是啊，我们都成了样板戏的女主角了！”

夏青含有深意地说：“好在这些付出终有回报，你们的新飞机又要上马了！”

凌丽也兴奋起来，两人聊起这事，心情都变得愉快，却猜不到有关部门会怎么决定?

上级部门也想得很长远，为避免出现项目之争，决定吸取以往经验，采用新模式来运作。正好上海有个开发浦东的好机会，上海市政府的支持力度也很大，中央就下令将 ARJ21-700 的设计研发和总装都定在上海，给了这家飞机厂新的生机。

上海的工人们看到了新的希望，潘重、陆天放和江树森都挺振奋。凌丽在北京奔波了一阵，不料却是这个结果，不免失望而沮丧。她刚回到阎良，又接到上面通知：西安飞机设计所要跟上海飞机设计所合并，很多人都将调到上海，一起来搞这个支线飞机。

阎良的设计师喜忧参半，有人想调到大城市上海，也有人不愿离开，还有人对凌丽冷嘲热讽说：“怪不得你当初主张与上海合作，你根本就是他们的人，派来卧底的！”

凌丽无法跟他们辩解，也很苦恼，甚至赌气说，她不会离开阎良。但上面发下来的调令，第一个就是她。

又有人挖苦她说：“原来你搞支线飞机，就是想再调回上海，那是你的老家嘛！”

凌丽气得直想掉眼泪，跑出设计室，却找不到地方发泄。不知不觉地，她又走到试飞站的那面墙底下。这栋办公楼不在警戒线内，可以自由出入，凌丽上下班常从这里经过。这时她望着那两个设计师和试飞员的塑像，情绪难以平息。太阳被云层遮蔽了，光线有些暗淡，她却清晰地看见了这两个人物脸上的表情，那也是许许多多熟悉的、豪迈的、热情的、坚强的面孔——航空人的面孔，他们都一起行进在这个伟大事业的洪流中，不管东西南北、天涯海角，哪里都有等着他们的工作！心潮澎湃中，往事一一浮上来……

有人出现在身后，正是乔兴剑！好像他一直在这里等着她？

“你怎么会在这儿？”凌丽瞪大了眼睛，明知故问。

“我知道大飞机上马，你将被调回上海。”乔兴剑笑道，“而你却难以委决……”

凌丽有些震惊，嘲讽地说：“难道你是未卜先知？”

“这是事物的发展规律。”乔兴剑胸有成竹地说，“上海飞机厂有研制‘运10’的经验，当然比西飞更胜一筹。你在那里工作过，难道你还不了解？”

凌丽一时语塞，少顷，才问：“那么你认为，我应该回上海吗？”

“你当初来西飞就是为了大飞机，现在你的选择也肯定是为了大飞机，这点无可非议。”乔兴剑平静地说，“无论你做出什么决定，我都永远支持你。”

凌丽情难自禁，热泪盈眶地望着他。乔兴剑虽已经不年轻了，但他仍是身姿矫健，体型笔直，似乎身上总是绷紧了一股劲。他下巴长出了一圈硬刺刺的络腮胡子，眼睛闪亮，目光炯炯，就像当年跨上战机即将直飞云天时那样沉着、镇定、坚毅……

“可惜这么多年，我们都错过了！”凌丽又忍不住说。

“没关系，为了大飞机，值！”乔兴剑仍是笑道，“我再等你三年，不过你得加紧干，否则我就退休了，没资格试飞你的大飞机了！”

凌丽破涕为笑，内心突然充满了力量，好希望自己立刻投身进那道洪流，与千千万万同事们一道奔腾、跳跃、呼啸前进，波涛滚滚，流向大海，那将是胜利的彼岸……

她紧紧握住了乔兴剑的手，深情地说：“好，我没有白认识你，我也值了！”

被云朵吞没的太阳又出头了，一只银白色战鹰突然冲天而起，在高空的云雾中飞翔。他们俩听到发动机的轰响，都抬起头来凝视着，直到那架战鹰消失在碧蓝的天空。

潘重想借机为大飞机聚集人才，亲自赶到阎良去说服这批科研骨干调来上海。他在西飞领导的支持下，召开了动员大会，在会上慷慨激昂地说：“我们航空人要搞五湖四海，为了大飞机而聚到一起，别再犯以前的错误，不能学《水浒》里的‘浪里白条’和‘黑旋风’打架。我们上海欢迎你们技术人员，加入研制大飞机的行列中……”

很多人被他热情的演讲说服，纷纷报名。在设计室，凌丽头一个站出来，决定跟两百名同事一起到上海来。大家情绪激昂，整理行装，都想尽快走上新的工作岗位。上海和西安的飞机设计所合并，成立了中国航空第一飞机设计所，凌丽担任第一设计室主任。

上海飞机厂和飞机设计所原本就是协作单位，现在潘重仍是飞机厂厂长，陆天放也被调到飞机设计所担任副总设计师。人员配备齐了，研制开始走上正轨，各项工作蓄势待发。但是问题来了：ARJ21–700 是专门为适应中国支线航运而设计的飞机，会不会受到中国民航的青睐，使他们真正接受并购买，成为这款飞机能否成功的第一步。当时支线客机方兴未艾，其市场购买热甚至掀起了国际航空市场的争夺战。有报告预测，未来 20 年，中国的支线飞机将达到 600 架左右，这里面又会有多少 ARJ21–700 的份额？包括波音和空客两大巨头，都把注意力转移到 100 座级的客机上，世界飞机制造商几乎都在向中国的支线航空市场进军，上海也隐隐听到了这波强烈的战鼓声，新款大飞机的项目又该怎么进行？

分析时局详细讨论，陆天放终于同意了潘重的意见，认为“运 10”失败虽有民航不太认可和资金短缺等客观原因，主观设计上也忽视了市场需求，甚至从未考虑过客户需求，设计出来的飞机没人要怎么行？潘重提出了一个未来发展的战略口号：“对市场特殊理解，对客户特殊关注”，号召大家要改变观念，解放思想，为中国民机找到突围之路。

“我们设计出一架飞机并不难，难得的是设计出一架符合市场需求的飞机。”他强调说，“这么多年来，我们从没关心过航空公司真正需要什么飞机？更不懂得他们的运营需求。这次在设计工作开始之前，我们应该去民航开展广泛的调查访问，听听人家的需求。”

“好啊！”新成立的市场部经理说，“在这点上，我们要向汽车行业学习。他们在推广 10 万元以下的家庭轿车时，就这么干过，所以市场前景才那么光明。”

可被调到设计所的张鸿奎竭力反对道：“这说法也许是对的，但如果真那样干，我们要花费多少人力物力呀？经过计算，我们要卖出 250 架才能盈利，这太难了！”

“再难也得做。”陆天放坚持说，“不过我建议，可以发个调查问卷，省点事。”

“哎，这主意好！”潘重突发奇想，兴奋地说，“我们就来个‘纸上卖飞机’，一举打破民航认为‘造不如买，买不如租’的陈旧思想，让他们都来支持我国的航空业。”

大家都感到一种震撼，“纸上卖飞机”，即在制造飞机之前就接受订单，这本是国际惯例，但中国的飞机制造厂也要这么做，那实在是个巨大的挑战，能行吗？

“我觉得可行。”潘重满怀信心地说，“我们的直接使用成本比外国飞机要低8%到10%，这就是我们的优势所在，应该相信市场会接受它。”

凌丽听了很久，这时才站起来发言：“我们的ARJ21-700已经确定了总体规划，它有宽大的机身，高高的平尾，两个挂在尾部的发动机，先进的超临界机翼……但是，我们现在还不能立刻进行研制，还要在设计上让它更加完美。我作为最初的设计者之一，非常理解潘厂长的意思——我们必须找到能与我们共担风险的客户，让他们相信我们有这个能力，把还停留在纸上的飞机制造出来，并且让这飞机在几年之后能够成功地飞起来！”

大家听了她的发言更是纷纷表示赞同。在北美和欧洲的空运市场上，支线客机的运营虽然获得了巨大成功，但目前在国内，还没给民航带来现实收益，很多飞支线的航空公司都在亏损。他们正在寒冷的严冬中等待着支线航运的春天，并渐渐相信这个市场的潜力。

还有一点，只有潘重最清楚。这款ARJ21-700的飞机雏形最早是西飞设计师拿出来的，他们的民机团队敢想敢干，只是难免粗犷草率了一点，在工艺上也缺乏细腻。相比之下，上海的民机团队以陆天放为首，却是缜密细致的，这种精细来源于他们曾跟要求甚严的麦道公司合作过。如今这两家合而为一，必须对所有的设计师都输入“精品工程”的概念。仅凭这一条，他们也该广泛征求市场的需要，为ARJ21-700进入国际营销铺平道路。

于是，经过多番论证和来回研讨后，在与国际接轨的新的运行机制和生产体系中，这个新飞机的研制项目终于开始启动了！

恰好不久，第十届航展在北京举行，当中国有关部门在航展上宣布将启动ARJ21-700项目时，几乎所有的国际知名系统供应商都伸来橄榄枝，表达了强烈的合作意愿。他们纷纷询问说：“你们采购的原则是什么？我们不排除各种合作的可能。”

“我们只有一个要求，那就是将双方的利益紧紧拴在一起。”潘重坚定地回答。

但是在全球市场的风云变幻中，还有许多未知的风险在等待着这个年轻的团队。

此时陆云飞还在读研究生，他想早点毕业，好投身航空业。这一天，夏青打电话给他说：“你爸来了，让我带你去看北京航展，跟他见个面。”陆云飞欣然前往，充满期待。

那天真是万里无云，航展设在宽阔的北京机场一角，到场观看的约上万名观众。陆云飞拉着养母，好不容易才挤到展厅里。此次的参展规模和参展的飞行器都大大超过往年，参展国家与地区有三十多个，展厅面积两万多平方米，500 多家中外航空航天厂商展出了各种飞行器实物 60 多架。陆云飞不得不感叹人类在征服蓝天的道路上已经越走越好，可惜中国大飞机的问世之旅尚在起步阶段，无法跻身其中。为了给航展添彩助兴，主办方还搞了大型的飞行表演。在彩旗飘飘的机场上，首先是印度阳光特技飞行表演队，精彩地表演了九机空中编队的高超飞行技术；然后是有“巨无霸”之称的空客 A380，成功进行了优雅的飞行；接着是中国空军的健将展示了他们那应接不暇、精彩绝伦、令人眼花缭乱的跳伞表演，不断引起观众的阵阵喝彩。而这次航展的最大看点，则是国产战斗机歼 –10 的公开试飞，只见一架身形完美的银燕，在观众的翘首期待中拔地而起，带着巨大的轰鸣声冲上云霄，在短短时间内就展示了多种高难度动作，赢得了观众的不断惊呼和热烈掌声。陆云飞看得兴奋不已，浑身热血沸腾。他知道这歼 –10 本是成都造，可上海造的大飞机何时才能展翅高飞？

夏青也拉着养子到处找陆天放。她终于在展厅一角看到了丈夫的身影，他居然在一架新款的波音飞机机翼下拉着一首小提琴曲《英雄进行曲》，四周围满了人在侧耳倾听……

夏青连忙挤上前去，微笑着听他拉完，才说道：“好浪漫啊！”

陆天放在部队搞过文艺宣传，喜欢小提琴，还喜欢搜集中外名曲，经常独奏，此时看见她，也不禁笑起来。“我在等你，看见这些大飞机，就情不自禁了！”

夏青拉过养子说：“瞧你爸，本是理工男，但足够文艺范儿吧？”

陆云飞也亲热地对她说：“要不夏老师你，怎么会嫁给他？”

夏青听他还是不肯叫自己一声妈，脸色沉下来，随即又阴转晴，跟着陆天放走到休息处，要了几杯饮料。一家三口许久不见，热烈地攀谈起来，夏青的心情也随之好转。

“爸，我在展厅转了几圈，怎么没看见你们的新飞机？”陆云飞迫不及待地问。

“你是说ARJ21–700？目前中央刚批准立项实施，要来参展是几年后的事了。”陆天放笑道，“新飞机研制需要高精尖的技术、雄厚的资金，也需要较长的时间呢！”

“那更好，我就能赶上了！”陆云飞欢欣鼓舞，“我在学校听说新飞机上马，而且放在咱们厂研制，高兴得几个晚上睡不着觉。真想提前毕业，赶紧回上海去工作。”

陆天放微笑着指指他，问夏青：“你看咱儿子，这工作劲头像不像我呀？”

“你们爷俩都一个样，为了大飞机而活。”夏青语调淡然，却不乏欣赏。

陆天放点点头，又跟他们详细聊起来，让陆云飞继续完成学业，再利用假期去北京机场打工，顺便为飞机厂做些工作。他把一叠打印好的问卷交给他们，夏青和陆云飞翻开一看，正是为新飞机研制而先期进行的问卷调查，主要针对航空公司这样的客户，和民航机长这样的飞行操作人员，题目是“你需要什么样的飞机？”和“你想开什么样的飞机？”

“看来你是全家总动员了！”夏青扬着问卷，“怪不得把我们都叫到这儿来。”

话虽如此，她却欣然同意负责第一个调查问卷，答应在民航部门开展工作。此后她就积极行动起来，中国民航发展很快，对国产飞机有了新认识。夏青在民航工作多年，也有广泛的人脉关系。在她的协助下，ARJ21–700借调查问卷之力居然拿到了35架订单！

陆云飞的任务是第二个。暑假还没结束，他就去机场打工，但进不了机场，只能在人流熙攘的候机厅四处寻找合适的人员，竟一眼就看到了凌翔。他穿一身空乘制服，混杂在旅客中也挺俊朗，坐在那排长椅上，一副干练的模样。

“翔子！你怎么在这儿？真是太巧了！”陆云飞立刻冲过去，高兴地打了他一拳。

凌翔转头看见他，也兴奋地站起来说：“云飞？是你啊？你来机场干什么？”

“我有正事。”陆云飞神秘地看着他，“可你这空乘的大机长，是不是在这里等谁？”

“没等谁……”凌翔的脸红了，仿佛一个羞涩的少年，“还是说说你的正事吧。”

两人久未见面，立刻热烈交谈。凌翔看了那份问卷，积极回答了陆云飞的许多问题，还提出对新飞机的一些要求和希望，陆云飞连忙记录下来，觉得大有收获。

两人聊得正欢，江小凤突然来了，她拖着行李箱，轻手轻脚地走到他们面前，然后兴冲冲地叫了一声："嘿，你们两个怎么在这儿遇上了？"

陆云飞拿眼一瞅，这个邻家小妹已经长成标准的江南美女，细腰长腿，倩影靓丽，有着一张花朵般娇嫩的脸蛋儿，两只水汪汪的眼睛，脸上俏生生地似乎要掐出水来。

"天哪！"他作怪地叫起来，"这不是天上的仙女下凡嘛！"

"瞎说！"江小凤也娇嗔地打了他一下，"你眼里只有我妹妹那个小妮子！"

陆云飞想起那个素面朝天的丫头，不禁笑起来。年轻女孩就是奇怪，姐妹俩也要轧苗头，彼此不服气，互相攀比。但若要论真心，他更喜欢江小妹那样朴素的姑娘。

凌翔却笑吟吟地看着江小凤，显然刚才肯定是在等她。这么年轻就当上了副机长，真是前途无量，然而这样叱咤风云的人物，竟然被江小凤拿下了！陆云飞不知道为什么，有点替好朋友抱屈。他觉得江小凤配不上凌翔，只是各花入各眼吧。

"你们俩是不是好上了？"陆云飞不知道该说什么，便脱口而出。

"这要看小凤的意思……"凌翔说着，不再羞涩，脸上的表情也生动起来。

江小凤用她那悦耳的声音，银铃般地笑起来。"我们这个年龄，急什么？"

陆云飞看着她精致的五官、傲人的身材，有些明白了。"看来江大美女就是航空公司的一朵花，还不知道花落谁家呢？可凌翔也是超级的帅，还不知道被哪个女孩抢走呢！"

"我看她们谁敢？"江小凤这才上前挽住凌翔的胳膊，脸上满是潋滟的笑容。

凌翔却不敢碰触她，只是顺从挽紧了她的手，一副毫无怨言的样子。陆云飞很替好朋友遗憾。论长相论工作，凌翔都是一等一的好，实打实的棒，足以迷死一片女孩！怎么从小就被江小凤吃准了似的，竟把她对自己的占有都视为常态了？

他不甘心地把凌翔拉到一边，小声问："你怎么有点怵小凤？是不是怕她？"

"没有啊！"凌翔坦然回答，"我就是喜欢她。"

"没治了，没治了！"陆云飞连忙放开他，不禁叹了口气。

那边江小凤又用银铃般的嗓音问："哎，云飞，小妹给你写信了吗？"

"没，没有……"陆云飞也不觉耳跳心热，连忙逃离了机场大厅。

飞机厂和设计所都急需人才，陆云飞也想提前毕业回上海工作，尽早参加到研制大飞机的工作中。他在养父的帮助下，以参加大飞机研制为名，跟学校商量好，北航同意让他保留学籍，提前结束学业，先回飞机厂去实习，再用业余时间完成研究生课程。陆云飞兴奋地回到上海，这才知道江小妹因工作出色，以工代干被调到市场部，负责 ARJ21-700 的采购包任务。陈大宝做生意失败，顶替父亲进厂，在制造车间当工人。

这天傍晚，小伙伴们在陆家晒台上相聚，小桌上摆了一些酒菜，勤快的江小妹建议包饺子，此举显然是为了迎合刚从北方回来的陆云飞。但其他人都不会包饺子，她只好独自承揽。

天渐渐黑下来，陆云飞跟陈大宝在晒台上拉了一根电线，串联起一串小灯泡，点亮后跟天上闪烁的繁星相辉映，让性格内向的田萍萍也拍手叫好。陆云飞站在幽蓝的星空下，望着眼前开阔延伸的万家灯火：大上海是多么美丽啊！那一片片明亮的灯光，好比一个个闪光的夜明珠，把那些城区组成了一块块闪亮的光屏。他眨动着智慧的眼睛，望着这深远的夜空下明亮的大城市，思绪好似张开了翅膀在飞翔……

江小妹包着一个饺子，悄然走近他，说："云飞，你在想什么？"

"我在想，我们身为上海人，是多么光荣，又多么幸运！"陆云飞沉思地说，"我进了咱们飞机厂，一定要好好干，给上海工人增光添彩！"

江小妹甜甜地笑了。陆云飞走后她常来这里，还养了一些花草。现在望望四周，百岁草在脚边吐翠，冬青树在身边挺立，那盆苔花也在她眼前悄然绽放。她和陆云飞站得很近，年轻男人那特有的清高气息强势地侵占了她的感官，她脸上蓦地浮起一片薄薄的红晕，抬头只见陆云飞也正瞧着她，四目相对，她有些慌乱地移开了眼神。

陆云飞悄声问她："你知道吗？你姐姐确实在跟凌翔恋爱……"

"我知道。"江小妹走回去，继续包饺子，"他俩好了，我很高兴。"

陆云飞心想，只怕你妈不高兴。他不想再谈这话题，又问："小妹，你的新工作有些奇怪，这个 ARJ21-700 的部件是采购而来，我们只是系统集成，怎能叫自主研发？"

江小妹看了看手里包的饺子，突然想用这个生动形象的比喻来阐明。"哎，就拿这包饺子来说吧？我们不养猪、不种菜，更不生产面粉，但我们会包饺子。我们通过大飞机项目，带动国内外这些行业，最终形成一个布局合理、有序竞争的供应商体系。明白吗？"

"有些明白。"陆云飞似懂非懂，却不敢再问，怕露馅。他看着江小妹，只见她眼睛闪动着灵活的光辉，不禁对她刮目相看，便欣慰地说："还是工厂锻炼人啊！”

就在这一刻，他对自己的未来有了别样的想法。当年跟着江树森打铆钉和救火的场面又浮上心头。陆云飞决心做个有文化的工人，就是那种所谓的“大工匠”。

甘素芬最近总爱在丈夫耳边叨叨女儿的婚事：“树森啊，女儿们都不小了，你也该操心她们的婚事了。我像她们那么大，都嫁给你了！”

“现在的年轻人不一样，都喜欢晚婚。”江树森不耐烦地讥笑她，“再说，难道你要女儿们都跟你一样，去主动追男人？你不嫌丢脸，我还嫌丢脸呢！”

“哎，我也想四世同堂，等着两个孙女嫁人，好抱曾孙。”江胜田老得很少走路了，躺在沙发上却力挺儿媳，“要不树森，你在厂里给他们找找合适的男孩？”

“那不行！”甘素芬嚷嚷道，“我的女儿可不嫁给穷工人！”

“原来你中意的女婿，都必须是富二代？”江树森又嘲笑妻子。

他们这几年过得不错，夫妻间原有的隔膜逐渐消弭于无形。但江树森还是看不惯妻子的小市民做派。此时他就劝甘素芬别管女儿的事，说她们姐妹俩都在忙自己的工作，不会太早考虑结婚。再说也得碰到合适的人。其实江家父子都挺中意凌翔和陆云飞，觉得这两对娃娃亲不错。但他们都是豁达坦荡之人，哪怕天注定的事，也想让孩子自愿选择。

江小妹恰好回来，听见了长辈们这番话。她此时心情复杂，自从得知陆云飞要回上海，她就暗暗高兴，也觉得是天公作美，好想直接去跟他表白，却又担心陆云飞现在不会接受她。她知道陆云飞心中只有大飞机，也赞同他的做法，决定一直等下去。

甘素芬转身看见小女儿，不禁气恼地问：“这么晚才回来，又去陆家了？”

“是啊！”江小妹勇敢承认，“云飞哥回来了，我们去欢迎他……”

“哎，他一回来，你就总往他家跑，你是不是喜欢这小子啊？”甘素芬逼问。

江小妹脸红了，想了想，又大方地承认：“他是挺好嘛！”

“好什么好？”甘素芬气急败坏，忍不住吼道，“我可不同意你嫁给那小子，他亲生父亲还不知道是谁呢！从小人家都说他是野种，我看他现在也好不到哪儿去！”

江树森听了很生气，正欲制止妻子别这么说，江小妹已经气愤地开了口：“妈，你这话不对！他跟他亲生父亲没有关系，现在陆叔才是他爸！”

甘素芬冷笑道：“反正我看不起他，你也休想嫁给他！”

“你！”江小妹气得不想再理母亲，冲回自己的房间。

江树森叹了口气，也懒得跟妻子理论，他最近工作很忙，明天还要早起呢。

这时陆天放却还在加班，案头的技术资料堆积如山。后来他疲倦至极，打算回家，突然想起一件事，又打电话到潘重家里，跟他商量养子的工作分配。

潘重爽快地说："你自己决定吧！"

陆天放笑道："那就分到我们设计所。"

他想把陆云飞培养成手下最得力的设计人员。他准备回家就通知儿子，谁知陆云飞多喝了几口酒，已经倒在床上熟睡。陆天放心想第二天再通知也不晚。岂料他连日疲倦，睡到日上三竿才起床，陆云飞已经去了厂里。

江树森现在担任总装车间主任，他和李金山等从西雅图回来的老工人，正在打造 ARJ21-700 的型架，准备组装一号样机。陆云飞没有工作证，好不容易才混进总装车间，去看江叔。他从小就喜欢机械制造，见到那宽阔的厂房、高大的型架、油腻腻的工具，顿时倍感亲切，好想上去摸一摸，敲敲这，搞搞那，对他来说都是一种享受……

"江叔，这型架真好！"他攀上钢铁平台，感兴趣地问，"你们什么时候开始总装？"

"还早呢！"江树森耐心地说，"一架完整的样机需要几万个零部件，目前对外采购还没结束。在全球范围内生产和组装任何一种产品，其复杂程度都无法与大飞机相比。"

"太好了！"陆云飞摩拳擦掌，"我还没分配工作，想来你们总装车间，直接造飞机。"

"这怎么行？"江树森忙说，"你学飞机设计，该去的地方是飞机设计所。正好，你爸在那儿当领导，你在他手下工作，一定能出成绩，干吗来我这儿？"

陆云飞怔了怔，更加坚决地说："我不去设计所，我只进飞机厂！"

江树森正在奇怪，陆云飞又说："当年厂里好多人讨厌我，骂我是野种，我想回厂当个优秀的工人，让那些人刮目相看。"

江树森有点明白了，连忙安慰说："他们是戴着有色眼镜在看人，你别理他们。"

陆天放却信誓旦旦地说："我一定要扭转他们对我的看法！"

这时陆天放赶来了，要跟陆云飞谈谈。他带着儿子走到车间外，享受着秋日温暖和煦的"小阳春"。在他们面前向阳的绿地上，栽了几棵挺拔的冬青树，叶片凝翠，也沐浴着阳光。车间大门顶上画着一面五星红旗，看到它，就会想到祖国的万里河山……

父子俩就在这样的环境中，开始了一场不可避免的谈话。

陆天放先发问："儿子，你愿望达成，回来工作了，对我们的新飞机有何想法？"

陆云飞皱眉思索着："爸，我正想问你，咱们是系统集成，也能称为自主研发？"

"当然了，自主研发有五个标志，我们全都达到了！"陆天放毫不犹豫地说，"我们选择了19家国际知名的系统供应商，但这款飞机的市场选择、整体设计、性能指标、机型结构、今后的系列化发展等关键问题的制定，是由我们来决策。因此可以说，ARJ21-700是中国首架拥有自主知识产权的新型支线客机。这点毫无疑问！"

陆云飞高兴地笑起来说："太好了！我们终于在客机研发中，从配角变为主角了！"

"说得好！"陆天放拍拍他的肩，"那么儿子，你对自己的工作有何想法？"

陆云飞直率地说，他想进飞机厂去造飞机。陆天放大感意外，就说设计所人员匮乏，更缺年轻设计师，希望他去设计所工作，就在自己手下。陆云飞又说ARJ21-700的设计已基本完成，自己还能做什么？

陆天放说："你错了，设计出来的飞机哪怕上了天，也不代表这架飞机研制成功了，还需要反复改进和不断创新，才能真正研制出一架有人买而且有人坐的大飞机。"最后他说了一句国内外飞机设计师都熟知的名言："真正飞起来才是一切！"

陆云飞点头不语，陆天放以为儿子难以抉择，不料陆云飞却说，他还是想留在飞机厂工作，以实际行动来证明，他配得上当陆总的儿子。原来陆云飞真有一点私心：除了他动手能力强，喜欢干技术活，他也想证明自己——他不太愿意在父亲手下工作，只怕别人又说他的成绩都是因为有父亲罩着，他是在沾陆天放的光……总之，他心里有不少顾虑。

陆天放却没想到儿子还有这么多心思，他连日疲劳，逢此意外，不禁发作了！

"云飞，你怎么会这么想？难道你去设计所工作，就不是我儿子了？"他怒吼道，"飞机厂人人都知道，是我收养了你！难道说这一点，还有什么不光彩？"

陆云飞也忍不住冒火，这才说了实话："爸，我就是不愿在你手下工作。我要让所有人都知道，我是我，我会成为一个优秀的工程师，让他们全都不敢小看我！"

陆天放很恼怒，因为陆云飞从小到大都听话，极少反抗他，不料儿子心里还有这么多纠结！那一刻，他只觉得空气沉滞，黑云凝聚，心里憋闷得难受，似乎喘不过气来……

“儿子，你错了，”他怒火冲天地大声说，“你不该这么想……”

但陆云飞不听，已经撒腿跑开。江树森闻声赶来，陆天放立刻揪住他，问：“是不是你跟他说了什么？他不愿在我手下工作，甚至都不想做我儿子了！”

“怎么会？他只是想替自己正名。”江树森忙说，“云飞就是你儿子，你把他从两岁抚养到大，这个养育之恩他不会忘记。但厂里确实有人不拿正眼看他，他从小就明白。他是好孩子，性格又很倔，他想证明自己也没错，我倒有同感……”

“不！他错了，你也错了！”陆天放连连跺脚，“你们想得都太狭窄了！我必须找到他，告诉他这一点。”

风云突变，太阳收敛了光芒，天上乌云聚集，突然下起雨来。陆天放不顾江树森的阻拦，独自跑上街头去寻找陆云飞。但是直到傍晚，雨停风收，他才在陈大宝的指点下，在一座大桥下找到陆云飞，那是他们儿时常去玩耍的地方。天已渐渐黑下来，陆天放只见儿子浑身都淋湿了，站在大桥下面直哆嗦，眼里却闪着不屈的光，不禁叹了口气……

“走吧！”他上前拍拍陆云飞的肩，“儿子，我们回家。”

陆云飞倔强地躲开，又直率地问他：“爸，难道我这个选择不对吗？我长大成人了，不再是那个可怜的孤儿！我不想在你的庇护下工作，我要独立自强……这难道错了吗？”

“大错特错！”陆天放暗暗松口气，却说，“因为你只想到你自己。”

陆云飞流下泪来，这一刻只觉得心里有很多话，要对这个一直爱护他、教导他，对他比亲爸还要亲的人讲：“爸，你不知道，你不明白我多么想自己的血管里真正流着你的血！我要让那些瞧不起我的人都知道这个，所以我必须留在飞机厂，证明这一点！”

“你想得太狭窄了！”陆天放虽为他这番话所感动，却毫不心软地吼道，“我养育你这么大，国家培养你这么多年，不是让你去为自己做什么，而是要让你为大飞机做贡献！你就不能放下自己的私心，也为大飞机活一回？”

陆云飞呆住了，不知道说什么才好，但心里却十分感动。他转头望着缓缓流淌的黄浦江，浑黄的江水虽在阴雨中显得更昏暗，但却涓流不息地向前奔腾着。似乎有一股激浪在他心头奔流，那么激越，那么欢跳，激发了他只想投身进去的热望……

父子俩又在桥下谈了很久。陆云飞首次听到“适航”这个词，他这才知道运用计算机设计一架飞机，已经不算很难，也有很多参考数据。而让一架大飞机取得适航证，再输送到民航部门去正式航行，则需要很长的试飞时间。这是一项更艰难也更重要的工作，不但要设计人员付出心血，甚至要付出生命的代价。这些话激起了他的血性，父辈的期望更加强了他的信心和力量，陆云飞突然对这个新工作充满了渴望……

“好，爸，我答应你，就去设计所工作。”他激昂地说。

陆天放高兴地点点头。他不知道儿子从这一刻起，就有了一个新念头：他要做一个文武双全的设计师，看着自己设计的大飞机飞上蓝天，让它一点一点变完美。

第十八章

凌丽自从进了设计所，每天都忙个不停，加班加点成了常事。好在她跟那些从阎良调回来的同事不一样，在上海本就有个家——父亲走后，自然把房子留给了她。她就不用忙于搬家等琐事，儿子又不常回来，她便一心一意投入工作中。

凌丽这个设计室的副主任正是张鸿奎，他很不乐意给一个女人打下手，时常发牢骚，感到很憋闷。他最爱说的话就是："论其他我不如你，但若是搞专业，我不会输给你！"凌丽是他的学妹，他对她就更不客气，刚见面他就说："看来你调到阎良是曲线救国呀！否则你我都在上海，恐怕轮不到你爬在我头上。"

凌丽觉得此人太小家子气，把个人利益看得很重，懒得理他。

张鸿奎却常在部下面前高傲地说："凌丽那两下子，怎能跟我相比？她若不服，我们就在这大飞机的设计上见个高低！但因她是个女人，我就算赢了她也胜之不武！"

这相当于给凌丽下战书，她听了很不快。这时陆天放又来找她说，陆云飞也被分到她手下了，让她多关照。凌丽听说陆云飞起初并不想来这设计所，就更不高兴了。没想到，后来儿子也给她添堵！

凌翔当副机长以来，执飞航班从无差错，领导也很器重他。他跟江小凤的轮班不一致，有时两人同一班执飞，有时相互错开。无论他俩是否同班，凌翔对待飞行任务都是极其谨慎而认真的。江小凤却渐渐发现自己对凌翔是否当班注意起来，似乎只要凌翔坐在驾驶舱里，她心里就很踏实和安稳。往驾驶舱里送饮料这件事，也全被她包了。乘务长和其他空姐都知道她对凌翔有意，只是在暗地里笑一笑，就把这活儿交给她。等她再回到服务区，姑娘们就会打趣她。因为都是飞支线，航行时间并不长，送饮料的次数也不多。但每次进了驾驶舱，江小凤就会仔细观察凌翔。只见他沉稳地坐在副驾驶座位上，虽然大多数时候都比机长更悠闲，但在天气晴朗的时候，机长也会让凌翔来操纵。这时的他就犹如一位在大海上航行的舵手，只管专心操作，哪怕是她进去送饮料，他也不理会，看来外界的任何变化都难以打破他那种专注。江小凤不得不服，对这个童年伙伴也就另眼相看了！

这天下了航班，凌翔突然请江小凤吃饭，说正好是感恩节，一起乐一乐。国人最近喜欢过洋节，江小凤也没多想就去了。她穿一件雪白的羽绒服，围着一条鲜艳的丝巾。进了餐厅坐在座位上，她便脱去羽绒服，里面是一件白色羊毛衫和一条紫红色的真丝长裙。

凌翔欣赏地打量着她，不禁赞道："好漂亮，就像仙女下凡！"

"你可真不会说话！"江小凤不禁笑起来，"说谁是仙女，这是最土的赞词了！"

"可是我不会其他赞词。"凌翔很本分地笑着，把菜单推给她，请她点菜。

这是一家西餐厅，空调充足，温暖如春。餐厅一角有个圆形小舞台，一个黑色西装男子在弹钢琴，另一个白色长裙拖地的女子在拉小提琴。两人一白一黑，颜值颇高。江小凤见凌翔穿一身黑色皮夹克，里面是一件黑色衬衣，不禁又笑了，觉得这就是老天的安排。钢琴叮叮咚咚地响着，好似荡漾着激情的语言，他们沉浸在悠扬的乐曲中，心醉神迷。

凌翔点的自然是牛排，好像男孩子都喜欢吃这个，筋道，有嚼头，营养成分也高。江小凤点了一份法国蜗牛。她想起电影《漂亮女人》里面吃这个的镜头，又笑起来。

"你看起来很高兴，有什么喜事吗？"凌翔温和地问。

"我看你那么一板一眼就想笑。"江小凤又笑起来，"你知道空姐们背后叫你什么？掌舵哥！说你除了开飞机，什么都不想，什么都不会呢！"

凌翔也笑起来，心想，我也会追女孩呀！但他对着心仪的女孩实在不知道说什么好，只好提到自己母亲，说她调回上海了，值得高兴。他们也该庆贺一下。正好这时红酒上来了，凌翔就给江小凤和自己都倒了一小杯，两人喝着琥珀色的红酒，心情更加愉悦。

"哎，你这开飞机的，除了开飞机，还有什么事让你操心啊？"江小凤又这么说，似乎偏要挑逗对方，"我看你呀，就算一口气飞到世界尽头，也不会罢休……"

"不，我会歇下来，为了跟你在一起。"凌翔突然放下酒杯，握住江小凤的手，深情地凝视着她，而且自以为找到了合适的言辞，"小凤，做我的女朋友吧，我喜欢你。"

江小凤愣住了，没想到凌翔今晚真是想跟她确定恋爱关系。她在众多美貌的空姐中算不得最出色，但却一直很傲娇，眼光也挺高。航空本就是个不错的行业，服务的客人高端，但支线飞机没有商务舱，交际空间变得有限，不一定能碰上目迷五色的际遇、神秘莫测的运数。再仔细一想，凌翔条件也挺好，就干脆从了吧！

凌翔见她缓缓地点了点头，脸上飞起一片红晕，不禁高兴地笑了。

“你答应了？太好了！我们过新年时回家探亲，就告诉长辈们。”

凌丽听说儿子爱上了江小凤，虽不感到意外，却有些不安。她知道甘素芬一直跟自己过不去，怕她醋劲太大很麻烦，也怕江小凤爱慕虚荣感情不稳定，以后儿子会受伤害，就说她不希望儿子找空姐，两人都在天上飞，谁来顾家？凌翔虽知道母亲有顾虑，但他很坚定，说选准江小凤就不会改变，否则宁可不结婚。凌丽无可奈何，只好先同意下来，心想江树森的女儿，应该不会太差。凌翔又想让母亲跟他去江家提亲。这下她可不乐意了！

“都在一个楼里住着，干吗还要讲那虚的一套？”她不耐烦地挥挥手。

儿子给她赔笑道：“我们也该买点礼品，去看看江爷爷啊！”

这下凌丽没话说了，心里再不爽，也只好答应，就跟着儿子上了街。他们在商店里买了一些营养品，走出玻璃转门，好似突然有一种心灵感应，凌丽猛地转回头去，瞥见一个坐轮椅的身影倏然而去，消逝在一条小街上。那背影看去，很像一个熟悉的人！她正想不顾一切地追过去时，陆云飞走来了，看见他们就上前打招呼，还高兴地跟凌翔拥抱。

“凌姨，你好！翔子，你回来了？真好！我们又见面了！”

凌丽有些怅然，不住张望着那条小街，心不在焉地问：“云飞，你几时来报到？”

“明天一早就来报到。”陆云飞注意到她的神情，忙问，“凌姨，你怎么了？”

凌丽见儿子也凝神望着她，只好甩甩头，说：“没什么，刚才我走神了！”

陆云飞还欲跟凌翔聊下去，凌丽却心不在此，唐突地拉着儿子离去。

江家父子听说江小凤跟凌翔确定了恋爱关系，都很赞成。江胜田连声叫好，说凌翔是他从小看大的有为青年，肯定错不了！江树森补充道，他还是民航机长，也跟飞机有缘。甘素芬却极不高兴，她对丈夫跟凌丽的关系猜测不定，难免小心眼酸溜溜……

凌丽母子进了江家，把礼品送给江胜田，老爷子喜不自胜，抖抖颤颤地把凌翔的脸摸了个遍，又对凌丽说：“你生了个好儿子！天庭饱满，地角方圆。可惜他外公……”

凌丽心里一酸，连忙打断他："江叔，别说了，你老人家健康长寿就好！"

"我爸身体好着呢！"江树森说，"他还想再听到咱们大飞机起飞的声音。"

"哟，你们说起大飞机就没个完！"甘素芬在旁边不冷不热地说，"还不快请客人坐下，咱们待会儿就开饭……但小妹这孩子，又不知跑哪儿去了？"

"是啊，小妹怎么不在家？"凌丽忍不住问，"从小这孩子就讨人喜欢……"

"妈！"凌翔连忙把江小凤拉到她跟前，"我的女朋友是小凤。"

凌丽这才看了江小凤一眼，只见她穿着一件白色小羊羔皮为领的红皮衣，打扮得艳而不俗。但不知为什么，她就是对这个漂亮姑娘喜欢不起来，嫌她不够朴实，有点"作"，因而只对江小凤点点头，态度很暧昧。江小凤认为凌丽喜欢妹妹，也很不快……

江树森察言观色，连忙居中调停，请大家入座喝茶。凌翔推了推母亲，想让她提及自己跟江小凤的婚事，凌丽假装没看见。她不喜欢甘素芬，想起当年她把自己推下河便难以释怀。但江家父子又让她感到亲切，于是左右为难，干脆就装聋作哑。

江树森本是个精细之人，怎能不理解凌丽的心思，他就先开口说："咱们翔子真是出息了！这么年轻就当上了副机长，以后准是个优秀的飞行员！"

不料这话又触及凌丽的心事，于是淡淡地说："飞行员也没什么了不起……"

"是啊，就是工资高一点嘛！我们小凤收入也不低。"甘素芬抢过话头，"不过这高空作业啊，都挺危险呢！要说起来，我可不喜欢凌翔这份工作，别看他也算我带大的，我倒希望他这一生能平平安安！若是遇到个什么空难，那可就粉身碎骨了！"

"你怎么这样说？"甘素芬出言不逊，凌丽怒火攻心，极其愤慨。

江胜田也连忙说："哎呀，素芬，大喜的日子，你说这些多不吉利。"

"是啊，你不会说话就别说。"江树森瞪了妻子一眼，"快去厨房做饭吧……"

甘素芬有些讪讪地起身去厨房，索性把心事挑开，就小声嘀咕着："反正我不喜欢凌翔的工作，说实话，也不想让他当我女婿！"

此言一出，凌丽更加不悦，站起来拉着凌翔就走。凌翔内心干着急，却不知道说什么好。江树森眼看两家就要不欢而散，连忙让大女儿去送送凌家母子。

走出江家门，凌丽才直率地问江小凤："我们翔子喜欢你，你是什么态度？"

江小凤正为刚才凌丽的话而不快，便顶撞她道："你不是更喜欢我妹妹吗？"

“小凤！”凌翔连忙拉住她，“你怎么跟我妈说话呢？”

凌丽气得浑身发抖，对儿子吼道：“这就是你喜欢的姑娘！告诉你，我不同意！”

江小凤也气得转身跑开，凌翔忙去追她。凌丽没心思理会这对小儿女，也不想回家，就信步来到江边，不由得想起前夫——刚才那个背影就酷似他，这才让凌丽感慨万分，以致在江家也很失态。

当年深爱她的郑义良突然提出离婚，自己一直不明就里。父亲也说过，她应该去找郑义良问个明白。但她一直忙于工作，无法分身。后来流年逝水，这份情也渐渐淡了，只是偶尔想起他便有恨意，因为他曾说过爱她，最后却无缘无故甩了她！她也曾发誓决不再跟他相见，或者尽管相见也决不理睬他。但如果他来到上海，他们又该如何相处？

江水在她脚下静静地流淌着，一只江鸥在江面上飞翔，一时盘旋在空中，一时又俯冲水面，激起层层波纹。凌丽回忆往事，想到自己的青春岁月已如这江水一般逝去了，不知不觉便泪流满面。她又想起巴尔扎克曾说过的话：凡是可怜的遭难的女子，她就像一块极需爱情滋养的海绵，只消一滴感情，立刻膨胀起来！那么自己也是这么可怜的遭难的女子吗？凌丽在内心反抗地呐喊着：不！不是！无论郑义良还是乔兴剑，他们只是我生命中的过客。而她真正在意的却是自己的工作——那就是一块磁力很强的吸铁石，她将带着父辈的心愿和自己的使命，热火朝天地投身其中，而不是浪费时间来追悔过去。凌丽想到这一点，眼睛里又闪射出一道光芒，她的目光追随着那只江鸥，直到它在茫茫的雾气中消失不见……

这天正巧是陆云飞和江小妹帮朱杰搬家的日子。他原本住的小屋太潮湿，通风也不好，碰到梅雨季节，地板都发霉了，他身子更受不了。江小妹跟陆云飞商量好，就到处奔波，去给朱老师另找住房。他们终于找到一间合适又便宜而且离复兴路很近的小屋，还有独立卫生间，租金也可以接受，两人便立刻帮着朱杰搬家，顺便把家具和窗帘也换了。朱杰坐着轮椅进了新房，四处一看都很洁净，光线也挺充足。新换的窗帘布是小碎花，暖色调很温馨，让他更有家的感觉。木质家具全都是浅色，屋里显得更加明亮。

“太好了！真是感谢。”他高兴地说，“你们今后就该这样布置自己的婚房。”

陆云飞怔住了，忙说：“朱老师是研制大飞机的前辈，我们应该帮您。”

江小妹知道朱老师在帮自己试探陆云飞的心意，只好不吭声，又去厨房忙碌。

朱杰推着轮椅悄然驶近她，低声说：“小妹，你很有眼光，云飞是个好孩子！”

陆云飞和江小妹走后，朱杰也是心潮难平。刚才偶然邂逅了心心念念的前妻，他惊慌失措，连忙拐进一条小街藏身，现在回想起来却思绪万千。当初他突然提出离婚，没有任何解释，只因自己病重，不想耽误她追求事业，从此决定终身不娶。朱杰知道凌丽在阎良干得很好，一直为她高兴，但不清楚她是否再婚？今天又在上海遇见她，难道她回来也是为了研制大飞机？朱杰想到这里深感释然，取出一张凌丽的画像看着，不禁热泪盈眶……

江小妹突然推门而入，说她忘了告诉老师，饭已经做好了，就在锅里。她看见这幅情景很惊讶，不觉脱口而出地问：“老师，你哭了？这是为什么？”

“没什么。”朱杰掩饰地擦去泪水，“你们为我做了这么多，我很感动。”

但江小妹已经发现他手上那幅画，就顺手取过来看了看，只觉得有点面熟，却一时想不起来。“老师，这是你画的？真好！这姑娘是谁？”

“谁也不是。”朱杰忙说，“飞机设计师为了熟悉线条，都会一点素描绘画。”

江小妹见他不肯多说，也不便多问，想到陆云飞还在外面等自己，便匆忙离开。

陆云飞察觉江小妹喜欢自己，感到很迷茫。他对江小妹也有好感，喜欢她的爽朗和快人快语，却怕跟她相恋会遭到甘素芬反对。何况受朱老师激励，他决心不干出成绩不结婚，便屡屡把江小妹拒之三舍。当晚他跟江小妹也信步来到江边，尽管快到寒冬了，但这江水从不结冰，只是水面上漂着一层白花花的水沫，好似薄霜一般。上海人都喜欢这条江，每逢盛夏，江水清凉，江波荡漾，人们爱在这里散步、打拳、歇脚、喝茶。春风习习，人们更喜欢来这里，欣赏岸边的桃红柳绿。孩子们则喜欢在江边放风筝，沿着长长的岸边欢呼跳跃，哗啦啦地呼喊着奔跑着，煞是壮观……今晚他们又来到这里，愉快地谈到童年的许多往事，唯独这场本当顺理成章推心置腹的情感倾诉，两人却都没有开口，反被耽搁下来。

次日陆云飞准时去报到，他被分到凌丽手下的设计室，不免心中忐忑——顶头上司是好朋友的母亲，跟养父也是好朋友，在工作上必须小心翼翼，不能出任何差错。凌丽仔细打量陆云飞，发现他已长成一个阳光大男孩，气宇轩昂，谈吐不凡，也暗暗点头，决心用好这个年轻人，当然先要考察他一番。陆天放知道凌丽会处理好，便微笑着离去。

最近设计所一直在研究客户反馈回来的信息。在与国内的航空公司广泛交流后，对方被飞机厂和飞机所的真诚所打动，都表示支持ARJ21的项目研制，当然意见也给了不少。

“在设计上应该再细致点，不但要考虑客舱的舒适感，还要考虑驾驶舱的舒适感。”

“机载设备应有多种选装件，机体要考虑通用性，中央控制系统要能进行人机交流。”

“目前货运很难盈利，一般采用客货混装，希望货舱能大些。”

“建议起落架选型多考虑几家，以便更换和维护。”

“必须配置模拟机，以便培训空乘人员。”

“……”

陆天放召开设计人员大会，在会上严肃地说：“这些意见都是我们的设计必须解决的问题，不能等闲视之。否则与我们休戚相关的航空公司，便不肯与我们比翼双飞。”

凌丽也满含激情地说：“选准未来市场真正需要的飞机，这个问题无论对我们，还是对航空公司而言，都是一个必将产生深远意义的事情，我们要努力与客户达成共识。”

凌丽这么说时，又想到了自己的儿子——或许有一天，儿子也会飞这款新飞机？她当然要让儿子满意。那天在江家，她没有按儿子的意见去做，还对江小凤吼了那么一句，心里有点不安。凌翔是个乖孩子，他虽然对母亲骤然离去很不解，但江家发生的事也让他不快。不过他并没给女朋友使性子，而是追着江小凤出去后说了许多好话，可仍不能劝转她，小凤甩开他的手就跑了。回到家，他也不能跟母亲使性子，只好憋闷在心口。

正好第二天晚上，陆云飞约他去喝酒，凌翔本不喜欢喝酒，但心中不痛快，就跟去了。那是一个年轻人常去的小酒吧，布置得很时尚，喝的都是红酒，陆云飞说，就是喜欢这种情调。他听江小妹说了去江家时发生的不愉快，怕凌翔心里痛苦，才把他约出来，想劝解他。这时春节快要临近，节日的气氛很浓，雪花也纷纷扬扬地下起来，在窗外飘飞着，别有一番景致。酒吧一角又有人在弹吉他，那是一首著名的西洋名曲《致爱丽丝》，婉转动听。凌翔痴痴地听着，看着窗外的雪花，想起了江小凤，心中满满都是深情……

“怎么啦？这曲子听进去了？”陆云飞在旁边笑问，“我更喜欢民乐，《金蛇狂舞》《十面埋伏》《春江花月夜》……光听名字就让你神往。不像西洋乐曲的调调那么绵软。”

“我真羡慕你这刚性子！你若是追女孩，必定手到擒来！”凌翔叹了口气。

“怎么啦？又让小凤把你给擒住了？”陆云飞不满地说，“哎，你是个飞行家，穿云破雾都不怕，还怕这些端茶倒水的小姑娘？依我看呀，要治她只有一手，那就是一骑绝尘！你只要潇洒地离开，她自然会哭着喊着地反过来追你了！”

“得了吧，我们从小一起长大，你还不了解她？”凌翔笑了笑，“对了，你跟江小妹又是怎么回事？难道你没有去打她的主意？听说她是你们厂的厂花！”

“就是她让我来跟你谈谈，说你需要外援。”陆云飞岔开道，“怎么样？让哥儿们再给你出点主意？免得你一个人孤军奋战。我再怎么也得支持一下嘛！”

“不用了，我自己的事，还是自己去处理吧。”

陆云飞知道这个好朋友生性沉稳，做事中规中矩，也不愿再多讲，就举起酒杯对他说：“好吧，男人就该这样，无论是追女孩，还是干事业，都要一往无前！告诉你吧，我现在在你妈手下工作，我也得努把力，让你妈瞧得起我。咱们就来个比翼齐飞吧！”

凌翔笑了，心里也打定主意，要再去积极追求心上人。这时吉他变调了，弹奏起一首人们都熟悉的老电影插曲：《啊，朋友再见》。让他俩都觉得，有朋友真是件美妙的事。

这时在江家，甘素芬正劝大女儿跟凌翔分手。江小妹听说凌家母子来相亲，反生不快，也不满母亲的做法，说老爸一直在跟凌阿姨共事，就算咱看不上凌翔，也不能给凌姨脸色看。甘素芬很不高兴，就是不想让女儿嫁到凌家！江树森早就发现了妻子与凌丽的对立，怕她醋意大发，只好息事宁人。

当晚两姐妹彻夜长谈，江小妹批评姐姐优柔寡断，连自己的感情都拿捏不准。她说：“你别听妈的，凌翔的条件算好的了，尤其性格直率、简单，心地善良、真诚，没有那么多弯弯绕。社会上的很多事情你一无所知，你怎么知道那些有钱的臭男人，会不会真心待你好？”江小妹也是个简单的姑娘，她喜欢谁就永远看不厌，不像姐姐那么挑三拣四、朝秦暮楚。江小凤翻来覆去没睡好，凌翔的影子不断浮上心头。平心而论，她也挺喜欢这个小伙子。但她深受其他空姐影响，总觉得人生的好风景还在前头，来日方长，世间的许多好事都需要等。她还年轻，还有大把时间，不怕等。既然母亲反对，那就暂且断了呗！

凌翔却是个执着的青年，听了陆云飞的话，决定一往无前，再去追江小凤。他怕回家母亲又给他提这事，劝自己重新找一个，便提前回到航空公司的宿舍。谁知江小凤心里很委屈，也有意躲着凌翔，他约了几次，江小凤都不肯单独见她，让他心情很不爽。

过了不久，航班上发生了一件惊心动魄的事：那天的航班是从上海到苏州，苏州的机场是新建的，不太大，每周只有一趟航班。但那天云层有点高，为了避开云层，飞机也飞得足够高。从驾驶舱望出去，空中的景色很美：漫天的云朵飘来浮去，被傍晚的夕阳照射着，金波闪耀，与天边的霞光连成一片，形成了绝美的景致。

临到苏州了，飞机穿过云层开始下降，似乎从天幕撕开一条口子，能望见下面的城市，依稀的楼盘，隐约的灯火，就像一幅巨大的画卷，在机翼下闪现……

突然，飞机从高空急降6000米，乘客都被吓得魂飞魄散！原来是江小凤心不在焉，把飞机上的一个组件当作再循环风扇关掉了，致使座舱释压紧急下降！幸亏在驾驶舱里，机长果敢大胆技术好，最终驾驶着飞机在机场安全着陆，否则可能要出大事故！

降落后，机长和乘务长都脸色凝重，神情严肃，立刻宣布第二天要开会，追查事故。江小凤吓得不敢开口，差点哭出声来。大家下了飞机，凌翔感到一阵寒冷，原来苏州降温了。浓重的雾气瞬间就包围了机身。这时他看见江小凤也下了飞机，小凤不像往日那样避开他，而是一副魂不守舍的样子。凌翔心里一动，就去约她吃饭，她居然答应了。

凌翔来过几次苏州，精心挑选了一家有评弹的酒店，菜品虽一般，但环境很好，临水靠窗，碧波涟漪，让人身处其境，心情立刻放松下来。唱评弹的人不在餐厅里，而是在临水的一个亭子上，周围环绕着五彩的灯光，宛如一个仙境。在这儿吃饭的人大多不懂苏州话，只听评弹唱得莺莺燕燕，温婉流转，含蓄内秀，虽是那些唱了千年的调调，却富有情趣。

“你今天累了，吃点东西吧。”凌翔温柔地给江小凤夹了一块素笋。他吃饭也极其简约，不喜欢大鱼大肉，比较清淡，江小凤经常觉得，凌翔选的菜品很合自己口味。

可今天她却一口都咽不下，满眶的眼泪止不住往下掉：“我吃不下……”

“你怎么啦？”凌翔温柔地问，“是不是被今天的情况吓住了？我在航校飞的时候，还经历过比这更险的事呢！你放心，除了我，还有咱们机长，那可是一把好手！”

“不是的，今天的事，都怪我……”

江小凤不禁哭起来，她心里也是压力很大，终于承受不住，把事情原委都告诉了凌翔。凌翔很生气，批评她不该在工作时想心事，江小凤只得求他别把此事告诉领导。

“你要是说出去，我肯定得停飞！”江小凤说着，又是泪水长流。

凌翔心疼地把一张纸巾递给她，说：“别哭了，这事很重大，让我想想……”

“别想了！”江小凤一把抓住他的手，“你千万别说出去，否则我再也不理你了！”

凌翔见她脸色苍白，两眼泪花，楚楚可怜，没有了往日的神采，不由得点点头。但是当晚回到机组的酒店，凌翔思量再三，觉得不能隐瞒，还是汇报了，江小凤便被停职了。

江小凤不能上机值乘了！空姐们有的同情她，投给她一个鼓励的眼神；有的很势利，没事人一样嘻嘻哈哈地走开。她走出会议室很生气，觉得是凌翔出卖了她。

凌翔坦然走到她身边，说：“小凤，吸取教训吧，深刻检查，还能复飞。”

“不！”江小凤愤怒地朝他吼道，“是你出卖了我，我要跟你分手！”

“你做空乘工作，务必要小心，弄不好就是命悬一线！”凌翔拉住她的手，“十年前的事故，你还记得吗？他们从上海飞洛杉矶，只因副驾驶端饭盒时，胳膊肘碰到襟翼把手，造成飞机在高空放襟翼，也是急剧下降，磕死两人，重伤几十人……”

“你别给我说那些，我不想听！”江小凤甩开他的手，跑掉了。

看来她决定不原谅他了！凌翔望着心仪的姑娘远去，叹息一声，略感沮丧。但他并不后悔自己的行为。所有对飞行不利的事，他都会坚决反对。

甘素芬听说这事简直吓坏了！又在女儿面前叨叨说，天上的工作真是太危险了，让她干脆改行。江树森却自信地说：“我们研制的新飞机，绝对不会出这种事。”

ARJ21-700的设计已基本完成，陆天放听江树森说了江小凤的航班事故，受到启发，又去和凌丽紧急商量，要在ARJ21-700的设计上采取一些保险措施，避免因这类小事而酿成大事故。凌丽也听儿子说了此事，还强迫凌翔去医院检查，看看有无大碍？她很赞成陆天放的做法，说飞机上的事都无小事。ARJ21-700的挡风玻璃和机头都已设计好，将由成都飞机厂来生产。但他们却发现供飞行员透气和逃生用的通风窗设计有问题，该如何改进？现在没有任何可供参考的资料，只有一个其他飞机上所用的样品。

这个任务的工作量虽不算太大，但设计室竟然没人敢接，因为时间很紧，要求三个月内必须完成，否则就会影响ARJ21-700的01样机的生产。设计室承担着十几个机身框的设计任务，下面又分了几个部，陆云飞正好在结构部，他想也没想，就毫不犹豫地挺身而出说："我来！"

大家都惊讶地看着他，觉得他有点冒失和鲁莽，初来乍到，这种事就敢强出头！凌丽正想看看手下这帮年轻设计师的水平，谁最有能力，今后能担大任。陆云飞的表现让她惊讶，但她想了想就答应了，还让陆云飞自己挑人手，组成一个年轻的设计团队。

张鸿奎坚决反对，他自视甚高，又在工作中常跟凌丽作对，就说年轻设计师难以挑此重任，这种事一般都由经验丰富的老设计师来完成。凌丽却很坚持，让张鸿奎更加不快。两个设计室主任的意见无法统一，在这种情况下，很多有经验的老设计师更是不敢接手此事，都怕神仙打架，凡人遭殃，陆云飞却毫不在乎，有点一意孤行，敢于接受挑战的样子。

其实陆云飞仍不乏私心，也想在凌丽面前证明自己，让她知道自己不愧为陆总的儿子！设计通风窗是他来所后接到的第一个任务，他必须认真对待，也要虚心学习。听说张鸿奎不满此事，陆云飞便去请教他，张鸿奎却不加理睬，还抱着看笑话的态度说："你是初生牛犊不怕虎，那就自己干吧！"两人谈得不愉快，张鸿奎更是为难陆云飞，还说：'你若不行，早点开口，另请高明。否则你要给我立个军令状，三个月内完不成任务，你就离开我们设计室！"陆云飞也有一股傲气，立刻答应了。凌丽知道后很不满张鸿奎的做法，又给他指出来，张鸿奎却说，对年轻人就要好好夹磨！凌丽跟张鸿奎共事不久，知道他私心很重，又很拧巴，怕影响团结，不便再说什么，同时也想看看陆天放的儿子究竟有多大能耐。

大家都替陆云飞捏把汗，他初出茅庐，在张鸿奎那碰壁后不愿再求别人，就去找朱杰指点。朱杰一直看好陆云飞，详细盘问，听说凌丽正是陆云飞的上级，心情更加复杂，五味俱全。他跟张鸿奎也是校友，知道此人不好对付，若陆云飞一招不慎，在设计室将无法立足，便定下神来想了想，欣然答应帮助陆云飞。朱杰在西工大就是最优秀的学生，能力比凌丽和张鸿奎都略高一筹。他让陆云飞先详细了解通风窗的功能，刻苦钻研其原理，然后是烦琐的机型对比和材料对比。陆云飞心领神会，二人经常在朱杰的小屋里研究到半夜。江小妹心疼陆云飞，也经常在家给他煲汤。

甘素芬知道后很不高兴，说："那傻小子一心钻到大飞机里了，你理他干啥？"

江小妹不听母亲的，偏要做些好吃的，一并给陆云飞和朱老师送去。

陆云飞拼命学习和研究，直到把整件事都琢磨透了，才放手去铺开工作。为了按时完成任务，他分工细致，指挥若定，团队里的年轻人也热情高涨，积极工作。张鸿奎仍然抱着看笑话的态度，到处跟别人说："好呀，他不是能吗？那就看看他到底有何本事？"正巧陆云飞有一些数据的计算，需要张鸿奎去安排计算室来帮忙做，他却不配合，还说："你既然那么牛，要独自挑大梁，那就自己算吧！还用别人干什么？"陆云飞也很执拗，不愿再求他，下决心自己来做。他的休息时间彻底泡汤了，包括春节期间，他都没歇着，在万家齐乐的鞭炮声中，他却钻进了那些如麻的数据堆里。他的设计团队也接受了更多他下达的分支任务，但大家都毫无怨言，积极支持，说不能拖他的后腿，整个团队经常加班到深夜。

陆天放对此事一直冷眼旁观，甚至从不过问。春节放假，他索性去北京跟妻子一起过年。夏青怪他撒手不管，他却意味深长地说："我也想看看这小子到底功夫如何？"

反而是夏青在大年初一，给陆云飞打了个电话鼓励他，说："你完成设计任务那天，我会让你爸给你买一堆爆米花！"陆云飞从小就喜欢吃爆米花，陆天放总是要等他做完作业不出差错，才会奖励他吃爆米花。

陆云飞惊讶地问养母："我的工作还没做完，这份奖品来得太早了吧？"

夏青却深情地说："我相信我儿子一定会成功！"陆云飞受到鼓励，更加干劲十足。

大年三十晚上，大雪纷飞，整座城市都笼罩在一片白雪中。江小妹去给陆云飞送饺子，发现他待在晒台上的小屋里独自看资料绘图纸，门窗都用被褥堵得密不透风。

她惊讶地问："就算你怕冷，也不能这样，想把自己闷死啊？"

"我在体验飞机上通风窗不透气的感觉。"陆云飞幽默地说。

"你可真够傻的！"江小妹心里甜甜的，她望着窗外，阵阵烟花的闪光不断映射在玻璃上。她又喃喃地说："可这世界上的许多成功，就是你这样的傻子干出来的！"

陆云飞深情地望着她说："这么冷的天，你还来给我送吃的，让我暖暖你的手。"

他抓住了那双冰冷的小手，用自己手心的热力去温暖它。江小妹感动地眨着眼睫毛，陆云飞这才发现她的眼睫毛也沾上了雪花，不禁纵声大笑起来。江小妹从这笑声中，听出了年轻人的活力与信心，不禁跟着笑了——她也深信心上人一定会成功。

过了春节，天气渐渐好转，陆云飞怕闷热、爱出汗，又把电脑桌搬在晒台上，开启了露天工作的模式。这天晚上繁星满天，江小妹悄然上楼，给他端来一盆滚热的汤。

陆云飞喝着这汤，只觉得香味扑鼻，酸爽可口，不禁问："什么汤啊？这么好喝？"

"老鸭子炖酸萝卜汤。"江小妹眼中在闪光，"云飞，你知道今天是什么日子吗？"

"春江水暖鸭先知，可我都把这鸭子吃了，只有你来告诉我了。"陆云飞哈哈大笑。

江小妹很喜欢他的幽默。"告诉你吧，今天是情人节！"

"西方的吧？"陆云飞风趣地眨眨眼睛，"我们中国的情人节是七夕嘛！"

江小妹心里一动，想起他们少年时常在这个晒台上玩乐。有一年七夕，江家姐妹为了逗男孩们开心，也学着大姑娘乞巧，摆弄一些女儿家的针线活，然后向天祷告，心愿就是找个好女婿。她当时的心愿便与眼前人有关，看来小小年纪，她就喜欢上了陆云飞！

她抬头看着幽深天幕上的群星，满怀深情地问："云飞，每当七夕，牛郎织女就要相会。你还记不记得那一年七夕，我们在你这晒台上是怎么过的？"

"怎么不记得？"陆云飞诙谐地笑道，"一群姑娘小子在这晒台上跑来跑去，欢笑打闹，陈大宝还像孙猴子似的翻跟斗。只有你一人在翻针线包，我想，你哪会做针线活儿呀？你打来一盆水，把针都扔到水盆里，看它们能不能漂浮在水面上，不沉下去……那是为啥？"

"你还记得这事？"江小妹情不自禁地说，"我当时在许愿，你知道是什么？"

陆云飞自然明白，也是心潮起伏，很感动，但他此时却不愿接招，因为任务在身，不能松懈，于是笑道：“我不知道，也不问，你继续保密吧，直到我该知道的那一天。”

江小妹也是聪慧之人，明白自己今晚吐露心事不是时候。心上人正在天天拼命，顽强战斗，想给中国大飞机增添一根钢筋、一块铁骨，怎能乱了心思？

她有些不好意思，正欲收拾碗盆下楼，不再打扰陆云飞工作。他却忽然起身走到晒台一角，掏出一把口琴，吹起了一首欢快的曲子：“在希望的田野上……”

陆天放颇有文艺细胞，陆云飞小时候，他也想培养儿子一项乐器爱好。无奈陆云飞不感兴趣，经常逃课。他只好买了一把昂贵的口琴，教儿子吹奏简单的乐曲。

此时江小妹热泪盈眶地领悟了琴声，这一刻两人心意相通，仅剩一层纸没捅破。

第十九章

张鸿奎心胸狭窄，见陆云飞如此努力，只怕他会成功，一举得手，自己很没面子。于是又在凌丽面前说些阴阳怪气的话，还拿他的身世来说事，故意挑唆是非。凌丽义正词严地告诫他说，陆云飞是陆天放一手抚养大的，我们都别轻视他，谁也不能小看他。张鸿奎听了不免讪讪地赞赏她大度。话虽如此，凌丽也怕陆云飞出差错，或者延误工作，又去给陆云飞施加压力，让他一定要按时完成任务。陆云飞加班加点拼命干，每天都熬红了眼睛。凌丽这才发现他经常熬夜，又赶他回家休息，他却不肯。凌丽很震惊，觉得陆云飞真是有毅力也有韧劲，她暗暗赞赏，还挺欣赏他这股劲。

江小凤一直不理睬凌翔，等她复职上机，惊喜地发现自己被分到了国际航班。而凌翔也改去飞干线，还担任了机长。空姐们纷纷说，这与他“告密”有关。江小凤气得更不想理他了！

恰好这时，她有了新的追求者，是一个来历不明的年轻帅哥。

那次巴黎飞上海的航班他最后到达，一身白T恤牛仔裤，像个大学生，却泰然坐在头等舱。江小凤云给他上饮料，发现他正在画自己的肖像。空姐们纷纷猜测他是谁？江小凤认定他是个艺术家，否则怎么会如此潇洒？帅哥下了飞机，却把那张素描留在座位上。空妇看了都说画得好，又戏谑江小凤说：“看来他喜欢你！”

江小凤走出机场，帅哥正等着她，冒昧地要请她吃饭，江小凤生硬地拒绝了。她上了班车，发现一辆超长豪车一直跟着她们，猜测可能就是那帅哥的。跟凌翔分手后，江小凤并非完全坦然，心里还会时常想到他。凌翔那坦率真诚的性格，也在吸引着她。无奈母亲并不看好凌翔，时常在她耳边吹风，让她五心不定，没了主张。这时突然冒出个追求者，又分去了她一部分心。好在她想起妹妹的话，决定不能轻易接受。

此后江小凤的航班上，便常常能看见这帅哥坐在头等舱，他在上海与巴黎之间飞来飞去。他的画又那么好，肯定是个学艺术的！空姐们猜测他可能家财万贯，江小凤却不以为意，似乎对此大手笔不感兴趣。后来空姐们都知道了，他叫王领先，王领先也想打听江小凤的名字，空姐们却不肯告诉他，说是有规定，不能透露。

这一天，王领先又出现在上海到巴黎的飞机上，但坐在了普通舱，因商务舱爆满没座位。那天的航班调度可能有问题，竟让这趟远程航班等了很久没起飞。空姐们无聊，都聚在工作间里聊天。突然听见舱内喧闹起来，乘客都在大声嚷嚷……

一个空姐冲进来，叫道："不好了！有人拉下了紧急出口的把手！"

江小凤有所感应，立刻冲到普通舱，只见乘客都气愤地站起来，指着一个方向大骂："这是谁干的？太不像话了！"

江小凤挤过去一看，不出所料，千夫所指的正是王领先！他在座位上冲自己微笑着，江小凤倒抽一口冷气：难道他是为了吸引自己注意，才在起飞前去动那个紧急出口？

"我是想看看，这把手牢不牢？"王领先居然振振有词，没有丝毫尴尬。

江小凤气得冲他大叫："但是你违反了航空法，我要报警！"

乘警赶来了，王领先立刻被请下飞机。这趟航班不敢立即起飞，机务人员在那个紧急出口检查了约半小时，确定没问题，才让飞机起飞。乘客怨声载道，都在骂那个无知小子。空姐们猜测不定，江小凤也不敢出声。

王领先被拘留了七天，他在拘留所终于打听到报警人的名字，出了拘留所，又去机场等江小凤。江小凤跟着几个空乘人员走出机场，王领先便冲到她跟前，笑嘻嘻地给她鞠了一躬。众人都愣住了，只怕他来者不善，又要行什么险招？

王领先却微笑着对江小凤说："小姐，我坐了七天牢是拜你所赐，你该补偿我呀！"

江小凤吓得后退几步，说："你别拎不清，你那个行为，我们都要报警……"

"别害怕！"王领先趁她惊讶不备，抢过她的包，"我只是想请你吃个饭，弥补一下我在你们航班的失礼行为。小姐，你肯赏个光吗？我保证，别无他意……"

江小凤也有此心，便在其他空姐鼓励的眼光下，跟他走到一辆高级摩托车前。江小凤更加好奇，想看看他会带自己去哪儿？他们去了郊外一家私人庄园，一道青砖墙隔住了外面的绿色原野，留下一片浅浅的湖泊，在夕阳的映照下显得绮丽无比。

"这是什么地方？太荒凉了！"江小凤至此才有些慌乱。

"别紧张。"王领先把她领到一个木质平台上，正对着那片湖泊，"这是我朋友的庄园，也对外开放。菜品很新鲜，都是自己栽种，做得也清淡，保证你喜欢。”

不知从何处飘起了古琴弹奏声，江小凤也渐渐放松下来。接着一个伟岸的中年人走来，王领先介绍说，这就是庄主老余。他显然跟王领先很熟稔，便帮他点菜，都是些青菜豆腐之类的，只有一道炖鸡，据说焖了四个小时，味很清淡，端上来就飘着一股难得的清香……

“你喜欢这些菜吗？”王领先微笑着，见江小凤仍有些畏缩的样子，便笑道，“别怕，我又不是坏人，也不是毒蛇，无非就是拉你来这儿，想吃豆腐……”

在上海话里，“吃豆腐”本来另有含义，江小凤的脑子却一时转不过弯来。

“不懂吧？就是想占你便宜！”王领先纵声大笑，“谁让你长了一张仙女的脸！”

“别说了！”江小凤娇嗔地站起来，“再说我就走了！”

王领先拉她坐下，赔笑道：“别紧张，我肯定不想害你。你是个漂亮姑娘，跟江南女子一样，长得水汪汪的。以后还会碰到我这样献殷勤的人，你也要习惯。”

江小凤见他变得一本正经，脸皮又超级厚，就塌下心来，跟他一起吃喝。王领先确实跟其他男人不一般，没有逼她喝酒，只劝她吃菜。他们随意聊着，气氛很融洽，江小凤问王领先是不是画家？王领先笑着点点头，说他在巴黎学美术，那幅素描就是他此生最好的作品。江小凤知道王领先喜欢上了自己，他没有提及家庭情况，她也表现得很矜持。

他们很晚才回家，但江小凤并没把遇见王领先的事告诉父母。此后每当她回上海，王领先都会在机场等着，送她一束鲜花，又用摩托车载她去吃饭。他很会耍手段，知道上海所有稀奇古怪的地方，总能给江小凤惊喜。他献殷勤也很艺术，不落痕迹，让人舒心。他也并未表白，只是用实际行动在表明心意。空姐们羡慕不已，都劝江小凤从了吧，这样帅气又多金的男人去哪儿找？江小凤虽然也喜欢王领先富有浪漫和艺术的气质，却不愿这么快接受他。何况她对凌翔还有些不舍，凌翔也来找过她，但两人不是同一航班，经常碰不上。江小凤要给凌翔颜色看，见了面也故意不理他。凌翔知道进退，把握分寸，便不再去找她。

陆云飞与他的团队努力奋战，三个月后果然拿出了符合要求的通风窗构型。凌丽看了很满意，张鸿奎也没话说，只好讪讪地承认，现在这帮年轻人真不简单。

当晚陆云飞在甘家村请客，跟团队的年轻人一起庆贺，热闹无比。他们高举酒杯，大声祝福，青春的活力肆意张扬。连甘素芬也受到感染，又给他们加了几道菜。

高潮时分，江小妹推着朱杰来了，陆云飞连忙上前举起他的一只手，转身对伙伴们说："这是朱老师，大家都要感激他，我们是在他的帮助下，才能感受到这成功的欢乐！"

团队成员全都站起来，冲着朱杰热烈鼓掌，连声叫好。

朱杰也朝他们连连摆手，含义深长地大声说："祝贺你们，彩虹总在风雨后！"

陆云飞给他敬了酒，他也喝了一杯，脸上泛起红晕，其他年轻人的敬酒，他就一并拒绝了。朱杰很希望这天晚上能看到凌丽的身影，但又怕跟她碰面，便匆匆离去。

他走后，凌丽和陆天放果然赶来了，她却不知道，自己与朱杰失之交臂。

凌丽真心诚意地对陆天放说："天放，你养育了一个好儿子！"

陆天放笑而不语，心里也很为陆云飞感到骄傲。

后来陆云飞又去总装车间，具体指导和协助工人们做出了这个通风窗，用在ARJ21-700的01号样机上。江树森也对陆天放说："你儿子有出息，你没白培养他。"虽然这个产品最终还需通过严格的适航证，但同事们都觉得，这个新来的年轻设计师真是太牛了！

张鸿奎看到凌丽和众人都对陆云飞大加赞赏，很不服气，心里更是不快，跟陆云飞的关系也越来越紧张。张鸿奎年纪渐长，肚量却挺小，对年轻一代很挑剔，还喜欢跟他们公开竞赛和比拼。设计所与飞机厂的业余活动很频繁，张鸿奎跟陆云飞总是你追我赶，不肯相让。张鸿奎在英语大赛上夺得桂冠，陆云飞不服，他从小喜欢打乒乓球，便在运动会上与张鸿奎对垒，获得了男单冠军。江小妹带着一群年轻姑娘来助阵，拍手欢呼，更让张鸿奎怄气。陆天放和凌丽看着都觉得可笑，劝这个长辈别再跟年轻人较劲，他总是不听。

陆云飞和张鸿奎的比拼还没结束，接下来的一次端午节划龙舟比赛，又让他们各显身手。这次是设计所和飞机厂的联谊赛，一共有八条船，设计所三条，飞机厂五条，每条船上十一个人。为了让比赛更热闹，还请体育教练来教赛手们如何划船、拨桨和变动方向等。比赛在郊外的一个公园里进行，那天现场彩旗飘扬，人头攒动，加上两个单位的啦啦队，河岸上站满了人，煞是热闹。江小妹也带着一群姐妹来了，她们属于飞机厂的啦啦队，但小旗子却一直指着陆云飞，显然只想给他们那条船加油。

陆云飞和张鸿奎各自率队上了一条船，他俩都是舵手，负责在船头上擂着大鼓，指挥自己的小船奋勇前进。八条船你追我赶，奋勇争先，虽是友谊赛，大家也拿出了很大的劲头，都拼命往前划。船上全是男生，啦啦队却是女生，在岸上大声呐喊，为赛手们鼓劲加油。江小妹的眼光一直追随着陆云飞，兴奋不已。陆云飞也看见了岸上的她，偶然回眸，两人便交换了眼光，她微笑着朝他挥挥手，他也举起拳头扬了扬，又指挥小船勇往直前。快到终点时，陆云飞和张鸿奎的两条船正好齐头并进，谁也不肯落下，两岸看热闹的人喝彩声大作，都觉得挺欢闹，陆天放、江树森和凌丽却皱起眉头，似乎不愿看到这个场面。

陆云飞的小船率先冲过了线，夺得冠军。张鸿奎急了，率领小船随后跟进，终因用力过猛，坐在船头的他栽进了水里，岸边响起一片惊叫声……

这是一条人工河，河水不深也不浅，但没过了他的脖子。张鸿奎不会水，便慌乱起来，在水中扑腾着。陆云飞见此情形，立刻不顾一切地跳下去，抓住张鸿奎衣领，拉着他朝岸边游去，又在岸边人们的帮助下，把他送到了岸上。陆云飞正欲上岸，突然觉得腰间一阵剧痛，原来上次打乒乓球时，他腰间旧伤便已发作，刚才又扭伤了。他难忍疼痛，也沉到水里，呛了几口水。几个年轻人连忙跳下河救起他。

他们俩都被送到医院去救治。医生说张鸿奎呛了几口水，并没淹着，相反陆云飞的腰伤有点严重，还有些贫血，需要住院治疗和输液。张鸿奎有些内疚，毕竟是陆云飞救了自己，他心里有些过意不去。陆天放后悔自己当年忙于工作，没照顾好养子，可能经常让他饿着，才得了这种病。江小妹又来悉心照料陆云飞，但他住院期间也没闲着，居然啃下了结构最复杂、缺图少文的 ARJ21-700 随机登机梯，一举成为年轻设计师中的佼佼者。他还在这段时间读完了研究生的全部课程，又写好论文并通过，取得了毕业证书。

至此，陆云飞和张鸿奎相互对掐的关系在设计所里便尽人皆知。虽然陆云飞救了张鸿奎，但他还不肯消停，经常拿话挑拨，想对凌丽火上浇油。幸亏凌丽心里清楚没上当。但张鸿奎跟陆云飞的关系并未修好，两人的对话甚至充满火药味，大有剑拔弩张之态势。众人都对张鸿奎不满。凌丽也时常拿话敲打他。但此人就是这个德行，无法改正。

江树森是火眼金睛，早把一切看在眼里。他把陆云飞叫到飞机厂总装车间，那里正有一个火爆的场面，叫作“七雄战总装”。原来这里云集了七个航空制造厂的技术工人，分别有成都、沈阳、西安阎良等飞机厂的工人们，正一起帮着 ARJ-700 的 01 号样机进行初装配。陆云飞被这个场面震撼了，这才体验到分散在各地的飞机制造团队的默契程度。

江树森直率地对陆云飞说："飞机设计和航空制造是世界上最为复杂的工业，必须依靠众多技术人员来一起完成。波音公司和法国空客都是几万人的大厂，单靠一个人的力量是不行的。你和张鸿奎如果没有这种协作精神，趁早别来干大飞机！"

陆云飞受到深刻教育，连脖根子都红了，连忙说："江叔，我明白了！"

他承认自己过去有点逞能，总想在每件事上都超过旁人，以此来一雪当年被称为"野种"的委屈。江树森用工人的质朴和大度，让陆云飞的思想迈上了一个台阶，他告诫自己：别再为过去的小情绪而纠结，研制大飞机，要有大格局。

陆天放也狠狠地批评了养子，说他缺少合作精神，竟然不跟计算机室配合，这可是工作中的大忌！他又批评陆云飞要个人英雄主义，说设计一架飞机不是小事，在美国需要几千人的共同努力。我们设计所固然没那么多人，你也要团结同事一起工作，陆云飞明知事情并非这样，他也是依靠团队，才能在短时间内完成任务。但他没有解释，虚心接受了。

陆云飞主动去找张鸿奎，把手伸给他，说："希望我们成为事业上的好伙伴。"

张鸿奎虽然没理由不去握这只手，但他心里仍是讪讪的，很不是滋味。

陆天放和凌丽又把张鸿奎叫到办公室，关起门来一起批评他，说他妄自尊大，跟小辈计较，失了风度，也不是一个大国飞机设计师应有的气概……

张鸿奎这才无言以对，只好嘲讽地对陆天放说："你儿子很像你，可惜不是亲生的！"

凌丽却严厉地说："陆云飞就是天放的亲儿子！他很好，我很喜欢他。"

陆云飞听说了这句话，眼泪不禁掉下来，知道凌丽阿姨终于真心地接受了他。

ARJ21-700 开始总装第一台样机，各项指标仍在紧锣密鼓地修改，设计人员争分夺秒，热情高涨，废寝忘食。上海的夏天酷暑难当，蚊虫叮咬，年轻设计师却毫不在乎，忙着绘图作业。陆云飞和一些年轻同事逐渐成为所里的骨干，他们深知细节决定成败，不敢疏忽任何细节。他们解决了很多技术难点，有些创新受到大家赞扬，陆天放也深感欣慰。

在解决噪声问题遇到的技术难点时，为取得第一手实测数据，陆云飞便手持带有拾音器的长杆，率先进入发动机启动时后方的噪音锥中。为防止受到噪声的强大轰击而昏倒在地，他还在腰间系了一条绳子，把绳头交给同伴，说如果他倒下，就把他拉出来。张鸿奎看到这一情景当场惊呆了，面对强大的噪声他迅速跑开了，不得不佩服年轻人的坚强意志。

陆云飞无所畏惧地测出了数据，也得了暂时性耳鸣，心烦意乱睡不着觉。江小妹知道后，强拉他去医院检查，医生说他必须进减压舱治疗，否则以后情况会更糟。陆云飞出了减压舱，江小妹又拉他去甘家村，甘素芬虽不情愿，但还是在女儿逼迫下做了一桌好菜。

“你呀，心里只有他！”甘素芬一边叨叨，一边做陆云飞爱吃的松鼠鳜鱼。

“还不是因为你从小带着他，跟我一起惯着他！”女儿朝她扮了个鬼脸。

江树森和陆天放也赶来了，江小妹连忙迎上前。“爸，你们得说说云飞……”

江树森见女儿的关切之情溢于言表，心中早已明白。他又是欣慰又是责备地对陆天放说：“你有一个好儿子，干起工作不要命！但你也要好好批评他！”

陆天放点点头，也严肃地批评陆云飞说：“孩子，我们既要工作也要身体，像你那样没有防护就去测试噪音，会给身体带来极大损害，也让爱你的人伤心难过。”

陆云飞连忙答应：“爸，我知道了，以后向你保证，决不再蛮干。”

江树森和陆天放相视而笑。他一直希望陆云飞能当自己女婿，陆天放更是喜欢江小妹，也很关心儿子的婚事，但他俩都很大气，从没跟儿女们谈起过此事。

江小妹在工作中也是表现出色，她一直在飞机厂市场部负责部件采购，发放ARJ21-700的任务包。上海飞机厂是这个支线飞机的主制造方，要和十九个承制商打交道，其中最重要的就是飞机心脏——发动机的采购，这个谈判也最艰难。美国承制商CE公司提出了很多苛刻的条件，目的就想稳固地占领中国这个市场。

江小妹经过一段时间的培训，便被潘重派来负责此事。他信任地对江小妹说：“你是江树森的女儿，我相信你一定能行！”

江小妹也很争气，不想给父亲丢脸。她没上过大学，英语是她短板。第一次跟承包商谈判，飞机厂只来了她一个人，而她却不能完全听懂对方的英语。不得不在自己的面子和工厂的利益中做出选择，一次次红着脸坦白承认自己听不懂，最后只好让对方发书面传真过来，再回去请朱杰帮忙，恶补英语。发放采购任务包在美国波音是上千人的工作，在上海因为新飞机的项目刚上马，人才有限，只有十多个人在负责，江小妹的工作量可想而知。

发动机及其备件的价格，约占ARJ21-700飞机总价的四分之一，这个项目是当时全球唯一启动的新飞机项目，所以各国都参与了竞争，甚至连国家元首都被惊动了！即便如此江小妹与CE公司谈判时也不卑不亢，不疾不徐，掌握方寸，恰到好处。随着一次次谈判，她越来越精明干练，越来越有分寸，终于赢得对方尊重。整个谈判过程非常艰苦而漫长，尽管CE公司为了获得这个商机，降低了成本，报价很低，但还是达不到要求。为此，飞机厂还开办了几次国际关系讲座，因为这个贸易已经成为最大的政治问题。江小妹勤奋学习，刻苦钻研，肩上虽承受了很大的压力，但她无所畏惧，觉得这是锻炼自己的好机会。

一边江树森对小女儿的成长很欣喜，一边甘素芬却只管催促两个女儿快嫁人。

江家两姐妹性格相差很大，爱好也不同。江小凤喜欢穿衣打扮，她跑国际航线，每次回来都给父母带礼品，也送妹妹一些口红和丝巾，江小妹都不要，说她用不着这些。但有一次她却找姐姐要化妆品，原来是国庆联欢，市场部要出节目。江小妹推不掉，只好跟一群穿着华丽旗袍的女同事，一起上台去演唱京剧《梨花颂》。

那天晚上又是设计所和飞机厂的联欢，在新建成的大礼堂举行。许多员工都参加了演出，就连陆云飞也参加了一个《红旗颂》的大合唱。舞台上灯光绚丽，舞美精巧，演出人员服饰华美，节目丰富多彩，花样繁多，有舞蹈、独唱、民乐合奏、诗歌朗诵、时装表演……这也是现代人的一种生活方式，每到节庆就激奋不已，好戏连台。

陆云飞的合唱人数众多，是这场文艺汇演的开场节目。他下台后并未离开，因为紧接着就看见江小妹也上场了。她们一排姑娘都穿着高开衩、长及脚面、色彩鲜艳的中式旗袍，袅袅婷婷，手持一把精巧的折扇，载歌载舞，妩媚娇俏。飞机厂人数众多，不难挑出一群高颜值的年轻女孩，她们在台上身段优雅，眉目传神，歌声甜美，绕梁不绝，赚足了观众的眼球。尤其是江小妹，她在其中最为出色，因为个子高，站在前排正中，居然唱得有模有样，情深意长……

台下的陆云飞不禁看呆了！这才发现江小妹打扮起来也很美。她今天穿一身白色基调的旗袍，上面是淡雅的水墨画，显得身材格外婀娜。她的一头短发用发胶梳得很熨贴，在脑后挽了一个发髻。化了淡妆，明眸皓齿，肤白唇红，格外美丽。陆云飞差点没认出她来。台上的帷幕缓缓落下，心中的形象却抹不去了。陆云飞开始认真考量江小妹，他平时的工作很少跟江小妹打交道，不料她竟是这样的“双面人”。陆云飞非但从此不敢小看这姑娘，而且打心里承认江小妹不简单，甚至开始觉得，自己真正想娶和应该娶的女人就是她！

江树森要过五十九岁生日，甘素芬早就筹划想大办一场，江树森却只同意在甘家村摆一桌，请些家人好友。江小凤偶然跟王领先提起，他就说要去祝贺。江小凤没答应，她还不想让家人知道她跟王领先的关系。王领先却有意为之，坚持要用摩托载她回家。他们在巷子口碰上江小妹跟陆云飞一起回来，两人正热情地讨论工作，突然一辆摩托车飞驰而过，然后又停住了。王领先摘掉头盔，潇洒地下了车。陆云飞和江小妹看见后座上的江小凤都很诧异，这才反应过来，不知她跟凌翔怎么了？跟这位摩托车手又是咋回事？

“嗨，小妹！”江小凤心情复杂地下了车，不太情愿地给他们三人做了互相的介绍。

陆云飞和江小妹还在愣怔，王领先却潇洒地一笑，朝他们伸出手来。

“你们好，我是小凤的男朋友，今天去她家，要见她父母……”

“什么？姐你……”江小妹又惊又气，不知道说什么好。

陆云飞不去握那只手，毫不客气地说：“据我所知，小凤已经有男朋友了！”

“是吗？”王领先收回手，耸耸肩，“可是小凤她，也答应做我女朋友了！”

江小妹生气地质问姐姐：“你跟凌翔吹了，就是因为这个人？”

江小凤也不高兴了，冷冷地说：“我还是自由身，有权选择吧？！”

她丢下王领先跑开，后者似乎明白了一切。江小妹见姐姐被气走，连忙追去。

陆云飞也气愤地质问王领先：“哎，你知道江小凤另有男朋友，还要夺人之美？”

“那要看小凤怎么选择了！”王领先笑笑说，“你们谁都没有发言权。”

陆云飞被他顶得无话可说，也想拂袖而去。王领先却拉住他，问他江家怎么走？他说要去参加江叔的生日宴会，他想跟江小凤好，就得讨二老欢心。

陆云飞见他这么直白，也冷冷地说：“你不必这样，有些事强求不来！”

两人初次见面，就说得不愉快。

江小妹追着姐姐回到家，江小凤一气之下，就把王领先的事告诉了母亲。

甘素芬听了大喜，她早就巴望大女儿嫁入豪门，就美滋滋地说：“看来他是个富家子？王领先，这名字不错，他就是你命中的白马王子！你要是嫁给他，还能去国外定居呢！”

江小妹上前质问母亲：“姐姐为啥要去海外定居？难道当个中国人不好吗？”

“你懂什么？女孩嫁人就要高攀！”甘素芬又开始叨叨自己那一套。

“妈，你别说了，我不爱听！”江小妹坚定地说，“我有自己的主张。”

江小凤说，王领先要来参加父亲的生日宴。甘素芬更加欢喜，正要忙着去甘家村张罗，王领先已进了家门，还给江家二老和江爷爷送上不少礼品。甘素芬高兴得语无伦次，一会儿夸赞王领先一表人才，一会儿又埋怨丈夫怎么还不回来？江小妹很不屑母亲的行为，甚至觉得她有点丢人，就拉着随后进门的陆云飞，出去找父亲。

江树森正跟凌丽和陆天放一起往家走，他们是下班后偶然遇上的。夜色浓浓，街道上行人稀少，弄堂里更是静悄悄，只有明亮的灯光把树叶的影子灿烂地映到窗户玻璃上。江树森心情大好，他们总装车间今天完成了一个组装任务，身边又走着两位好伙伴，令他想到了充满理想的年轻时代，似乎壮志已酬，很想今晚跟他们畅谈一番……

“走，咱们去甘家村，我请客，好好吃一顿！”

他没提自己的生日，怕他们二人张罗着送礼物。但他说完这话，却没得到任何回应。在路灯下看去，他发现陆天放没了往日的乐观和爽朗，凌丽更是心事重重的样子……

“我们没心情跟你去吃饭了！”她沉重地说，“ARJ21-700 的设计出现了一个大问题，重量严重超标，它重得快要飞不起来了！”

“什么？”江树森大吃一惊，他知道对飞机设计来说，这是个很致命的问题。

陆天放显然已经知道此事，他也皱紧了眉，语调有些沮丧地说：“这事太严重了！从明天开始，我们设计所要全力以赴，攻克这个技术难关……”

江树森十分理解，忙说：“那明天我也过来，跟你们一起好好研究。”

这时陆云飞和江小妹急急跑来，拦住了他们三人。

“爸，我姐跟一个富二代好上了！”江小妹开口就说，毫不隐瞒。

陆云飞也只好说：“江叔，这个富二代现在来你们家了，要给你过生日……”

“什么？”江树森的神情严肃起来，问江小妹，“你妈什么意思？”

“我妈高兴得很！”江小妹撅起了嘴，“她巴不得我姐就嫁那个富二代！”

江树森看了看凌丽，不无尴尬，因为凌翔曾经跟江小凤好过，两家都知情。

凌丽轻描淡写地说：“树森，今天是你生日？家里又有客人，你快回去吧！”

“不！”江树森从她的眼光里看出了一丝鄙夷，立刻拿定主意，就对小女儿说，

“回家告诉你妈，这次的生日宴会就不办了！”

他又转身拉着陆天放，对凌丽说：“走，我们现在就回设计所，去研究重量问题。”

陆天放目光炯炯，赞许地点点头，凌丽的脸上也露出了欣慰的笑容。

“爸，我跟你们一起去！”陆云飞也是两眼发亮，神采飞扬。

“你们都去吧！”江小妹热切地说，“我给你们弄吃的，待会儿送到设计所……”

“好！”陆天放拍拍江树森的肩，“那你今晚就过一个革命化的生日吧！”

第二十章

给飞机减重的问题陡然摆在设计师的面前，令他们束手无策。因为减重非常必要，但又得考虑到方方面面。陆云飞跟结构部的同事一道，想了很多改进措施，但几乎每一个改进措施都使飞机又重了一些，让人焦头烂额。张鸿奎更是没信心，甚至大放厥词，说："我们根本就没有能力去设计新飞机！这么耗时费力，还不如去买现成的！"

陆云飞听了不服，跟他争执，说："你怎么能自轻自贱、灭自己的志气？我就不信中国人设计不出民用客机！"

张鸿奎却轻蔑地看着他，说："你算老几？先解决了减重问题，再来老子面前逞英雄！"

陆云飞和同事们都为此发愁，下了班又到甘家村去小聚，个个都拿着笔和纸，一边吃饭一边讨论减重问题。江小妹来时发现陆云飞束手无策的，便提醒他说，快去找朱老师帮忙。

陆云飞去找朱杰请教，朱杰告诉他，几乎每一款商用飞机的设计都会遇到重量问题，因为太重了就飞不起来。除了减重，也要加大升力。朱杰听说凌丽也很焦虑，更添了一份心思，想尽量提供帮助。他在东北参加过几款运输机的设计，对此也有一些经验。

张鸿奎跟方强一直有联系，每当工作不顺利就去找方强吃喝一通发牢骚。方强对飞机厂上马新飞机抱着复杂的心理：既希望他们成功，了却自己的心愿；又怕他们成功，反衬出自己的逃离是多么失算！

他听张鸿奎发牢骚，也感叹地说："造飞机难，难于上青天！尽管我们干了半辈子很不舍，恐怕也要另找退路。"

方强的汽车修理厂也有些不景气，很需要技术人员，朋友跟他说过多次，让他再找人，他就想极力笼络张鸿奎。

张鸿奎受到方强的鼓动，又遇到工作上的困难，回到设计所便消极怠工。

凌丽忍无可忍地批评了他，张鸿奎趁机发泄说："我是没这个能力了！你有本事，你就自己干！"

凌丽这阵子也快崩溃了，她夜夜失眠，茶饭不思，总在想如何减重。而陆天放还在一个劲儿逼问她："减重问题什么时候解决？"甚至威胁她说："如果再解决不了，你们设计室就去集体跳楼吧！"

大家对此都是毫无办法，互相见了面就叹道："只有去跳楼了！"

这天凌丽回家，意外看到儿子在铺床，旁边摆着一堆行李，看来是要长住。

"儿子，你怎么回上海了？"她高兴而又意外，"这次要住多久？"

"很长时间。妈，你忘了？我们成都航空公司恰好是你们 ARJ21-700 的全球首家客户，公司派我来上海接收飞机。"凌翔兴奋地说，"我的任务也很重呢！不但要接受这款新飞机的驾机培训，还要提出一些符合我们要求的改进方案。"

"哦，对了，儿子，我很高兴你回上海，也很高兴跟你们公司合作……"凌丽说到这里未免沮丧，"但现在有个天大的问题让人头疼。那就是减重、减重！"

凌翔听说此事也很重视，母子俩匆匆吃了饭，立刻坐下来商量，连夜想了很多改进措施，准备次日跟进与实施。母子俩全神贯注地坐在灯光下，通宵达旦地合议着，灯光映红了两张精神焕发的面庞。秋夜的寒风在窗外一阵阵松涛般地吹起，好似给他们擂响了战鼓。儿子归来，加入战斗，给凌丽输入了新鲜血液，她又变得振奋起来。桌上铺满了纸张，凌丽见儿子在自己的笔记本上画了又画，标明重点，思路清晰，条理分明，异常惊喜，觉得儿子是抱着这种认真负责的精神，来帮助自己改善新飞机设计的。对飞行员的丰富经验，她也非常注意汲取，以便为今后的试飞工作铺平道路。凌翔看见母亲手上的图纸线条紧密，错综复杂，也赞叹不已——这款飞机要一飞冲天，是多少人的心血和努力啊！

"妈，你们设计师真了不起！我们客户坚决支持你们。"凌翔在灯光下挥着拳头。

"好啊，这样我们就更有信心和力量了！"凌丽看了看表，"哎呀，都凌晨三点了，你快去睡吧，明天还要早起，我们一起去设计所，再跟大家商量。"

凌翔虽答应着，但等他洗完澡，上了床，凌丽却没去休息，而是坐在儿子床边，就像他儿时那样问长问短，也终于问起她关心的话题："儿子，你最近跟小凤的事怎么样了？"

凌翔坦荡地说："她生了我的气，一直不理我……"

凌丽反倒有些欣慰：“好啊，不急，我儿子这么帅，何患无妻？”

凌翔也说：“这事先放下，等我忙过这段时间，再去找她谈，看有无转机？”

上海的秋日总是乌云密布，天空阴沉，太阳很少露面，让人心情不爽。陆云飞皱着眉头来到设计所，发现同事们围住一个年轻人，都在啧啧称赞，仔细一看，原来是凌翔！

“嗨！翔子，你怎么来了？”他高兴地冲过去，拨开人群，抓住了凌翔的手。

“云飞，我们又在一起并肩战斗了！”凌翔的眼睛里闪着耀眼的光。

刚才大家听说他是凌丽的儿子，又是成都航空公司的机长，将以首家客户的身份参加 ARJ21-700 的研制工作，都是称赞不已。这让凌翔有些紧张——他竟被人看作是一条联系厂家与客户的生命线，一条维系着新款飞机生死存亡的救命索，不禁激动而忐忑。有多少希望的眼光凝聚在自己身上啊！可是他有多大能耐，能让 ARJ21-700 起死回生？他只怕自己辜负了大家的期望，或者一招不慎，给项目带来巨大损失，让母亲面临的局面更加困难与被动。正在难以应付、惴惴不安时，突然好朋友出现，凌翔心里万分高兴。他和陆云飞从小一起长大，两人之间不是普通的友谊，而是一种类似于血缘的特殊感情。在性格上，两人又恰好能够互补，真是天生注定的好搭档！

但是没想到，合作的第一天，两个人就几乎吵起来。

原因是凌翔拿出他昨晚与母亲商议好的改进方案，陆云飞放到电脑上去核算，发现每个方案都使得飞机更加重了。他也很头疼，甚至感到不快，连日的工作烦恼和巨大压力，加上江小凤对凌翔的背叛让陆云飞忧心忡忡，他一直为好朋友担着心，而凌翔自己却不知情，致使陆云飞怒火上升，好不容易才强压按捺住。凌翔对此毫无察觉，接着他又具体提出来，要改进应急舱门和加大行李舱，这使原本的减重方案改进起来更加难上加难！

“够了！你有完没完？居然提出这么多改进方案，不但没减重，反而增加了飞机的重量。”陆云飞终于忍无可忍地跳起来，吼道，“你想让我们都跟着你妈去跳楼？”

凌翔性格温和，其职业操守使他比一般年轻人都要沉稳，他很少见到陆云飞如此失态，也有些急了，鼻尖上冒出了细汗。

“云飞，有话好好说，为何发这么大火？”

“我现在不跟你说了，下班后再谈……”陆云飞有些不好意思，又去坐在电脑前。

凌翔也走开，去跟其他设计师商议。但他心情也变得不好，总觉得有什么事发生了，才使得好朋友如此。他们很久没见面了，难道是因为江小凤？凌翔想到这里，反而镇定下来。如果说陆云飞是洪流中的一股激浪，奔腾跳跃，一往无前，那么凌翔就是水底下的一道潜流，深沉平静，绝不浮躁，遇事会细思细量，做出的决定也不轻易更改。

这天晚上降温了，夜气阴冷，寒风凛然，丝丝小雨飘浮在空中，轻轻柔柔，浸湿了人们的衣衫。下班后，凌翔拉着陆云飞去了甘家村，显然想问个端详。今晚寒气太重，店里没有多少客人，甘素芬正在厨房里忙碌。她见这两个年轻人走进来，也很惊喜，迎上来问长问短，聊了一阵，就说要给家里人带饭回去，然后带着两笼鸡蛋韭菜馅的包子、一锅排骨汤离开了，把他们丢给一个厨师和一个服务员照看。此举对于两个年轻人正中下怀，否则他们当着甘姨的面，可能有些话就不好明讲。尽管如此，甘素芬走后，两个好朋友一下子竟相对无言。这是一个寂静的夜晚，厨师戴着白帽子在厨房打瞌睡，服务员倚在角落煲电话粥。只听外面的车声和人声都在静夜中时时响起来，反倒振聋发聩……

“好了，云飞，你快告诉我吧，白天你为什么发那么大火？”凌翔平心静气地问。

陆云飞望着他明亮的眼睛，侧耳倾听着外面夜风卷起的声音，一时无法言明，只好叹了口气：“没什么，我们都是在为飞机减重的问题而苦恼……”

凌翔立刻就相信他并且释然了：“没关系，我想这问题一定会解决。”

“你真是那么肯定？你就那么信任我们？”陆云飞感到内疚，有些不好意思。

“当然。我相信你和我妈。”凌翔坦然地说，“你们都是最棒的！还有那么多优秀而且认真负责的设计师，你们一定会创造奇迹，让这款飞机飞起来！”

陆云飞听他如此赞扬，心情反而变得恶劣。他一直想告诉凌翔有关王领先的事，但也怕他心情会不爽。想到王领先已经插足其中，他很生江小凤的气——放着凌翔这么优秀的小伙子不要，却跟一个富二代跑了！不就是因为他有钱吗？这个从小一起长大的姑娘怎么才能懂得，钱跟人相比真不算什么？陆云飞在工作时不便对凌翔提及此事，早就憋了一肚子火气，所以才压不住性子发怒。现在他觉得，还是应该提醒一下好朋友，引起他重视。

于是他假装轻描淡写地问：“哎，你跟小凤最近怎么样了？”

陆云飞的反常早已引起凌翔的注意，现在又听他这么问起，立刻心中一疼，几乎明白了大半。他没有立刻回答，而是凝视着窗外，在这寒冷的黑夜中想起了很多温馨的往事，那都是可以温暖他一辈子的事。他似乎在蒙蒙水雾中看到了那个漂亮但有些爱慕虚荣的女朋友，他早就发现了她这些弱点，但在一个恋人看来，这不算什么，女孩子就是喜欢美嘛！不过他更希望她能跟自己一道前行，不要落在生活的后面。他望着面前的好战友，云飞会为了祖国的航空事业赴汤蹈火，在所不辞，而现在他却为自己的爱情焦虑担忧，紧锁眉头。凌翔忽然觉得，他跟陆云飞都已经从这个弄堂里的两棵小树苗，成长为支撑自己事业的参天大树了！他可不想让自己和朋友的心思，都放在一些个人的小事上……

于是他决断地对陆云飞说："云飞，我现在不想再提小凤的事，目前设计所遇到了这么大困难，我们所有的心思，都应该放在飞机上，你说对不对？"

陆云飞深感意外，长长吐了一口气，继而又感到极大的欣慰。他立刻点点头，一字一句慎重地说："太有同感了！翔子，我们真是志同道合，都没有那些小情绪。"

他对服务员打了个响指，快活地说："来两杯酒，我们要浮一大白！"

一边设计所为了减重问题而焦头烂额，一边飞机厂却是风生水起，甚至花样百出，为了达到宣传中国大飞机之目的，竟在网上公开征集 ARJ21-700 的名字。喜欢凑热闹的上海人积极响应，踊跃参加，很多提议，五花八门。最终根据多数人的建议起名为"翔凤"。公布这名字时，设计所的年轻人也跟着一阵欢呼，毕竟他们都爱好幻想，听着这名字，就仿佛自己设计的飞机已经从笔下起飞，跟蓝天白云做伴，万里江山都展现在脚下似的……

陆云飞发现这名字暗合了凌翔和江小凤名字中的最后两个字，就对凌翔说："真巧！我们的飞机叫翔凤，正是你跟江小凤两人的名字组合！"

凌翔感到很奇怪，他跟陆云飞有了那个约定后，好朋友还是忍不住一再提起江小凤，并且神态诡异，拐弯抹角，可能真是发生了什么事？或者出了一些岔子？

凌翔也有些放心不下，周末便去了江家。上了楼，敲了门，恰巧是甘姨来开门，说江叔和小妹都在厂里加班，小凤也在航班上，家里除了她和江胜田没别人。但刚开门时，凌翔却听到屋里有清脆的说话声，不像是衰老的江爷爷和甘姨在说话。凌翔很想进屋去瞧一瞧，他从小在这间房子里长大，跟她们双生姐妹嬉戏在一起，对这儿很熟悉。甘姨却把住门不让他进，说江爷爷正在午休，不能惊动。凌翔无奈之下，只好离去。他走到楼下，又朝江家的那扇窗户望去，隐约看见一个熟悉的身影，在窗帘边一闪而过。凌翔尽管性格坦荡，也有些郁闷，觉得自己受了捉弄。他在楼旁的花坛边坐下，回忆起了儿时的往事。那时小凤姐妹俩最爱跟他和陆云飞在花坛边玩耍，他们四个有时竟围着这花坛奔跑半天。江小凤身子灵活，脚步轻快，江小妹则喜欢撒野，像男孩子一般顽皮。她高兴起来，还会学两声鸟叫，声音那么清亮，叫得那么婉转动听，江小凤就笑弯了腰，活像一只美丽的凤凰鸟……

凌翔想起儿时的情趣，心里一阵酸痛。他一直以为，他们四个人的友谊会一直维持下去，即使不能成为终身伴侣，也会成为事业上的好伙伴，这比血缘还亲的精神纽带将永远把他们紧紧联系在一起，密不可分。现在他跟陆云飞和江小妹都做到了，他们在航空事业的辉映下走到一起，而江小凤却掉队了，离开了。她以后的人生又会出现什么变化？

凌翔沉思默想了一阵，又对那扇窗户望了最后一眼，才起身走开。这时他的心已平静下来，决定今后跟心爱的姑娘保持一定距离，把全部精力都投入工作中。

为了达到这个目的，次日上班时，凌翔突然对设计所里的年轻人提议道：“我们别叫它‘翔凤’了，很拗口，不如给它取个昵称，也算是谐音，叫它‘阿娇’吧？”

“阿娇，这名字好。”陆云飞有所感应地看了凌翔一眼，“而且也很女性化。”

凌翔笑了笑，没说什么。他知道自己的心思和用意都瞒不过好朋友。

众人也挺赞成，并无异议。“阿娇”若一直解决不了减重问题，就成了没人要的孩子，原有的订单都可能取消，谁会要一架重得几乎飞不起来的飞机？陆云飞和同事们每天都在为它的体重而发愁，经常都在念叨着：“阿娇呀阿娇，你怎么还那么胖？”

江小妹也在念叨着：“我的小心脏呀小心脏！”

她虽不满姐姐的朝三暮四，却顾不上跟江小凤深谈，因为发动机采购又遇到困难，这个最重要的任务采购包谈判艰难，持续几年也没谈下来。虽有朱杰指点迷津，但江小妹仍是心烦意乱，美国 CE 公司提出很多苛刻条件，都不是她能解决的。她向部门经理汇报，上面也没有好主张，因为设计遇到难题，此事便被放在一边。

江小妹想放松一下，就约姐姐去逛城隍庙，吃小吃，趁机跟她聊聊，江小凤拒绝了，说她另有事。于是到了周末，江小妹就独自去了城隍庙。上海的高楼大厦在全国都有名，好比密密麻麻的钢铁森林，越到郊外开发区，那些新盖的大楼就越高越密。偏偏在市中区保留了一些旧时的建筑，包括20世纪的西式楼房，古朴典雅，和现代化的高楼交相辉映，更加呈现出这座大城市不凡的底气。城隍庙就在这些旧城区的中心地段，周围好几条街，都是商铺林立，鳞次栉比，人流熙攘，热闹非凡。行人走在其中，似乎回到了20世纪三四十年代，有一种穿越时空的新鲜感觉。这里的时装店和小吃店也是一家挨一家，因为快到年底了，打折挺多，价格便宜。江小妹独自逛着，不禁意兴阑珊，心想若是陆云飞也在就好了！

突然，她放眼望去，看见江小凤和王领先正在一家商铺门口站着，似乎在购买一件穿在模特儿身上的白色旗袍？江小妹立刻躲在行人身后，偷偷望着他们，同时屏息凝听。只见不一会儿，姐姐就把那件旗袍穿在自己身上，然后左右扭转，让王领先看着。她脸庞秀丽，腰身纤细，嫣然一笑，四周粉黛无颜色，众人的目光都投在她身上。王领先也笑成了一朵花，立刻掏钱付账，然后两人便提着购物袋，亲热地相挽离去……

江小妹气死了！在她心里，凌翔就是神一般的存在，而陆云飞则是超人！她什么时候想到这两个儿时的伙伴，心里都会暖洋洋的。而姐姐为什么竟会这样呢？

她回到家，就看见在姐姐身上穿着的旗袍，下摆还画了一只活灵活现的五彩凤凰。母亲正在赞赏，说："这可是由真丝缎料做成的夹层旗袍呀，冬天穿着也不冷。今年过节时走亲戚，就穿出来让大家看看，也给他们养养眼。这一定很贵，有钱人才买得起……"

江小妹不愿再听母亲啰唆下去，立刻把姐姐拉回她们两人的屋里，逼问道："姐，这是怎么回事？谁给你买了这件昂贵的旗袍？"

"这旗袍并不贵呀！"江小凤忙说，"我认识一个画家，这凤凰就是他画的……"

"是不是王领先？"江小妹又逼问她，"你真的跟他好，把凌翔抛弃了？"

"别瞎猜。"江小凤忙说，"我跟他只是一般朋友。"

"得了吧！今天在城隍庙，我全看见了。就是那个王领先给你付的款！"江小妹忍无可忍地叫起来，"姐，我真是不可理解了！我早想跟你说，这几年，你变了！"

"你胡说什么呀？"江小凤不满地走向门口，"算了，我的事儿你别管……"

江小妹一步抢到门口，拉住她，愤怒地吼道："姐，你忘了我跟你说过的话了？那些富二代、有钱人，他们的心地你并不清楚，别看他今天肯替你花钱，宠着你，谁知道他们明天会干出什么事来？而云飞、凌翔他们就不一样了，咱们对他们知根知底，他们会一辈子对你好的！所以，姐，你别糊涂了！这可是你的终身大事啊！”

“好了，别再说了。”江小凤把她推到一旁，“我的终身大事，让我自己处理吧！”

江小妹没能说服姐姐，很替凌翔担忧。不知他若得知此事，又该如何？

江小妹并不知道，江小凤这时还在犹豫，觉得自己跟凌翔的关系没有完全断掉。王领先确实大献殷勤，多次提出要做她男朋友，可江小凤都没答应。那天凌翔来找她，她也在家，是甘素芬拦着女儿，不让她再见凌翔。江小凤后来才知道，凌翔最近就在上海做接机工作，他若还想见她，会有大把机会来找自己。江小凤也在暗暗等待，凌翔却没再来。他把心思都放在 ARJ21-700 上了，一直帮着陆云飞他们琢磨飞机减重问题，无暇顾及其他。

漂亮姑娘总是有娇骄二气，江小凤对凌翔不满意了，王领先这才乘虚而入。他也是个聪明人，江小凤一直不答应他，他又听说她原本有男朋友，就想摸清这件事，所谓知己知彼，才好战胜对方，抱得美人归嘛！他时间富余，出手阔绰，胸有成竹。

这一天是平安夜，上海也兴过洋节，到处响起了圣诞歌声，节日气氛挺浓。王领先早跟江小凤约好，两人去新天地吃西餐。餐厅很高级，门口装饰着圣诞树，上面点缀了一串串小灯泡，闪耀着五颜六色的光彩。来这里吃饭的都是上流人物，红男绿女全都打扮得很入时。菜品却很简单，无非是烤鱼、牛排、青菜沙拉、番茄红汤什么的。但江小凤觉得很享受。她认为世间最浪漫的事，就是两个人这样面对面地在高级场所进餐，哪怕什么话都不说，也隔开了喧闹而凡俗的世界，是一种难得的奢侈。何况对面坐着一个多金的帅哥，又对她如此多情。她心想：我并没上天去摘星星，是星星偏要奔我而来……

王领先吃着这里的西餐，却是味同嚼蜡。他用叉子拨弄着盘里的牛排，笑道：“这里的厨子究竟会不会做西餐哦？小凤，咱们什么时候去巴黎，吃真正的法国蜗牛！”

其实江小凤的航班常跑巴黎，只是空姐们都嫌法国菜难吃又贵，要省下钱来买香水。于是她就说：“西餐哪有中国菜好吃？早知道这样，咱们不如去吃四川火锅？”

“我不知道你爱吃辣的？”王领先颇感兴趣地问，“是不是你认识哪个四川人？”

江小凤早就想告诉他凌翔的事，她不想再瞒他，也想知道他的态度。既然周围的人都知道凌翔的存在，她又怎能不透点风？

“我过去的男朋友就在四川，但他现在回上海了。”

“原来你真有男朋友？”王领先酸溜溜地说：“幸亏你用了过去这个词。”

后面的事就好办了。江小凤把她跟凌翔的情况原原本本讲给王领先听，心里也轻松了。她没想到，自己跟着国际航班满世界飞，可谓阅人无数，却还是放不下这个儿时的小伙伴。王领先也颇费思量，没想到人家两个的渊源竟如此流长，看来他要想拦腰斩断这一切并不容易。但他向来很傲娇，怎么肯放弃？今晚就是个机会，必须好好利用。

他们吃了晚餐，王领先就说要带江小凤去一个地方。因为天冷，他不再骑那辆很拉风的摩托，而是开了一部红色的高级豪车。所到之处，更加扯人眼球，江小凤坐在香气扑鼻的车座上，望着外面的灯红酒绿，不禁心旷神怡。心想王领先搭足了架子，今晚可能又要向她求爱？她心中也一直在琢磨这件事，竟然思绪万千，真是芳心难定啊！

王领先开着车来到一个高级小区，这里全是独栋别墅，面积虽不够大，但因地段好，楼盘精致，价格一定很昂贵。江小凤很惊讶，这才知道王领先的父亲是一个大房地产商，公司已经上市，这个小区就是他父亲盖的楼盘。他们停好车，走进一栋花园环绕的别墅，里面的陈设非同凡响。客厅里居然有一台限量版白色钢琴，看上去就价值不菲……

“这是谁的房子？”江小凤明知故问，两眼波光盈盈。

“原来是这里的样板房，后来我爸就送给我了。”王领先指了指四周，“我爸知道我留学法国，喜欢西式风格，所以这里的装修都是按我的审美来做的，你看怎么样？”

“还用问？真是美翻天了！”江小凤指着钢琴，“这又是谁的？”

王领先不说话，风度潇洒地坐上去，立刻弹奏了一首西洋曲，让江小凤听得如醉如痴。他走下琴座，又带着江小凤翩翩起舞，微笑着问她：“我弹得怎么样？”

“我的天！你太浪漫了！浑身都充满了艺术细胞……”江小凤抿唇微笑。

“那你再去看看我的画室吧！”王领先又拉着她进了另一个房间。

这是整栋别墅最让江小凤感动的地方——宽大的画室居然摆满了她一个人的画像！

江小凤双手合十，惊讶无比地问："你画我时，不需要我在场吗？"

"我心里装满了你，自然就画得出来！"王领先眉眼含笑地望着她。

江小凤望着一幅幅自己形态各异的画像，不禁大为折服，感动得热泪盈眶。她还想再说什么，却哽咽着说不下去了。这正是王领先今晚想要的效果。他很清楚，从这一刻起，他已经真正赢得了这位美女的芳心。剩下要解决的，就是那位情敌了！

王领先想让江小凤死心跟他，得知凌翔的情况后，居然灵光闪现，便借父亲公司的名义，假装要拿一大笔钱购买一架 ARJ21-700 改装成公务机。正逢这个项目遇到难关，苦于无法改进，王领先通过一家商务公司的订单便被接受，而且允许他先去看看样机。

王领先来到飞机厂总装车间，因为此行是瞒着江小凤的，所以他不知道接待自己的车间主任正是其准岳父！江树森同样不认识王领先此人，他忙不过来，就把这事交给同样下厂来找灵感的陆云飞。后者看见王领先却是大吃一惊，连忙把随行的凌翔叫到一旁。

"你知道这个声称要买飞机的王领先是谁吗？"陆云飞此时不得不把真相告诉好朋友，"就是他跟小凤最近走得挺近，还说小凤是他的女朋友！"

凌翔镇定地说："我已经知道有这人了，但不知道他买飞机是真是假？"

原来凌翔前几天有事去机场，正好遇上江小凤和一群空姐下飞机。当时他看见心爱的姑娘神采飞扬地走来，脸上的笑容如鲜花般灿烂，不禁愣住了。江小凤却假装没看见他，与他擦肩而过。

一个认识凌翔的空姐便打趣他说："你还来干什么？小凤已经名花有主了！"

凌翔听了很诧异，正欲回头找心上人盘问，另一个空姐又酸溜溜地说："你没看见吗？小凤脖子上那个玉佩件，据说要值十多万呢！"

凌翔这才明白过来，心里五味杂陈……

江小凤一行出了机场，快要上大巴时，凌翔终于鼓起勇气追上去，把她拉到一边，直率地问："小凤，我找了你几次了，我们能不能谈一谈？"

江小凤冷冷地拒绝："不行，我刚从伦敦飞回来，十几个小时，累坏了，要休息。"

凌翔沉吟了一下，觉得这也是实情，便说："但我想谈谈咱俩的事，这很重要……"

"咱俩有什么事？"江小凤立刻打断他，"咱俩不就是从小一起长大的朋友吗？

凌翔，我正想对你说清楚，咱俩可不存在什么情感问题啊！”

凌翔一忍再忍，还是忍不住叫起来：“小凤，你怎么这么说？难道你都忘了，我们以前是什么关系？现在你是不是另有男朋友了？否则怎么会戴这么昂贵的玉件？”

他没猜错，这个昂贵的玉佩正是王领先送给江小凤的，存心让她去招摇，希望这层关系能被众人发现，再传到凌翔耳朵里。不想那么巧，今天偏偏他们就遇上了！

江小凤也知道，接受了这个玉件，便等于接受了王领先。她早想通知凌翔一声，便趁机说：“是的，有人在追我……凌翔，我们的关系应该结束了！”

凌翔尽管性格沉稳，此时也气坏了。他不顾一切地批评江小凤：“你一直都不理我，原来是看上别人，心有所属了！但我没想到你这么虚荣，竟让金钱迷住了你的眼睛！小凤，你变了，再不是以前那个清纯的姑娘了！我看呀，你是中了魔……”

他没再说下去，已经难过至极，心里有什么东西堵得慌，便扭头走开。

江小凤被他当众怒怼了几句，脸上火辣辣的。抬头一看，空姐们都挤在车窗口看着这一幕，不禁委屈得哭了。漂亮姑娘爱打扮是常事，空姐都这样。何况她也没跟凌翔在一起了，他有什么权利苛责自己？凌翔眼看江小凤上了大巴，也很痛苦，两人就这样不欢而散。凌翔后来仔细思忖，才知道陆云飞为何一副欲言又止的样子。好朋友是想提醒他，让他自己去发现——女朋友已经被人夺走！更不料的是，今天这人居然出现了，还得认真对付。

王领先这时走到凌翔面前，把手伸给他。“你是凌翔吧？我听小凤说起过你。”

凌翔平静地去握这只手：“你就是小凤现在的男朋友？希望你永远对她好……”

王领先愣住了，内心一震，没想到对方竟如此大度。

他要找回面子，就冒昧地问：“听说你是个优秀的飞行员，正好我们要买一架私人飞机，能不能重金聘用你，去当这个私人飞机的驾驶员？待遇可是比民航都高！”

“谢谢，我不会去。”凌翔镇定地拒绝，“有些人有些事，是钱买不到的！”

陆云飞在旁边听了这席话，只想为好朋友喝彩。他见到王领先就生气，满肚子恶心，真想给对方一巴掌。偏偏王领先还要故作姿态，颐指气使，在一号样机的型架上指指点点，提出很多苛刻要求，令人更加反感。他居然还想高薪聘请凌翔。陆云飞简直气坏了，明白此人居心险恶，若不是凌翔挡着，他差点儿跟王领先干起来。王领先诡计得逞，破坏了一对恋人的关系，于是心满意足，又装腔作势一阵，才下了型架，扬长而去……

“呸呸！”陆云飞再也忍不住火气，骂道，“什么人啊！小凤怎么看上了他？”

凌翔强忍心头的痛苦，劝道：“算了，他也是客户，咱们别跟他计较……”

陆云飞深感痛心地拉住他说：“翔子，都怪我，应该早点把这事告诉你。”

“告诉我有什么用？”凌翔苦笑道，“小凤已经被他蒙住眼睛，拉不回来了！”

“我不信。”陆云飞率直地说，“翔子，沉住气，别轻易放弃，我再去想办法……”

凌翔皱起眉头欲制止他，但碍于他的热情，想了想，又咽回去了。打落牙齿往肚里吞。他想起这句老话，自己甩了甩头。他说服不了江小凤，也许别人能说服她？

陆云飞却像打了鸡血一般，发誓要把江小凤劝回头。正好飞机的减重问题解决不了，他把劲都使在这上面，约了江小妹一起去跟江小凤谈。江小妹不太情愿，觉得他在做无用功。但也同样碍于陆云飞的情面，加上自己跟凌翔的立场一致，便把姐姐哄出来……

这又是一个冬季的阴雨天，有点黑云压城的味道，还有小片雪花随着雨点飘落，点点滴滴洒在大桥下面。这是他们儿时常来玩的地点，江小凤知道妹妹为何约她来这里。但她觉得自己背叛了几个儿时好友，至少对他们有亏欠的地方，所以还是来了。

“你们想说什么？可别多管闲事啊！”她抢先开了口。

“我们是来提醒你，别误入歧途，嫁入豪门，后悔不迭！”陆云飞也不客气。

江小凤的脸部瞬间僵硬，说：“云飞，你知道什么？王领先是富二代，但也是艺术家！”

陆云飞冷笑道：“不管这王领先怎么样，我看呀，翔子都比他强！”

“可是你们不知道，是凌翔出卖了我，我决不会原谅他！”江小凤更生气。

“这事我听说过，姐，本来就是你不对，怎能怪凌翔？依我看，他才是负责任的态度。”江小妹也说，“姐，你就是五心不定，见异思迁，不知道自己应该爱谁。”

陆云飞又加入进来，指责江小凤爱慕虚荣，不会识人，竟将多年的情意抛于脑后。他跟江小妹都是性格豪爽、不会拐弯抹角、不喜欢朝三暮四、说话办事都爱一竿子插到底的人，也不管江小凤脸上挂不挂得住，两人连珠炮般一顿数落，一下子激起了江小凤的反抗心理。

“好了好了，你们不要再说下去了！”她生气地打断他们，“反正在你们心中，我这也不是那也不是，你们就让我一个人磕磕碰碰地走下去好了！不管这个王领先是好人坏人或者什么人，我都认定他了，你们也别来劝我了，我不会听……”

“姐，你怎么固执不听劝呢！”江小妹跺脚道，“我们怕你以后会吃亏！”

“我吃亏，我愿意，不用你管！”江小凤故意拧巴地瞪着她，“不像你这个好妹妹，这辈子就会跟陆云飞一个腔调，别以为你单纯，只爱他一个，但他未必要你！”

“你！你怎么这么说？”江小妹感到一阵难堪和羞愧，再也说不出话来。

江小凤赌气道出真相，陆云飞更加明白了江小妹的心，他脑间闪过一丝不安，只怕江小妹要对姐姐发作，但她只是看了自己一眼就跑开了。陆云飞想了想，没去追她。

天上的云层虽然更厚了，乌天黑地的，但陆云飞心中的天地却分外明亮了！姐妹俩恰好成了鲜明对比，他越发觉得江小妹纯朴可爱，心灵的天平也倾向于她。

江小妹跑回家，再也忍不住，对父母一阵哭诉，说了刚才的事。甘素芬很高兴，说王领先很好呀，小凤就该嫁给他。江小妹又说母亲势利。江树森却毫不在意，他对妻子很宽容，就对江小妹说：“你母亲终归会明白，知道女儿应该嫁给什么样的人！”

第二十一章

ARJ21-700的减重无法解决，研制处于胶着状态，陆天放和凌丽等人束手无策。此时网上登载了一篇文章《ARJ21-700最近有点烦》，披露了此事，一时谣言四起。

陆天放很生气，让陆云飞在网上查明，竟是张鸿奎所写！

凌丽气恼地跟他争执，张鸿奎却振振有词地说，ARJ21-700问题多多，病体沉重。他甚至提出，应该重新设计一架新的支线飞机。

陆云飞也愤怒地跟他吵起来，张鸿奎轻蔑地说："你乳臭未干，根本不知道自己几斤几两？"

一些年轻技术人员也参加了这场争执，都在批评张鸿奎不该妄自菲薄。他感到挺憋气，想起方强曾提过那家汽车厂需要技术人员，心思就活动了。他本是老滑头，觉得前途不明时，也不愿降格去搞汽车。但ARJ21-700的减重问题一直解决不了，他又跟同事起争执，就想跳槽，于是跟方强一拍即合。他还想捞资本，又四处挖墙脚，打算多带几个人过去。有几个技术人员被说动，竟想跟着他辞职。

陆天放和凌丽都很震惊，立刻赶过去劝阻。张鸿奎和那几个技术人员正在收拾书籍资料，打算离开。陆云飞等人在一旁看着，都很气愤。

"你们真是……"他指着那几位前辈，不知说什么好，"居然想当逃兵！"

"小子，别这么说。"张鸿奎嘲笑地看着他，"我们做出了正确的选择。"

"你们别走！"凌丽连忙上前，把那些辞职信一一送还给他们，"你们走了要后悔的！"

"是啊，我们的新飞机还有希望，决不能半途而废！"陆天放慷慨激昂地说，"国家不会不管我们，我就不信这些难题，我们解决不了！"

张鸿奎见那几个人有些动摇，正欲说什么，突然听到人群外有鼓掌声，竟是潘重赶来了。凌丽等人回头看见他，都激动地拥上前，纷纷跟他打招呼……

"刚才你们这一幕，我正好看见。"潘重笑道，"中央有指示，我们有救了！"

潘重虽是飞机厂厂长，但与设计所感同身受。陆天放和凌丽曾找他反映情况，希望他去北京求助。潘重多次去航空工业部和国防科工委汇报，中央很重视，决定派北航的专家团队重新对 ARJ21–700 进行评估。他今天来，就是要告诉大家这个好消息，众人听说后都无比激动与振奋，想走的人也不走了。张鸿奎只好独自悄然离开，去告诉方强。

方强也是感同身受，想起自己当年离开飞机厂，确实有许多迫不得已。于是他理解地叹道："一名飞机设计师不到万不得已，又怎会甘愿离开这个队伍？"

潘重、陆天放和凌丽率队去北京参加评估会，陆云飞等年轻设计师也去了。专家组查看了全部资料，详细论证，明确地表示说：ARJ21–700没有颠覆性的大问题，应该坚持下去。国防科工委也大力支持，上级领导更是明确指示：关键时刻，大局为重。

评估会结束，潘重带着众人痛快地喝了一顿酒，地点仍在航空工业部的招待所食堂。想起多年前在这里喝过的那次"分手酒"，陆天放和凌丽都是感慨万分。研制大飞机的历史征程从来都不是风平浪静的，他们只有在风浪中识别潜流和礁石，才能继续前进！

潘重首先端起酒杯，情绪激昂地说："有人说，我们研制民用客机是气概非凡之举，为此我们偏要迎着困难上！这次我们终于击破了谣言，保住了项目。"

"是啊，值得庆贺！"凌丽也热切地说，"研制民用客机是国家的需要，作为一名飞机设计师，如果我们轻易就放弃了这个项目，那是多么令人痛心啊！"

陆天放接着说："现在咱们的航空业还很落后，即使任务再艰巨，我们每一个技术人员都应该奋发图强，不吃包子争口气，要让航空业跑到其他工业前面去啊！"

设计师们听了都热烈鼓掌，群情激昂，纷纷端起酒杯，痛快畅饮……

陆云飞的眼睛也因为内心的激动而湿润了，他尊敬地望着说话的三个人，在他心目中，他们就是他的事业引路人。这番话更让他心胸开阔，眼光远大，感情深沉。

张鸿奎也在场，但他没有一丝尴尬，反而对旁边的人大声说："哎，你们也要感谢我啊，正是我的反面意见，引来了你们这个正确的结论。"

陆云飞气得直瞪他，若不是父亲拉了他一把，他准会跳起来，直言反驳。

"太无耻了！我们的航空队伍里，怎么会有这样的人？"

酒宴结束后，陆家父子坐出租去看夏青，陆云飞就忍不住对父亲发牢骚。

“没关系，多一个反对派也好。”陆天放大度地说，“他会鞭策我们，我们也会一步步让他彻底认输。你看，刚才张鸿奎不是又宣布，他决定留下来不走了？”

陆云飞觉得身上汗津津的，他是在为张鸿奎感到羞愧，而此人却一直大言不惭。

夏青知道陆家父子来北京开会，就一直等着他们的消息。听说他们今晚要来，又准备了一些吃食，她也很为这件事而担忧，直到圆满解决，她才松了口气。

“哈，我们已经喝过酒了！”陆天放进屋，看着桌上的酒菜便笑道。

夏青也望着他抿唇而笑，说：“我们一家好久不见，今晚还不喝个痛快、聊个通宵？”

“我赞成！”陆云飞感觉到养母的关切，也是胸怀火热，非常振奋。

他们三个人果然聊了一整夜，直到天际的群星隐没，朝向东方的玻璃窗被朝霞染红，这时他们才走上阳台，共同观望那一轮红日冉冉升起。正逢北京的金秋，天高云淡，秋阳艳丽。阳台上的三个人，眼睛里都燃烧着同样的火光，他们的思想也是相通的，在互相激励中，一种奇妙的带着真挚感情的暖流，激荡在他们心中……

回到上海，陆天放向所里的设计师传达了会议的精神，大家都感到振奋。

但具体到减重问题，又该如何解决？陆天放便在大小会议上一次次地说：“我们不可能一口吃个大胖子，同样谁也不能一下子瘦下来，此事要一个一个解决。飞机上多余的重量隐藏在飞机各处，我们要把它们找出来，精心地挖掘出来，一一排除……”

部里为此又派来了北航专家团队，在他们的帮助下，设计师也不断拿出各种减重方法。凌丽想起在“运 10”研制中，也曾出现过减重问题，便仔细翻阅那本《柳暗花明集》，向父亲当年学习，在设计室建立了重量通报，每周印发，向全所通报重量控制工作的进展。陆天放也亲自下到每一个设计组，去帮助具体减重，严格控制设计中重量的增长。

凌丽虽然率领设计师夜以继日地搞运算，但有一组数据总是不理想，陆云飞等人也很着急。但他们水平能力都有限，拼命干了几天，仍然毫无进展。

江小妹突然来找陆云飞，交给他一卷纸。“这是朱老师熬夜好多天，算出的一组数据，托你交给凌姨。但他特别叮嘱，不要说出他的名字，只说是一个退休工程师。”

“这是为什么？”陆云飞翻看着那卷纸，又惊又喜，莫名诧异，“朱老师可能帮了我们大忙！但他为何要隐姓埋名，不肯透露自己？”

“我也不清楚。”江小妹摇摇头，“可能朱老师不愿让任何人知道他吧？”

陆云飞心怀疑虑，把这卷纸交给了凌丽，上面写着一组极为复杂的数据，正是凌丽需要的！她又惊又喜，立刻问陆云飞：“这是谁算出来的？谁交给你的？”

“这个……”陆云飞嗫嚅着，只好把江小妹的话说出来，其他一概不敢透露。

“一个退休工程师？”凌丽猜测不定，脑海里不断过滤着一个个人名，却没有头绪。

陆云飞怕她逼问自己，连忙跑开，暗地里也在怀疑此事：难道朱杰与凌丽竟有很深的渊源？他也不断回想朱杰说过的那些往事，隐约有点明白了，却不敢去深究。

在这次攻克减重的技术难关中，计算机部也起了很大作用，他们为减重注入了新元素——数控，用计算机辅助设计，用于飞机结构性能优化，减轻飞机重量，终于取得理想结果，使飞机重量达到了设计要求。

恰在此时，全球又发生了两次空难，包括中国的包头空难，出事的飞机都是由加拿大庞巴迪公司生产的CRJ支线飞机，这个原本的支线飞机霸主不得不退出竞争。

潘重敏锐地感觉到机遇难求，当时纵观全世界，竟然只有中国一家还在研制支线飞机。他又跑去北京，呼吁要抓住这个机遇，让支线飞机的春天尽快来临。

第二年开春，有关部门成立了“ARJ21指挥部”，要举全国航空业之力来完成这个项目。潘重任副总指挥，要求八家航空企业一起上阵，调集精兵强将。潘重从北京回来就召开了全厂誓师大会，提出一个口号：“胜，举杯庆功；败，拼死相救！”

ARJ21 成了航空工业的一号工程，项目进入资本运作，再不用愁资金短缺了。数字化预装配率先完成，虚拟的全机电子协调样机和仿真的铁鸟试验台架也实现了，江树森又兼任了铁鸟负责人。虽然这架支线飞机仍然是没有生命的，还没真正活起来、飞起来，但是大家的心情都很激动，因为离那一天已经越来越近了！

唯独凌翔有些烦，江小凤心中的天平倾斜到王领先那边，她被他的才华横溢迷住了！陆云飞也深感痛心，他与凌翔如兄弟般相处，自然感同身受。凌丽听说此事，更加鄙视江小凤，觉得她就是个拜金女。她在飞机厂碰到江树森，对他抱怨了一番，让他好好教育大女儿，江树森这才知道王领先果真插足其中！他是个开明家长，不愿干涉女儿的婚事。他很想接受凌翔，但妻子又反对，他也很遗憾。只能告诫江小凤，要擦亮眼睛找到真爱。

江小妹却不忍对姐姐的终身大事袖手旁观，又去跟江小凤倾心交谈。

上海的住房一直很紧张，许多年过去，江家的居住条件也没有改善，还是江爷爷睡客厅沙发，江树森夫妻俩睡大卧房，姐妹俩就睡另一间小卧室。只不过把两张单人床改成了上下铺，这样好腾出空间，摆放衣柜，安置衣物。江小凤睡下铺，江小妹就睡上铺。姐妹俩交流，经常都是躺在自己床上各说各话，以免看见对方的神情，增添一层不悦。

这个春夜温馨而缠绵，女孩子的青春也跟着蓬勃开放，就像花儿在吐露芬芳。江小妹的心情更不平静——春天与爱情颇有相似之处，人们在大自然中看到了春天就欢欣鼓舞，在心田中发现了爱就情不自禁。年轻姑娘如何才能把这一宝贵的感情，认识得更清楚呢？

江小妹想到这里，又一次认真而郑重地对着下铺的江小凤说："姐，我真的好希望，你能再考虑一下凌翔对你那始终不变的爱！这很值得你珍惜啊！"

"好了，别说了！"江小凤不耐烦地打着哈欠，"你怎么总来管我的事？你还比我小那么几分钟呢，管好你自己就行了！"

"可我的意见是对的呀，你为什么拒不接受？"妹妹固执地问。

"因为我一直就看不起你的眼光，太低俗！"姐姐不耐烦地说。

"那是因为你太虚荣！"江小妹忍不住发火了，"你为什么跟我妈一样，总是那么看重金钱和地位呢？一个人本身的价值，不是比那些更可贵吗？"

"你又这么说，哎呀真烦人！"江小凤也生气了，"我是不喜欢凌翔的性格，他太死板，又没情趣。实话告诉你，即使没有王领先，我也不会接受他。"

"那是你看人有问题啊！"江小妹仍在耐心劝导，"凌翔的性格并非死板，没有情趣，而是他对工作认真负责，对爱情特别专一。这都是一个男人最重要的品质啊！我就很看重这些，凌翔和云飞是我们从小一起长大的，他们都具有这些宝贵的品质……"

"别再说了，我不想听！"江小凤更生气了，又讥讽地说，"小妹，你别以为自己了不起，在爱情上很专一。我告诉你，陆云飞如果没有陆叔的帮助，不过就是一个来历不明的野种，永远不会有大出息！至于凌翔，我跟他的情意早就完结了！"

“姐，你怎么能这么说！这是对云飞的侮辱！”

“好了，我要睡了，不理你了……”江小凤闭上眼睛，假装睡着。

上铺的妹妹却伤心地哭起来，觉得自己跟江小凤的姐妹情也算完结了。

陆云飞听说了此事，很同情江小妹。他已经明白江小妹的心，她在他心中的分量也更加重了。陆云飞过去有些担心，也有些疑惑，弄不清自己的感情所在，只怕自己去爱江小妹会是从小到大的一种习惯。如今在江小凤的反衬下，陆云飞认识到自己真正爱上了江小妹，他正在认真考虑，想要找个时机去向她表白。但苦于工作繁忙，一直抽不开身。江小妹现在担任了市场部副经理，常对外接待采购包的关系户，陆云飞也觉得她更有魅力了！

陈大宝和田萍萍都知道江小妹喜欢陆云飞，他俩冷眼旁观后误以为江小妹受到陆云飞的冷落，便劝她另觅心上人。她拒绝了，在工作上更加发奋努力，在爱情上静待花开。陈大宝一直喜欢田萍萍，但田萍萍嫌他不太成熟。陈大宝丢掉生意，进了飞机厂，当上钣金工，才知道师父田一民正是田萍萍的父亲。田家墙上挂满了奖状，对工作认真负责到极点的田师傅，每年都被评为上海市的劳动模范。陈大宝这才明白，任何看起来微不足道的工作，都有可能做出不平凡的成绩，他当这个工人也更有信心了！田萍萍善弹琵琶，喜欢说唱，一口地道的吴侬软语，她进了评弹剧团，心愿是要把父亲和航空人的故事四处传扬。

虽然这些小伙伴都到了该成家的年纪，但他们的感情却没有归属。甘素芬经常对两个女儿逼婚。大女儿说，王领先还没跟家里沟通好，甘素芬就逼小女儿相亲。江树森也想试试小女儿的心意，便在妻子催促下，介绍了几个手下的技术人员。他们都喜欢江小妹，江小妹却说不拿下发动机的谈判合同不考虑婚事。江树森明白了小女儿的心意，就想帮她了却这桩心事。

一个周末，江树森突然来找陆天放下棋。正值春暖花开的艳阳天，晒台上鲜花绽放，蜂蝶环绕。两人把棋盘摆在花丛中，青翠碧绿的叶片在周身闪着绿光。那一盆小小的苔花迎着阳光盛开，白色的米粒般的花朵喷着芳香。他们享受着暖融融的春光，很是惬意。

两人摆开楚河汉界的阵势，在先走马还是先飞车的决策后，江树森就试探着问他的老伙伴：“云飞今年 28 岁了，还没交女朋友啊？”

“年轻人的事，我不想催他。”陆天放走了一个子，“你家小妹不也同样？”

“是啊，她说要拿下发动机的合同再谈此事，我支持她。”江树森也走了一个子，又沉吟着说，“不过，咱虽可以不过问他们的事，但我们两个老搭档，心里也得有数啊！”

陆天放这才明白老朋友的真正来意：“那你想怎样？”

正好这时，陆云飞给他们端来两杯热气腾腾的茶，笑道：“爸、江叔，请喝茶，这是小妹送给我的清明前茶，是她们团支部前几天组织郊游时买的……”

“团支部组织郊游，是给未婚大龄的姑娘、小伙子介绍对象。”江树森立刻精明地接过话头，看着陆云飞说，“哎，你那天为啥没去？你有没有心仪的对象？”

陆天放也跟着说：“是啊，云飞，你也不小了，到底想娶谁家姑娘？”

陆云飞见他们的话头扯到自己身上，不禁愣怔了一下，眼光无意识落到那盆苔花上，便笑起来。“两位长辈，放心吧，火候到了就揭锅——我会让你们满意的！”

陆天放与江树森对看一眼，都猜到一点，心里很高兴。江树森的目光也落到棋盘上，不禁大叫起来：“哎，老陆，你的马啥时候踩到了我的车？”

“出其不意，攻其不备嘛！”陆天放忍不住纵声大笑。

经过四年的艰苦谈判，发动机供应商 CE 公司终于让步，在合同上签了字，双方都很高兴。CE 公司的一位负责人表示：“我们将确保 ARJ 项目的成功和中国航空工业的持续发展！”

潘重总结这项谈判的经验时，却说：“这不仅是技术合作，而是跨进了商业成功的新模式。以 ARJ 飞机获得成功为前提，中国与世界市场的关系发生了翻天覆地的变化。”

市场部举办了大型的欢庆宴会，先是聚餐后是舞会，还请来许多同事和朋友，陆云飞和凌翔也都到场。江小妹这晚打扮得很漂亮，穿了一件玫瑰灰的纱裙，衬托得她脸颊更加红润，眼睛更加黑亮，浑身都显得喜气洋洋。她走进舞厅时，人们都看着她……

“她裙子的颜色是今年的流行色，叫作玫瑰灰。”女人们窃窃私语。

“看见了吗？她就是咱们厂的厂花，骄傲着呢！”男人们钦慕不已。

陆云飞看着江小妹，眼睛里的笑意也更深更浓了。他穿一件雪白的新衬衣，下身是笔挺的黑色西装裤，手里拿着一束鲜花。要说缺什么？也就是一件燕尾服了！

“哎，怎么样？你准备好了吗？”唯一知道内情的凌翔拍拍他的肩。

“说实话，我有点紧张！”陆云飞一反常态地喃喃着，“万一她不接受怎么办？”

“不可能。你瞧，那么多男生都想邀请小妹跳舞，她却在渴望着你的邀请。”凌翔镇定地给朋友打气，“你快过去吧，跟她一同展翅高飞……”

陆云飞把鲜花交给他保管，然后走向江小妹，虽有点局促不安，但却神采飞扬。江小妹发现了，也顾盼神飞地望着他，似乎当真希望他能给自己惊喜。陆云飞上前对她做了一个很绅士的手势，表示要请她跳舞，这时乐队的曲子正好奏出一支探戈，江小妹犹豫了。

“这是探戈，你行吗？”她怕他当众出丑，那就很难看了。

“试试吧？看你给不给我这个机会？”陆云飞微微笑道。

江小妹读懂了他的眼神，把手伸给他，两人双双下了舞池，那边凌翔已经兴奋地拍起了手，巴望着好戏登场。陆云飞确实早有准备，他原本不会跳舞，但此前就专门请舞蹈老师教会了自己。现在他跟江小妹跳的这一曲探戈惊艳全场：男生的脚步刚健有力，女生的舞姿也很出色，那条纱裙的下摆向四周飘洒着，在绚丽的灯光下犹如一朵鲜花般盛开……

“真没想到，你跳得这么好？”江小妹沉醉地看着心仪的男孩。

“傻丫头，我何时打过无准备之仗？”陆云飞不禁得意扬扬。

江小妹触景生情地看着他：“哦？那你下面还有什么浪漫之举？”

“这个嘛，暂时保密。”陆云飞风趣地笑道，“不过一分钟之后就会揭秘。”

舞曲结束时，他们正好转到凌翔身边。陆云飞顺势接过那束鲜花，在光圈里当众跪下来，大声对江小妹说：“小妹，我爱你！你愿不愿意嫁给我，做我的新娘？”

这大胆的求婚之举让江小妹喜出望外，真是又惊又喜，连忙接过鲜花，忍不住抱怨他：“你这也太快了吧？总该事先告诉我，让我有个思想准备……”

“爱情有时飞行，有时步行。有些人的爱情是奔跑的，就像一支快曲探戈；有些人的爱情是踱步的，就像一支慢四步。”陆云飞笑着说，“我们都是干大飞机的，我们的爱情自然是奔跑，是飞行的！怎么样？你愿意吗？”

“愿意，我当然愿意！”

江小妹脸上的红晕更深了，在爱情的滋润下，空气中弥漫着甜蜜的气息。

陆云飞也高兴地笑了，立刻举起她的手，向众人大声宣布：“大家听着，今晚就是我与江小妹订婚的好日子！请你们来见证我们的爱情！”

这份直率和大胆赢得了同事及朋友们的鼓掌赞成，他们纷纷说："好啊！我们早就等着吃你们的喜糖、喝你们的喜酒了！"

凌翔更是激动地上前祝贺："太好了！云飞，你们俩就是天造地设的一对！"

当时在场的陆天放与江树森也很高兴，两人互望一眼，都会心地笑了。

只有甘素芬听说这事后，死活不愿接受，还跟小女儿争吵了几句。

"我不同意！"她大声嚷嚷着，"陆云飞那小子，凭什么摘走我家的一枝花？"

"这事不需要你同意。"江小妹倔强地说，"反正我们俩是海枯石烂不变心了！"

"别说那些绝对的话。"甘素芬恨恨说，"世界上的事，不可预料的多了去了……"

"可是我们这一对，永远不会变。"江小妹斩钉截铁地说。

甘素芬还想叨叨，一直在旁边听着的江树森，此时就站出来一锤定音："好了！我家小女婿就是陆云飞了，我挺喜欢他！"

江爷爷虽老得几乎走不动了，但耳朵还能听见，也在旁边大声说："好！我也喜欢！"

这父子俩都是一家之主，甘素芬不好再说什么，只能叽叽歪歪地接受。

次日她去甘家村的路上遇到了陆天放，心里还挺别扭。

"好啊，天放，一不小心，你那小子就拐走了我的女儿……"

陆天放明白她的心事，又纵声大笑："这是喜事，我可是望眼欲穿了！"

让他望眼欲穿的还有 ARJ21-700 的装配制造。作为一个复杂的高科技密集的重大工程，飞机装配会遇到很多问题。陆天放和凌丽率一群年轻设计师，这几天都扎在现场，出现问题立刻解决，极大地提升了这支年轻的研发团队的战斗力。动手能力很强的陆云飞在飞机上跑来跑去，十分引人关注，他喜欢说："办法总比困难多。"凌丽欣赏地看着陆云飞，赞叹不已。这个年轻人不但具备解决问题的能力，也获得了工人们广泛的信任与尊重。

但项目进入正式的装配制造时，关于对接方式的选择，设计所与飞机厂意见不一，一向协作很好的老朋友陆天放和江树森，竟为此吵了起来。飞机厂想用间隙对接或原来用过的框间对接方法，设计所却想用无间隙对接或框上对接的方法，双方无法统一。

"不能统一，你们飞机厂就按我们设计所的意见来办。"陆天放坚持说。

“不行！那样难度太大，要求误差不能超过 1~3 毫米。”江树森强烈反对。

“我也坚决反对原始的对接办法。”凌丽说，“我们设计的是一架新型飞机，不能停留在 20 世纪 80 年代研制‘运 10’的水平上。树森，你得改进啊！”

“我的脾气你还不了解？”江树森对她也毫不相让，“我说不行就是不行。”

陆云飞也来做江树森的思想工作。“江叔，你知道设计与制造就是一对矛盾。但按常理来说，我们所是设计方，你们承担装配任务，应该按我们的要求来做。”

“去去去，一边去，现在轮不到你说话。”江树森第一次对准女婿很不客气。

他是飞机厂总装方面的元老级人物，他不接受，旁人便无可奈何……

一天，江小妹推着朱杰来到总装车间，恰好凌丽不在，江树森见到老同学很惊讶。

“郑义良，是你呀！”他扑过去抱住朱杰，又惊讶地看看他，“你怎么坐轮椅了？”

“我瘫痪几十年了！”朱杰平静地说，“但你放心，我过得还不错……”

江树森仔细打量着这个当年睡一间宿舍的室友，只见他虽然瘦骨嶙峋，但脸庞坚毅，两眼有神，没有丝毫颓唐懊丧的样子，突然明白了——年轻时，他俩都曾深爱凌丽，后来虽然是郑义良把凌丽娶到手，但江树森却一直不明白他为何又要跟凌丽离婚？如今看他坐在轮椅上，才找到原因。江树森不禁热泪盈眶，又去拥抱郑义良，他们无须解释说明，一切尽在不言中！

江小妹也惊讶不已，没想到朱杰居然认识父亲，看来两人的交情还不浅。她连忙上前说：“爸，这是我在技校的老师，他叫朱杰。”

这回轮到朱杰惊讶了。“小妹，原来你是老江的女儿？”

“是啊，我送她去技校的。”江树森笑着朝朱杰眨眨眼，“哎，你这家伙，居然连名字都改了！那你为什么又要来上海？还在干这一行？你就不怕遇见她……”

“这些以后再谈吧？现在我们先说装配的事。”朱杰打断了他。

江树森这才恍悟，又对小女儿眨眨眼说：“原来是你搬救兵来了？”

“是啊，你女儿很机灵！”朱杰笑起来，又对他说，“树森，我们当年搞‘运 10’的做法过时了！庞巴迪也采用过这种对接，可他们也失败了。而你要相信我们的工人，手工对接原本就是全世界最棒的！你可别小看云飞这帮年轻人，他们虽然是用数据来计算，但也在技术上垫了底。现在信息发达，他们对全世界的飞机装配都很了解，才会提出这种方法。”

陆云飞和设计师都回设计所去了，因为跟飞机厂谈不拢，走时未免沮丧。江树森看在眼里也很难过，怀疑自己的决定是否正确？此时朱杰奇迹般地出现，在他心里引起极大震撼，那番话也是振聋发聩。江树森深知郑义良的专业水平，他也曾在成都飞机厂当过技术工人，江树森一向信服他，听他这么说就心中有数了，又仔细想了想，便慨然应允。

“好吧，老同学，你都病成这样，还在为此事操心。冲着你，我也得试一试。”

次日凌丽等人又来总装车间，惊喜得知江树森改变了主意。听说是有个坐轮椅的退休工程师说服了他，凌丽心中一动，似有所感。最近她好像有什么心灵感应？居然经常梦到郑义良，也时常在想：这么多年过去，他现在在哪儿？他过得还好吗？他知不知道自己有个儿子？此时也不知为什么，凌丽竟想到了前夫，难道会是他？她内心五味杂陈，欲向江树森打听，又有些害怕，怕听到自己不愿听的消息，只好暂时放下。江树森也想跟凌丽道出实情，但又想，这事应该让朱杰自己去说，才能解扣。陆云飞那帮年轻人都不知道这个渊源，也不好说什么。此时朱杰在家中，对着凌丽的画像微笑不已，心中释然。

江小凤最近有些不甘，妹妹竟比她先订婚，这让她情何以堪？江小凤一直觉得妹妹只会忙工作，没有女人味，不料从小一起长大的陆云飞却对江小妹情有独钟！无论出于嫉妒，还是碍于面子，她都无法接受。江小凤独自跑到酒吧去喝了很多酒，王领先闻讯去找她，把她带到自己的豪宅，弹了一夜吉他抚慰她，手都弹出血了！江小凤很感动，终于把持不住，在他热情似火的激烈追求下，接受了他的钻石戒指，两人也宣布订婚。甘素芬知道后欣喜若狂，江家父子无可奈何，江小妹却很不悦，立刻通知陆云飞和凌翔，说姐姐是拉不回来了！凌翔得知此事很难过，陆云飞理解他内心的痛苦，又拉他去酒吧喝酒解忧愁。

“我这辈子没谈过多少恋爱，但我知道一件事，千万别为了一个不爱自己的女人而烦恼！”陆云飞抚慰好友说，“她不值得，真不值得！”

凌翔心事重重，没了往日的帅气。“我不是为自己难过，是为小凤。我总觉得王领先此人不靠谱，我怕他会欺骗小凤，怕她会吃亏啊！”

“真要那样，我们也没办法，谁让她自己轻贱？”陆云飞毫不客气。

“你就是心肠太硬，缺乏爱心。”凌翔指指他，“小凤跟我们可是情同兄妹啊！”

陆云飞突然理解了好朋友，他看似平静如水，原来在厚厚的冰层下，也埋藏着沸腾滚烫的熔岩。凌翔确实觉得很烦恼，心里也纠结成一团乱麻，理不出个头绪来。

“走，我们去歌厅唱歌，给你疏通一下，让你发泄一番。”陆云飞拉着他就走。

在光怪陆离的灯圈下，陆云飞率先展开歌喉，嗓音嘶哑地唱了一曲《我的娘》：

“……那个人就是娘，那个人就是妈，是她给了我生命，给我一个家……”

“别唱了！”凌翔连忙夺走话筒。他当然清楚陆云飞的身世，也不愿让他伤心难过。

“是啊，你知道我生下来就没了母亲！”陆云飞叹着气，对凌翔说，“你失去了爱人无关紧要，你还有一个很爱你的、世界上最优秀的母亲，比我强多了！”

这时两个母亲恰好出现在门口，正是凌丽和刚回来探亲的夏青。夏青瘦了许多，在五颜六色的灯光辉映下，显得脸色更不好看，她的表情也是变幻莫测……

凌翔似有感应，回头看见了她们，不由得叫道：“妈！夏姨！”

陆云飞看见夏青也挺吃惊。“夏老师，你们怎么来了？”

他连忙走上前，却不知道说什么好，担心夏青听见了自己刚才的话会不高兴。

夏青果然扭头就走，凌丽连忙追上她，安慰地说：“你别往心上去……”

夏青苦笑道：“我是活该！这么多年，我从没好好当过他的母亲。”

陆云飞和凌翔也追来了，凌翔忙说：“妈，云飞是怕我难过，才拉我来唱歌。”

“凌姨，你还不知道吧？江小凤要跟那个富二代结婚了！”陆云飞只好说。

“没关系，让她结去吧！”凌丽对凌翔说，“儿子，你大度一点，到时候去参加她的婚礼，再给她送一份厚厚的礼物，祝她幸福！”

凌翔答应着，陆云飞望了望夏青，却再也找不到话来说，心里忐忑不安。

一直没开口的夏青突然说：“凌丽，明天你陪我去逛商场吧？”

凌丽有点莫名其妙，因为据她所知，夏青从不逛商场。次日进了上海一家繁华的商场，夏青一直在床上用品的卖场转悠，凌丽这才明白，她是在给陆云飞买结婚用品，内心很欣慰。两人提着大包小包的东西回到家，发现陆云飞做了一桌好菜在等着她们。

“爸马上就回来。”他吃惊地说，“哎，你们怎么买了这么多东西？”

“傻孩子，这是你妈给你买的，是她的爱心！”凌丽笑道，“你还说你没妈呢！”

琳琅满目的结婚用品打开来，让陆云飞看了，激动得浑身发颤。几乎是第一次，他真真切切感受到了母爱的温馨、甜蜜与温暖，也实实在在体会到了天伦之乐的含义……

抬起头来，见夏青正深情地望着他，他不由得叫道：“妈，谢谢你……”

多年来陆云飞都只肯叫夏青为夏老师，她此时听了这一声“妈”，也不禁流下泪来。她热切地上前拥抱着养子，温柔地说：“好孩子，妈为你高兴，祝你幸福！”

这拥抱好似一股强大的电流，带着火花在身上涌流，剧烈地震撼着他们，两人都感动地流下了泪水。他们愉快地交谈了很久，等陆天放回来，凌翔也被母亲叫来，一起吃了这顿饭。凌丽又悄悄提醒陆天放说，夏青身体不好，让他注意。陆天放也发现夏青坚持吃饭分食，并自备碗筷，一问才知道，她本就有胃炎，现在又感染了幽门螺杆菌，所以很清瘦。

晚上陆天放和夏青倚床聊天，因为分居两地，又都忙于工作，所以，他们的夫妻关系比较寡淡。但今晚两人却是心潮涌动，一浪高似一浪。陆天放看着消瘦的妻子很担心，只怕她的生命犹如退去的海水，将消逝在不久的将来，而他却无力挽留……

于是他问她：“你能不能提前办退休回上海？让我来照顾你的饮食？”

夏青的内心也深有触动，这些年他俩的爱情火花一直没有燃烧起来，但今晚，一种温柔的感情却征服了她的心，占据了她的情感空间，让她得遂心愿——这就是亲情吧？

于是她欣欣然地微笑道：“这么多年都熬过来了，你们的ARJ21-700就要试飞，我这个民航局适航处的处长怎能退休？我还要给你们把关呢！”

陆天放感动不已，他知道妻子的工作很重要，只好放弃说服她，温柔地抱紧了她。

第二十二章

2007 年 9 月 20 日，ARJ21-700 在飞机厂举行“百日会战”誓师大会。

上海市委书记也来参加，向飞机厂员工表示亲切慰问和崇高敬意，并讲话指示：“新支线飞机项目承载着党和人民的重托，承载着中国民机发展的历史使命……上海要更加注重航空战略产业的发展，并将其摆在更加突出位置，以此来推动上海创新发展，为提高自主创新能力，建设创新型国家做出新的贡献。”

这番话极大地鼓舞了航空人的志气，他们更加信心满怀，努力奋战。为了准备新飞机的下线仪式，江树森和李金山等人不眠不休，日夜苦干，要按期完成 ARJ21-700 一号样机的组装。陆天放率领设计师来助阵，两人都感到，这真是人生最美妙的时刻……

江树森高兴地说：“哇！我们好像又回到‘运 10’首飞的日子啦！”

陆天放也笑道：“是啊，我也有那种感觉，不过这可是另一款新飞机要出世了！”

2007 年 12 月 21 日，ARJ21-700 下线仪式在飞机厂总装车间举行。

在音乐、歌舞和干冰制造的漫天云朵中，一位国家领导人和上海市委领导共同启动了下线按键。随着地球背板的开启，一架崭新的喷着黄漆的大飞机出现在观众面前。人们一阵惊呼，接着掌声雷动，所有在场的人都情不自禁地流下泪来，前来庆贺的外国嘉宾也都竖起了大拇指。这架飞机就如同一个新生儿一样，似乎每走一步都很艰难，但它总算由图纸变为了实物，相信它很快就会飞起来了！

陆天放和江树森不约而同拥抱在一起，陆云飞和江小妹也是手拉着手，热泪盈眶。他们周围站满了设计师、技术员和工人，都是为这架飞机而努力工作过的人们。很多人都觉得这一幕似曾相识——那就是“运 10”下线的时刻。但历史无法重复，人们也无法预料错失的那几步会带来什么样的后果。但历史又惊人的相似，似乎有着宿命的意味。三十年岁月沧桑，从一飞冲天的雄心壮志到脚踏实地的稳步前行，中国航空人披荆斩棘地走来了。所有在场的人都有理由发出这样的欢呼：中国大飞机，我们等你很久了！

国家领导人发言说："我们今天是来参加一项盛大的庆典，而这架飞机就是我们应该捧在手上的明珠！为了这一天，中国航空业等待了四十年！"

然后是这一盛典的主持人，在五光十色的电脑图像面前介绍说："约有1.3万人参与了这个项目，它是今年全球唯一启动的新飞机，已经引起世界注目。中国未来1000架支线客机的市场需求，说明我们被全世界的供应商所认可啦！"

江小妹本想推着朱杰去现场，他说身上不舒服，在家看直播就行。江小妹已经听父亲说了他跟凌丽的事，也非常理解他的心情，只能遂了他心愿。朱杰在电视上搜寻着凌丽的身影，看到她后深感欣慰，不禁潸然泪下。他眼光长久地停留在新款飞机上，那热烈动人的场面好比一幅绚丽的画卷，令他浮想联翩，激动万分，觉得圆了自己的爱情梦。

然而下线仪式举行后，首飞时间却被无限期推迟。原因出自供应商霍尼韦尔开发的飞控软件系统。他们希望用"直接模式"软件进行首飞，凌丽、陆天放和江树森都不认可，认为不能满足安全首飞要求。

江小妹说："这是全球采购危机，这些风险伙伴并不值得信赖。我们必须据理力争！"

她与霍尼韦尔进行了艰难的交涉，关键时刻，潘重宣布："哪怕首飞推迟，也不能让我们的飞机带着故障起飞。"

为此首飞时间推迟了一年之久。陆云飞和江小妹原本已在谈婚论嫁，也因此事的不确定而被耽搁下来，他们说，没有心情结婚。

江小凤的婚事也不顺。原来王领先的父母早有打算，想让儿子娶一个生意伙伴的女儿为妻。王领先不答应，跟父母争执，一气之下去了撒哈拉沙漠，说要画那里最圆的月亮。甘素芬不了解内情，还让大女儿催他快回来完婚。王领先长时间没消息，回来时又黑又瘦，但精神振奋，这才道出实情，说父母终于答应了这门婚事。

江小凤很高兴，甘素芬却有些不安，又对丈夫说："这事好像不太靠谱呢？王家坚决反对怎么办？"

江树森说："你这次倒变聪明了！"

凌丽和陆天放都劝江树森去跟对方见个面，商量一下儿女婚事，但他忙于工作，无暇顾及。甘素芬也想去王家拜访，可王领先没有答应，他带着许多礼品来见准岳母，让甘素芬很高兴。王领先又说，他父母正在筹办这个豪华婚礼，甘素芬这才放心了。王领先又带着江小凤去买豪华婚纱，浪漫而温馨的场面让江小凤充满了自豪和幸福感。但江小妹冷眼旁观，并不看好此事，对王领先也挺冷淡。江小凤让妹妹当伴娘，她只好勉强同意。

2008 年，中国商用飞机有限责任公司在上海挂牌成立，上海飞机厂改为上海飞机制造公司，与上海飞机设计所一并归在商飞公司旗下。潘重很重视此事，把注册时间定在 5 月 11 日。第一笔资金 60 亿划到公司账户时，工作人员热泪盈眶——中国航空业资金困难的时期终于过去了！现在新飞机研制成功，投多少钱都不怕了！

潘重担任了商飞公司副总经理，陆天放任副总工程师，凌丽被提拔为设计所副总设计师。陆云飞和江小妹都参加了筹备组，热情洋溢地投入筹备工作，也有更多的接触机会，经常凑在一起吃盒饭。甘素芬又来催促小女儿，说小凤快要结婚了，咱家最好双喜临门。江小妹和陆云飞便商量决定，等各自手上的工作告一段落也结婚。双方长辈知道后都挺欣慰。

2008 年 11 月 28 日，我国自行研制生产的首架喷气式支线客机 ARJ21-700 飞机在上海飞机厂机场首飞成功，令全世界瞩目和震惊，媒体竞相报道。首飞驾驶员仍是乔兴剑，他坐在驾驶舱里，尽力平息激动的心情，让发动机缓缓启动，巨大的轰鸣声威震四方。飞机行驶的速度越来越快，终于昂起机头腾飞，直冲云霄！这一天正巧寒潮袭来，北风呼啸，天空中布满了灰色的厚云。但乔兴剑却身手敏捷，驾驶着这架新款飞机撕开云层，展翅翱翔。这时他心里更有底了，飞机的表现已经达到预想的满意程度……

在地面上，人们看见自己亲手参与研制的飞机，如同一道闪电划过长空，早已欢呼雀跃，热泪盈眶。这是他们好几年的心血结晶啊！

大家都激动地叫喊起来："成功了！成功了！"

"真棒啊！"

飞机的轰鸣声，人们的欢笑声，组成了一曲气势磅礴、地动山摇的凯歌，压过了扑面而来的寒冷空气。当乔兴剑圆满完成首飞任务，让飞机稳稳落地后，他神采奕奕地率领试飞团队走下飞机，人们捧着鲜花涌向他们……

乔兴剑向全体在场人员报告说："飞机状态正常，试飞员操控感觉良好！"

站在最前面的凌丽看着昔日的恋人，不禁热泪盈眶。这几年她跟乔兴剑很少联系，直到他们下厂来做试飞的预准备，两人才又在一起工作。这么多年来，她经常觉得自己的心态就像电影《生死时速》里演的一般——乔兴剑已经不年轻了！她若不能尽快让 ARJ 飞机飞起来，心上人到了年龄就该退休，没资格来参与新飞机的试飞，这么多年的坚守不就付之东流。于是他们就像两列并行的火车，以疾驰的速度在向前飞奔着：设计、研制、生产、装配、下线、首飞……她也很清楚，自己并不是为了这份两个人的心愿，而是希望中国航空业能赶上波音与空客的速度，让这个飞机产业能在自己手中大力发展。今天，他们终于做到了！

乔叔的风采也吸引了凌翔，他附在母亲耳边小声说："乔叔真帅！"

凌丽瞪了儿子一眼，却在欢呼的人群散开后，慢慢走向乔兴剑。乔兴剑看见她，就拿着头盔走向她，给她行了一个标准的军礼："凌总，今天的首飞，你还满意吗？"

凌丽拉下他的手，眼泪又流出来。"满意！我很满意……"

若不是在人群众多的场合，她只想拥抱他，或者倒在他宽厚的胸前任泪水痛快长流……不，她还想吻他、亲他，生生死死永远跟他在一起！她觉得飞机设计师和试飞员，才真是天造地设绝佳的一对！可他们为什么没有走到一起？如今她规划蓝图，他穿云破雾，终于开辟了一个新天地，他们俩正该团聚，为什么还不在一起？

她热泪盈眶地看着乔兴剑说："我们终于等到这一天，让我亲眼看见你驾驶着我们设计的大飞机飞上了蓝天，你可以退休了，我们也该在一起了！"

乔兴剑的内心也热烈燃烧起来，却摇头说："是的，你们设计师很棒，没让我白等。但现在还不行，丽丽，你明白吗？我们的关系还不能公开，还要暂时保密。"

"为什么？"凌丽不悦地问，"你也该退休了，难道你们试飞院，还不批准我俩结婚？这么多年来，因为你的试飞事业，我们做出了奉献，牺牲了感情，浪费了青春，那都是千金难买的好光阴！还有最美好的生活，我们都没享受到……现在，还要让我们等什么？"

"等你们的飞机正式拿到适航证。"乔兴剑郑重地说，"我可能等不到那天就退休了，但我可以去当顾问，让我帮你们带着试飞团队，去做一些更为艰苦的工作吧？至于我们俩，以后的日子还长着呢！你明白我的心意吗？你一定会赞同的！"

凌丽还能说什么呢？她的恋人胸怀比蓝天还宽，比大海还深，竟是所有人不可比拟的！虽然她心里那朵渴望幸福生活的花，已经被今天的成功所催发，但她仍然为恋人的向往和追求而惊叹、折服。她只有再次控制感情，直到它能够昂首怒放的那一天……

此时在朱杰家中，却是另一番光景。虽然陆云飞和江小妹事先做了很多工作，但朱杰仍不肯露面参加首飞。陆云飞隐约听说了朱老师去总装车间的事，但江家父女都对此保密，他也猜测不定，只能追根究底地问朱杰，为什么一定要躲着众人？

朱杰始终微笑不语，最后只说了一句话："如果能为心爱的人做出一点牺牲，就是你这辈子最大的幸福和荣耀，九死不悔！"

陆云飞似乎明白了，也联想到凌丽。但他并不知道乔兴剑的事，只好不再过问。

这一天，江家父女一直都在现场忙碌，江胜田也固执地要出门，去听他所钟爱的飞机的声音。甘素芬只好陪他拄着拐杖，在厂房外的田野上倾听着……

终于，一架飞机飞过了他们的头顶，巨大的轰鸣声响彻原野。这对江胜田来说，是他最熟悉的声音，也是世界上最动人的音乐，令他九曲回肠，百听不厌。

甘素芬半开玩笑地说："爸，快听，你念念不忘的飞机来看你了！"

江胜田喃喃地点头说："是啊，我终于熬到这一天，又听到了飞机的声音……"

他大笑起来，笑了数声，突然间笑声终止，江胜田倒在地上，大笑而亡！

甘素芬惊呆了，扑在公公身上痛哭。她不能理解，世界上还有如此热爱飞机的人。

江胜田去世，江家要办丧事，两姐妹的婚事只好暂时搁下。

甘素芬唏嘘不已，无可奈何。她本已按照上海人的习俗，给两个女儿准备好嫁妆，还担心小女儿的婚礼不如王家气派。江树森却不同意妻子铺张浪费，还嘲笑妻子说，她当年抢购的那些床上用品都派上了用场，甘素芬也戏称自己有先见之明。江树森又说，现在是婚事新办，即使不讲究这一套，至少也得等半年。甘素芬却怕夜长梦多，跟丈夫讨价还价，说好再等三个月。江小凤也挺沮丧，江小妹跟爷爷感情深厚，觉得理该如此。

一位国家领导人来参观新公司，他充满深情地说："让中国大飞机飞上蓝天，这是国家意志。这个国家意志的分量，我不知道你们想过没有，有多重？国家已经对外宣布了，就是说我们必须要做，而且一定要做成功。13 亿的中国人，有 5000 年历史的中国，说话一定要算数……你们年轻人更要勇敢奋进，中国大飞机的研制重任就在你们肩上。这肯定是有难度的，但我衷心希望你们能以百折不挠的精神和钢铁般的意志，勇敢地挑起这份重担，坚决完成大飞机研制的重任。我也相信你们一定可以实现这个愿望！"

陆云飞和一群年轻的飞机设计师早有准备，趁机提出要设计干线大飞机的想法，潘重和陆天放都很支持。190座的C919大飞机方案便被提出，令整个设计所都感到热血沸腾！

这个设计方案早就在酝酿之中。一开始的蓝图跟ARJ的出世相同，源于陆云飞等年轻设计师对航空事业的热爱——那种超乎寻常的热情使他们总想着，要让自己设计的飞机飞得更快、更高！其次也来源于对国家战略的坚定信心：自从1999年我国驻南联盟大使馆被炸之后，搞歼击机的同行都憋着一股劲，终于使“歼10”飞上蓝天。军机成功地走在了前面，民机也不能松劲。这本来是飞机制造业的一个大短板，而年轻人蓬勃向上的勇气，却使他们靠着这样一股劲头，靠着信心和热爱，在很短时间内就拿出了干线客机的初步设计方案。其实ARJ还不算是真正意义上的大飞机，这么称呼它只源于人们对国产民机的向往。而研制这架190座的大飞机，才意味着中国的大飞机梦又跨进了一大步！他们更是相信，随着国家的综合实力快速增强，新技术和新工艺的不断突破，这站在新的历史起点上的又一个高瞻远瞩、审时度势的大飞机项目，定会获得国家支持。

但此时提出这个新项目，条件似乎又不太成熟，会使刚成立的商飞公司面临更大的风险和危机。因为公司虽然组建了，但相关体系尚未建立起来。何况ARJ的项目还没完成，这两股同方向奔跑的火车，会不会因为铁轨没铺好、车站没建立而掉链子？

恰在此时，国际市场上又风云陡起——美国波音公司刚好推出了最新研制的波音787“梦想飞机”。该公司认为，21世纪的航空市场主要追求快速、便捷的大型飞机，而非超大运力，因为“点对点”的城市之间的空运模式，才符合未来人们对航空旅行的需求。由于中国目前是波音的最大买家，该公司特意在上海举办了波音787的“路演活动”，就是一场模型展示和宣讲会，负责该项目的波音高层悉数到场，显示了他们千方百计也要保住中国市场的强烈愿望。此外，中国航空制造业还有许多厂家参与了波音飞机的生产，可想而知，倘若中国大飞机C919项目上马，面对的将是何等残酷而激烈的国内外市场竞争！

所以这个项目在提出之际，就不被一些人看好，持有疑问的人很多。

张鸿奎知道后便激烈反对，在第一次方案讨论会上，他就站起来大放厥词：“你们这些年轻人真是蛮干！这是不可以的，ARJ还没研制完成，怎么可能再搞一个？”

“我们可以边研制、边设计，两头都不误啊！”陆云飞也站出来反驳他，而且嘲笑地说，“张主任，你每次都唱反调，但每次都是你输了！难道你还不信任我们年轻人？”

张鸿奎气愤地指责他说：“你们的方案肯定很幼稚，经不起论证！”

出乎他预料，年轻设计师们竟然拿出了一个比较成熟的方案：标准设计航程为4000公里，增大航程设计为5500公里；标准商载为15000千克，最大商载为18900千克；巡航速度为0.78马赫，最大使用速度为0.82马赫；巡航高度10660米，最大飞行高度为12100米。设计经济寿命为80000飞行小时，48000起落架次，25个日历年……

张鸿奎大惊失色，继而气急败坏地指着他们说：“好啊，原来你们早就在搞这个？你们、你们不务正业，还没学会走路，就想跑起来了……”

“哈哈……”年轻人都笑起来，似乎他的话不堪一击，这让张鸿奎显得更加狼狈。

但谁都没想到，凌丽竟然也站出来支持张鸿奎，说：“我不同意你们的方案！”

“凌姨，你怎么会这样？”陆云飞不解地问，“你不是一向都支持我们的吗？”

“你想不通吗？那就再好好想想吧！”凌丽冷冷地说完，就拂袖而去。

这真是意想不到的挫折！会后陆云飞立刻去找凌丽谈话，他气呼呼地说：“凌姨，你也知道张鸿奎保守固执，还干过许多出格的事，这次你怎么会跟他站在一边？”

凌丽更生气，狠狠地批了陆云飞一通。她说：“我看呀，是你对老一辈设计师太不尊敬！他说得对，你翅膀还没长硬，就想飞上九霄云了？设计干线大飞机是我们这一代的梦想，你轻易就想搞出一个方案来，谁能相信你？我就第一个不相信你！”

陆云飞也火了，他委屈万分，痛苦不已地问：“凌姨，你为什么不信任我？我也是北航的高才生，在ARJ的项目上，我有突出贡献，这些都是有目共睹的！”

凌丽气恼地说：“冲你说出这番话，你就不像是陆总的儿子！他和江树森的贡献不比你大？他们什么时候这么骄傲过？你越是高调，我就越不敢信任你，怕你会翻船……”

陆云飞很震惊，没想到一向跟他关系亲密，也算看着他长大的凌姨竟会说出这种话来！他一气之下，也冲口而出地说：“难道你也跟张鸿奎一样，怕我们年轻人成功了，就显出你们这一代的无能？凌姨，时代不同了，一代人有一代人的使命，你不该阻拦我们！”

凌丽很反感他这个说法，但她确实心情复杂地想过，自己那一代是多么生不逢时！否则她跟心爱的人又怎会在最美的年华里错过？她也觉得自己简直发疯了，竟然会拿陆云飞的身世来说事！她明知这孩子刻苦努力，有一部分原因就是为了证明他自己！他也确实做到了……而她现在却无法放下身段，去收回刚才所说的话，于是两人就僵住了。

张鸿奎平时跟他们俩常有矛盾冲突，竟然跟过来旁听，此时不免幸灾乐祸，又来用话挑拨："凌总，你看，这些孩子是多么自命不凡！可能就因为他爸是陆总，他也仗着他爸的势，才不把我们这一代放在眼里！其实当年若没有陆总收养他，他算个屁呀？恐怕只能在街边捡破烂，当个流浪儿吧？现在倒好，还教训起我们来了！"

陆云飞的性格中本就有冲动的一面，现在听他们都拿自己的身世来开涮，既痛心又烦恼，怒火冲天地说："看来我根本不该出生！更不该来这个设计所，不该在你们手下工作！因为你们永远都不会承认我！我所做的一切能瞬间归零……"

凌丽愣住了，她确实没想过这问题，难道陆云飞过去所做的一切，都将因为他的身世而被抹杀？就因为他是陆天放收养的儿子？陆云飞见凌丽发愣，更认为自己猜想正确，他一时激动，为了反抗自己的命运，竟撕碎了手里的一份方案书，然后赌气跑出去……

凌丽也惊呆了，不知怎么办才好。随即才迁怒于张鸿奎，喊道："你给我出去！"

张鸿奎讪讪地走了，却暗暗窃喜，心想这个小卒子再也翻不起大浪了！

陆天放听说此事，就去找凌丽，她正在苦恼，后悔不迭，见到陆天放就笑了。

"我知道你会来找我，陆云飞肯定要去搬你这个救兵……"

"你错了！"陆天放认真地说，"我今天去商飞公司开会，没想到你们闹了这一出！我还不知道云飞在哪儿？只想先来问问你，为什么反对他的方案，却站在张鸿奎那边？"

"你还不明白？我是在保护你的儿子呀！"凌丽感叹地说，"一个年轻设计师，在 ARJ21-700 的项目上出尽了风头，只怕他会在这一次摔跟斗。他才搞了几年飞机设计？他哪知道这一行的艰辛？中国的大飞机之路一波三折，我们有那么多刻骨铭心的教训，有那么多扼腕叹息的辛酸和眼泪，为什么到了他这里就该平平顺顺？"

"因为时代不同了，他比我们幸运。"陆天放也感慨地说，"凌丽，你应该相信年轻人，他们这一代跟我们不一样了，会有更多的现代科技来做支撑。他们会成功的！”

“可是我们设计出来的190座大飞机，民航会要吗？”凌丽仍是忧心忡忡。“波音对大飞机市场有着绝对垄断权，在中国市场占了51%的份额，他们会甘心吗？还有空客也是后来居上，占领了很多客机市场。现在干线大飞机就是他们两家的天下，我们能行吗？”

陆天放大笑起来说：“没想到一往无前的凌设计师，也有这么多顾虑啊！”

凌丽有些不好意思地说：“可能是因为我老了吧，没有过去的热情了。打败波音、占领民机市场……这些话听起来让人热血满腔，但要想干起来，就太不容易了！”

“所以这些满腔热血的年轻人，更需要我们的引导指点、我们的经验教训。”陆天放热切而诚恳地说，“波音与空客不可能成为永远的霸主，正如20世纪的大型船舶制造是英国人的天下，现在的飞机制造却是美国人的天下，而法国又在以自己的方式向波音挑战。他们都把制造业看作强国富民的根本，看作最为强劲的具有工业冲击力的国家战略。我们中国人也要有这样的民族主义精神啊！对年轻人的热情和积极性，可不能打击……”

“好了，别再说了。”凌丽也笑起来，“就算这次是我错了，我当了落后分子！我现在就去找你儿子，向他道歉。我更不该拿他的身世来说事……”

“这无关紧要，还是以大飞机为重！”陆天放大度地说，“我们一起去找他。”

六月的夜晚是一座城市最热闹的时分：大街小巷车水马龙，闪着车灯的车辆来回飞驰，明亮的路灯好似天上闪耀的群星。江上航行的轮渡也如流星般闪过，水面被映照出五颜六色的波纹，亮晶晶地衬托着不夜城的辉煌……然而十里长街的灯海中却没有陆云飞的影子，陆天放和凌丽四处找不见他，最后才发现他和凌翔、江小妹一起在甘家村里。

江小妹见陆云飞不开心，就把母亲支开，给他做了一桌好吃的菜，他却一口吃不进，仍在生闷气。凌翔劝了他很久，甚至替母亲给陆云飞赔不是，他才叹息着大发牢骚：“翔子啊，这次我可真没想到，你妈居然跟张鸿奎站在一边，不肯支持我们！那张主任就是个思想僵化的落后分子，可你妈不一样啊！”

陆天放和凌丽正好进门，他听了这番话，就走去拍拍儿子的肩：“是啊，你知道 ARJ21-700 的第一张蓝图就是由凌姨绘出，她知道设计飞机的艰辛，才告诫你没那么容易。”

“爸！”陆云飞站起来，还想跟父亲执着地争论，却见凌丽站在一边，又泄气了。

“妈！”凌翔也站起来，给母亲使了一个眼色，“你应该跟云飞好好沟通……”

“我是应该向他道歉。”凌丽走上前，却用质问的口气面对陆云飞，“云飞，我赞赏你的想象力，一名飞机设计师的想象力，甚至比他的技术能力更重要。但你也该知道，在具体设计一架大型客机的时候，一个设计师首先要考虑什么吧？”

陆云飞张口结舌了一下，才不确定地回答：“是不是初步方案的设计？”

“是啊，最关键的就是要确定方向。”陆天放明白了凌丽的用意，也耐心地劝导儿子，“比如，飞机布局是什么样的？所谓布局就是机翼、机身、尾翼、发动机、起落架这几大部件的相互关系。再一个是航程、座级的基本参数，还要确定飞机的尺寸、坐多少人，以及飞多远，再确定发动机的功率，用多少电……”

“爸，这些设计参数，我们都已经有了！”陆云飞自信满满。

“但这些参数很重要，还要反复推敲、运算和构思。总设计或者总体设计就是这样，要经过长时间的对比和思索，才能准确描述出一架飞机的重大构思与设计内容。”凌丽热切地看着他，“现在，云飞，你愿意带领一个团队，带领你们这帮年轻设计师再拿出一个更详细的设计方案，我们再召开一个论证会，请全体设计师来一起做决定，好吗？”

陆云飞愣怔半天，似乎转不过弯来，就扭头看着父亲说：“爸，这是真的？”

“是真的。”陆天放微笑着看了看凌丽，“我们俩刚才都商量好了……”

陆云飞这才转怒为喜，忍不住对凌翔猛击一拳。“翔子，你妈太棒了！”

凌翔“哎呀”一声叫起来，其他人也都笑开颜，这才在桌边坐下来，享用江小妹的美食。

陆云飞次日就去跟他的年轻伙伴商量，众人都知道事关重大，打算全力以赴。于是从这天开始，陆云飞就为准备 C919 的总体设计而呕心沥血。虽然这只是初始方案，但他觉得此事与自己息息相关，不断催促团队拿出最佳意见。到了夜里，他又不顾炎热，把自己关在晒台上的小房间里奋笔疾书，还要绘制一些草图。

江小妹每天下班后，就关心地来看他，给他送吃食，见他如此发奋图强，一心工作，又不无忧虑地说：“只怕这个干线飞机上马，我们的婚事还要往后推呢！”

陆云飞热情地握着她的手说："这有什么关系？我们还年轻嘛！"

江小妹也欣慰地说："其实结不结婚、什么时候结婚都不重要，我要的就是你这份情意。"他们俩心意相通，都觉得能为祖国的大飞机事业贡献出青春，自己的人生也变得很有价值。

凌丽也常来指导陆云飞的团队，又派出所里的一些经验丰富的老设计师，也参与了这项设计工作。设计师们都铆足了劲，想上这个新项目，说辛苦一点也值得！最后方案论证会开得很成功，陆云飞和其他几个研发团队都拿出了最佳设计方案，还绘制出一部分草图。张鸿奎等保守派都没想到，最后拿出来的方案如此成熟，竟然挑不出毛病。

潘重和陆天放也参加了方案论证会。陆天放语重心长地说："我们航空人每一次都想大展拳脚，每一次机遇都赶上了，但是前面几次都没能坚持下来。航空制造业之外的人，很难体会到我们的痛苦和忍耐。尽管如此，我们的信念一直都在。而这次，年轻人提出了更高的愿望和梦想，我们这一代人也终于迎来了一个充满希望的时代。"

潘重也意味深长地说："大飞机是国人百年的梦想，但在国际市场竞相发展的大半个世纪里，我们错过了很多机会。中国民机产业一度危机重重止步不前，大飞机成了可望而不可即的一个梦，许多航空人在守望中蹉跎了岁月，花白了头发。而我们现在有强大的经济实力和较强的科学技术能力，我们正在由制造业大国上升为制造业强国，这些都是支撑大飞机项目的基础，对于C919，我们都应该有信心啊！"

于是商飞公司上报了这个方案，国家召集有关专家多方论证，最终同意批准。有专家说：在飞机发展进入第二个百年之际，可以预见未来的大型民用客机将发生显著变化，面对不断增大的客货流量，哪怕是支线的民用飞机，也将朝着更大、更快、更远、更经济、更环保等方向发展，因此中国研制190座的干线大飞机确实很有必要。

上面不但批准了C919的项目，还拨来巨款，要求这款大飞机的设计工作与ARJ的试飞工作同时进行。陆云飞和江小妹都在其中承担了一些任务，他们的婚事再次搁浅。长辈们虽然都有些遗憾，但他们也知道年轻人应该以事业为重，所以都没说什么，只让他们注意身体。甘素芬还破天荒地给陆云飞煲汤。

江小妹悄悄对他说："这说明我妈承认了你。"

此时ARJ的01号样机已顺利抵达西安阎良试飞站，后面陆续还有三架样机也将参与试飞。阎良试飞站已改为试飞院，在这里试飞的多数都是军机，现在民机也开始了云海之巅的征战，急需试飞员。这个项目的试飞任务共有300多个，历时五年以上。粗略地计算，试飞期间每耽搁一天，直接经济损失就是几十万元！而试飞现场的管理存在很多难度，ARJ又是我国第一架真正意义的按照适航要求来试飞的商用飞机，由于设计经验不足，知识不完整而引起的故障不可避免，只有通过试飞来暴露问题，否则后果不堪设想。毫无疑问，民机试飞与军机试飞又不尽相同——军机在装备部队后还可能发现问题，再来改进设计；而民机倘若发生一场重大事故，这款飞机就可能永远退出市场！

商飞公司在走完民机研制与装备的全过程后，又面临一个更加操心和焦虑的问题——他们无时无刻不在担心会失去ARJ这款新飞机。在最近的一个高层会议上，请来的外籍专家仅仅两个小时就对新飞机提出了180个问题，使他们的心都悬到了嗓子眼！为了不让极端的事情发生，哪怕异常艰难，他们也要用严格的适航要求来验证自己设计的飞机，试飞工作便被提到一个新高度，以至于商飞公司决定，自己成立试飞大队。

商飞公司要招聘试飞员，凌翔得知后就与成都航空公司商量，想去应聘。成都航空公司是ARJ飞机的全球首家客户，与商飞公司休戚相关，便大度地同意了。

商飞公司请来的主考官正是乔兴剑，他见到凌翔，欣慰而惊讶，立刻把他拉到一边，急切地问道："你妈同意你来考试飞员？这项工作有生命危险，你可别瞒着她。"

"她还不知道。"凌翔笑道，"但我想，她会同意……"

乔兴剑仔细打量凌翔，见他神态镇定，气度安详，眼里闪射着无所畏惧的光芒，是个英姿勃勃的小伙子！乔兴剑心想这孩子太符合试飞员的条件了，今后肯定是个优秀的试飞员。

凌翔顺利通过试飞员考试并被录取，通过一段时间的培训，就参与到ARJ的试飞中。乔兴剑觉得此事不该瞒着凌丽，便亲自给她打电话，告诉了她这件事。凌丽放下电话，心头一阵乱跳，泪珠也在眼眶里闪烁。她完全能理解并想象得到儿子为什么要这样做，但又非常反对儿子的决定，不管怎么说，她都不会赞成！凌丽匆匆赶回家，一路仍是心跳不止，她想起儿子考上航空学院那次的事，知道自己要说服儿子有多么困难……

屋里的灯光亮闪闪，凌丽打开房门，只见一个英姿焕发的年轻人在客厅站定，举手给她敬了一个军礼，然后朗声说：“报告妈妈，试飞员凌翔向你报到！”

凌丽走过去，拉下儿子的手，没好气地说：“你要当试飞员，妈不同意啊！”

“为什么？”凌翔调皮地问，“你不愿让我通过试飞，来找出你们新飞机的不足？”

“这是必须的，但妈不希望我儿子来干这个！”凌丽说到这里有点底气不足，“试飞员是以命相搏的危险工作，民机试飞比军机试飞要求还高，将无数次闯入世界航空领域的禁区，后果难以预料！你父亲不在，我只有你一个亲人，出了事我承受不起！”

“请妈妈放心！”凌翔今晚决心将顽皮进行到底，“为了你们设计的新飞机，我会不怕牺牲，不惧艰险，去好好试飞。乔叔是我们的教练，我也会好好向他学习，成功的经验我会汲取，失败的教训我会避免。你们设计的飞机也挺成熟，为了更好地驾驶它，我还要学很多新东西。妈，我现在的心很热，浑身的力量都在准备中，你就让我去吧！”

凌丽在灯光下看着儿子坚定的面庞，感觉到一股青春的热力和生命的锐气扑面而来。看来他确实在乔兴剑的帮助下成熟了许多。青出于蓝而胜于蓝，她本该欣喜，但眼睛却潮湿了。

“你让妈说什么好呢？试飞工作那么重要，直接决定了这款新飞机的命运。ARJ 是妈最先设计的，它也是妈的儿子，妈也不忍心放弃啊！”

“所以妈，你把它交到儿子手里，我肯定能让你满意！”凌翔向往又坚定地说，“妈应该知道，能为祖国的新飞机飞上蓝天而尽一份力，是我的光荣！”

凌丽的眼泪终于忍不住掉下来。她转向窗口，不再面对儿子，以免让他看见自己的泪水。窗外的灯海连绵不断，还有一串串闪着光的车流在向前驰骋，好似有万马奔腾，看了激动人心。凌丽的心也活泛起来，浑身热血沸腾。她知道儿子最近因为失恋，内心很痛苦，不能再让他失去心爱的事业，何况试飞这么重要的工作，总该有人去做啊！

“好吧，妈答应你。”她转身平静地说，“把新飞机交给你，妈也放心……”

“好妈妈！”凌翔上前拥抱母亲，热泪盈眶，“你就把这副重担交给我吧！”

第二十三章

凌翔正欲离开上海去参加试飞员培训，就听说江小凤和王领先定下日子要结婚了！他心底坦荡，大度听从母亲教诲，要去参加婚礼，还给江小凤准备了结婚礼物。

陆云飞却很不高兴。婚礼前一晚，他让江小妹找来江小凤，又把凌翔也叫来，都在甘家村集合，再加上陈大宝和田萍萍，说是几个小伙伴要聚一聚。

那晚店里没别人，厨师知道年轻人有事，准备了一桌酒菜就悄然避开。陆云飞在灯下打量江小凤，见她面颊发红，两眼晶亮，神采飞扬，俨然一个幸福的准新娘……

“我说小凤，我们今天是想来祝贺你，但你也别高兴得太早了！”陆云飞端起一杯酒，毫不客气地说，“我说这些，是不愿看着从小一起长大的小伙伴，去跳火坑啊！”

“云飞，别这么说，明天可是小凤的好日子！”凌翔不明就里，连忙劝道。

“云飞，有话好好说。”江小妹虽然明白他的用意，但也不禁劝道。

江小凤已勃然大怒，站起来就往外走，田萍萍把她给拦住，又跟陈大宝好说歹说，把她拉回桌边，她恼怒地瞪着陆云飞：“你别想来劝我，我明天嫁定了！”

陆云飞放缓语调，笑着说：“我知道你此心已定，但我还是要苦口婆心地告诫你，嫁入豪门未必是好事，王领先是个有钱的花花公子，纨绔子弟富二代，他只爱慕你的美貌，未必有真情，这爱来得快也去得快！你旁边的翔子，才是能跟你白头到老的……”

江小凤生气地打断他：“好了，我不要听！你有什么权力干涉我的婚事？”

“就凭我们一起长大的情分！”陆云飞一拍桌子，“否则我才不要管你！”

“别说了，云飞。”凌翔也打断他，“你不觉得自己太过分吗？小凤有选择的权利，无论她嫁给谁，我们这些一起长大的小伙伴，都只能祝福她。”

“我可没有你那么大度！”陆云飞气呼呼地喝起酒来。

江小妹夺下他的酒杯，说：“好了，让我说几句。明天姐姐出嫁，我作为她的伴娘，希望我的男朋友也参加这个婚礼，云飞，你能答应吗？”

“我不答应！”陆云飞气恼地指着众人，“你们也都不许去啊！”

大家都知道他很有个性，嫉恶如仇，但看见江小凤那期望的眼神，便一起来说服陆云飞。他觉得屋里太闷气，就走过去推开窗户，迎着清新的冷风又想了想，才勉强答应。

王领先把结婚地点定在市区一家昂贵的豪华酒店，门口搭了一个半圆形彩门，上面的花朵都是白色、粉色和红色的玫瑰，十分娇艳，独特又新颖。旁边是一幅他跟江小妹的婚纱照，男的帅气，女的美貌，路过的行人都要停下来瞧一瞧。两个连接的大包间里摆了十张餐桌，桌上也摆着玫瑰花，里外呼应，更显得气派。正值金秋十月，朗朗晴天，几辆披红扎彩的高级婚车犹如明珠般相串驶来，道路两旁枫叶红、菊花开，车厢里欢歌如流水般流淌着，江小凤的心也直上九霄云，此时她只有一个念头，要永远跟王领先在一起……

江树森、甘素芬和江小妹，还有陆云飞、凌翔等小伙伴都来参加婚礼，亲朋好友也来了不少。甘素芬后悔不该听丈夫的话，只安排了十桌，不够显摆。但她没什么亲戚，都是丈夫和女儿的朋友。客人纷纷恭喜他们找了个富家公子做女婿，甘素芬又暗暗得意。新郎新娘到了，王领先穿一身黑色高级西服，白衬衫配红领带。江小凤则是一身雪白的拖地纱裙，胸前有同色绣花装饰，面巾是白色蕾丝，手上还捧着一束白玫瑰，美丽得如同月中仙子……

客人们纷纷议论起来：“哎呀，他们真般配，就是一对金童玉女啊！”

江树森却感到蹊跷，不禁问旁边的妻子：“哎，为何王家二老都没来？”

“太不像话了！”甘素芬也皱起眉，“儿子大婚都不来，简直不把我们放在眼里！”

其实双方家长并未见过面，婚礼细节全交给婚庆公司，好似王领先有点心不在焉。如今公婆都不来参加婚礼，也引起江小凤不满。不等父母开口，她就去问新郎。王领先忙说，父母曾答应要来。但眼看时辰已到，还不见他们的身影，打电话也没人接。王领先等得心焦，只好丢下众人，拉着一个伴郎出门，想亲自开车去接父母。

出门就遇到酒店经理，说他们并未收到婚礼费用。王领先只交了定金，这费用数目很大，足有好几万。婚庆公司也赶来，问他们的费用何时结账？王领先连忙去刷卡，卡却被冻结。他心急火燎给父亲打电话，这次父亲接了，他问他们为啥不来参加婚礼？还冻结了他的卡？父亲明确告诉他，母亲不同意他娶江小凤。如果他不立刻回家，母亲就不认他这个儿子！王领先大惊，他今早出门时，父亲有过暗示，说他母亲可能会坚决反对。他正在犹豫不决，父亲又让他赶快回家，说母亲刚才决定，他再不回家她就绝食！王领先只好让伴郎去通知江小凤，让她和亲戚朋友们先等等，自己赶回家。他见母亲果然躺在沙发上，脸色很不好。王领先无可奈何，只得抱起母亲直奔医院，也顾不上婚礼那一头了！

良辰吉时已到，新郎的父母还没来，新郎也走了。酒店经理赶来说，新郎没交费，只怕这婚礼也要取消！现场亲友等不及，都纷纷离开，甘素芬急得昏倒了！江树森连忙把她扶到一边，江小妹给母亲掐人中，她才苏醒过来。江小凤也忙给王领先打电话，问他发生了什么事？王领先说母亲病重住医院，婚礼只好暂时取消。江小凤还想赶到医院，可参加婚礼的空姐们又纷纷来问她，究竟发生了什么事？江小凤说是婆婆病倒，这帮尖嘴利舌的空姐就说，哪有这么巧的事？肯定是王领先当了逃跑新郎！江小凤又气又急，也昏倒在凌翔的怀里。甘素芬见此情形不禁大放悲声，她最骄傲的就是女儿的婚礼，现在她如何能承受这般打击？江树森和陆云飞，还有刚赶来的陆天放和凌丽都去安慰她，现场乱成一片……

在医院里，医生说王领先的母亲没什么病，只是蛋白质缺乏，输点液就可以出院。王领先心如火焚，急不可耐，他明白母亲是在威胁自己，就跪在她面前泣不成声，说亲友还在酒店等着，恳求他准许自己去结婚。

母亲却坚持说："结婚可以，但不能娶一个工人的女儿，否则她将一病不起！"

王领先又流泪求父亲，父亲叹息说："你不该娶飞机厂的女孩，门不当户不对啊！"王领先怏怏地问父亲，他该怎么办？父亲说："你要跟这个家决绝，从此自力更生，就去结婚。否则你就买张机票出国，五湖四海随你挑，躲一阵再回来，不用跟任何人解释，他们自然会明白。"

王领先在病房外的走廊上思考了一阵，心情非常复杂。他一向我行我素，但父母的态度让他忐忑不安。如被断绝经济来源，他和江小凤怎么生活？王领先回国后没工作，他从小被宠坏了，也不习惯独立生活。他无可奈何，神情沮丧，只好决定玩失踪。他叹息着回到别墅，把江小凤的画像全都涂上油彩抹掉，然后去了机场，飞到希腊。

江家姐妹扶着母亲回到家，江树森叹息无语，全家笼罩着一片悲哀的气氛……

江小妹突然大声说："我看这事就怪王领先，是他缺乏诚意！什么母亲病重？

哪有那么巧的事？肯定是他父母不同意，他就当了逃兵……”

“不，不会那么倒霉吧？”甘素芬含泪说，“婚礼被临时取消，让亲戚朋友看笑话，已经够让人窝心了！如果王领先那小子再当了逃跑新郎，让我们小凤怎么办？”

江小凤早已满腹悲伤，一听此话，更是忍不住，跑到自己的房间去大哭……

“哎，你别光顾着哭啊！”江小妹关切地跟进去，“妈说得对，你现在最关心的，应该是王领先的态度，就算他母亲病了，他也该对你有个交代啊！”

“是啊！”甘素芬也跟进来，“小凤，快跟王领先联系吧，看他在哪儿？”

江小凤抹去眼泪，连忙给王领先打电话，却一直打不通，最后的显示是关机。

江树森也走进来，语调沉重地说：“你们还不明白，这桩婚事算是泡汤了！”

江小凤又倒在床上大哭起来，嘴里还直嚷嚷：“这让我今后怎么见人啊？”

江小妹见姐姐如此，又是心疼又是责备地说：“现在你知道了吧？那些富二代花花公子，根本靠不住！可是以前我们怎么劝你，你也不听！”

江小凤哭得喘不上气来，精心化妆的脸也污成一团，她心痛难忍，仿佛自己的青春、美貌和美好年华，都随着这场难堪、夭折的婚礼一起飘散了……

甘素芬也心痛无比地把她紧紧搂在怀里，恨恨地骂道：“王领先这个狗东西！我要再见到他，决不轻饶了他！”

江树森看着眼前这一切，只有叹息。就算他精明过人，也没料到会有这一幕。

王领先从此不见踪影，凌翔要去阎良集中培训，就把抚慰江小凤的重任交给陆云飞和江小妹。他俩连忙承诺，好让凌翔安心去参加试飞员培训。

江小凤伤心失望，这才认识到陆云飞说的话很对，王领先确实不可靠！甘素芬更伤感，女儿嫁富二代的梦想成空，她引以为傲的资本也不存在了。她曾嘲讽小女儿不如大女儿幸运，如今是一报还一报！江小妹却不计前嫌地来安抚母亲，母女俩多年来的不平衡也改变了——甘素芬对王领先绝望，反倒觉得陆云飞和小女儿的感情更加可贵。

C919 的研制工作开始了。设计所成立了若干个专项的任务包团队，陆云飞承担了重要部件——中后机身的设计。这件事他也是第一次做，工作量很大，牵扯面很广，处处需要协调，已经超出设计师的工作范围，只有拼命干了！中后机身的任务包不在上海，而是发给洪都一个飞机厂。陆云飞接到任务，先打电话找人，与相关人员都沟通好，再去洪都摸清现状，梳理任务，找准关键点和难点，根据任务确定目标，以现场为龙头牵引，又建立了相应的三个工作团队，把结构、强度、标材、工艺、采购、质量等方面都协同管理起来，以便实现跨部门和跨地区的合作。但伴随着C919的数据发放，有些工作还得跟设计所的计算机部联系。陆云飞在上海与洪都之间飞来飞去，同事们说，他可以在蓝天上画一张蜘蛛网了！凌丽去检查工作，洪都方面对陆云飞交口称赞。江小妹也承担了C919的发动机采购包任务，这工作更艰巨，由她率领一个团队来完成。她和陆云飞因怕刺激江小凤，又推迟了婚礼。

江小凤痛苦不堪。她请病假拖了一阵才去上班，首次登机就遇上几个“牙尖帮”，打趣和嘲弄她。江小凤深受打击，神情憔悴。有时夜晚会从梦中惊醒，不觉伤心痛哭，跟她同屋住的江小妹也醒来，安慰姐姐很久，她才安静下来。江小凤失落懊悔，万念俱灰，觉得自己认错了人，现在被抛弃真是活该！

甘素芬见她这样，又心疼地抱着她大哭，江树森不耐烦了，吼道：“哭什么？我家女儿不愁嫁，再去找一个好的来！”

甘素芬听了这话更加后悔，心想凌翔也算百里挑一甚至万里挑一了，她却看走了眼，耽误了大女儿的婚事。

此时凌翔正走在阎良的试飞院里。他穿一身迷彩服，英姿勃发，光彩照人，一副要征服蓝天的豪迈形象，给人一种富于青春热力和战斗豪情的感觉。

乔兴剑迎面遇上他，就惊喜地打量他，赞道：“好！像个试飞员的样子！”

凌翔微笑了，他抬头望着蓝天，冬季的关中平原，天空并不怎么透亮，但仍是一片湛蓝，比阴沉沉的上海清爽多了！想到母亲设计的飞机将交付到自己手上去进行验证，他热血沸腾，豪情满怀。他本是全球首家客户成都航空公司的一员，他也深深明白，只有交付这架新款飞机的那一刻，母亲才能说：“我们设计的飞机终于成功了！”而在那之前还有很多艰辛的工作要做。为了实现航空人长达半个世纪的大飞机梦，他甘愿付出一切！

商飞公司委托试飞院对新挑选的试飞员集中培训，乔兴剑是教员之一。他虽然年纪大了，但因经验丰富还没退休，要以顾问名义指导凌翔等人，进行多项试飞训练。

第一天给这批新试飞员上课，他就告诫大家说：“试飞员是空中探险家，你们要拿出惊人的勇气和胆量，来征服新飞机，否则就不配当试飞员！我国的军机试飞员有不少，民机试飞员却人才奇缺。但民机安全又比军机更重要，一次试飞的成败，就可能关乎一款新飞机的生死存亡，因此试飞工作举足轻重，你们试飞员更是重任在肩啊！”

这次ARJ的试飞确实意义重大，可以说是一场旷日持久而且上百亿元的豪赌！设计师的心情都很凝重，甚至有人不放心自己的试飞员，还曾提议，请外国试飞员来试飞这款新飞机。乔兴剑坚决反对，不但因为外国试飞员索价昂贵，而且他们责任心也有限，还总爱说，试飞员的最高原则是不能把命搭进去。

乔兴剑却说：“蓝天试剑，勇者无畏！忠诚使命，敢于担当，大国重器，以命铸之！”

参与试飞的每个人也在思考着同一个问题：验证一架新款民用客机到底有多难？毫无疑问，ARJ的安全标准比国内设计的其他飞机都要高，同时适航取证的难度也更充满了挑战。只有通过一系列考核之后，这款飞机才能正式成为具备航线运营资质的喷气式支线客机。然而大部分条款的验证却是填补国内技术空白的，有些试验与试飞甚至在国际上也属于首例。凌翔这批试飞员的重担，就是不能让商飞公司失去这一款飞机！

经过一段时间训练，凌翔也感觉出试飞员与普通飞行员的区别：这项工作的许多经验都是用血肉换来的！试飞员要通过自己的危险飞行，帮助设计师判断飞机的性能和故障。凌翔十分珍惜这千载难逢的机会，他在学习中细心观察和体会着教练的每一个动作，还常向乔兴剑请教技术问题。乔兴剑也倾其所有，耐心教他。凌翔对试飞工作的热爱让乔兴剑很喜欢，凌翔也确实对飞行有着某种天赋，很快他就在学员队中脱颖而出了！他常跟陆云飞打电话，了解江小凤的情况，也汇报自己的工作，两人都豪情满怀地互相鼓励。

每到傍晚时分，凌翔走出培训基地，总能看到壮观的一幕：长长的试飞路上突然涌满了下班的人，他们穿着各种颜色的工作服，汇成一片美丽的彩云。凌翔望着这片彩云，也望着对面高层的航空大厦上那一排醒目的大字——“航空报国”，感到心头发烫，热血满腔。倘若自己的试飞工作不成功，新机便不能上马，这片彩云就将不再，他也无颜面对亲人！

凌丽却担心儿子安危，乔兴剑知道这点，就让凌翔常给她打电话汇报。凌翔给母亲发信息说：“如果你不曾从事一项伟大的事业，就不知道自己有多伟大。这是民族的梦想，也是我的青春。这条路足够宽广，才能慰我平生。”

凌丽知道儿子志向远大，是一名试飞员最好的心态，深感欣慰。

但江小凤的遭遇也会时常钻进凌翔的思绪，让他不安，很难静下心来。他知道这样下去很危险，便利用一个周末请假回上海，去看望江小凤。

恰逢江小凤值乘回来，在机场远远看见一个人很像王领先，就不顾一切地追过去，竟是认错了！同事都嘲笑她失魂落魄，她忍不住痛哭着跑开，觉得自己很丢人……

江小凤回到家，见甘素芬正在陪凌翔说话。

江小凤见到他更加气急败坏，跺脚说："你来干什么？我不想见你！"

她又躲进自己房间哭起来，而且把门关起来，不肯见凌翔。

凌翔只好敲着门说："小凤，你开开门啊，我有话跟你说，你快开门呀！"

江小妹和陆云飞也赶来了，甘素芬焦急上火，让他们赶快去劝劝大女儿。

江小妹悄悄对凌翔说："姐姐觉得自己被抛弃了，很丢人，所以不愿见你。"

凌翔点点头，随即在门外信誓旦旦地对江小凤说："小凤，我们都是你的好朋友，谁也不会嫌弃你！你快出来呀，跟我们好好聊聊，心里就会好受些……"

但江小凤还是不肯出来，只是在房间里呜咽痛哭，哽咽难言。

陆云飞只好对凌翔说："翔子，你先回去，等她情绪稳定了，你再来见她。"

"不行啊！"凌翔低头皱眉，思索了一阵，才把自己的苦恼告诉陆云飞，"我这阵子想到小凤，心里就有些乱……这对一名试飞员来说，是很危险的事！所以我才来找她，想跟她把一些话说清楚，让她也平静下来，那样我才好放心地离开。"

陆云飞慷慨地拍着胸口说："你放心，这里就交给我好了……"

凌翔也拍拍他的肩，无可奈何地点点头。他正欲离去，陆天放和江树森又闻讯赶来，两人听到陆云飞说了凌翔的情况，都摇头表示不赞成。陆天放郑重其事地说："翔子，你知不知道让你当试飞员，我们背后做了多少工作？"

原来当初凌翔要考试飞员。成都航空公司并不想放凌翔走，说培养一个机长要花大价钱，若凌翔跳槽，就要赔偿巨款。但商飞公司却看好凌翔，又派陆天放去给成都航空公司做工作，强调在新飞机研制中，试飞员所起的重要作用，对方才肯放人。

凌翔听了很感动，紧紧握住陆天放的手。"陆总，我决不辜负你们的信任！"

"是啊，你别牵挂小凤，一心一意去参加培训吧！"江树森也说。

凌翔更加感谢两位长辈的理解和支持，他没去看望母亲，直接返回了阎良。事过之后凌丽才听说，知道凌翔放不下江小凤。但她向来与人为善，江家碰到这种倒霉的事，也算大不幸！她还能说什么，只愿情况会好转……

凌翔走后，江小凤才打开房门走出来，她满脸泪痕，憔悴不堪。

“姐，你就别这样折磨自己了！”江小妹劝慰道，“事情总会过去的。”

江小凤一把抱住妹妹，哽咽道：“你才是真心为我好，可惜我现在才知道！”

“现在知道也不晚。”江小妹想了想，又热切地问，“姐，你看凌翔那么关心你，特地赶回来看你，他心中肯定还有你！你呢？能不能再去跟凌翔好？”

“怎么可能？”江小凤心酸地说，“我现在都没人要了，谁还会娶我？”

“你这说的是什么话。”陆云飞在旁边忙说，“翔子不是这样的人！”

江小妹也恳切地抚慰道：“姐，你还年轻，天涯何处无芳草。”

江小凤泪眼婆娑地看着眼前这一对璧人，这才发现妹妹的选择非常正确。她悔不当初，不该放过凌翔那样忠诚的好男子。可事到如今，她有何脸面再去见他？

甘素芬知道小女儿和陆云飞是为了江小凤才暂时不结婚的，更是后悔不迭，当初若支持大女儿跟凌翔好，就不会有逃婚这种事。她深受打击，虽然没一病不起，但成天呻吟不止，说她哪儿都在疼。

江树森知道她很焦虑，只能好言劝慰，又忍不住取笑妻子说：“你们女人就跟鸭子一样团团转，找不到方向！”

甘素芬也叹道：“幸亏小女儿还有个好对象！”

陆云飞最近太忙了！他经常周五晚上出差去洪都，利用周末解决那边的试验问题，周六晚上再赶回来，在家住一夜，跟养父聊聊工作上的事，周日再去江家看望江家姐妹，周一又去设计所上班。如工作日需要出差，他也是当天上完班再走，赶不上飞机就坐火车。他喜欢在火车上啃技术资料，当火车越过大江大河时，他感觉到国土的宽广，也发现了自己工作的意义。他更喜欢在夜深人静时，独自去试验现场工作，觉得头脑好清醒……

张鸿奎虽不得不佩服陆云飞的工作精神，但他还怀着狭隘的想法：小兄弟，你那部分有四万多个结构零件呢！难道你有三头六臂吗？只有陆云飞清楚：个人能力有限，团队潜力无穷。他把结构部一百多个年轻人都调动起来，让大家分工合作。年轻设计师都挺服他，说他玩儿得转。

张鸿奎冷笑着问他：“你还让不让人喘气了？”

陆云飞却笑道："这叫大家好，才是真的好！"

张鸿奎发现陆云飞变成熟了，虽然醋意不改，但也不得不服。

甘素芬日日郁闷，为了让自己开心，就经常去逛商场，想在购物中获得一丝快感。不料有一天，她竟然在商场珠宝部遇见了王领先。他有点憔悴，正无精打采地陪着一个年轻姑娘在买首饰。甘素芬凑近一看，他们居然在买婚戒！

甘素芬全身的血都冲上了大脑，立刻揪住王领先，气愤地大声嚷嚷："王领先！你还算是人吗？在婚礼上丢掉未婚妻逃跑，又来骗别的小姑娘！"

那姑娘回头看见她，吓得尖叫起来："哎，你是什么人啊？"

"我曾经是这人的准岳母！"甘素芬怒火冲天地指着王领先，"但他却逃婚了！"

四周的人都围过来看热闹，王领先丢下震惊万分的姑娘，把甘素芬拉到一边，关切地问："甘姨，别说了，是我对不起你们……小凤她，她还好吗？"

"她很好！她还活着，没被你伤害得去跳河，或者上吊！"甘素芬气得口不择言。

"我知道，她经历了这样的事，怎么能承受得起？"王领先皱起眉头，"甘姨，是我对不起你们，现在要打要骂都随便你……"

甘素芬真想给他几记耳光，但见四周又围满了好奇的人，只好撇下他，掉头走开。

她气呼呼地回到家，见大女儿正好在家，就把刚才的情况说了一遍："小凤，妈今天可是给你出气了，大骂了王领先那小子一顿……"

不料王领先也随后跟着走进门来，垂头丧气，一副想赔罪的样子。

甘素芬惊呆了，江小凤生气地站起来，厉声喊道："王领先，你给我滚出去！"

王领先怔了怔，就扑到她面前跪下来，哀求地说："小凤，请你原谅我。我并不想毁婚逃婚，是父母要断绝我的经济来源，我无法实现承诺，给你一个幸福的生活……"

江小凤甩手给了他一记耳光，大声吼道："原来你没有了经济来源，就无法给我幸福的生活？我们的幸福生活，要用你父母的钱才能买到？"

甘素芬见王领先一副可怜相，连忙拉住女儿，她此时心情很复杂，倘若王领先再向大女儿求婚，她十有八九会愿意——毕竟她原本就看好这个富二代，也算是一种弥补吧。

王领先似乎看穿了甘素芬的心思，就态度恳切地剖析自己，说他离开上海去了希腊，在爱琴海反省悔婚的行径，觉得实在不应该。然后他又去了西藏朝圣，在那个离太阳最近的地方，他的心灵也得到了净化。不幸的是他在高原遇险，出了车祸，差点儿死了，这才理解到江小凤当时的痛苦。如今回来，想请求她原谅，并且决心要永远跟她在一起……

江小凤此时却心明眼亮了，她愤怒地推开王领先。“你撒谎！你回了上海根本没来找我，反而想跟别的女人结婚！要不你今天，怎么会带着别的女人去买婚戒？”

“我只是糊弄一下父母。”王领先忙说，“我并不是真想娶那姑娘……”

江小凤气得浑身发抖，热血冲上了头脑，不禁指着他骂道：“你又在胡说八道！我过去瞎了眼，才会被你蒙蔽！你就是个不靠谱的花花公子！”

王领先有些讪讪地爬起来，正欲说什么，陆云飞和江小妹也回来了。陆云飞见了王领先就勃然大怒，立刻冲上前，揪住他的衣服，挥起拳头要揍他，愤慨地吼道：“你还有脸来这儿？如果不是你，怎么会惹出这么多事来？！”

“云飞，别跟他计较。”江小妹连忙拉开陆云飞，冷静地说，“他不配。”

王领先很不好意思，又避开他们俩，转对甘素芬说：“甘姨，我刚才说的都是真心话，你最了解我，也该为我说几句，帮我向小凤求求情……”

甘素芬有些动摇，她原就想让王领先做女婿，正好借此对女儿逼婚。至于凌翔，大女儿似乎并不愿嫁给他，否则那天凌翔特地来看她，她怎么会关上门不见他？

王领先见甘素芬有点回心转意，就摸出一张银行卡，说：“甘姨，爸妈给了一大笔钱，让我来赔偿你们。无论小凤要多少赔偿，我都会给她……这卡就交给你吧。”

甘素芬正欲去接，江小凤却抓过银行卡，又掷还给他，骂道：“我不要你的钱，你快滚！”

王领先只好灰溜溜走开。他临走时看了看陆云飞，又说：“我知道现在说什么都没用了，但我会做出改变，以后好好做人做事……”

众人听了他的话，都觉得这王领先或许良心未泯，甘素芬更是有些惋惜。不过陆云飞却称赞江小凤，说她终于看清富二代的嘴脸了！江小妹则故意问起凌翔的近况，陆云飞说他已回阎良，很快要转场云南，还会去国外培训，再回来进行新飞机ARJ的试飞。江小凤知道妹妹问起凌翔是为了自己，突然觉得心痛无比——难道她刚才拒绝王领先，就是为了凌翔？她想不明白，便冲进屋去，用力把门关上。江小妹最了解姐姐的心，她跟陆云飞交换了一个会心的眼神，都觉得江小凤这个反应也很正常，看来她跟凌翔的事还得放一放。

第二十四章

中国商飞公司成立后，在浦东要了几千亩地，计划建新厂房，把飞机制造公司的飞机厂迁过去，打造中国大飞机基地。此时基建刚完成，正在造厂房，航空人都欢欣鼓舞，看到了壮丽的前景。随着国家研制大飞机的战略逐渐清晰，C919的研制团队也很快壮大了——来自全国航空工业系统几十家单位、20多所高校的500多名专家和技术人员，都汇聚到黄浦江畔，集合在中国大飞机这面高高树起的旗帜下，为实现大飞机梦想而努力奋斗。这是自20世纪70年代研制“运10”之后，中国航空业的又一次总动员。

“中央一声号令，全国航空业的精英都汇聚上海，加入了C919的联合工程团队。”潘重在一次会议上感慨地说，“这叫集全国之力，聚全国之智，来干这个大事！”

位于张江的飞机设计院也全面建成，陆云飞和同事迁进了新的工作场地。这里有几栋现代化的红色建筑，其间交错着大片的绿色草坪，小桥流水，鸟语花香，让人走进去就赏心悦目。办公场地宽敞舒适，每层楼都有休息空间，可供工作人员喝着咖啡讨论问题。为了给飞机设计师一个良好的工作环境，国家投入了大笔资金。在此之前，那些从四面八方赶来的专家和技术人员，他们的岗位及工资待遇都很难保证，唯一可以确信的，是他们对C919这个项目的前景充满了信心，愿意挑战这未知的领域。联合工程团队一路辗转龙华、大场和徐汇，直到在张江安营扎寨，其间曾经连个像样的办公场所都没有！有些来沪的专家们，一开始吃住都在宾馆里，几百号人挤在一起搞设计，小会就在自己住的房间开，大会才去用宾馆的会议室。但在当时那种情况下，谁也无心计较什么待遇得失，都想快点把设计方案拿出来。就在这样恶劣的办公条件下，在短短时间内，所有的设计方案都脱颖而出。

“我认为，C919遇上了最好的时代，它必将成为一款划时代的先进飞机，在世界民机舞台上占有一席之地。”凌丽也在一次会议上激情澎湃地说，“时势造英雄，时势也造大飞机！但我们绝不能空口说白话，还要紧紧抓住世界民机产业发展的宝贵机遇！”

目标很丰满，过程很艰难。C919并不是一个单纯的飞机研制项目，跟ARJ一样，它还肩负着带动一个产业发展的重任。因此飞机设计所落户张江后，继续招兵买马，招募人才。为了后续的很多工作，还有一个“海外招募千人计划”在执行中。

有一天，陆云飞接到一个神秘电话，有人约他去体育馆见面。陆云飞也不问对方是谁，就憨憨地去了，发现那人戴着一个附有面具的头盔，要约他比试攀岩。陆云飞虽没干过这个，但面对十几米高的仿真岩壁，突然好胜心大起，便换上体育馆提供的行头，开始攀爬。他尽管使了全身力气，但吊在绳子上晃悠半天也爬不上去。那人攀上去，又伸手把他拉上去。然后两人一起跳了下来。陆云飞躺在地上直喘气，这才问对方，究竟是谁？

那人摘掉头盔，忍不住哈哈大笑，用不太流利的中国话说：“老同学，我就知道你是个争强好胜的人，否则怎么也不打听一下对方是谁，就来接受人家的挑战？”

“玛丽莲，是你？”陆云飞惊喜地跳起来，“只有你们美国姑娘，才会干这种事！我早该想到的！江南女子都是吴侬软语，温婉多情，怎么会去攀岩？”

美国姑娘顿时脸色一变，又把头盔一摔，说道：“你再说，我就找你比剑！”

陆云飞也哈哈笑起来：“你以己之长搏人之短，算什么英雄好汉？有本事，就做点针线活，绣点花什么的给我看看。否则你今后怎么嫁得出去？”

玛丽莲点点头，豪情满怀地说：“是的，这些都不算啥，我也确实胜之不武！今天我只想来告诉你，我也进了你们设计所，以后就让我们在飞机研制上去较量吧！”

陆云飞更加吃惊地说：“你不是一直在美国波音公司吗？啥时候离开西雅图了？”

“因为你们的‘海外招募千人计划’，我就来上海了！”玛丽莲拍拍他的肩，“怎么？老同学，你不欢迎我来你们中国，跟你一起研制大飞机？”

“当然欢迎了！”陆云飞热切地握着她的手，“今天我请你吃饭，好好聊聊。”

“好呀，不过我不进大餐厅，要吃你们上海的小吃。”玛丽莲高兴地笑道。

正逢美好的四月天，两人的心情都很爽朗，他们没打出租，而是乘公交、坐地铁，游览了华灯初上、流光溢彩的城市夜景，最后来到新天地一家小吃店，要了几样上海小吃和生啤，就像一对好朋友那样自然地聊起来。玛丽莲是陆云飞在北航的同学，又一起考上研究生，但她改读了计算机专业，说自己的强项是数字运算，也许能在这点上出成绩。后来玛丽莲又回美国去读博士，据说成绩斐然，并且进入波音工作了好几年。听说上海飞机设计所正缺计算机人才，就参加了那个海外计划，来到上海，已被分到计算机室……

“你的世界简直是诗与远方！”陆云飞欢笑着举起酒杯，“欢迎你成为我的同事！科学不分国界，希望你也为我们的大飞机研制出一份力。”

玛丽莲美滋滋地看着他，长睫毛一闪一闪，笑眯眯地说：“老同学，我回来也是为了你。分开好多年，音讯渺茫。但我想，你肯定在这个大飞机的项目里……果然如此。”

“好啊，为了这次团聚，我们更得多喝一杯！”陆云飞爽朗地笑道。

玛丽莲也端起酒杯与他相碰：“是啊，以后我们在一起的机会就多了……”

陆云飞喝了这杯酒，突然发现对方脸泛红晕，巧笑嫣然，似乎跟从前的神态有些不同。他还隐约看见玛丽莲的眼睛里有一层喜悦的光辉，虽然不易被人觉察，却被他发现了。他心里一动，心想难道这个美国姑娘对他有意？但随即又释然了，觉得不可能。因为对方眼中的光波并不明显，也可能是因为老同学见面而激动吧。他们是两个世界的人，何况他已经有了心爱的女子，即使玛丽莲有这层意思，他也不会接招。他们只能是同事。

两人又聊了些闲话，当晚尽兴而归。陆云飞并没把玛丽莲的事放在心上，心想两人在不同部门，还有什么交集？不久陆云飞便得知，玛丽莲在一组繁复的数据计算中取得好成绩，已经迅速成为凌丽手下另一个得力臂膀。陆云飞很惊讶，没想到老同学如此厉害。玛丽莲更加勤奋努力，很快又开发出一种计算机程序，可以用在解尾旋的多元方程式上，计算结果与价值昂贵、周期冗长的试验结果相似。陆天放知道后，称赞玛丽莲为“数学天才”。玛丽莲听说他是陆云飞的父亲，也很开心，她还想让老同学也对自己刮目相看。

设计所搬到张江后，设计团队增加了很多人手，凌丽的工作也挺繁忙，压力特别大。因为这些引进的技术人才都来自不同单位，大部分都有一定的工作经验，每个人原来的做法和经验积累不同，所以不可避免地会在工作中产生一些矛盾冲突，她作为设计所的副总设计师，都得去调解和处理。那段时间她拼命工作，作息时间也没有规律，经常半夜两三点才睡觉，甚至失眠，食欲不振，人也瘦了许多。这一来，她脾气也大了许多，动不动就骂人，或者教训部属，把同事们都吓坏了。有人开玩笑地说，她成了悍妇；还有人说，只要听到她在走廊上的声音，心跳便加速，只想躲起来……

“你这样下去不行。”陆天放知道后，对凌丽说，“研制大飞机是个长期而艰巨的工作，你必须保持正常的体力和精力，千万别把自己累垮了！该休息的时候就要休息。不但要控制自己的情绪，还要放手让下属去干，别从头到尾都自己盯着……”

凌丽想了想，也不禁笑着说：“是的，我主要是太着急，总怕工作搞不好。但现在，整个项目的体系已经建设得比较完整，队伍也逐渐成熟了，一般的工作都有章可循，我干脆放自己一个假吧。休整一下，正好去看看我儿子。”

凌丽一直牵挂着儿子，便抽空去阎良看他。她到了试飞院，院领导亲切接待她，但凌翔有事外出工作，这几天都不在试飞院。凌丽听说乔兴剑也不在，而试飞院的人个个都神色紧张，显然出了什么大事！她四处打听却无人告知，都让她耐心等待。凌丽又急又怕，担心儿子出事了，又去找领导，领导好言劝慰，让她回家去等消息。凌丽在阎良的家里等了三天，备受煎熬，度日如年。她在阎良飞机厂待了十几年，工作与试飞院息息相关，对试飞有太多了解——试飞不仅是鲜花和掌声，还有鲜血和教训！除了学军那次，她在西飞时不仅听说还亲眼看见了机毁人亡的事故，尽管时隔多年，想起来仍旧十分痛心。

第一次事故发生在20世纪80年代，当时为了推销几款改进型的飞机，西飞邀请了几十个国家的大使和武官到现场观摩，凌丽作为设计室副主任，也到了现场。为了充分展示这款飞机的性能，要求飞机飞得很低，动作还要复杂。这样的展示风险很高，试飞员却同意了。没想到在离地面几百米高的时候，飞机突然失速，一头栽到地上。前后不到两秒钟，试飞员可能还来不及做出反应，飞机就摔下来了！看台上的观众大哗，许多人尖叫起来，凌丽的感觉却有些蒙，似乎跟做梦一样，还没弄明白怎么回事？怎么就出这么大事故了？试飞员她不认识，但听说他妻子就是西飞的。凌丽等人都帮着去坠机地点清理现场，见一个女人疯了似的冲过来，抱着试飞员的尸骸大哭！其情其景，她真是终生难忘……

还有一次是一架教练机，在做低空试飞时也遇到失速，飞机一下子就掉下来，离地仅有200米，跳伞都来不及，飞机上的两个试飞员全部牺牲！这次失事凌丽虽没亲眼看见，只是听说，但许多年来，她经常梦见那个惨烈的情景：飞机轰然坠地，大火熊熊燃烧，试飞员被烧成了焦炭！更有甚者，飞机在空中爆炸，试飞员尸骨无存，就好似熔化在了蓝天里……她从梦中醒来，总是痛心不已，潸然泪下，忍不住为中国航空业的牺牲者洒一把清泪！如今儿子也当了试飞员，如果牺牲的人是他呢？凌丽不敢想象，甚至有些后悔——她作为一名飞机设计师，明知试飞是高风险行业，稍有不慎就会出人命，为什么还要献上儿子？如今凌翔究竟在哪里？他是在搏击蓝天？还是发生了不幸？命运又显露出它的不可预测性……

幸好三天后，凌翔回来了，是试飞院领导知道母亲在等他，才让他回来的。但他神情疲惫，憔悴不堪，进门看见凌丽，只叫了一声："妈！"就一句话也不想说了。

凌丽从未见过儿子这样，也不知道发生了什么事。她还想盘问究竟，凌翔就一头栽到床上昏睡过去。凌丽看见儿子回来，总算心安，便让他沉沉睡去。

凌翔睡了一天一夜才醒来，凌丽忙问他发生了什么事？凌翔不禁悲痛地放声哭泣。凌丽料到发生了重要的事，更加着急，正要再问，乔兴剑也赶来了。

"到底发生了什么事？快说呀！"凌丽给他打开门，就关切地问，"真是急死人了！"

"是一个叫冯刚的试飞员牺牲了！"乔兴剑毫不隐瞒，沉痛地说，"他试飞一款新式歼击机，在空中很快就失去联系。后来，地面指挥员判断他出事了，因为飞机的油只够飞一小时！试飞院立刻组织所有人去寻找他，包括翔子在内的新学员，都坐车赶到飞机失去联系的地点。那是一片大山，他们搜寻了三天三夜，才找到飞机的残骸和试飞员的尸骨……"

"但那只是几小块碎片！"凌翔流下了眼泪，"冯刚的飞机撞山了！"

凌丽这才知道，试飞院没找到冯刚前，对家属都封锁了消息，就怕她们受不了，干着急。现在家属要求去看冯刚牺牲的地方，还要看冯刚的尸体，试飞院均不答应。

"怎么能这样？"凌丽不禁责怪乔兴剑说，"你们试飞院太没有人情味了！"

"但我们又能怎样？"乔兴剑红着眼睛吼道，"如果让家属去看，她们会受不了的！飞机猛烈撞山，残骸都所剩无几，何况试飞员的血肉之躯……"

他哽咽着说不下去了，这个在死神面前也没眨过眼的刚强男子汉，此时也掉泪了。他眼中蓄满深情，没再言语，转身与凌翔拥抱在一起。凌翔也读懂了乔叔目光中的内容，作为一个飞行教练，他正在用自己独到的教育方式，强调着试飞这一行的不可预测性。凌翔也没想到，自己当上试飞员才半年时间，就经历了这一场生与死的洗礼。他永生难忘他们坐着直升飞机，飞到出事地点的那一刻，他俯身清晰地看到了一面刀削般的岩壁下，一架飞机被大火焚烧后的惨状——飞机残骸一片漆黑，分不清是钢铁骨架还是烧焦的泥土！那一刻的强烈刺激让凌翔惊心动魄，而其他试飞员却异常沉静，只是眼里流出泪水。他们都跟冯刚很熟悉，如今战友转眼间魂归长天，让他们更加认识到试飞的残酷性及身上的重担……

这一刻，凌丽的心里翻江倒海。她真正意识到，生命很脆弱，死亡就在眼前。但她作为试飞员的母亲，同时也是飞机设计师，又该怎么办？在生死面前，所有的生命都是平等的！作为试飞员，他们都挑着同样的重担，她怎能让儿子离开，让别人来干？何况这是若干人奋斗了若干年的成果，倘若试飞不成功，功败垂成，天都要塌了！

凌丽什么话都说不出口，她甚至无法安抚儿子。她知道凌翔正在被锻炼成一块钢，但其淬火过程中却少不了这一课。她又住了几天，还跟儿子一起参加了冯刚的追悼会。那种情景令她更难受，真是触景生情，百感交集，气氛沉重无比，让人都喘不过气来。对于试飞员的家属来说，更是一种痛苦而严峻的考验。因为他们的亲人随时都可能在一次试飞中，一去不复返，把生命的句号庄严地画在最后一次任务中……

凌丽也亲眼看见了冯刚亲属那痛不欲生的惨状！在遗体告别时，她们只看到一块由白布包裹得不成样子的遗骸，冯刚的母亲当场昏倒，妻子哭成泪人。凌丽也痛哭起来，不禁捂着嘴逃出现场，心里只有一个念头：倘若凌翔有一天也这样，她如何受得了？

冯刚下葬那天，阳光灿烂，万里无云。凌丽早就知道阎良有一处神圣的墓地，那就是牺牲的试飞员们安息的地方，在那个高高的纪念碑后面，刻着上百位烈士的英名。这个墓地很特别，许多都是衣冠冢，因为试飞员的尸骨已经葬身在祖国的蓝天。这些试飞员为了国之重器，极限飞行，即便英勇献身，洒尽热血，粉身碎骨，也在所不辞！

亲属们哭倒在冯刚的墓前，阳光浅浅地照射着他们，微风轻轻吹拂着他们……

对于这片墓地，凌翔并不陌生。他到试飞院不久，乔叔就开车单独带他来过，带他到一座座冰冷肃穆的墓碑前，一一细数过那些牺牲者的光荣事迹。使他除了怀念和敬重这些英灵，也感受到落在自己肩上的重担与使命。正是这些烈士把自己的生命变成一块块铺路石，才成就了祖国最伟大的航空事业。如今他也成为他们的同行，他默默地走在这些试飞员的墓前，四下里静寂无声，他心里并没有恐惧，而是充满了敬仰。这一天下葬仪式的最后就是全体试飞员一起举手宣誓：为了祖国，九死不悔！

凌丽受到强烈震撼，这几天，她脑子里确实有过让儿子退出的念头，现在却变得坚定不移。她深深感受到，生命对于每个人都非常宝贵，牺牲和奉献虽常被人提起，但对平常人来说离得很远。而对这群试飞员来说，却是他们每个飞行日，甚至每个飞行时刻都要面对的实际情况，他们时刻都在与死神惊险博弈，他们才是和平年代的英雄！

人们四散离去后，凌丽仍在原地不动，看着儿子向她走来，知道他有话要说。

“妈，你都看见了！”凌翔坚定地说，“虽然试飞员是和平年代里最直面死亡的勇士，但当上了试飞员的人，没有一个后退和犹豫的，他们提着脑袋也要继续干下去！”

“妈知道，烈士的事迹也鼓励着你。”凌丽含泪点点头，“妈支持你。”

“是啊，虽然有人倒下，但试飞事业不会因此而停顿。”乔兴剑也走过来，又把凌丽拉到另一名试飞员的墓地前，深情地说，“你还记不记得？这就是当年你学军时出事的那个试飞员。当时他的遗体也被烧焦，几乎难以辨认……”

凌丽有些吃惊，眼光投向那座黑色的墓碑，发现上面的碑文就刻着烈士的事迹。凌丽看了碑文才知道，这个试飞员当时在飞一款新型歼击机，不料飞机进入“螺旋”，好不容易才改出来。地面命令他立刻迫降，他却发现下面是个村庄，还有农民在耕作。他冒死把飞机又升起来，再降落时却起火爆炸，他也光荣牺牲……

“你都看到了。很多试飞员并非没有逃生机会，但他们在那生死存亡的一瞬间，大都为了保全飞机、保留数据，为了祖国的航空事业，或者为了保护人民，而最终选择牺牲自己。”乔兴剑郑重地说，“现在你儿子也是试飞员，你就自己做个抉择吧。”

凌丽擦干眼泪，也郑重地把凌翔的手交到乔兴剑手里。“我就把他交给你了！”

“好，我一定把他培养成一个优秀的试飞员。”乔兴剑更加郑重地点点头。

“妈，放心吧。”凌翔坚定地说，“试飞员有风险，更有挑战，但这是我一生的选择。”

凌丽走后，凌翔更加努力学习，开始参与一些风险不大的教练机试飞。但这些新型飞机也存在很多问题和故障，还有许多意想不到的困难。而飞机无小事，一个小小的故障都有可能造成机毁人亡的一等事故。凌翔由此养成了严苛到极点的工作作风和生活习惯。

后来，凌翔要转场去云南培训试飞，有几天假期。他回到上海，就去机场探望江小凤。他事先从甘姨那里得知了江小凤的航班，进了候机厅，等待一阵，就见江小凤跟一群空姐拉着小箱子走来。美丽的空姐个个花容月貌，走在一起更是绝佳的风景，引得乘客纷纷注目。江小凤走在最前面，看见俊朗帅气的凌翔，却有些不知所措，心中好似打翻了五味瓶，百感交集。两人同在一个航空公司时，曾被誉为“金童玉女”，是天造地设的一对，不料来了个王领先，就把他们拆散。接着又是飞来横祸，王领先居然逃婚，让她丢人现眼，后悔不迭……在这样的状况下，凌翔还总来找她，看来真是对她用情已深、矢志不渝了！

空姐们平时都是“牙尖帮”，似乎也被这份诚意所打动，纷纷怂恿她说：“快，翔子哥来了，还不迎上去，大胆接受！”

“你可是抛弃过人家，他还能回头就不错了。”

江小凤想了想，就径直走出机场，凌翔跟空姐们打了个招呼，便不紧不慢地跟在后面。他们出了机场，只见天气晴好，白云悠悠，令人心旷神怡……

江小凤走到一个花坛前，回身瞪着凌翔，说：“哎，你老来找我干什么？”

凌翔犹豫了一阵，才皱眉说：“出了那件事，我不放心你……”

江小凤突然生气地说：“我被人家甩了，你是来看我笑话的吧？”

“怎么会？”凌翔温和地笑起来，“那是别人，换了我，永远不会抛弃你！”

这话又触到江小凤痛处，让她想起那难堪的一幕。她更加气恼地说：“走开！我不需要你的怜恤，我原来追求的是爱情，现在却什么都没有了……”

“不，我对你的爱一直都在，从没改变过！”凌翔神态坚定地说，“小凤，你仔细想想，这不是怜恤，而是真正的感情！”

江小凤听了这话虽稍感安慰，但心里的阴影仍然存在，就不禁哭起来：“我求你，别来惹我了，我这阵子很难受，甚至都不想活了！怎能接受你的爱？”

凌翔心疼地抱住她，干脆地表白：“别想太多了，无论如何，我都会永远爱你！”

这是金子一般贵重的承诺，江小凤哭倒在凌翔怀里，含泪接受了他。

甘素芬知道此事很高兴，当晚就在甘家村大摆酒席，把朋友邻居都请来，算是出了一口恶气！陆云飞、江小妹和陆天放陪同凌丽都来了，甘素芬感动地拉着凌丽的手表示以前不该阻拦这门婚事。凌丽有些不悦，她虽不希望儿子跟江小凤恢复旧情，但此时也不便说什么。江树森很高兴，他一向喜欢凌翔，觉得他诚实可靠。陆云飞和江小妹也替江小凤高兴，甘素芬又说，她会给两个女儿准备婚礼。陆天放也深感释然，两对佳偶摆在面前，婚事笃定了！

凌翔的求婚给了江小凤很大激励，她又恢复了青春和美丽，人也活了过来。但凌翔却不同意立刻结婚，因为他这一两年的培训计划和试飞任务都很繁忙，从云南转场回来后，他就要去加拿大执行对庞巴迪飞机的现场审查试飞，然后再去西雅图执行波音 737 改进型的试飞。甘素芬和江小凤都有些失望，只得把婚期推迟到两年后。陆云飞已经跟江小妹商定，双胞胎姐妹同时结婚，于是他们的婚期也随之推迟了。

凌翔去云南后常给江小凤打电话，江小凤很开心，她又能在同事面前昂起头来了！

可不久后，云南机场突然传来不好的消息：凌翔出事了！

那天他试飞一款新研制的双座教练机，飞机在空中突然发动机起火，受损严重，无法返回机场！教员马英在后座让凌翔赶快跳伞，他却不肯，又坚持了十秒钟，想把飞机飞回来。当时飞机也是飞在一片大山上，一路飞一路颠，驾驶杆沉重如山！终于，飞机稳不住了，眼看发动机的火苗就要蹿进机舱！两人相隔一两秒钟先后跳伞，马英很快获救，凌翔却失踪了！机场人员又去反复搜索那片大山，还派直升机寻找，只见原始森林白雾茫茫，一个人很难走出来。时间过去了好几天，只怕凌翔已经牺牲了！

机场派人到上海，送来了凌翔的遗留物品，凌丽见了悲痛万分。江小凤闻讯立刻昏倒，醒后便哭得死去活来，甘素芬也陪着她掉眼泪。陆云飞和江小妹听说此事赶到江家，江小凤已经情绪崩溃。陆天放和江树森也赶来了，大家都焦急万分，不知怎么办才好。

江小妹虽见姐姐痛苦万分，但忍不住说："我们现在最应该去看凌姨，她是最痛苦的，更需要安慰。再说，也许凌翔还没死呢！"

江小凤被提醒，又在全家人和陆家父子的陪伴下去了凌家。

凌丽虽正拿着儿子的照片抹眼泪，但她的神情却很坚强。经历了上次在试飞院那漫长得要死要活的煎熬，她坚信儿子一定会回来。毕竟现在还没有搜寻到他的遗体……

江小凤看见凌丽，忍不住泪如雨下，扑倒在她怀里痛哭起来。

甘素芬也抹着泪说：“哎呀，大家都好好的，我们家怎么这么倒霉呀！”

凌丽不理她，却安慰江小凤：“别这样，我儿子也许会生还！我相信他，机场也在努力，不会放弃！你别这么娇气，要想做一名试飞员的妻子，就应该很坚强！”

江小凤还是悲伤万分，痛哭不止，仿佛已经失去了理智……

凌丽生气了，用力推开她，说：“你再哭，就离开我这儿！”

江树森只好叹道：“我这大女儿从小娇气，接二连三的打击，她怎么受得了？”

凌丽厉声说：“受不了也得受，否则等我儿子回来，她就不配当我的儿媳妇！”

陆天放神情凝重地问她：“凌丽，你真认为翔子还能活着回来？”

“翔子当然还活着！我也相信！”陆云飞抢着说。

凌丽点点头，强忍着泪水说道：“我的第六感很准确，我知道，我儿子还活着！我要去云南找他。你们好好劝小凤，让她冷静，别干出什么傻事！”

“我跟你一起去，我们去把他找回来！”江小凤忙说。

凌丽这才点点头，对她说：“好，我相信我儿子不会轻易死去，只要他还有一口气，还有这必须活着的信念，他就会走出那片原始山林，回到我们身边。”

甘素芬也支持大女儿跟凌丽去云南，她们立刻就动了身。机场的人还没走，带着凌丽和江小凤乘专机离开了。她们到了试飞机场，领导安慰说，虽然过了七天黄金救援期，但搜寻并没停止，甚至发动村民们帮着寻找一个跳伞下来的飞行员。凌丽想起冯刚的事，知道机场会全力搜救。她得到机场领导的同意，跟江小凤坐着直升机，也在那片群山里反复搜寻着，却没发现任何迹象。天晚了，山里也起雾了，直升机正要返航，江小凤眼尖，突然发现一处陡峭的悬崖下，有几片闪亮的东西，很像是飞机的残骸！虽然悬崖很陡，降落困难，直升机还是降下高度，往山谷下放了人去搜寻，果真找到飞机的残骸，但仍没发现凌翔的踪迹。凌丽和江小凤更有信心了，这一切都说明，凌翔还活着！

凌翔的确没有死，他在突如其来的事故中延迟跳伞，是为了记录下一些宝贵的数据，他知道这些数据很重要，否则飞机就白白毁掉了！他被弹出座舱后也有些紧张，但迅速清醒过来，在空中打开降落伞后，却找不到马英的影子，就这两秒钟工夫，他们便相隔了几座大山。凌翔顺利地降落在一棵大树上，他受过训练，立刻拿刀子割开伞绳，脱身出来跳下树。他亲眼看到飞机燃烧着落在一处悬崖下，更加庆幸自己记下来这组数据，否则黑匣子肯定难找！他判断着四周的环境，确定自己是落进了一片原始森林，如不赶快走出去，死在这里都无人知晓。他掏出一些必备物品，找到了指南针，就坚定地走下去。

凌翔很有毅力和韧劲，身体条件好，又受过特殊训练，比一般人的生存能力都强。他一路走来，不停判断着方位，几乎没有迷过路。但他却经受了一场精神的炼狱，因为这片群山太大了！爬过一座又一座，始终不见人烟。他带着手枪，不怕野兽，但睡觉都得点火堆，还不敢熟睡。他口袋里只有几颗巧克力，那是支撑他活下去的唯一食物，他不敢随便吃野生的东西，也不敢乱喝溪谷的流水，怕拉肚子或者生病，那就永远倒在这片森林里了。有时候山里会起雾，一团团，一片片，一缕缕，遮住了视线，掩盖了道路，他就停下来休息，集中神智，绝不胡思乱想。他都是歇息在树上，有时候夜景很美，月光如水，清辉洒遍山林，山峰披上银霞。还有流星匆匆闪过夜空，满世界都是一片皎洁，那无边的宁静，隔开了尘世的喧嚣与繁华。他就在心里坚定地安慰着自己：战友和领导一定会来寻找自己，他们不会放弃，他也不能放弃！

但几天奔走下来，他已筋疲力尽。他用顽强的意志一直支撑着，不断告诫自己，必须活着走出这片大山，亲人们正在等着自己！这是一段漫长的令人绝望的历程，在荒无人烟的大山中独自跋涉，每一分钟都是煎熬，希望与失望交替出现，不知道何时才能走出这片大山。当他拼尽全力坚持着，咬牙爬上最后一座山峰时，终于看见了山下的一个小村庄。他又振奋起来，连爬带滚地往山下走，最终力气用完，昏倒过去。

醒来时，他发现周围有一群羊，一个农家的小男孩正打量着自己。他拼尽最后一口气，想用嘶哑的声音告诉那个小男孩，他是谁，但干渴的嗓子却发不出一点声音。他发现小男孩好奇地看着自己，再看看小男孩的衣着，突然明白这是少数民族居住的地方，小男孩也许不懂汉语。凌翔体力不支，不敢再耽搁下去，便硬撑着取下手枪，朝天开了三枪，然后又昏迷过去。等他再次醒来，是在村民的家里。憨厚的村民朝他笑着，四周站满人，都是正准备出发去寻找他的。村民用半吊子的汉语告诉他，有电话一路打下来，他们都接到了通知，一定要找到他。凌翔朝他们打了个手势，便放下心来，这时村里的男女老少都赶来看他，各家都给他带来不少吃食，他吃了几口，又舒适地睡去了。

机场接到信息，立刻派人把凌翔送往昆明医院。凌丽和江小凤赶去看他，医生说他并无大碍，只是几天不吃不喝有点脱水，要好好休养。不久机场找到那黑匣子，上面记录的数据竟跟凌翔记下来的一样。领导表扬他临危不惧，为科研保存了重要数据。凌丽也很欣慰，她见到儿子还算镇定。江小凤看见凌翔却忍不住大哭起来。几天来未婚夫生死未卜，她这才知道自己很爱他，也明白了试飞员的艰难。

正逢几个试飞员的妻子来看望凌翔，引起江小凤内心不小的波澜。那些大嫂都很坚强，看淡了生死，便劝导江小凤说，要当试飞员的妻子就得“十项全能”，包括你得接受丈夫上了飞机后，可能再也不会活着回来！嫂子们的好心让江小凤哑口无言，无法面对。她只知道试飞员很风光，却不清楚背后的风险有多大！

凌翔见她很不安，就悄悄对她说：“你可以重新选择，我尊重你的决定。”

江小凤哭着跑出病房，没再跟凌翔见面，就独自返回了上海。她觉得自己应该冷静下来，好好想一想，再重新做选择。她的态度让凌家母子很惊讶，于是他们闭口不再提她。因为江小凤心里挂念凌翔，当时走得太急没请假，她再去上班，领导就批评了她，还让她暂时下岗，去做地勤服务。江小凤并无怨言，凌翔还要在昆明休养，她也想趁机好好考虑一下。江树森和甘素芬知道此事也深感不安。凌丽回来后，夫妻俩又去主动找她谈，凌丽也很大度，说儿子对江小凤的爱一向坚定不移。但凌翔当了试飞员，随时都有生命危险，如果江小凤不能接受，她也就不会接受这个儿媳。一切都要看江小凤如何选择。

飞行员都是封闭式管理，很少接触女性，凌翔对婚姻的看法很简单，但他没想到，原来爱情并不简单！他出院后就去了国外，接受更严厉的培训，整天都忙碌不停。尽管空闲时分，他还是会想起心爱的姑娘。但他没再跟江小凤联系，只是遥祝她一切安好。

第二十五章

工厂日子好过了，人员的工资增加了，潘重的许诺也实现了：上飞公司为员工们在临港修了房，江树森也分到一套。他告诉陆天放，这套想给小女儿，让她尽快跟陆云飞结婚。陆天放很赞成，说江小凤迟早会跟凌翔和好，小妹也该嫁我儿子了。甘素芬也想让女儿赶快嫁人！陆云飞也积极赞成，觉得自己的婚姻应该水到渠成瓜熟蒂落了。

江小妹却没表态，她最近工作很忙，一直在负责 C919 的发动机采购。这次的供应商尽管还是选中了 CE 公司，但任务更加艰巨，对方竟想采用“技术诱惑”的方式来合作。江小妹得到上级指示，说我们要接受教训，以往的技术合作几乎断送了我们通往自由王国的道路。对追求高技术领先的航空产业来说，只有握住核心技术的控制权，才能决定一切。江小妹就坚定地对 CE 公司说：“不，我们需要的是风险合作伙伴！我们必须享受跟其他飞机制造商同等的商业地位！”

江小妹一心一意投入工作中，陆云飞很少见到她。他偶尔打去电话，她似乎正在焦头烂额地忙于工作，接到电话竟有些不耐烦，只问他什么事？陆云飞张口结舌，觉得在电话上不好提结婚，就说下班后来接她。但江小妹接连几天都下班特别晚，陆云飞接到她后没说几句话，她就想回家休息了。陆云飞考虑到她太忙太累，也不忍心打扰她，结婚的事只好先放下。

幸亏不久，CE 公司便同意签约，江小妹终于完成了 C919 的发动机采购任务，可以松口气了。这天她正想下班后跟陆云飞商量结婚的事，一打电话才知道，陆云飞出差去了北京。

ARJ 的总装制造团队遇到一个大难题，事先很多人都没想到。前不久在美国蒙大拿州，一列载有 6 架 39 米长的波音 737 机身和 90 辆汽车的火车，在沿克拉克福克河行驶时脱轨，导致 3 架飞机的机身和 19 辆汽车坠入河中，飞机大部段运输的事才引起重视。波音、空客等国际一流制造商的大部段运输很成熟，通常都是超大型运输机、多功能运输车、滚装船、火车……海陆空轮番上阵，怎么快捷怎么来。

这个火车脱轨属于小概率事件，但也从一个侧面反映了飞机大部段运输的风险。

对于刚成立不久的商飞公司来说，ARJ 的大部段运输还真是一个不小的考验。因为 ARJ 的机体主要供应商分布在四川、陕西、辽宁、江西等地，大部段运输需要从水路或者陆路运抵上海，那一条条隧道、一座座桥梁就成了一只只拦路虎。为了解决这个困难，第一次国产大飞机的大部段运输协调会在北京召开，交通运输部、公安部以及各有关省市的负责人都参加了，设计所也派人与会，看在设计上要如何改进。在国务院及各省市部门的支持下，这个会开得很成功，各大供应商也都使出浑身解数，承诺要派出专车专人全程护送。他们还在一些难点线路上进行了全过程的运输演练，保证不让这些克服了许多困难才造出来的宝贝有半点闪失。至此，会议圆满结束。

陆云飞去北京开会，玛丽莲也一道同行。因商飞公司“海外招募千人计划”的推出，她以海外人才的身份进了上海的飞机设计所，又跟老同学成为同事。陆云飞没有猜错，玛丽莲一直暗恋他，这才想来中国工作。但她是个高傲的女子，并未向陆云飞表白，只是默默守护在他身边。陆云飞起初有些不知所措，后来就决定跟她好好谈谈，打开她的心结。正巧这次在北京遇上中秋节，玛丽莲因国籍身份，她被邀请参加一个中秋赏月晚会，她请陆云飞一道前往，陆云飞欣然答应，觉得这倒是一个好机会。

晚会在天坛举行，那本是明、清两代皇室祭天的地方，建筑雄伟气派，殿宇庄严美观。据说这是由中央电视台举办的中秋晚会，节目与春晚的歌舞比也毫不逊色，真是灯光绚丽，服饰华美，表演精彩。而整个气氛又是清新雅致的，除了开场暖台的大型歌舞气势磅礴，后面一律是轻歌曼舞，民乐合奏，或者太极表演什么的。配上梦幻般美轮美奂的背景，还有镜面如水的地板，舞蹈演员们翩翩起舞，一个个好比天仙下凡，超尘脱俗……

玛丽莲看得起劲，频频拍手，又转头对陆云飞说：“你们中国的文化真是太美了！云飞，我父亲很爱中国，我从小就有这份情结，觉得中国的节日挺有意思。所以父亲才送我来中国留学。我回到美国后，一直忘不了中国，也忘不了你……”

听到这般荡漾着情感的话，陆云飞已明白她的心思，有点坐立不安。想了想，只好用古诗词来说事：“中国的这个节日，本是要合家团聚一起过的。所以著名词人写下了千古名篇——但愿人长久，千里共婵娟。这时我心里，想的就是我在上海的女朋友……”

“啊？你有女朋友了？”玛丽莲脸色陡变，瞬间就少了一份欢喜和怡悦。

陆云飞趁机把自己跟江小妹的感情全都告诉了她。玛丽莲听说他们是青梅竹马，早已订下婚约，是为了研制新飞机而一再推迟婚期的，这才明白了，并深感遗憾。

她抬头望着那一轮明月，夜空晴朗万里，墨黑中又见澄碧，那种清澈连天合地。虽然没有星星，但月色如水，向满世界洒下了清辉，让人不由得会想：跟喜欢的人在一起赏月，真是人间最浪漫的事！而她芳心已属，不会轻易放弃。

于是她问陆云飞：“那么回到上海，我可以见见你的女朋友吗？”

“当然可以。”陆云飞欣然作答，“我希望你们成为好朋友。”

江小妹在上海独自过了一个清冷的中秋节。她去了陆家晒台，给那盆苔花浇水，又看看周边的花草，心绪这才豁达了。她全身披着银色的月光，心旷神怡……

次日上班，江小妹就接到潘重一个电话，商飞公司的头儿居然要请她吃饭！江小妹惊讶地去了，潘重热情地问她想吃什么，然后才端出“正餐”：原来 ARJ21-700 即将去阎良投入试飞，飞机厂要派人跟去工作，那个适航证很不好拿，试飞工作可能要持续好几年，许多上海人都不愿去。这工作鲜有女人来做，但潘重亲自在抓此事，就想到了江小妹，觉得她是个优秀肯干的人才，就问她愿不愿去阎良，参加试飞工作？

江小妹深感意外，连忙说：“可是市场部还有很多事需要我。”

“没关系。”潘重笑道，“可以另外安排人去接替你。”

江小妹想了想，只好羞怯地说：“不好意思，我正准备结婚……”

“你要结婚？”潘重也感到意外，沉吟了一下，又说，“但目前确实派不出别的人，要不你先去工作一段时间吧？算临时借调，只参与鸟撞试验，结束后便可回上海结婚。”

江小妹知道此事很重要，便答应考虑。

又过了几天，陆云飞跟玛丽莲从北京回来，他立刻在甘家村安排了一场晚宴，邀请未婚妻跟老同学见面。恰好甘姨也在，见准女婿带一个金发碧眼的外国姑娘来吃饭，就给他们做了一桌美食，吃得玛丽莲赞不绝口，直说中国美食也是她最留恋的……

“我正要向你介绍，做这美食的就是我未婚妻的母亲。”陆云飞遥指厨房里的甘素芬。

玛丽莲惊叹：“那就是你的另一个母亲了，她真棒！”

玛丽莲性格外向，自带一股美国人的傲气，甚至还喧宾夺主地安排座位，让江小妹坐在另一头，自己坐在陆云飞身边。江小妹不知道她啥意思，以为她坐主位，是要抢着买单，就没说什么。陆云飞却不乐意了，心里有一丝局促与别扭……

这时他故意哈哈一笑地说：“是啊，有了天，就有地，我的未婚妻也很棒！”

玛丽莲这才正眼看着江小妹，说：“是啊，飞机厂的女人本来就很稀缺，听说你还在市场部工作，负责跟我们美国人谈判？但我却不知道，你是不是跑龙套的？”

“是不是跑龙套的，这个无所谓。”江小妹有些明白了，她目光灼人，幽幽地说，“就像刚才你抢着坐主位，待会儿你别抢着买单就行，这顿饭肯定是我和云飞请了，我们俩是东道主嘛！”

陆云飞悄悄冲她比了个大拇指，玛丽莲又不乐意了，索性摆明了说：“既是你家开的店，买单我就不跟你争了。但你要明白，虽然你跟云飞从小一起长大，用你们中国话来说，是两小无猜。而我跟云飞是大学同学，那时他还心无所属吧？否则我们同学多年，怎么不见他透点风出来？而我跟他坐得那么近，这就叫作近水楼台先得月吧。”

陆云飞听她口出狂言，连忙往后缩，说：“玛丽莲，别瞎说，我跟你什么事也没有啊！”

“在大学里是什么事也没有，所以我一直后悔着呢！”玛丽莲脸蛋红扑扑地笑道，“现在我们又一起共事，这窝边草我可要狂吃一把了！中外搭配，干活不累嘛！”

江小妹没想到这美国姑娘是个中国通，什么成语、歇后语都能说出口。很显然，她也爱上了陆云飞，竟想跟自己争！她没有思想准备，只好看看未婚夫怎么应付。

陆云飞也很吃惊，他虽然知道玛丽莲喜欢自己，但她平时很高傲，在设计所也是摆足了架子，对他爱答不理，没想到她心中始终放不下他，居然来这儿挑事了！陆云飞也挺懊丧与悔恨，不该把两个姑娘撮合到一起来吃饭，竟让玛丽莲有机会向江小妹挑战。

他连忙举手申明：“哎，我对你们外国人不感兴趣……”

“兴趣可以慢慢培养嘛！”玛丽莲哈哈笑着，侃侃而谈，“我们西方人就是比较新潮，讲究真正的自由恋爱，而且以我为中心。别看你们现在是未婚夫妻，就算结了婚，也不是一路绿灯。我走南闯北，对这一点看得更分明，任何事物都是双刃剑，世界好大，也许本来般配的两个人，却无缘得见。但有些事必然会发生，优秀男子就是有人抢着爱！命运都是自己选的，人心也在变化中，这就是你们常说的与时俱进吧！”

虽事出突然，但这番话让江小妹听来却石破天惊！没想到世上还有这么大胆的女子，居然为自己无理的行为辩解得振振有词！她用目光细细扫过面前两个人，发现陆云飞面红耳赤，似乎在这番歪理面前无言以对，或是觉得自己掰扯不过这个外国人。江小妹有些警觉，心想：他俩才从北京一起回来，固然陆云飞值得信任，但这洋妞火热起来那是很撩人的！

江小妹想到这里，腹中有一股莫名的气血腾起来，升上脑门，她站起来说：“好吧，玛丽莲姑娘，我不反对你们中外联姻，倘若你看上了我的未婚夫，那就看他如何选择了！云飞，你怎么不说话了？难道现在的世界真变了？女人都那么主动，而男人却找不准方向了？虽然我们订了婚，你还可以再想想……那么今天，我就不买单了！”

江小妹拿着自己的包走出店外，隐约听见母亲和未婚夫都在叫自己，可她没回头。但走了几步，就被一个人拽住胳膊，回头看正是陆云飞。只是无意间的一瞥，就能看出他很生气。这个她心仪的男子黑眸深邃，身体健硕，那狂野外露的性感力量也很撩人，怪不得那洋妞要直扑上来！真是想想都要醉倒。然而江小妹的内心却很传统，在洞房花烛夜之前，她不会跟未婚夫有任何过激行为……

“你别走！”陆云飞激动地叫道，“我跟她什么事都没有，难道你不相信？”

“我相信。”江小妹在静夜中深呼一口气，环视着周围熟悉的景物，带着一丝留恋地说，“但我没时间跟她纠缠，云飞，我要走了，去阎良搞试飞。”

陆云飞大为震惊：“是因为玛丽莲的无理取闹？你才要离开？”

“当然不是。”江小妹平静地说，“是潘总选中了我……”

但潘总为什么选中自己？江小妹一开始也不明白。似乎就在刚才那个瞬间，她突然有所感悟：飞机公司的市场部虽集中了很多高端人才，但唯独她几年如一地埋头苦干而且干出了成绩的！宛如她跟陆云飞这对恋人，一路走来也是风风雨雨，磕磕碰碰，爱情长跑，终于瓜熟蒂落，得偿心愿。现在虽然有一点反复，有人来挖墙脚，但她深信自己与陆云飞的那种默契、那种感情、那种缘分，是谁也无法动摇的！本来这时候她不该离开上海，要坚守阵地，但她却起了一股逆反的心理，偏在这时离去，是不是想考验恋人？她不知道。

陆云飞感到意外，不由得问："小妹，我知道你很好强，一直希望自己独立。新工作面临挑战，又是潘总亲自选择了你，你想去重新寻找自我……这些我都能理解，但你走了，我们的婚事怎么办？难道又要推迟。"

江小妹也不无遗憾，她想了想，又深情地说："老一代飞机设计师，不少人都因为大飞机而做出牺牲，朱老师就是其中之一……如今我们牺牲一点青春岁月又何妨？"

陆云飞不禁后退几步，在暗夜中重新打量她。这个工人的女儿深明大义，站得高，望得远，放得下，想得开！而他呢，更应该与她比翼连枝，守望相助，而不是拖后腿。

他也立即表态："好，支持！我们肝胆相照，千里相随！"

江小妹欣慰地看着他，两人都不需再说明什么，刚才的一幕已经随风飘散。

在离他们不远的甘家村，店门外站着玛丽莲，脸上的表情变幻莫测……

甘素芬听说此事却很生气，竭力反对说："我都在准备婚礼了，你这时怎么能走？"两个女儿的婚礼一推再推，她感觉都要崩溃了！江树森这阵子在负责新建铁鸟模拟的试验厂房，他赞成能干的小女儿再去迎接挑战。家庭矛盾很快解决，江小妹走得义无反顾，甚至没有通知任何人，便独自悄然离开。陆云飞也没去送她，知道他们很快会见面。原来ARJ21-700又要面临新的考验了。它将被送去阎良强度试验所再做试验。

江小妹来到阎良，心情很爽。正逢这个"中国西雅图"的秋天，到处飘满了金黄色的落叶，飞机强度试验所门前的路上一片金灿灿，被仍然强烈的阳光照射得异常美丽。

但这阵子ARJ的飞机鸟撞试验一直遭遇失败，甚至陷入了困境。鸟撞飞机可能导致严重的后果。在中国，由于鸟撞造成的事故约占航空事故的三分之一。而在美国，由于鸟撞造成的经济损失每年也是个天文数字。所以鸟撞试验越来越受到适航部门的重视，按有关规定，飞机所有可能遭到鸟撞的部位必须满足强度要求，在遭遇撞击后仍能安全完成飞行。但因这是国内首次开展商用飞机的鸟撞试验，没有任何可借鉴的经验与流程，包括所采用的手段都需要技术人员自己去探索。

江小妹第一天走进鸟撞试验厂房，只见这是个血腥的场所：到处是鸡毛和鸡血，空气中飘散着阵阵腥臭，角落的铁笼里还关着几十只鸡。她一阵恶心，差点吐出来……

“不好受吧？我们也一样。”一个工程师摘着试验件上的鸡毛，一筹莫展的样子。

江小妹小心地问：“可是，不该用鸟吗？怎么会是鸡？”

另一个技术员斜了她一眼说：“那么多飞鸟可不好找，只有用鸡来代替。”

江小妹这才明白地点点头，又问：“试验结果怎么样？”

“糟透了！”第一个工程师沮丧地说，“机头又被打了一个大洞，这可怎么办啊？”

江小妹发现这项试验是把鸡们绑在一个空气炮，即一个专业的试验设备中，再用很快的速度打到飞机蒙皮上，模拟飞行中的鸟撞飞机，用以检验蒙皮的强度。她立刻积极投入这项工作中。几天过去后，技术人员修正了数据再做试验，机头还是被打了一个洞。之后情况越来越糟糕，几乎每次试验都失败了，机头一打一个洞，真是太要命了！一个月过去，上千只鸡牺牲在这个试验场地，厂房里血迹斑斑，到处飞着鸡毛，数据却很不理想。鸟撞试验居然失败了，江小妹心里很沮丧。

强度所也与试飞院相邻，此时新招收的试飞员都去国外培训了，乔兴剑便空闲下来，领导要安排他退休，他坚决不肯，说他试飞经验丰富，虽然年龄大了，但还可以做试飞员的地面培训。领导觉得他这阵子太累，又安排他去休假，他同意了。

乔兴剑临走前收拾行李，拿出一张照片要带上，突然想到一件事：凌翔去国外培训前来告别时，闯进他房间，刚巧发现他对着这照片发呆。凌翔简直不敢相信自己的眼睛，因为照片上正是他母亲！乔兴剑只好把自己跟凌丽如何错过的故事讲给凌翔听，他才知道这段惊世骇俗的旷日情缘，不禁感动得流泪。乔兴剑又对他说，人们只看到试飞员光鲜亮丽的样子，但我们身上的压力有多大却没人明白。由于这工作太危险，随时可能没命，女孩子都不肯嫁给我们。所以我们特别珍惜自己的爱情。但为了去飞中国人自己设计的大飞机，就连这份爱情也可以舍弃！你要明白试飞员的不易，更要珍惜。凌翔听了深受启发……

乔兴剑想到这里，突然有一种强烈的愿望，想在休假之前去见见凌丽，他还有许多话要对她说。他跟凌丽一直保持着联系，知道她最近回阎良了，就去了她家。

这是一间20平方米左右的小屋，是凌丽在西飞工作时分到的宿舍。明亮的灯光流淌在地板上，营造出一种温馨柔暖的气氛，让人觉得这是一个美好的天地。凌丽开了门，请乔兴剑进去，此时屋里坐着一个女孩，正是江小妹。他们本不熟，凌丽就做了介绍。

“这是江树森的女儿江小妹，她来这儿做新机的鸟撞试验。这是乔叔。”

乔兴剑坐下来，看着江小妹说：“我认识你爸爸……试验怎么样？”

“屡屡失败，雪上加霜！让人有极大挫败感，我都不想干了。”江小妹怏怏不快。

“那怎么行？你们试验的结果不理想，我们试飞员怎么敢飞？”乔兴剑笑道。

“你是试飞员？”江小妹立刻感兴趣地问，“试飞员同志，鸟撞试验有那么重要吗？死了几千只鸟，仍然失败，数据总是不理想，还有必要再干下去吗？”

“很有必要啊！”乔兴剑激动地站起来，“天空中自由飞行的鸟没有安全概念，但这体型小、质量轻的鸟类与钢筋铁骨的飞机相撞，就会产生巨大冲击力。一只7千克重的大鸟撞在时速960千米的飞机上，冲击力将达到144吨！是高速运动使鸟撞的破坏力如此巨大，一只飞行的麻雀就足以撞毁降落时的飞机发动机！因此鸟撞试验非做不可，而且必须成功！”

江小妹很吃惊，也站起来说：“好，那我一定要把这鸟撞试验进行到底！”

凌丽和乔兴剑对视一眼，都赞成地笑起来，很欣慰的样子。

江小妹看看乔兴剑，又感叹道：“你只是个试飞员，却懂这么多理论知识。”

凌丽也笑道：“老一代（第一代）试飞员是勇气型的，你乔叔他们这一代（第二代）试飞员是技术型的。”

乔兴剑接着说：“凌翔他们这一代（第三代）试飞员，将是专家型的……”

江小妹见他们二人如此默契，突然心有感应，便站起来告辞了。她走到宿舍楼下，又回望那个亮着灯光的窗口，想起父亲曾经说过凌姨跟朱杰和乔兴剑的事，似乎明白了。她也觉得这段往事简直惊心动魄，他们三个都是大好人。他们的故事那么传奇，不光是人生一段亮丽的风景，也是忠贞爱情的见证。跟他们相比，自己跟陆云飞的爱情是那么平平顺顺，就算有一个美国姑娘插足，也会波澜不惊。

阎良的秋夜天高气爽，入夜仍是万里无云。一轮皎洁的明月挂在空中，它威严地、冷静地、居高临下地俯视着人间，让这片关中大地沐浴在银色的光辉里，山山水水都变得那么纯净。窗户外，树梢下，微风轻轻拂来，枝叶轻柔摆动，像在为一个美好的日子而悄然欢庆。屋子里，灯光下，月色也满满地洒进来，让眼前的一切都变得更奇妙……

乔兴剑和凌丽互相凝视着，都是满腹心事。凌丽跟乔兴剑久未见面了，或许是郑义良的隐约出现触动了心事。她最近特别想见到乔兴剑。她的人生道路上遇见了两个好男人，却都没跟她生活在一起，真是天大的遗憾！如今她的后半生应该和谁过？她也没想好。乔兴剑多年后单独面对凌丽，也不禁心潮澎湃，觉得自己真是错过了很多美好的时光。

这天晚上，他们倾心交谈着，把原本隐瞒对方的事都说了出来……

“我那个前夫可能就在上海！”凌丽说，“我在工作中几次遇到困难，总有一个匿名的工程师出手相助，我怀疑，他就是郑义良。但不知道为什么？他总不肯现身。”

“你在干大事，自然有贵人相助。”乔兴剑笑道，“我跟钱忆宁也离婚了……”

凌丽震惊地站起来说：“怎么？你们终于还是离了？”

“是啊，因为她看出来，我的心不在她身上，我爱的人始终都是你！”乔兴剑也站起来，握着凌丽的手，热切地说，“丽丽，我们剩下的时间不多了，应该在一起了！”

凌丽内心发烫，却甩开他的手，走到窗边。她凝视着外面的世界，任凭黑夜降临，万物仍在欣欣向荣：小草在律动，花儿在开放，树叶在摇摆，河水在流淌……在月光映照下，这一切显得更加生机勃发，更加欢欣鼓舞，流水欢歌，自然温馨，划破了夜的静谧——这就是生命的活力！而在这一切之上，爱情也在激烈地翻腾着。虽然这么多年来，她跟乔兴剑很少提起这事，但她一直在等待着，想投进心爱的男人怀里，想跟他紧紧相拥，再也不分开！她甚至有恨怨，恨时间过得太快，怨他们错过了时光，恨不能云天相随，跟着他直上九霄……可现在这一刻终于来到了，她还在犹豫什么？难道是为了郑义良？看来他的重新出现——仅仅是有可能的重新出现，仍然打乱了她的心绪。

凌丽收回思绪，干脆地回头问：“你不是说，要等我们的新飞机研制成功吗？”

“是啊，可我现在等不及了！有时我甚至担心，我们剩下的时间不多了，应该抓紧每一天！”乔兴剑深情地笑着，又稍感遗憾地说，“不过，好吧，反正也等不了多久。翔子他们就该回来，你们的新飞机也要试飞了！等适航取证后，我们就结婚。”

凌丽的脸红了，她没反对，只微微点头，算是答复。

“那我们说定了？”乔兴剑欣慰地笑了，“明天我要去云南休假。”

“你快回去收拾行装吧。”凌丽叮嘱道，“好好休息，我们的大飞机还需要你！”

乔兴剑次日却没走成。原来试飞院奉上级指令，要在本机场搞一个试飞表演，来宾都是外国嘉宾，想了解空军试飞员的现状。但事出突然，很多试飞员都被安排去休假了，一时找不到足够优秀的试飞员来进行表演。

乔兴剑已经上了大巴车，听说这事又跳下来，找到试飞院领导，说：“我可以飞，我曾经是空军首席试飞员，保证完成任务。”

领导听了有所动心，因为来宾中就有人是慕乔兴剑之名而来的，乔兴剑也确实对空军的试飞有卓越贡献。但他年纪不轻了，要飞各种特技能行吗？乔兴剑连忙保证说，他的身体精神都没问题，何况只是表演飞行，危险并不大。领导考虑了一下就答应了。

乔兴剑又打电话通知凌丽，让她也来看表演。凌丽正准备回上海，就决定推迟一天。但她也不无担心地问：“你行吗？你飞了三十几年，我也担心了三十几年……”

“没有任何问题！”乔兴剑安慰地笑道，“这可能是我人生中最后一次飞行了，我的试飞生涯或将就此结束，这也是一种辉煌的谢幕吧！”

“好吧。”凌丽又叮嘱道，“那你明天飞行表演，务必要小心。我等你安全归来，就请你吃饭，我们好好庆贺一下。以后你不上天了，我也就放心了。”

人生总是祸福难测，险情到来之前，也没有任何预兆。

这一天还是个好天气，明亮绚丽的阳光慷慨地洒满关中大地，机场上到处彩旗飘扬，观礼台上坐的都是各国军方的高级官员，很多人的制服上佩戴着金灿灿的勋章。跑道尽头，一只巨大的战鹰以它天然的雄姿静静地站着，机翼被阳光映照得灼目闪亮。

上午十点整，表演开始，乔兴剑着装整齐，戴着头盔登上了飞机，驾驶这架战鹰缓缓滑入跑道，它发出了低低的轰鸣声，机场四周的空气都跟着震颤起来，人们视野中的建筑和树木也抖动起来。随着指挥塔台一声命令，战鹰怒吼着，昂首升空，直射蓝天……

因为乔兴剑的安排，凌丽和江小妹也坐在观礼台上。凌丽一直抬头仰望，目光紧紧跟随那架战鹰。这是一款我国自行研制的歼击机，已经通过各项试飞，性能指标都没有任何问题。但凌丽的心情却不是云淡风轻，只有飞机设计师才知道，飞机在空中的任何时候，都可能出现任何问题，而且都是致命的。亏得心上人艺高胆大，总能化险为夷。

白云如雪，晴空如碧，乔兴剑飞在空中，心旷神怡。他飞行多年，思维缜密，动作严谨，娴熟准确。这次表演经过精心准备，他又带着爱人的嘱托飞上蓝天，更是格外小心。他在空中做了许多精彩的特技动作：先是低空盘旋，接着垂直跃升，雷霆万钧地直冲霄汉；然后潇洒地转了个弯，再向下俯冲，风驰电掣地掠过机场上空，让人目不暇接。凌丽甚至在那些精彩瞬间里，用手蒙住了自己的眼睛，她旁边的江小妹则发出尖叫声。这场空中表演简直是惊心动魄，扣人心弦，湛蓝的天空中不时划下一道道优美的白色弧线……

半小时后，表演快要结束了，乔兴剑即将驾驶飞机降落。他往下俯视，看见现场有许多嘉宾，还包括一些站在跑道尽头的拦阻网边上偷看的当地村民。他略有点紧张，试飞员即使心理素质再好，面对这些不守规则的意外情况时，也会产生无数个不确定性，必须小心谨慎。乔兴剑仿佛看到了凌丽期待的眼神，他微微一笑，放下起落架，准备降落……

但险情就在这一刻发生——一只特大猛禽突然被吸入发动机，导致发动机空中停车！指挥部听到乔兴剑镇定地说：发动机撞鸟停车，飞机失去动力，高度无法提升！这时看台上的人们也发现了，他们都震惊地站起来，望向跑道，而且看得清清楚楚：那架飞机跌跌撞撞地倾斜着，贴地而飞，就像一只折翼的大鸟。大家都不觉惊呼起来，凌丽更是如遭雷击，两眼一黑，一颗心瞬间就提到嗓子眼儿，万万没想到会发生这样的事！她知道飞行器的导航系统大都位于前部，此时发动机的叶片肯定全被打碎了，飞机失去动力，心上人面临着极大的危险，死神也迫在眼前！

乔兴剑尽管沉着镇定，但在这么低的地面也很难控制飞机。他努力拉动操纵杆，想把飞机提起来，但失去动力的机翼抖动着，仍然倾斜着向跑道冲去！他望见了看台上惊慌失措四散逃开的人群，那里不仅有外国嘉宾，还有他心爱的人！他如果此时跳伞，因为高度不够，也不一定有逃生的机会，而失控的飞机不但会冲向看台，还会冲向跑道拦阻网那一边！乔兴剑毅然拉起飞机，但方向却更加难以控制。试飞场外几百米，就是人口更密集的市区，还有许多车辆和行人！他知道自己此刻能做的，就是努力让飞机避开看台上的人群，避开拦阻网后面的农民，也避开市区的密集人群，向跑道另一侧冲去……

飞机越过跑道旁边的阻拦网后，仍然歪歪斜斜地向前冲去，开始下坠，直接撞上了地面，接着轰的一声巨响，腾起一团冲天的火光……

乔兴剑壮烈牺牲了！

凌丽猛地捂住自己的嘴，忍住那一声喊叫，眼泪却哗哗流下来！

江小妹在她身边发出一声尖叫，大喊着："乔叔！不！不可以……"

她们和周围的人一起冲向飞机失事的地方，只见火焰熊熊燃烧，四周空气都炽烈起来！凌丽好似胸口被人狠狠插了一刀，疼痛使她捂住胸口便蹲在地上，放声痛哭起来。江小妹疯了似的要往火里冲，但被人们拉住了。她拼命地大叫着："你们快去救他呀！他是为了我们啊！"

周围的人全都泪洒当场，哭声震天……

救火车和救护车都开来了，冲天的水柱喷向燃烧的飞机，在阳光下形成了一道壮观又美丽的彩虹。凌丽隐约觉得她看到了火光中的乔兴剑，他整个人都在阳光下闪闪发亮，带着受伤的战鹰，从她面前一掠而过，呼啸升天……

乔兴剑的牺牲震动了试飞界。因为他是一名经验丰富的优秀试飞员，没死在试飞任务中，却殒命于一场试飞表演，许多人都说可惜了！在他的追悼会上，有关领导高度评价此事说："我们不能简单地看待和理解这件事，正如苏联航空员加加林没有倒在通往宇宙的航路上，而死于一场普通的例行试飞中一样，他们都是为祖国的试飞事业而光荣捐躯。何况乔兴剑还是为了搭救在场的人们而选择了牺牲，他用宝贵的生命证明了一名试飞员彻底的无私的纯粹的大无畏精神，他的生命之花也在祖国的长空绚丽地绽放着……"

乔兴剑的遗体被安葬在试飞员的烈士公墓里。下葬那一天，装载着烈士灵柩的灵车在警车车队的庄严护送下缓缓上路，穿过试飞路，穿越阎良市区，两旁的人行道上挤满了送行的市民，他们都知道牺牲的烈士用生命维护了自己的安宁。这时突然大雨倾盆，仿佛是英雄不舍他的飞行事业，更是人们为他的离去悲伤得泪飞如雨。凌丽在江小妹的搀扶下，也走在送行的队伍中，她们俩都哭成了泪人。

人群中就有那天违规来偷看的一些村民。一个大叔带着几个孩子，走在凌丽她们身后。

有个孩子问大叔："他是什么人？为啥那么多人来送他？"农民大叔不知如何回答。

江小妹回身庄重地说："他是中国试飞员。"

乔兴剑下葬时，大叔又让那几个孩子跪在墓前，给烈士磕头。

江小妹不禁潸然泪下。她跟乔兴剑并不熟，但他们见面的那一晚，他正好给她讲解了鸟撞试验的意义，而后他又用生命深刻地诠释了这一点。江小妹受到极大震撼，她看着四周花圈围绕的烈士墓，雨过天晴的太阳正好在这一刻跳出地平线，灿烂的光芒照亮了关中平原，给这个悲伤而庄严的墓地镶上了金红色的光环。江小妹听着耳边传来阵阵的松涛声，觉得这就是天意，从现在起，她再也无法离开这个地方，直到中国大飞机成功起飞的那一天！

凌丽发现前来送行的人群中没有钱忆宁，可能她还在新加坡，没来得及赶回？此时此刻，她觉得自己就是乔兴剑最亲近的人。人们走后，她让江小妹也离开，只想留下来跟心爱的人独自相处。她全身心地伏在墓地上，把头贴在墓地上方，闻着一股新鲜泥土的芬芳。过了许久她才爬起来，用手抚摸墓碑上的字，回想着跟乔兴剑相处过的一切。她的脸上虽没再流泪，但她的心却在滴血。她想到那天晚上乔兴剑对自己的承诺，他们这一个心愿永远不可能实现了。但她应该感到自豪，乔兴剑是为国铸剑、追梦蓝天的英雄，他一直向着自己渴望的天空，张开胸怀去拥抱，这另一个心愿并未落空。

凌丽又想到那句诗：天空中没有翅膀的痕迹，但我已飞过。于是稍感释然。

第二十六章

凌丽没有多余的空闲去伤感流泪，ARJ-700的强度试验即将开始，她必须回上海去做准备工作。临行前她问江小妹何时回去？江小妹流着泪说，她以后就想留在试飞站工作。她说由于乔叔的死，她更明白了鸟撞试验的重要性，也认识到试飞的重要性。江小妹发狠地表示，要把鸟撞试验进行到底，直到成功的那一天。凌丽深表理解和赞同。

凌翔跟陆云飞一直保持着密切的联系，他获知乔叔牺牲，悲痛万分，特地叮嘱好朋友代他去阎良吊唁。江小妹把陆云飞带到乔兴剑的墓前，又把其他烈士的墓地指给他看。陆云飞虽从没见过乔兴剑，但从凌翔嘴里多次听到乔叔的事迹，对他有种莫名的熟悉感。两人猜测着凌丽跟他的关系，感到万分惋惜。他听说江小妹不打算回上海了，吃惊之余也表示赞成，只是感叹婚事又要推迟了。但在目前情况下，他们谁都没有心思去考虑结婚。

ARJ-700在首飞前就已做过60%的强度试验，都是通过模拟飞机真实使用时的载荷、环境条件，来考核与验证新飞机是否符合适航的设计要求和安全标准。现在是做第二次结构静力试验，还是在强度所进行，是对新研制飞机的结构强度进行的更为重要的试验。

夏青作为中国民用航空总局（称为“局方”）的适航认证部门CAAC的代表从北京赶来，她在准备会上说：“这个2.5G的极端强度试验非常重要，除了我们局方，还有美国最具权威的‘影子审查’FAA（美国联邦航空管理局），都同时对ARJ21-700提出了几十项甚至上百项质疑。根据世界通行的适航标准，民用飞机的安全系数是战斗机的300倍，所以这个审查特别严格。ARJ21-700如果只拿到我们中国民航颁发的适航证，就无法卖到别的国家，希望大家都重视……”

准备会后，陆家父子一起走出来，陆云飞忍不住问父亲：“爸，ARJ是我们自主研发的飞机，主要市场还是在中国。为什么要FAA到中国来为它颁证？”

“因为ARJ的飞机上有美国人的利益。”陆天放耐心地回答儿子，“我们的

19家供应商里，三分之二都是美国企业，他们的利益有40%要体现在我们的飞机里。”

夏青更明白这一点，她作为中国民航CAAC主持适航工作的负责人之一，一直在跟美国FAA就中国新飞机的项目，共同探索扩展适航双边关系的工作。

当晚在招待所里，不大的房间温暖如春，夏青依偎着久别的丈夫，欣慰地说：“好啊，我终于坚持到这一天，可以亲自参与到你们的新飞机试验中，帮你们把把关。”

陆天放凝视着妻子消瘦的脸庞，无比心疼地说：“你辛苦了，等我们这个试验成功，你就请个假，来上海好好休息，我陪你到处去玩一玩。”

夏青不觉笑起来，说：“就算我做得到，你能做得到吗？”

陆天放也笑起来，又把妻子紧紧地搂在怀里。“是的，我们都做不到，我们两个都把自己的全部青春年华，连同自己的幸福生活，一起献给了中国的航空业！”

“但愿明天，一切顺利吧！”夏青在他怀里喃喃地说。

窗外飘起了纷纷扬扬的雪花，预示着一年中最冷的日子已经到来。

当晚陆云飞没有去见未婚妻，全身心地投入这个试验的准备工作中。

第二天，雪尽管停了，但寒风凛冽，直扑人面。强度所的456库里很阴冷，空气中弥漫着一股紧张的气氛，已成焦点的ARJ-700的2.5G试验将在这里进行。此时01号静力试验飞机被无数条钢索吊在一个龙门架上，好似在经受酷刑，身上被贴满了密密麻麻的胶布带、应变片和配重块，用来采集各项数据。这项试验主要是考核飞机机身、机翼、机尾承受垂直弯曲载荷的能力。试验人员都很紧张，有些人甚至担心这架样机能不能撑到最后？而监控中心则位于角落的一个小房间里，实时测量结果将上机与计算结果相比较。

试验开始，现场一片宁静，聚集在四周的人们都凝神注视着这个“航空界的经典试验”。当加载到50%的时候，飞机的一些壁板出现了预期的剪切失稳波纹，这对众人来说已经有如遭雷击的感觉了。其后每增加一个试验内容或者试验项目，都充满了不确定的风险，人们的心更加往上提。毕竟再精确的计算，都会有意想不到的因素干扰……

“这样做有必要吗？”一向爱唱反调的张鸿奎，忍不住小声嘀咕，“据我所知，全世界没有任何一架飞机在全机静力试验中，加载到100%的极限负荷。也没有哪一架飞机像我们的ARJ一样，承担了如此繁重而严酷的试验任务！”

“我看有必要。”在他身边的陆云飞也小声说，“这是对我们的挑战和考验。”

“那么试验如果失败，你可别哭鼻子。”张鸿奎瞪了他一眼，又小声嘀咕，“反正我觉得这事有点悬，从蒙皮起皱的情况来看，这试验都快做不下去了！”

在监控中心，玛丽莲和同事们紧盯着计算机屏幕，那上面显示着黑、红、蓝、黄四种颜色的曲线，对他们来说都很重要。因为他们要实时推测加载的情况，甚至要提前推测出试验机加载到什么时候就会有损坏，那时就要马上停下来。但在那一天，当电脑屏幕显示中后机身连接处的应力曲线突然出现跳跃式的波动时，这个细节却被他们忽略了。

加载至 85% 时，整个厂房异常安静，所有人都揪着心，开始怀疑这个试验是否还要继续。飞机设计师追求的永远是临界状态，任何一个细小的数据都将左右这架飞机的市场销售情况，因此这种试验应该进行到何种程度？谁都无法预料，所以它充满了挑战和魅力。

此时随着载荷的不断增加，试验机的各部位都被绷得紧紧的，人们的心也都绷得紧紧的。飞机不断传来金属的咔咔声，还夹杂着一些闷响声。凌丽和陆天放都异常紧张，他们也在监控室里一直盯着电脑屏幕上的曲线看，心都悬到了嗓子眼儿……

“这是我国第一次按照 CCAR25 的标准来试验，还要进行下去吗？”凌丽问。

陆天放想了想，脸上流汗了，试验的紧张程度已经超出他事前的想象。

“再坚持一下吧。”他紧盯着显示器上的数字，心里也不确定这是否算正常情况。

夏青头戴安全帽，跟FAA驻上海的负责人罗吉斯也在现场，密切注视着这场试验。

加载还在继续，突然间，犹如石破天惊！

中后机身段传来了金属断裂的声音，接着龙骨梁的位置发出一声巨响，好似在安静的厂房里丢了一颗炸弹，也在人们心中响彻了一声炸雷，吊在龙门架上的试验机龙骨横梁柱竟然断裂了！紧绷在飞机上的钢索全部自动脱开，眼看着机身往下一沉，所有人都蒙了！

陆天放盯着电脑上的数字显示出 87%，但曲线已经呈 90 度向上跳跃，他简直不敢相信，眼前一黑，差点昏过去。在那一刻，他脑子里一片空白，似乎与外界隔离……

夏青大叫一声，就往外跑。“所有人原地不动，不准接近试验机！”

等到夏青和罗吉斯检查完飞机后，陆天放和凌丽等人才被允准去查看试验机的情况。当时他俩的心情都很沉重，不知道飞机损坏到什么程度。陆云飞手脚麻利，抢先爬到高悬着的飞机上，钻进机体，又从客舱走到货舱，查看损坏情况。最后他打开地板，只看了一眼，就蒙住眼睛，流下泪来，喃喃地对后面跟来的人说：“别下去看，出大事了！”

陆天放挤上前，陆云飞却拦住他，不让他去看，陆天放甚至能感受到儿子心跳的声音……

中机身下腹部严重变形，龙骨横梁柱从中断裂，强度试验失败了。

这是一次惨痛的严重事故，试验机损坏的情况很严重，监控的录像也出了问题，大家都不明白，怎么会出这么大的事故？所有参加研制的年轻设计师们，这回是真的都想跳楼了！

现场被立刻封锁起来，等待进一步审查。试验结束后，陆云飞顾不上去看江小妹，自己也没脸去看她，但他不知道的是，江小妹已在人群中目睹了这一切，她为他们伤心难过。再往下该怎么办？谁心里都没有底。这款新飞机从设计到生产，已经走过了六个年头，如果加上“运 10”的遭遇，那便是好几个六年！何止一代人的心血和期盼呀！全泡汤了……

凌丽虽倍感沮丧，但看着比自己还年轻还沮丧的设计师，只好控制住自己的情绪，先带他们去吃饭。她对阎良很熟，轻车熟路去了一个僻静的饭馆，想好好安慰这些还没经历过挫折的手下。但当她端起酒杯时，竟然失声痛哭——这次打击实在太大了！

夏青也来了，正好坐在她身边，就情不自禁地抱住她，两人一起痛哭，似乎又回到脆弱迷茫的大学时期。陆云飞也忍不住流下泪来，旁边坐着的玛丽莲颇有同感，她是作为计算机室的代表前来的。他们互相看了看，也紧紧握着手，眼泪淌成了小河……

夏青擦去眼泪，哽咽着说：“我很难过，我知道你们更难过！”

“是啊，我们为这次试验准备了很久，没想到是这个结果。”陆云飞抹着泪水。

玛丽莲在旁边抚慰地拍着他的肩说：“没关系，我们重新来过……”

“说得好！”凌丽又举起酒杯，坚强地说，“这酒的滋味确实苦，很苦，很苦……但这是我们自己酿的酒，再苦也要喝下去！”

陆天放心里更难受，试验结束后，他连吃饭都顾不上，就回到招待所，跟北京来的专家领导一起商议。ARJ这款飞机承载着几代航空人的梦想，代表着国家的意志，社会各界都充满了期待。这次试验失败，不仅影响了交付的进度，商飞公司的声誉也会受影响，最可怕的是，可能会把整个项目都拖入困境，对他来说，无异于天崩地裂了！

接下来的几天，年轻的设计师们在宾馆里足不出户，日夜伏在电脑前分析数据，几乎每个人都食不甘味、寝不安席。有人祈祷祝福，也有人心急如焚，更有人每晚都在看空难纪录片，真是压力巨大……

陆云飞连续一个多月没走出宾馆大门，倾尽全力去分析数据，寻找失败的原因。有一晚江小妹来给他送夜宵，见他一副焦头烂额的样子，蓬头垢面的，不禁埋怨了他几句。他就不想再见江小妹了，说问题找不到，困难不解决，无颜见江东父老！

因为事情严重，几乎关系到新飞机的生死存亡，北京派来的专家调查组帮助设计所一次次分析和审查数据。所有的试验都随之停止了，飞机设计师和强度工程师成了众矢之的，一时间质疑不断，挖苦、嘲笑、指责……深深刺痛着他们。

有专家评论：“这是中国航空史上从未有过的失败，甚至是耻辱！”一些年轻设计师委屈得想掉泪！

这是项目的冰点时刻，就如冬季的寒风一样刺骨。陆天放作为商飞公司的副总工程师，不但要跟大家一起追查原因，还要起到稳定军心的作用。他见众人情绪低落，便鼓励他们说：“在实现梦想的道路上，或许会遇到最黑暗最绝望的时候，这往往也是离梦想最接近的时候，我们要做的就是坚持下去！”

“对，我们要打破坚冰，将项目带出困境！”凌丽也振奋起来。

张鸿奎参加了专家调查组，他性格比较刁钻，人也挺聪明，竟然发现了一个问题，那就是玛丽莲在校核计算中漏算了一个数据。正是这个失误造成了试验的重大事故！

“你是否做了龙骨梁侧向的失稳强度校核？”他在一次审查会上问玛丽莲。

“当然做了！我怎么可能犯那种低级错误！”玛丽莲骄傲地回答。

“可是我看见你签名的这张图表上，有个数据是错误的！”张鸿奎理直气壮地说，“倘若你仔细校核过，就会发现龙骨梁的强度计算，根本满足不了设计的要求。

所以你不该在这张图表上签字。既然你签了，就得负责任！”

玛丽莲去看那张图表，气得拍桌子说：“这不是我一个人的签字！还有其他人……”

张鸿奎知道她说的都是实情，这事也不能完全怪她。因为这段时间人事变动频繁，分管设计师也在不断更换，没人能从源头上去审核所有数字，有时在一张图纸上签字的人就有好几个，甚至分不清到底是谁的责任。但张鸿奎特别爱唱反调，永远抱着幸灾乐祸的态度，跟陆天放和凌丽都时有摩擦，就想看他们笑话。听说这玛丽莲是陆云飞的老同学，年轻的一代时常让他感到有几分失落，便在审查会上猛然提出这事。

大家一听详情，立刻都惊呆了。

凌丽立刻站起来说：“如果是这件事，那么我也有责任……”

张鸿奎穷追猛打地说：“不管如何，这是一个责任事故，玛丽莲也要负很大一部分责任。如果她认真一点，负责一点，这种事就不会发生！”

因为事情重大，陆天放知道后气坏了，立刻召集所有人到事故现场，命令玛丽莲站出来当面承认错误，向所有人道歉。玛丽莲也很震惊，继而深感委屈。

她只好分辩说：“真不是我一个人的错。在校核过程中，我们共进行了八次复核，每次都有人签名。只不过有些人已经离开，现在怎么能让我一个人负责？”

“这件事责任重大，还是应该调查清楚。”陆云飞也站出来帮她说话，“何况这项工作，几个月前就移交给强度研究所了……”

“你别插话！”陆天放打断了儿子，“无论如何，玛丽莲必须检讨错误！”

张鸿奎没想到陆天放居然铁面无私，对外国人也毫不留情，倒有些讪讪的。凌丽尽管也怀疑张鸿奎不是出于公心，但却跟陆天放一道坚持原则，逼着玛丽莲做检讨。

玛丽莲欲哭无泪，想到从她进所，这些中国人对她只有严苛，没有宽容。陆云飞更是毫不理会她的深情，自从那次在甘家村，向老同学的女朋友挑衅后，有一阵子陆云飞见了她就跟仇人似的，好像他们有着冤冤不解的仇恨。

玛丽莲就像那道龙骨横梁一样，再也不能承受这样的重压了！当众道歉后，她假都没请就独自回了上海，后来听说，她居然失踪了。

这时候没有人关心玛丽莲，大家都在考虑如何重新做这个强度试验。尤其是

FAA的罗吉斯，他也是个专家，极其认真，蛮不讲理，甚至威胁说，他们撤回美国后就再也不来了。FAA的认证申请也很困难且耗时太长，大家都想留住罗吉斯。夏青做了很多工作，罗吉斯才勉强答应。陆天放赶回上海，要在最短时间内从上飞厂调人，来修复这根龙骨横梁。江小妹见此情况，又给朱杰打电话，希望他能帮着出主意想办法。

陆云飞没料到，江树森派到阎良来接受修复任务的工人，竟是陈大宝和他师傅田一民。田师傅是钣金工里的“收”“放”高手，也是个大工匠。他对陈大宝一直严格要求，有空就给他几块废料让他去练手艺，说干我们这一行，手不能生，要在产品上体现技艺。现在师徒俩大展身手的机会终于来了，虽然这试验机还在强度研究所里，手边缺少成型模具，但他们自制工装，甚至一点一点敲成型。在这次龙骨横梁的修复任务中，田一民把自己的高超技艺展现得淋漓尽致，让陈大宝和陆云飞都看得目瞪口呆……

陆云飞后来才发现玛丽莲给他留下一封信，说她不能担这个责，感到很委屈，要辞职不干了。他连忙给上海的父亲打电话，陆天放连日操劳，听此事后就气得病倒了，胸闷胸痛。陆云飞和夏青赶回上海去看陆天放，发现病房有很多人，都是来看陆总的。大家的表情和目光都跟平时不一样，流露出一种担忧。

“这怎么行？病房里人太多了，快走！都走！”医生过来赶人了。

听说夏青等人是亲属，医生就警告他们说，陆天放需要好好休息，不能太操心。

医生又把陆云飞拉到一边，小声叮嘱说：“你父亲心脏不大好，出现了一些毛病，必须重视。最好再做几个检查，别出大问题。”

陆云飞连忙答应着。回到房间，只见夏青的眼里也蓄满了担忧，想到养母身体不好，就决定这事先不告诉她，反而说些无关紧要的话，去安慰他们俩。

夏青一直坐在丈夫床边，看着他休息。陆云飞办好所有检查手续，把交费单交到养母手里，不忍看她焦虑的神情，就走到窗边。淡淡的晚霞依旧绚丽，簇拥着一轮边缘模糊的夕阳……他不禁心想，父亲的身体也日落西山了吗？

凌丽来看陆天放，随后又问陆云飞：“你跟玛丽莲是同学，知不知道她去哪儿了？她虽是海外人才，也不能搞特殊，更不能遇到事就一走了之，这是不负责任的态度！”

陆云飞有些窘迫：“玛丽莲给我留了一封信，说她想回美国，重新去波音公司……”

“她要走？”凌丽生气地说，“她担任了大飞机的研制工作，就不能随便离开！”

“是啊，那不行！我们有保密制度，你们可要重视！”夏青也严肃起来。

陆云飞掏出那封信看了看，说：“她留下了航班号，就是今天，还有几小时起飞……”

陆天放撑着身子坐起来。“云飞，你快去机场把她追回来，告诉她利害关系。”

“好，我一定把她找回来！”陆云飞知道事态紧急，连忙跑开。

玛丽莲已经跟波音公司联系上，对方得知她在商飞公司工作了一阵，现在要回来，非常欢迎。玛丽莲并不傻，知道波音公司在中国的销售份额已达到60%，如果中国成功研制出新飞机，对波音打击最大。而她如今的身份，在波音看来也是至关重要的。玛丽莲不喜欢这样，仅仅因为自己想逃避责任，便弄得人不人鬼不鬼的！她忐忑不安，犹豫不决，生怕其中有什么圈套，正在进退两难，一筹莫展，陆云飞就找来了。

“你怎么来了？”正欲登机的玛丽莲深感意外，高兴地问，“你是来跟我告别？”

陆云飞摇摇头说：“我来阻止你回国！你应该回设计所，担负起自己的责任！”

玛丽莲瞪大了碧蓝色的眼睛，说：“你在干涉我的生活，我真不该给你留那封信！”

“你太冲动了，就算你是海外引进的人才，也不能随便回国！我们的保密制度不允许，任何飞机公司都不会允许这样的行为，你明白吗？”陆云飞严肃地瞪着她。

玛丽莲知道他说得在理，不禁犹豫起来，说：“我，我是有点冲动……”

陆云飞也动了感情，耐心地说：“你知道吗？我爸也因为你这个海外人才的出走而病倒了！”

“陆总病倒了？”玛丽莲深感内疚，情绪渐渐平复。

陆云飞又诚恳地说：“玛丽莲，别走，你回去后，在波音的处境也会很尴尬……”

玛丽莲犹豫了一下，才下决心说：“好吧，我跟你回去，接受处分。”

陆云飞微笑地替她拉着箱子，等着她去办退票手续。两人往机场外走时，他才赞赏地说：“玛丽莲，我很高兴你能做出正确选择，回设计所重新工作，弥补自己的过错。”

净天无云，碧空如洗，道路两旁鲜花盛开，上海的春天悄无声息地来到了！玛丽莲跟着陆云飞走向大巴停车处，心中激情陡生……

她迅速贴近陆云飞，小声说：“云飞，你可别忘了我来中国，就是因为爱你！现在我留下来，除了一份责任，还是因为我深深爱着你！难道我们俩就不可能……”

“永远不可能！”陆云飞干脆直接地拒绝，“你要知道，我从儿时就与江小妹在一起，生活中的点点滴滴都刻骨铭心，我怎么可能辜负这段情？何况我深爱着她！”

玛丽莲噘起嘴不说话了，似乎这才发现，自己怎么也不可能让老同学变心。她提出去医院看陆总，陆云飞同意了。他们来到病房，发现陆天放神情憔悴，更严重的是他的心脏，医生看了检查结果，说有心梗的迹象，让他以后千万别激动，也不能太劳累。

夏青把陆天放扶起来坐着，他期盼地看着养子和玛丽莲，感慨地说：“好啊，玛丽莲，你回来就好。科学不分国界，研制新飞机永远是全球航空人的梦想，以后我们的大飞机就靠年轻一代了，你们可要挑起这副重担啊！”

陆云飞和玛丽莲都热泪盈眶。玛丽莲发现，陆总在短短几天时间里就老了！或许年轻一代的成长都要以父辈的衰老为代价？玛丽莲瞬间觉得羞愧万分、无地自容。老同学的父亲哪怕身染重疾，心心念念的还是全球人的大飞机，相比之下自己多么渺小！玛丽莲就在这一刻成熟长大了，她决心在工作中去改正错误，成为一名合格的飞机设计师。

商飞公司如今兵强马壮，但相对波音公司 4000 人的项目管理团队，人数还是少得可怜。正如陆天放担心的那样：有经验的老设计师年龄越来越大，而年轻设计师虽有理论知识，但实际经验少。还有一些人因工资待遇等问题跳槽出走，留下了没完成的方案，在设计上缺少连续性，管理失误，也是这次强度试验不成功的原因之一。此外，一些机身的连接部位设计的刚度和强度不够，还有一些部件选型错误，都导致了这项科目的失败。专家调查组给出了这几个结论后，CAAC 随后也召开了审查会议，基本同意了 ARJ 的设计更改方案和试验机修复计划。此后的半年时间，设计人员又投入更紧张的工作中。

鸟撞试验终于成功了！江小妹果然没回上海，继续留下来负责试飞站的现场调度，业绩不凡。陆云飞经常因公出差去阎良，也会去看望江小妹，很为她骄傲，还想跟她并肩作战。陆云飞已打定主意要考试飞工程师，这在中国还没人干过，但他从养父那里听说了，又从玛丽莲那里知道了波音公司的试飞工程师，都是这一行的精英人才，文武双全。陆云飞有这念头，更重要的还是为了取得 ARJ21-700 适航证——他想亲自上天去奋斗！

张江的飞机设计所有个按照 1 ： 1 比例建造的试验台，这个工程模拟器又叫铁鸟中心，要在这里进行飞控系统、液压系统、水电系统和起落架系统的全仿真试验。这也是试飞的前期准备，全部要用计算机来编好程序，再输入到真飞机里，以便实现飞行全程的计算机驾驶，即数字化预装配。虽然这些数据还要在试飞中去验证，但在模拟机上完善它也很重要，将为试飞减少许多困难和障碍。此事责任重大，带有攻关性质，潘重亲自点兵点将，把江树森调来负责 ARJ 和 C919 铁鸟工程安装，原来的总装车间就交给了李金山。

铁鸟模拟车间的厂房还未建好，总装工作已经同步进行。江树森有几十年总装飞机的经验，他没有按照真飞机来组装，而是采用了简化办法，这样可以缩短时间，尽快投入试验。设计院把配合江树森的任务交给玛丽莲，因为计算机正是她的强项。玛丽莲找回了自信，与江树森合作得很好。但厂房里正在搞地平，油漆味道很大，直到夏天，空调还没安装好。这个夏天又是上海最热的季节，温度天天高达 40 摄氏度，不少人中暑。有一次玛丽莲也热得昏倒，江树森连忙指挥人喂她冰水。玛丽莲睁眼看见这个精明而慈祥的中国前辈，几欲流泪，因为她曾想夺走他女儿的幸福，实在对不起江树森！玛丽莲惴惴不安，一直想跟江树森谈谈这事，那样她才能心安。也因为这点，玛丽莲更想在工作中做出成绩。

玛丽莲在进行飞控系统与航电系统的交联试验时，发现飞机延迟响应了 1 秒钟。这不是小事，放到真飞机上便生死攸关，有可能导致机毁人亡！很多事故甚至发生在比这一秒还要短的时间内。玛丽莲那几天不眠不休，就像长在铁鸟控制台上一般，一定要找出事故原因。终于，当她把很多数据都放大了十倍来进行比较后，才发现是一家公司的先进仪器“吃”掉了这至关重要的一秒钟！玛丽莲很好地解决了这个问题，赢得了同事们的尊重，江树森也对她竖起了大拇指。玛丽莲心里很高兴，她听着铁鸟试验台发出的刺耳轰鸣，觉得竟是那么动听！她对这份工作充满了信心，相信有江树森的帮助，她一定能做出非凡的成绩。

玛丽莲正想找江树森袒露心扉，潘重又点名让江树森去兼任阎良试飞保障大队的大队长。因为 ARJ21-700 的试飞工作即将开始，那边也离不开江树森的丰富经验。

江树森知道自己今后会在上海与阎良之间来回奔波，责任重大。其实他早想过去看看，何况小女儿也在那边。江树森回家收拾行李，甘素芬忧喜参半，忧的是夫妻俩要分开一阵，喜的是小女儿有人看顾。江树森知道甘素芬一直担心着小凤和凌翔的事，因为他们俩还没和好。他又劝妻子要放宽心，说孩子们的成长都会付出代价。

玛丽莲终于承受不起内心的折磨，去找江树森道歉，说她不该跟江小妹争夺恋人。江树森见玛丽莲无比懊恼，不知如何是好，只说你们年轻人的事自己管不着，但作为一个航空人，要对自己做的事负责。甘素芬陪丈夫去阎良，顺便看小女儿，见她一切都好才放心。

六月间，陆云飞正要跟同事们去阎良参加第二次强度试验，突然接到朱杰的电话，让他务必来一趟。陆云飞赶到朱家，朱杰正伏在电脑跟前忙碌，他郑重地交给陆云飞一叠纸张，上面写着这次试验的参考数据，还有一些注意事项……

“这是我接到江小妹的电话，窝在家中沉思默想、深思熟虑后拿出的。”朱杰疲惫地微笑着，“可能是我有病在身，比旁人更静心，也会想到一些别人想不到的问题吧！”

陆云飞深表感激，又奇怪地问：“朱老师，你为何提供帮助，却隐姓埋名？”

“云飞，你别问了……”朱杰摇着轮椅，背过身去。

陆云飞望着他消瘦的背影，联想到他曾说过的爱情故事，突然有些明白——难道朱老师的初恋情人真是凌丽？他知道这是朱杰的隐私，没有他允许，自己不能随便透露给凌丽。但他还是把乔兴剑牺牲的事告诉了朱杰，心想这两个男人或许也有渊源？陆云飞走后，朱杰流泪了，很替凌丽难过。他早就知道凌丽爱着那个飞行员。

凌丽为了这次试验，已经先行到阎良做准备。陆云飞赶来后，把这些数据交给凌丽，只好说是自己拿出来的。他不喜欢撒谎，心里很不安，凌丽仔细看着数据，频频点头，似乎看出了什么？但也不明说。她把数据交给有关人员上机，让他们务必仔细认真地研究。晚上回家，她拿出一幅画像仔细端详着，那正是自己的画像素描，当年郑义良画了好几张，也给她一张作纪念。这幅素描画线条虽粗糙，但风格独具，几十年来，凌丽也一直珍藏着……

凌丽仔细察看画上的字迹，又跟那些数据对比着，不禁热泪盈眶，热血沸腾。如果不是两地相距甚远，她又重任在肩，可能当晚她就会奔赴上海，去到郑义良身边……

她在灯下喃喃自语道：“是他！真是他！原来他就在上海，在我身边！可他当年为什么要跟我离婚？难道他也知道，我真正爱的人是乔兴剑？”

凌丽一夜无眠，回忆青春年华。虽然追根究底，她仍是不明真相，不清楚郑义良当初为何要抛弃她。但她已经明白，其中必有他不愿意告诉自己的原因！尽管同学三年半，但他们真正在一起的时间并不长，也就是两段假期，几十天时间。倘若这人真是郑义良，那么他对她的爱就依然存在。横跨几个省，长达几十年，他对她遥相坚守，忠贞不渝！无论在成都那个夜晚的江边，还是在西安大学的假山上、校门外的雪松旁，他都是真心付出，这段爱都是回肠荡气、激动人心的！

凌丽想了一夜，次日起来，决定抛开往事，不再分神，因为即将面临的试验更重要。她特地穿上了一件红色的丝绸衬衫。她有个着装习惯，遇到大事就爱穿红色，觉得红色是自己的吉祥色。今天这个强度试验，又是自己职业生涯中最重要的一次考验。她穿上这件衬衫，那红色也代表着她们这一代飞机设计师过往的青春，象征着至今还在燃烧的理想，更像是一面上场征战的红旗，预祝着她今天一定要取得的胜利！

2009 年 6 月，举足轻重的第二次 2.5G 强度试验就要进行了，所有人的心思都扑到这件事上，陆云飞和玛丽莲也赶来参加这个焦点试验，456 库门前挤满人，大家都非常关注并为此揪心。陆云飞却很自信，他一遍又一遍回想着这七个月来做过的所有试验，所有的计算模型和细节，最后坚信，他和同事会用实力来赢得中、美局方的信任。

强度试验在进行中：加载……检查，加载……检查……

几十名设计主管都在密切地监视着自己负责区域的变化曲线，当加载到 75% 的时候，很多人坐不住了，有人脸上没了血色，有人茫然不知所措，有人准备启动应急预案……

凌丽的心头也在嗡嗡响着这样的声音：“千万别再出任何问题！”

是压力太大？还是这天闷热得使人喘不过气来？她望向厂房外，骇然发现那里竟停放着一辆救护车，医生护士正在车下待命！显然是怕一些老专家心脏出问题。陆天放也因为这个被禁止来现场，怕他受不了这要命的强度试验。凌丽觉得，自己也快支撑不住了，从来没有哪一次试验做得这么惊心动魄。但她又想，自己必须咬牙硬挺下去！

再加载……再检查，再加载……再检查!

试验终于成功了！试验现场瞬间变得宁静，随即又响起雷鸣般的掌声!

所有人都向主席台前的大屏幕跑去，显示屏上定格着醒目的红色数字：100%！

播音员几乎带着哭腔在大声喊着：“加载至100%，保载三秒……”

凌丽也忍不住拍起手来，嘴里大喊着：“太好了！我们挺过来了！”

年轻的飞机设计师们都拥抱在一起，很多人忘情地失声痛哭，所有来自外界的质疑与嘲讽都被打破了！这是中国航空人的骄傲，也是中国大飞机对航空安全的承诺。

对玛丽莲来说，这一天也是最完美的。那响彻全场的掌声和欢呼声都让她终生难忘。她看见了凌丽，不禁向她跑去，伸手给她表示祝贺，凌丽没去握那只手，而是热情地拥抱了她。玛丽莲热泪盈眶，在她看来这是一个庄重的仪式，表明大家终于真正接纳了自己。

凌丽微笑着说：“失败是成功之母，挫折能锻炼人，你还应该去拥抱一个人！”

玛丽莲想起自己的回归，这一刻最想拥抱的人就是陆云飞，但他已悄然离去。

而ARJ飞机接下来要做的，将是来自云端上的挑战。

第二十七章

商飞公司挑选试飞员，可以说是史上最严格的优中选优。国内很多飞行员都不想放过这个“一辈子只能碰上一次”的机会，但真正选上了之后才明白，试飞这项工作不但关系到一款飞机的生死存亡，对自己来说也是一件人命关天的大事！

凌翔去美国国家试飞学院学习这个史上最昂贵的课程——学费一年 90 多万美元，折合人民币 600 万元，除去周末和假期，一天的学费就是 2 万元左右！此前他和同行的 9 名学员又强化了英语及数理化课程。在美国的一年里，老师给他们安排了紧凑的学习模块和试飞计划，每天的课程虽然枯燥，但专业度很强，知识量很大，必须提前预习才能跟上进度。

开始那段时间，凌翔离开教室回住处，第一件事就是先睡两小时，让脑子清醒一下，然后迅速吃完晚饭，就去复习当天的内容，再预习次日的内容。这样拼了十个月，进入最后的毕业论文设计阶段时，老师给每个学员都安排了一架飞机，当然是他们都没飞过甚至没见过的机型。又一轮冲刺开始了，他们要根据相应的飞行手册，写出试飞计划，然后去完成六小时的试飞，取得参数，再去写毕业论文。这个论文要涵盖十个月里的课程内容，试飞计划也必须精心准备，数据采集情况的好坏，直接关系到论文能否通过、他能否顺利毕业。

凌翔很幸运，遇到一位好老师，飞行技术高超，为人和善，凌翔与之相处，经常想起远隔千山万水的另一偶像乔兴剑。凌翔把这位老师也奉为人生楷模，两位试飞“大神”的奋斗故事激励着凌翔。最后他顺利毕业，还被选为优秀学员。

凌翔学成回国，来到阎良试飞院，第一件事就是去乔兴剑的墓地吊唁。他没想到，自己再也见不到亲爱的乔叔了！他在墓前放上了一束菊花，看着墓碑上那张黑白照片，乔叔仍是那么帅气和睿智地朝他微笑着。四周绿草如茵，松柏常青，阳光洒满了这面山坡，当年的“运 10”首席试飞员乔兴剑烈士，就在这里静静躺着，凌翔不禁热泪盈眶……

“乔叔，我来看你了！”他哽咽难言，对照片上的那个人说，“当年你们试飞‘运10’，中国航空界还没有拿适航证这个说法。现在我们试飞，就比你们那时候难多了！这是给我妈妈她们设计的飞机颁发准生证啊！但是请你放心，我一定会努力争取！因为你早就对我言传身教，我也早就立志要做你那样的人，你就在天堂好好安息吧！”

凌丽也赶回阎良，给儿子做了满满一桌菜。凌翔痛痛快快地大吃大喝，让她在旁边看着很高兴。儿子去美国受训，她也一直担着心，现在总算可以松口气了。

“就这样看着你吃饭，真好！”她叹道，“真希望你以后每天都回家吃饭……”

“妈，我今天去看了乔叔。”凌翔突然放下筷子，凝重地说，“太可惜了！”

“每一种新型战机的飞天之路，都是一条血路啊！”凌丽的心又提起来，“你们是飞民机，安全系数更高，商飞公司想给你们试飞员买巨额保险，但保险公司不干，说理赔概率有点高。你们以后的一次次飞行，确实是以付出生命为代价，你要有思想准备啊！”

作为一名飞机设计副总设计师，凌丽深知一架飞机从设计到生产制造，再到投入市场，一般需要十年左右，而试飞就占了一半以上的时间。与其说飞机是造出来的，不如说是飞出来的。就航空安全来说，国际上有非常严苛的标准：飞机事故率为百万分之 0.3，相当于每百万飞行小时发生 0.3 次严重事故。而一架新款飞机从首飞到定型，试飞中平均 17 分钟就会出一个技术故障。由于试飞中飞行员所飞的高度、速度往往是边界状态，要求试飞员必须敢于高空探险，他们才是每一架飞机后面的守护者。可以说，在和平年代，试飞员牺牲的概率显然要高于常人，他们就是离死神最近的人！

“妈妈放心。”凌翔也知道这点，为了宽慰母亲，就打趣说，“生和死，对哈姆雷特来说是一个问题，对我们来说，就不是什么问题了，因为每天都要面对嘛！”

“是啊，我们设计所开会研究过，在 ARJ 的试飞全过程中，风险科目就有 57 项！飞机每一次升空，都是一次生死考验！”凌丽担心地看着儿子，“你要小心再小心啊！”

“这没什么，我已经有多年来的飞行经验，对我来说，飞机已经不再是钢铁机器，而是充满了灵性的伙伴。”凌翔故意说得云淡风轻。

凌丽不愿再就这个话题谈下去。她想问问儿子和江小凤的情况，却没开口。

当晚凌翔睡着后，凌丽又摸黑走进儿子的房间，默默在床边坐下来，端详着儿子英俊的面庞，想象着他即将面临的工作，那真是步步惊心！试飞员听起来很浪漫，但却风险高、强度大，是全世界公认的具有挑战性的职业。凌丽没有告诉儿子，前不久，完全由中国自主研发的空警-200预警机，也是现代空军不可或缺的大飞机，为此还特地派试飞员和技术人员去国外培训，费用也挺昂贵。但在试飞中却损失惨重，5名特级飞行员和35名专家全部牺牲！人类的航空史，就是一部挑战自然和挑战极限的历史，航空事业的每一次进步，都伴随着巨大的风险和无畏的牺牲。所以很多国家都给试飞员专门建立了公墓，供人敬仰……

乔兴剑的名字就镌刻在中国航空飞行试验院的烈士纪念碑上，也镌刻在中国航空博物馆的飞行员烈士纪念碑上，他的光辉事迹感动了无数国人。不久，万众瞩目的“感动中国人物”颁奖仪式在北京举行。当提到乔兴剑的名字时，凌翔受领导委托上台去帮他领奖。主持人深情地说了一段堪称经典的授奖词：“鹰是天空中最娴熟的飞行家，但他却是比鹰还要优秀的飞行员。当危难出现、快要伤及人群时，他从容镇静，惊天一落，对生与死的瞬间选择，注定了他的生命如彩虹一般辉煌。为你骄傲，中国试飞员。”

凌翔站在万众瞩目的领奖台上，当场洒下热泪——他知道钢铁是怎样炼成的了！

这天晚上，陆家父子收看了这段电视新闻，陆云飞也是热泪盈眶。在他的血液里，也有一种澎湃的力量，让他渴望穿越云天，直上九霄！

“爸，我要报考中国第一代试飞工程师，你同意吗？”他回头问父亲。

“哦？好啊！”陆天放笑着说，“国际上先进的飞机制造商，均以试飞员和试飞工程师联合工作的模式进行试飞，试飞工程师的作用非常重要，负责编制试飞大纲，登机参与试飞工作，指导试飞员如何飞行才能满足试验条件。我国却很少使用，军机只有试飞员，承担了太多工作量。民机试飞要改变这状况，正需要勇敢而有魄力的年轻设计师加入。所以商飞公司决定，要立刻成立一个试飞中心，第一批招收十名试飞工程师。”

“太好了！”陆云飞一跃而起，“明天我就去商飞公司报名。”

“可是试飞科目太高难，这项工作就是鲜血染成的，有极大的生命危险。”陆天放的神情变得严肃，“儿子，你要有这个思想准备啊！”

“这个我明白，我已经从凌翔那里了解到这点。”陆云飞笑着说，“试飞工程师是一个新型的职业，如果把试飞员看成是舞蹈演员，那么试飞工程师就是编导。他们的工作比试飞员还复杂，不仅要指导试飞员驾驶飞机，还要发现问题，测试飞机性能，解决飞机面临的险境……各方面的综合素质，包括情商、智商都要求很高。但我觉得，我能胜任。”

“好吧，儿子，你既然想清楚了，那我就支持你。”陆天放说。

陆云飞早有这个想法，那天强度试验结束，他独自离去，就是想看淡以往的辉煌，再去迎接新的挑战。乔兴剑也是陆云飞的人生楷模，他愿像他那样无畏生死，笑对风云。次日他果真去报考试飞工程师，而且荣幸地被选上了，将被派到南非去参加为期半年的培训。

潘重亲自与挑选出来的试飞工程师谈话，他说：“试飞是飞机研制中非常重要、必不可少的一环，一款新飞机的成功，离不开设计研发和试飞这两支队伍的密切合作。国际上成功的飞机制造商，都有自己专门的试飞队伍。我们研制国际一流的新飞机，除了拥有自己的试飞员，还要建立一个与之适应的试飞工程师队伍。希望你们这批年轻人能探索出一条新的试飞模式，全面提升我国民机的试飞能力，打好 ARJ 试飞这场攻坚战！”

陆云飞临走前的一个周末，正好江小妹回商飞公司办事。当天晚上，他把江小妹约到新天地的一家小吃店，在热闹喧哗的场合里，才把此事告诉了未婚妻。

“你要当试飞工程师？还要去南非培训？”江小妹很惊讶，“你为啥不跟我商量？”

“哎，你决定去阎良的时候，也没跟我商量啊！”陆云飞早有准备地回答。

江小妹有些不悦地说：“原来你是在报复我？你根本就不打算告诉我？我去阎良是领导委派，我很难推托。而你却是自愿报名，这性质可是不一样啊！”

“我看一样，都是以梦为马，不负韶华！”陆云飞今晚打定主意，要嬉皮笑脸。

江小妹被他一激，气得站起来，说：“好吧，那你一走就是半年，我们这婚还结不结？”

陆云飞一看，周围的人都瞧着他们，连忙拉江小妹坐下。“别这样。给你说实话吧，我就是怕你不愿意我去，才没告诉你……我这一去，我们的婚期肯定要往后拖！”

“拖下去也没关系，反正有个外国女朋友在等着你！”江小妹冷笑道。

陆云飞也有点焦躁不安地说：“哎，小妹，你可从来不是这样的人啊！我跟玛丽莲真是清清白白的同学关系，何况她现在也后悔了，说不该向你挑衅。你向来心胸开阔，不该跟她计较。我这次去考试飞工程师，预先没跟你商量，是我不对，请你原谅！”

江小妹并非不通情理，跟心上人怄气，闹别扭，这还是破天荒第一遭。起初她确实有点生未婚夫的气，因为她也知道试飞工作的危险，而陆云飞就是这样，只管自己风风火火，尽情潇洒，哪管别人心里不好受。江小妹也不明白自己一向大度，又跟陆云飞两小无猜几十年，对他从来温顺有加，说话都不高声，怎么会突然发这么大火。连她自己都感到不可思议。细想起来，还是为心上人担忧吧。他干了这一行，以后可就生死未卜了……

陆云飞见她一直不说话，心下忐忑，只好赔笑说：“小妹，你知道我一向就不是个安分之人，何况，何况对我们年轻人来说，这真是一次难得的机会……哎，或许一辈子就一次，我不愿意放过。”

江小妹听他诚恳剖白，不觉懊悔自己失态。她也明白，年轻人就是应该努力奋斗，敢于迎接挑战。她也知道，试飞工程师是飞机设计工程人员和试飞员的连接纽带，是飞行试验的“编导”，任务不但重要，而且光荣。谁不愿意自己的未婚夫大有作为呢？

江小妹想到这里，便微笑着说：“好吧，我等你学成归来！”

陆云飞高兴地举起拳头，说：“你同意了？好！我们就是要用奋斗去铸就最美的青春！”

他看了看嘈杂的四周，发现没人注意他们，便偷偷吻了江小妹一下……

江小妹捂住发烫的脸颊，瞪了他一眼，心里却乐开了花。这么长时间，她心里也有担忧，虽然陆云飞说他对外国女孩不感兴趣，但玛丽莲奔放豪爽，比起江南女子的温婉细腻另有一番风采，她怕未婚夫会动心，甚至后悔自己不该想出一个考验他的馊主意。有时她晚上睡觉都不踏实，真怕自己不在身边，陆云飞会跟那个金发姑娘擦出火花。如果长时间没接到陆云飞的电话，她还会紧张到心里发闷……现在好了，几乎断掉的线又牵起来，她也看到了未婚夫的诚意。那晚他们过得很甜蜜，小吃店里放着浪漫的音乐，气氛也很温馨。他俩还提到凌翔和江小凤。凌翔在国外时，江小凤一直没跟他联系。凌翔心地坦荡，虽然喜欢江小凤，却不愿勉强她，于是便不再提起这事，他跟江小凤的婚姻也就一直耽搁下来。

“等我见到凌翔，一定要提醒他积极主动一点。”陆云飞说。

“别管他们了。”江小妹笑道，“你自己的稀饭还没吹凉呢！”

“我俩绝不会有任何问题。”陆云飞也笑道，“等我回来，我们就结婚！”

江小凤最近很少回家，生怕母亲唠叨。她工作变动，少了空勤的优越感，不由得深思反省，觉得自己过去真虚荣，差点毁掉一个人的初心！她越想越明白，心境也渐渐变好，工作上虽有磨难，但她都坚持忍耐，在痛苦中磨炼自己。她也经常在夜里或者在睡梦中思念着凌翔，而且想起他来便心疼，更明白这就是爱的感觉。但她知道，当自己还没准备好时，就无法接受一名试飞员做人生伴侣。听说凌翔受训回来，她也并不急着去见他。

凌翔和陆云飞算是擦肩而过，两人只在江树森的铁鸟中心见了一面。

凌翔学成回国后，先要做ARJ的试飞准备工作，其中之一就是试飞程序的编写，每一个公式都要进行上万次计算，数字要精确到0.01。其二就是到铁鸟中心去模拟上机，包括驾驶舱实习和飞行训练等，让他对这款飞机的设计理念、飞行系统的工作原理以及故障产生的原因都有深入了解。铁鸟中心堪称飞机驾驶舱的“仿真室”，也是试飞技术的“孵化器”，主要任务就是深入开展飞行仿真关键技术研究，进行地面与空中飞行模拟、动力相似方面的演示验证，以支持试飞工作，探索试飞员和试飞工程师的专业化培训。

江树森一直在这里把关，今天他在一向冷清的平台上遇到两个准女婿，高兴坏了，连忙说：“下班后去甘家村，让你甘姨多做几个菜，我们好好聊聊，难得一聚嘛！”

凌翔和陆云飞相视一笑，一起推辞，说今天不行，以后再找机会。他们俩也是刚才偶然相遇，正热火朝天地聊着关于国外培训那些事儿……

“以后再找机会？”江树森不禁感慨地说，“你们一个就要去南非，一个就要去阎良搞试飞，什么时候才有机会？我们这一家子也太忙了！”

“江叔，对不起，我就是今天傍晚的飞机去南非。”陆云飞忙说。

“至于我吗，还要在江叔这儿待上一阵。”凌翔笑道，“我们要等到民航部门正式给ARJ颁发了型号合格证，可能还会等到云飞他们培训回来，才开始正式的试飞。”

江树森有点激动，他拍拍两个准女婿的肩膀，然后又双手抱住他们两个，欣慰地笑道：“好啊！你们都去飞吧，年轻人正该展翅高飞！我为你们高兴。”

他没有过问这两个年轻人与双胞胎女儿的婚事，表现出他一贯的大度和宽容。凌翔也高兴地与陆云飞击掌，用他们俩从小到大的庆祝方式表达了自己的激情。

陆云飞去南非参加试飞工程师的培训，坐在飞机上长途旅行，看着舷窗外那美轮美奂的景色格外兴奋。已近黄昏，高空中的夕照依然强烈，晚霞从云彩深处射出来，闪耀着万道金光，机翼下的云状也是变幻莫测、多姿多彩。这是飞行者才能享受到的视觉盛宴，陆云飞没想到自己今后也成为其中一员。他从小就喜欢飞机，自从得到养父给的那架飞机模型，两岁的他就停止了哭泣。他想当试飞工程师，也是因为对飞行有深厚的兴趣，其次就是想到国外去学习，接触新的知识和新的领域。如今这一切都快实现了，他感到自己很幸运。

同样是收费昂贵，同样是备尝艰辛，但陆云飞没想到，接下来的半年多时间，是他此生最累最充实、收获也最大的日子。南非天气炎热，饮食习惯与中国截然不同。除了生活上的不适应，学习上更为艰苦。他们要面对很多考核题目，还要学会飞行测试等方法。为了适应极端条件下的极端飞行，比如失速、尾旋等危险科目，还必须跟飞行员一样进行体能训练。陆云飞有些贫血，呕吐和眩晕都比较严重，但他均以顽强的毅力坚持了下来。

作为全球知名的试飞培训机构，南非试飞学院也很重视对学员实践能力的培养，只要天气条件允许，他们每天都要登机飞行。尽管陆云飞早就憧憬着翱翔蓝天，但在南非的飞行经历却让他有些招架不住了！用于培训的飞机个头之小，出乎他们的意料。第一次登机飞行，中国学员发现这架飞机甚至比汽车还小，都惊讶地叫出声来。驾驶舱刚好能坐两个人，面前就是仪表盘，一个人就可以轻松地把飞机推出机库，他们起飞之前，飞机也是靠人推上跑道的。起飞后就更紧张了，因为飞机小，稍微有点气流就上下颠簸得很厉害。基本上是从起飞到降落，一直都在颠簸中进行操作。由于身体条件，陆云飞到了高空也容易缺氧，反应比别人都迟缓。在如此颠簸的工作环境中，他不能受到任何干扰，还要准确地记录各种数据，按照试飞计划来进行飞行，难度确实非常大，陆云飞只好咬牙坚持。为了培养学员的适应性，飞行员有时还会反复拉操纵杆，把飞机变成了过山车。许多学员都顶不住，又害怕又恶心，吐个不停。陆云飞也是熬得脸色发青，甚至比别人吐得还厉害……

“这样能当试飞工程师吗？”他在宿舍里对众人说，“肯定不行，我们得想办法。”

大家都赞成，觉得只有想办法锻炼身体的应激能力，才能考核通关。这时南非已经入冬，气温降到零下。陆云飞看着窗外，发现宿舍旁边有个小游泳池。

“走，我们就拿这个游泳池来加强体能。”陆云飞指着窗外，朝同伴们一挥手。

然后他率先跑到游泳池边，脱下羽绒服，用标准的跳水动作，一头扎进了冰冷刺骨的游泳池。其他学员起初不敢跳，后来也下了决心，都跟着跳下去，一个个冻得嘴唇发紫。他们坚持游了一圈又一圈，最后才浑身发抖地爬上岸，赶紧裹起羽绒服……

这样做的效果不错，凭借过人的意志力，陆云飞很快就在高难度的飞行科目中脱颖而出，游刃有余了。后来他参加ARJ的试飞工作，才知道这种颠簸，真是小菜一碟！

在南非学习期间，他每天有十几个小时都在忙于登机飞行、学习理论知识、设计各种试验方案。因为早上气流比较稳定，有利于收集更准确的飞行数据，他们一般是早上登机飞行，下午进行理论学习，晚上再独立设计飞行任务单，还要写试验报告。每当遇到困难，陆云飞就不断鼓励自己，他唯一的目标就是能在规定时间内完成所有科目的学习并通过测试，成为一名合格的试飞工程师。

当遇上最艰苦的培训，大家都有些受不住时，传来波音787试飞成功的消息，众人深受鼓舞。学院组织学员集体收看电视直播，波音总裁感慨地说：“飞机研制的最大功臣，不是设计师和工程师，也不是管理人员和工人，而是试飞员和试飞工程师！”

事实上航空人都知道，787飞机属于“自我适航批准”，其适航标准非常严苛。因为波音公司有惨痛的教训：20世纪90年代，接连两架波音737客机因方向舵失控而发生空难，全球逾3000架波音737全部面临停飞！最终专家们找到失事原因，并对这款飞机进行改造，更换了相关零部件，才使得波音公司避免陷入这一灾难性的巨大危机。

夏青也不断发信息鼓励儿子，她说：“适航标准是用生命和鲜血换来的，地面上墓碑的数量反映着适航标准建立的难度，民用飞机制造商的成熟经验，也建立在这些墓碑上。正如著名的德国飞机设计师、制造工程师兼试飞员李林达尔所说的，设计一架飞机并不难，制造一架飞机也没什么了不起，只有飞行才意味着一切。因为好飞机都是飞出来的！”

陆云飞看了很振奋，他知道李林达尔后来因飞机失事而壮烈牺牲，他这句话就是对飞机飞行试验的最好诠释。陆云飞也给养母回信息，说他一定能学成回国。

半年时间快要过去，陆云飞在南非如鱼得水。他跟同伴也相处愉快。试飞工程师是一个年轻团队，平均年龄不到三十岁。陆云飞年龄最大，他也像大哥哥一样照顾着兄弟们。

凌丽一直在阎良忙于试飞前的准备工作。直到这一年秋天，她才叶落归根般地回到上海，立刻到处打听郑义良的情况，却都一无所获。偶然听到江树森说，江小妹有个老师下肢瘫痪，只能坐轮椅，生活很难料理。凌丽心有所感，忙给江小妹打电话，获知确有此事，立刻猜到真情，这才恍然大悟，明白当年郑义良为何会跟她分手……

凌丽按江小妹提供的地址，找到她老师的住处，激动地在屋外敲着门，她的心猛烈地跳起来，简直不敢想象，如果来开门的真是郑义良，她又该怎么办？

郑义良听见陌生的敲门声，从门缝里朝外望了望，看见是凌丽也很意外，便不敢出声。他不知道凌丽怎么找来的。难道是江小妹透露了消息？郑义良也激动而不安，他跟凌丽分手已经三十多年了。三十多年来，凌丽就是他心中那颗朱砂痣，热烈而浓重。他无时无刻不在想念着她，那份苦闷、孤寂、担忧、渴望，常人是无法理解和领略的。他也无数次想象过跟前妻见面的情景，可当这一刻到来，他还是感到惊慌，甚至有一丝恐惧……

凌丽激动地在门外敲了许久，郑义良一直不肯打开门。

凌丽急了，就不顾一切地高声说：“郑义良，我知道是你，你就在门里边，我是丽丽啊！你快给我开门！有什么话，让我进来再说……”

郑义良的心情已经由恐惧变为淡泊和平静，因为他了解心上人的性格，凌丽既然找到这里来，那他就想走走不掉，想躲躲不开了。他只好冷冷地说：“对不起，我已改名叫朱杰……丽丽，过去的事都过去了，希望你保重自己，为大飞机多做贡献。”

凌丽没料到门里的前夫会这么说，她退后几步，看着这个破旧的小门，破旧到她或许一脚就能踢开。但她不能那么做，她能想象郑义良在这个屋里过的是什么日子——他可怜巴巴而又顽强无比地苟活着，离她远在天边，可又近在咫尺！这就是他的爱,那是怎样一种大爱啊！真是大得无边无际！可对她来说,却是无缘此爱吗？难道是天注定？不，她不信！凌丽想到这里，内心不禁激起了对郑义良从未有过的满腔柔情，眼泪也忍不住掉下来……

她又去敲门，但里面仍是毫无动静，也许郑义良正躲在门后潸然泪下。

凌丽灵机一动，突然叫道："郑义良，你还不知道吧？我们有个儿子，我们离婚时，我已经怀上了他，他叫凌翔，也在搞新飞机！"

郑义良果然在门后流泪，听闻此言却愣住了，连忙打开门，激动地问："这是真的？"

凌丽怕他再关门，就一步跨进门来，昏暗的光线中，只见郑义良已经改变了模样，面庞苍老，形销骨立，只有一双眼睛仍然闪闪发亮，暗含着一丝渴望……

"义良，真的是你啊！"凌丽感慨万端，泪流满面。

郑义良也有颇多感慨，千言万语，却不知从何说起："丽丽，我当时……"

"别说了,我猜也猜到了！"凌丽抓着他的手,不由得鼻子发酸,热泪又流下来,"这么多年，我一直恨你！现在看见你，才知道我过去错怪了你！"

"都怪我这身子不争气！"郑义良深情地凝视着她，"丽丽，别哭，我知道你一个人，肯定吃了不少苦，我也同样。但我当时没办法，只有离开你，那才是对你最大的爱……"

"别再说了！"凌丽的眼泪夺眶而出，止也止不住，"应该怪我，怪我没再去找你，把事情弄清楚，让你一个人苦熬了这么多年！"

"不，我不苦！"郑义良微笑着说，"我大男人一个，无牵无挂，过得挺好。何况我心中还有一份对你的爱，苦也变甜了……丽丽，我其实一直想着你，每天，每时，每刻！"

"我知道，感谢你对我的这份爱，它是无价的！"凌丽含着热泪说，"后来你又帮了我这么多，我也猜到是你了，我必须来看你，好让你知道我们儿子的事……"

她从激动中清醒过来，就把凌翔的情况告诉郑义良，还给他看了一张凌翔的照片。郑义良也激动万分！他当年跟凌丽提出离婚后立刻就消失了，并不知道凌丽已经怀孕。他得知凌翔是ARJ21的试飞员后，情不自禁地两眼望天，不断点头，连连说："好！太好了！这就是天意！我们这个航空世家，又要续写传奇了！"

凌丽想带儿子来看他，郑义良坚持不肯，还叮嘱她保守秘密，别把自己的事告诉儿子，影响他试飞。凌丽知道他仍不愿拖累母子俩，就问他何时才能跟儿子相聚？

“等他试飞成功，等你们的新飞机拿到适航证。”郑义良热泪盈眶，饱含深情地说，“那就是我们父子的相聚之日。”

凌丽也很感动，叮嘱他好好保养身体，说自己会常来看望他，这才恋恋不舍地离开。郑义良没提及乔兴剑，等凌丽走后，他又手捧凌翔的照片看了又看，不禁大叫起来：“太好了！我有儿子了！”

2010年开春，经有关部门审查合格，中国民航给ARJ21-700颁发了检查核准书，自此开启了局方CAAC的审查试飞，中国大飞机也正式打响了试飞这个攻坚战。商飞公司先要挑选一批试飞员，这是离死神最近的工作，危险性很高，但试飞中心的试飞员却抢着报名。阎良试飞院一批有经验的空军试飞员，也受中国民航委托，作为局方的试飞员参与试飞。经过严格挑选，凌翔等几个年轻试飞员进入试飞队伍，将第一批去执行试飞任务。

“你们就要去开我们的阿娇了！”潘重风趣地给他们讲话，“好比欧洲联赛的豪门球队，动辄一个球星的总价就要超过几亿欧元，你们这批试飞员也是身价不菲、价值连城，不输一众皇马球星啊！我等着你们胜利的好消息……”

春节还没结束，江小妹就随父亲率先来到阎良，她现在担任ARJ项目的外场试验大队办公室主任，给江树森当助理。此时已有四架试飞样机先行到达，由于这项目的局方是中国民航，又是首次全面开展对一款新飞机的审查试飞，为确保其严格性和验证的充分性，局方试飞的科目数量比一般飞机要多一倍。很多高风险科目由于危险性高，破坏力大，自然条件难以获得，只有局方试飞员和厂家试飞员一起来完成。目前试飞工作还在摸索阶段，试飞院确定由局方的马英和厂方的凌翔组成搭档，正副驾驶，上01号样机，在地面试飞。

此前的半年时间，凌翔已经在铁鸟中心的工程模拟器上待了很久，把应急程序、极端特情，包括双发停车、紧急迫降或者飞控系统和操作舵面完全故障时，怎样把飞机开回来，都进行了最大可能的预估和演练，现在终于可以上机了，他心情很激动。

不料他们上机两个月，只在跑道上滑行，就是不让飞起来（称为“抬头”）。这在凌翔看来，只是一个最简单的项目，其实就是把发动机打开，刹车松开，让飞机往前滑行一段，再刹车停下来，看看飞机有什么问题？一向沉稳的凌翔终于焦躁不安了！

“马大哥，都两个月了，还不让我们抬头啊！”有一天，他问同机的马英。

“别急，要有耐心，这是在看刹车有没有问题。”马英曾当过凌翔的教员，多年的试飞经验使他比凌翔更沉稳。他又说：“这种滑行也挺危险，你要注意啊！”

确实危险，因为每次为了取得临界数据，都需要轮胎在跑道上滑行很久，直到快摩擦起火，江树森再带着人上前扑火。凌翔坐在驾驶舱里实在忍不住了，他毕竟年轻，就去问江树森，还要在跑道上滑行多久？江树森说有些功能还受限制，说明设计还不够成熟，飞行条件还没完全放开。马英也想让凌翔再磨磨性子，就没多劝阻他。

不料第二天，凌翔却情不自禁地拉起驾驶杆“抬头”了！飞机立刻离开了地面！虽然时间很短，但江树森等人已经吓坏了！此时许多限制还没放开，云层又很低，试飞员擅自“抬头”，可能会出重大故障！果然，飞机冲出跑道，重重地降落在旁边的草坪上。这叫作“重落”。江树森等人冲过去，连忙打开舱门，把两个试飞员拉下来，又给飞机降温……

马英脸色铁青很生气，但事后的事故追查中，他却把责任揽在自己身上，说他不小心动了拉杆，想看看飞机是不是自由体。马英面临处分，或许会因此停飞。凌翔想说出真相，却被他的眼神制止，不知所措。马英又冲着研发团队发火说：“你们设计的飞机都是静态的，没有验证过。只有让飞机离地，才知道它是不是可操纵的。我们试飞员想提前感受一下国产新飞机，有什么错？”

大家都很奇怪，因为马英心理素质极好，在工作中从不带任何情绪。试飞工作举足轻重，试飞院见马英情绪不稳，决定让他放下工作，去云南疗养。

凌翔始终不解马英为何这样。临走前一晚，他找到马英，固执地要请他喝酒。两人在一家小店里谈心，马英才平静地把自己的故事讲给他听。马英原是军机试飞员，因工作太危险，没人肯嫁他，三十多岁才结婚。这次妻子听说他要去飞中国人自己设计的新飞机，更不放心，坚决不同意，甚至提出离婚，还要把儿子带走。马英不舍，但也不愿跟妻子争吵，平静地同意了，只说把儿子给我留下。妻子又不肯，说他的工作根本就没法带五岁的儿子，两人正在打官司。凌翔听了，不禁流下泪来，更加明白了试飞员的种种艰辛……

马英痛快地喝下一杯酒，又说：“翔子，我们也是血肉之躯，每天提着脑袋工作，还能没点脾气？我明白ARJ21的试飞至关重要，但我这阵子身心俱疲，只怕会出错，那就不仅仅是我个人的生命问题，我是担心国家研制的新飞机砸在我手上。那可是几千万美金一架，研制费十几个亿啊！你跟我不同，是航空世家，对飞行感觉高度灵敏，又很年轻。现在领导还不知道此事，所以我替你担了责，为了让你替我好好试飞，否则你就没脸来见我！”

凌翔很感动，立刻站起来给他敬礼，说：“谢谢大哥，我一定完成试飞任务！”

马英走了，试飞院给凌翔配了新搭档。没过多久，他们就在滑行中发现刹车系统有问题，但当他们提出来时，谁也不相信——设计人员怀疑是试飞操作有问题，而试飞人员则怀疑设计有问题。经过多次地面试验，他们终于找到原因，把这个故障排除了。随后的低滑、中滑、高滑、抬头……试飞人员和设计人员增进了交流，加深了彼此的信任感。凌翔跟准岳父江树森配合得很好，跟江小妹的工作也有紧密联系。凌丽常回阎良来了解试飞情况，也常请江家父女来自己家做客。凌丽并不擅长做饭，江小妹便勤快地包揽此事。

接下来的试飞科目是飞机最大刹车能量的试验，速度将达到 120 节。接替马英的是美国试飞员科文，他也经验丰富，而且是行家里手，但很固执，怀疑速度这么快，飞机可能会冲出跑道，甚至起火，也怀疑刹车系统给出的风险评估是不充分和不准确的。研发团队和试飞团队又冲突不断。这阵子，所有的矛盾高度交织，江小妹编制的试飞计划也颇受限制，对于未知之境，每个人都谨慎而保守，仅凭自己的经验去处理，相互之间缺少信任和共识。此时传来俄罗斯研制的支线飞机 SSJ-100 在印尼出事的噩耗：试飞员在推介会上出错，致使上机参观的 45 人一同丧生！人们听到这消息都深感沉重，甚至心里发虚，试飞员更如此。但试飞计划却不能耽搁，否则每天的损失就高达几十万元。

此时试飞团队接到新的试飞科目“颤振”，这是探索飞机最大飞行速度的高风险科目，它可以让飞机在空中瞬间解体。一旦飞机发生颤振，会在极短时间内造成机毁人亡，试飞员没有处置时间。在飞行史上，颤振曾多次造成飞机坠毁，很多试飞员因此而丧生。所以飞机在飞行包线内绝不允许发生颤振。商用飞机对于颤振的要求就更为苛刻。它也是一切试飞科目的基石，代表着飞机的边界速度，必须最先进行。

江小妹把试飞大纲送到科文手里，他立刻就爆发了：“这科目风险太大，颤振是暴烈的！你们一直不准抬头，在地面滑行和试刹车这么久，怎么一来就飞这么危险的任务？！”

夏青代表局方即中国民用航空总局的适航处，最近一直盯在现场，她见状就走过来解释说：“科文先生，对不起，这试飞大纲是你们美国 FAA 制订的。”

FAA 是最具世界权威性的“适航证”颁发单位，科文断然拒绝不肯接受。夏青知道印尼出事对试飞员的心理有很大影响，就耐心给科文做工作，可他还是坚决不肯飞。夏青一筹莫展，研发团队也无可奈何。对于一个有风险的试飞科目，无论是 CAAC 还是试飞院，只要有人对任何的技术问题没有信心，这个试飞科目就将无法进行。

凌丽当时也在阎良，夏青去找她，却难以启齿。凌丽知道大家都把希望寄托在凌翔身上，她实在担心儿子的安全，但这个试飞任务必须有人承担。两人相对无言，夏青索性叫车拉着凌丽去了试飞员墓地。凌丽又一次看见这个令人心碎的地方，不禁流下泪来。此时夕阳正如一只巨大的火轮，自天边缓缓落下，给墓地笼罩上了一抹惊心动魄的红……

夏青面对自己的闺蜜和老同学，毫不留情地说：“丽丽，我知道你的初恋情人就长眠在这里，试飞员都是朝不保夕，为了祖国的航空事业，他们随时准备奉献出自己的生命。但这工作总得有人做，你儿子就是试飞员，你自己抉择吧。”

夏青走后，凌丽找到乔兴剑的墓地，在那里坐了一夜。关中平原的夜空澄碧深邃，星星在天幕上一闪一闪地发着光，还不时有流星划过天幕，坠落人间，好比美丽的昙花一现，在空中留下了灿烂的身影。这时她就想：不知那颗流星，是不是她的心上人？

天亮时分，朝霞刚刚照亮云层，她看见一个穿黑衣的女子捧着鲜花走来，把花献到乔兴剑的墓前，然后站在那里默默流泪。凌丽突然想到，她可能就是乔兴剑的前妻钱忆宁。钱忆宁看见凌丽也是悚然一惊，立刻猜知她的身份，便直接走到她面前，凄然地说：“是你在这儿？我们都爱着他，但我们谁也没得到他，他只属于蓝天……”

凌丽喃喃说：“他也属于祖国，我们中国航空事业，不能缺少这样的试飞员！”

似乎就在那一刻，凌丽拿定了主意。不料钱忆宁走后，凌翔也找来了。

头天晚上，科文要离开了，临走前劝凌翔说：“我很遗憾这科目不能飞，我的同行就在这个科目上去见了上帝！我知道你在想什么，我也劝你别去飞。给多少钱都不行！”

他又告诉凌翔，当时在试飞中，那个飞行员只来得及报告一声“飞机颤振”，之后飞机就在瞬间高空解体，他的同行便殒命长天，甚至连任何数据都未能保留下来……

凌翔知道美国试飞员的报酬比他们高得多，他也清楚异常颤振的后果是什么，包括他去飞这一科目将面临什么风险？但他已经下定了决心。这一科目不完成，ARJ 飞机便不能问世，试飞团队人人焦虑难安。为了研制这款大飞机，从他母亲到设计所、制造工厂，多少年的时间，多少人的心血啊！哪怕血洒长天，他又怎能放弃？

凌翔发现母亲一夜未归，便找到烈士墓地来，果然看见凌丽在乔叔墓前沉思。他明白母亲在为自己担心，就上前去扶着凌丽的肩头，坚定地说：“妈妈，美国人不愿飞，我们自己飞！我来上！”

凌丽抬头望着儿子，一字一顿地说：“这任务风险很大呀！”

“但这任务也很艰巨很光荣，我愿意接受。”凌翔迎着朝阳，意气风发，“妈妈，我哪怕化作碎片惊天一落，也要闪耀在祖国的领空，照亮你们设计师研发的路程！”

凌丽深受感动并且万分欣慰，她含着眼泪说：“翔子，你是我儿子，ARJ 也是我儿子！我想了一夜，其实只有你去试飞这个科目，我才真正放心。”

母子俩深情地拥抱在一起，都是热血满腔，豪情万丈。

江小妹也深为凌翔的安危而担心，但试飞那天，凌翔却坦然又安详，这正是试飞员该有的心理素质。夏青也为朋友的儿子感到骄傲，反复叮嘱他。罗吉斯作为 FAA 最严格的验证人员，也对试飞提出了很多苛刻的要求，凌翔都一一应答……

罗吉斯满意地对夏青说：“看来，这将是一次成功的飞行。”

江小妹还是很担心，她连忙坐进监控大厅，跟人们一起看电脑屏幕。

这一天苍穹碧蓝，云淡天高。凌翔阔步入场，平静登机，头也不回，坦然坐在驾驶舱里。由于科文的临时缺席，今天他是跟另一个局方试飞员同飞。又因 ARJ 飞机的平飞不能达到速度试验点，他们要让飞机爬升到一定高度，再用俯冲方式来达到试飞状态点。凌翔驾驶着飞机开始爬升，此时能见度特别好，放眼望去，八百里秦川尽收眼底。

当高度达到 10000 米时，凌翔就驾驶着 01 号机向下俯冲，直到 0.91 马赫！飞机飞驰而下，如同一道闪电，从碧蓝的苍穹笔直劈向大地！ARJ从未飞过这样的速度，飞机开始强烈振动起来。巨大的速度产生了巨大的压力，将凌翔和同伴的身体死死压向座椅后背。他们的脸庞肌肉都剧烈而可怕地扭曲着。飞机振动的声音也很难忍受，凌翔觉得自己就像坐在搅拌机里一样！但他拼力咬紧牙关，瞪大眼睛盯着仪表——它们也在剧烈地抖动着！

此时在监控大厅，江小妹的心也绷紧了！她从屏幕上清晰地看到，凌翔的脸部肌肉都变得扭曲了，可想而知他们现在有多难受，这个试飞科目又有多危险！

这是惊心动魄的考验，震撼苍天的一搏！在死神面前，机会稍纵即逝，每一毫秒每一瞬间的抉择，都是直达终极的考验！万米高空中的生死攸关，真好比上刀山下火海！

终于，四个颤振科目的试飞试验都完成了，凌翔也安全降落了！当他们走下飞机时，机场沸腾了！人们不仅欢呼英雄的归来，也表达了对自己研制的新飞机的骄傲和赞许。

江小妹随着欢呼的人群拥上前，她第一个冲上去拥抱凌翔。她不仅想拥抱所有勇敢的试飞员，也包括远在海外受训的试飞工程师。

第二十八章

江小妹常给陆云飞打电话和发微信，她知道他在国外受训，工作艰苦，需要自己的支持，就用各种方式鼓励他。陆云飞接到江小妹的信息很兴奋，更加热情积极地投入工作中。试飞工程师的培训进入深水区，那是野外生存的磨炼。要克服种种艰苦的环境，烈日暴晒，泥浆出没，荒野奔走，忍饥挨饿。陆云飞因有贫血，饿了就头昏眼花，几次不过关，差点被淘汰。但他终于战胜了一个个难关，取得优异成绩，成为我国第一代试飞工程师。

陆云飞受训归国，被分配到试飞中心。他回上海跟父亲见了一面，陆天放恢复得不错，已经正常工作了。陆云飞给他详细汇报了在南非培训的情况，就跟着这批试飞工程师奔赴阎良。他正好跟凌翔分到一个机组，两人见面都高兴极了。陆云飞顾不得安置住处，当晚就把凌翔拉到附近的一个小饭馆。这家饭馆店面不大，经营的都是陕西特产美食，有羊肉泡馍、肉夹馍，还有油泼辣子面……陆云飞很喜欢，他爱吃辣。

“可我不喜欢吃辣，羊肉也太膻了！”凌翔笑道，“你这家伙，到底想干什么？”

陆云飞也是眉开眼笑地说：“我想跟你订一个‘生死与共’的君子协议！”

“什么君子协议？”凌翔不解地问，“你这家伙又想搞什么名堂？”

陆云飞故意不说话，不管不顾，大快朵颐……

“哎，你什么意思？”凌翔反而急了，“饿死鬼投生啊？”

陆云飞哈哈大笑起来，说：“我在南非呀，每天吃他们那些乱七八糟的东西，吃得都快吐了！现在回国，你还不让我好好撮一顿？我就馋这一口呢！”

“你不说清楚，就不准吃喝！”凌翔去夺他的筷子。

陆云飞连忙避让开，笑道：“好好，我说。如今我们俩可既是兄弟又是战友了！我们两人要共同承担试飞工作中的困难与艰辛，欢乐与痛苦，决不言退！”

凌翔感动地打了他一拳，说：“你这家伙，我就知道你会这么说。”

“哎，试飞团队和研发团队可是一对矛盾。”陆云飞认真地说，“我本来属于研发团队，现在又当了试飞工程师，成了你们试飞团队的一员。可我觉得吧，我这试飞工程师，应该是试飞员和研发团队的纽带，也是润滑剂，你说对吧？”

凌翔愉快地朝他眨眨眼，说：“你这家伙，什么时候错过？我当然信你……”

“那就好。”陆云飞给两个酒杯倒满了酒，郑重地说，“你我喝了这杯酒，一定要好好团结，共同制订试飞计划的每一个步骤，为阿娇取证而尽最大努力！”

两人干了杯，陆云飞又开始吃喝，旁若无人的劲头把凌翔给逗笑了。他环顾四周，简陋的小店里没旁人，他突然想起一件事。“哎，你怎么不把小妹也拉来，一起吃饭？”

陆云飞感叹地说：“我一到这儿，就想去找小妹。可又怕见到久别重逢的恋人，难免会情绪波动，影响我们明天的试飞，就控制住了……”

凌翔又打他一拳。“小妹就在负责试飞计划，我看你明天见了她该怎么办。”

他们吃喝完毕，走出小店，只见街上灯火辉煌。这个号称“中国西雅图”的地方，几十年来已经发展成一个小型城市，居民大都是西飞的员工及家属。每到夜晚，地上的灯火和天上的星光就融成了一片。在密密麻麻的灯光里，最辉煌的还是试飞院和飞机厂那一片，似乎形成了千万条闪闪发光的金蛇。在陆云飞看来，那也是一条条飞腾的烈焰。灯光映照着陆云飞生机勃勃的脸庞，他想到明天就要开始试飞工作，觉得浑身都是劲！

陆云飞回到住处，碰见江小妹在宿舍门外徘徊，灯光映照着她修长的身影……

“是你？”陆云飞喜出望外地迎上去，“你是来找我的？”

一对恋人半年多没见，惊喜地互相拉着手，就着户外的灯光打量彼此。陆云飞发现江小妹神态有些改变，似乎外场的风吹日晒，把她面容锤炼得更加成熟和坚毅了，那一头短发在风中飞扬，显得精神焕发。而江小妹看见陆云飞穿着自己织的那件厚毛衣，身材挺拔，斗志昂扬，也不禁点头微笑，暗暗高兴，心知在离别的日子里，他从未忘记过自己。两人都想好好诉说一下这段备受煎熬的日子，可他们身上的担子又是多么重啊！

“我找你是为了工作。”江小妹说，“因机场另有安排，明天的试飞计划要改变。”

ARJ 飞机的试飞科目都是在试飞院的空域内进行，但这个试飞院同时还承担着大量军机的试飞任务，每天能提供给 ARJ 飞机的试飞时间很有限。试飞资源紧张，双方就会有矛盾发生，江小妹的工作就是协调这些矛盾，因此试飞计划也会适时调整。

陆云飞什么话都顾不上跟江小妹说，立刻又去找凌翔，两人修改计划直到深夜。

第二天在机场，陆云飞见到了江树森。江树森这阵子都扎根在阎良，他的工作更重要，就是要千方百计保障试飞顺利进行。为此他又从飞机厂调来许多能工巧匠，包括陈大宝和李金山。江树森见到陆云飞虽然也很高兴，但他并不情愿两个准女婿在同一架飞机上。可事到如今不由人，他也明白年轻人不会听自己的——难道对自己的新飞机不放心？

在他的精准保障下，陆云飞和凌翔的第一次试飞计划完成得很圆满。下了飞机，大家都来祝贺他们。陆云飞看见江小妹也在人群中，他想向她走去，却不好意思。

陈大宝在旁边忍不住说：“嗨，有什么不好意思的？还不赶快扑上前！”

“去你的！”陆云飞眼睛盯着江小妹，推了陈大宝一把，“我要另找机会。”

一直等到周末休息，他才买了一束鲜花，郑重其事地去找江小妹。

江小妹正在宿舍里等他，接过鲜花喜不自胜地说：“咱们去哪儿玩？”

“我想去看看乔叔。”陆云飞出乎意外地说，“咱们到烈士公墓去吧。”

江小妹觉得恋人久未见面，去那个地方有点不合时宜，但还是答应了。

陆云飞借了一辆车，飞快地开到烈士公墓。那块黑色的土地就像一个巨大的伤口，直直地面对天空。天边有一片玫瑰红的彩霞，初夏的风轻轻吹拂着，让人百感交集。

他们走到乔兴剑的墓前，惊讶地发现墓碑下有几样供品，是红枣、核桃和两样水果，还有一炷香在燃烧着，青烟袅袅不断飘散，孤独而忧伤……

“这是谁来上供的？”陆云飞环顾四周，空无一人。

江小妹猜测着：“可能是那些乔叔曾保护过的人。”

“我去南非培训，更加深刻地了解了试飞这一行。”陆云飞感慨万端，“我们中国的军机试飞走过了一个艰辛的征程，听说牺牲的烈士就有几十个。他们用生命和鲜血换来了航空事业的灿烂前景。如今轮到我们民机试飞了，小妹，你有这个思想准备吗？”

“什么？什么准备？”江小妹一时反应不过来。

陆云飞郑重地说：“万一我也在试飞中，血洒蓝天……”

“不许胡说！”江小妹赶紧上前捂住他的嘴，尽显娇憨之态。

陆云飞拉下她的手，深情地把她拥入怀中说："你当然知道，我不是胡说。如果这件事真的发生了，我要你别难过，别伤心，好好活下去，继续努力工作……"

江小妹再次打断他，说："如果牺牲是不可避免的，我会为你而骄傲！"

"好，我只需要你这句话，我们的生命将因此而发光！"陆云飞握紧了她的手。

江小妹这才知道心上人为啥要带她来这里。他们在乔兴剑的墓前三鞠躬，又待了一会儿，才手拉手地走开。微风又轻轻吹过来，两旁的松柏摇摆着叶子。陆云飞心想，这些松柏都深深扎根在大地上，才经得起风风雨雨。他也要这样，才经得起任何考验。

两人开车回来，一路沉默，心头虽有千言万语，却不知如何吐露？但那件事始终是绕不开的，陆云飞终于按捺不住地问："小妹，你说我们何时结婚？"

江小妹感慨地说："你既然带我来这个地方，显然你自己都想好了……"

"是的，我想好了。"陆云飞手握方向盘，望向前方，坚定地说，"小妹，我们既然拥有了这份感情，又何必急在一时？如今我和你，还有翔子都在搞试飞，这工作生死攸关，我们应该有个约定，谁也不能把个人情感带进去！至于结婚，只好推迟了……"

江小妹略感失望，但又觉得未婚夫说得对，在这关键时刻，谁有心思结婚？

于是他们三个人约定要把他们的关系定为同事和战友。

在阎良试飞的ARJ21-700样机有四架，试飞科目分别是"单发""仰角""溅水""刹车""轮胎爆破"……一个个严苛到极点的试飞科目，全都经受考验并逐步获得成功。

夏青渐渐放下心来。她一直住招待所，因胃不好，食堂的饭令她难以下咽。陆云飞回来后，常去凌丽家做点好吃的，给养母送去。夏青很欣慰，跟养子的关系更加和谐。凌丽发现夏青的身体情况越来越不好，催促她回北京看病。夏青却说不急，等把这几个项目飞完再走。陆天放来阎良给C919的试飞做先期准备，听说此事也很着急，要陪夏青回北京，夏青却坚持不肯。潘重高瞻远瞩，又派玛丽莲及其团队来阎良参加试飞。玛丽莲的工作是计算机编程，要靠凌翔一次次试飞，陆云飞把这些参数都记录下来，再交给她去输入计算机，并调整参数，以便日后新飞机交付使用后，飞行员能实现"盲飞"和"盲降"。

玛丽莲对江小妹一直深感内疚，想去跟她赔罪。她看到江小妹在外场工作如鱼得水，跟老同学配合默契，心里很不是滋味。她终于找了个机会去向江小妹道歉，说那次不该跟她说那些话，希望能够弥补，否则她这辈子都不得安宁。江小妹本不喜欢玛丽莲，但看她一副坦荡的样子，也为之折服，就说他们早已原谅了她。

玛丽莲来中国参与大飞机研制，本想因此接近陆云飞，但没想到他已有恋人。她跟江小妹闹得不愉快，计算上又出了差错，总觉得大家没有正眼看自己。她心有不甘，很痛苦，去一个小酒馆喝酒，正好遇上陆云飞，便发泄地倾诉内心，说真是一步错，步步错，现在怎么懊悔都没用！

陆云飞劝玛丽莲暂时放下，说："我们都是责任在肩，哪有工夫为了这些个人情绪而烦恼？"

玛丽莲感受到陆云飞的大度，深受鼓舞，于是豪情勃发，立刻宣称，她也会像他们一样去好好工作。此后玛丽莲果然跟陆云飞和凌翔都配合得很好。

但在一次试飞"应急刹车"的科目中，玛丽莲又跟他们发生了争执。

那是要试验飞机起飞跑到最大速度时，遇到突发情况而必须紧急刹车，刹车片会不会发红？轮胎又会产生多大热量？油箱会不会破裂？飞机会不会起火燃烧甚至爆炸？这个科目风险很大，后果殊难预料。此时陆天放已回上海，夏青和江树森都参加了试验。江小妹见执飞的正是陆云飞和凌翔，非常担忧，心又提到嗓子眼儿了！

第一次试飞很成功，江树森带着夏青和FAA的工程师罗吉斯去进行认证，只见轮胎发红，像是要燃烧，却没起火。大家都很高兴，罗吉斯也竖起了大拇指。

陆云飞却有些不放心，他下了飞机，又鬼使神差般地跑到试飞站一看，今天的风速竟大于三级，要求是二级，风速大了能帮助刹车，也等于试验无效！

"糟糕！"他心情沉重地把这情况告诉众人，"今天的风速比指标要求高了一级。"

"什么？这应急刹车的试验冒着极大风险完成了，却是无效？"江小妹也急了。

凌翔很沮丧地说："是啊，看来这个试验白做了！"

众人都情绪崩溃，不知所措，在试飞站的办公室里议论纷纷……

"我提议，隐瞒此事不报。"玛丽莲第一个站起来，直率地说，"反正罗吉斯不知道，这项科目已经通过，我们何必自找麻烦？"

陆云飞摇摇头说："不行，我们试飞不是为了FAA，是为了飞机的高度安全。今后一旦在这个问题上出事，即使卖出去的飞机也要全部停飞，中国的大飞机事业就毁了！"

“没这么严重吧？”玛丽莲怀疑地说，“你这是危言耸听……”

“我也不赞成玛丽莲的说法。”凌翔说，“陆云飞才是对的。”

“我可是为你们着想，再试验还要冒很大风险啊！”玛丽莲着急地说，“风速只差了一级，又去冒那个生命的危险，值得吗？”

“我认为值得，因为这才是负责的态度，也是我们试飞的真正意义。”陆云飞说。

他们三个激烈地争执起来，江小妹便让父亲来决定，说他才是试飞保障的负责人。

江树森已经旁听了一阵，他向来谨慎，遇到此事也很为难，想了想，才说：“罗吉斯来了一周，明天就要回美国，不知何时再来？还有，这飞机试验用的刹车片是供应商提供，经过这次高难度的刹车，已经被严重损坏，无法再使用……”

大家听了都觉得难办，议论纷纷，不知道怎么处理才好。

夏青想了想，就说：“这科目按我们中国适航处的标准，可以通过！”

她代表局方一锤定音，这事应该就定了，在场的众人都松了一口气。

陆云飞却跟养母争执起来：“我不同意。若不能查出问题所在，这一款新飞机也许将永远退出市场！这是多么可怕的事！我们一定要慎重对待这个试验，决不能马虎。”

“你说什么？谁在马虎？”夏青有些焦躁不安了。“云飞，我也是为你们考虑，再去试验又会冒高风险，真要出了事，谁来负这个责？”

陆云飞坚决地说：“夏处长，你怕负责，我们不怕，我觉得，还是要重做这个试验！”

“你！”夏青指着养子，竟然说不出话来。

在试飞现场，很多人都知道她与陆天放是夫妻，自然也就知道她与陆云飞是母子。平时母子俩关系和谐，陆云飞早已叫她为“妈”，此时突然改口称她为“处长”，显然对她很不满。夏青心里一急，气血上升，突然觉得胸口发闷，眼前一黑，便昏倒在地。

“夏处长！”

“你怎么啦？”

众人都吓坏了，立刻涌上前，围住了她。

江小妹扶起夏青，瞪了陆云飞一眼，说：“看你，把你妈都气坏了！”

“妈妈！”陆云飞也急了，不顾一切地抱起夏青，就往外跑。

江树森跟在后面大喊：“快送她去医院！”

夏青在阎良的医院诊断无果，医生只说，她是心源性脑缺血，一时情急就昏倒了。凌丽闻讯赶来，得知此事，认为不能大意，坚持要护送夏青回北京治疗。陆云飞给上海的养父打了电话，又跟着车送她们去机场，一路上，三个人的心情都很沉重……

快到机场时，陆云飞才带着悔意说：“妈妈，希望你回北京治疗，尽快康复！”

这一声“妈妈”，便让夏青大为感动，不禁流下泪来。她坚持着抬起头，微笑着说：“云飞，我没事，你赶紧回去……你的意见是正确的，试验应该重做！”

陆云飞也是热泪盈眶，忙说：“请妈妈放心，我们一定会试验成功！”

在试飞站里，江树森也下了决心，他把保障大队的人全叫进来，群策群力想办法，要另做一个刹车片。他们通宵工作，拆下其他零配件，又混装成一个新的刹车片，测试了一下，质量完全合格，但却不知道能不能使用。江树森心里没把握。他是个精细而谨慎的人，征得领导同意后，他紧急请来这方面的质保专家。专家鉴定后认为可行，他才去通知罗吉斯。

罗吉斯正要登机回美国，听说此事很惊讶，非常佩服中国试飞人员的认真态度。他也很配合，立刻推迟回国时间，同意重新做试验。

他们又等了几天，直到风速小于三级才开始试飞。这次确实很惊险，飞机加速到 140 海尔，又在跑道上紧急刹车。此时救护车、救火车都迅速跟上到位，聚集在飞机旁边，却必须等够一分钟才能上前灭火，就是要看这架 ARJ 的飞机会不会燃烧。警示灯在不停地闪烁，众人的手里都捏出了汗——那一分钟真是比一年还要难熬！

江小妹也跟着跑过去看，她心如火焚，只觉得惊心动魄。仅仅一分钟时间，能天崩地裂，也能化险为夷！而机上的试飞团队，却是用生命在逆转乾坤……

终于，时间到了，陆云飞和凌翔走下飞机，江树森立刻带着救火队员扑上去检查，发现薄薄的刹车片已经红了，轮胎也发热滚烫了，但却没燃烧，试验算是成功了！

大家都热烈鼓掌，江小妹长舒一口气，罗吉斯也竖起大拇指微笑了。

玛丽莲跑上前，佩服地给了陆云飞一拳，说：“真有你的！我服了……”

她又回头朝众人喊道：“太好了！我建议，今晚大家去喝酒庆贺！”

江树森工作向来认真负责，为人处世却很低调。他忙说：“这事很平常，不值得庆贺，我们只是翻过了又一座高山！咱这试飞就好比唐僧取经，要经过九九八十一难。我们必须具有唐僧的坚韧劲儿，才能取得最后的成功！”

谨慎而精明，这是一个地勤保障人员最优秀的品质，也是潘重十分信任江树森的原因。在飞机设计、制造和飞行中，任何细节上的疏忽和差错都会带来灾难性的后果。1994 年，西安航空公司的图 –154 飞机执飞西安至广州的航班，起飞十分钟后，飞机在空中解体，机上 160 名乘客和 14 名机组人员全部遇难！事后调查发现，仅因两个插头插反了，便导致如此重大的空难事故！吸取这些航空史上的教训，也让江树森等人丝毫不敢大意。

但他们却没想到，不起眼的“溅水试验”也有争议。尽管相对于“失速”和“颤振”，这个科目的风险并不大，但飞机溅水后，仍然面临着冲出跑道和机体受损的情况。

江树森去布置试验，对下属说：“这项试验要求飞机在最大起飞重量的构型下，以每小时 240 公里的速度，冲过积水深处达到 40 毫米的水池，我们不能大意！”

陆云飞和凌翔的试飞团队接下了试飞任务。这项目具有观赏性，虽然阎良的夏天很炎热，草丛里飞起了一片黑压压的蚊虫，但人们却都不顾，前来观战。为便于观察，池里的水融合了大量的红色涂料。当飞机高速冲进水池时，轮胎溅起的水花足有十多米高，已经超过水平尾翼的高度。溅起的红色水雾甚至喷溅到了观测区，朝那些观摩试验的人喷来……

江小妹在旁边看着，不觉惊叫起来，接着又和同事们一起鼓掌欢呼！

一向严谨的江树森当场宣布：“我们在溅水试验中，没有出现发动机熄火和喘振，发动机工作稳定，没有发现任何异常，说明飞机溅水可控，这项试验成功了！”

与此同时，桂林又进行了“轮胎爆破试验”，那里天气也很炎热，蚊虫凶狠。在试验厂房里堆着各种“牺牲”的轮胎，试验人员采用了国际上最严酷的爆破方式，虽然爆破过程仅为 11 毫秒，但 ARJ 飞机的轮胎经受住了考验，说明轮胎防护措施也很有效。

冬去春来，试验任务一个接一个，试飞团队稳健地走在征途上。试飞道路有太多未知因素，他们随时在与风险共舞，与死神对垒。他们越来越明白，试飞不是傻飞，探险不是冒险。试飞是科学，仅凭勇气还不够，一切归于有序，细节决定成败。他们在风险中前进，知道自己必须每时每刻都做得最好，并且尽量做对，才能在风险中一次次成功。

又一个春天来临，试飞院里的草坪上鲜花盛开，那些色彩纷呈的杜鹃花，吸引了过路的试飞工作者，让人觉得，它们也在认真地迎接着美丽的春天。

这个晚上，试飞站的办公室里灯火通明，桌上摆满了材料和图表，陆云飞和凌翔还有试飞团队的同事，都在极其认真地准备着一个重要科目：“模拟单发”。

陆云飞给大家讲解道：“在明天的试飞中，我们要以最快的速度把飞机拉起来，然后在一个俯仰的瞬间里，关闭一个发动机，用另一个发动机来飞行……”

众人都惊呼起来：“那太危险了！”

“怎么可能？”

“大家别担心。”凌翔笑着解释，“我们是在起飞的一个瞬间里，将飞机稳定在不擦尾的状态，再将油门杆收到慢车位，以模拟单发那个状态……”

这原本不是高风险的科目，但风险真正来到时，却没有一点预兆。因为“保持一个状态”，在试飞中原本就具有深刻和丰富的含义。次日试飞时，当凌翔快速将飞机拉起来，准备模拟那个单发状态时，突然感觉飞机就像在飘着，而告警信息显示发动机的反推已经打开。凌翔顿时出了一身冷汗。他顾不上去想这一切是怎么发生的？只记得教员曾说过，如果在空中遇到反推打开的情况，那将是灾难性的！没想到，这种事还真被他遇上了！

当时飞机刚起飞，虽然离地面只有几十米，但却无法控制，不断侧翻。塔台上的所有人，都焦急地看见这架飞机摇摇晃晃，就“飘”在离地面并不高的地方，而前面不远就是高压线和村庄！江小妹听到外面一阵喧哗和闹嚷，急忙跑出办公室，看到这一幕不觉惊呼起来，又赶紧捂住嘴。所有人都在大喊大叫，形势十分危急！

江树森也用手做成一个喇叭状，朝空中喊道：“不能中断起飞，赶快拉起来！”

凌翔在飞机上也很紧张，他看到翼下大片的土地扑面而来，在这样的速度下再不控制住飞机，几秒钟之内，这个庞然大物就会直插地面！这真是令人毛骨悚然的一刻，凌翔确确实实感到了恐惧！他试着加大油门，但却没有反应。他若再增加飞升的姿势，就有可能进入失速的危险；但不增加飞升的态势，飞机又会一头栽到地上！

幸亏这架国产飞机非同一般，似乎被设计师们赋予了超常的灵性。它在一秒钟后突然恢复正常，凌翔机智果断，立刻把握时机，在这个决定生死的瞬间里掌控好飞机，飞机擦过一些大树的树梢，被迅速拉平，重新飞升，整个机组与死神擦肩而过！

在地面上，大家看见试飞团队平安脱险，全都鼓掌欢呼，庆幸不已。飞机安全降落时，江小妹觉得那巨大的轰鸣声就是最大的福音。陆云飞一下飞机，她就跑上前去拥抱他，欢呼涌来的人群也为他们鼓掌叫好，江小妹热泪盈眶，倍感骄傲。她只希望姐姐此时也在场，让姐姐也能骄傲地感受到，她的未婚夫凌翔有多棒！

江树森大步上前，把两个准女婿一把拥入怀中，微笑着不断点头。

他们回到办公室，便收到局方发来的红色特大号字体的邮件："我们审查组的态度很明确，任何时候试飞安全都是第一位的！"这个科目的试飞便被临时中止。

此后江树森立刻率领保障大队，对这架样机进行了油门台装机等一系列试验，并适当更改数据。后来的试验结果表明，油门台再未发生反推机械锁突破的问题。

"仰角"的试飞同样令人困扰：仰角高了飞机可能会解体，低了飞机可能会掉下来。那么多大的仰角才合适？全靠一次次试飞去确定，再把它输入计算机编程，看是否吻合此前的数据。而且这样的试飞，还要进行千百次！在浩渺的天空中，他们要飞别人没飞过的科目，困难和风险如影随形，随时都要面对，但凌翔和陆云飞全都无所畏惧。

有一天，他们又经历了终生难忘的试飞。那天因为飞机上仰趋势超出了推杆器的保护能力，飞机意外地进入了颠倾。在 42 秒的时间里，飞机就损失了 900 多米的高度。在那个瞬间里，很多人都认为自己今天回不去了，他们甚至想到了家人……

凌翔也意识到，他又遇上了麻烦！飞机已经开始滚转，几乎就要倒扣过来！这是惊心动魄的 42 秒，飞机高度在急剧下降，快速扑向大地！超负荷的重量挤压在凌翔身上，他血脉偾张，脸庞肿胀，全身疼痛得像要寸寸裂开。他明白再有几秒钟，巨大的生理变化有可能让试飞员瞬间昏迷，那一切就全完了，飞机也会直接坠地！

凌翔一面尽量控制着飞机，一面用余光朝下看着：田地、村庄、河流，正像一个张大着口子的巨网，疾速向他们扑来，转眼间就要吞噬飞机！在这关键时刻，凌翔连忙镇定下来，再一次创造了奇迹！从推杆、改平到正常爬升，飞机终于平稳下来。凌翔这才松了一口气，对他来说，把飞机上的人全部安全带回家，就是他的最高职责。

下了飞机，看到一群欢呼着迎上来的同事，凌翔的眼泪终于流出来……

"朋友，兄弟，今天全靠你！"陆云飞走上前来，紧紧拥抱他，"你真棒！"

"对我来说，这只是一名试飞员应该做的！"凌翔说时，感到很骄傲。

"是啊，不管多危险多困难，决不言退，这是我们的君子协议！"陆云飞笑道。

“是的，决不言退。”凌翔又与他击掌，“我们必须将这条路走到底！”

试验的数据被一再刷新，严苛的试飞引来好评如潮。在一次评审会上，一个航空业的老专家感慨地说：“知道你们是这样审的，以后我就敢坐 ARJ 飞机了。因为它用最严苛的方式，证明了自己的安全性，也证明了中国新飞机的品质！”

陈大宝见陆云飞总在天上飞，心里痒痒，便来请战。遇上一个试飞科目“失速”，因他是保障人员，试飞团队便答应了。陈大宝高兴地上了凌翔和陆云飞的飞机，想尝试一下试飞的感觉。他一直在地面工作，从没上过飞机，只见机舱里没有座位，只有一排排人那么高的大铁水桶，他知道里面装着不冻液体，都是为了飞机水配重系统的调整。他又看见机舱正中的地板上有一个封了黄色警告标志的盖子，知道那是为试飞员和试飞工程师飞机失事时跳伞而准备的，不觉紧张起来。

“哎，如果飞机出了事，你们谁会先跳下去保命？”他连忙问陆云飞。

“我们从没想过这种事。”陆云飞哈哈大笑，“试飞团队没有胆小鬼！”

“哦？”陈大宝捂着胸口坐在一个角落里，心却从此提起来……

飞机升空了，这一天碧空如洗，云淡风轻，是个飞行的好天气。

今天的试飞科目“失速”本是极危险的飞行。飞机突然失速，从高空猛降！对试飞团队来说，这是一个意料中的“死亡之约”。失速被世界航空界称为“死亡螺旋”，世界上很多飞机失事，都是因失速尾旋造成的。美国及俄罗斯在进行这项试飞时，损失飞机数十架，牺牲飞行员几十人。毫不夸张地说，这项试飞就是要用生命去叩响死亡之门！

这是一个庄严而惊心的时刻，飞机瞬间进入螺旋，转滚着坠向茫茫大地……

陈大宝的心都要跳出来了，他紧紧抓住桌边，只希望凌翔尽快把飞机拉起来。但为了取得一些数据，试飞人员必须让飞机持续失速下降，直到人体受不住的程度，又不能进入尾旋，那就太危险了！陈大宝觉得自己似乎等了一个世纪那么久，他冷汗涔涔，头晕目眩。凌翔却异常镇定，他在等，等候失速这个科目能取得完整数据，也等待试飞工程师发出指令。整个机组成员都在身体承受极度痛苦的状态下，默默地等候着……

终于，试飞工程师陆云飞发出了急切的命令：“快！改出螺旋！”

这是下达拉起来的指令，要让凌翔尽快把飞机拉起来。但不知是拉得太晚，还是太快，机头猛抬，飞机似乎真正进入了尾旋，拉不起来，又直往下掉！机上的人全都叫喊起来，在地面观察的江小妹忍不住尖叫起来。江树森等人也瞪大眼睛，只怕今天就要机毁人亡，那便是试飞的最大失败！

在这关键时刻，凌翔立刻稳住了飞机，重新把高度提升起来。机身展翼平飞，如同一只优美的大鹏，伸展着巨大的翅膀滑过机场上空。所有人都抬头仰望，见飞机冲出了死亡地带，不禁欢呼雀跃，有人还响亮地吹起了口哨。因为今天的试飞举足轻重，意味着中国大飞机的“失速”这个重大航空技术难关宣告突破！他们怎能不欢欣鼓舞！

飞机平稳落地后，试飞团队从容不迫地一个个下机，接受了同事们的祝贺。陈大宝最后才走下来，他已经被吓惨了，以为自己今天死定了！他脸色苍白，嘴唇哆嗦，忍不住当众哭起来。玛丽莲急忙上前，安慰地拍拍他的肩，他却很不好意思……

“没什么？我们都是这么走过来的！”陆云飞理解地说。

“那，那么，你，你们都不怕吗？”恐惧使陈大宝结巴起来。

“我们都离死亡很近。”陆云飞笑着说，“在死亡面前，所有生命都是平等的！”

“不，你们试飞团队的每个人，都是用特殊材料做成的！”陈大宝敬佩地说。

玛丽莲回到研发团队，一个同事告诉她，按计算机显示，今天的失速飞行进入尾旋应该是人为的。但不知是试飞员动作太快所致？还是试飞工程师下达指令晚了一秒？这是重大事故，肯定要追查责任，玛丽莲却犹豫不决。她想自己终于跟陆云飞和凌翔形成了良好的工作关系，应该珍惜。如果她提出追查，会不会让他们二人责怪自己？毕竟人家是提着脑袋干工作！就算出点差错也很正常。同事却提醒她说，如果一次事故查不出原因，以后再出现类似情况，一款飞机可能就要毁掉，这个型号没有了，所有人的饭碗也都没有了。玛丽莲左思右想，只好去找陆云飞和凌翔，于是她来到凌丽家。

今天试飞，凌丽也在现场，她更是提心吊胆，备受折磨，脸色都变了好几回。当晚她给儿子包饺子，请试飞团队都来吃，说是庆贺他们首次试飞“失速”成功。

不大的屋里挤满了人，大家热热闹闹很开心，似乎忘记了白天的惊险与刺激。江小妹动作麻利，她飞快地包完饺子，在等开水沸时，才问起凌丽当时的感受。

凌丽往滚沸的开水锅里下饺子，想起白日那惊心动魄的一幕，感觉到如同下油锅一般的煎熬……当时她肝胆俱裂，心如火焚，只怕自己再也看不到心爱的儿子了！

此时她却深情地说：“我只有一个儿子，如果他今天牺牲了，我会很伤心。但这是他的选择，他热爱的职业。即使有人付出生命代价，我们也不会停止研制新飞机！”

“说得好！”众人都感动得拍起手来。

凌翔站起来，双手一拱，学着戏剧唱腔说：“谢谢妈！”

“你啊，在空中还像小时候那么调皮，那么淘气！”凌丽慈爱地指指他，又笑道，“不过呢，你们的工作就是在刀尖上跳舞嘛！”

“我们的工作是在叩问天门！”陆云飞也豪情顿生地站起来，“我们是在用生命锻造大国之翼，用智慧和勇气去征服航空器，让它日臻完美！”

“是啊，我们是在玩刮胡刀，”凌翔又笑着戏称，“还是一把小小的刮胡刀！”

“可是世界上没有几个人，能玩得了这把刮胡刀。”江小妹感叹地说。

她把煮好的饺子端上桌，才发现在门口探头探脑的玛丽莲，连忙招呼她进来。凌丽也热情邀请玛丽莲参加家宴，玛丽莲一直不好意思见江小妹，为了这个数据却不得不来。她在门外听到众人的谈话深受感动，也大有启发，便坦然走进去，说出了这件事……

听说要追查事故，所有人都跳起来，情绪激动，连珠炮般地提出一个个追问。

“我们历经生死才完成了试验，还有什么不对的地方？”

“我们提着脑袋干工作，你们还要追查事故？这像话吗？”

玛丽莲很窘迫，凌翔和陆云飞却保持了镇定，赶紧回想当时的情景。但那时形势险恶，谁也想不起来，到底是陆云飞发晚了指令？还是凌翔拉杆太快？谁能说得清。

江小妹也很气，忍不住质问玛丽莲：“他们都没错，可能是你们的计算机错了！”

“人可能犯错，但计算机绝不会犯错！”玛丽莲见她不信任自己，也很生气。

凌丽见两个姑娘顶起来，虽不知内情，也觉得火药味挺浓。但她知道玛丽莲说得对，就让大家吃了饺子，赶快回去休息，再好好想想这件事。大家于是不欢而散。

第二天果然召开事故追责会，江树森也严肃地支持玛丽莲，说 ARJ 的“失速”试飞还要进行几千次，事故原因查不出来，只怕还会出更大问题。

陆云飞见众人神色凝重，就毫不犹豫地站出来说：“是我下达试飞指令晚了一秒。”

这是重大事故，陆云飞立刻被停飞，可能还要受处分，甚至永远离开这个岗位。

开完会，他神情黯然地离开，凌翔追出来说：“我想起来，是我拉杆太快造成了昨天的事故。”他不愿让陆云飞为自己担责。

陆云飞也不愿离开试飞工作，但他知道凌翔是个难得的优秀试飞员，如果自己不担责，离开的可能就会是他。

凌翔听他这么说，不觉气闷，回家第一次对母亲发火说：“为什么总是我们试飞团队的错？难道你们设计的飞机就那么完美？”凌丽也第一次看见儿子情绪化，却不知该如何劝解。

“妈，我们每一次试飞中，都需要整个机组成员配合默契，通力合作，每一个程序，都需要每一个层级的专家给出意见，再加上我们的开创性探索。”凌翔又气恼地说，“我们拼了命的这些努力，都是为了实现公共航空的安全，我们有什么错？！云飞有什么错？！”

凌丽只好安慰儿子：“你别急，这个问题总归会弄清楚！”

次日试飞，陆云飞不能上飞机，只能远远地目送战友。凌翔火气未消，虽然试飞时保持了平静，下来后却大发脾气，说飞机上不时听到一声声巨响，厕所门也不好开……

他毫不客气地质问准岳父：“你们的设计，能不能人性化一点？”

江树森莫名其妙，赶紧上机检查，发现食品柜没固定好，发出响声。厕所门铰链过紧，都不是大问题，但凌翔却小题大做，真是从未有过。陆云飞从江树森那里听说此事，知道凌翔是心里不痛快，去找凌翔谈话，想疏通一下他的情绪。

“翔子，你要理解我。”陆云飞说，“我替你担责，是为了让你留下来更好地工作。”

凌翔也第一次冲着好朋友发火道：“你们都把我当成小孩子，一个个替我担责！告诉你，我没有那么脆弱，即使让我停飞，我也会再回来，重新投入工作！”

这时突然有人在旁边鼓掌，他们俩回头一看，竟是马英回来了。他从云南休假后，就被调离了试飞院，如今在空军部队当团长，凌翔一直跟他保持着联系，知道他妻子也跟他复婚了。现在猛一见到马英，凌翔还是很激动，不禁呆住了，又想起他们的往事……

马英上前拍拍他的肩，笑着说：“翔子，万米高空的突发事件谁都不能预料，但试飞员却是千钧重担于一身，如果出了事，后果不堪设想。国家的命运，投放的资金，多年的研发，若干人的前途，都要毁于一旦。研发团队认真点不应该吗？你是千金难换的试飞员，我们为你做出点牺牲又何妨？这一切都是为了中国大飞机！”

作为一名资深的试飞员，他的话让陆云飞和凌翔都释然了，一切尽在不言中。

陈大宝正好也赶来了，大老远就对陆云飞挥着手，说：“云飞，我是来给你报告好消息的，试飞中心解除了你的禁令，你又可以飞了！”

“太好了！”陆云飞高兴地上前拥抱他，开玩笑地问，“你还敢不敢上飞机？”

陈大宝看了看他们俩，慷慨激昂地说：“你们俩能行，我也能行！”

凌翔也欣慰地拍拍他的肩，觉得他们现在才真正是并肩作战的战友了！

失速飞行堪称民机研制的最大技术难关，凌翔和陆云飞还要飞成千上万遍，才能在安全性与经济性之间找到平衡点。他们这把“刮胡刀”玩得不错，经受住了考验。

由于失速时飞机飘忽不定，试飞员很难踩准油门，凌翔有一次对江树森说：“你干脆把我的脚绑在油门上……”

江树森大惊，断然说：“不可以！如果飞机失事，你如何逃生？”

凌翔坚决地说：“我绝不会抛下飞机逃生！飞机和这些试飞数据比我的命还重要！”

江树森仍不肯答应他的要求，却感叹地说：“你一心试飞，已经成了失速哥……”

ARJ 的失速试飞一共进行了 8000 多次，凌翔由此被大家戏称为“失速哥”。

第二十九章

进入 2013 年，试飞也进入“深水区”，几乎所有的试验都是填补国内空白。

凌翔和陆云飞与江树森的保障大队并肩作战，把试飞场地延至国内外。这是一次次云海之巅的征程，他们转场天南海北，历经酷暑严寒和海拔极地，追云破雾，极限飞行，出生入死，屡创奇迹。他们明白自己是保证飞行安全的第一道堤坝，为了验证中国第一架商用飞机的安全性，早把个人安危置之度外，勇敢地去征服那一道道难关……

中国民用飞机的研制牵动了全社会，不断有记者来采访试飞团队。陆云飞和凌翔都自豪地说：“好飞机和好男人一样，就是飞出来的！”也有编导把他们的故事写成话剧，在上海公演，引起轰动。媒体称他们是“真英雄”“真豪杰”，为了国之重器，极限飞行，千金不求，万死不辞！他们誓用鲜血和青春，交出一份最好的答卷。

试飞中心的年轻人都接受了 ARJ 飞机的“阿娇”这个昵称。当飞机出现故障时，他们就像对自己的情人一样说：“阿娇，不要闹脾气，你要乖一点！”

被技术问题弄得焦头烂额时，他们也会说：“阿娇虐我千万遍，我待阿娇如初恋。”

这些年轻人的共同心愿是“阿娇早取证，我们早回家”。

试飞团队和研发团队一直并肩作战，陆云飞也跟凌翔成为最亲密的合作伙伴。没想到有一次，凌翔又要在最关键的时刻，做出最艰难的选择。

那是他们在 R 国边境的一次转场飞行。那天的试飞科目是结冰试验。飞机如果是在结冰的云层中飞行，可能会遇到超冷大水滴，这种极端环境下就看飞机的防结冰能力了。冰患也是造成空难的重大因素，1989 年震惊全球的加拿大安大略空难，以及 1992 年美国的一架飞机失事，调查结果都表明：哪怕机翼有少量结冰，也可能导致飞机失速坠毁。因此航空业都引入了多重防护系统，ARJ21-700 飞机也要考虑除冰措施，为此必须取得一些重要数据。这也是 FAA 要求的试飞科目，尽管很难，试飞人员也要想尽办法去完成它。

这个高风险科目又是由陆云飞和凌翔在试飞。那天云层很奇怪，气象状态在不断变化，结冰情况也难以捉摸。凌翔开着飞机追赶云层，直到航程结束也没找到可让飞机结冰的云。不料他们刚降落，就接到气象通报，说不远的前方又有一大块云，符合结冰条件，让他们赶快追过去。时间紧迫，甚至来不及加油。凌翔匆忙计算，觉得剩下的油应该够，又开着飞机上了蓝天。江树森作为保障飞行的负责人，心里有些不踏实，也跟着上了飞机。

“孩子们要小心啊！”他上去就说，“飞得越久，世界就越大，麻烦也越多。”

“江叔放心吧！”陆云飞笑道，“我们都是久经考验，波澜不惊了。”

凌翔也笑道：“是啊，江叔放心，我们将以天空为舞台，尽情展示特技！”

但那块云流动迅速，眨眼间就跑了很远。凌翔跟陆云飞商量，认为机会难得，便紧紧咬住追上去。他们追了几千公里，终于追上了那块云，也如愿以偿取得理想数据。众人相视而笑，心领神会，都颇有成就感。毕竟这样的事不是每天都能有幸遇上。

但油却不够了，仪器不断闪烁，发出警告——他们无法返回 R 国了！

凌翔的心微微向下一沉，对旁边的陆云飞说：“看这架势，今天有点悬！”

“不要紧。”陆云飞早在察看地图，发现就近有一座机场，便指给凌翔看，“我们可以在这里备降，然后加油，应该没问题。”

凌翔点点头，立刻果断地接通该机场，请求迫降。机场属于 A 国，与中国一向交好，指挥塔台同意了，也愿意给他们加油。但飞机降落后，却听到一阵阵激烈的枪声！凌翔和陆云飞从驾驶舱望出去，只见地面远远的有好几处，都是火光一闪一闪……

原来就在这一天，就在这一时刻，A 国发生了一场政变！

飞机已经停靠在加油站，开始加油，他们这才接到指挥搭台的通知，说叛军正向机场靠拢，企图占领机场，让他们加完油赶快离开。

机组成员一听此事，都心头怦怦乱跳。驾驶舱内人人绷住了神经，谁也不敢多说一句话，只在内心不断祈祷，期望今天千万别出乱子！老于世故的江树森内心如坠冰窖。他们谁都没经历过这种事，又在异国他乡，只怕会有更大的麻烦！最可怕的是，这里武装派别林立，他们却不明背景，如果被谁杀红了眼，在这是非之地可能连飞机带人都尸骨无存！民航史上，客机被有意无意击落的案例也不断发生……

就在众人焦虑不安之际，飞机终于加满了油。凌翔正要驾机离开，经验丰富的江树森却想起刚才降落时，有一台发动机的声音有点异常。他迅速判断是发动机的一个配件有点问题，便建议机组说，最好立刻进行检查，如果不行，还必须换配件……

“恐怕有点难！”陆云飞焦急地说，“江叔，你看外面这形势，真的很吓人！”

大家都默默看着机翼外，那冲天的火光越来越逼近，武装对射也依稀可见，显然是机场守卫部队正在跟叛乱分子对垒。但他们情况不明，也不知道局势进展到底如何了。

江树森想了想，坚决地说：“不行！我不能让飞机带故障飞行……”

他不顾陆云飞的阻拦，立刻跳下飞机去检查，果然有点问题！怎么办？这次飞行仓促，没带任何配件，必须在机场搞到一个。凌翔只好跟塔台指挥部联系，他们同意供给，而且马上派来一辆车，原来仓库还在几公里外。这时枪声已经更激烈了！

凌翔担心地望着江树森。“江叔，为了飞机的安危，我们加完油就应该走……”

“我也同样是出于安全飞行的考虑，一定要带上这个配件。”江树森急切地说，“翔子，你给我十分钟，我保证带着配件回来！”

凌翔再没时间跟他争执，只好答应，陆云飞不放心，也跟去了。

但十分钟过后，两人却没有回来。塔台指挥部不停催促机组，说一旦叛军冲进机场，他们想走也走不了了，后果不堪设想！凌翔陷入两难的选择。因为江树森和陆云飞都还没回来。但情况确实紧急，保住这架试验用的大飞机，把祖国刚开始研制的新飞机带回去也同样重要！凌翔赶紧叫另一名试飞工程师给陆云飞和江树森打电话，却根本打不通……

机组成员正在焦急万分、束手无措地等待时，塔台又传来紧急通知，说叛军离机场很近了，机场员工也要赶快撤离，他们再不走就来不及了！

凌翔从驾驶舱里朝外望去，只见外面处处火光冲天，看来冲突更加激烈了。火光和枪声都离飞机不远，如果再不走，或许这场灾难就无法避免了！恐怖的场面让人心惊胆寒，凌翔也无比紧张，面部肌肉都绷紧了，思绪沉重如山，在好友、亲人和飞机之间艰难选择！当他的手决然伸向驾驶杆时，手甚至在微微发抖，他情不自禁地流下泪来。飞机开始滑行，凌翔心如刀绞，只愿好友、亲人能原谅自己——他竟把他们丢在这战火纷飞的国家了！

突然那个工程师指着前方，高兴地说：“快看，他们回来了！”

众人都挤到驾驶舱朝外望去，果然发现在冲天的火光中，在枪林弹雨里，飞机前方出现了一辆汽车，正飞快地驶过来，当真是江树森和陆云飞回来了！

凌翔如释重负，赶紧停下飞机，命令打开舱门，放下舷梯，让他们快进来。

陆云飞上来后，喘着气说：“没想到仓库里的配件，都因长时间不用生锈了……”

“我们找了一阵，才在一个角落的箱子里，找到可用的配件。”江树森说。

凌翔松了一口气，热泪盈眶地说：“太好了！幸亏你们回来得及时！如果你们不能上这架飞机，留在这个已经发生政变的机场，我回国后，将永远不能原谅自己。”

这时外面又响起阵阵爆炸声，叛军已打退守卫部队，冲进了机场，朝他们奔来。在激烈的枪声中，凌翔果断地加大油门，迅速拉高飞机，离开了这个是非之地。当他们穿过层层黑云，重新回到澄澈透明的天空中时，不禁都松了一口气。虽然心有余悸，机组成员还是情绪热烈地鼓起掌来。毕竟他们死里逃生，现在除非有导弹，才能追上他们。江树森坚持让凌翔在另一个安全的机场降落，直到换上发动机的那个配件，他才彻底放心。

结束这次 R 国的试飞工作后，国际试飞员协会便邀请凌翔加入，去参加在美国举行的盛会。凌翔应邀参加了国际试飞员的研讨会，与全世界这个领域内最杰出的试飞员欢聚一堂，并且上台发言，分享了自己的试飞经验。这也是人们在世界舞台上第一次听到中国试飞员的声音。多年来，这个讲台上没有中国的一席之地，是试飞员用自己的生命和鲜血，使中国航空业有了巨大进步。这一支铁打的队伍，换来了全球的承认与尊敬，有了话语权。

在接下来的宴会上，不少外国国籍的试飞员拿着酒杯走向凌翔，朝他举杯祝贺，并对他伸出大拇指。突然一个身材高大的美国人走来，呵呵笑着，叫了一声：“翔！”

凌翔一看，竟是科文，他也不禁笑了，说：“嗨，你好！还在飞吗？”

“还在飞，但没你飞得好！”科文有些尴尬地看着他，“你才是这个！”

他也朝凌翔伸出大拇指，然后眯起眼睛一笑，摇晃着高大的身躯走开。

凌翔心里一热，深知这个傲慢又挑剔的美国试飞员，也不得不佩服自己了。

在回国班机上，凌翔的座位正好靠着舷窗，他望着窗外的蓝天白云、机翼下的辽阔世界，很庆幸自己生在一个拥有飞机的时代。人类的飞翔之梦从遥不可及到日臻完美，可以在转瞬之间，就改变地球上每个人的生命轨迹……

“你好！请问要什么饮料？”一道熟悉的甜美的声音在耳边响起。

凌翔回头一看，意外发现竟是江小凤，他高兴地叫道：“小凤！是你？”

江小凤也认出他，带点羞涩地递给他一杯红牛饮料。“我知道，你喜欢喝这个。”

“你复飞了？而且飞国际航班。”凌翔笑道，“我为你高兴。”

江小凤冲他微微一笑，便迈着轻捷的步子把饮料车推开。凌翔却怦然心动，借着上卫生间的机会，又在后舱找到她聊了一会儿。江小凤听说他是去参加试飞员的盛会，也欢笑着祝贺他。凌翔心满意足地回到座位上，希望自己与她的事也能顺其自然，最终圆满。

凌翔回到阎良不久，江小凤也来了。她似乎变了一个人，开朗而活泼。她先去看望父亲，当晚又与妹妹同床而睡，交心般地谈了一夜。江小妹听说姐姐最近思考了很多，决心改变，此行是有意来跟凌翔和好的，非常支持。次日就帮姐姐约了凌翔，让他俩见面好好聊聊。

这一天，凌翔开车带着江小凤去了郊外。一路上桃红柳绿，春意盎然，景色宜人。他们来到一片宽阔的田野上，只见到处花团锦簇，色彩缤纷。凌翔长期工作在封闭的飞机驾驶舱里，更是觉得神清气爽，心旷神怡。

他们开过了烈士墓，但凌翔没有停车。他不想在这个美好的日子里，带女朋友去那个令人伤怀的地方。江小凤似有所感，便指着墓地问，那是什么地方？

“是一些人长眠的地方。”凌翔只好感慨地说，“小凤，当你在机上执飞的时候，你可能不知道，有些人不止一次用自己的生命和鲜血，换来了航空业的高度安全。”

江小凤听懂了，就把深情的目光投向他，说：“我想听听这些人的故事。”

“好吧，但那些试飞故事，会让你惊心动魄！”凌翔也深深地望了她一眼。

“我不怕。我想听。”江小凤紧紧抓住他的手，“我应该了解你……”

他们把车停在一个山坡下，手拉手地上了山，站在山坡上，俯视着山下的墓地。风从很高很远的地方吹来，凌翔站得笔直，脸庞俊秀，自信而帅气。他望着那片渗透了烈士鲜血的土地，目光清亮，心潮激荡，又格外淡然。就在这个地方，在一排排的松柏下，在乔兴剑和凌丽曾经见过面的地方，他的故事和试飞员们的故事，便随着风声灌进了江小凤的耳朵里。凌翔讲得激情澎湃，她也听得扼腕叹息。从未谋面的英雄的故事感天动地，回肠荡气，让江小凤终于理解了试飞这项工作的伟大含义……

这时，他们远远看见脚下的山道上，走来一个穿着素服的女人。山风吹拂着她那一头青丝和脸上蒙着的纱巾，使他们看不清她的面容。四下里很静，只有山风吹过树叶的声音，她落寞而忧伤地走着，一看便知是烈士的遗孀。江小凤顿时对她充满了同情。

“你认识她吗？那位大嫂。”江小凤指给凌翔看。

凌翔摇摇头地说：“不认识，可能是哪位烈士的家属。她们常来看自己的亲人……”

江小凤不禁热泪盈眶地说：“她们走在这条路上，肯定满是对亲人的回忆和思念。”

“是啊，我听说试飞员的遗孀，几乎没有再婚的。”凌翔感慨地说，“因为在她们心里，曾经用生命来叱咤蓝天的那个人，无与伦比……”

“我现在才明白那次在云南，嫂子们为啥要对我说那些话。”江小凤眼里含着泪水。

“那你现在怎么想？”凌翔温柔地低头看着她。

“我怕像她们那样。”江小凤想了想，又说，“但是我要跟你在一起……”

凌翔顿时心头一热，就满腔柔情地把她拥在怀里。

仅此一句话，满天的阴霾都被风吹散了！他们相偎着在山坡上坐下来，身姿降低，再也看不见那松柏青青的墓地，只能看见高高的纪念碑，还有碑上顶端那只展翅欲飞的雄鹰。接下来的时间里，凌翔和江小凤找不到更多话来说，对于经历过生死考验和时间检验的恋人，现在什么话都是苍白的。他们就那么相依相偎地坐着，手拉手，头靠头，从下午到黄昏。看着蓝天白云，看着渺茫天际，直到绿色山坡渐渐被白色暮霭所笼罩……

他们在一个农家简单地吃了一顿晚饭，简易的院落里，一棵高大的梨树枝繁叶茂，粉色的小碎花开满枝头，带来阵阵芳香。他们就在树下相约，要永远在一起。

凌丽刚去北京出差回来，心情很不好。两年前，她陪夏青回北京治病，辗转了几个医院才确定病情，竟是胃癌晚期！凌丽很着急，当时就要给陆天放父子打电话，却被夏青制止。她说自己一个人惯了，能处理好，别影响他们工作。夏青担心凌丽被耽误太久，催她赶快回去。夏青还逼着凌丽对她的病情保密，凌丽握紧夏青的手含泪答应。她回到上海，一直不敢面对陆天放。陆天放当然也很关心妻子的病情，但他每次打电话给夏青，或者探亲去看她，妻子总说她只是胃炎，问题不大。夏青一直胃不好，陆天放听说后便释然了，只是叮嘱她少量多餐，照顾好自己。他工作一忙，就把这事给忘了，竟被这两个女人一直蒙在鼓里。

这次凌丽去北京，又去医院看望夏青，她刚做完化疗，躺在病床上虚弱不堪。

“夏青，你怎么样了？”凌丽坐在床边仔细观察，发现夏青骨瘦如柴，猜知她定是病入膏肓，不禁拉着她的手，流下泪来，“你怎么瘦成这样？”

夏青推开她的手，皱眉说：“别这样，你再哭，以后就别来看我了！”

凌丽听了闺蜜的抱怨，猛然噤声，恨不得收回眼泪。她听说现在很多人得了重病，都不愿告诉亲朋好友，就怕你哭哭啼啼去看望，反而坏了人家的心情。何况凌丽知道夏青一向刚强，在感情上一直淡淡的，从来不会感到伤怀，她也只得把悲伤忍回去……

夏青又问了ARJ试飞的情况，凌丽尽量拣好消息告诉她。本来最近就喜讯不断，进入局方审定的试飞后，ARJ已经通过33本试飞大纲，做了300多项验证试验、285个表明符合性试飞科目，以及3418份符合性验证报告。在这些数字背后，意味着此项目填补了中国在商用飞机研制领域的技术空白，也为中国民机适航审定体系的完善与发展留下了新的坐标。而在5258个飞行小时里，那些被誉为锻造中国之翼的“刀尖舞者”的试飞团队，几乎每一分钟都在用生命创造“零的突破”。在2942个试飞架次中，每一次起飞都是逼近危险边缘的探索，既要保证飞机与自身的安全，又要获得令设计人员满意的数据……

“我们两个的儿子都很棒！”凌丽欣喜地说，“我们该为他们骄傲！”

“我也听说他们创造了传奇。”夏青脸上露出了笑容，“398个适航条款的验证，虽然我没有亲眼得见，但那些经典的传奇场面，却常常映现在我脑海里……”

“是啊，我每次来北京，开局方审查会都提心吊胆。”凌丽笑着说，“每次开会时，中美两国的局方代表都要看整个试飞过程，好在每次看了都很满意，我们也如释重负。看来经过这么严格的审查后，ARJ很快就可以交付使用，真正飞上蓝天了！”

“好啊，你们这些飞机设计师，终于不用去跳楼了！”夏青幽默地说。

她俩都高兴地笑起来。但说了这么久的话，又笑了一阵，夏青很快就咳嗽起来，咳得止不住，居然吐了几口血痰！凌丽被吓住了，心想她的癌细胞是否转移了？

夏青可能知道她在想什么，严厉叮嘱她，一定不能把自己的真实情况告诉陆家父子俩……

“他们都战斗在第一线，千万别让他们担心，影响工作。”她虚弱地说。

凌丽含泪答应，心情更是凄然，痛感青春不再，年华易逝，因此怏怏不乐。

她离开北京后，不敢去上海见陆天放，就先回阎良，得知儿子与江小凤和好，竟是心情大变，由衷地同意。凌丽还为此做了一席家宴，要招待亲朋好友，把陆云飞和江家姐妹都叫来了。江小凤从不喜欢做饭，今天却主动下厨帮忙，一副乖巧的儿媳模样。

“凌姨，你看这个番茄炒鸡蛋，先下番茄？还是先下蛋？”她在厨房里问。

凌丽忍着笑指点了她，走到小小的阳台上，江小妹正在浇那盆苔花。这盆花丢在上海陆家的晒台，都快蔫死了。她带回阎良放在凌家的阳台上，竟然又活过来了。正值春光烂漫、万物复苏之际，小小的米粒般的花朵尽情绽放着，看上去别有一番风采。

“凌姨，你现在对我姐还满意吗？”江小妹笑着指了指厨房。

“现在我无所谓了，一切都看淡了！经历了那么多生离死别，我觉得只要活着就好。”凌丽不禁叹息着，指指那盆苔花，“就像这小小的花朵，它也在拼尽全力开放着。因为它知道，每年的春天只有一次，可别错过了花期。你们年轻人啊，更要珍惜时光……”

“凌姨你怎么啦？今天发这些感慨？”江小妹很奇怪。

凌丽想了想，就把夏青的情况告诉了江小妹，又叮嘱她别告诉陆云飞。

江小妹看着在客厅里兴高采烈侃大山的未婚夫，不觉潸然泪下。

“云飞太不幸了，他失去了一个母亲，可能还会失去第二个……”

“快别哭了，别让他们发觉……”凌丽忙说，“今天是个好日子，别扫大家的兴。”

江小妹连忙擦掉眼泪说：“是啊，今天翔子早有准备，要向我姐求婚呢！”

凌翔是个坦荡的人，本不会搞什么把戏，却在江小妹的指点下，把订婚钻戒藏进了鱼缸。这时江小妹就拉着凌丽回到客厅，又特意邀姐姐去观赏鱼缸里的金鱼。

“金鱼有什么好看的？”江小凤用围裙擦着手走出来，“我还要炒菜呢！”

“你快来看嘛，保不准有什么惊喜呢！”江小妹把姐姐拉过来。

这鱼缸很小，下面铺了一层绿色的水草，几尾金鱼在水里自由地游来游去，给小屋增添了一点灵动的气氛。江小凤象征性地看了一眼那些快活的金鱼，就想走开……

“姐，我发现了，这鱼缸里真有宝贝呢！”江小妹拽着她的围裙。

江小凤晃眼看去，在绿莹莹的水草里瞥见了一个闪闪发光的东西。这时凌翔也拉着陆云飞走来，都想看看这份意外的惊喜，能给江小凤带来怎样的快乐？

“哎呀，是钻戒？！”江小凤抬头看了看凌翔，心头一热，立刻明白了。

凌翔伸手捞起钻戒，擦拭干净，给江小凤戴在手指上，众人都拍掌叫好……

江小凤脸上浮起红晕，幸福地倚在凌翔怀里。“翔子，谢谢你！”

江小妹突然想起什么，瞪了陆云飞一眼。“哎，你怎么没给我准备一个？”

“我想你不需要。”陆云飞牵起未婚妻的手，温柔地抚摸着她一根根纤细的手指，“你这双手是用来拿笔，制订试飞计划的，要好好保养，不能戴那些扎手的东西。”

“贫嘴！”江小妹甩开他的手，心里却乐开了花。

陆云飞当众提议，等试飞工作告一段落，两姐妹就一起结婚，两对恋人都答应了。凌丽在灯光下看着两个姑娘，一个矜持，一个爽朗。想起自己跟江树森从小一起长大的情谊，还有跟甘素芬那些莫名的恩恩怨怨，不禁微笑了，心情也变得愉悦……

她又叮嘱江家姐妹：“别忘了告诉你妈，让她也高兴高兴。”

陆云飞也很关心童年好友陈大宝的婚事，他知道陈大宝喜欢田萍萍，就鼓励他去大胆追求。正好听说田萍萍的评弹剧团要来阎良慰问演出，试飞中心的年轻人也要排一个陕北秧歌《江山》。本来组织准备让陆云飞上，他却推说试飞任务重，想让陈大宝参加。

“你搞什么呀？”陈大宝吓了一跳，“我哪会跳什么秧歌？”

“不会你就学嘛！”陆云飞笑道，“我可是高风亮节，才把这上舞台的机会转送给你。告诉你，中央电视台正要来挑选明年春晚的节目，没准儿你们会被选上呢！”

陈大宝虽丝毫不动心，但听说他们将和上海评弹团同台演出，小心脏就怦怦跳起来，立刻明白了好朋友的意图，答应参加。他笨手笨脚地排练了一个月，居然跳得有模有样了。演出那天，他穿上一身白色小褂，大红灯笼裤，头上包着白毛巾，看上去活像是地道的陕北汉子！上海姑娘的评弹和陕北汉子的秧歌，是这天晚会最好看的节目。陈大宝在台上跳得很兴奋，脸上满是乐呵呵的表情。下了台就去幕后找田萍萍，抓紧搭讪，聊得起劲。评弹姑娘们都说他又土气又帅气，田萍萍也对他另眼相看，答应今后跟他保持联络。

不久，田一民被评为“大国工匠”，陈大宝也被调回了上海，当了一个小组长，负责 C919 中央翼的装配工作。他在师傅田一民的带领下，很快成长为能工巧匠。陈大宝在工作中做出了一些成绩，就去田家看望田萍萍，田萍萍见他今非昔比，很是高兴。田师傅猜知了徒弟的心事也不反对。他当晚吃饭时喝了不少酒，满足地微笑着，讲起几十年前的遭遇。那是在日军轰炸上海之际，田师傅一家也跟江胜田一样，多数家人都被日军的敌机炸死了！那时他还很小，就成了无家可归的流浪孤儿。人们都愤怒而不平地呼喊着：祖国的领空，怎能容敌机侵略？从那时起直到现在，田师傅一直在盼望着中国的大飞机问世……

此刻他欣慰地对陈大宝说：“现在我终于等到了！大宝，你们可要努力啊，让我们的大飞机飞遍世界，让那些外国人再也不敢欺负我们！”

陈大宝听了热泪盈眶，他对田萍萍说：“我这才知道，你爸干工作的劲头从哪儿来？他是想为咱中国人争气啊！你放心，我跟着你爸，还会干出成绩来。”

一席话打动了田萍萍，她轻轻握着陈大宝的手，点头说：“我相信你。”

就在这天晚上，她答应了这桩婚事，跟陈大宝说好，以后跟江家姐妹一起结婚。

试飞站的年轻人远离尘世，思想都很单纯，工作环境也非常干净，没有一丝杂念，生活上平凡平淡，很多人虽独自承受着远离亲属的孤独，却能坚持长久地专注一件事。冰与火、理性与感性的碰撞，严谨的思维和冒险的精神，同时在这群人身上熠熠闪光。他们深知“天上一分钟，地上一个月”，用智慧和勇气在科学、生命的边界做探索，而且把这艰辛的行业看作是浪漫的旅途，面对天空与未来，只希望尽快达到终点——适航取证。

他们坚定自己的选择，一直在砥砺前行，不曾停歇。尽管很多方面都有损失，提级、提干、涨工资，都比不上厂里和所里的同事，但他们还是无怨无悔，仍然安心在阎良工作。试飞站的灯光常常亮到深夜，为的是一遍遍反复修改试飞大纲。试飞现场争分夺秒，只争朝夕，为的是更好地利用试飞资源，减少漫长的等候。而保障大队则抓住短暂的间隙，上机排故障、解决问题……支撑他们无数个日日夜夜的，还是那深刻铭记的责任和深埋心中的理想——大飞机事业是国家的意志、人民的重托。等到“阿娇”取证那一天，才是他们回家之日。

此时上海的房价已经猛涨，临港毕竟离市中心太远，陆天放和甘素芬都很着急，催着陆云飞和江小妹在市区买婚房。他俩看好了一套小巧的二居室，可因一个紧急任务又要赶回阎良去试飞了。甘素芬得知上海房价又涨了，很焦急，不断打电话催他们赶紧回来买房。一个月后他们回来时，这套新房已经涨了一百多万，他们肯定买不起了……

他们沮丧地正要离开，突然从里间走出一个人，叫道："小妹，是你们啊？"

他们回头一看竟是王领先，江小妹不知所措，陆云飞却反应极快地问："你怎么在这儿？"

"我父亲就是这家房地产公司的老板。"王领先高兴地说，"你们是来买房的？欢迎呀，我们开发的这套房，地理位置优越，价格合理，卖得很快，没剩几套了……"

陆云飞无语，江小妹飞快地问："你不是搞艺术吗？怎么又来卖房了？"

"还不是为了那件事。"王领先叹息着，"不好意思，当时我逃婚，把你们都得罪了。但我是真心爱小凤，只是我父母……哎，不提这事了，我从此也没心情搞什么艺术了！"

他们沉默了一会儿，王领先又说他已结婚，有了两个孩子。江小妹这才发现他胖了一点，红光满面，看来心情也不错。陆云飞不想再跟此人聊下去，就拉着江小妹欲走……

"别走啊，你们不是来买房吗？"王领先叫道，"我给你们优惠。"

"可你们这房价涨得太快，我们买不起了！"陆云飞毫不客气，坦率又冷淡。

王领先怔了怔，不禁笑起来。"没关系啊，你们选上了哪套房？我可以无偿送给你们这套房，以弥补……哦，弥补当年我给小凤和你们大家造成的精神损失！"

"不行，我们不能接受。"江小妹断然拒绝。

陆云飞也愤愤地说："对，我们不能接受，收回你的好心吧！"

他们又欲走，王领先连忙拉住陆云飞，急切地说："哎，别想歪了，我这是……这么说吧，你们不是在造大飞机吗？那都是为国为民啊！我也想出一份力嘛！"

陆云飞和江小妹对看一眼，同声拒绝："谢谢，我们还是不能接受。"

王领先见他们又要走，忙说："那这样，我以原价卖给你们，可以吗？"

陆云飞和江小妹低声商量了几句，觉得王领先态度诚恳，大有悔意，便同意接受。

办完购房手续，王领先恭敬地把他们俩送出门外，分手时，又热切地说："你们都是为国为民的英雄模范，我向你们致敬！我想起往事就羞愧难当，现在只能祝愿你们的新飞机早日成功，我会第一个去乘坐咱们中国人自己的飞机！”

那一刻，陆云飞和江小妹居然有点受宠若惊，没想到王领先这样的生意人，也对中国大飞机满是赞扬和敬意！他们在众多好友里也享受着这样的赞誉，他们清楚那些炙热的目光、由衷的赞叹、殷切的期望，并不因为他们自身的奉献和成功，而简单真实地源于他们所从事的民机事业。所以，尽管外界的诱惑很多，年轻人都向往着挣大钱、开好车、住豪宅，但他们却坚定地会说一个“不”字，然后转身又去奋斗，好比西天取经一般地历尽艰辛，再次踏上那个伟大的征程。

江树森一直关心着试飞中心这批年轻人，就托陈大宝帮这几对快要结婚的年轻人集体装房子。陈大宝欣然同意，周末休息时，就带着田萍萍等人忙开了。

江树森快满六十五岁了，这个年龄在其他单位早已退休，而潘重却不肯放他走，说试飞保障大队是个重要岗位，绝对不能缺少他。他本人在飞机厂和试飞中心都是德高望重，大家商量好，要给他过一个生日。但是到了那一天，却根本顾不上。

2013 年 12 月底，为了高寒试验的科目，试飞团队转战中国最北端的海纳尔，要在零下 40℃去验证飞机飞行性能的极限。这时离江树森的生日还有三天，虽然室外飘着小雪，但气温只有零下 12℃，江树森穿着厚厚的防寒服走在雪地上，并不觉得太冷。他走进临时办公室，试飞团队的人也在议论，大家都很沮丧，备感失望。

“怎么回事？气象预报显示，最近几天温度都不会太低。”陆云飞说，“我们需要零下 40℃的极寒，这是适航条款的要求。我手上还有 16 项与高寒有关的试飞科目呢！”

凌翔也说：“前两年冬天都是其他试飞团队来这儿，他们运气也不好，最低气温只有零下 35℃。我们团队算是带着 ARJ 第三次来海纳尔，希望都寄托在这一次了！”

江树森看看窗外，皱眉说：“每年这时候，气温应该在零下 35℃以下了，今年好像是暖冬，那就麻烦了！根据经验，过了元旦气温就该回升，更没希望了！”

高寒试验并不是风险性科目，但试验难度在于先寻找短暂的气象窗口，然后最大限度而且有效地去完成所有测试任务。但这一年冬天，满怀希望想挑战冰雪与严寒的试飞团队，却陷入一个让他们哭笑不得的境遇。他们过了一个无声无息的元旦，气温只下降了 2℃。到了江树森的生日，大家要给他庆贺，他坚决拒绝，说没有这个心情。

“别搞那些花花点子了！”他挥挥手，“试验做不成，我还过什么生日！”

试飞团队只好在这里迎接2014年。当处处响起除旧迎新的爆竹声、烟花在湛蓝的夜空绽放时，温度终于大幅度下降，逐渐接近试验条件了！众人都狂喜，跑到户外去打雪仗、堆雪人。只见雪地上处处结着晶莹剔透的冰霜，好比一个奇幻的冰雪王国……

在冷浸透12个小时之后，这架ARJ飞机在海纳尔机场进行了低温条件下的发动机启动预试。按照要求，必须在90秒内启动成功，不料启动了四次，发动机转速达到30%之后，就出现了自动停车的现象，排气口伴有大量未燃烧的白色油雾喷出……

“我们的运气不会那么差吧？”江树森见此状况，大吃一惊。

他连忙去检查，又督促地勤保障人员再次操作，发现是一个关键性的试验件——燃油模块出现了故障。他们连夜对试验件进行了更换，但是发动机仍然无法启动。

“这下糟糕了！”江树森回到室内，身上还冒着冷气，显然在机场冻坏了。

陆云飞和凌翔随后赶来，一起问他该怎么办？江树森说，影响发动机启动的因素主要为油、电、气三个要素，只好一一排查。接连几天，海纳尔的温度都在持续下降，但发动机仍不能启动。众人焦急万分，好不容易等来合适的气温，这故障却很难在海纳尔进行维修。大家多次商议，是将试飞团队撤回阎良，就此结束这次高寒试验？还是把发动机修好后，再回来继续等气象条件？大家各执己见，竟在中国最寒冷的地方进退两难……

“不能回去！”江树森终于一锤定音，“我们不能放弃这个机会，连续三年都没抓住这个高寒的气象窗口，我期望这次就能成功，否则又要等上一年。”

最后试飞团队同意了他的意见，立刻打电话给发动机供应商，让他们派出经验丰富的工程师来海纳尔配合检查。所需人员很快赶到，经过排查，找到了故障，是防喘阀漏气，导致供气不足，造成了发动过程中的熄火。立刻更换后，发动机终于可以启动了！

江树森率队配合供应商，奋战了一天一夜，才排除了这个故障。忙完这一切，江树森有些劳累，他毕竟六十五岁了。但他顾不上休息，立刻又跟着试飞人员进行各项试验，好运终于眷顾了苦心坚守的试飞团队，这几天的温度都达到了零下

40℃的标准。试飞人员欣喜万分，为了这个极地高寒的试飞项目，他们准备了很久，必须获得这方面的适航证。为此机务保障更重要，飞机要时刻保持良好状态。江树森率领部下披星戴月，坚守岗位，不时上机去检查情况，还要随时清除跑道上的积雪，虽然衣着很厚，但那种奇寒深入骨髓，裸露在外的身体部分很快就冻僵了！尤其是手部，一不小心就被冻得像猫爪一样。而且手不能直接和金属接触，否则粘上一撕就会掉一层皮。但干细活又讲究手感，他们还不能戴手套。只能用暖风机把金属表面吹热，再抓紧时间干。或者干两分钟，就上到飞机里去暖和一下……

江树森不但精明，还有极强的意志力。为了防止再出意外，他一直坚守在试验现场。等试飞科目结束，他的脸已经被冻破皮，面部也结满冰霜，成了标准的“圣诞老人”。陆云飞他们下机发现了，立刻把他拉回房间里，不料江树森却昏倒了。试飞团队转场外地，都有随队医师。他查看了江树森的病情，说他并无大碍，只是冻坏了！

“但这也不是小事。”医师严肃地说，“他年纪大了，抵御寒冷的能力也大大降低。连续暴露在室外的严寒中几个小时，那还是很致命的，要立刻送他去医院。”

江树森被送到当地医院救治，等他醒来后，又把他从海纳尔送回阎良。他走时，试飞团队都去送行，在他们心里，尤其是在两个准女婿心中，江树森是最值得敬重的人，简直就是他们的保护神。但此后潘重却再不让江树森跟随试飞团队南征北战，他说：“你年纪大了，还是坐镇阎良试飞站，让年轻人去闯吧！”

2014年初春，完成了高原夜航的试飞科目后，试飞团队又前往北美五大湖区试飞。结冰仍是机组抹不掉的魔咒，那次在R国追云寻冰后，试飞团队又去新疆寻冰未果，这才赴加拿大万里寻冰，再次进行ARJ的一些自然结冰试验。在当地，试飞团队和保障人员深刻感受到外籍华人对国产飞机的渴望和期待。加拿大一家公司给他们提供各方面的技术支持，当他们顺利完成了一些试验科目时，这家公司的华裔员工比谁都激动，不断为他们鼓掌。这个小小的细节也触动了试飞人员，一种强烈的民族自豪感油然而生。

与此同时，试飞团队还完成了ARJ环球飞行的壮举。他们回到阎良，有一个短暂的假期，陆天放给儿子打电话说，他要去北京看望夏青，陆云飞也就跟着去了北京。

夏青的癌细胞果然转移到肺部，她独自做了第二次大手术，又在接受化疗。陆天放父子去医院看她，找到了她的病房，却不见她的人影，都很奇怪。原来是凌丽得知陆家父子要去医院，连忙通知夏青，她就躲进卫生间去化好了妆，戴上假发才出来见他们。虽然精心打扮，但这一切都难掩病态，父子俩见她瘦得不成样子，都很惊讶……

“青青！你怎么了？”陆天放心疼地把她抱在怀里，“我该早点来看你！”

“我很好。”夏青强笑道，“你们工作忙，别为我耽搁了正事。”

陆天放不相信妻子没事，拉着她坐到床边问长问短，嘘寒问暖。他观察着妻子憔悴的面容、苍白的脸色，心如刀绞，不禁掉下泪来，深悔这几年，自己对妻子照顾得不够。陆云飞转身奔出病房，找到医生问询。医生听说夏青的家属来了，把陆云飞一顿埋怨，说从没遇到过这样的病人，病情这么重，还独自来做手术和化疗，家属竟从不陪同！陆云飞耐心听着医生的埋怨，又打探病情，得知养母患癌，如遭雷击，不禁流下泪来……

他拿着病情报告走进病房，泣不成声。“妈，你病得这么重，怎么不告诉我们？”

“告诉你们有什么用？”夏青淡然说，“病是在我身上，我能应付得了！”

陆天放抢过病情报告看了看，也是五雷轰顶，他嘴唇抖颤着，竟说不出话来……

“你们急什么？我不就是得了癌嘛。”夏青抢过病情报告，放在一边，“现在医学很发达，这个病也能治，你们放心吧，我还死不了……”

陆天放对妻子的坚强甚至冷硬的性格甚是了解，但他却难掩悲痛，含泪抱着妻子说：“这么多年来，我欠你太多，让你一个人留在北京无人照顾，才得了这个病……”

“胡说！是我自己没照顾好自己，透支了生命。”夏青笑道，“但你们别难过，我真的没事儿，我会坚强地活下去，还要看见云飞给我生个小孙孙！”

“妈！”陆云飞也含着眼泪上前，抱住了夏青瘦弱的肩头，哽咽着说不出话来。

夏青把他推开，严厉地说：“你们别在这儿哭，就跟我快要死了一样。告诉你们，我真的不需要任何同情、怜恤和伤感，更不接受你们的哭哭啼啼。你们如果不忍心看着我这样，那就别在这儿耽搁时间，赶紧回去，一个去指挥千军万马，一个去叱咤风云，让咱们的新飞机尽快飞起来，那就是对我的最好报答，才能让我安心养病。”

陆家父子走出医院，不约而同回头望着住院大楼。影影绰绰的，他们仿佛看见一个房间的窗口里，夏青在默默注视他们。这真是个伟大又坚强的女人！虽然她正在一天天离他们而去，但他们却毫无办法，只能带着她的深情嘱托，奔向自己的岗位。

第三十章

抗侧风能力也是大飞机研制的重要指标。众所周知，飞机起降多是在逆风条件下进行的，强烈的侧风会严重影响起飞与降落，造成重大事故。因此在设计阶段，设计师们就要考虑到飞机承受侧风的性能，以及操纵和动力系统的稳定性，都需要再去验证。

此前，其他试飞团队已经分别在位于西北大漠的空军机场和嘉峪关机场，进行过大侧风试验。但是理想的风速和角度并未如约而至，他们一次又一次丧失了最好的试飞时节。按局方要求，陆云飞和凌翔的试飞团队又远赴冰岛，再次进行大侧风扩展试验。冰岛凯夫拉维克机场的气象条件和地面设施都具有突出优势，根据气象记录，该机场秋、冬、春三个季节都多风，而且风速常常能够达到试验所需数值，即每小时超过 50 千米，有利于开展试飞。若能成功，就标志着 ARJ21-700 飞机具备了全部气象条件下的适航标准。

然而人算不如天算，侧风试验是气象试验，试验环境无法由人的意志来改变。机组于这一年三月抵达冰岛，当天的确有符合条件的大侧风，但各项准备工作却来不及展开。因为机场外有个小镇，一旦飞机发生事故，就会威胁到居民的安全。恰在前不久，俄罗斯一架新款的喷气客机来这里进行大侧风试验，又发生了硬着陆的事故，所以机场方面要求严苛。何况是还没取证的新款飞机，为了证明 ARJ 的安全性，当局还专门请了一个资深的航空业专家来对此评估。团队提供了详尽的试飞计划，才换来冰岛方面的信任。

但此后再没有等来符合条件的风。又过了几天，凯夫拉维克突降暴雪，机场关闭。雪过天晴后，冰岛方面却没有向机组开放跑道。此后一周又连续下雨，阴沉的天空，空旷的小镇，都使机组成员非常郁闷，真是比追云还要令人煎熬！有一次，机组干脆驾驶着飞机上了天，在机场上空盘旋了一圈又一圈，希望能等到突然降临的大风，但却遗憾而归。可见在大侧风试验中，最大难点就是在等风来的过程中，对所有参试人员的意志的考验。

直到三月底，他们终于等来合适的试验气象：风速 35 节，阵风 45 节，能见度大于 10 千米，无降水无积云无积冰，真是理想极了！试飞团队立刻抓紧时间，按计划投入试验。那天他们一早就整装待发，只怕天气捉摸不定，风向会有变。根据当天的气象预报，中午过后的最高风速将是十级的强烈大风，远超设计团队给出的试飞极限值。这就意味着在天气变化前的每分每秒都极其珍贵。但他们到了机场，却没等到允许起飞的指令……

“怎么还不给指令？”陆云飞心急如焚，一直在看表，“我们都等了半小时了，现在留给我们的‘窗口’时间，只有一个半小时了！”

“是啊，我们还必须在此时间内，完成六次有效的侧风起降。”凌翔也很焦急。

直到九点整，试飞组才得到起飞指令。此时天空中出现了一道绚丽的彩虹，仿佛预示着美好的结局。试飞机组立刻伴随着这个意外的惊喜，驾驶 ARJ 飞机迎风起飞。在强烈的侧风冲击下，机身开始晃动，大家的心也随之提起来。当凌翔稳住了飞机，又按试飞计划在预定时间内，把飞机缓缓降落在机场时，机组成员都激动不已，欢呼雀跃……

随后机组在 30 节侧风中执行了 6 个起降，都很顺利。相比侧风起飞，侧风着陆的难度与危险性更大，因此如何安全地侧风着陆，是每个飞行员都必须演练的技能。此时天气没有变化，风速稳定，试飞团队觉得机会难得，便强烈要求加试，于是又完成了 3 个起落。在这最后 30 分钟的试验中，机组成员不但要克服空中的强烈颠簸给人体带来的很大不适，他们的心情也随着风速的变化而跌宕起伏，总是在紧张和兴奋的期待中，一次次奔赴……当最后一次飞机降落后，风力已达强烈的十级，幸好凌翔的驾驶技术超强，飞机迎着超过极限值的大风，还是稳稳地降落了，地面的保障人员又是一阵欢呼！好几年的坚守与等待，一次次在各地等风来，当别的飞机都躲进避风港时，ARJ 飞机却要擦着沙尘暴的边缘迎风而上！大家期盼着一次胜利，好振奋人心，今天终于等到了！怎能不欢欣鼓舞。

机场方面运来了登机梯，凌翔率先走下飞机，陆云飞尾随其后。两人刚落地，一股飞沙走石的狂风突然出其不意地迎面刮来，竟把登机梯吹动了十几米！眼看登机梯就要撞到走在前面的凌翔，陆云飞在漫天狂沙的大风里拼命冲向前，用尽全身力气把他推开。登机梯从凌翔身边滑闪擦过，他几乎没受伤，陆云飞却被撞倒在地。

人们惊呼着拥向前，把陆云飞扶起来，纷纷问他有没有受伤？

陆云飞强忍着腰间的剧痛，连忙摇摇头说：“不要紧，我没事儿……”

“云飞！”凌翔震惊地冲过来，抓住陆云飞的手，“你真的没事儿？”

“看你急的。”陆云飞笑道，“我没关系，只要你没受伤就好。”

他当时的唯一念头就是要保护好凌翔，这样的试飞员不但是金子堆出来的，而且比金子还宝贵，堪称天价！他想推开众人自己走，但一阵剧痛袭来，他几乎摔倒！

凌翔已然明白一切，感动地说：“云飞，多年前你救了小凤，现在又救了我！”

随队医生给陆云飞查看伤势，觉得他情况严重，好在试飞项目已结束，他们就决定立刻回国。陆云飞在飞机上望着舷窗外，无限宽慰。正值傍晚时分，万道霞光照射在机翼上，发射出闪闪的金波。夕阳也用神奇的色彩在云朵上涂抹着，云朵又折射出鲜红的光芒，把湛蓝色的天空衬托得更加圣洁纯净，组成了一片变幻莫测的绝美风景……

陆云飞看着窗外的景色，心潮起伏。回想这几年的试飞历程，真是风云变幻，令人难忘。云雾闪电，雷雨做伴，飞行的任何时刻对他来说都是美好的。在空中飞过欧洲时，流星成雨，如闪电般划过天幕。北美的极地之光又恍如梦境。此次试飞出国 40 天，往返两万公里，终于圆满完成了大侧风试验。这也是最后一项特殊气象环境的试飞，标志着 ARJ 飞机具备了在高原、高寒、高温、高湿、自然结冰和大侧风等全部特殊气象条件下的运营能力，并全部通过了局方审定，而他也实现了自己在蓝天上的梦想，真是青春无悔！

陆云飞的伤势很严重，梯子重重撞了他的腰，引发了他的腰椎旧疾。回到上海检查，医生说他的脊柱已变形，可能会瘫痪！陆天放来看望儿子，非常难过。潘重也赶来，代表商飞公司要求医院务必治好他，说陆云飞是功臣，也是我国目前最优秀的试飞工程师。凌翔也来求医生，说陆云飞是为保护他而受伤的。凌丽更是拉着陆云飞的手不放，感谢他救了儿子。医生很感动，查遍资料，说陆云飞必须做手术，或许还有救，否则他的脊柱支撑不了多久，即便暂时好了，日后也会有瘫痪的危险。但这手术不但风险大，而且只有美国的少数几个医生能做。陆云飞思前想后，觉得自己没条件去美国做手术，何况手术风险那么大，做了也不一定会成功。他想起朱老师的遭遇，为了不连累江小妹，也想跟她分手。

这一天阳光明媚，春意盎然，医院的花园里蜂蝶围绕、花团锦簇。江小妹推着坐轮椅的陆云飞出来散心，看着这满目春光，想到自己的伤势，陆云飞心情灰暗，默然无语。

江小妹明白他的心情，就鼓励说：“云飞，你瞧这天空明净，空气清新，如果在阎良，肯定是个试飞的好天气！我等着你尽快好起来，咱们还有很多工作要去做呢！”

陆云飞抬头望着万里无云的碧空，激荡的心潮在胸间起伏。他知道未婚妻说这些话是想安慰他，但他已经决定，要就此跟她分开了！他这时才理解夏青的心情——他跟养母一样，性格刚强，决不愿接受任何人的同情和怜恤。尤其来自恋人的疼惜，更让他受不了！

于是他故意灰心丧气地说：“不，我就是那架断了横梁的飞机，飞不起来了！”

“你怎么会这样？”江小妹有些惊讶，“在我印象中，你不是这样的人。”

“那只能说明，你的印象是错误的，你并不了解我。”陆云飞趁机说，“小妹，我想了很久，觉得我们俩并不合适，还是分手吧。”

“你要跟我分手？”江小妹不敢相信自己的耳朵，她丢下轮椅，跑到陆云飞正面，紧盯着他，“就在这种时候？不管你是什么理由，我都坚决不答应！我不能抛下你不管！”

“可是我不需要你的关心和帮助！”陆云飞忍不住朝她吼道，“你还不明白吗？我这个人已经废了！永远废了！我再也不可能飞上蓝天了！”

“不！不是的！”江小妹果断地说，“我会让你飞起来！云飞，我也想好了，我会去找亲戚朋友筹钱，我想送你去美国做手术，你一定会痊愈的，你要有信心……”

“不行！”陆云飞打断她，坚决地说，“那要花好大一笔钱，我不能欠你这人情。”

“你说什么呀？我俩是什么关系？你还说什么人情不人情的……”江小妹气愤了，“我早知道你会这样做。你这是不相信我们的爱情，也不相信我这个人！”

陆云飞被她说得无言以对，也感到内疚，但他的心思不会改变——他要独自熬过难关。也许这是每个大男人都会选择的做法。要不就是朱杰当年的做法给了他启迪。江小妹见他不说话，心里很难过。眼前这个男人曾是那么生龙活虎，意气风发，难道他从此就站不起来了？真是难以想象，造化作弄人啊！可她有什么办法。难道这竟是天意？

他们回到病房，光线也暗淡下来。陆云飞见江小妹不肯走，为了让她死心，就说自己想抽烟。他从没这个爱好，但同室的病友会抽烟，就给了他一支。他点燃香烟抽着，很不习惯地咳起来。在青烟缭绕中，他眯起眼睛，想象着自己的未来，仍是一片灰暗……

江小妹也知道他的用意，就故意激他：“你是在假装颓废吧。这没用的！哪怕你从此赖在床上不起来，我也不会走。但那样我就瞧不起你了——你算什么男子汉！”

陆云飞也想激怒她，就冷冷地说：“我已经面目全非，再不是从前那个陆云飞了！我也不是什么男子汉，以后就是残疾人。小妹，你还是另找一个男子汉去嫁吧……”

江小妹果然大为恼怒，生气地说：“好，我走！但我是人，有自己的感情，也有自己的选择，用不着你来替我的婚事操心！”

她决绝而去。陆云飞含泪看她出门，他故意赶走江小妹，自己也很痛苦，仿佛失去了一样最珍爱的宝物那般，心里很怅惘……

突然，一架小巧的无人机从病房窗户外飞进来，机翼下吊着一张宽宽的红纸条，写着“生日快乐”！陆云飞猛地想起，今天正是自己 34 岁的生日。如今航模已被更先进的无人机所代替，他也买过无人机，玩过无人机，但一忙就搁置了，这是谁送的？

“哈！是我！”门外走进来的玛丽莲抱着一大束鲜花，说道，“老同学，生日快乐！”

陆云飞顿时明白了，说：“玛丽莲，这是你送来的生日礼物啊！”

“是啊。”玛丽莲用遥控器指挥无人机缓缓落地，让同室病友看得目瞪口呆。她又把鲜花摆放在陆云飞的床头柜上，笑道：“这不算啥，真正的生日礼物是大变活人！”

她回头招招手，一个高大魁梧的美国人走进了病房，微笑着对陆云飞说了一串英语。陆云飞的英语当然很好，立刻听明白了，继而就热泪盈眶……

玛丽莲一直深爱着陆云飞，本想从江小妹那里抢走他。如今她却从陆云飞对江小妹的拒绝中，看出了他对江小妹更为深切的爱，反而想帮助这对恋人。她早有此心，已经在父亲帮助下，从美国请来一个专家医生。这医生刚下飞机就赶到医院，他对陆云飞说，要检查一下他的病情。因为有商飞公司的请求，医院得知此事也大力配合。美国医生查看了陆云飞的病情，愿意为他做手术。但手术风险还是很大，而且仍有瘫痪甚至生命的危险。医生让陆云飞考虑后再做决定，他毫不犹豫地同意做手术，因为这是让他恢复身体功能、重新站起来的唯一办法。老同学的大力帮助也使他深受感动，立刻重新焕发了神采。

“你先别把这事告诉江小妹，好吗？”陆云飞对玛丽莲说，“我要独自拼搏。如果手术成功，我会重新去向江小妹求婚，如果失败了，我就再也不见她……”

玛丽莲得知这个手术有风险，心情也很沉重，但却打趣说：“你这种人还会失败吗？如果失败了，我手板心煎鱼给你吃！”

陆云飞笑起来，知道这是老同学在激励自己。不料，突然一个人走进来，大声说：“我不同意手术！我听医生说了，风险太大，还有生命危险！我们承担不起……”

他俩回头一看，原来是陆天放携同江树森来了。他走近陆云飞，又认真地说：“儿子，别做这个手术，还是保守治疗吧。哪怕瘫痪了，我都养着你。”

“爸！别这么说，我会没事儿的……”陆云飞很感动父亲对自己的爱。

这几年陆天放明显变老了！他年过七十，正在办退休手续，身体不如从前硬朗，气色也不太好。他两鬓斑白，头发稀疏，面目苍老，神色憔悴，显然没了当年的锐气。

江树森比他小几岁，变化却不大，仍是身体康健，精力旺盛。他在上飞公司当顾问，更多时候扎在阎良蹲点搞试飞，要求严格，一丝不苟，最让潘重放心。

这时他就故意打趣陆天放：“你还不知道你儿子如今有多出息？他也是黄金堆出来的，而且千金难买！他还有一股雷电般凌厉的脾性，你怎能让他一辈子坐轮椅？”

“可我就是不放心啊！”陆天放叹息道，想起妻子也病重，心里更难过。

“真没事儿。”陆云飞恳切地说服养父，“美国医生也有七八成把握，他做过不少这样的手术，医院还会大力配合。这是个机会，否则我就只有坐轮椅了。”

“是啊，还要感谢玛丽莲，否则怎么可能有这样的好事？”江树森也很感慨。

陆天放仍是迟疑不决。陆云飞灵机一动，就取出枕下的口琴，吹奏起贝多芬的《命运交响曲》。陆天放常说，所有艺术形式中音乐最高级，因为它直接叩击人心。这把口琴陆云飞一直带在身边，尽管他长大后很少吹奏。这时他的琴声响彻病房，让人听得心潮激荡。这首名曲的旋律是那么雄壮，那么激昂，激发着人们的斗志，使人听了只想投入火热的人生中……

一曲琴声奏完，陆天放已经听得热泪盈眶，明白了儿子的全部心思。他激动地抱住儿子，含泪说："好，我同意你做手术，我期盼你重新站起来，投入战斗！"

江小妹调离上海后，很少去看朱老师，这次遇到人生难题，便去找他。郑义良正在房间里独自观赏他给凌丽画的像，江小妹进来发现了，依稀记得她在阎良凌丽的家里，也看到过这幅画像。郑义良见瞒不过，只好从头说起自己的爱情故事……

江小妹早有猜测，不禁感动地说："朱老师，不，郑老师，这才是大爱！"

"但我也失去了许多。"郑义良感慨地说，"有时我回头再想，自己当年做得也不一定对。就像那部电影《魂断蓝桥》，之所以造成那样的悲剧，其实都源于自己的心魔，源于我们并不了解和信任自己的恋人！否则，我们也许可以共同面对所有人生的难关！"

"郑老师，你说得太好了！"江小妹感叹道，"我也遇到这种事了……"

她把陆云飞的情况告诉郑义良，又说："我不愿在他最需要我时，被他推开！"

"我能猜到陆云飞的用心，他是想仿效我。但我觉得，他不该这样做，"郑义良沉思着，"这是我花了几十年时间，才想通的一件事——不能简单地把爱推开！"

他让江小妹推着自己，去医院里看陆云飞，要把这个道理讲给他听。

陆云飞正在做术前准备，见到郑义良和江小妹，立刻明白了他们的用意。郑义良大费口舌，把自己的故事告诉陆云飞，病房里的人听了，全都潸然泪下……

陆云飞也感动地说："郑老师，其实我和小妹，早就猜到了。"

他没再说下去，眼睛却由于内心的激动而湿润起来。郑义良的话让他心胸更加开阔，感情也更加深沉。他觉得自己纠结的事已经得到启发，也有了正确的答案。他看着江小妹，江小妹却故意不看他，显然心中还有气。他想去拉她的手，又不好意思……

陆云飞正要被推进手术室，凌丽也闻讯带着凌翔赶来了。

"云飞，加油！"凌翔冲到陆云飞面前，紧紧握住他的手，"手术一定会成功！"

凌丽也关切地看着陆云飞："好孩子，我们都会为你祝福！"

陆云飞举起拳头挥了挥，振奋地说："谢谢你们的鼓励，我会努力！"

陆云飞进了手术室，凌丽才看见一旁默默坐轮椅的郑义良，她很吃惊，随即又明白了。她一直想找机会告诉凌翔，郑义良是他父亲，但郑义良却让她保密。现在她什么都不顾了，一定要说出这个天大的秘密，让大家都知道凌翔的身世，也让郑义良和他父子相认！

她把凌翔带到郑义良跟前，郑重地说："儿子，这就是你的父亲，郑义良！"

"什么？妈，你……"凌翔不知所措，看看凌丽，又看看郑义良，不知说什么好。

郑义良激动地望着凌翔，没想到儿子长得这么棒！他又激动又紧张，也很失措。凌丽冷不防端出这个多年来一直隐瞒的秘密，非常不合时宜，还不知道儿子怎么想。他带着一丝担忧，望着凌翔那双明亮的眼睛、那青春帅气的脸庞，突然有一股奇妙的感情油然而生，似乎有一根看不见的丝线，把他和儿子的心连接起来——那就是父子俩血缘情深的生命线啊！郑义良兴奋地尽量坐直身子，他要让儿子看见，自己也是个堂堂正正的男子汉！

凌翔惊讶地凝视着这个从天而降的父亲。他一直以为，自己的亲生父亲已不在世上，他也曾把试飞英雄乔兴剑视作自己的父亲。但眼前这个男人却让他感到一种无法言传的亲切。他跟乔叔是完全不同的两种人，乍看之下斯斯文文，而且很虚弱的样子。但在那双同样明亮的眼睛里，却有一种让他感到熟悉的东西，让他想起了深不见底的一潭静水。如今这波澜不惊的深水潭中，似乎搅起了层层涟漪……那就是深不可测的父子情啊！

凌丽见他们俩都愣在那里，有些急了，她生怕儿子不肯认这个父亲，连忙匆匆诉说了详情，又对凌翔说："儿子，这是天意啊，才让你们父子俩今天在这里团聚！"

凌翔早已情不自禁，立刻上前激动地拥抱父亲，深情地叫道："爸……"

郑义良也迫不及待抱紧了儿子，老泪纵横地说："好孩子，真没想到你这么棒！"

真是父子情深啊！在场的人都热泪盈眶地鼓起掌来，祝贺他们骨肉团聚。

凌丽看着他们，嘴边浮起幸福的笑容，但想起乔兴剑，眼泪又流了下来。她望向窗外，只见一只矫健的雄鹰划破长空，直飞苍穹。她想乔兴剑若在，也会祝福这对父子。

众人在手术室外焦急地等着，替陆云飞祈福。手术做了很长时间，终于成功，陆云飞的腰椎被治好了，重新能站起来了，但他不能再当试飞工程师了。陆云飞被调回上海飞机制造公司，担任项目管理部部长，负责全面统筹ARJ21-700和C919的生产。这又圆了他的另一个梦——亲自去造大飞机，他决心要让造出来的飞机一架比一架更好。

陆云飞特意赶到阎良，去找江小妹赔罪。江小妹故意不理他，陆云飞便掏出口琴，吹起了电影《泰坦尼克号》里的一首名曲。江小妹听着听着，笑容不觉浮上脸颊。她想起那次在晒台上，陆云飞吹奏《在希望的田野上》，同样的心曲，同样的情意。江小妹不是个矫情女子，又听了郑义良的劝告，早就从心里原谅了陆云飞，他们很快就和好了。

2014 年 5 月 23 日，一位国家领导人来视察中国商飞公司，他来到位于张江的设计研发中心，登上了 C919 的铁鸟综合实验台，了解我国大飞机的情况。

他指示说："大型客机研发和生产制造能力是一个国家航空水平的重要标志，也是一个国家整体实力的重要标志。制造大飞机承载着几代中国人的航空梦。我们的事业刚起步，前面的路还很长，但时间紧迫，容不得半点懈怠，要一以贯之、锲而不舍抓下去，用前进的目标激励自己，用比较的差距鞭策自己，力争早日让我们自主研发的大型客机在蓝天上自由翱翔。"

这位国家领导人又坐在主驾驶座位上感受体验，了解仪表情况，也看了 ARJ 的环球试飞的视频。他还跟试飞员关切交谈，问他们转场多少次？和一些飞机的性能及数据。

这时更多的人赶来了，国家领导人又对他们说："我们要做一个强国，就一定要把装备制造业搞上去，把大飞机搞上去！起带动作用、标志性作用。中国拥有最大的飞机市场，过去有人说，造不如买，买不如租，这个逻辑要倒过来，要花更多的资金来研发、制造自己的大飞机。"

他又对商飞公司的负责人说："中国飞机制造业走过了一段艰难、坎坷、曲折的历程，现在是而今迈步从头越，势头很好，开局很好。希望大家锲而不舍，脚踏实地，我寄厚望于你们。中国大飞机事业万里长征走了又一步，我们一定要有自己的大飞机！"

众人听了这些话欢欣鼓舞，激动万分。连一向保守已经退休的张鸿奎也深受影响，觉得自己身为航空人无限光荣。他去找方强喝酒，方强感慨地说："是啊，有你们的坚守，才有今天的大飞机。我虽然挣了不少钱，但也悔不当初啊！"

张鸿奎很不解，说："你如今是有钱的大老板，还总惦记着大飞机，可不可笑？这大飞机是国家的，跟你有一毛钱关系吗？"

方强第一次跟老朋友大发脾气，说："你就知道钱钱钱！大飞机也是我的梦、我的理想和追求，你明白吗？"

张鸿奎吓得不敢吭声，发现自己并不了解方强，原来他的心始终在飞机上！

C919 进入正式总装配。这是我国研制的首款干线民用大型客机，具有完全自主知识产权。针对先进的气动布局、结构材料和机载系统，设计人员共规划了 102 项关键技术攻关。先进材料也大规模采用，包括第三代铝锂合金和复合材料，在其机体的结构用量都达到 10% 左右。而且 C919 的客户数量和订单总数也都很可观。为此，陆云飞特地去了成都，参观这款新飞机的机头生产。被国内航空业称为“机头专业户”的成都飞机厂，从 2013 年 7 月起，就在成都飞机设计所的技术支持下，精心组织了相关生产资源，并制订了详细的项目计划。而作为 C919 的总装部门，上海飞机公司也必须跟踪管控。

陆云飞等人飞到成都，就马不停蹄地赶到飞机厂。厂里派人接待了他们，立刻陪他们去总装车间。随着两扇帷幕缓缓拉开，一架带有“商飞蓝”和“商飞绿”涂装的新型商用飞机头，完整地展现在他们面前。陆云飞等人都不觉惊呼起来，热烈鼓掌……

“太漂亮了！”陆云飞赞不绝口，“真是大块头、高颜值啊！”

“是啊。”成飞的民机项目负责人很骄傲，“在国际民航界，我们的 C919，被公认为是空客 320 和波音 737 最有力的竞争对手呢！”

“哈，这绝对是个身强力壮、心胸开阔的壮小伙！”陆云飞脸上笑开了花。

在所有的飞机部段中，机头会最早接触到空气的变化，所以要有很好的流线型。为了满足强度等要求，还要具有抵御鸟撞的能力。负责人又介绍说，在做鸟撞试验时，他们是用重达 4.5 磅的冷冻鸡，以接近 800 公里的时速打上来，15 米高的厂房顶上都会有残留物，但机体结构不能有明显改变……

“太好了！”陆云飞激动地紧握他的手，“谢谢你们的技术支持！”

他们都知道，C919具有更安全、更经济、更舒适、更环保等特性，基本航程超过4000公里，能够胜任国内所有城市的往返飞行。其最大航程达到5555公里。“川军”的多项技术创新，保证了国产大飞机的重要部段能按时交付，计划中C919的首飞时间便指日可待。此时已有5名试飞员在成都航空公司进行改装培训，其中就包括陆云飞的好朋友凌翔。凌翔曾当过该公司的机长，如今更是如鱼得水。

当晚去吃火锅，喜欢辣子的陆云飞大呼过瘾！火锅店位于成都一条著名的老街“宽巷子”里，这儿入夜便人流如织，熙熙攘攘。在灯火辉煌中，一个个古色古香的商铺都显出年代久远的魅力。火锅店对面是一个热闹喧哗的茶社，几个穿着华丽戏服的青年演员，正在咿咿呀呀地唱川戏。陆云飞觉得很有趣，怪不得人称，这是一座来了就不想走的城市。

“我原以为，你们成都是一座休闲的古城。”陆云飞用筷子夹着那些不知为何物的好吃东西，不太熟练地蘸着香油碟。“没想到你们的工业技术也那么强！”

“我们这里是三线，有很多军工老厂。”项目负责人自豪地说，“四川发展航空产业的优势，就是基于这些军工背景。军工的技术与人才，为我们一些实实在在的重大项目做了依托。以后我们省的设计、研发、试验，或将成为一个未来的引爆点。”

陆云飞朝他竖起大拇指，说：“好样的，有你们的支持，我们就放心了！”

他知道除了机头，C919 的四川元素还很多，比如说“眼睛”和“嘴巴”，即航电系统、通信导航、机载娱乐、客舱核心等六个“工作包”的研制任务，都必须按照世界上最严苛的适航标准来设计。

正值春夏交替的时节，成都这座古城气候适宜，空气清新。他们吃完火锅，意犹未尽地走在宽窄巷子里，只见行人丝毫没减少，还在不断涌入，到处是嘈杂的人声和闲散的脚步。商铺里的物品花花绿绿，饭店里的小吃香气扑鼻。来往的行人全都喜气洋洋，笑语喧哗，这几条小街热气腾腾，充满了无限的活力。陆云飞也是个生命力旺盛的人，这灯光交织气象万千的情景，给了他一种欢欣鼓舞的力量，看来成都也是一座不夜城！

他们走到窄巷子一家酒吧门口，只见店招高挂着“白夜”两个字，里面的门楼却被涂成了大红色，鲜明的对比十分吸引人。陆云飞听说这是一个全国闻名的女诗人翟永明开办的，颇感兴趣，就进去要了几杯香喷喷的绿茶喝着。小小的四合院，格局很紧凑，头上有几棵大树浓荫遮蔽，树下有一个白衣女子在弹琵琶，整个场景显得很高雅。据说不少客人都慕名而来，却难得见到女主人一面。陆云飞想起在飞机上看到过一本航空杂志，里面似乎就有这位女诗人的照片。那是一个才貌双全的女子，下面的一行字很扯眼球：“全国男诗人都有翟永明情结”。想到这里，从不写诗也不看诗更不懂诗的理工男陆云飞，不禁莞尔……

上海飞机公司的生产装配越来越先进，不但要用数控，很多地方还要用机器人。如今的工艺技术也很先进，已经达到“无图化”。陈大宝知道自己文化水平不高，便拜陆云飞为师，提高了他的理论水平，很好地完成了许多任务。江树森也从阎良被调回来，担任商飞公司的顾问，跟陆云飞一起共事。

陆天放办好退休手续，急切地让陆云飞请了事假，父子俩带着江小妹去北京看望夏青。陆天放早就过了退休年龄，但他是商飞公司不可或缺的人才，又是研制大飞机的主力，因而一再推迟退休时间。这次他决定，以后就长留北京照顾妻子，他对她实在亏欠太多！

但没想到夏青已是弥留之际！她很坚强，怕影响陆家父子的工作，一直让护工隐瞒消息，不准透露实情。陆家父子和江小妹走进病房，隐约觉察到这里弥漫着一股死亡的气息。夏青虚弱地躺在病床上，看见他们，消瘦的脸上才露出欣慰的笑容……

三个人都不禁潸然泪下，却又拼命忍住，他们知道夏青不想看到眼泪。

夏青勉强抬头望着他们，吃力地问："咱们的大飞机怎么样了？"

陆天放含着热泪说："你放心吧，C919 进入了总装配，就快下线了。ARJ 也完成了全部试飞科目，就等着你去发适航证呢！"

"那不可能了……"夏青喘息着说，流下热泪，"C919 试飞成功后，你们可要烧纸告诉我，我在地下也为你们高兴！"

陆云飞忍不住大哭起来，他上前紧紧地拥抱着养母，一声声喊着："妈妈，你不要走！我不要让你走……"

江小妹也痛哭起来，不舍得未来的婆婆离去，她们在阎良就结下了很好的友谊。

夏青欣慰地看着她，断断续续地说："小妹，你是凌丽看着长大的……她喜欢你，我也喜欢你……你，你赶紧跟云飞结婚吧！希望你们生个好孙孙……"

江小妹热泪盈眶，紧紧拉着夏青的手，哽咽着说不出话来，只能点点头。

陆天放最清醒，知道妻子快不行了，就含泪问她，还有什么未了的心愿？

夏青叹息着说："我生在北京，长在北京，最喜欢天安门……现在，我想再去长安街上逛逛，看看天安门……医生却不允许我这么做……"

陆云飞和江小妹异口同声地说："我们一定会满足妈妈这个心愿！"

陆天放也点头同意，他们立刻行动起来。江小妹先出门去要了一辆出租车，陆天放父子俩说服了护工也隐瞒不报，然后悄悄扶着夏青离开病房，在医院门口上了车。

十里长安街宽敞笔直，车水马龙，夏青在出租车里望着她从儿时起就熟悉的这一切，不禁潸然泪下。她是个不擅长表达感情的女人，长期的病痛折磨，又使她对感情更加淡漠。她早已知道自己的日子不多了，却只在盼着这一天。她每次经过庄严的天安门，心里都会有一份感动，觉得自己身为中国人真是自豪！此时此刻，她的心也是简单透亮的，就是想再看看那面迎风飘扬的五星国旗，重温那种自豪感……

陆天放深知她的心思，让出租车师傅驶过天安门时放慢了车速。车子缓缓驶过天安门，夏青的脑海里也好似慢镜头一般，回放着自己的一生：她没有过上那种温馨而舒适的生活，但她努力奋斗了一生，所以她没有遗憾。她欣慰地看着广场上那面鲜红的国旗，脸上的笑容变得明亮而灿烂。她喃喃地说了几个字：“祖国，我尽力了！”

夏青在丈夫怀里咽了最后一口气。车上的其他人全都失声痛哭……

陆天放尤其难过，他再也控制不住失落的心情，忍不住大放悲声。他想到结婚几十年，他和夏青一直因为工作而分居。无数难言的困难，无数痛苦的折磨，无数个等待团聚的日子，现在都如潮水般在心头澎湃而至。他不禁抱住妻子，眼泪淌成了小河……

在北京办完夏青的丧事，陆天放心痛难忍，又突发心梗，被送到医院去抢救。医生对陆云飞说，你爸是多年辛劳成疾，以后一定要注意，切记不能让他太激动。陆云飞和江小妹陪着陆天放回到上海，又把他送进医院，才松了一口气，他们深知，长辈都为大飞机操碎了心，他们要接过这副担子，才能让老一代彻底放心。

潘重特别看重陆天放和江树森这样的老技术人员，每次从北京开会回来，都要给他们带礼品。这一天，潘重从北京开会回来，专程请陆天放和江家全家来吃饭。得知陆天放的妻子去世，他本人住进医院，潘重连忙亲自去慰问，当晚才开这桌宴席。

甘素芬觉得很荣耀，特地为江树森准备了一身新衣服，他却不顾妻子反对，穿着平常的衣服就来了。江小凤在执飞，凌翔还在成都培训，只有江小妹和陆云飞来参加。

酒席当然很丰盛，潘重不止一次举杯，向江树森敬酒，他郑重地说：“江总，你和你的小女儿，还有两个准女婿都是商飞的大功臣。我要感谢你们一家的付出！”

他也给甘素芬敬酒，感谢她这个好后勤，甘素芬觉得挺荣耀。

潘重又说，要介绍江树森入党。他还当场提笔，写了一首诗赠给江树森：“北美三月未见花，万里迢迢赴温莎。异国风雨无两样，他乡云雾有参差。拂晓反复辩航线，日落归来披冰碴。四年追云逐雪事，一朝圆梦报国家！”

江树森不懂诗词，但他接过翠墨淋漓的条幅时，感觉到了潘重的一片心意。

潘重也很关心陆云飞和江小妹的婚事，又问：“你们何时结婚？当初还是我派小妹去阎良试飞，才耽搁了你们的婚事。但这杯喜酒，我是一定要喝的！”

陆云飞和江小妹等年轻人给C919取了个昵称，名叫“九妹”。于是陆云飞说：“我们的誓言是‘九妹不高飞，我们不结婚’。”

“那怎么行？你们年龄都不小了，为了工作而一再推迟婚期。”潘重感动地说，“别再等下去了，商飞公司要给你们这些有重大贡献的年轻人，举办一个集体婚礼。”

甘素芬听他这么说，心里简直乐开了花。

不久，商飞公司果然在阎良，为十对年轻人举行了集体婚礼，新郎新娘有陆云飞和临时回来参加婚礼的凌翔，以及江家的一对双胞胎女儿，还包括陈大宝和田萍萍等人。那天碧空如洗，骄阳灿烂，人人欢笑。婚礼中的男女都是忠贞爱情的见证人，他们每个人的故事都是一个传奇，这场婚礼也是试飞中心一道亮丽的风景。

婚礼最后，新郎新娘在干冰和鲜花的飞扬中，齐声唱起了一首歌：“也许是颗星星模样，也要灿烂属于自己的地方。梦是为更高的梦想，心是为更多心的张扬……”

2015年11月2日，中国自主研发设计的第一架干线大飞机C919，在位于浦东的上海飞机制造公司总装车间成功下线。当这架大飞机神气地出现在人们视野里时，在场的许多人都心花怒放：它实在太漂亮了！雄壮有力的身躯，舒展的双翼，高高翘起的尾部，蓝、绿、白交错的色彩，清新耀目，让人眼前一亮……

也有许多人相拥而泣，热泪盈眶：十年磨一剑啊，今天终成国之重器！

十年时间，C919大型客机举全国之力，聚世界之智，由中国研发，向全球招标。数十万产业人员夜以继日，投入这个研制过程中。据统计，一架C919飞机的零部件仅种类就有四万多种，仅铆钉就有一百多万颗。全机完成总装，零件总数超过一百万个。其中采用先进气动设计的机头在成都生产，结构最为复杂的机中机身部段、中机身（含中央翼）、副翼部段、后机身前段分别在中航工业西飞、洪都、沈飞等公司下线，而大规模采用复合材料的垂尾则交给沈阳飞机厂。C919在研制过程中解决技术难题100多项，申请专利170多项，成为我国多行业、多领域的前沿带动力，所辐射的产业规模达到千亿级别……

用生命和心血、智慧和辛劳铸成了这样的国之重器，航空人怎能不自豪！

此时，凌丽独自来到郑义良家，想拉他去看看C919下线。她激动地对轮椅上的前夫说：“义良，你该去现场看看，你也为中国大飞机出过一份力啊！”

“丽丽，那个场面太激烈，我就不去了。”郑义良忍住心底的激动，平静地说，“如今我只想在这轮椅上，度过自己的后半生……”

凌丽早已想好，热切地把手伸给他。“我也该退休了，我们一起度过后半生吧。”

郑义良却摇摇头说：“我不同意。你心里明明爱着另一个男人，我不想当他的影子。”

看来他早已得知自己和乔兴剑的事，凌丽忍不住大发其火地对他说：“你怎么知道我没爱过你？！难道我们之间的感情，用这么长时间来证明还不够？！”

突然门打开了，凌翔走进来，扑到郑义良面前抱住他，大声说：“报告爸爸，儿子凌翔在成都培训归来，我被选上了，将成为驾驶 C919 的 01 号样机首飞试飞员！”

郑义良惊喜地看着他说：“翔子，你真棒！”

凌丽也高兴地看着他说：“翔子，我就知道，你会被选上，你一定能行！”

凌翔又说：“爸，你就是我们最亲的人，让我和妈一起来照顾你吧。”

郑义良热泪盈眶地抓住了儿子的手，凌丽在旁边也激动得流着泪。凌翔朝母亲眨眨眼，她不再说一句话，只是上前把郑义良的头搂在怀里，郑义良幸福地流下泪来，这一刻在他心里，人生如沧海一粟。

也在这一年，ARJ21-700的研制工作终于画上句号，中、美两个局方共同颁发了型号合格证，以及全球飞行的许可证。一批支线飞机很快交付，成都航空公司幸运地成为全球首家客户，“阿娇”到达双流机场，成都航空公司的一批机长经过培训，驾驶着中国自主研发和制造的支线飞机飞上了蓝天，江小凤作为乘务长全程跟随。

世界媒体都在惊呼：中国终于成为第四个能制造民用飞机的国家！

2017 年 5 月 5 日，中国自主研发设计的第一架 C919 举行首飞。凌翔作为 C919 的首席试飞员，将头一个驾驶这架国产干线大飞机。此前他已经在模拟器上反复试飞过，但还是有些担心。头天晚上他没睡好觉，收到郑义良发来的一个信息：“儿子，好好飞！你要相信自己一定能成功，老爸代表你妈给你加油，你妈还等着给你发红包呢！”

凌翔不禁笑了，心情轻松了不少，很快便安然入睡。

他没想到第二天首飞时，这架飞机的性能那么好！他在天上飞了好几圈，心想十年了，就为了这十分钟！飞机落地时，他甚至感到不过瘾，但数据显示：首飞已经成功了！

机场上早已沸腾了！红旗飘扬，掌声雷动，人们激动得欢呼雀跃，互相拥抱，还有人欣喜呐喊，振臂高呼，热烈庆祝 C919 首飞成功！当机组成员走下飞机时，人群涌上前来，献给他们的是鲜花和掌声，凌翔也忍不住流下激动的泪水……

最激动的人要数陆天放，他刚出院，就不顾陆云飞的反对，坚持要儿子扶着自己来观摩首飞，说这是自己多年的向往和心愿。当凌翔去向领导汇报首飞情况时，他也在场，当即热泪盈眶。趁人们不注意，他悄悄拿着小提琴走到一边，想为中国大飞机高奏一曲凯歌。

他拉起一首贝多芬的《英雄进行曲》，琴声悠扬婉转，诉说着他这一生对大飞机的梦想和期待，也诉说着自己对国家对人民的无限热爱。灿烂的阳光照射着他，他的头发是那样雪白，他的精神却是那样昂扬，似乎仍然充满了活力。他回忆着自己 30 岁时，坐着乔兴剑开的飞机第一次来上海，参加研制“运 10”的情景，也回忆着自己几十年来，在研制大飞机的历程中经受的风风雨雨。激昂的音乐，眼前的欢呼，都让他兴奋无比……

他拉到曲子的结尾处，突然感到一阵锥心的疼痛，手就松开了，那把名贵的小提琴摔在地上。他倒下了！在逐渐模糊的眼睛里，他看到了亲友们向他奔来的身影，也看到了那架漂亮的大飞机，它又飞上了蓝天，在祖国的天空中翱翔……

碧空晴朗，阳光灿烂，中国大飞机 C919 的英姿，永远定格在蓝天上。

蓝天试剑，勇者无畏，大国重器，以命铸之！

尾　声

2017年12月，一个春寒料峭的冬夜。白日里喧嚣繁华的上海市逐渐进入梦乡，凉风吹拂着黄浦江水，在寂静的夜里卷起潺潺的水声。外滩的花圃草地散发着淡淡的清香，仅剩的一些游人几乎都是情侣，他们互相依偎着望向无垠的天际，那深邃的夜空、浩瀚的银河、皎洁的月亮，都给了他们无穷的想象——在那星月之上，还有什么样的梦幻？

此时，一个地位尊贵的“老上海”悄然启程，离开了居住几十年的工厂，穿越大半个市区街道，前往数十公里外的新居。它就是中国首架完全拥有自主知识产权的大飞机——“运10”飞机，要被转移到浦东的东海之滨。那里是中国商业飞机的制造基地，新厂房面积近三万平方米，堪称中国之最。若干年过去，这架国产干线客机的开山之作不改旧貌，还是那么雄浑健美，矫健灵动，在灯海中犹如一条大鱼，穿过了人们的梦境，走向人们的灵魂深处……

飞机过马路算得上是一个奇观壮举，吸引了情侣游客，惊醒了社区居民。他们都觉得这是千载难逢的盛事，纷纷围在路边观看，用手机拍摄。这种情境真是人间罕有，飞机这种庞然大物在地面行走，与之相比，人们就会觉得自己很渺小。虽是夜半更深，市民却控制不住激动的情绪，像炸了锅的沸水一样，欢呼鼓掌。上海人为此感到深深的骄傲——这是中国工业的奇迹，航空人的奇迹！

负责转运的江树森走下牵引车，感慨万端。他回想起半年前，陆天放在C919的首飞日溘然长逝，震惊整个航空界！为了纪念这个中国第二代飞机设计师，商飞公司为陆天放召开了隆重的追悼会，凌丽和江树森胸前戴着白花，泣不成声，与老同事做最后的告别。一代新机问世，带走的何止是一代人的韶华，还有生命！陆天放走了，凌丽和许多老同事退休了，如今只有他是飞机厂半个多世纪变迁的唯一见证人了。

街道上停着一辆超豪华的长车，车旁站着方强。离他不远的地方，恰好站着杨本和。他从监狱出来后，在街角卖麻花和豆腐脑等小吃，不料此时居然碰见了方强！

“哎，这不是方厂长吗？”杨本和看见这个曾被自己砍伤的人，竟讽刺地笑起来，“我是犯了罪，被开除出这个大飞机的队伍，你又怎么会自行离开？”

方强无言以对。他这辆豪车无论开到哪里都吸人眼球，如今跟大飞机一比却低到了尘埃里！报上登了陆天放的事迹，方强不禁想，如果自己当初没离开飞机厂，会不会跟他一样生命不息、奋斗不止？他看到“运 10”的身影，更是心情复杂，五味杂陈……

他发现了牵引车旁的江树森，立刻冲上前去，紧紧握住他的手，感慨地说：“好啊，树森，今天就是你们的节日，应该狂欢！”

“方强，我早说过，你离开了飞机厂，总有一天要后悔。”江树森不无厚道地打趣。

“是啊，真后悔！”方强难堪地搓着手，“好在你们成功了，我也心安了。”

天亮时，太阳从东海升起。在朝霞的簇拥下，云朵变幻出别样的图案，映衬着巨大的天幕，绽放出绮丽的光彩。这架具有象征意义的大飞机被运到浦东基地、停放在宽大的草坪上。潘重、江树森以及陆云飞、江小妹等早就等候在那里。他们指挥着一群工人，在“运 10”飞机前立了一块巨大的基石，上面刻着四个大字：“永不放弃！”

太阳升高了，这是上海难得的好天气，阳光明媚，万里无云。在金灿灿的阳光映照下，大飞机的身形显得更加凝重和神秘。草坪上突然挤满了人，其中有不少是手执摄录机和照相机的新闻记者。在飞机前一条大红绸横幅上面写着几个大字：“中国大飞机奠基仪式”。站在基石前的江树森浮想联翩，心潮澎湃，热泪盈眶，深感自豪。他望向四周，刚涌过来的同事们也都很激动，陆云飞那帮年轻人更是满脸潮红，眼睛都在闪闪发亮。研制中国大飞机，这是好几代航空人的使命，如今他们终于做到了！

潘重走上红地毯铺就的主席台，取下麦克风，面对无数的媒体记者，激动地发表演讲。他说：“有人觉得，这架‘运10’飞机过时了，他们不明白，这正是航空人的精神所在。经过几十年空中对决，中华民族自强自立，终于在航空领域占有一席之地！中国大飞机的研制历程艰难曲折，三起三落，也终于取得阶段性成功。我们回顾这几十年的风风雨雨，觉得一切都来之不易，所以，公司决定为这架‘运10’飞机立个碑，它就是我们的奇迹……”

他的声音并不高，却像一支无线电波，飞越东海之滨，飞越崇山峻岭，飞越江河湖海和乡村城镇，到达了阳光普照的北京，也到达了世界各地，炫耀着中国航空人的自豪。

陆云飞觉得这也是自己的心声。他们这一代虽没经过战争洗礼，却渴望命运的波澜。他一直期盼外界的肯定与认可，如今才发现世界是自己的，与他人无关！人生最美妙的风景就是实现了梦想，他也创造了属于自己的奇迹。中国与俄罗斯联合研制的宽体客机——CR929大飞机项目已获得批准，升任上飞公司总经理助理的陆云飞，将带着伙伴们开启新的征程！

这时他看了看四周，又问身边的江树森：“爸，凌姨怎么没来？”

江小妹也好奇地说：“是啊，爸，今天这个好日子，她应该来。”

江树森沉吟了一下：“我想，我知道她在哪儿……”

这天清晨，凌丽坐上了去陕西阎良的高铁，奔向那座号称“中国西雅图”的飞机城。

几小时后，她独自来到位于阎良城郊的航空工业烈士墓。阳光灼人地照射着，墓地袒露在阳光下，一座座黑色的墓碑显得那么醒目，上面的字迹清晰地写明了烈士们的身份和辉煌事迹，看了令人万分痛心——长眠在这里的都是具有非凡品质和优秀禀赋的人才，他们无论选择什么行业，都会是那一行的佼佼者！但他们却选择了试飞这个行业，那可是在刀尖上行走啊！最终，他们为了事业而献身，他们再也看不见这么灿烂的阳光了！活着的航空人便为这个英雄群体树起了一座丰碑——这也是他们的精神高地，他们的生命仍在闪闪发光，在蓝天上永远留下了他们的英名……

凌丽披着一身阳光，默默在墓地里穿行，心里又掠过了泰戈尔的那句诗：

“天空中没有翅膀的痕迹，但我已经飞过。”

她走到自己心仪的一座墓前，百感交集地蹲下身来，用手抚摸着墓碑上那金光闪闪的几个大字。她喃喃地说：“乔兴剑，那是你试飞的‘运10’一号机，今天被开到东海边了！”

太阳升得更高了，那么红、那么亮地照耀着关中平原，灿烂的光芒给这片饱含着泪水的地方，抹上了一片金红的色彩，眼前的一切都变得明亮了。

墓碑上镶刻的照片里，那个人朝她微笑着，英俊的眉眼上没有一丝忧伤。凌丽的心颤动着，掠过一丝掺杂着忧伤的甜蜜，想起她和他的美好青春与错过的爱情……

尘埃落定，英魂归土，在金红色的阳光下，她仿佛又看到了那个挺拔矫健的身影，穿过一片半人高的荒草向她走来，从此走进了她的生命。

此情此景，永不磨灭！

后　记

航空工业是现代工业文明的奇迹之一，飞机的横空出世为现代社会文明插上了翅膀，人类可以自由飞翔。而大型商用飞机则是现代工业科技皇冠上的明珠，它建立在人类已知所有的现代工业基础上，涉及全部自然科学成果，是一个国家综合实力的最大体现。经过百年洗礼、大浪淘沙，世界上能够生产大飞机并且成功占领全球航空市场的国家，基本只剩下美、法两国，他们也代表着世界制造业的最高水平以及最先进的科技水平。

中国民机的发展之路一直波澜起伏，艰辛而曲折，悲壮而不屈。以上海在20世纪70年代初启动“运10”为标志，飞机项目“三起三落”，其成功与失败，汗水与泪水，决策与失误，挫折与辉煌，跟中国航空人的报国、自强、铁血的情感始终交织在一起。他们对大飞机一往情深，在追求这个航空梦的道路上不屈不挠，为此奉献出了自己最美好的青春年华，克服了难以想象的巨大困难，终于研制出具有划时代意义的飞机，为我国在世界航空领域争得一席之地。这些史诗般且丰碑式的研制历程鲜为人知，如同大飞机本身一样严肃而高深，是一个大时代繁荣富强的巨制华章，值得大书特书。

作者曾在成都附近一家部队飞机厂工作五年，后就读于西北工业大学飞机设计专业，又在四川省科委工作多年，一直有个梦想，要为中国航空业树碑立传，讴歌中国航空人。上海首款民用支线客机ARJ研制成功，取得国际认证，成都飞机设计所曾有参与。成都航空公司又成为ARJ的全球首家客户，订购了若干架这款飞机。后来，举国研制 C919，成都飞机厂更是负责生产机头，还承担了其中六个“工作包”，任务重，功劳大！

作者深感欣慰，这部文学作品也如愿完稿。

作者在长达三年的创作期间，得到了西工大七三届 5231 班全体同学、5232 班校友、现任“天路通”公司总经理陈守碧的支持，在采访中又得到同班同学倪国民的大力协助。倪国民系上海劳动模范，在上海飞机厂工作长达五十多年，参与了中国大飞机研制的全过程，曾担任飞机厂总装车间主任、上海飞机公司铁鸟中心主任，兼试飞保障大队队长。他的命运与中国大飞机的研制紧密相连，退休后还曾经担任上飞公司的顾问。但因本书是小说，而非报告文学或纪实文学，更不是新闻报道，虽然很多故事桥段构架在真实事件的基础上，但书中的人物和人物关系却纯属虚构，请勿对号入座。

特别感谢资深影视制作人安德宝，我曾跟他一起多次商讨这个题材，拟改编成电视剧。他也几次到成都来与我研讨故事提纲，并且提出修改意见，还资助我去北京和上海采访，可惜因各种原因未能如愿。本书能正式出版，希望予以慰藉。

非常感谢以下报告文学的作者：《一个国家的起飞》的作者刘济美，《起飞！中国大飞机》的作者张旭（亦是本书的责任编辑），《试飞英雄》的作者张子影。他们笔下对中国大飞机研制的真实事件和试飞英雄的精彩描述，给了我很大启发和帮助，也给我提供了一些故事桥段的基础框架灵感，包括一些细节陈述，才使这部作品更加完善。我郑重表达对你们的谢意，这部作品也有你们的功劳，很感谢你们付出的心血！让我们一起为中国大飞机和中国试飞员鼓而呼！

还要感谢中国商飞公司、上海飞机制造公司和阎良试飞站，给予我的采访大力支持。更要感谢一些不知名的航空人，他们的回忆文章和各种记录也给了我创作灵感。感谢接受过我采访的科研人员，希望我写出了你们的心声。虽然还有诸多不完善之处，但我已竭尽全力，想用这本书来为你们立一座丰碑。

光荣永远属于为建设祖国而付出心血的航空人！